人文

第九卷

河南大学人文社科高等研究院主办
总编辑 张宝明 **主编** 祝晓风

中国社会科学出版社

图书在版编目(CIP)数据

人文. 第九卷/祝晓风主编. —北京：中国社会科学出版社，2023.8
ISBN 978-7-5227-2339-6

Ⅰ.①人… Ⅱ.①祝… Ⅲ.①中国文学—文学研究 Ⅳ.①I206

中国国家版本馆 CIP 数据核字(2023)第 139818 号

出 版 人	赵剑英
责任编辑	陈肖静
责任校对	刘 娟
责任印制	戴 宽

出　　版	中国社会科学出版社
社　　址	北京鼓楼西大街甲 158 号
邮　　编	100720
网　　址	http://www.csspw.cn
发 行 部	010-84083685
门 市 部	010-84029450
经　　销	新华书店及其他书店

印　　刷	北京君升印刷有限公司
装　　订	廊坊市广阳区广增装订厂
版　　次	2023 年 8 月第 1 版
印　　次	2023 年 8 月第 1 次印刷

开　　本	880×1230　1/32
印　　张	16.125
插　　页	2
字　　数	420 千字
定　　价	129.00 元

凡购买中国社会科学出版社图书，如有质量问题请与本社营销中心联系调换
电话：010-84083683
版权所有　侵权必究

人文 第九卷

目 录

人文语义学
褚金勇 "复兴"抑或"再生"
　　　　——五四语义场中"Renaissance"译名选择的观念博弈……1
冯天瑜 语义学：历史与文化的投影…………33

思想史
李振宏 身份错位：贾谊人生悲剧的内在冲突…………38
王中江 何以救世：严复的苦恼…………81

叶嘉莹 从《妇病行》看古诗的传统
　　　文化内涵　　迦陵学舍…………98

陈其泰　刘永祥 史学视角下传统文化的
　　　　　　　　现代元素…………104
王立新 韦政通年轻时的价值趣向和文化心态
　　　　——两篇宗教伦理之辨和考据义理之争
　　　　文章的背后…………126

钟少华 中华文献＜＝＝＞数字工程
　　　　——敬献给钱锺书先生和杨家骆先生…………148
刘跃进 中华文学史料学学会三十年…………169

1

何云波　"不孝"论与"小数"说
　　　　——论孟子的围棋观及其后世的回应…………180
郑晨寅　郑成功诗文略论…………194

黄乔生　口号、嘲讽与无词的言语：鲁迅的
　　　　"怨怒"诗学…………207
陈占彪　傅雷月旦人物评…………228

对话

张慧文　苏源熙　著　陈　均　张慧文　译
　　　　译渡、译创与译承
　　　　——关于跨文化的一次对话…………249

傅光明　郝泽娇　莎士比亚早期喜闹剧《驯悍记》的
　　　　　　　　"原型故事"…………287
章　文　翻译史书写及翻译的基本问题
　　　　——再论《异域的考验：德国浪漫主义时期的
　　　　文化与翻译》…………300
伍　倩　出走与回归
　　　　——由《小王子》看伦理困境中道德
　　　　准则的博弈…………315

[英]F. 拉姆齐　著　刘新文　译
　　　　普遍对象和"分析方法"…………331
郑建成　沈有鼎《逻辑的本质》及其意义…………342
　附录　沈有鼎　《逻辑的本质》（论文提要）…………348
刘军政　"古雅"之源及其审美内涵的宽与变…………351

[荷兰]沃登贝赫 著 韩辰锴 译
  人文学科的性质…………372

李春阳 从中西差异看中国画写生的特殊性…………409
张 娟 从鲁迅与丰子恺的交往看鲁迅的
    美术思想…………416

石兴泽 《庆祝蔡元培先生六十五岁论文集》
    编纂钩沉…………425

史料
介志尹整理 周作人致胡适书简汇编…………441

书评
李林荣 在"连续性"纠结中掘进的传记写作
    ——评解玺璋《张恨水传》…………493

祝晓风 编后记…………502

《人文》学术集刊约稿启事…………509

人文语义学　　　　　　　　　　　　　　　　　　　　褚金勇

"复兴"抑或"再生"[*]
——五四语义场中"Renaissance"译名选择的观念博弈

摘要：在"Renaissance"这个概念被现代学者接受、使用和确定内涵的过程中，胡适敏锐地把握到"文艺复兴"概念中"复古"与"再生"两种语义取向的思想张力，于是反对以"文艺复兴"名之而强调"再生"的意涵，并将其作为反映民族文化涅槃重生的概念工具并大力推广。梁启超、国粹派、学衡派却强调 Renaissance 中的"复古"面向，强调回到古代的文化资源以解决现在的思想文化问题。本文在古今东西的时空坐标上，追索 Renaissance 概念的译介、演变历程，透过 Renaissance 这扇"窗口"，从"文艺复兴"的"译"与"释"的过程中考察二十世纪以来中西文化互相比较、检讨、融合的历史。

关键词：文艺复兴；再生时代；胡适；人文语义学

---

[*] 为河南大学人文社科高等研究院重大课题"人文语义学视野下中国近代思想史关键词研究"（项目编号：23RWYYX02）之阶段性成果。

回溯五四新文化运动的史迹与史绩，学界往往以"启蒙运动"抑或"文艺复兴"相比附，研究者选择新文化运动的种种史迹或论证自己的学术观点，或批评他人的阐释话语，或两相比较之后"各打五十大板"。① 本文并不想介入"百年五四，到底是启蒙运动还是文艺复兴"的学术争议，而是将关口前移，通过史料钩沉以胡适为中心的"五四"当事人对新文化运动的认知判断，聚焦于"文艺复兴"一词在五四前后的译介阐释和比附论证，考察"五四"当事人对"五四"的记忆建构与价值引领。回到历史现场，不同观点、学派、立场的知识人用不同的译名译介"Renaissance"，以不同的方式来阐释"五四"，本文收集整理 Renaissance 在五四时期的译介阐释的各类相关史料，勾勒史事以还原史实，将所有相关者的不同观点与原因进行关联解读，探究 Renaissance 在"五四"语义场中所牵涉的思想源流、学术派别，以及与政治变迁相缠绕的复杂历史。

一 Renaissance：中国知识界的语际书写与译名选择

"文艺复兴"在中国近代知识界被广泛使用，且在五四时期的《新青年》杂志上出现的频率很高。这既与清王朝被推翻后统一的

---

① 关于五四新文化运动是文艺复兴还是启蒙运动的问题在五四当事人那里便有着隐隐的思想论争，但最早明确提出并讨论的是海外学者余英时。他的《文艺复兴乎？启蒙运动乎？——一个史学家对五四运动的反思》引发了学界长久的讨论。（余英时等：《五四新论：既非文艺复兴亦非启蒙运动》，台北：联经出版事业公司1999年版，第1—31页。）张宝明、张光芒两人在世纪之初曾有一篇学术对话：《百年"五四"：是"文艺复兴"还是"启蒙运动"？——关于五四新文化运动性质的对话》（《社会科学论坛》2003年第11期）；而参与讨论的张宝明先生在近20年后又撰文阐述此一论题：《百年回眸："五四"双重气质再寻绎——以文艺复兴与文化启蒙两大谱系为主体的"运动"解析》，《天津社会科学》2019年第3期。

多民族国家的重建文化秩序有关，也是知识分子应对西方外来文明冲击时的文化响应。现在我们对 Renaissance 的中文译名已经固定为"文艺复兴"，由此容易想当然地把它看作天经地义的译名。必须承认，这个译名是晚清至五四用得比较广泛的译名，但也必须看到在此译名之外也有诸多其他译名的存在，如"古学复兴""再生时代"等，而关于"文艺复兴"在汉语中的对译问题在"五四"也曾引起中国知识界的关注与讨论。

（一）"古学复兴"：清末民初"Renaissance"的中文译法

"文艺复兴"一词最先是由意大利艺术史家乔治奥·瓦萨里在其《意大利艺苑名人传》的序言中提出的。该词源自意大利文"Rinascita"，一般写为法文"Renaissance"，意为再生、复兴，中文译作"文艺复兴"。① 这里所说的复兴主要是指复兴古典文化，即古希腊罗马文化。十四世纪到十六世纪，欧洲的新兴资产阶级的代表人物认为文艺在希腊、罗马古典时代曾高度繁荣，但在中世纪"黑暗时代"却衰败湮没，由此提出"回到希腊去"的口号，声称要重新振兴已湮没的古典文化，使之"再生"，"文艺复兴"由此得名。② 本文重点探讨的不是 Renaissance 在西方历史中的概念形成问题，而是作为事件和概念的 Renaissance 在中国被译介和传播的问题。回溯历史不难发现，中国知识界对欧洲"文艺复兴"的观察、译介和阐释，肇源于中华文明在欧风美雨冲击下酿成的国族危机。面对"三千年未有之变局"带来的心灵冲击，中国知识人被迫开眼看世界。他们在对西方发展历史的钩沉梳理中发现一项名为"文艺复兴"（Renaissance）的运动，似乎是这个运动让西方民族先

---

① ［意］乔尔乔·瓦萨里：《意大利艺苑名人传》，刘耀春等译，湖北美术出版社、长江文艺出版社 2003 年版，序言。

② ［瑞士］布克哈特：《意大利文艺复兴时期的文化》，何新译，商务印书馆 1979 年版。

于东方民族进入了现代文明阶段。在《文学革命论》这篇文章中，陈独秀"今日庄严灿烂之欧洲，何自而来乎？"的疑问虽然为"革命"进行歌呼，但"自文艺复兴以来"的表述却透露了"文艺复兴"对"庄严灿烂之欧洲"的历史功绩："今日庄严灿烂之欧洲，何自而来乎？曰：革命之赐也。欧语所谓革命者，为革故更新之义。与中土所谓朝代鼎革，绝不相类。故自文艺复兴以来，政治界有革命，宗教界亦有革命，伦理道德亦有革命，文学艺术，亦莫不有革命，莫不因革命而新兴而进化。"① 相较于因文艺复兴而庄严灿烂的西方文明，近代中国不仅文化僵化衰颓，而且深处内忧外患的国力衰微局面。正是感知到中西的文化差异与国力强弱，中国知识界以此为参照，谋求同等效果的振兴，致力于将"文艺复兴"作为一种他者的文明系统而引入。追溯文艺复兴在中国的译介，可以追溯到明朝利玛窦等人，但文艺复兴作为一个文化整体被介绍到中国是在晚清时期。据目前查到的资料，"文艺复兴"译名最早出现在传教士郭实腊主编的《东西洋考每月统记传》的《经书》一文。该文先讲述古欧罗巴之古典著述，然后写道"未能印书之际，各蛮族侵欧罗巴诸国，以后文书消亡磨灭。又千有余年，文艺复兴掇拾之。于本经之奥蕴，才学之儒，讲解而补辑之"。② 接续西方传教士的零星介绍，中国知识界的郭嵩焘、严复、康有为、梁启超也开始引介文艺复兴的事件与人物。相对于"文艺复兴"的译名，"重兴""中兴""古学复兴""文学复兴""文学复古"等译名在晚清时有出现，其中"古学复兴"是相对传播较广的译名。

在清末最早把欧洲文艺复兴作为"古学复兴"加以较详细评述的是革命派的马君武。一九○三年，马君武在《新学术与群治之关

---

① 陈独秀：《文学革命论》，《新青年》1917年2月1日第2卷第6号。
② 《东西洋考每月统记传》，中华书局1997年影印本，第23页。

系》一文中指出:"西方新学兴盛之第一关键,曰古学复兴。古学复兴之字义,即人种复生时期之谓也。"① 国粹派学人后来接续使用了"古学复兴"的译名。刘师培、章太炎对此均有所阐发,刘师培说:"欧洲民族振兴之机,肇于古学复兴也。"② 章太炎虽以"文学复古"名之,但亦是"古学复兴"之意:"彼意大利之中兴,且以文学复古为前导,汉学亦然,其于种族,固有益无损自己。"③国粹派主将邓实在《国粹学报》发表专文《古学复兴论》,叙述了欧洲古学复兴的历史,强调了中国古学复兴的必然性。④ 综观国粹派关于古学复兴的论述,他们之所以倡导国粹、复兴古学,实是为了与勃兴的西学相抗衡。他们从论证意大利文艺复兴的原因入手,积极鼓吹学习欧洲文艺复兴的经验,以发扬中国古代文艺精华。而二十世纪二十年代创刊的《学衡》高举"昌明国粹,融化新知"的大旗,"吾国古今之学术德教,文艺典章,皆当研究之、保存之、昌明之、发挥而光大之"。⑤ 学衡派主张以恢复古希腊文化、儒家文化等古典文化的精神和传统秩序,以图复兴古典文化并从中找到人性复归的精神价值,以匡现代性的弊端。无论是国粹派还是学衡派,他们对中国古代文化传统的迷恋,在很大程度上可以说是来源于西学冲击下的国学零落,他们提倡的"古学复兴"的主旨在于以欧洲文艺复兴运动为榜样,打破儒学的桎梏,再现中国学术与文化的繁荣局面。他们关于欧洲文艺复兴的看法虽有推动传统学术向近

---

① 莫世祥编:《马君武选集一》,华中师范大学出版社1991年版,第187—192页。
② 刘师培:《论中国宜建藏书楼》,《国粹学报》第19期。
③ 章太炎:《革命之道德》,《章太炎选集》上册,中华书局1977年版,第310页。
④ 邓实:《古学复兴论》,《辛亥革命前十年时论选集》第二卷上册,第56—60页。
⑤ 《弁言》,《学衡》1920年第1期。

代化的更新转化的意涵，但更多是以"存古"为号召，对文艺复兴的"复古"维度情有独钟。

（二）"再生时代"：胡适对 Renaissance 译介的思考

作为新文化运动的旗手，胡适尽管在撰文、演讲中经常使用 Renaissance 来比附中国的新文化运动，但他对于知识界普遍使用的"文艺复兴"译名并不满意。他在花甲之年做口述自传时曾有如此表述："我总欢喜'The Chinese Renaissance'（中国文艺复兴运动）这一题目。虽然 Renaissance 这个词那时尚没有适当的中文翻译。"① 追溯起来，胡适对 Renaissance 中文译名的不满由来已久。一九一七年，胡适就在日记中写道："车上读薛谢尔女士（Edith Sichel）之《再生时代》（*Renaissance*）。'再生时代'者，欧史十五、十六两世纪之总称，旧译'文艺复兴时代'。吾谓文艺复兴不足以尽之，不如直译原意也，……以'再出生一次的时代'为宜。"② 由此可见，胡适对 Renaissance 译名的思考自一九一七年阅读薛谢尔文艺复兴史著作时便表露无遗。置身新旧对战的五四时代，文艺复兴之译名大行其道，胡适则在 Renaissance 译介上有着"众人皆醉我独醒"的姿态。他很早就注意到文艺复兴，也频繁引介文艺复兴中的人和事，但他始终认为"文艺复兴"的译名不尽如人意。一九二九年十二月十五日，在与外国友人的谈话中，胡适谈起了欧洲历史上的文艺复兴运动，但他在日记中以"再生时代"名之。胡适在日记里记道："下午五点半，与 Prof. Charles E. Martin［查尔斯·E. 马丁教授］同吃茶……今天我们谈历史。我说，欧洲'再生时代'的历史，当重新写过。今之西洋史家去此时代已远，实不能充分了

---

① 胡适：《胡适口述自传》，华东师范大学出版社1993年版，第173页。
② 胡适：《留学日记》（卷十七），《胡适全集》第28卷，安徽教育出版社2003年版，第568页。

解这时代的意义。我们东方人今日正经过这时代，故能充分了解这一段历史的意义过于西洋学者。"①《胡适全集》里收有一篇《再生时代》中文稿，这是一份残稿，胡适并没有写完，文后也没有注明写作时间，《胡适全集》里文下有编者注："本文约作于1934年。"②"约作于1934年"的《再生时代》和一九三五年的《中国再生时期》两篇为直接以"再生"来命名。并且胡适再次解释这个英文词，说其意思就是"再生"，就是"一个人害病死了再重新更生"。二十世纪五十年代，胡适在演讲中重述自己的"再生时代"的翻译思路："Renaissance 这个字的意思就是再生，等于一个人害病死了再重新更生。更生运动，再生运动，在西洋历史上，叫做文艺复兴运动。"③ 受中文译名的影响，胡适用英文写作的文章中，有时也干脆放弃"Renaissance"而直接使用"rebirth"。例如一九二七年五月胡适在日本所作的演讲 Culture Rebirth in China 便使用了 Rebirth 一词。④

  梳理胡适的书信、日记、文章来论证他对 Renaissance 译介的思考和对"再生时代"的偏爱并非难事，需要接续思考的是胡适避免使用"复兴"而用"再生"，他心目中的"再生"到底有何指向呢？他以白话语言的演变为例证来阐释"再生"的意涵："我们那个时候为什么叫他再生？为什么叫做革命？别的不说，……比方讲白话，不是胡适之创出来的呀！不是陈独秀胡适之创出来的呀！白

---

  ① 胡适：《日记1929年》，见《胡适全集》第31卷，安徽教育出版社2003年版，第533页。
  ② 胡适：《再生时代》，见《胡适全集》第13卷，安徽教育出版社2003年版，第140页。
  ③ 俞吾金编选：《疑古与开新——胡适文选》，上海远东出版社1995年版，第130页。
  ④ 胡颂平编著：《胡适之先生年谱长编初稿》（二），（台北）联经出版事业公司1984年版，第679页。

话是什么？是我们老祖宗的话。""文艺复兴是我们祖宗有了这个资本，到这个时候给我们来用，由我们来复兴它。"① 关于五四白话文运动，学界往往用文学革命名之，而胡适从"文学改良刍议"到"建设的文学革命论"也承认了"革命"的说法，但整体而言，胡适更偏爱以 Renaissance 而不是 revolution 来阐释文白之争："我们愿意解放这一种古诗古文，我们愿意采用老百姓活的文字，这是我们所谓的革命；也可以说不是革命，其实还是文艺复兴。我们的资本——这个语言的资本，是我们的几万万人说的语言，是我们的文学的资本，文学的范本，文学的基础；几百年来，一千年来，老百姓改来改去，从无数的无名作家，随时改来改去，越改越好，这些名著、这些伟大的小说做了我们的资本。所以说文艺复兴，正是我们的老祖宗，给我们的材料，给我们的基础。"② 除了以白话代文言，胡适的"再生"思路还拓展到历史阐释上。在《中国的文艺复兴》等诸多演讲中，他不断地回溯到唐代、宋代，强调"中国文艺复兴"自十一二世纪便不断地发生，思想、学术和文学不断地再生。他一边在历史叙述中为白话文运动提供"再生"的历史依据，一边又不时以欧洲的 Renaissance 加以参照辅证。

二 比附论证："Renaissance"的"翻译"与"阐释"

从思想史背景下思考中国知识界对"Renaissance"概念的引进和阐释，会发现该词并不单单是一个词汇或事件的引介，其本身即构成了一个思想事件。自清末以来，中国学界对文艺复兴的解释与

---

① 俞吾金编选：《疑古与开新——胡适文选》，上海远东出版社 1995 年版，第 131—133 页。
② 俞吾金编选：《疑古与开新——胡适文选》，上海远东出版社 1995 年版，第 134—135 页。

每个时代自身的需要都紧密相关。从严复到梁启超，从陈独秀到胡适，他们在以文艺复兴为他者的镜像中，有着多种元素构成的文艺复兴被掰开打碎，他们为了表达需求，对不同内容的引介阐释有着不同的比附论证。这里以胡适为主线回观学术史，以勾连讨论中国近代知识界对文艺复兴的他者想象。

（一）但丁与俗语：白话文运动的异域参照

胡适领衔发起的以白话代文言的文学革命，是中国文艺复兴运动的重要组成部分。"文艺复兴"是近代西方发明并使用的一个名词，胡适最初也是从西方文艺复兴运动那里获得以白话文作为国语的灵感和启示。但同时需要指出的是，胡适在新文化运动前期关注的并非整体性的文艺复兴，他只是选择了意大利文艺复兴中但丁的俗语推广的片段来比附论证中国新文化运动中的白话语言改革。意大利文艺复兴中的俗语推广成为论证中国白话文运动合法性的异域资源。为了更深入地理解但丁的俗语推广思想，这里可以请出但丁来现场说法："所谓白话，就是孩提在起初解语辨音之时，从其周围的人们听惯而且熟习的那种语言，简言之，白话乃是我们不凭任何正规的教育而从模仿乳母而学来的那种语言。从白话又产生离我们稍远的第二种语言，罗马人称为文言（grammatica）。……在这两种语言中，白话更为可贵，首先因为它是人类最初使用的语言；其次因为全世界都使用它，尽管各地发音不同，用词用字不同；第三，因为对我们来说，它是自然的，而文言相比之下却是人为的。"[①] 仔细阅读但丁关于俗语推广的理论阐述，再结合胡适倡导文学革命的理论主张，或有似曾相识的感觉。在胡适早年反复阅读的 *The Renaissance* 一书中，薛谢尔把欧洲各国民族语言文学取代中

---

① 但丁：《论白话》，《缪灵珠美学译文集》第 1 卷，中国人民大学出版社 1987 年版，第 263—264 页。

古拉丁文的运动,看成从中古走向现代的一个桥梁,这个观点对胡适文学革命的论证路径产生了直接影响。胡适在一九一七年阐述"文艺复兴"译名问题时,也特意提到薛谢尔"书中述欧洲各国国语之兴起,皆足供吾人之参考","中古之欧洲,各国皆有其土语,而无有文学,学者注疏通问,皆用拉丁,拉丁在当日,犹文言之在吾国也"。"今之提倡白话文学者,观于此,可以兴矣。"① 正是因为有西方国语兴起的历史作为参照,胡适对于自己领衔倡导的白话文运动充满了理论自信。

从西方的意大利到东方的中国,胡适以文艺复兴中的"俗语变革"比附新文化运动中的"文学革命",为确立白话书写的合法性而努力,但丁的身影常常出现在胡适的论述之中。在胡适首举文学革命义旗的《文学改良刍议》中:随着佛教输入,语录白话体开始流行,至宋代成为讲学正体,其后及元的三百年中国出现了通俗文学,"当是时,中国之文学最近言文合一,白话几成文学的语言矣、使此趋势不受阻遏,则中国几有一'活文学出现',而但丁、路得之伟业几发生于神州"。② 寻溯胡适此一思想的渊源,其实他早在一九一六年四月五日的日记中便已写下进行文学革命的主要观点,例如"文学革命,至元代而登峰造极",以欧洲方言的建立比附白话文的萌发:"但丁(Dante)之创意大利文,却叟(Chaucer)诸人之创英吉利文,马丁·路得(MartinLuther)之创德意志文,未足独有千古矣。"③ 稍后他与任鸿隽讨论白话文学,亦有引用莎士比亚的剧作阐明京调高腔和《水浒传》《三国演义》的价值,并带出拉丁与方言文学的消长关系:"当时之'英文'的文学,其地位

---

① 胡适:《留学日记》(卷十七),《胡适全集》第28卷,安徽教育出版社2003年版,第568页。
② 胡适:《文学改良刍议》,《新青年》1917年1月1日第2卷第5号。
③ 胡适:《文学改良刍议》,《新青年》1917年1月1日第2卷第5号。

皆与今日之京调高腔不相上下。英文之'白诗'(BlankVerse),幸有莎氏诸人为之,故能产出第一流文学耳。"① 此一书信以英国一地辅助说明,其后胡适发表的《文学改良刍议》又以括号的方式补充了欧洲诸国的情况:"欧洲中古时,各国皆有俚语,而以拉丁文为文言,凡著作书籍皆用之,如吾国之以文言著书也。其后意大利有但丁(Dante)诸文豪,始以其国俚语著作。诸国踵兴,国语亦代起。路得(Luther)创新教始以德文译《旧约》《新约》,遂开德文学之先。英、法诸国亦复如是。……迨诸文豪典,始以'活文学'代拉丁之死文学。"② 一九一八年四月发表的《建设的文学革命论》中,谈到意大利和英国的国语文学的形成,就与薛谢尔的观点非常相似:"在意大利提倡用白话代拉丁文,真正和在中国提倡用白话代汉文,有同样的艰难。所以英、法、德各国语,一经文学发达以后,便不知不觉地成为国语了。在意大利却不然。当时反对的人很多,所以那时的新文学家,一方面努力创造国语的文学,另一方面还要作文章鼓吹何以当废古文,何以不可不用白话。有了这种有意的主张(最有力的是但丁和阿儿白狄[Alberti]两个人),又有了那些有价值的文学,才可造出意大利的'文学的国语'。"③ 一九三一年十二月三十日,胡适在北京大学国文系的演讲:"我们新的文学,受欧洲影响极大。欧洲文学,最近两三百年如诗歌、小说等皆自民间而来,第一流人物,把这种文学看作专门事业,当成是一种极高贵的,极有价值的终身职业。"④ 一九五二年,胡适在演讲中还是旧调重弹:"全世界任何国家如欧洲的意大利、法国、西班牙、英国的文学革命,开始都是以活的语

---

① 沈卫威编:《胡适日记》,山西教育出版社1998年版,第61页。
② 何卓恩编:《胡适文集·自述卷》,长春出版社2013年版,第216页。
③ 胡适:《建设的文学革命论》,《新青年》1918年第4卷第4期。
④ 胡适:《中国文学的过去与来路》,《大公报》1932年1月5日。

言而流行最广的国语。"①

在新文化运动前期，胡适以文艺复兴时期但丁推广俗语的事迹来论证白话文的合法性，同时他内心也把自己视为"但丁"式的开拓者角色。白话文运动轰轰烈烈开展起来，时至一九二一年，教育部颁布了中小学使用白话文的政策，让白话文从小范围的个人倡导升格为全国范围的全面普及的书写语言。一九二八年，胡适日记中记载的一则英文剪报将胡适与但丁相提并论，可谓"求仁得仁"。剪报中如是写道："胡适已重返美国，他勇敢地推进了中国的白话文（一种为人们所不齿的口语）运动；他对中国的贡献可以和意大利的但丁（Dante）与佩脱拉克（Petrarch）相媲美：它为数以百万计的中国人打开了文化教育的大门。"② 一九二六年，胡适在都柏林大学作演讲的广告将其称为中国"文艺复兴之父"："11月18日（星期四）下午四点将在三一学院的董事会议厅举行演讲会，演讲者为北京大学教授胡适博士。题目是《中国之首次文艺复兴》……胡适博士被誉为'中国文艺复兴之父'。在他能熟练运用文言文之后，转而在散文和韵文方面提倡白话文，主张以白话文代替文言文成为书面语言，从而掀起了一场声势浩大、席卷全国的白话文运动。"③ 胡适的好友陈衡哲二十年代所著《欧洲文艺复兴小史》则也将但丁的俗语推广与中国的白话文运动相比附，她说："这个中古拉丁文在欧洲文学上的地位犹之我国的官牍文字，一方面有更美更佳的古拉丁文，另一方面又有为普通人所用而尚无文学价值的各国方言。上面所述的古学复兴，犹之我国唐代士人的提倡

---

① 《胡适：什么是"国语的文学"、"文学的国语"——民国四十七年5月4日在台北中国文艺协会讲》，台北《中央日报》1952年12月8、9日。
② 《国家》第124卷第3212号。
③ 胡适：《欧洲日记（三）》，1926年11月18日日记注释②，《胡适全集》第30卷，安徽教育出版社2003年版，第414页。

古文,而此章所述的新文学的产生亦与我国近日的白话文运动有点相像。"① 蔡元培一九三五年曾在《中国新文学大系总序》中指出:"欧洲中古时代,以一种变相的拉丁文为通行文字,复兴以后,虽以研求罗马时代的拉丁文与希腊文,为复兴古学的工具,而别一方面,却把各民族的方言利用为新文学的工具。在意大利有但丁、亚利奥斯多、朴伽邱、马基亚弗利等,在英国有绰塞、威克列夫等,在日耳曼,有路德等,在西班牙,有塞文蒂等,在法兰西,有拉勃雷等,都是用素来不认为有文学价值的方言译述圣经,或撰著诗文,遂产生各国语的新文学。我们的复兴,以白话文为文学革命的条件,正与但丁等同一见解。"②

(二)国故与国粹:坚持"再生"译名的思想意蕴

承上所述,胡适在新文化运动前期只是选择性引述但丁俗语推广来为中国白话文运动进行合法性论证,并没有整体观照欧洲文艺复兴运动,也没有将新文化运动与文艺复兴运动整体进行比附。而到后期,这种论证比附发生了变化,胡适逐渐开始自觉地把文学革命与文艺复兴连接起来。阅读胡适一九一九年二月出版的《中国哲学史大纲》(卷上),他谈到清代学术时就说:"综观清代学术变迁的大势,可称为古学昌明的时代……这个时代,有点像欧洲'再生时代'。(再生时代西名 Renaissance,旧译文艺复兴时代。)欧洲到了'再生时代',昌明古希腊的文学哲学,故能推翻中古'经院哲学'(旧译烦琐哲学,极不通。原文为 Scholasticism,今译原义)的势力,产生近世的欧洲文化。"③ 胡适把清代学术与欧洲文艺复

---

① 陈衡哲:《欧洲文艺复兴小史》,商务印书馆 1930 年版,第 23 页。
② 蔡元培等:《〈中国新文学大系〉导言集》,贵州教育出版社 2014 年版,第 41 页。
③ 胡适:《中国哲学史大纲》卷上,《胡适全集》第 5 卷,安徽教育出版社 2003 年版,第 203 页。

兴进行比较分析,却未见文学革命与文艺复兴的联系。此一论点与梁启超的观点遥相呼应,一九一九年梁启超在为蒋百里《欧洲文艺复兴史》所作序言中指出:"文艺复兴者,由复古得解放也。果尔,吾前清一代,亦庶类之。吾试言吾国之文艺复兴而校其所以不如人之故……"① 随后梁氏又在《清代学术概论》"自序"中说:"此二百余年间总可命为中国之'文艺复兴时代',特其兴也,渐而非顿耳。"② 梁启超将清代的学术发展视为"中国之'文艺复兴时代'",并强调其"复古求解放"的思想路径。胡适对于"复古"一词极为反感,而这也慢慢促成了他将文艺复兴与文学革命相比附的思路产生。这从胡适一则日记中可以窥见端倪。一九二二年二月十五日日记:"夜赴文友会,会员 Ph. De Vargas［菲利浦·德·瓦加斯］读一文论 Some Aspects of the Chinese Renaissance［《中国文艺复兴的方方面面》］；我也加入讨论。在君说'Chinese Renaissance'［中国文艺复兴］一个名词应如梁任公所说,只限于清代的汉学,不当包括近年的文学革命运动。我反对此说,颇助原著者。"③ 在君即丁文江,既是梁启超的至交,也是胡适的朋友。在丁文江对梁启超观点的支持和胡适对汉学家王克私文章的拥护中,我们可以看到胡适已经逐渐改变其在博士论文中的观点。

爬梳胡适关于中国文艺复兴的比附论述,可以追踪到一九二二年的日记。在一九二二年四月一日的日记:"上午十一时半,到六国饭店,为世界基督教学生大同盟的国际董事会(每一国二人)演说'The Significance of the Chinese Renaissance'［中国文艺复兴运动的意义］……我说了半点钟,大旨用我的《新思潮的意义》一

---

① 蒋百里:《欧洲文艺复兴史》,东方出版社 2007 年版,序言。
② 梁启超:《饮冰室合集》,中华书局 1989 年版,第 3 页。
③ 胡适:《日记 1922 年》,《胡适全集》第 29 卷,安徽教育出版社 2003 年版,第 518 页。

篇作纲要。"① 此时恰逢《学衡》杂志刚刚创刊,也是胡适"整理国故"方兴未艾之时。一九二二年,他到倡导文学复古的《学衡》杂志大本营东南大学演讲,主讲题目是"研究国故的方法",颇有班门弄斧之嫌疑,但其实内隐着与学衡派同台竞技的想法。胡适的"整理国故"与学衡派"文艺复兴"表面上看有其一致性,但实际上两者之间存在着紧张关系。学衡派普遍对文艺复兴感兴趣,胡先骕认为"文化史中最有价值者,厥为欧洲之文艺复兴运动"。② 而后来成为《学衡》杂志主编的吴宓早在一九一五年便有办一个名为"Renaissance"刊物的想法:"拟他日所办之报,其中英文名当定为Renaissance。国粹复光之义,而西史上时代之名词也。"③ 就学衡派对文艺复兴的理解与体会来说,文艺复兴系"国粹复光",同时又有革新的意味。学衡派继承了国粹派的衣钵,反对新文化运动的全盘反传统,认为不能将"孩子"和"洗澡水"一同倒掉。胡适作为新文化运动的旗手,面对学衡派的砍旗行为,自是当仁不让,这场演讲便有单刀赴会的风味。胡适掀起的"整理国故"运动,为的就是要用科学的方法、评判的态度来"还历史以其本来面目"。在讲座中,胡适比较"国故"与"国粹"的概念差异,倡导科学治学的方法,以批判以古学复兴为职志的《学衡》:"'国故'的名词,比'国粹'好得多","如果讲是'国粹',就有人讲是'国渣','国故'(NationalPast)这个名词是中立的。"④ 胡适认为,中国正在进入现代社会,现代社会不需要旧观念、旧经典,先进知识

---

① 胡适:《日记1922年》,《胡适全集》第29卷,安徽教育出版社2003年版,第560页。
② 胡先骕:《评胡适五十年来中国之文学》,《学衡》1923年第18期。
③ 吴宓:《吴宓日记》第一册,生活·读书·新知三联书店1998年版,第504页。
④ 胡适:《"研究国故"的方法》,《东方杂志》1921年第18卷第16期。

分子必须承担起摧毁旧观念的伪装的历史使命。胡适以"捉妖打鬼"一词来概括"整理国故的目的与功用",他还说:"我所以要整理国故,只是要人明白这些东西原来'也不过如此',本来'不过如此',我所以还他一个'不过如此'。这叫做'化神奇为臭腐,化玄妙为平常'。"① 由此可见,胡适倡导的整理国故并非为了复兴古学,而是为了清除古学的毒素,将其"送进博物院",使其在现代社会不再有传播毒素的机会。胡适的学生顾颉刚说得更加明白:"我要使古书仅为古书而不为现代的知识,要使古史仅为古史而不为现代的政治与伦理,要使古人仅为古人而不为现代思想的权威者。换句话说,我要把宗教性的封建经典——'经'整理好了,送进了封建博物院,剥除它的尊严,然后旧思想不能再在新时代里延续下去。"②

由此可见,"复兴"与"再生"两者的差异在于,前者强调的是古典文明的重新焕发生机,后者突出的是进化论的意义上的文化获得新生命。与胡适相较,学衡派虽有"开新"之意,但给人印象更深的则是其"复古"形象。胡适对文艺复兴始终强调其开新的一面,在他看来,传统因袭势力过重、惰性太沉,要改变现状,矫枉必须过正。胡适曾谈及"取乎上得乎中"的逻辑:"调和是人类懒病的天然趋势。……我们走了一百里路,大多数人也许勉强走三四十里。我们若讲调和,只走五十里,他们就一步都不走了。"③ 饶有趣味的是,吴宓早年拟想的报刊名称 Renaissance 后来成为新文化运动派系报刊《新潮》的英文名。胡适后来回忆说:"他们那个刊物,中文名字叫做《新潮》,当时他们请我做一名顾问,要我参

---

① 胡适:《整理国故与"打鬼"》,《胡适全集》第 3 卷,安徽教育出版社 2003 年版,第 147 页。
② 顾颉刚:《古史辨》第一册,上海古籍出版社 1982 年版,第 28 页。
③ 胡适:《胡适文存》卷四,亚东图书馆 1926 年版,第 161—162 页。

加他们定名字的会议——定一外国的英文名,印在《新潮》封面上。他们商量结果,决定采用一个不只限于「新潮」两个字义的字,他们用了个 Renaissance。这个字的意义就是复活、再生、更生。在历史上,这就是欧洲文艺复兴的名字。他们这般年轻——北京大学最成熟的青年们,在他们看起来,他们的先生们,对于这个运动已经提倡了一两年时间了,他们认为这和欧洲在中古时期过去以后,近代时期还未开始,在那个过渡时期的文艺复兴运动,是很相同的。所以他们用这个 Renaissance 做他们杂志的名字。四十年来,我一直认为当时北京大学一般学生的看法,是对的。"① 在后来的历史书写中,新旧对峙的两派,都想以 Renaissance 作为杂志名,这既反映了"文艺复兴"对中国学界、思想界影响之深,也展示了"文艺复兴"在中国知识界的理解和演绎中的差异之大。客观来说,学衡派强调中国传统文化的价值,但其并非纯然的复古派,他们的思想路径也有"复古以开新"的意味;而新文化派倡导新文化,但也并非全盘反传统,他们反"孔教"但不反"孔学",他们批判"儒家"以重振"百家"。但这些复杂性并不能遮蔽他们本质的规定性,学衡派的基本面孔依然是"古学复兴",而新文化派则追求"涅槃再生",这也是胡适一再坚持以"再生"来翻译 Renaissance 的原因。

三 场域差异:多元话语场中文艺复兴的比附论证

对 Renaissance 的译名,胡适一再坚持"再生时代"是我们需要瞩目的史实,但同时需要注意的是,胡适关于 Renaissance 是"复兴"还是"再生"的问题与话语场域密切相关。事实上,置身

---

① 俞吾金编选:《疑古与开新——胡适文选》,上海远东出版社 1995 年版,第 131 页。

不同的话语场域，胡适关于 Renaissance 的译介与使用有着明显的差异。按照布尔迪厄的说法，话语场域可以被理解为在各种位置之间存在的客观关系的构型。① 基于此，我们可以把握胡适为何在面向国内和面向国外关于 Renaissance 的使用差异，而这也是不同话语场域中不同译介得以存在的依据。作为一位自觉的思想者，胡适的思想表述不但受制于自身的思想资源，同时也会根据受众进行适时调整。依据人文语义学的路径，我们考察胡适对 Renaissance 的使用需要结合何时、何地、面向谁的语境元素，才能更深刻地把握胡适内在的思想密码。

（一）内外有别：与"西语世界"的对话沟通

面对学衡派等文学复古潮流的思想对峙，胡适在国内坚持以"再生时代"来译介 Renaissance，同时有点竭力回避"人文主义"的表达，避免以文艺复兴来比附新文化运动。但在面向西语世界写作和讲演时，胡适却旗帜鲜明地以"中国的文艺复兴"来向外国学界讲述新文化运动。追溯起来，以文艺复兴整体比附新文化运动始自胡适一九二二年四月一日为世界基督教学生大同盟的国际董事会的演讲。"我说了半点钟，大旨用我的《新思潮的意义》一篇作纲要。"②《新思潮的意义》是"五四运动"之后胡适对几年来新文化运动的手段、取向、态度、根本意义做出的详细总结，文章发表于一九一九年十二月一日出版的《新青年》七卷一号上，此时《新青年》编辑部经过"问题与主义"之争已经出现明显的思想裂痕，出现"上海与北京"两个编辑部并立竞进的分崩局面，胡适希望以自己的思路对新文化运动走向进行规划，提炼总结出"研究问题，

---

① ［法］布尔迪厄、［美］华康德：《反思社会学导引》，李猛、李康译，商务印书馆 2015 年版。

② 胡适：《日记 1922 年》，《胡适全集》第 29 卷，安徽教育出版社 2003 年版，第 560 页。

输入学理,整理国故,再造文明"十六字方针。① 胡适此时以文艺复兴比附新文化运动,已经不单单是白话文运动,还有他正在推进的整理国故运动。这也是他心目中的"中国的文艺复兴",它既是"一场自觉的、提倡用民众使用的活的语言创作的新文学取代用旧语言创作的古文学的运动",又是"一场自觉地反对传统文化中诸多观念、制度的运动","一场自觉地把个人从传统力量的束缚中解放出来的运动","一场理性对传统、自由对权威、张扬生命和人的价值对压制生命和人的价值的运动。"② 而白话文运动和整理国故运动的两相结合让胡适的"中国文艺复兴"的说法更富说服力。据考证,胡适最早为中国文艺复兴撰写的文章是《一九二三年的"The Chinese Renaissance"》,文中如是说:"许多学说提出将欧洲历史上的这个时代描绘为文艺复兴。有人认为欧洲文艺复兴最伟大的进步是世界的发现和人的再发现。另一些人则声称文艺复兴最好形容为一个反抗权威和批评精神兴起的年代。所有这些描述都可以应用于我们现在称之为中国文艺复兴的这个年代,而这一指称仍被证明是相当准确的。"③ 作为新文化运动主要的代表和历史见证者,胡适认为新文化运动与欧洲文艺复兴之间存在着很多的相似之处,他对新文化运动有他自己的理解和引领。在英文著作中,胡适解释新文化运动或新文学运动时,特别喜欢以"中国的文艺复兴"(the Chinese Renaissance)来比附。这不单是一个用词的问题,而是有

---

① 胡适:《新思潮的意义》,《新青年》1919年12月1日第7卷第1号。
② 欧阳哲生、刘红中编:《中国的文艺复兴》,外语教学与研究出版社2001年版,第181页。
③ 1923年4月3日的日记里写道:"用英文作一文,述'中国的文艺复兴时代'(The Chinese Renaissance)。"胡适:《日记1923年》,《胡适全集》第30卷,安徽教育出版社2003年版,第5页;正文见《胡适全集·英文著述一》第35册,安徽教育出版社2003年版,第632页。

其特殊的内涵和意义,它表明胡适对新文化运动的价值取向有其自身的思考。胡适曾夫子自道:"多年来在国外有人请我讲演,提起这个四十年前所发生的运动,我总是用 Chinese Renaissance 这个名词(中国文艺复兴运动)。""英文著述中,我总欢喜用'The Chinese Renaissance'(中国文艺复兴运动)这一题目。"阅读胡适的日记、书信和文章,不难发现他在面向西语世界讲得比较多的是 Chinese Renaissance。胡适到底有多喜欢讲述"The Chinese Renaissance",本文整理了一个胡适面向西语世界演讲中国文艺复兴的表格,以便更形象地呈现胡适对文艺复兴比附新文化运动的偏爱。

表1 胡适向西语世界讲述"the Chinese Renaissance"事迹辑览

时间	演讲题目	演讲地点
1922年4月1日	The Significance of the Chinese Renaissance [中国文艺复兴运动的意义]	北京六国饭店为世界基督教学生大同盟的国际董事会(每一国2人)
1923年4月3日	The Chinese Renaissance [中国的文艺复兴]	Chinese National Association for the Advancement of Education, Bulletin [中国教育国家促进会会报]
1926年11月9日	The Chinese Renaissance [中国的文艺复兴]	英国 Royal Institute of International Affairs [皇家国际问题学会]
1926年12月2日	The Second Renaissance [第二次文艺复兴]	英国伦敦伯德福德女子学院 [Bidford College]
1926年11月18日	The First Chinese Renaissance [中国之首次文艺复兴]	都柏林大学三一学院的董事会议厅
1927年2月16日	The Chinese Renaissance [中国的文艺复兴]	在外交关系委员会(The Council on Foreign Relations)晚宴
1927年3月16日	The Modern Chinese Renaissance [现代中国的文艺复兴]	美国外交政策协会
1933年6月29日	Chinese Renaissance [中国文艺复兴]	夏威夷所在地的大学

续表

时间	演讲题目	演讲地点
1933年	演讲题目为:"中国文化的趋势"("Cultural Trends in Presentday China"),演讲稿汇成书名为:The Chinese Renaissance: The Haskell Lectures for the Summer of 1933	在芝加哥大学演讲,演讲稿汇成一本书由 The University of Chicago Press 出版
1935年1月4日	The Chinese Renaissance〔《中国文艺复兴》〕	香港大学获颁荣誉博士学位的会场
1935年1月5日	The Scientific Renaissance〔《科学的复兴》〕	香港教员协会〔Teachers'Association〕午餐
1938年4月28日	The Chinese Renaissance〔中国的文艺复兴〕	Smith College Club〔史密斯学院俱乐部〕
1940年3月13日	Chinese Renaissance〔中国的文艺复兴〕	Mrs. Murry K. Crane〔墨里·K.克兰夫人〕家中讲演
1946年2月3日	Intellectual Renaissance in Modern China〔现代中国知识分子的文艺复兴〕	Cornell University〔康奈尔大学〕去作 Messenger Lectures〔先驱演讲〕
1946年2月6日	Revival of Secular Chinese Learning and Philosophy after a Thousand Years of Indianization〔千年印度化历程之后世俗中国知识和哲学之复兴〕	康奈尔大学为 Olin Hall〔奥林会堂〕"马圣格讲座"的演讲
1956年7月23日	The Revolution, the Republic & the Cultural Renaissance〔革命、共和和文艺复兴〕	美国怀俄明大学
1956年9月3日	四十年来的中国文艺复兴运动	Chicago〔芝加哥〕一带的"智识分子聚餐"
1956年秋学期	Chinese Renaissance from One Thousand A. D. to the Present Day〔近千年来的中国文艺复兴运动〕	加利福尼亚大学
1957年1月8日	What the Chinese Communists have done to the Chinese Renaissance?〔中共对中国的文艺复兴的所作所为?〕	Claremont College〔克莱蒙特学院〕

为什么出现内外有别的情况?有学者给出这样的解释:"围绕

是否应该开展'整理国故'运动,新文化阵营内部产生了极大的争议,……当'整理国故'主张产生争议,甚至被人非议时,胡适意识到'中国的文艺复兴'思想根本就不宜在中文世界发表。"① 这确实解释了部分原因,但事情其实没有这么简单。需要看到,胡适的讲演面对不同受众有着不同的措辞,面对国内公众,他的写作、演讲总是保持一种文化批判姿态,他在一九三〇年所写的《介绍我自己的思想》中直截了当地指出,中国唯一的"一条生路",是"我们自己要认错":"我们必须承认我们自己百事不如人,不但物质机械上不如人,不但政治制度不如人,并且道德不如人,知识不如人,文学不如人,音乐不如人,艺术不如人,身体不如人。"面对西语世界讲述中国文化,总抱着家丑不可外扬的"隐恶扬善"心理。正如研究者指出的:"胡适在中英文两种著作中,对中国文化的态度有着一些微妙的不同","胡适在英文著作中对中国文化少了一些批判,多了一些同情和回护"。② 对于此种差异,胡适有着清醒自觉的认知,对内传播重在自我警醒,对外传播重在塑造形象。胡适自己也曾说过:"那些外国传教的人,回到他们本国去捐钱,到处演说我们中国怎样的野蛮不开化……我因为痛恨这种单摘人家短处的教士,所以我在美国演说中国文化,也只提出我们的长处。"③ 细读胡适讲述中国文艺复兴的篇章,我们不难看出,胡适对内传播侧重讲述中西文化之异,而对外传播重在讲述两者之同。他有意地为科学、民主、自由这些自晚清以来即为中国进步知识分

---

① 欧阳哲生:《中国的文艺复兴——胡适以中国文化为题材的英文作品解析》,《近代史研究》2009 年第 4 期。
② 周质平:《胡适英文笔下的中国文化》(上),《中华读书报》2012 年 6 月 20 日第 17 版。
③ 胡适:《美国的妇人》,《胡适文集》第 2 册,北京大学出版社 1998 年版,第 501 页。

子所追求的西方价值观念找寻中国的根。胡适在"中国的文艺复兴"讲座中反复论证,这些看似外来的观念,在中国固有的文化中,并非完全"无迹可求",中国文化也并不排斥这些来自西方的概念。胡适之所以喜欢使用"文艺复兴"这个词,一方面是便于西方民众理解中国的新文化运动,另一方面是强调新文化运动,其意在说明中国人文传统通过自我革新,完全拥有走上现代化之路的能力。杜维明在评价胡适等人时说:"他们在情感上执着于自家的历史,在理智上却又献身于外来的价值。换言之,他们在情感上认同儒家的人文主义,是对过去一种徒劳的、乡愁的祈向而已;他们在理智上认同西方的科学价值,只是了解到其为当今的必然之势。他们对过去的认同,缺乏知性的理据,而他们对当今的认同,则缺乏情感的强度。"①

(二)前后有异:与"启蒙运动"的颉颃对抗

前文有论,胡适在西语学界汲汲于以 Chinese Renaissance 来介绍五四新文化运动,但在汉语学界却极力避免以文艺复兴比附新文化运动。不过这种情况并非决然,其实他在前后表述中也有所松动与变化,这以其汉语文章中"文艺复兴"字眼的出现为征兆。胡适于二十世纪五十年代在国内曾有题为"中国文艺复兴运动"的演讲,他在演说中明确说到所有关于五四新文化运动的名称中,他觉得还是"中国文艺复兴运动"最合适:"三十几年前的五四,与文艺有什么关系?今天上午我也谈到,我说我们在北京大学的一般教授们,在四十年前——四十多年前,提倡一种所谓中国文艺复兴的运动。那个时候,有许多的名辞,有人叫做'文学革命',也叫做'新文化思想运动',也叫做'新思潮运动'。不过我个人

---

① 杜维明:《探究真实的存在:略论熊十力》,傅乐诗等:《近代中国思想人物论:保守主义》,(台北)时报文化出版公司1980年版,第327页。

倒希望,在历史上——四十多年来的运动,叫它作'中国文艺复兴运动'。"① 在这次演讲中,胡适一改"再生运动"的话语姿态,明确以"中国文艺复兴运动"的中文表述向国人介绍五四新文化运动。有学者据此说胡适"不得不从众将那个字译为'文艺复兴',而不再坚持译为'再生时代'"。② 这种"从众"解释有一定道理,但并未触及历史的全部真实。胡适关于 Renaissance 汉译名的前后改变,一方面源于文艺复兴译名的普及化,另一方面源于五四"启蒙运动"阐释观的兴起。"五四运动"以后,社会各界对"五四"的纪念与回忆一直没有停止过,但在纪念阐释中,不同的群体有着不同的价值导向,内蕴着不同派别对五四阐释权的争夺。不管是从文艺复兴维度还是从启蒙运动维度阐释"五四",不但关涉对文艺复兴与启蒙运动的认知评价问题,还关涉五四的历史叙事到底应该以何种线索为轴心展开,谁应该作为五四历史叙述的主体等问题。

无论是梁启超还是学衡派,都明确区分文艺复兴与启蒙运动,并持肯定文艺复兴贬斥启蒙运动的态度。梁启超游历欧洲之后有如此观察:"欧洲文学,讲到波澜壮阔,在前则有文艺复兴时期,在后则推十九世纪。两者同是思想解放的产物,但气象却有点根本不同之处。前者偏于乐观,后者偏于悲观;前者多春气,后者多秋气;前者当文明萌茁之时,觉得前途希望汪洋无际;后者当文明烂熟之后,觉得样样都试过了,都看透了,却是无一而可。"③ 胡先骕的看法可代表学衡派整体观点:"文化史中最有价值者,厥为欧

---

① 俞吾金编选:《疑古与开新——胡知文选》,上海远东出版社 1995 年版,第 130 页。
② 罗志田:《走向"政治解决"的"中国文艺复兴"——五四前后思想文化运动与政治运动的关系》,《近代史研究》1996 年第 4 期。
③ 梁启超:《欧游心影录节录》,《饮冰室合集 专集之二十三》,中华书局 1989 年版,第 13 页。

洲之文艺复兴运动,至若卢梭以还之浪漫运动,虽左右欧洲二百年,直至于今日,尚未有艾。然卓识之士,咸知其非,以为不但于文学上发生不良之影响,即欧洲文化近年来种种罪恶,咸由此运动而生焉。"① 与此相较,胡适等新文化派对文艺复兴与启蒙运动则持一种混沌不分的态度,他们标举的文艺复兴是包含着启蒙运动的文艺复兴。客观来说,五四时期,文艺复兴与启蒙运动同时来到中国,而且欧洲启蒙运动在很大程度上是继承发展了文艺复兴的文化成果,因此中国人很难分辨哪些是启蒙文化,哪些是文艺复兴文化。也正因如此,胡适认为中国知识界使用的"文艺复兴"一词不足以概括其意涵,而坚持"再生时代"的译法,以使 Renaissance 有更为深广的解读度。但在混沌不分中,胡适并非没有自己的倾向,他以文艺复兴来囊括启蒙运动本身便意味着对文艺复兴的偏爱。阅读胡适的相关文章,胡适在国内坚持从文化角度来阐释"五四",对外乐于以文艺复兴推介"五四",与左翼知识分子喜欢从政治视角纪念阐释五四,倾向于以启蒙运动来比附"五四",形成一种五四阐释的话语张力。

随着中共建党,国共合作,"国民革命"话语兴起,五四的"爱国"议题与马列主义的"阶级""反帝"话语汇合,逐渐形成了以"启蒙运动"比附"五四"的阐释路径。三十年代,日本侵华导致中国陷入空前危机,艾思奇、陈伯达、张申府、胡绳等左翼知识分子以传承五四启蒙精神为号召发起了一场新启蒙运动。五四新文化运动的当事人张申府如是说:"如果把五四运动叫做启蒙运动,则今日确有一种新启蒙运动的必要。"② 胡绳在新启蒙运动中说,有人把"五四"运动叫作中国的文艺复兴,"这确是有相当根

---

① 胡先骕:《评胡适五十年来中国之文学》,《学衡》1923 年第 18 期。
② 张申府:《五四纪念与新启蒙运动》,《北平新报》1937 年 5 月 2 日。

据的",但到底是"非常脆弱"的,"五四运动的最主要的一点成功是它把文化运动扩大为群众的广泛的运动",而新启蒙运动要"号召从'五四'以来的一切文化的战斗员集中起来"进行持久的战斗,"一直达到封建势力的彻底崩溃,帝国主义势力的彻底肃清"。①"要使思想文化运动成为民众的有力的运动,就要注意到思想文化的深入和广泛,所以新启蒙运动不仅是上层分子的结合,不仅是文化人的文化工作,更重要的就是广大人民的结合,他们知识的普及与提高,换句话说,就是注重民众的运动。"② 这些对五四的纪念与阐释都与革命意识形态的建构密切相关。"启蒙运动"的比附修辞在争取政治上的意识形态上的导向功能,远大于这些用语可能建构的知识系统。陈伯达将新启蒙运动称为"哲学的国防动员""哲学上之救亡民主大联合运动",成为服务于抗日救亡、抗日民族统一战线的思想文化运动,而此中"五四"成为革命意识形态建构的历史性资源。

中国左翼马克思主义不断地以启蒙运动的观点来界定"五四"、阐释"五四",普遍认为文艺复兴运动像温暾水一般,远没有启蒙运动来得猛烈。由此,相较于文艺复兴,启蒙运动的比附似乎更有利于中国共产党左翼思想的宣传。一九三〇年代以后,"古学复兴"思潮已经式微,而"启蒙运动"言说却日益勃兴,于是"启蒙说"便代替了"文艺复兴说"的地位。由此,胡适的文化论说已经转换了假想敌,他慢慢不再为翻译的准确性斤斤计较于"文艺复兴"的译名,而以"文艺复兴"的译名进行撰文、演讲。正如有研究者指出的:"不能轻率地把文艺复兴与启蒙运动两种概念,视为随机援引来比附五四运动的两种不同特征相反的,必须严肃的视他们为两

---

① 胡绳:《"五四"运动论》,《新学识》(上海)1937年第1卷第7期。
② 陈唯实:《抗战与新启蒙运动》,扬子江出版社1938年版,第37页。

种引导出各自的行动方针且又不相容的方案。"① 就两种比附的实质而言,文艺复兴可以视为一种聚焦于学术艺文变革的文化方案,而启蒙运动则是一种以文化思想包装的政治方案。自五四时期便倡导"不谈政治"的胡适对于左翼关于五四启蒙运动的价值引领颇有微词,他说:"从我们所说的中国文艺复兴这个文化运动的观点来看,那项由北京学生所发动而为全国人民一致支持的,在一九一九年所发生的'五四运动',实是这整个文化运动中的一项历史的政治干扰。它把一个文化运动变成一个政治运动。"② 一九四九年台海分隔之后,大陆开展了轰轰烈烈的胡适大批判,孰料胡适对此颇有兴趣,并撰写《论中共清算胡适思想的历史意义》予以回应。日记中有如是记载:"《清算胡适》一文,久搁下了。起初只想写一万字。不料,写下去我才明白这个问题很不简单,必须从'四十年来的中国文艺复兴运动'来看,才可以明白为什么俞平伯的《红楼梦》研究会成为此次大清算'胡适幽灵'的导火线,为什么中间引出胡风的一大幕惨剧等。所以我后来决定,这个问题得重写过,得重新估定'文艺复兴运动'在四十年中打出了几条路子,造出了什么较永久的成绩,留下了什么'抗毒''拒暴'的力量。"③ 在同一时期,胡适曾回顾自己中西文化观念的发展演变问题,虽并非专为"文艺复兴"译名而发,但为研究他使用"文艺复兴"一词的前后变化提供了重要线索。他说:"在我简短的六十多岁生涯中,我经历了两次不得不选择立场的文化冲突的关键时期。在我年轻时期,我面对的是旧的东方文明与年轻的、充满生机的、扩张的和侵略性的西方世

---

① 余英时:《文艺复兴乎?启蒙运动乎?——一个史学家对五四运动的反思》,《五四新论:既非文艺复兴亦非启蒙运动》,台北联经出版事业公司1999年版,第26页。
② 胡适:《胡适口述自传》,华东师范大学出版社1993年版,第183页。
③ 耿云志:《胡适年谱》(修订本),福建教育出版社2012年版,第333页。

界文明之间的大冲突。在那场斗争中,我公开地、毫不含糊地以一个东方文明的严厉批评者和西方文明的坚定捍卫者出现。在我比较成熟的年纪,我不得不面对一个新的文化冲突的时代——极权主义制度反对西方自由人民的民主文明的战争。这场新的冲突将我引向重新检视与反思我在这一主题上曾经说过、出版过的东西,我再次率直地以一个民主世界文明的捍卫者和支持者出现。"①

四 语义的阐释:重审 Renaissance 的译介文化史

现代中国文化的发展隐含着一条对"五四"新文化运动不断解读的反思之路,不管是将其视为"古学复兴"抑或"再生时代",再或者"启蒙运动",都有着比附曲解的成分,我们只有将其复杂性和独特性阐释出来,才能更客观地认识新文化运动的历史价值。同时,借知识界对 Renaissance 译介之路,也可以审思近代中国的中西新旧之争的复杂面相。

(一)译名之争:概念传播中的历史际遇

由于语义场中话语权力的争夺和思想观念的博弈,胡适使用 Renaissance 会因面向群体的不同而有着不同的表述方式。重返历史现场要求研究者"尽可能全面地了解所有当事人全部有关言行,并将各种不同的记录相互印证,从而揭示言行的所以然,才有可能整体把握错综复杂的历史事实,通过人物心路历程之真逐渐接近历史真相。"② 前文以胡适为线索,梳理了 renaissance 在五四语义场中的译名之争。在五四新文化派群体中,大家普遍接受使用"文艺复兴"的译名,而胡适是以清醒者的形象出现,旗帜鲜明地坚持"再

---

① 胡适:《一个东方人对现代西方文明的看法》,《胡适全集》第 39 册,安徽教育出版社 2003 年版,第 426 页。
② 桑兵:《从眼光向下回到历史现场》,《中国社会科学》2005 年第 1 期。

生时代"的译名。

当然,在新文化派中独树一帜的胡适并非没有知音,只要将眼界放大,便会看到二十年代陈衡哲、蒋百里关于 renaissance 译名与胡适的同气相求,也能看到四十年代同为新文化派的周作人与胡适的遥相呼应。此三人在谈及 renaissance 译名问题时,都曾强调"再生"译名的复杂性。陈衡哲在一九二六年出版的《欧洲文艺复兴小史》中说:"文艺复兴(renaissance)的意义有两个:一是复生(rebirth),一是新生(new-birth),这两个意义都是不错的。因为从一方面看来,文艺复兴是希腊罗马的古文艺和人生观的复活,是一种复生的运动;从别的方面看来,文艺复兴却是欧洲近古文化的先锋,是一种文化的新诞生。大抵在文艺复兴的初期,他的倾向是偏于复古的;后来到了盛极将衰的时期,却又见老树根上,到处产生新芽儿了。"① 蒋百里在一九二一年出版的《欧洲文艺复兴史》中说:"Renaissance 直译为再生,东译为文艺复兴。"② 蒋氏这本书里所说的"东译""东人"中的"东"字,指的是日本。周作人在《文艺复兴之梦》一文中也说过:"文艺复兴的出典,可以不必多说,这是出于欧洲的中古时代……这时候欧洲各民族正在各自发展,实力逐渐充实,外面受了古典文化的影响,遂勃然兴起,在学术文艺各方面都有进展,此以欧洲的整个文化言故谓之'再生',若在各民族实乃是一种新生也。中国沿用日本的新名词,称这时期为文艺复兴,其实在文学艺术之外还有许多别的成就,所以这同时也是学问振兴,也是宗教改革的时代。"③ 根据以上三位学人的阐述,可知"文艺复兴"这个译法是从日本传到中国来的,尽管不尽

---

① 陈衡哲:《欧洲文艺复兴小史》,商务印书馆 1926 年版,第 2 页。
② 蒋方震:《欧洲文艺复兴史》第二版,商务印书馆 1947 年版,第 1 页。
③ 周作人:《文艺复兴之梦》,《周作人散文全集》第 9 册,广西师范大学出版社 2009 年版,第 176 页。

如人意，但后来成了为中国知识界广泛使用的官方译名，就连一直坚持以"再生时代"译介 Renaissance 的胡适后来也在中文著述、演讲中接受使用了"文艺复兴"。

有学者认为胡适对 Renaissance 的汉译由坚持"再生时代"到承认"文艺复兴"，是"英美派"知识分子"继严复之后又与日本人或留日派就西方译名进行了一次小小的斗争。英美留学生的译名或者更准确，但在常常以接收者的取舍决定立说者地位的近代中国，胡适像严复一样又失败了"。①

既然提到严复的译名问题，这里简单回顾严复的翻译心路以便综合审思概念译介中的历史际遇问题。回顾严复的语词译介之路，我们常常引用其"一名之立，旬月踟蹰"来阐释其对译名的考究和严谨。客观来说，严复的思想译介在中国近代产生了广泛影响。但同时需要指出的是，对严复译名的社会传播影响也不宜评价过高，因为严译词汇在后来的传播使用中大多输给了日译词汇。熊月之在讨论西学东渐时，曾对严复译语的命运作过一个统计，他说："严复冥思苦索、刻意创立的名词，除了'物竞''天择''逻辑'等为数不多的名词，被后来的学术界沿用，其他绝大多数都竞争不过从日本转译的新名词……商务印书馆在严译名著八种后附《中西译名表》，共收词 482 条，经考察，其中被学术界沿用的只有 56 条（包括严复沿用以前的译名如'歌白尼''美利坚'等），占不到 12%。"②

严复与胡适上述译名在中国的失败传播让人深思，西语译介是如何阴差阳错成就历史的误会的。客观而言，语言的译介使用并没

---

① 罗志田：《走向"政治解决"的"中国文艺复兴"——五四前后思想文化运动与政治运动的关系》，《近代史研究》1996 年第 4 期。

② 熊月之：《西学东渐与晚清社会》，上海人民出版社 1994 年版，第 700—701 页。

有整齐划一的客观标准,不同的话语场域有着不同的话语规则。按照学术场域的话语规则,我们要厘清译词的本真意义,对概念的历史要钩沉考据,也要订正讹误,要求做到"无一字无出处,无一句无来历"。但在大众场域,语言的使用则追求约定俗成的规则,倘若一味纠结于词汇的正确性,回避约定俗成的常用词汇,在传播中有可能造成"拒人以千里之外"的效果。而有些词汇可能因为历史的误会,一旦约定俗成,便成了畅通无阻的大众语言。刘禾致力于跨语际实践研究,提出"不同的语言之间是否可以通约"的问题,思考"人们如何在不同的词语及意义之间建立并维持虚拟的等之关系"的问题。① 语言译介中的客观考订与现实使用是互相牵引、双向互动的。Renaissance 一词在中国的译介事实不仅包括看得见、摸得着的语际对译的词语考订,还应包括那些存在于历史中的译名选择、淘汰的过程。关注前者,我们会发现一些语词译介中的历史误会,关注后者,可以为我们重现语词选择中的过程并探讨更大的可能空间。

(二) 以"词"问"史":钩沉 Renaissance 的译介文化史

人类生活在一个由语词、语言、观念、理念等种种形态所构筑的符号世界中。想要把握人类世界,我们首先面对的是语词,但是语词不是实在,而是思想、观念的表达,牵涉不同人群话语权的争夺与控制。布尔迪厄曾指出:"命名,尤其是命名那些无法命名之物的权力,是一种不可小看的权力","命名一个事物,也就意味着赋予这一事物存在的权力。"② 上文以胡适为主线梳理 Renaissance 译介的纷争,此中蕴含着一个深刻的启示:概念的译介并非在"科学知识的"意义上理解翻译的,而杂糅着客观知识、话语场域、情感立场等复杂

---

① 刘禾:《跨语际实践:文学、民族文化与被译介的现代性(1900—1937)》,生活·读书·新知三联书店 2014 年版,第 1 页。
② [法] 布尔迪厄:《文化资本与社会炼金术》,包亚明译,上海人民出版社 1997 年版,第 91、138 页。

因素。狄尔泰的认知诠释学以分离精神科学与自然科学为前提,他着眼于生命的关联来制定理解人类精神现象的方法论。如果自然科学用"说明"来阐释事物,那么人文学科则通过"理解"来阐释事物。"五四"是现代中国最为壮丽的精神日出,而五四历史中蕴含的文化序列的核心概念,则构成人类精神网络的纽结。

胡适的高足傅斯年曾经指出:"大凡用新名词称旧物事,物质的东西是可以的,因为相同;人文上的物事是每每不可以的,因为多是似同而异。"① 关于 Renaissance,中国知识界有着不同的译介与阐释,此中羼杂了诸多派系的纠葛、思想的姿态和私心的考量。胡适在援引 Renaissance 向中外知识界介绍新文化运动时,不同的时空场域导致不同的话语表达。不管是面对国内知识界还是面向国外知识界,胡适都要为自己想要表达的语义找到匹配的语言形式,也希望读者、听众从语言形式识解出相应的意义内容。由此,胡适在译介使用 Renaissance 过程中的"意义"问题得以凸显,我们也需要重新审视 Renaissance 译介的客观性与译介过程中的主体性作用。客观来说,胡适对"文艺复兴"译名选择使用中充满了情感和理性等复杂的因素,他秉持知识理性,认为"再生时代"比"文艺复兴"更能贴切翻译该词,但这种译名选择中也有着与梁启超的"文艺复兴"相颉颃,与学衡派的"古学复兴"相对抗的意味。

(作者单位:郑州大学新闻与传播学院;河南大学人文社科高等研究院)

(责任编辑:陈会亮)

---

① 傅斯年:《与顾颉刚论古史书》,欧阳哲生编:《傅斯年全集》(第1卷),湖南教育出版社 2003 年版,第 457 页。

人文语义学　　　　　　　　　　　　　　　　　　　冯天瑜

语义学：历史与文化的投影

摘要：语言是思想的物质外壳，词是语言中在意义层面上自由运用的最基本单位，由词方可通道，故考析一词即是作一部文化史。许多学人深耕于语义学领域，探寻中西结合发展语义学的路径。注意纠正语义偏差，抓住关键词深入研究，将其与文化史、人文研究相联系，对于语义学的发展是有所补益的。语义学处于各种矛盾的思潮和各类研究学科的汇合处，进行与语义学交织在一起的语言学、哲学、逻辑学、心理学的语义研究，以及科学方法论中的语义分析方法研究、对于中国各民族语言学的语义研究、建立系统的语义理论有着极其重要的意义。

关键词：语义学；中西结合；关键词；概念史

语义学是与整个人文学研究相贯通的研究领域。学人从事该领域的研习已有二十余年，曾出版《新语探源》（中华书局二〇〇三年版）《封建考论》（中国社科出版社二〇一二年版）《三十个关键词的文化史》（中国社科出版社二〇二二年版）等书。学界尝试将此种研究定名为历史文化语义学，并以此为题举行多次国内与国际学术会议。二〇〇五年夏天，在地处日本京都的国际日本文化研究中心，学界举行了"东亚诸概念国际学术会议"，来自中国、日本、韩国、欧美的学者,从历史、文化的视角,对近代诸概念的生成、演变展开卓有成效的讨论。二〇〇六年十二月,在武汉大学举行"历史文化语义学国际学术研讨会"。时过半年,是此一论题的继续与拓展。

为什么现在许多学人关注语义学研究?先哲曾有精辟论述,《荀子·王制》云:"水火有气而无生,草木有生而无知,禽兽有知而无义,人有气有生有知,亦且有义,故最为天下贵也。"该说法是具有贯通性的卓见,荀子区分了无机世界和有机世界的差异。在有机世界里面,植物和动物的差异在于植物有生命,但它没知觉,动物有知觉,但是不知义理,不知道义。那么,只有人类有知且有义,具有对意义世界的理解。这与人类在实践过程中掌握,或者说形成概念有直接关系。有概念才有可能产生义理,才能产生道义,产生对于意义的认识。而概念不能够虚悬在世界上,必须要坐实,那就是要实现词化。概念不能够是个漂浮的虚体,要落实到或者是要通过词、词语来固定、确定这个概念。所以,词化是人类能够进入理性思维的一个必要条件。这就是为什么陈寅恪先生,以及稍早于他的梁启超先生都有过类似论断。陈寅恪先生的表述诸君都很熟悉,即"解释一字,便是做一部文化史"。梁启超先生稍早一点也说过,我们的汉字系统中,每个汉字都包含非常丰富的意义,只有通过对字的意义的理解才能够进入文化世界。所以,由字词为基础形成的语义学研究是通向整个历史研究或者文化研究的重要入口。

语义学,既是历史的,也是文化的,所以把它称作历史文化语义学。有些学者认为如今的语义学研究全然是从西方引入的,与国学关系不大。实际上,近现代西方语义学的研究对东方语义学研究是有刺激和推动作用的,但是也不能忽略关于语义探讨以及语义学研究,在中国有着非常深厚、悠久的传统。中国古代的训诂学,这是至关紧要、须臾不可忘却的。中国训诂学跟经学的生长发展紧密联系在一起，而经学从两汉一直到明清可以说是一个主干型的学术系统。经学研究对于经的破解就是利用训诂方法，用通俗的语言诠释艰深词义谓之"训"，用今语解释古词语谓之"诂"，中国学术在这方面是有非常深厚的传统，积累了丰厚的研究成果。在这点上，清儒贡献尤著，将这门解释古书中词语意义的学问发挥到极致，从基础的字词出发向高远的形上之道进发，这就是清人戴震所言：由字通词，由词通道。研究经书经典的正确的、实在的一种路径，必须是字—词—道—以贯之，这就是中国的训诂学，是讨论语义学的本意之所在。

学界要进一步研究和发展语义学还要走中外结合的思路，要在中国固有的考据学基础上，结合西方概念史研究的理论和方法，来发展概念史或语义学研究。近些年，武汉大学有较多的学者都投入概念史研究之中，也产出一些研究成果，而且跟河南大学人文语义学学科的建立时间相近，也建立了历史文化语义学研究中心，《武汉大学学报》还设置了"历史文化语义学"专栏，相关的文章也会持续刊发。现今语义学的发展，进入一个空前繁荣也是错综复杂的阶段，取得很多新成果，但是在此过程中，在古与今转化和中与外的对接中，也不可避免地出现一些混乱和偏误。对于这方面问题，是语义学研究和发展过程中要特别注意的，也是学界研究的一个重要方面。这些关键词在推演过程中如果发生偏误就会导致一些不良的后果。这个后果不仅是语义学问题，也导致了整个文化研究、史学研究，乃至对整个社会形态认识都出现了偏差。比如说"封建"。"封建"是一个历史悠久的概念，而且它的内涵一直是比较稳定，是确定无疑的概念。近百年来，却在古今演变和中外对接过程中发生了严重偏误，而这种偏误对于整个史学研究、社会形态界定都造成了影响，所以要对该问题进行辩证思考。

此外，"形而上学"概念也是中国的古典词语，《易·系辞》：

"形而上谓之道,形而下谓之器"。这个形而上谓之道含义非常清楚,就是指的道义、规律。形而下谓之器,是指具体的器物、具体的事物。这个含义都是很清楚的。在近代中西对接的过程中,开始在正道上向前推进。"形而上学"是翻译自亚里士多德的著作,译者用"形而上学"来表述亚里士多德所提出的概念是非常准确的,因为亚里士多德的"形而上学"是在物理学之后,物理学研究的是什么?是研究形而下谓之器的,在这个之后就是"形而上学",那就是哲理的研究。这个中西对接是准确的。但是,后来在进一步介绍西方的学说、哲学思想过程中,缺乏有辨析的译介,就产生了问题。包括黑格尔对于前辈学者的哲学思想进行概括时,在批评笛卡儿机械主义或机械唯物论说法时,指出笛卡儿的形而上学(哲学),是孤立、静止、片面地看问题。后来在译介过程中,这样的一种"形而上学"的概念,扩张成为现当代使用"形而上学"时的概念,甚至成为一个影响更大的概念,现在很多人谈到"形而上学"不是想到它是超乎具体事物之上的学问,是研究规律、研究法则、研究哲学问题的学问,而现在一提到形而上都是想到孤立、片面地看问题,这就使得"形而上学"这一概念被曲解了,它既不符合"形而上学"的中华古典意义,也不符合西方意义,造成这样的原因有很多,这是在整个翻译过程、在近代译介过程中出现的问题。当然直接造成这样的一个结果的源头是《矛盾论》这部名著,因为《矛盾论》讲形而上学,就是专门讲孤立、静止、片面地看问题等。

另外比如"经济",在译介过程之中也是出现了一系列的问题。经济本来在中国的含义基本相当于政治这个范畴,就是经世济民、经邦济国,这个经济的含义是非常清楚的,中国古人一直到近代人写作、论述文章中"经济"都是指这个意思。但是日本翻译"经济"的概念,在与西方概念对应时,产生偏差。后来经济就变成了物资生产、生产交换这样一个社会生活的过程,跟经济原本的含义偏移。严复、梁启超等人很不赞成日译"经济学",而主张用"计学""平准学",但终究被影响力强劲的日译经济占据先机。语义在近代转换过程中,必然会有引申、发展、变化。科学也是有变化的,"科学"本来也是中国的古典词。科学是分科之学。原来日本人就是用分科之学的"科学"去翻译西方的"科学",到近代学术发展后,就发生了分科演变。所以科学的一个重要的含义确实是分科之学,所以用"科学"来翻译"science"是可以的。但是后来"科学"在原来的分科之学的这个意义中,要进一步有很多发展,包括实证研究等方面。但是比如像"封建""经济""形而上学",那种演变就完全背离其本义,而这种概念向前的推移就只会导致人们思想的混乱,而不是思想的深化和前进。

概念史研究有很多工作要做,这只是其中一方面,就是纠正在概念演变的过程中出现的各种偏误,将其解释清楚后,也还是可以将错就错地用下去。但前提是需要解释清楚概念演变的过程。概念史研究就是要把这个道理讲清楚,才可以将错就错地使用下去,不然在汉字文化圈内就产生很多概念陷阱,不利于使用汉字文化的思维向精密化、准确化发展,所以仅仅从小的方面而言,语义学研究是非常重要的,更不要说它对整个社会的选择、道路的选择等更宏观、更重大的问题都有影响。

在从事语义学研究的过程中,由于词汇众多,由字通词,由词通道,在研究之中要抓关键,关键词研究可能是整个文化史研究的重要通道与入口。即陈寅恪先生所说,"解释一字,便是做一部文化史"。如果能够在该领域持之以恒、长期坚持,将对我们的文化史研究或整个史学研究起到一定的推动作用。

(作者单位:武汉大学历史系)

(责任编辑:闵祥鹏)

思想史 李振宏

身份错位：贾谊人生悲剧的内在冲突

摘要：如何认识贾谊的人生悲剧，是自班固以来就争论不休的话题。或归之于文帝的原因而怀才不遇，或归之于贾谊自身志大而量小"不能自用其才"，两千年来围绕这样的基本思路，生发出诸多争议。其实根本的问题在于贾谊的思想家禀赋与政治家身份的内在冲突，这样的身份错位而造成了人生悲剧。所以，当贾谊被吴公举荐而荣登朝堂的时候，其悲剧性命运就被先在地决定了。

关键词：贾谊；汉文帝；思想家禀赋；政治家素质

无论是在汉初思想界，还是在汉初的政治舞台上，贾谊都是一个无法回避的人物。他以深邃的思想力洞察当代社会，留下了《新书》这一思想史上的丰碑；他以强烈的使命意识无私无畏地进谏文帝，干预政治，虽远见卓识却终遭谪贬，年纪轻轻而殒命。贾谊像彗星一样在汉初世界里划过，给后人留下了无限的评论空间。两千年来，对贾谊的评价无论是褒是贬，共同的看法是都惋惜他的人生悲剧，不同的是对其人生悲剧根源的解读。一个富有绝世才华的思想天才，为何演化出令人扼腕的悲剧人生，的确是值得探讨的。

一 关于贾谊人生悲剧原因的不同解读

贾谊的人生悲剧,始于他的怀才不遇,这种看法是从司马迁为之作传时就埋下的伏笔。司马迁没有明说贾谊"怀才不遇",但他将贾谊与屈原同传,并说"天子后亦疏之,不用其议,乃以贾生为长沙王太傅"①,就已经表达了明确的倾向性判断。

晚司马迁七十年的西汉大学者刘向,公开表达了贾谊"怀才不遇"的看法:"贾谊言三代与秦治乱之意,其论甚美,通达国体,虽古之伊、管未能远过也。使时见用,功化必盛。为庸臣所害,甚可悼痛。"②

但是,班固则提出了完全不同的观点,不同意贾谊"怀才不遇"的说法。他在征引上边刘向的话之后说:"追观孝文玄默躬行以移风俗,谊之所陈略施行矣。及欲改定制度,以汉为土德,色上黄,数用五,及欲试属国,施五饵三表以系单于,其术固以疏矣。谊〔亦天〕年早终,虽不至公卿,未为不遇也。"③

一个天才的思想家、文学家,一个堪比伊尹、管仲的旷世奇才,没有能建树盛功伟业而英年早逝,着实是一个人生悲剧。问题是"悲"从何来?如果是源自怀才不遇,这个人生悲剧的根源则自然要追踪到汉文帝身上,是不遇于文帝;而历史又把一个圣王的形象赋予了汉文帝。在一个圣王明君的治下,怎么会有命世之才的人怀才不遇呢?贾谊的人生遭遇引起了历代政治家、思想家、文学家的持续关注,几乎各朝各代都有人发声,且评论大抵都是围绕着贾谊的"遇"与"不遇",或者"不遇"的根源在于文帝还是在于贾

---

① 《史记·屈原贾生列传》,中华书局1959年版,第2492页。
② 《汉书·贾谊传》,中华书局1962年版,第2265页。
③ 《汉书·贾谊传》,中华书局1962年版,第2265页。

谊的自身原因而展开。

在现当代的贾谊研究中，关于古人对贾谊人生悲剧的讨论，几乎被全数翻检，且大多没有跳出古人的基本思路。本文不再重复古代学人的评论，仅想指出，在古人关于贾谊人生悲剧原因的大量讨论中，最有价值或者说最值得关注的是宋代苏轼的评论。苏轼在短文《贾谊论》中说：

> 非才之难，所以自用者实难。惜乎贾生王者之佐，而不能自用其才也。夫君子之所取者远，则必有所待，所就者大，则必有所忍。古之贤人，皆有可致之才，而卒不能行其万一者，未必皆其时君之罪，或者其自取也。
>
> 愚观贾生之论，如其所言，虽三代何以远过？得君如汉文，犹且以不用死。然则是天下无尧舜，终不可以有所为耶……若贾生者，非汉文之不用生，生之不能用汉文也。①

苏轼认为，造成贾谊人生悲剧的根本原因，在于贾谊自己，是他"不能自用其才"，不是汉文帝不用他，而是他自己不能用于汉文帝。完全从贾谊的身上寻找其人生悲剧的原因，并指出问题之所在（"不能自用其才"），是苏轼的重要发现，是其超越前人的地方。前人多是在重复班固的观点：文帝没有不用贾谊，反而采纳了贾谊的诸多主张，而只是由于复杂的政治原因，没有给贾谊以公卿之位。前人甚至是苏轼之后的人们，也多是沿着班固的思路，辩解何谓"用"与"不用"的问题，反复阐述不能以能否做官来判定是否重用。而苏轼提出的则是一个新的思考方向。不是汉文帝用不

---

① 孔凡礼点校：《苏轼文集》第一册，中华书局1986年版，第105—106页。

用贾谊,而是贾谊空有王佐之才而不能发挥作用,缺乏使用自身才能的素质或能力。苏轼申述自己的理由说:

> 夫绛侯亲握天子玺,而授之文帝,灌婴连兵数十万,以决刘、吕之雄雌。又皆高帝之旧将。此其君臣相得之分,岂特父子骨肉手足哉。贾生洛阳之少年,欲使其一朝之间,尽弃其旧而谋其新,亦已难矣。为贾生者,上得其君,下得其大臣,如绛、灌之属,优游浸渍而深交之,使天子不疑,大臣不忌,然后举天下而唯吾之所欲为,不过十年,可以得志。安有立谈之间,而遽为人痛哭哉?……不知默默以待其变,而自残至此。呜呼,贾生志大而量小,才有余而识不足也。①

苏轼认为,贾谊的人生悲剧源自其"志大而量小,才有余而识不足"的性格缺陷,他力主政治改革,削弱旧大臣的势力,但这不是可以立刻做到的。以当时的情况看,文帝不可能也没有力量革除周勃、灌婴等旧大臣的势力,改变君弱臣强政治格局的时机并不成熟。周勃和灌婴等人,既是高帝打天下的旧将,又是拥立文帝的功臣,如果贾谊和周勃、灌婴等旧大臣发生冲突,文帝就只能牺牲贾谊这个文弱书生。所以,在苏轼看来,贾谊根本就不应该和旧大臣发生冲突,而应学会韬光养晦,学会和周勃、灌婴等人和谐相处,逐步站稳脚跟,并等待时机。所以,他说如果贾谊能够做到"上得其君,下得其大臣""使天子不疑,大臣不忌",他的政治主张或政治理想,不过十年就可以实现。然贾谊气量太小,缺乏远见而不知权变,最后造成人生悲剧就是不可避免的了。

在整个古代学人的讨论中,苏轼完全从贾谊自身找原因,提出

---

① 孔凡礼点校:《苏轼文集》第一册,中华书局1986年版,第106页。

贾谊不能"自用其才""志大而量小，才有余而识不足"的性格缺陷，是一个正确的思考方向。但是，贾谊的人生悲剧，是不是一个"志大而量小，才有余而识不足"的问题，则是可以讨论的。笔者之前研究秦始皇的统治思想问题时，提出过把政治家和思想家相区别的思考路径①，现在面对贾谊的人生悲剧，这一研究思路再次浮现出来。如果从一个政治家的角度去审视，贾谊是不合格的，他缺乏政治家的智慧，政治经验不足，或者说他根本就不具备政治家的素质和气质，而仅仅是一个颇有天赋的思想家，有着传统文人的书生气。而他的人生悲剧，可能就是思想家天赋和政治家身份的冲突，是身份错位所导致。

现当代的贾谊悲剧研究，有不少学者都在沿着苏轼的思考方向，从贾谊自身去寻找其人生悲剧的原因，并在自觉不自觉地接近着笔者所思考的身份错误问题，而只是没有凸显出这一问题意识而已。

笔者看到较早的是二十世纪八十年代陈玉屏的《贾谊人生悲剧的再认识》一文。作者论曰：

> 贾谊少年新进，虽满腹经纶却不知审时度势。一旦登上政治舞台，立脚未稳、根基未牢，时机尚未成熟，却迫不及待地要求王朝礼乐制度大更张，结果立即与朝中具有盘根错节之势的功臣集团激烈冲突，文帝不得不安排其出朝避祸。
>
> 文学之士中常见的狷介之性，在贾谊身上反映得也特别突出。贾谊志在安邦定国，却不具备"卒然临之而不惊，无故加之而不怒"（苏轼《留侯论》）的政治家的气度，缺乏坚强的

---

① 参见李振宏、张玉翠《关于秦始皇统治思想属性的判断问题》，《古代文明》2020 年第 3 期。

身份错位：贾谊人生悲剧的内在冲突

意志和坚忍不拔去达到目的的毅力，受到一时之挫折就黯然自伤，以至痛哭流涕。如此胸襟气量，而又参加到最高统治集团的错综复杂的政治斗争中，焉得不以悲剧告终？①

显然，陈玉屏就是从政治家的角度去审视贾谊的。从政治家的角度看，贾谊"不具备'卒然临之而不惊，无故加之而不怒'的政治家气度，缺乏坚强的意志和坚韧不拔去达到目的的毅力"，满腹经纶而不知审时度势。贾谊弱冠之年登上朝堂，得文帝赏识而超迁，差一点没有登上公卿之位，当然是以政治家身份亮相的。从政治家的角度去看待他、要求他并不过分。然而，贾谊不具备政治家的基本素质，却又作为政治家"参加到最高统治集团的错综复杂的政治斗争中"，走出一条悲剧人生之路就是不可避免的了。陈玉屏的这个看法是深刻的，这比苏轼仅仅将贾谊的问题归之于"志大而量小"要更接近于问题的根本。如此说来，贾谊之悲剧的确不是苏轼说的气量大小的问题，不是苏轼设想的只要贾谊韬光养晦，培养一下城府，和周勃、灌婴之属搞好关系就可以解决的问题。陈玉屏写道：

> 东坡先生以为只要贾谊胸有城府，注意拉拢一下关系、联络一下感情，矛盾即可化解，政见即可施行。这是十足的书生之论。东坡先生根本没有看清贾谊是另一股正在崛起的政治势力的代表，围绕贾谊的矛盾斗争，是统治集团内部台上和台下的两种政治思想、两股政治势力在新旧交替过程中的矛盾和斗争；这种矛盾斗争是不可避免的，也是难以调和的。②

---

① 陈玉屏：《贾谊人生悲剧的再认识》，《西南民族学院学报》1990年第5期。
② 陈玉屏：《贾谊人生悲剧的再认识》，《西南民族学院学报》1990年第5期。

的确，贾谊在统治集团内部矛盾和斗争的政治旋涡中，需要的是政治智慧、政治眼光和政治手段，是政治家审时度势和坚毅果敢的基本素质，这不是一般的气量大小的问题。陈玉屏的看法在接近着笔者所提出的问题。

二〇一二年，夏毅辉和陈小健的文章，沿着这一思考方向，提出了贾谊的身份属性问题。他们在《贾谊悲剧原因之再认识》一文中说：

> 贾生一介儒生，凭自己的聪明才智顺利进入庙堂，可实际上，从他后来的各种表现来看，更多的时候他是一名诚实的学者，而不是一名成熟的政治家。政治家往往具备深沉、老练、冷酷、圆滑和左右逢源的素质，而这恰恰与学者的天真、幼稚、热情、单纯和自视清高形成强烈的反差。①

作者认为，贾谊本质上是一介儒生，并不是一个政治家，他仅仅是凭借着一个文人的聪明才智而走进了政治的殿堂。而当他需要以政治家的身份去处理问题，在高层政治旋涡中立身行事的时候，其自身素质与政治家需要的素质之差异，就明显地暴露出来了：政治家所需要的"深沉、老练、冷酷、圆滑和左右逢源的素质"，"与学者的天真、幼稚、热情、单纯和自视清高形成强烈的反差"。作者此文分析了造成贾谊人生悲剧的三个方面的原因，这是其中之一。毫无疑问，此文的作者是注意到了贾谊的身份属性问题，儒生、思想家的身份，却要去担负解决复杂政治问题的政治家职责，这构成其人生悲剧的重要成因。

毫无疑问，前人的研究已经触及笔者所提出的身份错位问题，

---

① 夏毅辉、陈小健：《贾谊悲剧原因之再认识》，《学海》2012年第5期。

只是他们没有明确地提出这个身份错位的概念，没有将此作为一个突出的问题去加以阐述，问题的解决还需要有更深入的开掘。而本文要做的，就是以贾谊身份属性之错位作为其人生悲剧的根本原因，以此为问题意识而展开阐述。

二 履历苍白，不具备政治家的基本素质

真正成熟的政治家，既需要有政治家的先天禀赋，也需要有颇为丰富的人生经历，特别是在政治旋涡中摸爬滚打的经历，先天禀赋与人生经历、政治经验合为一体，才能成就一个合格的政治家。而贾谊，既无政治家的天赋，也无任何的政治经验，就被推到了庙堂之上，他是在毫无政治准备的情况下冲进了政治旋涡之中，最终被政治所吞噬。贾谊的人生悲剧，有其内在的逻辑可循。

（一）苍白的人生经历

"贾生娇娇，弱冠登朝。"（班固语）贾谊以弱冠之年荣登庙堂，走入皇家高层政治旋涡之中，而在此之前，却还没有一点从政的经历，如果从一个政治家的角度来要求，其履历之苍白十分罕见。没有任何政治履历而直接参与高层政治，其悲剧命运几乎不可避免。按照《史记》本传的记载：

> 贾生名谊，洛阳人也。年十八，以能诵诗属书闻于郡中。吴廷尉为河南守，闻其秀才，召置门下，甚幸爱。孝文皇帝初立，闻河南守吴公治平为天下第一，故与李斯同邑而常学事焉，乃徵为廷尉。廷尉乃言贾生年少，颇通诸子百家之书。文帝召以为博士。[①]

[①] 《史记·屈原贾生列传》，中华书局1959年版，第2491页。

贾谊在被文帝征召之前，没有过任何为官从政的经历。他仅仅是因为"能诵《诗》属《书》闻于郡中"，而被河南守吴公召置门下。贾谊在吴公门下有四五年的时间，其间与吴公应该是相互问学，探讨诗书义理，而没有涉入政事，起码是没有参与郡务而有什么出色的表现，所以，无论是司马迁还是班固，对于他在吴公门下是否有政治作为，都一字不提。吴公向文帝推荐贾谊，也只有"颇通诸子百家之书"这一理由。

然而，贾谊一经被举，就立即进入了政治升迁的快车道。在文帝的七十余博士①中，贾谊最为年少，但却才华横溢，识见最为突出。"每诏令议下，诸老先生不能言，贾生尽为之对，人人各如其意所欲出。诸生于是乃以为能，不及也。孝文帝说之，超迁，一岁中至太中大夫。"②按汉初官吏秩级，博士四百石③，太中大夫千石，所以谓之"超迁"。官秩超迁，不只是一个待遇问题，而是参与政事的地位变了。《汉官解诂》载：

> 光禄大夫，谏议大夫，揖让群卿，四方则之。光禄大夫，本为中大夫。武帝元狩五年，置谏议大夫为光禄大夫。世祖中兴，以为谏议大夫。又有太中、中散大夫。此四等于古皆为天子之下大夫，视列国之上卿。

---

① 卫宏《汉旧仪补遗》："孝文皇帝时，博士七十余人，朝服玄端，章甫冠。"（孙星衍等辑，周天游点校：《汉官六种》，中华书局1990年版，第89页）当然，在文帝初年，博士的规模是不是有七十余人，也是一个待考的问题。
② 《史记·屈原贾生列传》，中华书局1959年版，第2491页。
③ 有些论者以为贾谊之博士官秩六百石，实是有误。《后汉书·百官志二》载："博士祭酒一人，六百石……博士十四人，比六百石。本注曰：……国有疑事，掌承问对。本四百石，宣帝增秩。"据此，汉初文帝时，博士应该是秩四百石，而只有博士祭酒才秩六百石；到宣帝时，博士秩级才调整为比六百石。

> 武帝以中大夫为光禄大夫,与博士俱以儒雅之选,异官通职,《周官》所谓"官联"者也。温故知新,率由旧章,与参国体,稽合同异,皆能分明古今,辨章旧闻。①

据此可知,太中大夫与博士之职在其职能上大体相同,属于"异官通职",但秩级悬殊,为什么呢?自然是其地位、在皇朝政治中的重要性有了显著差异。对于国之大事,太中大夫参与的程度,说话的分量,都要远高于一般的博士。而当他升迁为太中大夫而有资格参与高层政治的时候,却还没有过任何的政治经验,对实际的政治运作,是没有任何感觉和体验的。他几乎是一下子从一个年轻儒生直接跨入政治高层,没有经历一个从思想家到政治家的转变过程,就被推入了王朝政治的中心。就一般情况而言,没有政治经验而直接参与重大政治活动是有极大风险的。

(二)缺乏政治家的基本素质

就贾谊的天赋说,似乎也不具备政治家的禀赋,只是一个很纯粹的思想家。一般而言,思想家和政治家是完全不同的两类人,他们所需要的基本素质也很有差异。笔者在评论秦始皇的统治思想时曾经说过:

> 思想家是一群"无恒产而有恒心"的人,他们的历史使命是献身于真理的追求,无论其思考的结论如何,也都是真诚的思想探索;而政治家则不同。政治家的思考,是着眼于现实的利益追求,是确定的需要的反映。可以说,政治家是很少有信仰的,他是跟着利益走的。如果他是卓越的政治家,或者是优

---

① 王隆撰,胡广注:《汉官解诂》,孙星衍等辑,周天游点校:《汉官六种》,中华书局1990年版,第13—14页。

秀的政治家，他的思考是被国家、民族的利益所指引；如果他是卑劣的政治家，则可能仅仅是围绕着集团的或者家族的、个人的利益而行动。①

这段话讲的是思想家与政治家在根本属性上的区别。如果从其身份属性与职业素质的角度说，其区别则更加显而易见。以笔者之见：

思想家是思考者，政治家是行动者和实践者。

思想的特性是自由，思想家可以自由驰骋其想象力；行动者则是在客观环境中展开自己的创造性活动，他面对的是现实，需要在复杂的矛盾冲突中选择行动方式，找到达成政治目标的最佳路径。

思想家的精神创造活动，靠的是先天禀赋的思维个性和深刻的洞察力；而政治家除了先天的禀赋，最重要的是要靠在后天的政治实践中培养出来的审时度势、权衡利弊的处事能力。

思想家的创造性需要有激情，激情澎湃是思维活跃的重要条件，任何思想家都需要有强烈现实情怀，他们往往是在澎湃激情中直觉到问题的本质；政治家也需要激情，激情澎湃可以催生胆略和勇气，但政治家却不能凭激情行事，其政治行为则要求其沉着冷静，任何政治决策凭借的都是高度的思维理性。

思想家的目标是追求真理，他需要有面对事实的诚实的科学态度，谨严的逻辑思维和锲而不舍的执着与坚毅；而政治家则是在追求或实现确定的现实利益，确定的目标或利益是其唯一追求，因此，行动的目的性既要求坚毅的意志品质，也要求行为方式的灵活和权变。

---

① 李振宏、张玉翠：《关于秦始皇统治思想属性的判断问题》，《古代文明》2020年第3期。

真理的唯一性和排他性，养成思想家是非分明的思维特性；而政治家重视的是利益和目标，不甚顾忌问题的是与非，为了目的而不择手段的目的论思想，甚至成为政治家的潜意识。真理的唯一性和排他性，要求思想家对不同思想主张的排斥和批判；而政治家为了达成目标，则往往需要与对手和环境做出必要的妥协和让步，甚至妥协和让步是政治家走向成功的最重要的素质，最常用的手段。

思想家是纯净的，政治家是包容的。

思想家与政治家的确是大不相同的两个群体，在身份和素质方面的差异也不仅限于以上几个方面，但以上描述已大体可以说明其不同。反观贾谊，在以上各方面的对照中，他就只能是思想家，而不具备作为一个政治家的素质。他的纯真，就像水一样纯净，甚至从政治的角度看，就是幼稚。他在高层政治旋涡中处理问题，依赖他所认为的是与非，而不知道包容和妥协；在朝廷上论议诏对时他力压群臣，孤傲超群，出类拔萃，却不知警惕木秀于林；他处理与朝臣同僚的关系，从来不考虑他人的感受，不考虑如何与同僚相处（"每诏令议下，诸老先生不能言，贾生尽为之对"）；他的各种上疏，也只是其政治主张的直接陈述，对问题的深入剖析，而缺乏处理问题的谋略或策略。

贾谊思想纯净而不知权谋，或者说不屑于权谋，处理与他人关系从原则出发而不计较恩怨，可以从他对待周勃的态度很鲜明地表现出来。他在文帝二年遭到贬谪而发配长沙，实际上是被周勃、灌婴之属所害，这就是《史记》说的："天子议以为贾生任公卿之位。绛、灌、东阳侯、冯敬之属尽害之，乃短贾生曰：'雒阳之人，年少初学，专欲擅权，纷乱诸事。'于是天子后亦疏之，不用其议，乃以贾生为长沙王太傅。"① 周勃是其被贬的主要推手。但是当第

---

① 《史记·屈原贾生列传》，中华书局1959年版，第2491页。

二年周勃被文帝免相就国回到绛地,并被人陷害受辱的时候,贾谊则上疏为周勃说话。

《史记·绛侯周勃世家》载:"岁余,每河东守尉行县至绛,绛侯勃自畏恐诛,常被甲,令家人持兵以见之。其后人有上书告勃欲反,下廷尉。廷尉下其事长安,逮捕勃治之。勃恐,不知置辞。吏稍侵辱之。"针对此事,贾谊上疏曰:

> 故古者礼不及庶人,刑不至大夫,所以厉宠臣之节也。古者大臣有坐不廉而废者,不谓不廉,曰"簠簋不饰";坐污秽淫乱男女亡别者,不曰污秽,曰"帷薄不修";坐罢软不胜任者,不谓罢软,曰"下官不职"。故贵大臣定有其罪矣,犹未斥然正以呼之也,尚迁就而为之讳也。故其在大谴大何之域者,闻谴何则白冠氂缨,盘水加剑,造请室而请罪耳,上不执缚系引而行也。其有中罪者,闻命而自弛,上不使人颈盩而加也。其有大罪者,闻命则北面再拜,跪而自裁,上不使捽抑而刑之也。①

当然,贾谊此论谈的是大臣有罪而被"侵辱"的现象,是针对这种现象提出"礼不及庶人,刑不至大夫"的问题,希望大臣即使有了大罪,也只能赐死,令其"跪而自裁",而不要对其动刑而使其颜面受辱。从字面上看,并不能从这段引文看出贾谊是针对周勃受到"侵辱"而发,而只是他维护传统礼制的一般性主张。

把贾谊此次上疏与周勃受辱两件事联系起来,并不是笔者的发明,而是班固为之。《汉书·贾谊传》在载录贾谊的《陈政事疏》文字之后,写道:"是时丞相绛侯周勃免就国,人有告勃谋反,逮

---

① 《汉书·贾谊传》,中华书局1962年版,第2257页。

系长安狱治,卒亡事,复爵邑,故贾谊以此讥上。上深纳其言,养臣下有节。是后大臣有罪,皆自杀,不受刑。"[1] "故贾谊以此讥上",道出了二者的因果联系。我们有理由相信班固的判断。

从官场政治的角度说,周勃是贾谊的政治对手,并且是其被贬的主要推手,周勃被告下狱治罪,正是贾谊报复政治对手的最佳时机,最正常的做法是落井下石,借机置周勃于死地。相信古今政治家、官场上,大抵都是这样做的。贾谊即使对周勃落井下石,也不会受到什么谴责。而贾谊不仅没有落井下石,反倒替其说话,是不是"傻得可爱"呢?借机报复、抒个人之怨气,不符合贾谊的思维逻辑。他本性上不是官僚,不懂得官场上的尔虞我诈,不懂得什么谋略和权术,他思考的是纯粹的以礼制为核心的政治理论。他对"礼不及庶人,刑不至大夫"的阐述,客观上是因周勃之事而引发,但实际上是他认为的礼制建设问题。所谓的周勃恩怨,是别人或后人的看法,与真正的思想家贾谊没有关系。

从个人性格上说,贾谊又是一个情感充沛、容易冲动的人,对什么事情都比较敏感。做梁怀王太傅期间,曾上疏陈政事:

> 臣窃惟事势,可为痛哭者一,可为流涕者二,可为长太息者六,若其他背理而伤道者,难遍以疏举。进言者皆曰天下已安已治矣,臣独以为未也。曰安且治者,非愚则谀,皆非事实知治乱之体者也。夫抱火厝之积薪之下而寝其上,火未及燃,因谓之安,方今之势,何以异此![2]

贾谊写这封奏章时,汉王朝刚刚建立三十年,在无为而治治国

---

[1] 《汉书·贾谊传》,中华书局1962年版,第2260页。
[2] 《汉书·贾谊传》,中华书局1962年版,第2230页。

方针指导下,社会经济正在得到明显的恢复和发展,政治上异姓诸侯王的分裂势力刚刚被剪除,刘姓诸王的力量还没有太突出的发展,远没有造成对中央王朝的直接威胁,怎么就严重到了使人一再痛哭、流涕、长叹息的危机之势呢?任何时代,哪怕是真正的太平盛世,也会存在局部性、个别性的社会问题,但局部性、个别性的问题,是不应该被夸大到如此危言耸听的地步的。我们相信贾谊并不是要有意夸大问题的严重性,而是他的思想家的洞察力,忧国忧民的炽热情感,容易激动的情绪化气质,导致了他对问题的过度敏感。就现有的文献材料看,文帝时期的政治家和思想家们,几乎还没有第二个人对当时的社会问题,忧虑到这样的程度。而这样的敏感和冲动,不是一个政治家所应有的素质。

(三)与前辈儒生政治家陆贾之比较

由儒生而站在庙堂之上,从事政治家的职业,在这方面,贾谊与其前辈陆贾颇为相似。但陆贾则具备政治家的才能和素质,将贾谊与陆贾相较,当更能帮助我们认识贾谊的身份错位问题。

辅佐高帝的陆贾,也是一介儒生,而他却做出了思想家兼政治家的辉煌业绩。从《史记》《汉书》的记载看,陆贾在汉初政治舞台上,是一个耀眼的明星,使他彪炳史册的有三件大事:一是完成刘邦的命题作文《新语》,为汉王朝总结秦所以失天下的历史借鉴,并奠定汉朝立国的政治思想基础;二是高帝十一年奉命出使南越,说服南越王赵佗臣服汉家王朝;三是在诛吕氏而安刘家天下的重大事变中作出特殊贡献。下边就以陆贾在诛吕氏这场历史事变中的表现为例,来看一下他杰出的政治家素质。

自从刘邦建汉之后,汉代政治史上第一次最剧烈的政治变故,恐怕就是在吕后死后吕氏兄弟欲危刘氏皇权的危急时刻,陈平、周勃联手诛吕氏而安刘家天下。此次政治事变的成功,后人一般都把其功绩记在了周勃名下。其实,在诛吕氏而安刘家天下的过程中,陆贾之功是不能忽视的。司马迁评论说:"及诛诸吕,立孝文帝,陆生颇有力焉。"① 班固评论说:"及诛吕氏,立孝文,贾颇有力。"② 可谓定评。在这一历史事变中,陆贾凸显了他的政治家风采:审时度势,待机而动,思维缜密,谋划周全。

刘邦死后,吕氏专权,陆贾是不满的,但他没有鲁莽行动。《史记》本传载:"孝惠帝时,吕太后用事,欲王诸吕,畏大臣有口者,陆生自度不能争之,乃病免家居。"当他感到对于吕后欲王诸吕反对也无济于事的时候,就主动蛰伏,称病辞职。但在其心中,始终抱有铲除吕氏而佑护刘家天下的强烈愿望,只不过是要寻找时机,待时而动罢了。

陆贾称病辞职,是出于对当时朝中力量对比状况的分析。《汉书·张陈王周传》说:"高后欲立诸吕为王……问左丞相平及绛侯周勃等,皆曰:'高帝定天下,王子弟;今太后称制,欲王昆弟诸吕,无所不可。'"对于吕后的所作所为,执掌兵权的周勃和左丞相陈平都选择了容忍退让,况且相传陈平和周勃二人还有嫌隙③,要组织起抗衡吕后的力量实不可能。但是,后来情况发生了变化。《史记·绛侯周勃世家》说:"高后崩。吕禄以赵王为汉上将军,吕产以吕王为汉相国,秉汉权,欲危刘氏。勃为太尉,不得入军门。陈平为丞相,不得任事。"④ 吕后死后,吕氏势力日益膨胀猖獗,陈平、周勃都被排斥而剥夺了实际权力,将相二人

---

① 《史记·郦生陆贾列传》,第 2701 页。
② 《汉书·郦陆朱刘叔孙传》,第 2115 页。
③ 陈平和周勃之间小有嫌隙。周勃曾在刘邦面前讲过陈平的坏话,说陈平居家时曾与其嫂有染,出外谋事也不讲信义,朝秦暮楚,收受部属贿赂,引起刘邦怀疑,由此而造成二人之间的嫌隙。事见《史记·陈丞相世家》。
④ 《史记·绛侯周勃世家》,裴骃集解,第 2072 页。

被倒逼而演变为铲除吕氏势力的积极力量,这就使陆贾看到了事情的转机。于是,他便因势而动,周旋于陈平、周勃及汉廷公卿之间,以促成政治局势的改变。陆贾劝陈平说:"天下安,注意相;天下危,注意将。将相和调,则士务附;士务附,天下虽有变,即权不分。为社稷计,在两君掌握耳。臣常欲谓太尉绛侯,绛侯与我戏,易吾言。君何不交欢太尉,深相结?"陆贾为陈平谋划了如何联结周勃对付诸吕之事。"陈平用其计,乃以五百金为绛侯寿,厚具乐饮;太尉亦报如之。此两人深相结,则吕氏谋益衰。陈平乃以奴婢百人,车马五十乘,钱五百万,遗陆生为饮食费。陆生以此游汉廷公卿间。"① 陈平接受陆贾的建议,摒弃与周勃的个人恩怨,用陆贾之计交欢绛侯,"两人深相结",为最终铲除吕氏打下了基础。之后,陆贾又利用陈平送他的车马五十乘、钱五百万作为财力基础,行走于公卿之间,联结反对吕氏的积极力量,并最终成就了铲除吕氏而安刘家天下的历史功业。

陆贾作为汉初政坛上一个举足轻重的政治家和思想家,其行事处世、政事实践有他很宝贵的思想方法。他在《新语》中说:"故制事者因其则,服药者因其良。书不必起仲尼之门,药不必出扁鹊之方,合之者善,可以为法,因世而权行。"② 他认为,处世、做事要因循世事的变化而进行权衡、选择,一切以当世所宜而权度其行。可以说,"因世而权行"是政治家很重要的思想方法,政治家的一切作为,都需要审时度势,根据客观环境状况选择自己的政治行为。陆贾的政治家素质,一方面是其天赋,另一方面与他的政治经历有关,是在长期的政治实践中培育出来的。

---

① 《史记·郦生陆贾列传》,裴骃集解,第 2700—2701 页。
② 王利器:《新语校注》,中华书局 1986 年版,第 44 页。

按史书记载，从秦末的反秦战争开始，陆贾就追随刘邦左右。"以客从高祖定天下，名有口辩，居左右，常使诸侯。"① 见于记载的，陆贾为高祖游说对手的事情有两次。一次是在反秦战争中，刘邦为了抢在项羽之前攻下关中，用张良计，先派郦食其和陆贾去游说秦将。《史记·高祖本纪》载此事曰："及赵高已杀二世，使人来，欲约分王关中。沛公以为诈，乃用张良计，使郦生、陆贾往说秦将，啗以利，因袭攻武关，破之。"② 此次取得了成功，为高祖袭攻武关先至灞上奠定了基础。另一次是在楚汉之争中，高帝曾派陆贾去游说项羽，请其释放被俘的父亲。"汉遣陆贾说羽，请太公，羽弗听。"③ 这次游说没有成功。

陆贾是先秦秦汉时期少数几个著名辩士之一。辩士、说客除了言辞善辩，在政治素质上是有特别要求的。他要说服对方接受一种政治主张或者选择某种重大的历史行动，需要有特别的谋略，有全局性的战略眼光，有在各种复杂关系中捕捉有利因素的敏感性和洞察力；而这些能力，又恰恰是官场中政治家所需要具备的。陆贾的辩士生涯，所培育锻炼的就是政治家的素质和能力。所以，陆贾在高祖统一天下之后，能在官场中风生水起、建功立业，是完全有其自身的内在条件的。而相比之下，贾谊从一个年值弱冠、没有任何政治经历的儒生，在没有任何政治训练的情况下被人举荐而贸然走上官场，落得悲剧性人生结局就完全可以理解了。

（四）和同龄人汉文帝的比较

我们还可以把贾谊和汉文帝相比较。文帝和贾谊是同龄人，但他在政治上的成熟与谨慎，处理问题的大局意识，审时度势、把控

---

① 《汉书·郦陆朱刘叔孙传》，第 2111 页。
② 《史记高祖本纪》，第 361 页。
③ 《汉书·高帝纪上》，第 46 页。

时机的能力等，都堪称是成熟的政治家。而和汉文帝相较，贾谊简直就是毫无政治策略意识的天真的少年书生。我们仅以汉文帝对贾谊问题的处置，来检视其政治家的才能。

贾谊在文帝初立、立脚未稳之时被举荐，所提出的一系列建议都有利于文帝巩固其皇权统治，很得文帝的赏识，一岁之中超迁之太中大夫。文帝也是年轻人，很有热血冲动，非常希望将贾谊擢拔到朝政的最高层面，成为自己的左膀右臂，以便顺利推行其一系列重大的政治举措，改变旧臣勋将控制朝廷的局面。但是，他很快看到，当时的政局并不容忍他做出重大改变。

他想提拔贾谊到公卿之位，受到了大臣们的抵制，"绛、灌、东阳侯、冯敬之属尽害之"，他们诋毁贾谊"专欲擅权，纷乱诸事"。周勃、灌婴都是拥立文帝的功臣，文帝在自己立脚未稳之时，是无力与他们对抗的。

文帝的诏令，如果不符合大臣的利益，则难以贯彻实行。文帝二年，接受贾谊的建议，令"列侯悉就国"。《史记·文帝本纪》载：

> 二年十月……上曰："朕闻古者诸侯建国千馀，各守其地，以时入贡，民不劳苦，上下欢欣，靡有违德。今列侯多居长安，邑远，吏卒给输费苦，而列侯亦无由教驯其民。其令列侯之国，为吏及诏所止者，遣太子。"①

这条诏令，以减轻吏卒徭役之苦和列侯教民的需要为名，要求"列侯之国""各守其地"，离开京师回到自己的侯国。但诸列侯明白，所谓的"吏卒给输费苦""教驯其民"云云，都是醉翁

---

① 《史记·孝文本纪》，第115页。

之意不在酒，真正的目的是要削弱他们在朝廷的力量，所以，他们对文帝的这一诏令置若罔闻，集体抵制①，使得具有独断权力的文帝也颇为尴尬而无能为力。这就是文帝初立时期朝中政治的现实状况。

虽然还在热血沸腾的青年时期，但文帝却没有仅凭着激情冲动而一意孤行，没有凭借他的绝对权力而强行推行，而是选择了对周勃、灌婴之属的妥协退让，表现了政治家处事冷静、统揽全局、权衡利弊、灵活权变的良好素质。他一方面暂时搁置令"列侯悉就国"的诏令，另一方面，对众大臣不能接受的贾谊，暂时贬谪为长沙王傅，使之远离朝廷。这一方面缓冲了朝廷上的矛盾，使借贾谊向文帝发难的旧大臣一拳打空，失去发力的目标；另一方面，也是对贾谊的一种保护。

当时面对贾谊上疏提出的一系列重大改革，朝中的形势的确是严峻的。周勃、灌婴之属对贾谊的攻击，蔑视其"年少"，指责其"擅权"，实际上是对着文帝来的。在以往的讨论中，已有学者指出了这一点：

> 他们诬贾谊"年少初学，专欲擅权，纷乱诸事"。一副长者兼太上皇的面孔活现于面前。其含义难道仅仅是指年轻的贾谊吗？"专欲擅权"，身为太中大夫的贾谊除了提提建议能有什么权可"擅"？这意思不是明摆着的吗？这个时候，汉文帝是公开表示"天子说焉"，支持贾谊，坚持"定制度兴礼乐"，冒与周勃等豪强势力公开决裂的风险，还是委曲贾谊，放弃"定制度兴礼乐"，采取不和周勃等正面冲突，以保大势的策

---

① 文帝三年十一月诏曰："前日诏遣列侯之国，辞未行。"见《史记·文帝本纪》，第119页。

略,显然,这是一个极其重要的选择,也是汉文帝政权道路上的一个关键点。①

笔者赞成这一分析。在如此严峻的政治形势下,文帝选择妥协,是政治成熟的表现。但是,搁置"列侯悉就国"诏令,贬谪贾谊,并不等于说文帝要收回自己改变政局的决心。在贬谪贾谊的第二年,在没有了贾谊的顾虑之后,文帝就很策略地劝退周勃,令其为列侯做表率,带头离开京师,"就其国"。《史记·孝文本纪》载:

> 三年……十一月,上曰:"前日诏遣列侯之国,或辞未行。丞相朕之所重,其为朕率列侯之国。"绛侯勃免丞相就国,以太尉颍阴侯婴为丞相。②

以周勃丞相之职也不能不"就其国",其他列侯就只有选择执行汉文帝"列侯就其国"的诏令。这便削弱了列侯在京师的力量,减轻了文帝的政治压力,贾谊关于"列侯就国"的上书得到了贯彻落实。

以此来看,《史记》《汉书》所记文帝对贾谊"亦疏之,不用其议,以谊为长沙王太傅",并不是文帝真实意愿的表达,是文帝的权宜之计,是文帝的政治谋略。真正的政治家,都不是可以率性而为的,是要权衡利弊,根据实际的政治情况而行事的。谋略和策略是政治家的生命,必要的妥协退让是政治家达成政治意愿的重要

---

① 杨邦国:《"贾谊之不遇,罪在汉文帝"辨——兼与龚克昌、李大明同志商榷》,《江西大学学报》1988年第2期。
② 《史记·孝文本纪》,第424—425页。

途径。就此而言,文帝虽然和贾谊一样年轻,但他则是具备重要的政治素质的。

他比起贾谊来说,就是真正的政治家了。文帝的政治家素质,除了天赋条件之外,就是他的经历所赐。他生在帝王之家,从小就注定了与政治结缘。他八岁封立为代王,代国国小偏弱,且在吕氏专权时期处在极度险恶的政治环境中。刘邦八个儿子封王,四人被吕氏所害,刘姓宗亲王室的身份,反倒为其增添了罹患灾难的成分。所以,代王身份本身,就使其处于残酷的政治杀戮环境中。从其少年开始,就必须关注朝中政治局势的发展,在复杂的政治环境中求得自保和生存。政治警惕性,对政治局势的判断能力,根据政治形势的发展寻求生存发展之道的警觉和机敏,铸就了这个少年天子超人的政治素质。

所以,在突然有一天荣登皇位、大运降临的时候,他并没有欣喜若狂,忘乎所以,首先反映出来的不是高兴而是怀疑,保持着高度的政治警惕性:

> 代王报太后计之,犹与未定。卜之龟,卦兆得大横。占曰:"大横庚庚,余为天王,夏启以光。"代王曰:"寡人固已为王矣,又何王?"卜人曰:"所谓天王者乃天子。"于是代王乃遣太后弟薄昭往见绛侯,绛侯等具为昭言所以迎立王意。薄昭还报曰:"信矣,毋可疑者。"代王乃笑谓宋昌曰:"果如公言。"乃命宋昌参乘,张武等六人乘传诣长安。至高陵休止,而使宋昌先驰之长安观变。①

这段文字把文帝入住长安、继承大统过程中的疑虑与谨慎,写

---

① 《史记·孝文本纪》,第414页。

得十分清楚。文帝先是通过占卜知道了自己有天子之兆，增加自信，释去恐惧心理；继而派舅父薄昭到长安拜见绛侯周勃，最终确信其可靠性，然后才启程去入住大统。即便如此，他还是不敢完全放心，在车驾行至距离长安几十里地的高陵时，便停下来，派属下再进城探路，彻底释去疑虑才进发长安，入住未央宫。

仅就文帝入住未央宫这个简单的过程看，就知道文帝对于政治是有着高度警惕和敏感的，他不可能像思想家那样驰骋自己的想象力，并凭着纯粹的思考而率性而为。继承皇位之后，在功臣勋将的包围之中，他生活得更加不易。他明白问题之所在，所以贾谊的一系列上书才正中下怀。可以想见，他是那样的欣喜若狂，对贾谊寄托了无限的希望。不仅一岁之中把这个四百石博士之职拔擢为千石高官，还想把他推上公卿之位，委托以国家行政的最高权力。但当他面对无法逾越的功臣勋将的强烈反对的时候，便迅速冷静下来，其理性，其政治素质便发挥作用了。从政治理性出发，他知道政治的险恶，懂得审时度势，不能从感情出发，在政治问题上不能凭借激情冲动，很多事都需要做但急不得。解决政治问题，需要理性权衡，需要谋略和策略，需要时机，需要妥协，这是文帝在贬谪贾谊、劝退周勃一系列问题上表现出来的基本素质。

文帝的政治家涵养和素质，贾谊是不具备的。吴公举荐贾谊主要是看重他的才气，吴公用贾谊时，贾谊才十八岁，是个天才少年，熟读诸子百家，吴公向文帝举荐贾谊时，贾谊也才二十二岁，算是个满腹经纶的热血青年吧。但是，读书代替不了经历和经验，二十二岁大概还是少不更事的年龄，没有复杂的人生经历，不能领悟政治的险恶，贾谊对于政治，也像对于真理的追求那样怀抱着满腔热情。对事物的敏感力和洞察力，不等于处理事物的能力，对政治的热情，更不能代替对政治的掌控。贾谊被政治所吞噬，似乎是注定的事。

身份错位：贾谊人生悲剧的内在冲突

吴公的举荐，改变了贾谊的人生轨迹。他是个读书人，如果关注现实，有政治热情，而又善于思考问题，有可能成为一个卓越的思想家，或曰政治思想家。但是，吴公举荐他踏入仕途，把一个儒生或曰思想家的身份，转变成一个政治家。而思想家与政治家，存在巨大的属性差异，二者对人的要求极其不同。思想家需要真挚真诚，需要致力于真理的追求；而政治家最重要的素质不是什么真挚和真诚，重要的是确立明确的政治目标，并以坚定的意志、高超的智慧，去达成其目标。目标的明确性、意志的坚定性、善于权变的政治智慧，是对政治家的基本要求。而这些，贾谊则都并不具备。

于是，当贾谊以一介儒生被吴公推向政治旋涡的时候，他的人生悲剧就被历史地决定了。他的人生悲剧，就是由这个天才思想家素质与现实政治家身份的矛盾所铸就的。

三 贾谊基本政治主张的空想色彩

古往今来，思想家都是最可称道的宝贵的知识群体。他们直面现实人类命运，探寻历史发展方向，"无恒产而有恒心"，执着于真理的追求，承担为人类描绘未来的使命。然而，也正是这种探寻未来的职业属性，也使得任何思想家的探讨，都带有两个固有的属性：一是思考的纯粹性，二是或多或少的空想性。因此，思想家的政治设计，对人类未来命运的思考，多带有理想化的倾向。作为思想家的贾谊也是如此。他对政治的思考是纯粹的，是不带有实践性或可行性思考的，但也正是如此，他的政治主张或政治思想，也在很大程度上带有空想色彩。

（一）"改正朔，易服色"之不可行与师友之臣凌驾皇权之上的幼稚和虚妄

据《史记》本传，贾谊初登朝堂，就提出"改正朔，易服色，

法制度，定官名，兴礼乐，乃悉草具其事仪法，色尚黄，数用五，为官名，悉更秦之法"① 重大的制度建设问题，虽然此举具有重要的政治意义，但在当时却未必是特别必要的，而且还可能打破文帝初立的权力格局，以破坏朝廷的政治平衡，危及文帝立足未稳的集权统治。

在古代中国，正朔和服色被看作国家政权的符号化象征，因此，"改正朔，易服色"，也是确定政权合法性的重要举措：

> 《史记·历书》说："王者易姓受命，必慎始初，改正朔，易服色，推本天元，顺承厥意。"②
>
> 《春秋公羊传·隐公元年》注疏："王者受命，必徙居处，改正朔，易服色，殊徽号，变牺牲，异器械，明受之于天，不受之于人。"③

从这个意义上说，贾谊的主张并没有错，具有理论的纯粹性，无可置疑。但是，就当时的政治局势而言，从政治实践的角度看，立足未稳的汉文帝有没有立即着手"改正朔，易服色"这样如此重大政治变革的必要呢？这一变革的可行性如何呢？大概贾谊并没有做过认真的分析，甚至他也没有这样的意识。

首先说，汉文帝承继大统，并不存在合法性危机，不进行"改正朔，易服色"这样的重大礼制活动，并不影响他皇位的正当性。

按理说，汉政权的合法性论证，是应该由开国之君刘邦来做的事情。他为什么有理由代替秦的统治，如何显示他的天命之所在？

---

① 《史记·屈原贾生列传》，中华书局1959年版，第2492页。
② 《史记·历书》，第1256页。
③ 《春秋公羊传注疏》，十三经注疏整理本，北京大学出版社1999年版，第10页。

身份错位:贾谊人生悲剧的内在冲突

这是刘邦应该回答的问题。但是,一来刘邦来不及解决这个问题;二来"天下苦秦久矣",刘邦取代暴秦的统治明显地赢得人心,即使不从天命授受的角度进行合法性论证,也能够得到天下的认同。所以,即使刘邦不从理论上解决合法性问题,在各项重大制度性建设上仍然沿袭秦代制度,也并不影响其政权的稳定。

汉初与秦统一后的情况截然不同。秦始皇统一关东六国之后,面临的是六国贵族以及六国文化的严峻挑战,东西方文化的差异,使他必须找到一种可以为关东六国人民所认可的解释,使其心甘情愿地接受其统治。所以,当有人迎合他的政治需要而奏上"终始五德之运"说的时候,他欣喜若狂,立即采纳。① "改年始,朝贺皆自十月朔。衣服旄旌节旗皆上黑。数以六为纪,符、法冠皆六寸,而舆六尺,六尺为步,乘六马。"② 用关东六国传统的政治理论论证其获得天命的政治合法性,对于秦的统治来说,则确有紧迫的必要性。

而汉初就不同了。汉家代秦而起,结束暴秦统治,解万民于倒悬,赢得了政治上的赞成票;从高祖到吕后,二十多年的无为而治,赢得了社会、经济平稳发展的赞成票;吕后废除"挟书律",赢得了知识精英的赞成票;陈平、周勃铲除吕氏集团,割除刘家王朝机体上的政治毒瘤,拥立文帝,又化解了汉家立国以来唯一的政治危机。可以说,汉文帝初立之时,根本不存在任何的合法性危机。所谓"改正朔,易服色""获天命"的皇权合法性论证,在当时并不是一个迫切需要解决的问题。

其次,就文帝初立的朝廷政治格局看,也不存在"改正朔,易

---

① 《史记·封禅书》:"自齐威、宣之时,驺子之徒论著终始五德之运,及秦帝而齐人奏之,故始皇采用之。"(第1368页)
② 《史记·秦始皇本纪》,第237—238页。

服色"这样重大制度性变革的可能性。文帝为周勃、陈平之属军功集团所拥立,就当时的情况看,文帝要巩固自己的皇位,处理好与军功集团的关系是当务之急,是其一切政策的基础。如果实行"改正朔,易服色"这样重大的礼制变革,首先就会造成文帝与军功集团的严重对立,而使其陷于危险的境地。

军功集团起于草莽,尚武少文,不可能胜任改制的重任,若要"改正朔,易服色",必然要起用儒生,而使得军功集团大权旁落。况且改正朔、易服色、定官名、兴礼乐大规模的改制运动,还意味着对二十多年来遵循的无为而治治国方针的放弃,能否为创伤未愈的社会所接受,也存在着较大的风险。

所以,贾谊"改正朔,易服色"的建议不合时宜,并不具有实践的可能性,明显带有政治空想的成分。显然,贾谊的这一动议,只是一个政治理想化的追求,而不是一个成熟的善于审时度势的政治家的选择。

如果说"改正朔,易服色"只是带有不合时宜的空想成分的话,而贾谊关于官僚政治的某些见解,则就是完全的暗于时势的空想了。时代变了,而他的想法还停留在过往,这就是他关于皇权时代君臣关系的设计。《新书·官人篇》:

> 王者官人有六等:一曰师,二曰友,三曰大臣,四曰左右,五曰侍御,六曰厮役。知足以为源泉,行足以为表仪;问焉则应,求焉则得;入人之家足以重人之家,入人之国足以重人之国者,谓之师。知足以为礲砺,行足以为辅助,仁足以访议;明于进贤,敢于退不肖;内相匡正,外相扬美者,谓之友。知足以谋国事,行足以为民率,仁足以合上下之欢;国有法则退而守之,君有难则进而死之;职之所守,君不得以阿私托者,大臣也……故与师为国者帝,与友为国者王,与大臣为

国者伯,与左右为国者强,与侍御为国者若存若亡,与厮役为国者亡可立待也。

取师之礼,黜位而朝之。取友之礼,以身先焉……①

贾谊对于君臣关系的设计是,师的人格地位在君王之上,友则与人君处于平等的地位。徐复观评论说:"统治权在皇帝一人手上,而行使统治权的意志,则出于师友,这实际上是人君与士的共同统治,甚至可以说人君是处于虚位,以持政治之统;而实际代人君来统治的,是品德才能在人君之上的师或友。在以前的儒生及贾谊,认为这才是理想的统治方式。"②

"为王者师"是战国时人的梦想。孟子曾明确提出士人"为王者师"的思想:"人伦明于上,小民亲于下。有王者起,必来取法,是为王者师也。"③ 他自信只要达到了"明人伦"的境界,就会有王者来取法,即可"为王者师"。《孟子·万章下》中孟子转述子思与鲁缪公的对话,鲁缪公向子思询问古代国君与士人交朋友的情况,子思对鲁缪公所提的问题表示不满。子思对鲁缪公说,如果论地位,你是君,我是臣,我不敢与你交朋友;但如果论道德,那你应该是向我学习的人,我是老师,你怎么可以说是朋友呢?"以德,则子事我者也,奚可以与我友?"④ 子思与孟子,都认为国君应该以士人为师,"王者师"是他们对自己身份的基本定位。

"为王者师",在诸侯林立的战国时代或许是可以实现的梦想。

---

① 贾谊撰,阎振益、钟夏校注:《新书校注》,中华书局2000年版,第292—293页。

② 徐复观:《两汉思想史》第二卷,华东师范大学出版社2001年版,第82页。

③ 杨伯峻:《孟子译注》,中华书局2008年版,第118页。

④ 杨伯峻:《孟子译注》,中华书局2008年版,第247—248页。

那个以力相胜的时代，富国强兵的需要，突出了聪明才智的价值，招贤纳士是各国君主的普遍性选择。正是这样的时代，造就士人与国君分庭抗礼的勇气或底气①，梦想"为王者师"并非绝对的空想。但是，到了秦统一之后，历史选择了绝对皇权一统天下的政治体制，士人在绝对皇权面前变得无关紧要，也失去了选择政治力量的自由空间，战国士人的王师情结，在秦汉大一统之后，已经没有了生长的土壤。

可以说，对于士人来说，秦始皇所开辟的是一个想做王师而不能的时代。但是，在贾谊的君主专制体制设计中，还要把士人安排到王者之师友的位置，幻想让帝王和师、友共治天下，并且师、友在人格和地位上都高居于人君之上；拜师之礼，要求国君要离开朝廷而亲身前往朝拜；择"友"之礼，要求国君亲身迎接。这大概无异于痴人说梦了。笔者在一篇文章中讲过这个问题：

> 历史就是那样地不照顾人们的情感，专制皇权的至高无上，是不允许有超越于他之上的力量的存在的。从秦始皇开始，"士人"这个称号，在帝王面前就永远地失去了昔日的荣光。"无可奈何花落去"，不管儒士的希冀是多么强烈，皇权对他们已不再眷顾，这就是秦汉之际士人一腔热血拥君报国所面对的严酷现实。已经取得大一统天下的帝王，已非昔日的诸侯国君，"秦王扫六合，虎视何雄哉"，普天下之各色人等都必须匍匐在皇权的脚下。在至上至尊的皇权面前，昔时可以和国君分庭抗礼的士人必须低下高贵的头颅。当然，皇权控制天下不可能无所依傍，士人也是他们需要利用的，但这种利用似乎不

---

① 孔子弟子子贡就做到了这一点。《史记·货殖列传》："子贡结驷连骑，束帛之币以聘享诸侯，所至，国君无不分庭与之抗礼。"

凸显儒士的价值,反倒是皇权对儒士的恩宠。秦汉帝王所能够给予他们的最高礼遇,也就是封个博士官以"掌承问对",做个顾问而已;不景气的时候,也就是"具官待问",完全的无足轻重了。①

从秦统一中国确立皇权专制主义的政治统治开始,源自诸侯割据时代的知识分子的自由争鸣,士人游走于诸侯之间、凭借其独到的思想主张而获得政治权力人物认可,甚至畅想为王者师的时代,就一去不复返了。读书人的好日子历史地消失了。贾谊连这一点都不能明白,对历史趋势的感知是那样迟钝,也就只能在旧时代的幻想中徜徉了。

(二)关于民本思想的理想化

民本思想是贾谊政治思想的最大亮点,《新书·大政》篇也无疑是中国政治思想史上传诵千年的名篇。贾谊论道:

> 闻之于政也,民无不为本也。国以为本,君以为本,吏以为本。故国以民为安危,君以民为威侮,吏以民为贵贱。此之谓民无不为本也。闻之于政也,民无不为命也。国以为命,君以为命,吏以为命,故国以民为存亡,君以民为盲明,吏以民为贤不肖。此之谓民无不为命也。闻之于政也,民无不为功也。故国以为功,君以为功,吏以为功。国以民为兴坏,君以民为强弱,吏以民为能不能。此之谓民无不为功也。闻之于政也,民无不为力也。故国以为力,君以为力,吏以为。……故夫灾与福也,非粹在天也,又在士民也。呜呼!戒之戒之!夫士民之志,不可不要也。呜呼!戒之戒之!

---

① 李振宏:《汉代儒学的经学化进程》,《中国史研究》2013年第1期。

> 故夫民者，至贱而不可简也，至愚而不可欺也。故自古至於今，与民为仇者，有迟有速，而民必胜之……①
>
> 夫民者，万世之本也。②
>
> 故夫民者虽愚也，明上选吏焉，必使民与焉。故士民誉之，则明上察之，见归而举之；故士民苦之，则明上察之，见非而去之。故王者取吏不忘，必使民唱，然后和之。故夫民者，吏之程也。察吏于民，然后随之。③

研究者在评论贾谊的民本思想时，最看重的是三个方面：一是其思想的系统性，判定其是对先秦民本思想的全面继承和发展；二是其深刻性，贾谊强调的以民为本、以民为命、以民为功、以民为力，"是对民本思想条分缕析地深入发挥"，"比南朝萧梁学者刘勰从宽刑罚、省徭役、轻赋敛、不夺农时等方面关心民生、民瘼的民本思想更全面深入"④；三是贾谊特别强调了民众对政治的参与问题，"明上选吏焉，必使民与焉"。这后一点特别有新意，也特别具有思想理论价值。对贾谊的民本思想，当代学者无不由衷地称赞：

> 贾谊提出的"民者万世之本"命题标志着民本思想的重大理论进展。⑤

---

① 贾谊撰，阎振益、钟夏校注：《新书校注》，中华书局2000年版，第338—339页。

② 贾谊撰，阎振益、钟夏校注：《新书校注》，中华书局2000年版，第341页。

③ 贾谊撰，阎振益、钟夏校注：《新书校注》，中华书局2000年版，第349页。

④ 朱绍侯：《贾谊民本思想浅析》，《中原文化研究》2016年第5期。

⑤ 张分田：《民本思想与中国古代统治思想》（上），南开大学出版社2009年版，第177页。

身份错位:贾谊人生悲剧的内在冲突

贾谊的民本思想内容很丰富,既有对以民为本重要性的论述,又有民为何能为本、如何做到以民为本等许多方面的论述。①

贾谊的民本思想"是中国传统重民思想的顶峰"。②

(贾谊)更加强调了"民无不为本"的思想,而且有了更为详细的论述。其次,他提出民参与来选择官吏,认为民虽然卑贱愚昧,却是不可轻视欺骗的,不是可以任人随意摆布的。③

"民本"问题,是贾谊思想的核心……他以为,民无不为本,为政以此为要为大,应当厚民、安民,切戒薄民、害民……其论不仅是空前的,也是古代几千年历史上很突出的。④

这些评价都没有问题,也并非过誉,在两千年前提出民众对政治的参与问题,的确是富有天才的洞见。但是对贾谊这一思想的空想性则少有分析。提出民众参与选择官吏的政治过程固然重要,但更重要的是如何参与。实践性是任何理论最可宝贵的品格,如果一种理论不能拿来进行实践,或者说不去思考其如何实践的问题,这种理论就成了水中月、镜中花,而变成一种空洞的幻想。

贾谊思想的空想性是显而易见的,也的确有学者指出过:"所谓'王者取吏不妄,必使民唱,然后和之',在两千多年前的封建社会中,只不过是不切实际的空想。"⑤ 问题是要认识这种空想性是贾谊的个性问题,还是作为思想家的共性现象。笔者想指出的

---

① 李景明:《中国儒学史》(秦汉卷),广东教育出版社1998年版,第90页。
② 刘泽华、葛荃主编:《中国古代政治思想史》(修订本),南开大学出版社2001年版,第191页。
③ 周桂钿:《秦汉思想史》,河北人民出版社2000年版,第67页。
④ 施丁:《贾谊的"民本"思想》,《史学史研究》2013年第3期。
⑤ 王兴国:《贾谊评传》,南京大学出版社1992年版,第140页。

是，空想性是思想家思想属性的基本属性，一个纯粹的思想家，其思想主张是无法逃脱空想之桎梏的。特别是中国古代的思想家，更是如此。在中国古代，思想家们有一个共同性的缺陷，就是习惯于坐而论道，而疏于对道的实践性的思考，不去考察把思想变为实践的路径。贾谊关于"王者取吏不妄，必使民唱，然后和之"的想法就是如此。对于官吏的选择，需要民的唱和，如何唱，如何和，如何落到实处？无论当时的政治制度是否允许，你提出这一主张的时候，起码得有自己对落实问题的具体建议吧？没有，一点也没有，实践性，是中国古代思想家政治主张的重要盲区，而这个盲区，则更加重了思想的空想性。

（三）"三表五饵"民族对策之疏阔

文帝初年的汉王朝，处于对匈奴侵边的极度恐惧之中，这是自从汉高祖平城之围以来，几代君臣挥之不去的心理阴影。汉文帝虽然依然小心翼翼地维持着屈辱的和亲政策，但也还是不得安宁。深受儒家民族观影响的青年贾谊，严重地不满于当代朝廷的对匈政策，但也深知汉家国力并不足以改变眼下的局面，于是在传统儒家"夷夏之辨"观念的基础上寻求对策，提出了一套自认为可以克敌制胜、消除匈奴威胁的良方，这就是著名的"三表五饵"对匈政策。

"三表五饵"对策的根本点是"战德"。贾谊说：

> 臣闻伯国战智，王者战义，帝者战德。故汤祝网而汉阴降，舜舞干羽而三苗服。今汉帝中国也，宜以厚德怀服四夷，举明义，博示远方，则舟车之所至，人迹之所及，莫不为畜，又且孰敢愤然不承帝意？①

---

① 贾谊撰，阎振益、钟夏校注：《新书校注》，中华书局2000年版，第135页。

身份错位:贾谊人生悲剧的内在冲突

贾谊认为,帝者是靠圣德信义来威服天下的。他以虞舜和商汤的故事为例,强调汉文帝也应该"以厚德怀服四夷",如此则可以使"舟车之所至,人迹之所及"的整个天下,都尽为臣服。而德服天下的途径,就是"建三表,设五饵"。何谓"三表",贾谊写道:

> 陛下肯幸用臣之计,臣且以事势谕天子之信,使匈奴大众之信陛下也。为通言耳,必行而弗易,梦中许人,觉且不背,其信陛下已诺,若日出之灼灼。故闻君一言,虽有微远,其志不疑;仇雠之人,其心不殆,若此则信谕矣。所孤莫不行矣,一表。臣又且以事势谕陛下之爱,令匈奴之自视也,苟胡面而戎状者,其自以为见爱于天子也,犹若子之遭慈母也。若此,则爱谕矣,一表。臣又且谕陛下之好,令胡人之自视也,苟其技之所长与其所工,一可当天子之意。若此则好谕矣,一表。爱人之状,好人之技,仁道也;信为大操,帝义也。爱好有实,已诺可期,十死一生,彼必将至。此谓"三表"。①

贾谊所谓"三表",一是与匈奴通言,"以事势谕天子之信",通过做到言而有信,使匈奴大众建立起对文帝的信任;二是"以事势谕陛下之爱",爱匈奴人的状貌,不厌弃他们的胡面戎状,使匈奴人感到亲切;三是喜好他们的技能,让匈奴人感觉到自己所擅长的技艺,也可为大汉天子所欣赏。因汉讲究德义和人道,表示信而友好,就可使匈奴前来亲近相处。如此,爱其状貌,喜其技艺,又表达出充分的信义,就一定会赢得匈奴人的信任。"爱好有实,已

---

① 贾谊撰,阎振益、钟夏校注:《新书校注》,中华书局2000年版,第135页。

诺可期,十死一生,彼必将至。"其实,贾谊所言"三表",也就是孔夫子的老办法,"远人不服,则修文德以来之"①,德义广播,怀柔远方,以使匈奴臣服。

所谓"五饵",第一饵是赐给"匈奴之来者"锦绣盛装和豪华车驾,让其他匈奴民众羡慕不已,"人人冀幸",都想前来臣服而享受优渥的物质待遇;第二饵是"赐食",赐匈奴来使以丰盛的美味佳肴,使匈奴人闻听此事"垂涎而相告",利用人们贪图美味的心理,引诱其归附;第三饵是对匈奴重要人物的来降,以众多美妇陪侍,"为其胡戏以相饭",连吃饭都安排胡戏、倡乐、歌舞相伴,以声色犬马之乐,诱使匈奴人"希盱相告",争先恐后地前来归附;第四饵是对于来降者,天子要亲自召幸,并"必有时所富,必令此有高堂邃宇,善厨处,大囷京,厩有编马,库有阵车,奴婢、诸婴儿、畜生具",使其在衣食住行各个方面,享受到超过其在故土的待遇,在内心安于以汉为家,以此诱惑"匈奴一国倾心而冀";第五饵是厚待匈奴贵族及其子弟,对于来降者皇帝要时时召幸,经常抚慰并授以官爵,让其侍从及其子女都能够享受花攒锦簇般的奢华生活,诱使匈奴闻见之者争先恐后而来。这五饵说白了就是五种引诱匈奴人归附的手段,带有计谋权术的成分。

针对贾谊的这个"三表五饵"对策,班固评论说:"施五饵三表以系单于,其术固以疏矣。"班固认为贾谊的对策是疏阔之论,不切实际,带有很大的空想成分。后世也有不赞成班固此说的,像宋代的程颐就说:"贾谊有五饵之说,当时笑其迂疏,今日朝廷正使著,故得着许多时宁息。"② 程颐认为贾谊之论也还是有可以施行的实践价值。当代学者对贾谊的"三表五饵"对策,也存有不同

---

① 杨伯峻:《论语译注》,中华书局 1980 年版,第 172 页。
② 程颢、程颐著,王孝鱼点校:《二程集》,中华书局 1981 年版,第 44 页。

看法。肯定者如：

> （文帝时期）尽管经济有所恢复和发展，但还不具备反击匈奴的经济军事力量，一旦发生战争，恢复生产发展经济的既定方针就会被打乱，不符合汉王朝的长远利益。加之汉初国内诸侯王问题又是汉王朝必须着力解决的首要问题。在这种历史背景下，贾谊提出的"三表五饵"及设立属国的思想是一种合乎时宜的思想，是一种理智地选择。①
>
> 《新书·匈奴》提出了对匈奴"三表""五饵"的策略。其中体现的政治智慧，值得研究国际政治学、外交史和民族关系史的学者关注。
>
> "三表"和"五饵"，是以非军事手段争取人心的征服方式，是一种和平战略。②
>
> 贾谊论汉朝对匈奴的政策，有"三表五饵"论，这在当时实是崭新的民族观。历来学者或忽视之，或轻视之，或鄙弃之，至今犹然。其实他是主张文明较高的民族，以先进的经济文化积极主动地施行和影响文明较低的民族，使两族趋同，进而达到以我为主体的民族融合，很有实际价值和历史意义。③

这些论者都肯定贾谊之论是合乎时宜的，是一种理智的选择，是有实际价值和历史意义的。但批评或者指出其空想的也不

---

① 梁安和：《试析贾谊的民族思想》，梁安和、徐卫民主编：《秦汉研究》（年刊），2007年。

② 王子今：《论贾谊〈新书〉"备月氏、灌窳之变"》，《社会科学》2010年第3期。

③ 施丁：《贾谊新的民族观》，《中国社会科学院研究生院学报》2013年第4期。

乏其人：

> 贾谊提出三表、五饵，主张"德战"降伏匈奴的策略，从表面来看，至少是非常不合时宜的。而且与同时期其他政治家对匈主张相比，贾谊似乎对汉、匈战争的长期性和艰巨性缺乏清醒的认识，他提出改造匈奴的想法过于理想天真。比较一下贾谊和晁错对匈主张，我们可以很清楚地看出这一点。①

> 浓厚的理想主义色彩……他所设计的许多方案，都明显地带有不切实际的空想成分……从"三表"和"五饵"的方案来看，贾谊的理想主义色彩更为浓厚，其空想成分更多。②

总括以上诸说，（1）认为贾谊之论合乎时宜、有实际价值的，主要是看到他是一种"和平战略"，不是通过战争手段解决当时的民族问题；而在当时，汉王朝完全不具备以武力解决匈奴问题的国力，所以"和平战略"是合乎时宜的；（2）认为其有实际价值，是强调文帝之后，景帝、武帝、宣帝诸朝，都有使用类似"五饵"手段而诱降匈奴内部分化出向汉王朝臣服力量的历史证据，如景帝时期就有以封侯的手段招徕匈奴降者的成功例子，武帝时期有匈奴上层贵族昆邪王率众四万人降汉，宣帝时有匈奴呼韩邪单于率众归汉的著名事件，这些确证着贾谊之论的实践价值；（3）认为贾谊之论有空想性的，主要是讲尽管"五饵"的某些手段可以奏效，但也不能从根本上解决匈奴问题，贾谊严重忽略了汉匈战争的长期性和艰巨性。这些说法都有讨论的余地。

肯定贾谊之论的实际价值者，多是抓住某些手段措施的具体有

---

① 孙静：《贾谊民族思想探析》，《西北第二民族学院学报》2003年第2期。
② 马晓丽：《贾谊的民族关系思想》，《烟台大学学报》2006年第4期。

效性，而没有从贾谊民族思想的整体上、根本性质上去分析问题；而如果是就"五饵"具体手段说，在某种情况下起到一些实际的作用是完全可能的，"五饵"也是对人性中某些弱点的利用，但这些并不是解决民族问题的根本出路，最多可以奏效于一时一事，而且也是历代政治家都擅长的谋略或策略，并不是贾谊之论的根本之所在。指出贾谊之论空想性的学者，也多没有从根本上谈论问题，而只是笼统地谈"三表五饵"并不能从根本上解决汉匈战争问题。但为什么不能，贾谊之论的根本问题在哪里，论者也没有明晰的答案。笔者以为，贾谊之论在本质上是一个乌托邦式的空想，无论是从理论的本质上讲，还是从他所描述的理论前景上看，都是如此。

从本质上看，这种理论完全没有从当时历史状况的实际出发，或者说贾谊完全不了解当时的民族发展状况，其理论没有一个扎实的历史基础。从当时中国境内的民族状况看，早已进入民族形成的历史阶段，已经不是尧舜禹那个"协和万邦"的时代了，不仅汉民族已经基本形成，具有了明显的民族特征，就是匈奴族也在民族形成的过程中，已经具备了一定的民族特性。而面对这样的民族状况，贾谊的思维还停留在传统儒家天下一统、没有民族差异的观念上，以"普天之下莫非王土，率土之滨莫非王臣"的传统观念，看待以汉族为主体的汉家王朝与不同民族政权之间的政治关系，先验地将其当作一个社会共同体之内的事物去处理。正是这样他才那样激愤地写道："天下之势方倒县，窃愿陛下省之也。凡天子者，天下之首也。何也？上也。蛮夷者，天下之足也。何也？下也。蛮夷徵令，是主上之操也；天子共贡，是臣下之礼也。足反居上，首顾居下，是倒县之势也。"① 在贾谊看来，匈奴侵边不是民族间的问

---

① 贾谊撰，阎振益、钟夏校注：《新书校注》，中华书局2000年版，第127页。

题,而是以下犯上的政治问题,是一个社会共同体内部的问题,而这样的问题,根据传统儒家的办法,就只能是用"德义"去解决,"修文德以来之",这就是其"三表"主张的逻辑出发点。

然而,"文德"如何能解决民族问题呢?就民族的生存而言,你有德有信有义,我们可以和平相处,而为什么一定要臣服你呢?这才是事物的逻辑。所以,"文德"和"信义"是不可能使一个民族俯首称臣的。设想汉王朝以德义信义征服匈奴是个彻头彻尾的空想,这种理论完全忽视了民族性问题。"五饵"中的具体做法,在某些条件下所以可以奏效,恰恰是因为它并不是"德义"和"信义",而仅仅是一种诱使对方的手段或权术,真正的德义是不能解决问题的。不同的民族有不同的民族心理、民族观念、民族意识和长期形成的民族习俗,贾谊所崇尚的信义本身,匈奴族就不一定认同,你还想以此去打动、吸引对方,是不是有点迂腐或天真呢?完全忽视民族性问题,把不同民族间的问题当作同一个共同体内部的政治问题,是贾谊之论失去可靠的历史基础,于是它就只能是一种美妙的幻想。

可能会有些论者不赞同笔者的看法,以为笔者要求两千年前的贾谊有民族意识,有悖于历史主义的基本精神,其实不然,在春秋时期,就已经有人看到了民族性的差异问题。譬如《左传·成公四年》季文子与鲁成公的一段对话中,就涉及这个问题。季文子说:"史佚之志有之,曰:'非我族类,其心必异。'"[①] 不是我相同的族类,其心意必然不同。这个"心意",就可以很正常地理解为不同民族的民族心理、民族意识和民族观念,这就是讲的民族性的问题。这是在公元前六世纪(早贾谊四百年)人们已经达到的关于民

---

① 《春秋左传正义》,十三经注疏整理本,北京大学出版社 2000 年版,第 824 页。

族差异性的认识。不同民族的差异性,是个很外在的很直观的问题,是很容易观察到的历史现象,认识到这个问题并不困难。贾谊对这个问题全然不察,是被他所笃信的"普天之下莫非王土,率土之滨莫非王臣"的王天下观念所遮蔽。

正是因为他不认识民族性的问题,把民族问题当成国家共同体内部的政治问题去处理,认为人们信奉的是同一种意识形态,儒家所推崇的文德信义对所有的族类都会有同样的感召力,所以才会产生用"三表"法这种"修文德以来之"的古老说教去征服匈奴人心的幻想,并盲目自信,陶醉于盲目乐观、虚无缥缈的幻想中。他预期,"三表已谕,五饵既明,则匈奴之中乖而相疑矣,使单于寝不聊寐,饭失其口,禅剑挟弓,而蹲穹卢之隅,左视右视,以为尽仇也。彼其群臣,虽欲毋走,若虎在后;众欲无来,恐或轩之,此谓势然。其贵人之见单于,犹迍虎狼也;其南面而归汉也,犹弱子之慕慈母也;其众人之见将吏,犹噩迍仇雠也;南乡而欲走汉,犹水流下也。将使单于无臣之使,无民之守,夫恶得不系颈稽颡,请归陛下之义哉!"① 只可惜,幻想就是幻想,他所期待的状况,即使在后世某些君王践行"三表五饵"之法的时候,也没有出现过。

以上我们以较大篇幅讨论了贾谊政治思想的空想性质,这不是对贾谊的批评和指责,而是一个事实层面的讨论,旨在说明思想家属性的一个被忽视的方面。从思想家所担负的社会使命的性质说,其思想的空想性是其无可逃遁的属性,越是纯粹的思想家越是如此。贾谊是纯粹的,且是仅仅适合做思想家的一个人,思想的空想性需要重视,却也无可厚非。

---

① 贾谊撰,阎振益、钟夏校注:《新书校注》,中华书局 2000 年版,第 137—138 页。

四 余论

总括全文，贾谊的天才条件，他的苍白的人生经历，以及对于政治理想的执着和纯粹，是不适合做政治家的，然而却在弱冠之年被推进高层政治旋涡，以思想家的天赋和素质出现在政治家的舞台上，造成了明显的身份错位。当现实政治需要他以成熟的政治谋略面对复杂的汉初政局的时候，他却只能献出一片思想家的激情和坦诚，这就构成了一种可怕的矛盾冲突，最终被险恶的政治所吞噬。贾谊的悲剧性命运，在其被吴公所举荐的时候，就被这种身份错位所带来的矛盾冲突所内在地决定了。思想家的禀赋与政治家的身份，二者的矛盾构成贾谊人生悲剧的内在原因。

本文的观点，自然涉及如何看待思想家与政治家的属性差异问题，文中已经粗略地谈了一些初步的看法，现在我们来简单谈谈这两个群体的关系问题。我们知道，从天赋条件来说，或者是就具体某个人的情况来说，有不少人是兼具思想家与政治家才能的，或者他同时既是政治家也是思想家，这样的例子并不少见，但从逻辑分析的角度说，思想家与政治家毕竟是承担不同社会使命的两个群体。我们的分析，是就其逻辑层面而言，来说明二者的关系，以便为思想史研究提供了一个思考的角度。

思想家为现实人类寻找出路、设计未来的使命，使得其思想创造活动无可避免地带上对未来的憧憬和猜测，而使其思想成果无法摆脱或多或少的空想成分，也正因如此，任何思想理论成果，都需要接受实践的检验。但是这并不影响我们承认思想家自由思考的权利。可以很直白地说，思想家却无须对所谓"空想"负责，毋宁说施展自己的天赋条件，展开思想的驰骋，大胆地独立思考、设计未来，则正是他们的天职和使命，何错之有？

思想家的任何思考都是不可能危害社会的，其理论的社会实践后果不能由他们来承担，因为，任何思想理论介入重大的社会实践，都是通过政治家去实现的，思想或理论只有通过政治家的选择并借助于政治权力才可能走向社会实践的场域，这期间是政治家在发挥作用。

政治家是掌握公权力的人，是社会实践的指导者和设计者，这种指导和设计的思想理论依据，有些是他自己的思想创造，那些兼具思想家与政治家才能的政治家就是如此。但绝大部分政治家，或者说是就一般的情况而言，政治家的思想理论依据，则是从思想家那里拿来的，他们本身并不负有思想创造的使命。思想家和政治家的这种关系，实际上就是社会分工的结果，是自然地历史地形成的。

政治家从前人或他人的思想创造中汲取理论资源，是政治家的历史主动性的表现，也是其主体发挥作用的基本方式。但同时，政治家选择什么样的思想理论，却需要对自己的选择负起责任，自己的选择对社会实践造成好的或坏的结果，那是要自己来负责的问题。就如秦统一之后选择以法家思想为主要国家思想，最后造成社会的极大破坏，其责任就在秦始皇而不能怪罪于法家的代表人物，韩非子是不可能为秦王朝的二世而亡担负任何责任的！

这里还需要说明一点，就是政治家选择思想理论的主动性，也包括他对所选择的思想理论的个性化改造，这是政治家的天然权利。政治家是从自身的思想理论素质和自己的天赋条件，特别是从他要实现的政治目标和政治利益出发，去选择与之相适应的思想理论体系的，并且是在选择和实践的过程中，对所选定的思想理论做了个性化改造的。这一点是显而易见的。所以在某种程度上说，政治家所选择的思想理论，也就是他自己的理论，他是必须对自己所推行的理论负责的。

思想家为社会历史的发展提供丰富多彩的思想成果，政治家则从思想家的创造中汲取思想资源,并在汲取思想资源和政治实践的过程中附加个性色彩,为历史时代打上个人的印记。思想家无罪,政治家有责,公权力的执掌者可不慎乎!

(作者单位:河南大学历史文化学院)
(责任编辑:闵祥鹏)

王中江

何以救世：严复的苦恼

摘要：无论是在思想上和观念上，还是在现实中和实践中，严复的世界观和价值观则是多元性和一元性的矛盾混合体。强烈的基础主义（或基建主义）与强烈的政治本位主义则是这种矛盾混合体的一部分。在严复的心路历程中，他还有一个入仕为政的强烈愿望，产生了入仕救世与启蒙救世的两难困境和苦恼。何以救世的启蒙和教育基础主义，以及与此结合在一起的启蒙主义，构成严复思想中的两个互相矛盾又互相纠缠的方面。

关键词：严复；教育基础主义；入仕救世；启蒙救世

晚清中国士大夫和知识精英心头的第一等事可谓救世：救帝国季世，救内忧外患之世。身处其中的严复，在入仕和从政救世与教育和启蒙救世之间陷入了两难之地，留下了无尽的苦恼和悲叹。迄今为止，这难道仅仅是发生在严复身上的不幸和宿命吗？又难道仅仅是那个时代的不幸和宿命吗？有一个流传很广的苦涩对比的故事，说严复和伊藤博文身为同学，同在英国学习，严复的成绩名列伊藤之上，之后他们各自回到了自己的国家，两人在其中扮演的角色和发挥的作用却天壤之别，大异其趣。能够确定的是，伊藤博文在政治上被委以重任，成为日本近代文明开化的开拓者和富国强兵的创建者；相比之下，严复在政治上没有得到重用，似乎成了学无所用的人。但这个故事中的两人同学关系部分纯属讹传。事实上，他们不是同学，也没有学业上的高低之分。但他们两人同政治世界的关系部分确实大不相同。

伊藤博文是日本近代显赫的政治家，严复不是。严复甚至算不上一位政治人物。这恰恰又是严复最不甘心的地方，因为他汲汲入仕救世。作为替代，严复事与愿违的失落之处，反而成就了另一个意义上的他：严复扮演了近代中国深度性启蒙思想家的角色，扮演了近代中国文化翻译家的身角色，扮演了近代中国教育事业参与者的角色，伊藤博文则不是。如果人世间的得与失只是多和少的不同，那么严复的"失之东隅"的"失"恰恰就有了"收之桑榆"的"收"。但对此失去明智的严复，不安于自己的启蒙者身份，不安于新观念传播者的身份，不安于翻译家和教育者的身份。对严复来说，这是他无缘入仕救世的无奈选择的结果。那个时代的人们如何看待入仕救世与启蒙救世的关系，固然对严复有影响，但真正能够影响他的是他自己，是他自己对两者关系的真实想法和看法。事实上，两者在严复那里成了两难，成了严复心路历程中的痛苦之一，成了他一生最不愉快的难题之一。

何以救世的启蒙和教育基础主义

人们心目中的严复形象一般由彼此相关的三个不同方面的符号构成：传播新思想和新观念的启蒙者、文化翻译者和教育者。这种符号下的严复形象，同严复表达出来的何以救世的一种理念非常吻合。严复的理念是什么呢？为了说明这一点，我想借用认知论中的"基础主义"这个词，将原指建筑的根基及其所引申出的根本、根据意义，用来到指称救世的基础和根本上。巧妙的是，严复恰恰有一个同"治标"相对的"治本"概念。"治本"即治理之根本和基础。用隐喻说，治本是去除社会和国家的基础性疾病或病态性的东西，是为社会和国家输入新鲜性的血液。用严复的说法是，一个

"民力已苶,民智已卑,民德已薄"① 的国家是不可能富强的。因此,救世的根本就只是改变人民体质上的脆弱、智力上的低下和道德上的卑劣。

对于严复的这一判断无论如何强调都不为过。在严复的基础主义中,这可谓基础中的基础。我们先看一下严复更多的一些解释和说明吧。《天演论·导言十六·进微》的译文中有这样一句话说"群之治乱强弱,则视民品之隆污,主治者抑其次矣"。②《天演论》中赫胥黎的这句话非常恰当地体现了严复的救世基础逻辑,即一国人民整体素质的高低同这个国家整体秩序的好坏具有因果关系。用函数 $Y=f(X)$ 表示,作为国家秩序好坏因变量的 Y,随着作为国民素质高低的 X 自变量的变化而变化。在《原强》中,严复以人民素质的高低来裁定一个种族的高下,坚信只要国民素质良好,民族就会强大。绝不会国民素质高而人民的生活低下,更不会国民素质高而国家会没有力量:"盖生民之大要三,而强弱存亡莫不视此:一曰血气体力之强,二曰聪明智虑之强,三曰德行仁义之强。是以西洋观化言治之家,莫不以民力、民智、民德三者断民种之高下。未有三者备而民生不优,亦未有三者备而国威不奋者也。"③

按照严复的论断,一个健全人的就是智力、道德和体质都得到了协调发展的人;一个健全的国家,就是每个人的智力、道德和体质都是优异的。单凭人民的体质提升,即便再加上智力对于国家的富强来说也不够,只有人民的三种素质整体性的协同才能造就不可逆的国家富强之效:"徒力不足以为强且盛也,则以智。徒力与智,犹未足以为强且盛也,则以德。是三者备,而后可以为真国民。及

---

① 王栻主编:《原强》,《严复集》第1册,中华书局1986年版,第20页。
② 王栻主编:《导言十六进微》,《严复集》第5册,中华书局1986年版,第1353页。
③ 王栻主编:《原强》,《严复集》第1册,中华书局1986年版,第18页。

其至也,既强不可以为复弱,既盛不可以复衰。"① 由此可知,严复的基础主义是三个要素的叠加。严复期望的这一标准是非常高的。一个人德智力的协调发展不容易,一个国家中每个人的德智力也很难都同等发展。因此,严复的"三者备"也只能从一个基本标准来要求和衡量。一则一个人不能只发展三者中的一面或两面,一个国家也不能只重视三者的其中之一或其中之二,否则它都是畸形的或缺失的;二则一个人和一个国家在三者方面的整体发展都应达到一定的程度。即使程度达不到严复心目中的当时英国国民素质的水准,至少也要超出当时中国很低这一现状很多。

对国民素质与国家富强两者之间因果关系的这种断定伴随着严复的一生。面对内忧外患千古未有之挑战,近代中国开明派政治人物和思想文化精英都认为中国必须进行变法和革新。前期其所谓的革新主要是以技术和商业等的自强新政,严复认为这样的变法都只是"治末"而不是"治本"。为什么治本或革新根本上是提高国民整体素质呢?因为国民素质整体性的低下如不能改变,基础性的缺陷如不能克服,中国就不是真正意义上的革新。单纯进行治标式的革新,就会陷入无穷的倒退。严复推论说,除弊害于甲,弊害就将移之到乙那里;除弊害于乙,弊害就将移之于丁,恶性循环,不可休止:"以中国民品之劣,民智之卑,即有改革,害之除于甲者将见于乙,泯于丙者将发之于丁。为今之计,惟急从教育上著手,庶几逐渐更新乎!"② 就像任何一种植物都需要一种合适的土壤那样,严复坚信改革和实施新法也必须有合适的社会环境和条件。如果没有合适的环境和条件接受新法就不会有预期的效果,就难免南橘北枳:"不然,则虽有

---

① 王栻主编:《女子教育会章程(序)》,《严复集》第2册,中华书局1986年版,第252页。

② 王栻主编:《侯官严先生年谱(严璩)》,《严复集》第5册,中华书局1986年版,第1550页。

善政，迁地弗良，淮橘成枳一也；人存政举，人亡政息，极其能事，不过成一治一乱之局二也。此皆各国所历试历验者。"①

社会和国家的基础性疾病或缺陷在哪，就从那里治疗和改变。严复提出了类似于口号式的积极的建设性主张——"鼓民力，开民智，新民德"②，这被严复看成整体的要政和根本治理。对于如何更新民德、开启民智和改善体质严复在《原强修订稿》中提出的具体的方法，这是在《原强》中所没有的内容。从最根本的方面说，只有"教育"和"教化"才能救世（"根本救济，端在教育"）③，才能改变国民整体素质的低下，才能带来革新的成效："盖秦西言治之家，皆谓善治如草木，而民智如土田。民智既开，则下令如流水之源，善政不期举而自举，且一举而莫能废。"④围绕这一论域严复有很多论说。这是严复版的"教育救世论"，是严复启蒙主义的主体部分，也是严复实践基础主义的根本之道。

严复职业生涯的大部分时间特别是早年都是在学校中度过的，这其中的大部分时间又是在天津北洋水师堂（1880—1900年）度过的。他先后任北洋水师学堂总教习、总办之职。之后他又受聘京师大学堂译局（1902年）、上海复旦公学（1905—1906年）、安徽高等学堂（1906—1907年）、学部审定名词馆（1908年）、京师大学堂（1912年）等，担任其重要职务（尽管时间不长），整体上扮演着教育管理者、教育者和教化者的角色。这很符合严复的教育基

---

① ［英］赫胥黎：《导言八乌托邦》，《天演论》，严复译，译林出版社2014年版，第22页。

② 王栻主编：《原强修订稿》，《严复集》第1册，中华书局1986年版，第27页。

③ 王栻主编：《与熊纯如书》，《严复集》第3册，中华书局1986年版，第674页。

④ ［英］赫胥黎：《导言八乌托邦》，《天演论》，严复译，译林出版社2014年版，第46页。

础主义救世论。

用来整体上改变国民素质的教育,当然不是中国科举制度下的传统教育,而是近代西方发展起来的近代教育。如严复在《论今日教育应以物理科学为当务之急》一文中,接受赫胥黎的看法,说"教育有二大事:一、以陶练天赋之能力,使毕生为有用可乐之身;一、与之以人类所阅历而得之积智,使无背于自然之规则。是二者,约而言之,则开瀹心灵,增广知识是已。"① 对于实现这一目标来说,物理学是最有效的。严复所说的物理学是广义的,它包括了化学、动植学、天文学、地质学、生理学、心理学等不同门类。作为各种经验科学不同方面的这种意义上物理学,既能增加我们的各种知识,又能改变人心("欲变吾人心习,则一事最宜勤治:物理科学是已")。②

严复断定科举制度下的传统教育不仅培养不出优秀人才,而且这一制度整体上只能是毁坏人才,八股文只能是摧残人的身心:"一曰锢智慧、二曰坏心术、三曰滋游手。"③ 这一制度带来还将人们引向学习纯粹是为了做官这一严重的误区之中。参加科举考试的人,唯一的目的就是当官。严复在不同地方都一再说明这一制度对人们价值观和选择的决定性影响。举几个例子的话,一个例子是严复在《论治学治事宜分二途》中说的:"父母之期之者,曰:得科第而已。④ 妻子之望之者,曰:得科第而已。即己之癏瘝之所志者,

---

① 王栻主编:《论今日教育应以物理科学为当务之急》,《严复集》第2册,中华书局1986年版,第280页。
② 王栻主编:《论今日教育应以物理科学为当务之急》,《严复集》第2册,中华书局1986年版,第282页。
③ 王栻主编:《救亡决论》,《严复集》第2册,中华书局1986年版,第40—42页。
④ 王栻主编:《论治学治事宜分二途》,《严复集》第1册,中华书局1986年版,第88页。

亦不过曰：得科第而已。"一个例子是严复《论今日教育应以物理科学为当务之急》中说的："夫中国自古至今，所谓教育者，一语尽之曰：'学'古人官已耳！"[①] 一个例子是严复在《大学预科〈同学录〉序》中说的："中国前之为学，学为治人而已。至于农、商、工、贾，即有学，至微，谫不足道。是故士自束发受书，咸以禄仕为达，而以伏处为穷。"[②] 被严复这样描述的价值观，在明代来到中国的传教士利玛窦所道破："在这里每人都很清楚，凡有希望在哲学领域成名的（即通过科举作官），没有人会愿意费劲去钻研数学或医学。结果是几乎没有人献身于研究数学或医学……钻研数学或医学并不受人尊敬，因为他们不像哲学研究那样受到荣誉的鼓励，学生们因希望着随之而来的荣誉和报酬而被吸引。这一点从人们对学习道德哲学深感兴趣，就可以很容易看到。在这一领域被提升到更高学位的人，都很自豪他实际上已达到了中国人幸福的顶峰。"[③]

同严复教育基础主义紧密结合在一起的是他的启蒙主义。严复一生产生的巨大影响主要来自这方面，它由两大部分构成。一大部分是从1895年开始他发表了振耳发聩的文章。这些文章包含着批判传统旧观念与传播新观念的双重内容；另一大部分是通过翻译近代西方名著传播新的思想，并以按语强化他的观念。翻译的志业严复一生投入精力最多，他不仅翻译的著作数量大，而且超出了一般所说的意译，是一种再创作。其中的困难和艰辛看看他同张元济的通信便可知晓："复近者以译自课，岂不欲旦暮奏功，而无如步

---

① 王栻主编：《论今日教育应以物理科学为当务之急》，《严复集》第2册，中华书局1986年版，第281页。

② 王栻主编：《大学预科·同学录·序》，《严复集》第2册，中华书局1986年版，第292页。

③ 利玛窦：《利玛窦中国札记》，中华书局1983年版，第34页。

步如上水船，用尽气力，不离旧处，遇理解奥衍之处，非三易稿，殆不可读。……复今者勤苦译书，羌无所为，不过闵同国之人，于新理过于蒙昧，发愿立誓，勉而为之。"① 在同张元济的信中他表达了他已无意于仕途而专心于翻译传播新知和启蒙的心愿："复自客秋以来，仰观天时，俯察人事，但觉一无可为。然终谓民智不开，则守旧维新两无一可。即使朝廷今日不行一事，抑所为皆非，但令在野之人与夫后生英俊洞识中西实情者日多一日，则炎黄种类未必遂至沦胥；即不幸暂被羁縻，亦将有复苏之一日也。所以屏弃万缘，惟以译书自课。……弟近灰心仕进，颇有南飞之思；欲一志译书，又以听鼓应官期会簿书累我。是以居平自忖，谓南中倘得知我之人月以一洋人之薪待我，则此后正可不问他事，专心译书以饷以世人。"② 通过翻译和按语展开启蒙，也十分符合严复的基础主义。

　　两大方面的启蒙是严复一生最受称道的地方，是给他带来最大声誉的地方。严复人生的高峰时刻就是他被视为神明的时刻。在这种时刻，他的故事似乎变成了神话。比如一九○六年前后，严复受到邀请做了不少演讲。一些壮观的场面虽使他保持着自知之明，但更让他感到十分兴奋："今日海内视吾演说真同仙语，群视吾如天上人，吾德薄何以堪此，恐日后必露马脚耳。"③ 一九○六年（六月二十日），严复请郑孝胥写了一副自拟的对联挂在自己的书房之中："有王者兴，必来取法；虽圣人起，不易吾言。"④ 郑孝胥还有

---

　　① 王栻主编：《与张元济书》，《严复集》第 3 册，中华书局 1986 年版，第 527 页。

　　② 王栻主编：《与张元济书》，《严复集》第 3 册，中华书局 1986 年版，第 525 页。

　　③ 王栻主编：《与甥女何纫兰书》，《严复集》第 3 册，中华书局 1986 年版，第 834 页。

　　④ 孙应祥、皮后锋编：《严复集（补编）》，福建人民出版社 2004 年版，第 83 页。

一首《赠严复》诗:"《楞严》虽妙绝,笔授赖房融。译者论能事,儒林属钜公。东坡端可信,几道始称雄。西士应传写,倾心更向东。"[①] 把这两首诗合起来看郑晡对严复的赞誉可以说无以复加,严复接受这样的赞誉可以说他自己也是当仁不让和认为非己莫属。

严复的基础主义同他的渐进主义革新观和进化主义世界观互为因果。因为渐进维新是严复一生的信条,这一信条建立在他的天演世界观之上,也建立在他论断中国积弱和积贫等造成衰败病根的基础之上。严复一生念念不忘的就是以提高国民整体素质为根本的教育救世主义。这一信条加上他的另一信条(进化从来不能超越阶段),决定了他在政治上排除任何激进的革新——如革命。在伦敦他同孙中山的会晤中的谈话,再次证明了他们两人救世之道的根本不同。大家熟悉这一故事。一九〇五年,从纽约到了伦敦的孙中山闻听严复也在伦敦,就特意约访严复。此时的孙中山对于革命救世的热情更加强烈了,而严复则仍然持守着他的渐进变法的拯救路线。他们之间谁也不可能说服对方在意料之中。严复的基础主义和渐进主义救世逻辑根本不符合孙中山的革命逻辑。孙中山说我们的寿命都非常短促,不能等到河水清澈了再来行事。接下来,孙中山用最简洁的话道出了他们的根本不同,说严复是一位教育家,说他是一位革命家。严复的教育家身份同他的基础主义是完全一致的。但严复的最大苦恼和自我冲突的地方,是他恰恰又不安于教育家的身份,他一直心想着入仕救世和执政救世。如同他的婚姻一样,这是传统思维和价值观留在他身上的强烈意识之一。

二 何以救世的入仕为政情结

按说将中国革新的根本置于教育和启蒙的基础之上,并整体上

[①] 郑孝胥著,黄坤、杨晓波校点,《海藏楼诗集》卷六,上海古籍出版社 2014 年版,第 157 页。

扮演了教育者、启蒙者角色的严复,有高峰体验和巅峰时刻,就像上述郑孝胥对他的赞美那样,严复应该心安理得、心满意足了。但并非如此。在严复的心路历程中,他还有一个入仕为政的强烈愿望,以至于这成了他一生的一个情结,成了他一生不愉快和痛苦的根源之一。晚年的严复,忍受着来自吸食鸦片(始于北洋水师学堂)导致的哮喘等身体上的疾病痛苦,忍受着所目睹的革命(这是一生都不接受的)带来的无序和混乱的严重后果,忍受着残酷的"二战"使他对西方近代文明的失望之情(而这正是他)。

同时严复还质疑他为了教育和启蒙而从事的翻译和著述事业究竟有什么意义和作用。《赠英华》诗这样写道:"四条广路夹高楼,孤愤情怀总似秋。文物岂真随玉马,宪章何日布金牛?莫言天醉人原醉,欲哭声收泪不收。辛苦著书成底用?竖儒空白五分头。"①这首诗作于丙午年(一九〇六年),是写给英华(字敛之,1866—1926年)的。英华为《大公报》的创始人,同严复有交往。此时严复的西学名著翻译("严译八部")已基本完成,这也是他一生最受人称道的地方之一(包括上述郑孝胥对称赞他说的"译者论能事,儒林属钜公")。但此时的严复仍抱着忧时、悲愤的心情,诗中严复用"孤愤情怀""人原醉""泪不收"等表达了这种内心的感受。尤其是诗中说的他一生"辛苦著书"成就了什么呢("成底用")?可他这位"竖儒"(自谦)此时已半头白发,这更是道出了严复心中的疑惑和苦闷。

这难道是中国精英们的普遍情结吗?古代的中国儒者、文人和士大夫,近代作为士大夫与新知识人合体的社会革新者,无不都抱着历史的使命感,抱着从成就自我到成就社会的志愿。但实现信念

---

① 王栻主编:《赠英华》,《严复集》第3册,中华书局1986年版,第414页。

的过程和道路难免充满坎坷，到了一定时候，他们都难免发出悲叹，对自己的执着追求产生疑问和疑惑。他们的所作所为都带来了什么呢？陆游的《自责》诗追问他为什么步入宦海之中而荒芜了文章和学问："文章跌宕忘绳墨，学问荒唐失本原。仕宦一生成底事？子孙世世记吾言。"① 吴伟业（1609—1672）的《满江红·蒜山怀古》产生了"白面书生成底用"② 的疑问，黄景仁（1749—1783）在《杂感》诗中则用"百无一用是书生"③ 对自己作了彻底的否定。曾国藩的《酬李芋仙二首》以"却笑文章成底用？千篇不值一盘飧"④ 之句嘲笑"文章"的廉价。但就是在他们对书生、文章究竟有什么用产生疑惑之时，他们都已鬓发颁白了。陆游的《卧病书怀》感叹此时的他"衮衮年光挽不留，即今已白五分头……丈夫有志终难料，憔悴渔村死即休"⑤，陈寅恪的《残春》感叹事已至此只能"袖手沉吟待天意，可堪空白五分头"⑥。岁月匆匆，物是人非，身处晚清和民初的严复的处境，难道又重复着昨天的故事。

海军是晚清帝国新强自政的一部分，从左宗棠创办马尾航政学堂到李鸿章奏请选派航政学堂学生赴英留学，都是近代中国早期发展海军之举。从严复先被录取马尾航政堂学习驾驶，到中间在舰船

---

① 钱仲联主编：《剑南诗稿校注》卷二十六，上海古籍出版社1985年版，第1842页。
② 黄景仁著，李国章校点：《两当轩集》卷一，上海古籍出版社1983年版，第15页。
③ 黄景仁著，李国章校点：《两当轩集》卷一，上海古籍出版社1983年版，第15页。
④ （清）曾国藩撰：《诗文》，《曾国藩全集14 修订版》，岳麓书社2011年版，第77页。
⑤ 钱仲联主编：《剑南诗稿校注》卷十三，上海古籍出版社1985年版，第1087页。
⑥ 陈寅恪：《陈寅恪集·诗集：附唐篔诗存》，上海三联书店2000年版，第23页。

上实习，再作为第一批中国海军留学生到英国格林尼次海军学院学习海军专业，严复的个人选择同国家的富强之道休戚相关。严复的独特之处是在他学习的海军专业之外，还对西方特别是英国为什么富强的深层原因有着浓厚的兴趣，这也是他同郭嵩焘在中国驻英使馆相见时彼此（两人结为忘年交）都热心谈论的话题。严复的专业训练与他的关怀及其方式之间，在伦敦的经历中就显示了出来。与郭嵩焘谈论英国文化及富强之本和中西文化之异同；君子不器；严复之后的选择远远超出了海军专业，竟然成为中国最著名的启蒙思想家、翻译家和教育家可以说都发端于此。

按照严复学习的海军专业和训练，他回国后从事海军领域的学术、教育事业，或者从事海军方面的管理事务等都十分合适。郭嵩焘说"以之管带一船，实为枉其材"，他适合担任"交涉事务"；薛福成更以"严宗光于管驾官应知学问以外，更能探本溯源，以为传授生徒之资"，说他"足胜水师学堂教习之任"。他们的评价对严复能够担任水师学堂教习会起到不小作用。一八七九年严复回国，经历船政学学堂教习的短暂任职后，一八八〇年李鸿章就聘任他担任北洋水师学堂总教习，实际上肩负着总办—校长的责任，直到一八九〇年李鸿章任命他担任学堂总办。在这两个职位上，严复不是正可以将这一培养中国海军专门人才北洋水师学堂办成一个一流的海军学院吗？但严复似乎一开始就不满足于单纯做一个学院的管理者和教育家的角色。对严复来说，在北洋水师学堂的职位上不能施展他的才能，无法发挥他的作用。造成这种局面的一个原因是严复对世事的激烈言论使李鸿章疏远了他，以至于"不预机要，奉职而已"。对于严复不受重用的处境，郑孝胥当时（1885年7月12日）写诗赠严复为其抱不平："慷慨怀大志，平生行自哀。嗟君有奇骨，况复负通才。时事多荆棘，吾侪今草莱。天津桥上见，为我惜风裁。"郑孝胥作为严复的知音，他说出了严复怀才不遇和壮志未酬的心声。严复需要的是一个真正的"官位"和"官职"。这同他后来批评官位拜物教形成了鲜明的对比。

为了达到入仕执政、指点江山的强烈愿望,严复从一八八五年开始到一八九三年,自三十三岁至四十一岁,九年之中前后四次参加科举考试。严复长子严璩指出了其父的这一动机和愿望说:"府君自由游欧东归后,见吾国人事事守旧,鄙夷新知,于学则徒尚词章,不求真理。每向知交痛陈其害。自思职微言轻,且不由科举出身,当日仕进,最重科举。故所言每不见听。欲博一第入都,以与当轴周旋。既已入彀中,或者其言较易动听,风气渐可转移。"但第四次仍然落榜,其中的郁闷和痛苦不言而喻。严复在第四次(1893年)参加乡试前的一八九二年,按捺不信这种心情,在《送陈彤卣归闽》诗中表露无遗:"四十不官拥皋比,男儿怀抱谁人知。药草聊同伯休卖,款段欲陪少游骑。君来渤海从去春,黄尘埃壒愁杀人。末流岂肯重儒术,可怜论语供烧薪。嵚奇历落不称意,高阳酒徒兀然醉。长驱八尺两颐丰,高谈慷慨忧时泪。平生贱子徒坚顽,穷途谁复垂温颜。当年误习旁行书,举世相视如髦蛮。问君秋水剪双眸,何独异我稠人稠。无双岂独楚王信,千秋无复文信侯。君今长揖告我行,南风欲挂孤帆轻。闽之东门温泉温且清,荔阴如见挥巨觥。"

陈彤卣是严复的同乡,一八八九年考中进士,时任北洋水师学堂汉文教习,严复任北洋水师学堂总办,虽然职位上高于陈彤卣,但三次考试都不及第,没有进士身份,连捐带保才有了"免选知府,以道员选用"的官阶(正四品)。这在严复心中是何等滋味。照严复诗中说的"当年误习旁行书,举世相视如髦蛮",他后悔当年没有走科举这种既正统又体面的学习路线,而去学习航政和去英国留学学习海军,这都是误入歧途的选择,因为在世人眼中这种选择无异于是为蛮夷为伍。这难道是阴差阳错吗?童年丧父的严复遇到的人生的一大不幸。因失去了经济上的支柱,他的家庭很快也陷入困境。严复的诗《为周养庵肇祥题簪镫纺织图》描写了他的家门的悽惨衰落:"我生十四龄,阿父即见背。家贫有质券,赇钱不充债。陟冈则无兄,同谷歌有妹。慈母于此时,十指作耕耒。上掩先人骸,下养儿女大。富贵生死间,饱阅亲知态。门户支已难,往往遭无赖。五更寡妇哭,闻者堕心肺。"由于为生活和学费所迫,福州航政学堂招生童少学生,为学生提供优厚的条件,生活费全免,还有家用补贴,这对家庭困难、无力走科举之路的严复来说很有吸引力。但进入这样的学校也不容易。考生的个人素质要好,要有人(如士绅)为其担保,考试又要通过。按照严复的回忆,他的作文成了他被录取的关键因素。《送沈涛园备兵淮扬》诗说"尚忆垂髫十五时,一篇大孝论能奇"。对这句诗严复还特地注释说:"同治丙寅,候官文肃公(沈葆桢)开船厂,招子弟肄业,试题《大孝终身慕父母》,不肖适丁外艰,成论数百言以进,公见之,置冠其曹。"

当年能够入船政学堂来之不易,后其洋学生的身份使之成了脱离中国正规仕途的另类。正是这条路成了决定了他"四十不官拥皋比,男儿怀抱谁人知"的命运。履行北洋水师堂教师的作用,无论如何无法同担任王朝中地道的官员的职能相比,一个人的怀抱只能在入仕为官中体现出来。这说明,经过近代西方价值多元化洗礼的严复,内心里对现代知识人的角色认同有限,身上带着深深的士大夫情结。严复尝自言:"自叹身游宦海,不能与人竞进热场,乃为冷淡生活;不独为时贤所窃笑、家人所怨咨,而掷笔四顾,亦自觉其无谓。"[①] 一八九八年一月至二月,严复在《国闻报》上分九次发表了《拟上皇帝书》(未署名),这可以说是他受光绪变法感召而为之提出的公开的建言。同年九月十四日,严复受到光绪的召

[①] 王栻主编:《与张元济书》,《严复集》第3册,中华书局1986年版,第537页。

见。这都可视作严复影响和参与政治的契机，说不定就会被光绪直接提拔。很不幸的是，也就一周政变发生，光绪被幽禁，至少因《国闻报》包括严复在内的几位人士受到江南道监察御史徐道焜的奏劾，一时陷入危险之中。好在最后没有受到追究。西太后一怒之下杀害了六君子，这深深刺痛了严复，也让他到感政治世界的险恶。他的《戊戌八月感事》诗写道："求治翻为罪，明时误爱才。伏尸名士贱，称疾诏书哀。燕市天如晦，宣南雨又来。临河鸣犊叹，莫遣才心灰。"① 之后严复步入晚年，前后他也受到了一些任命，但都不是什么显赫之位，严复虽大都赴任，但对他来说没有多少吸引力。他也越来越看淡政治上的身份和名声了。一九一〇年（一月十七日）严复被清廷赐予文科进士出身。姗姗来迟的科举身份，他已不为之心动。《见十二月初七日邸钞作》诗说："自笑衰容异壮夫，岁寒日暮且踟蹰。平生献玉常遭刖，此日闻韶本不图。岂有文章资黼黻，敢从前后论王卢。一流将尽犹容汝，青眼高歌见两徒。"②

最后几年严复更受哮喘病的折磨，但精神上则释然了，何以救世的两难和苦恼也画上了句号。一九二一年他在福建故乡阳崎离开了人世。墓前的横屏上书写着严复生前自拟四字言"惟适之安"。此语出自韩愈的《送李愿归盘谷序》中的一段："穷居而野处，升高而望远。坐茂树以终日，濯清泉以自洁。采于山，美可茹；钓于水，鲜可食。起居无时，惟适之安。与其誉于前，孰若无毁于其后；与其乐于身，孰若无忧于其心。"③ 李愿是韩愈的朋友，隐居

---

① 王栻主编：《戊戌八月感事》，《严复集》第 2 册，中华书局 1986 年版，第 414 页。

② 王栻主编：《见十二月初七日邸钞作》，《严复集》第 2 册，中华书局 1986 年版，第 378 页。

③ （唐）韩愈撰，马其昶、马茂元译：《韩昌黎文集校注》第四卷序，上海古籍出版社 1984 年版，第 905 页。

太行山，韩愈以此诗称赞朋友"此中有真意"的境界。严复借用其中的"惟适之安"表达自己最终达到了人无非只求一个舒适安逸之境，他人生的两难也在最后释然。陈宝琛所撰墓志铭说："旗山龙渡岐江东，玉屏耸张灵此钟。绎新籀古析以中，方言扬云论谭充。千辟弗试千越锋，昔梦登天悲回风。飞火怒扇销金铜，鲸呿鼍跋陆变江。鸥犹阅世君非蒙，咽理归此万年宫，文章光气长垂虹。"①陈宝琛对严复如此高的赞扬，这能使在天有灵的得到莫大的安慰。

严复入仕救世与启蒙救世的两难困境和苦恼，留下了近代处在从传统士大夫向知识人转变过程中的耐人寻味的故事。晚清中国不少文化精英大都是士大夫和知识人的复合体，这也使他们承担的角色往往是多重的，而不是从事诸如学术、政事、经济等不同世界中这一种或那一种的单一角色。一句话，他们仍想成为一个万能者，成为孔子所说的"君子不器"的人。但在近代社会各个领域迈向分化的过程中，中国历史上的士大夫精英（如官僚学者或学者官僚）型人物也很难再继续保持这种双重或多重角色了。因此，表现在严复身上的两难，反衬出传统性与现代性之间的"一种"内在紧张和冲突。

传统性的世界观是独占性的，传统的价值观也往往是一元的；现代性的世界观是包容的，现代性的价值观也是多元的。在传统社会中，人们往往相信一种东西为最值得选择；在现代性社会中，人们常常相信不同东西都最值得选择，这些东西开放地分布在不同的领域中。不管是在思想上和观念上，还是在现实中和实践中，严复的世界观和价值观都是多元性和一元性的矛盾混合体。强烈的基础主义（或基建主义）与强烈的政治本位主义则是这种矛盾混合体的一部分。这不纯粹是严复身上的现象，它是近代中国文化和思想精

---

① 王栻主编：《清故资政大夫海军协都统严君墓志铭（陈宝琛）》，《严复集》第5册，中华书局1986年版，第1543页。

英们不少人身上都有的现象（梁启超、胡适等）。因为他们不同程度上都是复合型、混合型的人物，他们身上的多重角色也就难免陷入曲折和自我冲突中。

（作者单位：北京大学哲学系）
（责任编辑：田志光）

迦陵学舍 叶嘉莹

从《妇病行》看古诗的传统文化内涵

乐府诗里有一首叫《妇病行》。凡是叙事的故事诗,写得比较长的,就叫什么歌,什么行,所以这个叫作《妇病行》。《妇病行》写什么?一个妻子生病了,"妇病连年累岁",这个妻子病了很久。"传呼丈人前","丈人"就是她的丈夫,她把丈夫叫到面前,要说两句遗言。"一言当言",有一句话要说,"未及得言",还没有说出来呢,"不知泪下一何翩翩"——我有一句话离开人世之前要告诉你,这话还没有说出来,我的眼泪,就"翩翩",一滴一滴地落下来。要说的是什么话?我就要嘱咐你,"属累君两三孤子",要连累你的是什么?是我留下来的那些孩子。"莫我儿饥且寒"——没有母亲照顾的孩子,你不要让他们挨饿受冻。这个诗很长,总而言之,是妻子临死之前这么嘱咐。这个妻子当然就死去了。妻子死去了,丈夫没有照顾这些孩子。诗里是这么说,"交入门",一个朋友来到他们家里,"交"是这个朋友,看见什么呢?"见孤儿啼",可是家里没有一个人照顾孤儿。"徘徊空舍中",就在他们这个空洞的、贫穷的、四壁都空无一物的家里,朋友说了,"行复尔耳",我走来走去,只见如此,无可奈何。最后就说了一句"弃置勿复道",这么悲惨的事情,我说不下去了,我没有办法说下去。所以"弃捐勿复道"就有两个解释,一个是我被你抛弃的事情不要再说了,一个是这么悲哀的事情不要再说了。怎么样,"努力加餐饭",这是自我的勉励,你要不要你的生命?你如果要活,你应该好好活下去,活着才有希望，才可以等到一个人回来，你如果不好好地保重你的身体，就是你自己把可以实现的希望放弃了，所以这首诗很妙。

我们上次讲到蔡邕的《饮马长城窟行》，里面有一句，"呼儿烹鲤鱼，中有尺素书"。因为时间很紧张，虽然我跑了很多野马，可是有的时候还是讲得比较简单，我就说是把这个鲤鱼剖开，大家可能以为真的是一条活鲤鱼，把它剖开，里边就有一尺白绸的信，其实不是的。古代不是也要送信吗？宋代的秦少游，就是秦观，写过一首《踏莎行》，中间有这么几句，"驿寄梅花，鱼传尺素，砌成此恨无重数"，也是说鱼传了尺素，因为在中国古代，还没有发明纸，或者纸还不流行的时候，用蚕丝织出来一片白绸子，是"尺素"，字就写在这个尺素上，可是怎么传递呢？古代没有飞机、火车，只有驿站，"驿"从"马"字，就是驾着马传信的那个驿车。那么传书难道是把尺素书放在活的鲤鱼肚子里吗？不是的。你写了这个信，一条白绸子，放在哪里呢？中国古代没有我们现在的纸信封，你封在什么地方？封在一个木匣里面，这个木匣是个鲤鱼的形状，鱼前后的两片可以连住，可以绑起来，把它解开，鱼的两片就打开了，打开里边就是一个尺素书。上次因为时间紧，我只说叫一个童仆把这个鲤鱼剖开，其实不是一条活的鲤鱼，而是古代传书的一个木匣，这里我给大家做一个简单的说明。

还有就是说，我们虽然只讲了《行行重行行》一首诗，可是你一定要体会到，这个诗具有一种代表民族传统文化的作用。我们常常讲中国文化，但是大家可能没有很真切的体会。中国人讲到《诗经》常常说，诗是"怨而不怒，哀而不伤"。怎么能够"怨"还"不怒"？本来有一种怨悱之情，但是没有愤怒，"怨而不怒"；虽然悲哀，但不是很过分的那种哀伤，"哀而不伤"。尽管我们只讲了《行行重行行》这一首诗，但我想大家现在已经深切地体会到，中国的传统文化是"怨而不怒，哀而不伤"的。虽然他说这个游子是不再回来了,"浮云蔽白日,游子不顾返",最后,说"弃捐勿复道",你对我的抛弃,现在放下不提了,"努力加餐饭",这是"怨而不怒,哀而不伤"。

今天我们再来看这首乐府诗《妇病行》。"妇病连年累岁,传呼丈人前",后边有"交入门,见孤儿啼,索其母抱",对不对?"交入门",就说一个朋友,到了母亲死去的那个人家,就看见什么呢?"见孤儿啼,索其母抱",那个小孩子在哭,还找妈妈来抱他,其实妈妈已经死去了。这个朋友对于这种悲惨的情景,无可奈何,所以他说,"徘徊空舍中,行复尔耳,弃置勿复道"。就是把它丢开,这件事情我们没有办法,说话也是空口白说,对于那个家庭的情境,你没有办法挽回这个局面,所以说"弃置勿复道"。我要说《古诗十九首》是很好的一组诗,不仅因为它代表了中国"怨而不怒,哀而不伤"的传统文化。从这组诗中,你可以很清楚地看到文士着手创作的特点。十九首相当有文采,你可以看到它用了很多古典,"与君生别离"出于《楚辞》的"悲莫悲兮生别离","各在天一涯""道路阻且长"出于《诗经》的"在水一方""道阻且长"。但它结合古典的同时还结合了乐府,而乐府是来自民间的,像这个《妇病行》。所以他是古典的《诗经》《楚辞》跟民间的乐府一个恰好的结合。我屡次讲到,说"质胜文则野,文胜质则史",所以要"文质彬彬,然后君子",《古诗十九首》是结合得恰到好处的。

蔡邕的《饮马长城窟行》底下有四个小字,"佚名古辞"。什么叫"佚名古辞"?就是说,不能够确实保证,这首诗是真正的蔡邕的作品。有些传说是中国两汉时期创作的诗,都不能完全得到证明,像李陵、苏武的诗也是不可证明的。所以蔡邕的《饮马长城窟行》,有人说是蔡邕作的,但也有人说那个就是古辞,所以我们以此证明《古诗十九首》是文士创作跟民间乐府的一种结合。除了《饮马长城窟行》和《妇病行》,比较著名的乐府诗还有《西门行》

《东门行》。我们现在要证明,《古诗十九首》在文人着手创作的同时受了民间乐府诗的影响,所以它在古朴之中有文采,在文雅之中还有一种天真朴实的感情,没有很多的雕琢和造作。那么,最明显看出《古诗十九首》受到乐府诗影响的,其实是十九首里边的第十五首。上次我们讲得太慢了,一首诗讲了很久,但是我们需要有一首仔细地讲,这样大家就可以有一个印象,原来中国的古诗里边可以蕴藏这么多丰富的东西,你至少要有这样的感受和认识。但是我们也可以快一点看,现在这首诗就简单讲,不像上次那样详细地欣赏讲解,只是让大家知道,《古诗十九首》是受了乐府诗影响的。

我们把乐府诗的《西门行》跟《古诗十九首》的第十五首做一个比较。我们只把《西门行》念一遍,不详细发挥:

> 出西门,步念之,今日不作乐,当待何时?夫为乐,为乐当及时,何能坐愁怫郁,当复待来兹。饮醇酒,炙肥牛,请呼心所欢,可用解忧愁。人生不满百,常怀千岁忧,昼短而夜长,何不秉烛游。自非仙人王子乔,计会寿命难与期。自非仙人王子乔,计会寿命难与期。人寿非金石,年命安可期。贪财爱惜费,但为后世嗤。

好,我们回来看《古诗十九首》的第十五首:

> 生年不满百,常怀千岁忧。昼短苦夜长,何不秉烛游。为乐当及时,何能待来兹?愚者爱惜费,但为后世嗤。仙人王子乔,难可与等期。

大家清清楚楚地看到,它里边用到了乐府歌词《西门行》的后半首。所以我如果空口说,《古诗十九首》文质彬彬,因为它是民间乐府跟文士创作的结合,只是空洞的印象。但结合文本,大家就可以清楚地看到《古诗十九首》与其他作品的联系。第一首《行行重行行》里面的一句,"弃捐勿复道",也有出于古典和出于乐府的两个来源,其中一个是相传班婕妤所作的《怨歌行》。《怨歌行》有另外一个题目《怨诗》,就跟蔡邕的《饮马长城窟行》也叫作《古辞》一样,这些早期的作品都不能确知作者。"弃捐勿复道",按照 intertextuality 的说法,其中一个与它有联系的文本,是班婕妤的《怨歌行》。班婕妤的《怨歌行》说是有一把扇子,"裁为合欢扇","出入君怀袖,动摇微风发",说这个扇子在夏天的时候,被你带在身边,放在怀里或者袖子里——古人宽袍大袖的,什么都在袖子里面,所以梁山伯、祝英台也说从袖中取出信物来。扇子"出入君怀袖",因为什么呢?因为天气热,你要把扇子拿出来,"动摇微风发",拿着扇子一扇,就给你一阵好风。"常恐秋节至,凉飙夺炎热",等秋天来了,你不需要扇子了,你就把这个扇子"弃捐",把它抛弃了,放在一边不要了。"弃捐"在什么地方?"弃捐箧笥",这个"笥"字很像"笋"字,但不是"笋",它下面是个"司"字,所以这个"笥"是竹子编的盒子。"弃捐箧笥中",就把你这个扇子放到一个竹箱子里边了,所以这个男子的恩情"弃捐箧笥中",恩情就中道地断绝了。"弃捐"在班婕妤的《怨诗》里面,是用扇子作比喻,写一个女子被抛弃。从这个意义上说,"弃捐勿复道"可以理解为你走了,不再回来了,我被你抛弃的事情不要再说了。还有一个来源是《妇病行》,"交入门,见孤儿啼,索其母抱,徘徊空舍中,行复尔耳","行"就是姑且、聊且,我只是如此,对这一家人,我有什么办法呢?所以"弃置勿复道",这个悲哀的事情,我也无可奈何,"弃置",就是把这件事情丢开,不要再提了。所以"弃捐"可以使我们联想到这两个文本。

我今天只是补充说明，对中国诗歌应该怎么样欣赏？你要知道，《古诗十九首》可以有如此丰美的内涵，与中国传统文化具有密切的关系，它结合了古典文学和民间乐府。

（作者单位：南开大学中国古典文化研究所，文稿文字整理：汪译。）

（责任编辑：启发）

陈其泰　刘永祥

史学视角下传统文化的现代元素

摘要：中国现代史学发展的主流绝非一脚踢开传统，对外来东西简单移植。传统史学中孕育的现代元素，被新史学家重新发现和发扬，成为吸收外来进步文化的内在基础。公羊历史哲学的兴盛为进化史观的传播提供思想基础；内涵丰富的民本思想成为史学致用功能现代化的重要媒介；历久弥新的考信传统滋养了新历史考证学；原有的史书体裁也以灵活的形式得到传承和更新，凡此皆可证明，所谓中国史学失去自我、新旧史学之间毫无关联等"断层论""移植论"，既不符合历史事实，也违背史学发展的基本规律。事实是，现代史学的建构自始至终都贯穿着或隐或显的民族文化本位意识，不管是主张历史解释者，还是推崇历史考证者，都与传统史学一脉相承。

关键词：公羊历史哲学；民本思想；历史考证；历史编纂；现代史学

习近平总书记曾在多次讲话中强调，"要坚定文化自信，推动中华优秀传统文化创造性转化、创新性发展"。如何发掘传统文化中所蕴含的现代元素，重估其现代价值，显然是一项意义极为重大的时代课题。而梳理总结史学传统中所蕴含的现代元素,对推动中国史学完成转型所发挥的作用,无疑能够为这一时代课题提供有益的借鉴。

中国学人对现代性的追求,是在民族危机的刺激下萌生并随时代演进而不断调整的。因此,尽管这一追求表面上是以西方社会或西方文明为参照系,或者说是在西方强势冲击下将对方视为文明、将自身视为野蛮的语境中开展,但自始至终都贯穿着强烈的现实性和民族性,其终极目标在于"超越西方",而非"变成西方"。现代一词的内涵也就显得颇为复杂,既有古今之别,又有文明差异,有时还会被简单化为东西方的地域差别,不过最直观的外在表现仍以批判传统为核心特征。中国现代史学的建构,同样表现出强烈的批判传统意识,最初甚至喊出"中国无史"的口号,尝试以西方文明史学为蓝本建构新史学的理论典范。① 然而,若因此得出中国史学失去自我、新旧史学之间毫无关联等"断层论""移植论"或"摒弃论",则既不符合历史事实,也违背史学发展的基本规律。事实是,中国现代史学发展的主流绝非一脚踢开传统,对外来东西生硬搬用或简单移植。传统史学中固然有大量糟粕,同时又蕴藏着许多精华,传统之中有现代元素的孕育。当外来文化大量输入的历史关头,这些宝贵的现代元素被当时敏锐的学者所重视、所发扬,成为他们吸收外来进步文化的内在基础,并在与外来成分相糅合的过

---

① "中国无史"只是梁启超等人为激发社会效应,遵循"随破坏随建设"原则而采取的一种宣传策略,并非真的对传统史学采取全盘否定的姿态。最值得玩味的是,梁启超之所以选择史学作为突破口,恰恰因为这是唯一可以与西方对接的传统学科。而且,他们在进行自我定位时使用的是"近世史家",只是对"近世"这一传统概念进行了现代改造。可参见刘永祥《"中国无史":梁启超"新史学"的传播策略分析》,《廊坊师范学院学报》(社会科学版)2020年第1期。

程中得到升华。这些现代元素的孕育及其发扬,便成为传统史学向现代史学转变的中介。换言之,在传统史学向现代史学演进的内在逻辑这一理论问题上,我们主张"转变论""中介论"。① 其全部内涵无疑是很丰富的,本文仅就几个核心点加以阐释。

一 公羊历史哲学:进化史观传播的思想基础

中国现代史学的建构或者说中国史学的现代化,从开始就不是单一向度,而是涉及多个层面的系统工程。从实现路径来说,至少包含历史解释和历史考证两个大的方向。对于此种分野,现代学人是有明确认知的。杨鸿烈就曾归结为"历史科学"与"历史哲学"的差别,认为:"我们以为历史本所以记载人类过去的事实,既有了历史的科学,自用不着历史哲学,但历史现象还是如赫格尔所说由精神主动呢?或如马克斯所说由物质条件来支配呢?乃至人类全部的历史到底是治乱循环的呢?还是循序进化的呢?假如是进化的话,那么,是直线的呢?还是螺旋式的呢?这一类的问题,都是历史哲学的问题,而不是历史科学的问题,所以结果还是赞成历史哲学可以成立的一派得到最后的胜利。"② 不管哪一路径,起决定作用的必然是史观,史观的变化居于核心地位。而促成中国史学实现第一次现代化跨越的则是进化史观,它在此后相当长时期内占据主

---

① 这一结论不单单适用于史学领域,同样适用于整个学术思想的现代转变。顾颉刚就曾一语道出其中玄机:"吾从前以为近三十年的中国学术思想界是由易旧为新的时期,是用欧变华的时期。但现在看来,实不尽然。""在三十年内,新有的东西固然是对于外国来的文化比较吸引而后成的,但是在中国原有学问上——'朴学''史学''经济''今文派'——的趋势看来,也是向这方面走去。"(顾颉刚:《中国近代学术思想的变迁观》,《中国哲学》第十一辑,人民出版社 1984 年版)

② 杨鸿烈:《史学通论》,载民国丛书编辑委员会《民国丛书》第二编,上海书店 1990 年版,第 317 页。

流。历史学的发展,要求有一套高出于旧时代"复古史观""循环史观"的历史哲学作为指导,以总结过去,预示未来。人们熟知,现代史学的指导理论历史进化论是从西方学来的。然而,事情还有另一面:进化论这种西方舶来品之所以能被中国知识界所顺利诚服地接受,并迅速地在"新史学"中结出硕果,则是由于鸦片战争前后和戊戌时期有中国本土的朴素进化观点在流行——它就是顾颉刚先生所特别提出的"今文派"即公羊历史观,构成为"新史学"接受西方进化论的思想基础。

《春秋公羊传》成书于汉初,系用当代通行的隶字书写,故属"今文学派",且是其主要代表。公羊学有一套著名的"三世说",其雏形为《公羊传》作者解释春秋二百四十二年历史所讲的"所见异辞,所闻异辞,所传闻异辞"①,包含着对待历史的一个很宝贵的观点:历史可以按一定标准划分为不同的发展阶段。至东汉何休为《公羊传》作注,将三世说发展成为一种朴素的社会发展阶段论:"据乱—升平—太平。"② 于是创造出儒家经典中别树一帜的历史哲学,启示人们用发展变化的观点观察社会历史进程,可以被用来与长期居于正统派地位的古文学派儒生所信奉的复古史观和循环史观相抗衡。东汉以后,今文学衰落,一千多年间消沉无闻。到嘉道年间,公羊学说却重新崛起,"翻腾一度",并被进步学者所力倡。其深刻原因是:由于清朝统治面临危机,进步的人物为了变革现实,且在学术上树立新的风气,需要有一套理论来发挥。公羊学说适逢际遇,它具有既是儒家经典,又长期处于与正统的古文学派不同的"异端"地位这种双重身份,可以减轻"非圣无法"的压力,它专讲"微言大义"的特点,更有耸动人心的力量。所以嘉道

---

① 见《春秋公羊传》隐公元年、桓公二年、哀公十四年传文。
② 见《春秋公羊解诂》隐公元年何休注。

年间和戊戌时期的进步人士都喜谈公羊，拿它跟顽固派的僵死观点作斗争。从历史哲学讲，它是由传统史学向现代史学转变的一个极其重要的中间环节，当时没有更先进的观点，只能以此推演新说。

龚、魏都是清代公羊学的健将，他们批判专制，在史学领域倡导新风气，都跟发挥公羊学说相联系。龚自珍吸收和利用公羊哲学"变"的内核，将"据乱—升平—太平"三世说，改造成"治世—衰世—乱世"的新三世说，用来论证封建统治陷入危机。跟正统派一向宣扬三代是太平盛世、封建统治永恒不变的陈腐教条相比，龚自珍的公羊三世哲学观点，显然紧扣时代脉搏，容易触发人们对现实变动的感受。他所作时代剧变将要来临的预言，很快也被太平天国革命的风暴所证实。魏源则将公羊学说变易的观点，糅合到对中国历史进程的考察之中，提出了"气运说"来解释历史变局。他以此观察鸦片战争引起的中外关系新变化，意识到：自明末西方传教士东来，已显示出东西方由过去隔绝到互相交往的转变；而中国和西方之先进与落后地位也发生根本变化，中国人过去对外国傲慢排斥的态度已经招致战败的屈辱，需要警醒自强，了解世界，学习西方长处。

戊戌时期公羊学风靡于世，这种情形，从持对立态度的张之洞为其《学术》诗（一九〇三年）所写的自注中有清楚的反映，可见公羊学说在两个世纪之交对新派人物具有何等吸引力！康有为将公羊三世说跟建立君主立宪的主张结合起来，形成具有资产阶级性质的进化理论，作为宣扬维新变法的思想纲领。而从学术上说，当时许多具有进步倾向的人物，都共同经历了由宗仰公羊学到接受进化论的道路。梁启超于一八九九年所写《论支那宗教改革》一文即把公羊学说跟达尔文、斯宾塞的"进化之说"贯通起来。在《新史学》中，他揭起新史学是"叙述人群进化之现象"的旗帜，又特别说明："三世者，进化之象也。所谓据乱、升平、太平，与世渐进是也。三世则历史之情状也。"① 谭嗣同则把《公羊传》列为《仁学》思想来源之一。

这一时期，将公羊历史哲学与进化论相融合，写出别开生面的历史著作的是夏曾佑。他于一九○二—一九○四年撰写了一部体现进化论观点的史书《中国古代史》（原名《最新中学中国历史教科书》），充分吸收公羊学的历史变易观点，并与西方进化论者"心通来物"的"孤识宏怀"相贯通，形成了独创性的见解。他在书中申明："自东汉至清初，皆用古文学，当世无知今文为何物者。至嘉庆以后，乃稍稍有人分别今古文之所以然。而好学深思之士，大都皆通今文学。本编亦尊今文学者，惟其命意与清朝经师稍异，凡经义之变迁，皆以历史之理解之，不专在讲经也。"② 夏曾佑跟前人不同之处在于：他将"经义之变迁"即三世说之类，同西方进化史观强调因果关系结合起来，去掉其牵强附会的成分。由于他做到对东西方进化观点加以扬弃、吸收，所以能够提出崭新的关于中国历史的系统看法。即，把中国历史划分为"三大时代""七小时代"。这种自成体系的历史进化观点，既不是重复前人的公羊学说法，又不是生硬搬套外来的进化论术语，而是在贯通二者之后加以创造。

如果说戊戌时期是现代史学的酝酿阶段，清末十年则是现代史学雏形初显的阶段，不仅产生了《新史学》等宣言书，而且兴起了一场以历史教科书为主要载体的重写国史运动，新的史学范式初步得到建立，其中的理论内核正是进化史观。从清末新型知识分子的角度来说，他们建构新史学自然包含鲜明政治目的，但以公羊历史哲学嫁接西方历史进化论不应被单纯地看作政治宣传策略，而是东

---

① 梁启超：《新史学》，《饮冰室合集》文集之九，中华书局1989年版，第8页。

② 夏曾佑：《中国古代史》，河北教育出版社2000年版，第362页。

西方学术思想碰撞融合的自然产物，是梁启超所谓"过渡时代"必然出现的特征。清末先进学人喜谈公羊学与接受进化论这一带有普遍性的历史现象，足以证明：中国传统史学中孕育的进步成分，确是向现代史学的方向走的，西方思想的输入尽管起了很重要的促进作用，而转变的内在根据，却存在于中国史学的母体之中。退一步讲，即便是为了减少新知识传播的阻力，新式学人能够从传统思想中找到嫁接的资源，本身就很能说明问题。其实，公羊历史哲学是传统史学变易史观的特殊表现形式，其根基是中国的朴素辩证法，则进化论能够被迅速接受，又有更深层次的思想基础。

二 民本思想：史学致用功能现代化的重要媒介

至迟从周代开始，中国史学已具有突出的"殷鉴"意识，并日益成长为主流的史学理念。传统史学特别是官方史学在很大程度上确实带有眼光向上的资政功能，新朝为前朝修史的主要目的，也往往在于论证王朝更迭的政治合法性以及从前朝灭亡中吸取必要的教训，对下则承载带有浓重垂训意味的教化民众功能。梁启超等人之所以选择把史学作为学术现代化的突破口，除了在学科上容易与西方对接之外，一个很重要的原因是，传统史学具有相当突出的政治属性，恰好可以为批判专制、倡导民主而服务。我们会发现，《新史学》一文开篇并没有围绕进化史观重新解释历史，而是从功能角度重新定义史学。"于今日泰西通行诸学科中，为中国所固有者，惟史学。史学者，学问之最博大而最切要者也。国民之明镜也，爱国心之源泉也。今日欧洲民族主义所以发达，列国所以日进文明，史学之功居其半焉。"[①] 新史学对传统史学的批判，也首先集中于

---

① 梁启超：《新史学》，《饮冰室合集》文集之九，中华书局1989年版，第1页。

功能层面，认为史学不应成为君主的教化工具，而应服务于全体国民，激发国民的民族主义意识。甚至可以说，服务于救亡图存是新史学的首要特点，在整个知识谱系中处于支配地位。正如梁启超所言："夫所以必求其公理公例者，非欲以为理论之美观而已，将以施诸实用焉，将以贻诸来者焉。"① 从这一层面上，它是对传统史学资政功能的重新塑造，也是对史学致用传统的继承和再造。

从大的学术方向上观察，晚清确实发生了由"通经致用"向"通史致用"的转变，致用的目标是文明定义下的富强，致用的途径主要是翻译西方史，以期从中发现西方富强的秘密。但要注意，史学致用在中国古代包含两大相互制约又维持平衡的传统，一是对统治阶层提供"鉴戒"，二是倡导朴素的"民本"思想。后者对现代史学建构，尤其是形成"君史—民史"对立叙述模式所发挥的媒介作用，显然不该被忽视。用批判封建君主专制的观点观察历史，启发大众的民主觉悟，是现代史学产生中的关键问题。因为呼唤民主是现代文化的时代强音，当然也是现代史学的思想灵魂。二十世纪初，我国思想文化领域内民主潮流高涨，从西方传入的民主思想对爱国志士的激励作用当然是重要原因，但它不是唯一的，中国思想家所提出的反对专制、以民为本的思想在当时也发挥了巨大的启迪作用，二者本来就是相通的。

先秦儒家就有显著的民本思想。汉以下，贾谊、司马迁、班固、范晔等都有过对封建统治虐民、残民的愤怒谴责。进入封建末世的清代，更一再爆发出对封建专制的强烈抗议。先是清初进步学者，由于他们经历了"天崩地解"的大事变，目睹明朝的腐朽统治导致了亡国惨剧，因而更加深切地认识专制统治的罪恶。黄宗羲

---

① 梁启超：《新史学》，《饮冰室合集》文集之九，中华书局1989年版，第11页。

《明夷待访录》便是讨伐封建专制的檄文,把批判锋芒直接指向专制君主,大胆提出"君民共治"的主张。这些具有民主思想的言论,正是衰老的封建社会终将崩溃的预告,现代社会随之将要来临的先声,启发后来的史学家用批判的眼光去看待二千年历史。

　　嘉庆、道光年间的龚自珍、魏源发扬了黄宗羲的反封建思想。龚、魏生活的时代,清朝统治正在下坡路上加速滑落,国内危机深重,外国武力侵略的威胁日益严重。因此,龚、魏在其史论、史著中揭露专制主义的痼疾,是同挽救危机、寻求民族出路相联系的。龚自珍分析专制政治腐败的根源,在于"天下无巨细,一束之于不可破之例","约束之,羁縻之",有如将活人放在独木之上,用长绳捆绑起来,"俾四肢不可以屈伸,则虽甚痒且甚痛,而亦冥心息虑以置之"。所以他呼吁废除专制解救社会的灾难,"救今日束缚之病"[①]!魏源揭露当时社会危机的各种表现,首先就是"堂陛玩愒""政令丛琐"[②],并且表达了他对民主政治的憧憬,提出"天子自视为众人中之一人","天下为天下人之天下"的新论点,希望出现下情上达、上情下达、言路运通、重视舆论的局面。[③] 显然,这是自先秦民本思想以来历代仁人志士进步思想的一种发展。这种由传统文化土壤中生长出来的民主意识,帮助魏源在时代剧变面前,有勇气承认中国的落后,开始注视和探求外部世界的广阔和资本主义的先进性。此即他发愤撰著《海国图志》的思想基础。魏源在这部当时东方最详尽的世界史地巨著中,一再表示对西方民主制度的向往,认为"其章程可垂奕世而无弊"[④],由衷地称赞华盛顿创立民

---

① 龚自珍:《明良论四》,《龚自珍全集》第一辑,上海人民出版社1975年版,第34—35页。
② 《魏源集·默觚下》,《治篇十一》,中华书局1976年版,第65页。
③ 《魏源集·默觚下》,《治篇三》,中华书局1976年版,第44页。
④ 魏源:《海国图志·后叙》(上),岳麓书社1998年版,第7页。

主政体的进步性和完善性。

龚、魏史学论著中批判专制、憧憬民主的言论，使刚刚萌生的现代史学呈现出异彩，并由此一发而不可收，对专制主义的堤坝发起越来越有力的冲击。黄遵宪在戊戌维新准备时期撰《日本国志》，书中揭露封建专制在社会地位、刑法治理、经济负担对平民的残酷压制，而他批判的锋芒同样指向中国的专制制度。到维新高涨时期，康有为、梁启超主张实行君主立宪制，大力抨击专制政治的不合理。维新志士们把自己的事业视为黄宗羲、龚自珍思想的继承，梁启超、谭嗣同将《明夷待访录》一书节抄、印刷、秘密散布，推动变法运动。梁启超还称赞龚自珍批判专制的言论导致了晚清思想解放。谭嗣同还以冲决一块网罗的精神喊出："二千年来之政，秦政也，皆大盗也。"① 真切地反映出广大人民对专制压迫的强烈愤恨。二十世纪初形成的新史学，就从学理上对史学进行了"君史"和"民史"的二元划分，大力提倡以国民为中心的历史叙述取向，承载起反对君主专制的政治使命，体现出强烈的国民意识。

总的来说，传统民本思想演进至清代浙东史学而大放异彩，其内涵也从反对君主专制扩大到民族主义，将史学的存废与民族的兴亡紧密联系到一起。新史学家们尽管在是否革命等具体政治方式上存在严重分歧，但大都从浙东史学那里提取可用的资源。梁启超在一九〇二年明确表示："吾于诸派中宁尊浙东。"② 又谓："我自己的政治运动，可以说是受这部书的影响最早而最深。"③ 章太炎则

---

① 谭嗣同：《仁学》卷上，《谭嗣同全集》卷一，生活·读书·新知三联书店1954年版，第54页。

② 梁启超：《论学术之势力左右世界》，《饮冰室合集》文集之六，第96页。

③ 梁启超：《中国近三百年学术史》，《饮冰室合集》专集之七十五，第47页。

声称受到顾炎武的直接影响,谓:"吾辈言民族主义者尤食其赐。"①周予同的话最能揭示其中的奥秘:"浙东史学有两个特点:其一,是严种族之别,以异族入主中原,为汉族奇耻;其二,是尊崇历史,以历史与民族的兴亡有密切的关系。黄宗羲、万斯同辈努力于宋明末叶掌故的搜辑,都不过凭借史实以引起后死者的奋发。章太炎当时就是高举着浙东史学派的这两把火炬,向青年们号召着煽动着。"② 当然,他们在结合西方现代民族国家理论去重新理解民族主义时产生了很大分歧,也直接导致后来的历史叙述出现民族取向差别(大中华观与大汉族主义),但在史学应为全体国民而作,以及史学关乎民族存亡等观念上并无二致。上述新历史观念的产生,应被视为西方民权学说与中国民本思想融合的产物。

三 考而后信:传统考史方法中科学因素的发扬

前文曾论及,中国现代史学的建设至少包含历史解释与历史考证两大路径。两者皆以科学史学相标榜,实际代表了对史学现代化的不同理解,亦即如何对史学进行恰如其分的学科定位。时间越往后,分野越凸显。崇尚考证者宣称要通过精密的考究将史学置于自然科学之列,崇尚解释者则不再执着于将自然科学的绝对因果律套用于史学建设,而渐次转向社会科学,注重揭示史学的人文特性。前者试图借助考古史料等判定历史细节并最终还原整个历史真相,后者则力求以哲学眼光审视历史的宏观演变而寻得一个根本解决。在很多人看来,传统史学的强项在考证,不在解释。陆懋德就曾以西学为标尺衡量中国史学时做出如下判断:"西国言史学,共有考证及解释二

---

① 章太炎:《答梦庵》,载汤志钧编《章太炎政论选集》,中华书局1977年版,第398页。

② 周予同:《康有为与章太炎》,载朱维铮编《周予同经学史论著选集(增订版)》,上海人民出版社1996年版,第109页。

种工作，考证所以决定事迹之虚实，解释所以说明事实变化之原因结果。吾国史学家重视考证而轻视解释，原不完备。"① 随着史学史研究的不断进展，我们已经能够大致梳理出传统中国历史解释的发展脉络，但也必须承认，历史考证的积淀显然更为深厚，影响范围更为广泛，考史方法也更为成熟和系统。这一优秀的史学传统（以乾嘉史学为主），与外来的实证史学思潮相激荡，又恰逢新史观确立、新史料发现，遂催生出对现代史学影响至深至远的新历史考证学。

乾嘉史学对于现代考证学者的巨大影响，可以钱大昕的学术成就和治学方法为代表，新历史考证学派的出色学者，一致褒扬他代表了传统考证学的高峰。单从几位著名的新考证学大师有过的评论，就已经清楚地显示出来，他们都把二十世纪实证史学与十八世纪的杰出学者钱大昕的名字相联系。王国维称誉钱大昕是清朝三百年学术的三位"开创者"之一，他说："国初之学创于亭林（顾炎武），乾嘉之学创于东原（戴震），竹汀（钱大昕），道咸以降之学，乃二派之合，而稍偏至者，其开创仍当于二派中求之焉。"② 既然钱大昕开创的乾嘉学派直接影响了晚清学者，那么钱氏即是现代学术的源头之一。陈寅恪同样推崇钱大昕是清代考证学的杰出代表，他评价陈垣的考证学成就时说："近二十年来，国人内感民族文化之衰颓，外受世界思潮之激荡，其论史之作，渐能摆脱清代经师之旧染，有以合于今日史学之真谛，而新会陈援庵先生之书，尤为中华学人所

---

① 陆懋德：《中国史学史》，国立北平师范大学印刷，第65页。此书现藏于国家图书馆古籍阅览室，未标明印刷年月，由书中所开列参考书包含郭沫若的《两周金文辞大系》推断，当成于1932年之后。但是，此版讲义目录与《中国史学史参考资料》（1961年第4期）所载目录存在不小差异，当是编成后又经修改，而陆懋德于1927年年底已由清华转至北平师范大学授课，因此成书时间或许更早也未可知。

② 王国维：《沈乙庵先生七十寿序》，载《王国维论学集》，中国社会科学出版社1997年版，第401页。

推服。盖先生之精思博识，吾国学者，自钱晓徵以来，末之有也。"①

这段话，明显地指"精思博识"的钱大昕代表了清代考证学的高峰，认为他的学术与新考证学最出色的成就是直接相联系的。陈垣更推尊钱氏是"清代考证家第一人"，明言自己学术的基础是效法钱氏的严密考证："从前专重考证，服膺嘉定钱氏；事变后，颇趋实用，推尊昆山顾氏。"②钱大昕治史具有严谨的态度和严密精审的方法，与现代科学方法和理性精神相符合，他的丰富的考证成果和精良的治学方法，为新历史考证学派的崛起打开了广大法门，使他们结合许多重要新史料的发现，结合他们面临的新的课题加以发展，而大显身手。此外，钱氏考史又不限于文献范围，而是注重发掘新的史料，引用大量金石文字与史籍相印证，扩大了史料范围，使他考史的视野更开阔，成果超过前人，而且因此开创了现代王国维"二重证据法"之先河。

新历史考证学家一向服膺乾嘉学者从事分部门的深入研究、严密考证的方法。戴震作为乾嘉朴学中皖派代表人物，对新历史考证学家同样有很大影响。戴氏治学重证据，善怀疑，凡立一说必广求大量材料作佐证，必贯通各种经典而无窒碍，然后才宣告成立，很符合现代科学理性之精神，因而使二十世纪学者深受启迪。他尊古而不泥古，考论古书，既重视古人的见解，而又不刻板地拘守成说，还必须自己用证据去验证，用头脑去思考，才能求得真知。故他说："信古而愚，愈于不知而作，但宜推求，勿为株守。"③戴氏

---

① 陈寅恪：《陈垣元西域人华化考序》，载《金明馆丛稿二编》，上海古籍出版社1980年版，第239页。

② 陈垣：《致方豪》，载《陈垣史学论著选》，上海人民出版社1981年版，第624页。

③ 戴震：《与王内翰凤喈书》，载《戴震文集》，中华书局1980年版，第47页。

又有一名言：学者当"不以人蔽己，不以己自蔽"①。"不以人蔽己"是指不盲从，不迷信，勇于独自思考，根据事实作出自己的判断。"不以己自蔽"，指不沽名钓誉，不私智穿凿，不先入为主，务求以客观的态度，实事求是地进行分析，做到鉴定衡平。遇到确凿的证据证明自己原先的认识有误，则应敢于承认错误，放弃旧说。章太炎、梁启超论乾嘉朴学家中戴震一派治学方法高明于惠栋一派之处，正是戴震不泥古而贵自得。有个典型例子，尤为新历史考证学者所称道，即他所提出《尚书·尧典》"光被四表，格于上下"的"光"字应为"横"字的著名论断。胡适所写《清代学者的治学方法》一文，作为清代考证学杰出成就的一个突出例子详述了戴氏这一考证实例，并说："这一个字的考据的故事，很可以表示清代学者做学问的真精神。"②

讨论乾嘉考证学对新历史考证学的影响，还必须讲到崔述。日本学者那珂通世首先高度评价他考证上古历史的意义，并对《东壁遗书》大加表彰和传布，遂使崔述学说与现代史学产生了密切的联系。刘师培于一九〇七年东渡日本，带回了日本史学界表彰崔述的信息，并于一九一〇年撰写了《崔述传》。此后，崔述的学说更引起胡适、钱玄同、顾颉刚、洪业等学者的极大研究兴趣，并且直接导致了顾颉刚为代表的"古史辨"派探索可信的古史体系的研究热潮。胡适评价说："我深信中国新史学应该从崔述做起，用他的《考信录》做我们的出发点。"③顾颉刚则谓："他把难的地方已经做过一番功夫，教我们知道各种传说的所由始了，由此加功，正是

---

① 戴震：《答郑丈用牧书》，载《戴震文集》，中华书局1980年版，第143页。

② 胡适：《清代学者的治学方法》，载《胡适文存》（一），黄山书社1996年版，第300页。

③ 胡适：《科学的古史家崔述》，《国学季刊》1923年第1卷第2期。

不难。"① 崔述对历史考证的重要贡献，在于他以严密审查的态度对待两千年形成的古史传说，廓除了以往记载中大量的附会和谬误，开辟了探求可信的古史体系的道路。他把神圣的"经"作为史料看待，作为研究对象，讲出了先秦经书即是先秦的历史记载、经史不分的道理，脱去了经书神秘的色彩，并且尖锐地批评了儒生们尊古妄信、空谈义理的弊病，同时也反映了史学领域的扩大，尽量地把各种记载都置于史学考察的范围，显示出一种新价值观的取向。所有这些，都使新历史考证学者感到叹服，由此启发了智慧，决心继续并向前推进他的考证事业。顾颉刚编成《古史辨》第一册时在《自序》中明确说："我弄了几时的辨伪工作，很有许多是自以为创获的，但他的书里已经辨证得明明白白了，我真想不到有这样一部规模宏大而议论精锐的辨伪大著作已先我而存在。"②

乾嘉学术是新历史考证学形成的重要基础，对此，郭沫若在评价王国维的贡献时即讲过很中肯的话，称他"承继了乾嘉学派的遗烈"，"严格地遵守着实事求是的原则"，成为"新史学的开山"。③ 事实上，乾嘉学术是传统史学中重视考证的优良传统在特殊条件下出现的一次繁荣。孔子早就告诫人们要"多闻阙疑，慎言其余"，司马迁则精辟地提出"学者载籍极博，犹考信于六艺"的观点，明确地向后代史家指出必须考而后信的治学途径，刘知几著《史通》，专设有《采撰》篇，论述史家对史料要广采、忌滥采，史料要认真甄别，切忌轻信道听途说，宋代有更多的学者重视对史实的考订，

---

① 顾颉刚：《论伪史例书》，载《古史辨》（一），上海古籍出版社1982年版，第28页。
② 顾颉刚：《古史辨》第1册自序，载《古史辨》（一），上海古籍出版社1982年版，第45—46页。
③ 郭沫若：《鲁迅与王国维》，载《历史人物》，人民出版社1959年版，第137页。

并出现了《通鉴考异》《新唐书纠缪》这样的考证性专著,至清初,顾炎武著《日知录》《音学五书》,更以对史实的广搜博采、精心考订,和对音韵训诂的精深学识,为清儒治学树立了楷模。乾嘉考证学,便是远承司马迁"考而后信"的传统,近绍顾炎武提倡"实学"、重视考证的精神,并因当时清朝政治相对稳定、经济有所发展、兴办了一些文化事业、统治者提倡这种与现实政治无涉的"纯学问"等社会条件相适应,而大盛于世。乾嘉学者在诸多部门取得的成绩令有志于考证的现代学者仰慕不已,他们具有现代科学价值的严密方法尤对后来者有宝贵的启迪作用。梁启超曾对乾嘉考证学者的治学方法加以归纳,并盛赞其符合现代科学精神:"盖无论何人之言,决不肯漫然置信,必求其所以然之故;常从众人所不注意外寻得间隙,既得间,则层层逼拶,直到尽头处;苟终无足以起其信者,虽圣哲父师之言不信也。此种研究精神,实近世科学之所赖以成立。"① 以上,皆能证明新旧历史考证学之间的内在学术关联。

四 新综合体:史书体裁的传承与创新

我国史家在历史表现形式方面具有突出的创新精神,不仅勇于创造丰富多样的史书体裁,而且对于已有体裁的运用也并非墨守成规、一成不变,往往加以发展,赋予新的内涵,从而使每一种体裁几乎都有完整的演进脉络可寻,此为中国历史编纂学所特有的自我更新传统。晚清以来,史学取代经学成为显学,而历史编纂学的优良传统在应对全新的时代课题时再度发挥重要作用,最为引人注目的无疑是史家对典制体加以改造,使其成为传播世界史地知识的主

---

① 梁启超:《清代学术概论》,《饮冰室合集》专集之三十四,第34—35页。

要载体。如《海国图志》《日本国志》《法国志略》等，皆为其中佼佼者。不过，在二十世纪之前，史书体裁的变革仍大致维持在原有系统内。此后，随着"新史学"的兴起，中国史学发生根本转型，史书体裁也相应地突破传统范畴，形成新的取向和格局，其中最关键的变化就在于，西方章节体的传入为其发展增添了新的元素，并迅速反客为主，占据主流位置。但有两点必须指出，一是传统纪事本末体的发展，为章节体的传播奠定了基础；二是史书体裁的综合创造传统得到弘扬，同章节体的兴盛成并行之势，两者一齐构成现代中国史书体裁发展的两大主线。

在章节体传入之前，中国史学的发展也已经提出突破旧的编纂形式的要求。早在十八世纪末，章学诚就提出了改革史书体裁的方向，认为历代沿用的纪传体存在难以反映史事大势的重大缺陷，类例易求而大势难贯，主张用纪事本末体的优点弥补正史纪传体的缺陷："仍纪传之体而参本末之法。"① 他对纪事本末体的特点有中肯的分析："因事命篇，不拘常格""文省于纪传，事豁于编年，决断去取，体圆用神"。② 纪事本末体产生于中国封建社会后期，具有因事命篇、灵活变化的优点，就成为新史学家学习西方、从事体裁创新的基础。诚如梁启超所说："纪事本末体与吾侪理想之新史学最相近，抑也旧史界进化之极轨也。"③

清末以来的历史编纂，大都采用分章节的形式，以往多被简单定义为章节体而不加深究，以致忽视了其内在所蕴含的民族特色和风格。事实上，史家在对所撰史书体裁的自我体认上，往往不称章节体，反而强调对传统体裁的继承和发展。比如，夏曾佑在书中自

---

① 章学诚：《与邵二云论修宋史书》，《文史通义》外篇三，中华书局1994年版。
② 章学诚：《文史通义》内篇一《书教下》。
③ 梁启超：《中国历史研究法》，《饮冰室合集》专集之七十三，第20页。

言："今略用纪事本末之例，而加以综核。"① 当时商务印书馆介绍夏书的广告中也称"其体裁则兼用编年纪事两体"②。在其之前的新式历史教科书，虽然采用了章节的形式，但也大都自认或被指为纪事本末体。③ 至二十世纪三四十年代，史家仍有持此种观点者。钱穆就认为，西方史书"主要以事为主，以人为副，人物的活动，只附带于事变之演进中，此种历史体裁，略当于中国史书中之纪事本末体"④。从本质上说，章节体与纪事本末体之间确有相通之处，尤其表现在突出事件的重要性、展示历史演进大势等方面。不过，章节体的进步性是显而易见的，比如它将"事件"发展为"专题"，极大扩充了历史编纂的范围，并且特别注重事件、现象等之间的联系，而旧有的纪事本末体则存在范围狭窄、互不连属的缺陷。由此，原先典制体的内容就以"专题"的形式很自然地被吸纳其中。梁启超所谓"把每朝种种事实作为集团"⑤和金毓黻所谓"将外交、经济、学术、文化等亦按纪事本末体加以记载"⑥ 都很

---

① 夏曾佑：《中国古代史》，河北教育出版社2000年版，第443页。当时商务印书馆介绍夏书的广告中也称"其体裁则兼用编年纪事两体"（《东方杂志》1905年第3卷第7期）。在夏氏之前的新式历史教科书，虽然采用了章节的形式，但也大都自认或被指为纪事本末体［参见张越《近代新式中国史撰述的开端——论清末中国历史教科书的形式与特点》，《南开学报》（哲学社会科学版）2008年第4期］。至二十世纪三四十年代，史家仍有持此种观点者。钱穆就认为，西方史书"主要以事为主，以人为副，人物的活动，只附带于事变之演进中，此种历史体裁，略当于中国史书中之纪事本末体"（钱穆《历史与文化论丛》，台北东大图书有限公司1985年版，第382—383页）。

② 《东方杂志》1905年第3卷第7期。

③ 参见张越《近代新式中国史撰述的开端——论清末中国历史教科书的形式与特点》，《南开学报》（哲学社会科学版）2008年第4期。

④ 钱穆：《历史与文化论丛》，台北东大图书有限公司1985年版，第382—383页。

⑤ 梁启超：《中国历史研究法补编》，《饮冰室合集》专集之九十九，第31页。

⑥ 金毓黻：《静晤室日记》，辽沈书社1993年版，第6670—6671页。

好地证明了这一点。杨鸿烈也曾指出:"就所研究的'题目'的性质'以一事为一篇,每事各详起讫'的'纪事本末'的方法,如所谓社会史、文化史、政治史、经济史、法制史、艺术史、宗教史等即是应用这种方法整理而成的史籍。"① 而且,其他传统体裁的特点也能够被方便地融入其中。比如,萧一山所编纂的《清代通史》,整体上属于章节体,但又借鉴了纪传体的优点,特别是在史表运用方面独具匠心。故此,对清末民初章节体的盛行,恰当地归纳应该是:以纪事本末体为接受中介,又把其他传统史书体裁的精华吸纳其中,开启了章节体中国化的行程。现代史家并非简单地将西方章节体移植过来,而是在充分吸收传统史书体裁优点的基础上对其加以综合改造,这也是史书体裁走向综合趋势的一大表征。

实际上,中国史学发展到十七世纪以后,在历史编纂上就已经出现了一种探索新综合体的趋势。先有清初马骕撰《绎史》,创造了融合众体的综合体制。至乾嘉时期,章学诚提出了"仍纪传之体而参本末之法"的主张,并在修撰方志上作出尝试。新综合体的特点,在于突破单一体裁的限制,从而创造出既能反映历史演进大势,又能涵括社会丰富内容的体裁。这一趋势在晚清得到延续,如《海国图志》采用"志""论""图""表"相互配合的方式;《元史新编》采用"传以类从"的方法,"皆以事得性质归类……虽是纪传体的编制,却兼有纪事本末体的精神"②;《法国志略》充分吸收典制体与纪事本末体的优点加以糅合;官修《筹办夷务始末》亦尝试将纪事本末体的优点引入编年体;等等。至二十世纪,新综合体的创造和发展蔚为大观,尤其在中国通史编纂中占

---

① 杨鸿烈:《历史研究法》,商务印书馆1939年版,第461页。
② 梁启超:《中国历史研究法补编》,《饮冰室合集》专集之九十九,第26页。

据重要地位。除寓传统体裁的精华于章节体之中外,主要遵循两大路径。

一是,仍纪传之体而参本末之法。较为耳熟能详的,是章太炎与梁启超在中国通史体裁设计方面形成大体相近的思路,分别提出"表""典""记""考纪""别录"五体配合及"年表""载记""志略""传志"四体配合的设想,而"记"和"载记"的设置即是对纪事本末体优点的吸收。① 不太为人所知的,是金毓黻对于纪传体的守护与改造。面对西方章节体的冲击,他最初主张沿用传统的纪传体,认为:"自西学输入中土,另创新史体裁,作史成法不无摇动,此则因时而异者也。余谓作史之法,以本纪为纲,以传志为目,别以表辅之,此成法之无可议者也。"当他逐渐接受新史学思想后,对史书体裁的认识也开始走入综合一途。抗战爆发后,他大声呼吁编纂战史,而在体裁上则主张糅合纪传和纪事本末二体。当时,黎泽济在《编纂战史之管窥》一文中力主此法,而金毓黻读后极力表示赞同,认为"所论史体宜折衷于纪传与纪事本末最为精湛"。后来,当他转向民国史编纂时,亦本此旨,曾谓:"余向主民国新史宜立纪、表、志、传、录五体;录者,纪事本末之异名也。"② 又谓:"近世新史,类以事为纲,具晐一事本末,而成篇章,略如吾国之纪事本末体。"③ 从《静晤室日记》来看,他曾按照这种设想编纂民国史,但最终未能成功,更多地进行资料整理和

---

① 与章太炎、梁启超大约同时,陈黻宸也曾在改造纪传体方面提出自己的设想,主张废除本纪,尤为重视史表和典制的作用,认为"于志可识宪令法度之详,于表可明盛衰治乱之故",并最终提出"表""录""传"三体配合的体裁形式,将自五帝至清代的历史分为八表、十录和十二列传。(陈黻宸:《独史》,《陈黻宸集》,中华书局1995年版)

② 金毓黻:《静晤室日记》,辽沈书社1993年版,第2699、4317、6535页。

③ 金毓黻:《国史商例》,《国史馆馆刊》1947年第1期。

汇编工作。

二是，纪事本末体与典制体的大胆糅合。最典型的代表，是吕思勉编纂的《吕著中国通史》。他将中国历史分成两大板块，上册以专题形式分述社会制度、社会生活和学术宗教等文化现象，下册则按时代略述政治大事，力求反映历史的通贯性和社会的整体性，使读者既能对社会文化现象有一个全面而又贯通的了解，从而对中国社会形成整体认识，又能通过中国历史上的重大事件而把握历史发展的大势。他将中国历史分为两大板块的创造灵感，在一定程度上是受到马端临的启发。《文献通考·序》把历史上的事实，分为理乱兴亡和典章经制两大类，吕思勉认为，前者可称为动的史实，后者可称为静的史实，只是他又指出："史实确乎不外这两大类，但限其范围于政治以内，则未免太狭了。须知文化的范围，广大无边。"[1] 因此，其通史著作从内容上讲已经远远超出马端临所论范围，但两大板块的灵感确导源于此。而且，早在编写《白话本国史》时他就指出，纪传体中的纪、传是记载前一类事实，志是记载后一类事实；而"编年体最便于'通览一时代的大势'；纪事本末体，最便于'钩稽一事的始末'；典章制度一类的事实，尤贵乎'观其会通'"[2]。因此，这一"体裁很是别致"[3] 的通史，确是他在充分吸收传统体裁优点，以新的编纂主旨加以糅合创造而成。

综上，现代史家继承中国史学重视史书体裁的优良传统，在借鉴西方章节体优点的同时，也将传统体裁的精华予以继承和发扬，从而创造出形式多样并具有鲜明民族风格的新式体裁，充分彰显出中国作风和中国气派。他们处在中国历史编纂学发展的重要转折关

---

[1] 吕思勉：《吕著中国通史·绪论》，上海古籍出版社 2009 年版。
[2] 吕思勉：《白话本国史·绪论》，上海古籍出版社 2005 年版。
[3] 顾颉刚：《当代中国史学》，辽宁教育出版社 1998 年版，第 77 页。

头,以雄伟的气魄进行各种大胆地尝试,展示了中国史家所具有的非凡想象力和创新精神。这不仅说明现代史书体裁的发展趋向多元和综合,并且也证明了中国传统史书体裁与西方传入的新史体之间存在共通性,其精华符合于现代史学的要求。

结　语

探讨中国传统史学向现代史学转变,既是科学地说明现代史学的产生所需要,同时对当前发展新史学、建设新文化也具有重要意义。史学工作者总要强调"我们不能割断历史""今天的中国是历史的中国的一个发展",难道史学本身的历史联系反而可以割断吗?按照"移植""摒弃"一类说法,源远流长、高度发达的中国传统史学到现代就中断了,现代史学的来源只有向外国去找,这等于否定了历史学的基本原则,使自己处于进退失据、不能自圆其说的狼狈境地。客观事实是,现代史学的建构自始至终都贯穿着或隐或显的民族文化本位意识,不管是主张历史解释者,还是推崇历史考证者,都与传统史学一脉相承。现代史学是现代文化的一个组成部分,弄清楚现代史家与前人的批判继承关系,还可以帮助我们更加理直气壮地反对民族虚无主义倾向,坚持中国文化应该走既要坚决肃清封建毒素又坚决反对"全盘西化"的道路。在今天,批判地继承我们民族丰富的文化遗产,仍然是发展民族新文化、提高民族自信心的必要条件。建设具有中国特色的马克思主义史学,同样必须从我国史学的优良传统中吸收营养。吸收外来文化要根据本民族的需要,有选择地进行,才能在民族文化中生根,才能为大众所乐于接受。

（陈其泰作者单位：北京师范大学历史学院；刘永祥作者单位：中国海洋大学马克思主义学院）

（责任编辑：田志光）

王立新

韦政通年轻时的价值趣向和文化心态
——两篇宗教伦理之辨和考据义理之争文章的背后

摘要：二十世纪五六十年代台湾地区发生过"考据和义理之争"。其中支持"义理"的韦政通发表了两篇宗教伦理之辨和考据义理之争的文章，这两篇文章表面批判林语堂与章太炎，实际上在一定程度上是为新儒家鸣锣开道，是主张"圣人传心"的新儒学，想要抢夺被主张传承衣钵、强调"师承关系"的学院派、考据派学者占据的学术阵地的"征伐"，这是比文章本身重要的东西。这两篇文章表明了当时新儒家的学者们和他们的学生们的愿望，那就是想找到中国文化的命脉深根，以便使各自的生命在现实中得以安顿，从而强化自己生存的意义和价值，并借此为中国的重新复兴，找到道德理想主义的本根和源泉。

关键词：韦政通；新儒学；考据义理之争

徐复观是韦政通走向道德理想主义、接受儒家精神熏染的引领者之一。一九五四年，通过劳思光引荐，韦政通结识徐复观。按照韦政通自己的说法，此后一直到大约一九六三年十年期间，正是他在理想火焰的照耀下走向学术道路、确立儒家理想的时期。在这一时期里，韦政通受到了来自牟宗三、唐君毅和徐复观等这些后来被称作当代新儒家的老师们的重要影响。徐复观不仅给韦政通立志向学以巨大的肯定和激励,甚至还直接下笔修改韦政通的文章,帮助韦政通尽快成长的同时,利用自己曾经在军政界的熟人关系,使韦政通"通过著作鉴定"成了台中一中的高三国文老师。徐复观是韦政通的恩师,也是韦政通的贵人。年轻时期的韦政通,在接受徐复观教导的同时,偶或也会"被徐复观先生牵着鼻子走"①,接受一些徐复观的"指令",撰写具有强烈针对性的批评性文章。

一 基督教、人文教与安身立命问题

一九五九年,在徐复观的授意下,从暑假开始,韦政通就找来有关林语堂和章太炎两位先生的一些著述,认真研读。他先写出一篇矛头直指林语堂的文章——《儒家人文主义的安生立命问题——读林语堂〈从人文主义回到基督教信仰〉一文的感想》,文章于一九六〇年二月二十日在《民主评论》第十一卷第四期上正式刊出。

文章主要针对的,是林语堂将儒家的"人文教"降低到基督教之下的说法。林语堂曾说:"我现在深信人文主义是不够的。人类为着自身的生存,需要与一种外在的、比人本身伟大的力量相联系。这就是我归回基督教的理由。我愿意回到那由耶稣的简明方法传布出来的上帝之爱和她的认识中去。"②

韦政通认定林语堂的这种说法,是"舍弃自家无尽藏,沿门托钵效贫儿"的"缺乏民族文化自信"的表现。韦文的意图,就是如果任由林语堂这般"长他人威风、灭自己锐气"的说法在世间流行,那就将要导致丢弃自己的民族文化,使中国人都成为只在长相上看似中国人,而实际上却是在文化上无根、在心理上无家的一群漂泊旅人。

---

① 韦政通:《感恩与怀念:唐君毅、牟宗三、徐复观、殷海光四先生对我的影响》,《深圳大学学报》2001年第3期。

② 韦政通:《儒家人文主义的安生立命问题——读林语堂〈从人文主义回到基督教信仰〉一文的感想》,《民主评论》1960年第11卷第4期。

在这篇七千多字的文章中，韦政通承认宗教信仰的自由是不容侵犯的，因此林语堂有权在晚年信奉基督教，但那只是他个人的事。林语堂不该因为自己信奉基督教，就说中国儒家的人文教不如基督教，是属于低层次的精神。韦文担心并指责林语堂的说法，将会诱使缺乏认知能力的普通民众丧失对中国文化的信心。韦政通的这篇"批评"林语堂的文章，有非常明显地维护儒家道统观的倾向，所以才对林语堂从基督徒转成儒教徒有所肯定，但对林语堂再次由儒教徒转回基督徒，则表现出明显的超出学术批评的情绪责难意味。

为了增强这篇文章的理论力度，韦政通分析了林语堂"信仰"发生转变的原因，说明林语堂起初之所以首先信奉基督，是因为家庭的原因——"据林先生的自述，他是一个第三代的基督徒，父亲是长老会的牧师，自幼就生长在一个宗教气氛非常浓厚的家庭里，后来到上海读教会大学，选修神学，并准备参加教会工作"①。接下去文章又分析林语堂从基督徒转向儒教徒——"人文教"的原因是到北京生活，在冰冷的教堂礼拜中受尽了心理上严冬一般的孤寂，见到北京人的生活，感到了暖热的人情和世俗的温馨，于是就从基督徒转向了信奉儒教。

但是林语堂为什么又转头回到了基督徒的境地中去？韦政通是从林语堂转向儒教徒或者孔教徒的过程中找寻原因的。他引用林语堂的话说：北京的"宫殿，园林，书廊，酒馆，老一辈的，后一辈的，各得其乐的悠闲而颇有活气的生活，这才表现出是一个真实而近情的人间"。②林语堂还说："孔夫子提倡礼、忠恕、责任心，和对人生的严肃态度。他相信人的智能，也相信人借着教育的力量，

---

① 韦政通：《儒家人文主义的安生立命问题——读林语堂〈从人文主义回到基督教信仰〉一文的感想》，《民主评论》1960年第11卷第4期。

② 韦政通：《儒家人文主义的安生立命问题——读林语堂〈从人文主义回到基督教信仰〉一文的感想》，《民主评论》1960年第11卷第4期。

可以达到至善的境界。这种哲学和欧洲人文主义颇相近，现在成为我自己的哲学了。"① 林语堂说自己因为受了一位信奉孔教的朋友的感染，才有了上面的认识，从而转向对儒教的信奉，并且一时间放弃了对基督的信仰。在韦政通看来，"他的转变，主要是生活情调的转变，是对生活闲适的得意，而不是从根本上认识到了儒家人文教的优异。林语堂对北京人那种闲适同时又带点'暖意'的生活的向往，也只是浮游漂荡的性质。就中国说，只有在明代一部分士大夫中可以找到"。而明代士大夫的这种生活并不出于对儒家人文教精神实质的接纳，只是对儒家落在生活中的而且又与道家的逍遥洒脱混合在一起的一种浅层次的进入。也就是说，韦政通认定林语堂从基督教回归人文教的缘由，不是因为认识到了人文教的光明体本身，只是看到了人文教的光明体散落在世俗间的一点"星辉"，而且还是明朝士大夫那种没落的正在不断暗淡下去的"星辉"。所以最终他才会放弃儒教，再度转回到基督教中去。

韦政通在这篇文章中，表达了儒家人文教是上下贯通的，其所导引出的生活样式，只是实用性的一点影子，而其真正深刻的根源，却在形上的层面。为了说明儒家人文教光明体本身的形上层面，韦政通引用了徐复观《释论语五十而知天命》中的一段话语："正如徐复观先生所说的：'所以孔子的思想，是由经验界超升而为超经验界；又由超经验界而下降向经验界；可以说是从经验界中来，又向经验界中去，这才是所谓合内外之道，或者称为合天人之道。'"②

---

① 韦政通：《儒家人文主义的安生立命问题——读林语堂〈从人文主义回到基督教信仰〉一文的感想》，《民主评论》1960年第11卷第4期。
② 韦政通：《儒家人文主义的安生立命问题——读林语堂〈从人文主义回到基督教信仰〉一文的感想》，《民主评论》1960年第11卷第4期。韦政通所引用的徐复观原文，载于《民主评论》第7卷第6期，今收在《徐复观全集》之《中国思想史论集续篇》九州出版社2014年版，第429页。

韦政通当年混沌地以为，好像借助了徐复观这类"合内外之道"的说法，就能证明儒家人文教至高无上的伟大一样。而林语堂没有认识到或者根本不承认这一点，所以也就不可避免最终放弃儒教，重新恢复了对基督教的信奉。

二 考据和义理之争的背后

三个月后的一九六〇年五月五日和五月二十日，《民主评论》又于第十一卷第九、第十两期上，连载了韦政通《评章太炎对中国文化的认识》两万二千字的长文。

"几十年来，老一辈讲国学的人，始终未能打开一条正确的路子，导引青年的一代，重新去认识中国固有文化的价值，而听任那些以考据为基底，以科学方法为糖衣的反动者，继续蛊惑着大多数的青年，使我们的时风、学风，终开不出新的气象，新的方向。"[①]

文章一开头就让人嗅到一股浓烈的火药味。如果说韦政通在三个月前批评林语堂的那篇文章味道已经有点"刺鼻"，那么这篇文字营造的气氛，简直可以说是"呛人"了。

文章说"老一辈讲国学的人"，没有为现在的青年"导引"出"一条正确的路子"，其实是指责他们没有把青年引向相信并崇奉儒家人文理想的道路上去。文章之所以如此表述，是因为看到这些"老一辈讲国学的人""自己挺立不起来"。也就是说，他们自己对儒家的道德理想主义精神只作为中国文化的核心内质，没有真实的体认。（其实章太炎等"老一辈讲国学的人"，在心理上或许根本就不承认"道德理想主义是中国文化的核心"这回事。）

而在这些自己挺立不起来的"老一辈讲国学的人"当中，"被

---

① 韦政通：《评章太炎对中国文化的认识》，《民主评论》1960年第11卷第9期。

现代人一向恭维为国学大师"的章太炎，显然是一个典型的代表。因为章太炎作为清末最后一个古文学家，却仅仅将孔子的价值，等同于西汉末年的刘歆——不过保存并重新整理、编辑了历史文献而已。韦文指出：章太炎喜欢将儒家和佛家比较，这种比较的目的，却"主要在贬抑孔子的地位"。韦文由此推断：章太炎在根本的意义上，是不了解中国文化的根本精神的，他只不过是一个看重考据和训诂之类的工具性学者，他心目中的国学乃是方便使用的"小学"，而不是"明德亲民"、以"至善"为追求目标的"大学"。

韦文指斥章太炎诋毁孔子还有另外一条，就是在解释《论语》"颜渊死，子哭之恸"时，章太炎说："皇侃疏论语，传之释典。孔子与释迦同科，其言语有美者，然郭象说，颜渊死，子哭之恸云，人哭亦哭，人恸亦恸，则为未谛之谈。孔子固应是地上菩萨，尤为证入佛地，断所知障，而不尽断烦恼障。焉得无恸哭事乎？"韦政通认为孔子因心爱的弟子死了而恸哭，是"人之常情"，"而章太炎先生竟敢毁污孔子"，难道是教世人在"父母、兄弟、子女之丧亡面前，毫不动心视若无睹……连起码的人心、人味都丧失了，学佛可以学成这样子吗？"韦文据此认为章太炎的这种解释，有试图毁弃人间师生真实情感，故意诋毁圣人的嫌疑。①

韦文接下去又几乎逐条举证章太炎对《庄子》的解说，一一提出反驳意见，说明章太炎依据佛教解释道家，于理不顺；又举出章太炎对很多儒家经典，比如《易传》《诗经》等的解释，批评其更是于义不符。之后，韦文又总括地说明章太炎依据考据，了解儒、释、道等中国文化的核心内容，基本上都是说不通的。

韦文指责章太炎这位"国学大师"，因为过于看重考据，不仅

---

① 韦政通：《评章太炎对中国文化的认识》，《民主评论》1960年第11卷第10期。

没能对"由乾嘉到五四运动"以来"依考据""而对宋明儒甚至整个中国文化"所造成的"反动"的恶劣学风、时风，起到"任何扭转"的作用，反而造成了"推波助澜的更坏的影响"。在进一步阐发这个问题时，韦文引述了章太炎被袁世凯幽禁时说过的一段话语：

"余为国绝粒死，亦无憾！余死后，经史小学，传者有人，文章亦各自立，惟诸子哲理，恐成广陵散耳。"

韦文认为由于章太炎只懂考据、训诂等"小学功夫"，故而其对袁世凯所说的恐怕自己死了以后，"诸子哲理"将要成为"广陵散"一样的旷世绝响之类的说法，不过是"极尽浮夸之语"而已。韦文指责章太炎，"单靠考据家的那点浮智直觉"，不仅"不足以了解各家的思想义理"。

必须指出韦文对章太炎指责的明显过当，但章太炎将传承中国文化的重任，仅仅囿于自己门下弟子身上的说法，显然也过于自负、独断了。章太炎的这种过于看重"学统"和"师承"的想法，确实是乾嘉学派的余害之一，徐复观在台湾地区学界，受到考据派的章氏弟子们的排挤，不能说不与章太炎的这种颇具门户之见的说法所造成的影响有相当不小的渊源关系。

韦文指责章太炎的要点，除了上面"贬低"孔子的历史地位和作用，"毁污"孔子真挚热诚的人间情感之外，还有因为重考据而说出"程子以下尤不足论"，同时又"不把朱子放在眼里"。

韦文征引朱熹认同程颢"必有事焉而勿正"的那段说法："日用之间，观此流行之体，初无间断处，有下工夫处。此与守书册、绝言语，全无交涉"，认为朱熹对儒家本体与修养工夫义理的认识"深切著明"，而因为章太炎"对学问本身的基本认识，实在是考据的,他表现在学问上的心灵层次,也是考据的,因而他在国学方面的成就,绝不是在诸子哲理,而是在文字训诂"。所以他没有办法真正懂得程子,也没有办法真正懂得朱熹。韦文认为,章太炎在不懂程子和朱熹的情况下,却说出"程子以下尤不足论",同时指责朱熹"始终未免支离"。这种做法完全是"自不量力与肆无忌惮而已"。

在写作这篇文章时的韦政通看来,不懂程子和朱熹,就是不懂中国文化的真精神,就无法给青年"导引出正确的人生道路"。

韦文由此认定:一般读书人不能明辨是非,误将章太炎当成一个深通中国文化的"国学大师"来崇拜,不只是"这一代读书人之耻",也是"章氏本人的大不幸。"

韦文更进一步指出"清代考据一切弊病的根源,并不在重视考据本身","而是误信了'考据明则义理明'的主张",好像懂得了考据,就能了解"圣贤之道"和中国文化的真精神了一样。韦文说,整个清代的考据学者们,根本不懂得"圣贤之道",他们仅仅以为"圣贤之道"是写在书本里,却不懂得"同时亦即在人的心中","圣人不过是先得我心之所同然者耳"。由此说来,依据孔门弟子和孟子的"圣人与我同类"的说法,"书本中一切的圣贤之道",就都能对读圣贤书的我们,发生真实启发的作用,启发我们去唤醒自己心中那圣人"与我心之所同然者"的"良知",从而引领我们,走向成圣成贤的道路,展现自己生命的光辉。

"二百多年来的考据学风,对中华民族最大的毒害,即是只知有文字器数之'物',而不知含有天理良知的'人',考据学风一切流弊的总根源,即在'知物而不知人。'唯今之计,我们要扭转这个风气,铲除此风气之余毒,使今人在治学上有一上达之机,则我们希望无论治什么学问,都必须自觉我是一个人,一个堂堂正正的中国人在从事这些学问。"

韦文没有意识到自己的"无论治什么学问，都必须自觉我是一个人，一个堂堂正正的中国人在从事这些学问"这句话语，对于章太炎早已不着边际，章太炎如果不首先"是一个堂堂正正的中国人"，何以会因坚韧不屈的人格而在世间遭受如彼的困顿甚至关押？

在文章的最后，韦文呼吁说："我们这时代最重要的课题"，就是使每个人都能像陆象山所说的那样，"先立乎其大者""先收拾精神，自作主宰"。也就是"先使自己成为一个真正的人"，"使圣贤的意志，圣贤的精神"，在我们的身上重新展现出来，"使我们的生命、我们的精神，通上圣贤所创造的历史文化"。韦文又引用张横渠的"为天地立心，为生民立命，为往圣继绝学，为万世开太平"的说法，认为张横渠不是"说大话"，而是"人人当前即可以奔赴奋斗的真实理想"。

其实章太炎正是"先立"了"大者"，所以才没有被世间的权势集团的利益诱惑所"夺"走。只不过章太炎所"先立"的"大者"，并不是韦政通当时所在的新儒家学者们所理解的、陆象山所说的那种"大者"而已。

由以上引述不难看出，韦文里的"中国文化的根本精神"的意思，就是上面说到的"圣贤理想"，只有自觉到这种理想，并付诸行动去实现这种理想，才算是"触到中华民族历史文化的命脉"，才"开始升跃"到"人文化成"的大流中，才能真正培养出"上通千古，下开万世的胸襟"，展现出"顶天立地的气概"。有此"胸襟气概"，才能"扭转二三百年来的时风、学风"，才能接住"中国文化的命脉"，给现代的青年，"导引"出正确的人生方向。

三 两篇文字的不同反响

韦文一经刊出，就引起不小的震荡。有人大加赞赏，认为该文有"转醒人心"得非常之效。但也有人提出异议和担忧，唯恐韦政通就此发展下去，任才使性，鼓荡偏颇情绪，会影响个人在学术、思想道路上的正常生长，同时也会妨碍个人的"德性"修为。

韦政通批评林语堂的文章，实质上是在张扬儒家道统的唯一正当性，但因其形式上称颂民族文化高贵的自尊，从而赢得了部分拔根脱土、"花果飘零"的社会人士的热烈好评。

褒赞的代表性声音之一，来自徐复观先生的好友庄垂胜。庄垂胜致信徐复观，除了表达对作者的敬佩，同时希望通过徐复观的引荐，有机会认识作者。

"看到十一卷四期《民主评论》第一篇《儒家人文主义……》韦政通的至论，感佩莫名，文尾载（……曰于台中省立一中）。何幸我们一中有这样一位！有机会还请介绍一下，俾获瞻仰……"

庄垂胜当时就住在台中，因为这篇文章的作者是台中一中的老师而倍感骄傲和欣幸！韦政通的这篇文章，是一九六〇年元月十二日在台中一中写就的，正式面世是一九六〇年二月二十日。庄垂胜给徐复观的信件是一九六〇年三月四日。徐复观后来何时介绍韦政通与庄垂胜见面相识，今已无法确知。但徐很快把庄的这封信转给韦，并在另信中把庄垂胜的大致情况告知韦政通：

"上函系庄垂胜（遂性）所写。庄，本省人，六十多岁，毕业于东京明治大学。中央书局系由其创办，光复后充台中省立图书馆馆长，二二八事发后，即隐居不出。他日如得机会见面，望以前辈事之。"

庄垂胜（一八八七—一九六二）字遂性，号负人，另号了然居士，晚岁又尝自称"徒然居士"，台湾彰化鹿港人。一九二一年春入东京明治大学政治经济科。学满回台湾地区后，参与台湾文化协会创办，其间发表四出演讲，试图唤醒民众的民族意识。因讲演思路清晰，言辞雄辩，人送雅号"庄铁嘴"。一九二五年参与中央书局（出版社）的创立，借此传播新文化，并于台中设立"中央俱乐部",作为"同仁聚会"场所。七七事变后,因发表"反日言论"被捕,关押了四十多天。台湾光复后,他又出任台中市图书馆馆长,举办文化讲座、妇女读书会等。一九四七年"二二八事件"爆发,三月二日,庄垂胜在台中成立"台中地区时局处理委员会",被台中宪兵逮捕,又关押了七天。因为宣扬民族思想,坐了日本人的牢房;因为宣传民主思想,又坐了自己人(国民党)的牢房。庄垂胜痛感人生难有作为,于是放弃公职,专心经营中央书局,并在自家薄田种植水果。一九六二年十月十三日因肺癌病逝,享年六十六岁。庄氏有家学渊源,能诗善文,年轻时致力吸收新思潮和新文化,晚年受好友徐复观影响,钟爱儒家人文主义。庄垂胜过世之后,徐复观特别作过一篇《一个伟大的中国的台湾人之死——悼念庄垂胜》的文章,表达怀念之情,文章收在《徐复观全集》之《无惭尺步裹头归·交往集》第一二九——三六页。

赞成韦文的,除了庄垂胜,还有韦政通的两位老师徐复观和牟宗三,另有海外的新儒家学者们,比如住在美国的张君劢,也表达了对此文的高度赞赏。一九六○年十月十九日,"中美文化合作协会"的负责人之一、华裔美国教授顾翊群自美国到台湾,在电台招待所宴请徐复观,也邀请了韦政通,徐还把牟宗三的弟子陈问梅和刘述先请去作陪。顾翊群赴台之前写信给徐复观,夸赞韦文。徐在聚会一周前就已转告了韦政通,说顾翊群十分赞赏"大文"。宴会间,再次提到韦政通所写批章文章,顾翊群还说张君劢在美国看到文章,感觉非常好,对文章赞赏有加。

不同于单纯赞扬的声音,主要来自香港,现在还能看到的就是香港《人生》杂志的主编王道,以及他的一些香港的朋友们。因为《民主评论》总部在香港,出刊之后,香港的朋友们早早就看到了。

一九六○年五月三十一日,王道致信韦政通:"前读来札及关于章太炎大文所引发之若干感想,今亦不能备述。默察兄之性格,对于唐（指唐君毅）的《我们的精神病痛》，似觉有'芬芳未入心也'。此非谓对章太炎之评骘不当，但有不少可省之题外话，适足掩蔽吾兄内在之德性，而徒见其才学也。"

一九六〇年六月十六日，王道在致韦政通的信件中，再次提到这件事："前读大文时（林语堂、章太炎二文字），有一二师友咸谓兄之才学可佩而德性未显。弟亦同感为美中不足，故随函一进直言。"

韦政通在过世数年前，曾在一次谈话中说起这件事情："王道其实就是在骂我缺德。对于年轻时写的这两篇文章，我到现在想起来还觉得脸红。"

早在王道看到韦政通批评林语堂文章之后来信"责备"之时，徐复观就写信给韦政通说："凡批评性文章，须理熟而文字尽量集中。今日基督徒因有所挟恃，日流于狂妄，故须出之于霹雳手段。闻王道有信来相责，此君乃一乡愿耳，何足计较？台北友人来信，皆称道此文，谓系出自观手，及答以真有韦君其人，并告以此文实出于韦君之手，无不翕然推服。"

徐复观的这封信明显有四层意思，第一层意义是说"韦文"中还有很多不尽如人意的地方，需要"尽量集中"；第二层意义没明说，但也没人看不出来。意思是说林语堂等基督徒之所以有恃无恐，是因为"台湾当局"的最高统治者及其夫人都是虔诚的基督徒；第三层意义是王道只是"和事老"，行事作文不痛不痒，不冷不热，不左不右，不过不及。像这种"乡愿"的说法，不必放在心上；第四层意思就是，台北很多同道朋友"无不翕然推服"此文。这是对韦政通的激励和鼓舞话语。

王道跟韦政通是亲密的朋友，是对韦政通有大恩的人（参见本文作者《韦政通与王道的传世情谊》，《人文》创刊号）。韦政通不想使王道受到指责，鉴于徐复观上封信里对王道的说法，没有再把王道对文章的评价——来信"严厉责备"的事情,再度转告徐复观。

四 徐复观按语的表面和内里

现在回过头来,分析一下韦政通的文章和徐复观的"按语"。

笔者从前只是听到说韦政通年轻时写过这两篇文字,先生过世后,才真正找来读到,明显感到这篇"批章"的文章有三个突出的针对性:一是针对章太炎这位国学大师,没能为现代青年指出正确的人生路径;二是针对章太炎考据至上的为学方法和路径,进不到中国文化的价值命脉中去;三是针对章氏用佛教解说孔孟老庄,不能契合儒、道的精神生命。

依据笔者目前的拙见,韦文针对章太炎的第一点,是不能成立的。章太炎作为学者,并没有一定非要承担"为现代青年指明人生道路"的责任。而如果"现代青年"要想从章太炎身上获取"人生道路"方面的指导,只去看章太炎实际的人生经历,就已经足够的了。有关章太炎的人格,在本文向下的陈述中有韦政通后来自己的说法为证,先不在这里赘言。

韦文指责章太炎的第二点,其实是出于完全的"新儒家"心态。站在"新儒家"的立场上,和站在非"新儒家"立场上看待中国文化,效果是不一样的。"新儒家"可以认定传统儒家的道德理想主义才是中国文化的核心精神所在,其他学者可以不这样认定,或者干脆就认定不是这样。学术研究的自由,是一定有不同意见存在的,不能允许不同意见就是独断,其所展现的是另外一种"学术霸权"的意味。莫说新儒家,就是孔孟,尽管他们可以说老庄是错误的,只有他们自己的才是正确的,但是他们没有理由和权力,让全世界的人们只相信他们说的,而不允许人家有另外的想法。至于第三点,和前两点有密切关联,未必非要把儒家的道德理想主义,说成是中国文化的核心,才是"契合"了儒家与道家的真精神。如果非要把儒家抬到最高价位上去,才算是正大的学问,那就等于要取消非儒家和不重视儒家的所有其他学问存在的合法性和合理性,那将造成另外一种对于学术和思想的专制式压制。这是严重违背学术的自由精神的。

当然,韦政通的文章很厉害,能抓住章太炎能够被攻击的"致命"要点。力量饱满,用情深挚。这在他当时的年纪上,实在不是一件容易做到的事情。

发表韦政通这篇文章时,徐复观还特别加了一段九百多字的"编者按"。这篇"按语"的主要内容也可以理出三点:

一是说"由乾嘉以迄现在,讲考据的人标榜太过,把考据抬得太高","使一般读书人,失掉了思考的能力";

二是说考据学和当下中国的学术,正是承袭了乾嘉以来传统,表明的是由"反宋明"开始,走向"反整个文化中的道德价值观",从而根本接不到"以道德价值观为核心"的中国文化"自身"的生命;

三是以"章太炎为标志"的"讲"中国文化的人,因为过于重视考据等具体的方法,从而把中国文化,"讲到绝路上去了"。

徐在"按语"的最后说:"韦君此文,有的地方说的不圆不透,我并不完全赞成。但由此而指出章氏对中国文化之实无所知,因而他是一个极为有害的国学大师的偶像,这是完全正确,而且值得提了出来的。"徐还在按语中,提到熊十力说章太炎讲佛学就是"放狗屁",以及牟宗三看过一本章太炎的书之后,说章氏"果然太幼稚了"的话语。

韦政通在这篇文章正式发表之前,拿给牟宗三审看,牟肯定他"写得不错"。而徐虽然在"按语"中说"韦君此文,有的地方说的不圆不透,我并不完全赞同",但对整篇文字的立意和目标却是拍手称快。尤其是对该文指出了"章氏对中国文化之实无所知",说他是一个"极为有害的国学大师的偶像"这层意思。

二〇一一年四月,韦政通在深圳大学做了三场《感恩与怀念》的报告,回忆自己一生所受师友的教导与恩惠,讲到徐复观对自己的教导和帮助时,也讲到了这件事情:"我年轻的时候很无知,被徐先生牵着鼻子走"(大家跟着他一起大笑),他叫我写骂章太炎的文章,我费了好大的功夫,写了一篇文章,把章太炎骂了一顿。后来我对章太炎了解多了,发现他很霸气,他敢骂孙中山,敢骂袁世凯,蒋介石花五万块大洋收买他,也被他骂了一顿。"徐本来很霸气,章太炎比他更霸气,他应该喜欢章太炎才是,他怎么会讨厌章太炎呢?""后来我想清楚了,当年台湾大学里教国文的,都是章太炎的徒子徒孙,只有他们懂音韵、训诂这套东西,他们霸占了国文系,排挤别人,徐复观受了委屈,所以要骂章太炎。"

韦政通的说法大致不差。

《徐复观全集·学术与政治之间》,收存徐当年与毛子水辩论考据与义理关系的文章《考据与义理之争的插曲》。文章有意无意之间,说到自己当年与国文系统"考据派"学者之间难以相容的关系:"许多朋友告诉我,毛是台湾大学文学院的祭酒",其在《中央日报》第十期《学人》复刊上所发的《论考据与义理》的文章,"是针对着我在中文系教学的意见而发的"。文章还特别提到韦政通有篇文章被考据派占据的《中央日报》阻截,没有发表出来。

毛子水(一八九三——一九八八),浙江衢州人,传统童子功非同寻常,被称为"五四时期百科全书式的学者",在北大读书和任教期间,常以章太炎和胡适两位为宗师,精通考据、训诂和科学史等,一九四八年年底被傅斯年劝往台湾地区,在台大国文系讲授国文、《论语》、翻译文学、中国科学史,在研究所里开设"中文修辞讨论""《论语》《孟子》训诂讨论"等课程,对考据学十分看重。

徐在回应毛子水"针对自己"的那篇文章里说:"凡是毛这一派人的势力所及之地,很难容许与他们相反的意见,所以我对《学人》是否能发表我的文章有点怀疑。后来果然从毛再论的文章中,知道把一位韦政通和他讨论的文章退掉了。"

徐在《论考据与义理》一文中说,毛子水"是针对着我在中文系教学的意见而发的",所指是什么?徐在这篇反击的文章中有明确的交代:"去年东海大学要同人分别研究各系的方针和课程,我平生是有话便说,所以对中文系提了一点意见,用油印发给同事们做参考。"徐提的是什么意见?"大意是觉得几十年来大学中的中文系,多只注重语文训练,而忽视思想上的培养,以致今日一般中文系毕业的学生,对中国文化是什么的问题,缺少基本概念;于是一谈到中国文化,不论是赞成或反对,常常得不到要领。"尽管徐在"提议"的末了也说到了最好走"义理和考据并重"的路数,但他所举的例证,显然是说在当时的情况下,应以义理为重,不要"掉进考据的窟窿"里去。徐的这种"提议"遭到了同事的强烈反弹,这场争论后来又有张树春等参与,使得事情更加复杂。但徐实际上是很不喜欢毛子水"考据精,则打基础在考据上的义理亦愈精,考据粗则打基础在考据上的义理亦愈粗"之类的说法的,毛子水在文章开头所说的"近今治国学的人,……有考据是末是粗,而义理是本是精"的意思,徐感觉毛的这类说法,明显是在针对自己而发。所以才做出了如上文之类的反击。

徐这篇自己所写的反击的文章,分两部分连续刊登在《民主评论》第八卷第十七期和第十八期上,时间是一九五七年九月一日和十六日。之后,徐觉得《中央日报》既然不发反对的文章,又"授意韦政通"写批判章太炎说考据重要的文章,刊发在自己主编的《民主评论》上。这时,距离发表韦政通批评章太炎的文章还有将近三年的时间,如此看来,徐所说《中央日报》"退掉了一位韦政通和他讨论的文章",应该不是这篇文章。

经查,韦政通于一九五六年六月一日,曾在《人生》杂志第一三四号上,发表过《颜习斋与宋明儒学的异同》,其中涉及考据和义理的关系问题,但不集中,主要批评颜习斋虽然重视考据,但于义理,经常有所不通。徐是否是让韦政通修改这篇文章之后,将文章投递到《中央日报》上,今已无法确知,但肯定不是批评章太炎的那篇,那篇写成要较徐毛论争晚三年。看来韦在徐的授意下,还另外写过站在义理立场批评考据的文章。

有关韦政通晚年的说法,就是因为徐在教中文的时候受到考据派的排挤,从而要写文章骂章太炎,这件事虽然在事实上可以不加以争论,但实际上背后还有更深、更复杂的原因,包括韦政通自己身上的原因。

五 飘零的身世与寻根的心结

韦政通这篇文章虽然是徐复观单独"授意"的,却满足了新儒家学者们共同的心愿。那时的徐复观正在遭受章氏弟子和政府当局"携手"的"迫害",他自己因是"半路出家",在大学里教中文,备受掌握音韵、训诂和考据等"小学"技术的章太炎"徒子徒孙"们的排挤,他要推翻章太炎"国学大师"的形象,想要出口闷气,但也想借此机会,鼓荡出一股"以义理为重"的新学风,用儒家道德理想去拯救衰颓的世道人心。前面笔者说韦政通文章的"三个明显针对"也是一样,三个针对的背后,其实就是一个针对,即针对世道人心的颓靡状态,想要试图扭转、振奋。他们所怀的都是新儒家的那种心态,尤其是韦文指责章太炎,竟敢"把朱子不放在眼里"!还有就是文中高强度引用陆象山和张横渠提振精神的亢奋话语,更能表现这一点。

韦政通一九五四年三月结识牟宗三,并迅速投到门下;一个月后结识徐复观,也很快成为徐身边亲近的学生。一九五五年以后,开始啃读唐君毅的文章和著述,产生强烈崇敬意识,并开始联系、受教、追随。韦政通的这三位老师,都是现代学术话语圈中"新儒家"最具代表性的人物。三位当时的心态,甚至包括后来住到美国去的张君劢也一样,都有一种"花果飘零"的内心孤苦情结。就是本来都是祖国大地里生长出来的花果,却被政治的风暴,吹落到海角天涯和异国他乡,那种拔根脱土的不安,和想要重新复归本土的愿望,没有办法在现实的生存世界里得到实现,于是生出精神上的亢奋,想确立自己作为中国人的"真正性"。他们自信自己对中国文化的核心精神开发得既深,掌握得也牢,他们渐渐从心中升腾起只有自己才是中国文化核心精神的真正代表的热忱和自信。他们要为中国的人文生命张本,要实现中国文化的"返本开新",就首先要为宋明儒学进行精神价值的定位,试图借此挺立起作为中国人的内在精神,同时促成道德自我的建立和文化精神的重建。有关这一点,唐君毅在《人文精神之重建》的《序文》中说:"今日中国所遭遇之祸害之根源,远的姑且不说,近的则一方原于中国此三百年之学术精神之降落","故反省一般文化之祸害之根源,亦当追寻到学术文化思想之精神之降落,归到清代以来学者精神之降落,与近代西方之人文主义理想主义精神之降落"。唐君毅这两个"降落",所指非常明显,一是清代以来的考据学流行,并成为中国学术的主流;二是西方近代科学勃兴,并尽受世人看重。牟宗三在给《唐君毅全集》所作《序》文中,也明确说:"疏通中国文化生命之命脉、护持人道之尊严、保住价值之标准,乃是这个时代"先于且要于"现代化""科学""民主政治"等的"重要课题。"

出于这种孤苦而深切的用心,他们自然不会将考据、音韵、训诂放在眼里,并且都会认定:如果将这些技术层面的东西,当成中国文化主要的内容,用以教育青年的话,那中国文化就真要"断子绝孙"了。他们喜欢韦政通这篇文章的理由,其实都在这里。而韦政通晚年回忆时,没想到徐个人遭遇以外的这种原因,以为自己这篇文章仅仅是徐复观一个人所授意的。其实应该看成是满足了几乎所有有复兴儒学愿望的老一代学者,尤其是后来被称作"新儒家"的几位前辈学者共同意愿的,是一篇早期新儒家为了确立儒家人文主义理想、为了将"内在的道德自我"做成中国文化精神实质与核心的深隐用心的一篇"披荆斩棘"(扫除考据学障碍)之作。

当然这篇文章的写作,也是韦政通自己内在强烈愿望的真实表达,至少当时完全是这样的。而且他也需要出名,墙外开花墙里红,好提高在台中一中的声望和影响力,况且还有两篇连载的稿酬八百元,相当于他当时两个多月的工资,他当时每月只有三百五十元。韦政通和当年唐君毅尤其牟宗三门下的那些学生们一样,他们所写东西,多半都是把老师的意思梳理出来,或者换个口声再传达一次,当然他们都是心甘情愿而且激情昂扬的。包括韦政通的第一部著作《荀子与古哲学》一书,整体立意,主要还是"牟宗三意思"的呈现。所以从这个意义上讲,韦政通炮轰章太炎的文章,表面上只是徐复观的"个人"授意,其实背后包括了有很多新儒家学者的支持,只看文章中那种强烈的"理学家的味道",就能感觉到牟宗三和唐君毅两人既深且大的影响的影子。直到《先秦七大哲学家》和《中国思想史》出版,韦政通对"荀子"的表达,才有了明显的自己"味道"。这正说明一个事实,就是只有当一个人放下自己曾经的坚守,他才有可能看到他从前没有看到的东西。

咱们再来看王道,王道也在香港,也属于"花果飘零"系列中的"叶瓣",为什么他的看法跟这些他也称为老师的新儒家们不相同呢?笔者研究过王道跟韦政通的关系,发现王道虽然也倡导儒家思想,同样跟随新儒家学者尤其唐君毅,想要建立儒家的人文教,但他没有那几位老师那样亢奋,而且他是基督教徒。他指责韦政通写文章骂林语堂，大约跟他与林语堂同样是基督徒不无关系。这是一。还有二，王道虽然有些够不到新儒家高扬传统儒家道德理想主义精神的"泰岱"，但对儒家强调自然伦理，即父慈子孝、兄友弟恭，即敬老爱幼、交友诚信等十分看重。他感觉韦政通以如彼轻轻的年纪，却在文章中那般锋芒毕露地指责章太炎这位祖师级的大学问家，不符合中国文化系统对于晚辈后学的期待。

简短的小结

应该说，这场发生在二十世纪五六十年代台湾地区算不上成规模的"考据和义理之争"，虽然有不同领域、不同专长学者之间个人恩怨夹杂其中，但背后却有更深背景和原因。韦政通在徐复观授意下撰写批评林语堂和章太炎的文章，之所以充满火药味，其实是与这种背景和原因，有着深刻的内在关联的。

韦政通的这两篇文章从策划到撰写，再到发表，都在表明一个最基本的事实：就是后来渐渐被称作新儒家的学者和他们的学生们，都想找到中国文化的命脉深根，以便使各自的生命在现实中得以安顿，从而强化自己生存的意义和价值，并借此为中国的重新复兴，找到道德理想主义的本根和源泉。这是本文作者的"意见"，不管本文作者的意见，是主观的"臆见"，还是客观的"实见"，这两篇形式上火药味道不淡的以"学术辩争"面貌出现得批评文章，牵涉的义理和考据之争比文章本身更重要，同时背后又有更甚于考据和义理关系的价值导向和理想目标选择的原因和理由。

就前一篇文章看，林语堂之所遭到徐复观授意下的韦政通的严厉批评，主要是新儒家想要建立民族文化自信的心态使然，而后一篇强烈指责章太炎的文章，其实是主张道统的义理派学者，对主张学统的考据派学者的"反攻"，同时也是主张"圣人传心"的新儒学，想要抢夺被主张传承衣钵、强调"师承关系"的学院派学者占据的学术阵地的"征伐"。

这两篇文章，在一定的程度上确实有为新儒家鸣锣开道的意味和意义。

尽管韦政通的后一篇文章，从篇名到内容都是指向章太炎的，但其所要表达的意愿和所要达成的目标，其实跟章太炎并没有多少实际和直接的关系，只是拿他"国学大师"的称号和他所信重并擅长的考据学，做个说话的引头而已。韦文本身虽然有很多可以指指点点的地方，但他确实为新儒家夺取文化阵地，充当了"革命军中马前卒"。新儒家后来香火旺盛，虽然在学院中主要依靠了牟宗三和唐君毅两位先生，但在社会上影响力的扩大，则主要是徐复观的勋劳。他授意韦政通撰写的上面两篇文章，只是一个小小的表现，更多的则是他自己在各种报章和杂志上的冲锋陷阵。如同孟子所说的"予岂好辩哉？予不得已也"一样，虽然世传徐复观好辩，就连牟宗三都认为徐复观喜欢"惹是生非"，但徐复观之所以如此，不只是性格和遭遇的原因，还与他内心受到"整顿文化思想氛围""弘扬中国文化根本精神"的使命驱遣有关，也许后面一点更主要一些。当然，这一点也可能跟他本人在军政界上层任职的经历有关，而牟宗三和唐君毅之所以在学理上发挥了更大的作用，也与他们没有任职上层军政界的经历有关，他们得力于此，但也因此缺少了徐复观那样真切的社会关怀。无论如何，他们都还只是学院派学者，尽管他们都是了不起的哲学家。而徐复观的情况显然有所不同，他虽然不被唐牟两门的后继者们看成专业哲学家，但他却是这些人不容易注意到的卓越知识分子，他是思想家，是连呐喊带行动，勇于并且敢于承担社会责任的知识分子。后来的韦政通，虽然离开了新儒家阵营，但他受徐复观影响非常深重，他深切关怀社会，同样勇于并且敢于向强权挑战，向社会流俗挑战，连呐喊带行动地直接参与到社会的改造运动中去的做法，跟徐复观是别无二致的，尽管他已经不再相信"儒家的人文教"是中国人真正可以安身立命的唯一可靠依托。

章太炎做梦也没有想到，由于被他"霸气"顶骂的政治集团的败守一隅，使得他这位完全的局外人，意外的在去世二十四年之后，被一位没有被他"指明人生道路"的青年，劈头盖脸地撰文数落了一顿，真够冤的了。不过话说回来，假使有人拿韦政通指责林语堂的话语来指责韦政通，"你可以将儒家的道德理想主义看成中国文化的命脉，但你不可以把你的观点当法典去裁判一切不同观点的人"。不知韦政通和徐复观，是否会陷入"以子之矛陷子之盾"的尴尬境地。

其实发表这篇文章，对反对各种形式的专断、强调自由重要性的徐和后来的韦来说，都是违背他们自身对学术自由的一贯倡导的。不过问题也可以从背面看，如果对于传统的学习和研究仅只限于音韵、训诂和考据之类，远离义理，甚至连一点义理的边际都不沾，那所谓的国学也就真只成了一种工具，只能当技术性的工具学科处理了。只是被严厉指责的一方和实施指责的另一方，都不是专主考据或者义理，各自都有对于对面的肯定，只是强调的轻重程度不同而已。说到底他们之间是可以不做互相攻击之态的，完全可以平稳和缓地坐下来慢慢商讨，但因声气不相投，从而导致场域独占和机会垄断（徐复观讽刺毛子水为"祭酒"的话语，最能体现毛等对场域的独占和机会的垄断），进而激化情绪，诱发了击人伤己的意气之争，也在一定程度上妨害了学者间的合作和学术研究活动的正常开展。

（作者单位：深圳大学人文学院哲学系）

（责任编辑：闵祥鹏）

钟少华

中华文献<＝＝>数字工程
——敬献给钱锺书先生和杨家骆先生

中文提要：本文是针对中华文献的数字工程而发。通过对于二十世纪中华文献整理的代表杨家骆先生的介绍，能够总结传统文献整理的优势与缺陷。再通过对于钱锺书先生关于电脑整理文献的数字工程思想介绍，以他的超前又扎实的具体方案，鲜明对比其他方案，明确三十年来中国文献数字工程走上了竞争但又混沌的杂乱道路，以及应该可能走的智能型文献数字工程一瞥。最后，笔者提出"脑坛"观念，希望能够通过脑坛竞赛活动，促进中华文献数字工程在二十一世纪的健康快速发展。

关键词：中华文献；数字工程；钱锺书；杨家骆；脑坛

一 前言

本文主标题不得已用了一个数学符号：<＝＝>，其表意是双向导引。因为没有什么更准确的言辞，能够代替说明中华文献与数字工程之间的关系。

"文献"一词，在两千多年前被孔丘先生运用过，因为他原想写篇论文，由于"文献不足故也"，他只好说说罢了。但这话也就传播至今，"文献不足故也"，丝毫没有改善。只有"文献"一词的语义倒是大大扩大化了，不再仅是"有关典章制度的文字资料和多闻熟悉掌故的人"①了,而马马虎虎地抄袭网络上的说辞是:"用文字、图形、符号、声频、视频等技术手段记录人类知识的一种载体,或理解为固化在一定物质载体上的知识,也可以理解为古今一切社会史料的总称。"②这样扩大化很是省事,不用再分"纯文献""半文献""古典文献""真文献"等,却又自作主张地将"文献"与"知识"挂上了钩,这可就更模糊了。因为常识性的文献、矛盾谬误的文献多得是,并不一定就是知识。我们选了一个"文献"来运用,并不一定就选择到了知识。还有,如果将今天所写的文字也算进"文献",那是否我们每一个人每时每刻都在写"文献"、说"文献"?那么,本文中所指的文献,凑合解为:古代人用文字、图形、符号表达人的思想意图的载体,以及口述古代故事掌故的口述史料,全属于文献。其中官方有官方的,民间有民间的,集体有集体的,各人有各人的。

"中华文献"一词的理论语义简单,特指主要通过中文所表述的中国古代文献。(有少数外文。)时间区域为六千三百余年(太昊庖牺氏至清朝结束,公元前四四六四年至一九一二年)③,空间为名是中国地区。在这个时空区的人们所形成的文献,主要是指文字文献。而"中华文献"的实际含义则似乎从来没有被定量说明过,五千年来都没有人给出过认可的答案,谁都说不出"中华文献"有什么?有多少?文献之间是有什么内在关系?历年人们整理的脉络如何?目前看来,没有一个问题已经有答案,恐怕连整理的纲目、途径都还稀里糊涂吧。笔者不希望继续糊涂下去,至少糊涂也得找个所以糊涂的理由。本文正是从这个千年难题入手关注,试

---

① 见《汉语大词典》,汉语大词典出版社1986年版,第4036页。
② 网络上的定义。
③ 北京扫叶科技文化公司,简称扫叶库,网上有简介。

图了解目前状况如何？以及提出自己管窥之见。

"数字工程"一词，现代人都知道，其实就是将文献内容移植进电脑中，按照一定规律排列成为可以利用的数字库，这无须多说。问题是数字工程与中华文献有什么关系？不是理论上的文献数字化问题，而是在近三十年的"化"的实践中，到底谁在"化"？"化"了多少？"化"对了还是"化"错了？如何"化"下去？这个"化"还需要纳税人掏多少钱？这个"化"还需要花费中国人五百年？笔者不但说不清楚，连想都想不清楚，所以也写在这儿了。不过有一点是清楚的，即"数字化"是愿望，是理论。而"数字工程"是实现数字化的方案与实践全过程。我们如果只有构想建窑洞的理念和设施和手段，应该是设计与建造不出摩天大楼的。三十年间吆喝"化"的书文不计其数，而数字工程的认真设计评估论证都还是混乱有加。本文不想讨论"化"的堂皇空想，只试图关注数字工程问题。

这样一来，"中华文献"与"数字工程"在中国现实中，似乎全都由一连串问号组成，互相间更是大大的问号：应该如何利用数字工程来整理中华文献？谁说了算？谁做了算？

笔者认定它们之间是双向导引的理论关系，是应该并且能够互相协助、互相促进，使之成为我们民族二十一世纪的新的文化大国成果。但是现实终究距离理论相当遥远。古谚曰：种瓜得瓜，种豆得豆，谁种下谬误他自吃苦头（也害别人吃苦头）。于是，笔者想起了杨家骆先生。因为杨先生将他一生日夜光阴，都奉献给中华文献的认知与整理，很足以代表二十世纪中国学人的努力与成绩。本文将粗略介绍来作为一种方向。

大家都同意文献数字化，其实关键问题是如何具体定下数字化的具体每一笔每一步，即具体数字工程全盘设计方案及全部操作程序。偏偏目前全部有关人士所说、所做的每一步都天差地别，以至于全国所有已建、未建数字库也可以说基本上没有同样的,大家重复劳动,大家重复耗费国币,却都看见使用效果的稀奇古怪了。于是,笔者想起了钱锺书先生。钱先生在本文中是以思想家实质出现,并非按照国内分类法说成文献学大家。他的一生更非主要在文献中打滚,但是当他在八十年代初期开始看见电脑时,他就认定了电脑在处理中华文献中的作用,并且确定一连串的具体数工程的方法和步骤。这也正是本文所主要想介绍的内容。因为匡正时弊的办法是废话少说,只要能够抓住老鼠的猫才是好猫。

二 传统文献的整理

与"数字工程"相对应,中国传统及二十世纪整理文献的方法,也可以姑且用"文本工程"一词吧。古代文人多数是将一些纸条夹进书中,写上他整理的心得,即书签形式。写得多了,拿出来排列,即可以排出目录或笺注什么的(戏称投瓶)。其中集大成者多数是历代官修的大型类书等,如《永乐大典》《四库全书》《康熙字典》,等等。也逐渐形成"七略分类法"和"四部分类法"两大系列的主题分类方式。直到十九世纪后期,西方一些来客使用他们的图书文献整理方法,对中国文献进行新的学习与整理,陆续传进来十进分类法等。其主要工具则是卡片,就是按照需求与一定格式写在卡片上面,再按照既定笔画或人名或时间或主题来排列卡片,只要抄录准确,排列得当,并且具有新的文献学思想,就能够获得各种整理文献的新成果。我们只要看二十世纪中国学人的整理文献大面积成果,就可以知道了。

文献主要通过汉字来表达,对于汉字文献的整理,一直是从字形、字音、字义三方面入手。到清朝三百年,做出许多远远超过古人的成绩,运用至今。特别是在字形、字音两方面,更是很大量地清理了古籍中所积累的种种问题。遗憾的是,在字义、语义研究方面则虽投入许多力量，或者利用根据字形以求字义，或以音求义，或考经求义，或明例求义的思路，但是收获不佳。因为归根结底，根源还是汉字虽有书同文的原则要求，但具体各字异形、异音、异义、异议多多，从来没有严格以一字形仅对一字音、一字形仅对一字义，古人也没有试图规范过。相反，古代大儒还常常以一字多音、一字多义、一音多字、一音多义、一义多字、一义多音为精彩，说是朦胧美。其实，美是需要在准确真实的基础上，如果歧义太多，每个人都是天方夜谭，美就无从谈起。

十七到十八世纪来华的西方客人中，有人专门整理汉字文献，他们多是吸收中国已有成绩，但又为他们实际需要，多是从字形、字音、字义三方面同时整理与规范，还凝练出他们的汉语语法观和新工具书。其中最大特点并不是他们的整理和翻译如何准确高明，而是他们都以西方母语为参照系，无形之间就把西方母语的结构、特色、方法等全与汉语相对应，例如把西语的规范原则也运用到汉字汉语头上，十七世纪的金尼阁编《西儒耳目资》不用说了，十九世纪初英国人马礼逊编辑的《华英字典》；十九世纪中德国人罗存德编辑的《英华字典》，就都给汉字加上英文注音拐棍，形成各种参照系。给使用者提供双向桥梁。不仅是西方，同时还有另一方面必须重视的影响因素，那就是日语与汉语的千余年的复杂关系，日本人对于汉文献的承袭与改造与发展，很大程度上反过来影响汉字汉语汉文化的进程。例如仅明治年间出版的日汉语言方面的字典、词典就有三百多部，整理出版汉古籍更是无数。总之，十九世纪以来的中国文献整理，是在西方文化、日本文化、中国传统文化三者之间搅动进行。

当洋务运动与维新变法在中国得以实践开始，在汉字中间无疑引发一场语言海啸，新字新词新语法，加上翻译的外来语，让中国读书人手忙脚乱，传统文献的整理显得尤为突出，国学大师们不再能垄断文献整理诠释权,许多新学大师参加进来,利用西方语言结构、方法、思想等来整理,有如梁启超先生当年所说的:"畴昔不认为史迹者,今则认之;畴昔认为史迹者,今或不认。举从前弃置散佚之迹,钩稽而比观之;其夙所因袭者,则重加鉴别,以估定其价值。如此则史学立于'真'的基础之上,而推论之功乃不至枉施也。……我国史界浩如烟海之资料,苟无法以整理之耶,则诚如一堆之瓦砾,只觉其可厌。苟有法以整理之耶,则如在矿之金采之不竭。"① 梁先生用一个"真"字作为文献认知的基础,是说到了关键问题。只是文本工程多是在书生个人运作,虽然所获得的成果确实惊人,也就短短一个甲子,做出远远超过清朝以前的业绩,但是门庭众多,缺乏规范,难以形成整体效果。简单地说,约略可以归为几项:

(一)整理文献的主导思想变更,与世界接轨。

(二)整理文献的方法扩大与深入,与世界接轨。

(三)整理文献的分类扩大,使用新式分类法与增加参照系。

(四)大量相应的工具书出现。一九四九年以前,已经出版语言方面辞书一百多部;社会科学辞书一百多部,自然科学辞书一百多部;另外还有一批双语辞书,以及引得、目录、索引,等等。

(五)特别是民国成立以来的国音运动、国语运动,以致五四新文化运动,都大大激励民众参与实践汉字文献的整理和进步。

(六)文献学家们的整理文献,学术范围与深度都大增加,涉及许多古典文献的重新认知。这些成果也即时能够获得不同观念学者的评头论足,畅所欲言,争鸣才可能百花齐放。

杨家骆先生(1912—1991)是以上众多的文献学家中一员,仅

---

① 梁启超:《中国历史研究法》,1921年南开大学讲稿,1922年商务印书馆原版,上海古籍出版社1987年版,自序第1—2页。

以他为代表就够说明了,因为他已经用一生时光全部奉献给二十世纪(没有电脑的时期)中国文献整理,他所形成鲜明的文献学思想也足为楷模。他出身学术世家,十六岁在东南大学高中部毕业。据他后来回忆道:"民国十六年,蔡公元培莅南京,任中华民国大学院院长,骆上万言书,妄陈草创《中国图书大辞典》之计划,蔡公因命在大学院管理图书馆。越三载,其中《四库大辞典》一帙二百万言稿成刊行,聊誌治学之经过,非有所得也;然以此深明四库得失,遂有筹编《中华全书》之构想,二十五年《丛书大辞典》亦出版……"① 当时人多不相信十九岁的高中生能够完成如此巨大的文献整理工具书,结果只好在南京办一个展览会,展出他编纂时的卡片手稿,才被认可。

杨先生一生的文献整理成绩一时介绍不全,仅略述几点:

(一)是他的世界文化的眼光与方法。他与他的父亲全是法国狄德罗百科全书的崇拜者,能够清晰地明白中国文献整理与世界的关系。以及掌握文献整理当时的先进方法。他常说的话是:"知识需要整理,使用起来才有头绪。"②

(二)他在三十年代初就立志要做七大事业:

一是编著中国图书大辞典;

二是编著中国学术专题词语索引;

三是编著中国学术丛书;

四是编著中国百科全书;

五是举办实验图书馆;

六是举办图书供应社;

---

① 杨家骆:《丛书大辞典》书前"八十留言之二",台北中国学典馆复馆筹备处,1936年1月南京一版,1991年7月台北五版。

② 杨思成(杨家骆之子)谈话,见《中国文哲研究通讯》,台湾"中央研究院"文哲所,1992年第2卷第2期。

七是举办学术咨询处。

用他自己在一九三六年写的文章中说:"我愿以毕生精力完成四件事业:一、编纂中国图书大辞典;二、编纂中国学术百科全书;三、编纂民国史稿;四、编纂国史通纂。……四件事业,其实祇可算是一件事:'对中国'学术'与'历史'施以大规模的整理'而已。而且他们都有不可分离的关系……"①

(三)他一生身体力行,倾家荡产,成立"中国辞典馆",日夜全部投入目标的实现。如果按照他的整理方案,确实能够把中国古典文献多数清晰显现,并且同步有各种工具书检索查询。他在一九四六年就发表统计数字:从先秦到抗战前,各代著述至少有二十五万三千四百三十五种,二百四十六万零四百二十四卷,内无卷数或卷数不详者三万零三百六十八种,惟以散亡代谢,今存者仅约十万余种。② 六十年来,他书写的卡片超过五千万张。(现存台湾"中央研究"院文哲研究所图书馆)

(四)他一生编著百余部书,在三十年代就曾出版有《中国图书大辞典·图书年鉴》《历代经籍志》《中国文学百科全书》《唐诗初笺简编》《民国以来出版新书·总目提要》《民国名人鉴》等。已经有三千多万字。还不算正准备出版的。只因日本侵略战争破坏了原定方案。

(五)从目前专业角度,他的整理涉及校勘学、目录学、工具书学、丛书学、方志学、传记学、老子研究、唐史、辽史、宋史、

---

① 杨家骆:《中国文学百科全书》首页文"我的终身事业",《中国辞典馆》1936年3月第1版,第1—2页。

② 杨家骆:"中国古今著述名数之统计",载《新中华杂志》复刊第4卷第7期,中华书局1946年版。转引自廖吉郎"杨家骆教授的古籍辑存的贡献",载《杨家骆教授九十冥诞纪念论文集》,台北万卷楼图书公司2001年版,第89页。

《永乐大典》《四库全书》等各大方面的研究，提出许多突破前人的思想和史料，实践了他的理念。这里难以一一记述。① 其中最突出的应该是他对于文献工具书编纂与必要的见解：例如他强调工具书的"时间性""空间性""类别性""名数性"；他把《四库全书大辞典》《丛书大辞典》全都编成辞典、索引和书目为一体的工具书；他对于《中国图书大辞典》的设计："于书名下：先以大字陈其梗概；次以小字述其由来、编纂缘起、凡例、目次、得失比较、注释、校订、继作之本、序跋、题识、议论之目；更详其版刻流传始末，凡初刻刊于何处，翻版几次，校勘精粗，行款版幅，以及特异之本，藏于何家，流落谁手，收藏印记，朱墨批识，均一一著于录。""人名之下：先以大字刊其小传；次以小字历述生平事蹟，更引往贤之论，分述其学术、思想、言行、事功，以及师承所自，传授所归，而以其著述之目终也。""其以分类索引、分地索引、版本索引、罗马字索引、和文索引及各统计表，著作年谱汇编等为附录，务使叩无不鸣，检无不得！……"② 他对于《中国文学百科全书》的要求："是一部将中国文学上的一切知识，以时代的眼光去叙述，以单纯的机械的方法去排列条文次序的百科全书。每一条文皆可自为起止，而在各条目间，实又皆有其联结；循其关系条目去读，必能发见其贯串的情形……"③ 在该书中队条目的要求有八项：书名、题名、人名、事点、概论、专题、术语、参见。书中条目达六万余条。

---

① 杨思成（杨家骆之子）谈话，见《中国文哲研究通讯》，台湾"中央研究院"文哲所，1992年第2卷第2期。

② 杨思成（杨家骆之子）谈话，见《中国文哲研究通讯》，台湾"中央研究院"文哲所，1992年第2卷第2期。

③ 杨思成（杨家骆之子）谈话，见《中国文哲研究通讯》，台湾"中央研究院"文哲所，1992年第2卷第2期。

他对于《世界学典》的设计思想与方案，不但清晰反映他对于传统文献分类思想方法的深刻认识，以及对于世界知识结构的探索，并且能够融会贯通为新型文献方案。

他对于年鉴的要求是"内容广博，但要言不烦博而能约；且逐年记录史实，提供不断变动新颖的事实性资料"。①

他创办《图书月刊》……

已经无须详述他在文献学上面的思想与实践的贡献，我们能够领略到他的火热的精神，以及一天等于二十年的干劲，以及他在当时超前的研究与实践的方法。早在三十年代，蔡元培先生就为杨先生的"仰风楼"题签并写道："十大巨著，乃成于杨家骆先生一人之手，其毅力可佩也！且此种工作颇为烦琐，而书成以后，嘉惠学者甚大，其牺己为群之精神，尤足为学者模范矣。"②

但是，他恐怕也太孤独了，就像独行侠一般，虽然武功盖世，但自己所承担的重任也太重了。按照全部文献数量来估算，他恐怕也仅是分析到多数文献的表面形态，大致的规模，也摸着全部文献的边沿，但终究不能说是整理得基本清楚了。其实，我们大可设想，即是二十一世纪再出一个杨家骆，二十二世纪再出一个杨家骆，接连做下去，离整理清楚，恐怕依然遥遥无期。这并非杨先生的差错问题，而是时代的局限性，也是时代工具的局限性。让我们合理地猜测一下：如果当年杨先生选择一二百个人才，由国家出钱，每天按照杨先生的方案整理卡片，用十年到二十年功夫，估计总会小有所成吧。三十年至四十年，杨先生心目中的《世界学典》总应该凸显在世界面前吧！可惜呀，国家的领导人没有这样的眼

---

① 转引自郑恒雄"杨家骆教授与参考工具书"，载于杨家骆《中国文学百科全书》，中国辞典馆1936年版，第119页。

② 蔡元培题签，见《四库大辞典》书前影印件，（台北）1967年版，1991年版。

光，中国文人相轻的臭毛病难以合作，以及大时代环境的恶劣，使得杨先生没有机会实践他的先进思想和方案。出师未捷身先死，长使英雄泪满襟。

三　三十年来中文古典数字工程一瞥

回想电脑从西方传来中国已经三十年多了，而且字符也有中文的了。所以中国人拿过来就用，无数豪言壮语要将中国文献推向全世界。只是这种美好愿望也立即与"市场经济"自愿地挂上了钩。国家有国家经费立项，老板有钱立项，于是三十年来已经推出许多中文古典数字工程"产品"，粗略统计二〇〇八年以前产品数字：

1. 古籍类光盘——约一百三十二种。其中公司产品五十余种，研究中心名义近五十种，其他有出版社名义等。

2. 古籍电子索引资源——约八十种。

3. 古籍书目数据库——约一百三十七种。主要为各大学、研究所的图书馆。

4. 古籍全文数据库——约一百三十一种。主要为公司及大学、研究所开发研制。①

其中据说爱如生数字化技术研究中心的古籍数字产品有四十六种；书同文数字化技术公司八种；国学时代文化传播公司有二十一种；台湾汉珍数位图书公司有十三种；等等。

据说其中"中国基本古籍库"是国内目前较大的一项古籍数字化工程，是被国家列入"国家重点电子出版物十五规划项目"，由北京大学教授刘俊文总策划、总编纂、总监制，北京爱如生数字化研究中心开发制作，二〇〇一年至二〇〇五年全部完成。据说共有

---

①　毛建军编：《古籍数字化理论与实践》，航空工业出版社2009年版，附录页第99—135页。

五百张光盘，共约二十亿字，图像约两千万页，收录有古籍一万余种，约等于《四库全书》的三倍。该库自创古籍分类为四个子库：哲科库、史地库、艺文库、综合库。下再分二十个大类，一百个细目。该库建立 ASE 检索系统，提供分类检索、条目检索、全文检索、二次检索。该库自称能够给使用者提供十二种功能，还有纠错机制和扩充机制，等等。

从领导者看是大有成绩可以弘扬，从投资者看是大有回报的实惠，从操作者看是练手又挣钱的好机遇。但是，从使用者角度看，则不知是喜还是忧。因为还没有人认真地全面公布这些产品的缺陷或隐忧，并没有让大家放心的机构出来说这是放心产品。笔者也仅是使用者之一，无奈地自我分析一下，发现问题是很严重的，不讨论人力、财力、物力的重叠浪费，依然从几个基本问题入手：

一　这些产品上的文献原文，还是经典文献的原文吗？

——缩微胶片能够原样照排原文，而电脑则可以忠实原文，而且能够增添强大的认知能力。前提是数字文献的准确性。而实际上却是由于各种版本、操作等因素的影响，差错是相当广泛的。特别是简体字、近体字的输入方式，是造成差错的很主要的原因。因而产品主人忠实的愿望变成不忠实于读者的效果。

——中国现代文献研究者，多喜欢学习纪晓岚，愿意做文献的外科医生，拿任意文献随意删改，任性得很。

二　中文古今字形变化差异很大，我们有共同的标准字库吗？

——没有国家规范的标准字库，实际上各商家自我选择。异体字的安排处理、非对称繁简体字的安排处理，全是各自为政。

三　检索系统如何方便准确？能否任意转换？

——实际在典籍的图—文—图—文的横竖转化、任意转化方面；在时间、地图、人物之间的任意转化方面都是很麻烦的，甚至很困难的。

——更奇怪的是，主要的文献库分类全是主题分类为基准。是四部法与七部法的混合。这无疑是告诉读者，所谓数字化就是胶片缩微或图书的延伸而已，没有什么智能关系。

四　数字工程的流程与操作是否规范？

——商家以机密为由掩盖了一切，让使用者和领导者都无从了解，明知道错了，却无法修正。其中实际上发生的差错如何解决，国家质检部门也是不管这些的。

五　如何判断产品的文化质量？

——我们设想在国际学术会议上，各家的同一文献亮出来，这时候各种各样的假李逵才会显现吧。至于倒霉的使用者，特别是研究生们，被碰上什么就得认可什么，碰上一堆假李逵，更没有文化质量可以保障。

……

大约我们可以说在这过去的三十年间，我们是被短视的商业眼光所主导，把整理文献变成出卖文献，把原来无序的文献内容，用数字光盘、数字库的形式搞得更加无序。结果叫专家们更加摇头，叫使用者更加混乱，叫年青人更加被蒙蔽。虽然其中不乏明白人，不乏准确部分文献，但是决非主流。为什么我们不能够做得更好些？让先进的电脑工具与丰盛的中华文献做成让使用者全面放心的美宴？至于浪费了多少钱？挣了多少钱？老板们是心知肚明的。

不要误会，笔者从来都是商家介入文献整理的积极鼓吹者，欢迎他们推行中华文献，欢迎他们以此挣大钱。但是关键前提不是他们指挥文献整理，而是文献整理的整体需求决定商家的金钱走向。

四　钱锺书的文献数字工程思想方案

钱锺书先生（1910—1998）与杨家骆先生同为二十世纪中国学者。钱先生的专业并不在文献学，但他对于八十年代初在大陆出现的电脑有着惊人的认知，他从社会科学工作者的良知出发，认准电脑数字工程对于中文文献的革命性的作用。经过他的认真思考，他提出全面的一系列可操作方案，并且指令他的年青助手具体实践，一直实践至今不止。其所取得的学术成果不但空前丰盛，而且经得起使用者验证，我们只能用"革命性"来作为形容词，是形容对于传统文献整理思想的革命，是形容对于传统文献整理方法的革命，是形容对于传统文献利用的革命，也是形容对于现代的文献整理的商业行为的革命！

  钱先生是从根本的社会科学原则来认知电脑的作用，多年来反复多次地规划了目标和操作原则方案。早在九十年代初年，他以数年时间，在指导全面解决全汉字库的实践后，有了初步具体成果后，曾以特约评论员名义发表"纠正市侩化"等文章，他写道："把唐诗输入电脑，靠的是在汉字库支持下的中文操作系统。没有相应的汉字库，如同拿来一只纸糊的小鞋，穿在有唐三百年诗歌的天足上，只能说是一种认真的滑稽。……电脑可以缩小查找范围，提高比勘速度，对复杂的海量查找也轻松胜任，甚至绝大多数能直接对是和非加以判定。电脑可以帮助人脑，但还不能代替人脑。像意境雷同的查验，尽管有汉字象形、会意、形声的优越性，但电脑的距离尚遥远。我想，作为一个认真使用电脑对中国古典进行研究的人，即不会为电脑的发展和进步而昏昏，认定电脑能代替人脑，有了电脑就有了一切；更不会为电脑的难于驾驭而茫茫，放弃实实在在、长期艰苦的努力和奋斗。实践证明，能帮助人的电脑需要人的更多的帮助。""从理论上来说，计算机和人类使用过的其他工具没有什么性质的不同。它在还未被人广泛使用的时候，除自身尚待完善以外，总会遭到一些抵拒。惯用旧家什的人依然偏爱着他们熟悉的工具。有了纸笔墨砚'文房四宝'，准还有人用刀笔和竹简；有了汽车、飞机、电报电话，也还有不惜体力和时间的保守者。对新事物的抗拒是历史上常有的现象,抗拒新事物到头来的失败也是历史常给人的教训。"① 钱先生在具体书写与言谈中,相关指导准则相当多,他反复强调精训精校,采用良好版之类通则,这里仅略举不见常规的数例:

1. 逐步实施,长期奋斗。
2. 采用仓颉输入法和康字库。(均系台湾地区产品)
3. 以作品为基本单位,用作者统缉作品。(这是划时代的创举)
4. 对《四库》的应用,必须慎重,不能直接采取经史子集分类方法及旧编辑方式。
5. 重视版本版权,特别是好底本的使用,必要时要自己重新编辑。(当时尚未公布《著作权法》)
6. 实现准确对作者、作品标题和文本字句检索。
7. 慎重汉语现代标点,正文和后人注释不得混淆。(大胆而清醒的决策)
8. 电脑智能作为工具,推进改善提高文史研究科学化。(不能反客为主)
9. 你是裁缝,只能量体裁衣,不能做外科医生。(不能伤着或改变文献本身)②

这些精彩的超前的思想,对于想快挣钱的老板来说并非良策。但是对于我们民族在现代社会中的作用,则是雷鸣一般。可惜,在万马齐喑的社会里,或者是在各自鸣喑,或者是在相濡以沫的社会里,全是泥牛入海一般。钱先生却并非说说空话,而是倾微力来试图具体实践。在他所设计的工作班子里,依照他的思想方案,连续工作二十余年,已经可以证明了。笔者也得到允许,可以公布一些

---

① 见《人民日报》(海外版)1991年9月13日。
② 见北京扫叶公司"中国古典数字工程"一文前之"缘起"。

相关的数据了。

依照钱先生的指导,由其助手栾贵明先生、田奕女史负责领导具体操作,所建立的全球独一无二的数字古典文献考证资料库,已经连续操作二十八年的时光。他们是贯彻"以人为本"原则,以人名为核心;以作品为核心,以日历为核心,以地名及古代地图为核心;四大块联合连贯贯通构成。这自然就完全摒弃传统的经史子集的四部分类主题系统,能够随意地将几千年间的任一人物、任一地点、任一事件,任一作品全部都任意串联分割,或者比较指认,或者主题联姻,或者字体排列,或者字义引联,只要是使用者所想设计的文献研究需求,都可以最快时间内展现,图文并现。其准确度是所有目前数字库中最令人放心的。这分明就可以用智能型文献库来表述。其特点用表格简单表述如下:

四大要素	四大特点
人以人名为核心。每个姓名均综合采自典籍,收录其多种称谓、主要履历及全部著作和子目之名称。并一一著录该人在正史诸版本中出现的位置。	总人数四十一万,辅名十五万,总字数两千二百万字,超过目前最大的《中国人名大辞典》总人数五倍之多,总数四倍以上。多种格式查验,方便易得。
事以作品为核心。目前基本完成宋代以前全部作品,总数已超过二十万件。可供文字检索的重要稀珍图形文件,达到八万余幅。	每件作品均经过精校,注明版本来源,章节清,断句明,采用正体字。可以保证向简化字安全转换,并录有异文,提供完整的正文文本。
时以历史日历为核心。逐日编辑中国四千年历史上每位皇帝的每一天。	总计是五百一十九万天,每天著录帝号、年干支,以及公元年月日等十三项。总字数两万四千五百七十万字。
地以地名及古代地图为核心。目前已完成二十四史和二十部地理名著全部的地名著录,每条地名下均注有文献出处及不同年代的变动。	制作字数已达八百万字。中国史地典籍中的复杂问题,采用全新的设计理念,被巧妙而合理地解决。使用简明便利。

按照这样高明的工程方案,我们读者利用实在是方便:

* 我们可以从古代某人出发,就可以找到所做何事何文,只要该文中原述有关年月和地名,均可得到响应或明示。

＊我们可以从古代某事某文出发，就可以找到某人的一生事迹、生卒年代及他的有关著作。

＊我们可以从古代某天出发，就可以立即找到一切有关该天的事情和原注明时间的事和文。

＊我们可以从古代某地出发，就可以立即找到某人在某年月日该地发生之事或文。

这里指的人名，包括该人在正史或出处使用的全部称谓；地名，则包括古今同一地点使用的不同名称；日期，则包括年号、帝王姓名、朝代名称，以及干支和中国历和西历两种格式。

另外我们还可以从书名、篇名、字词、语句、文本、疑问、出处、其他等角度检索入手，总是与人、事、时、地相互关联。

同时还保证你使用的版本内容的准确性。

还可以再具体举例说明该工程的特优能力：前面介绍的中国文化历史是六千多年，这正是他们"中国古典数字工程"所编纂的《中华史表》所展现出来的。如果需要他们还可以将"年表"深化为"日表"，这是多么空前伟大的工程伟绩啊。又如，我们都知道《四库全书》中含有四千人的文集，而该库中已经有四万人的文集。并且这些文集已经不再是古籍的单纯复印版。例如他们游戏搬用几天时间编纂了一部《子曰》，这新书就不再仅是传统上仅认定孔子口述著作只有《论语》的几千字，他们是将汉朝以前古籍上凡提到孔子曰的言论，全部编排在一起，就形成十六万字的文献总汇。虽然难说其中有个别语句不准确，但确实是文献中所曾经出现。所以，即使错误也并非孔子的错误，更不是该库的错误，而只能是历史留下来的未曾清理的错误。笔者有幸见过此书稿，且不说内容的丰盛，加上编排的新颖，确实令人振奋。又如，接着他们又编纂出版《老子集》《庄子集》《列子集》《孙子集》《鬼谷子集》等书，就不仅是一部古书的整理，而是已经在同一部书中，将历代不同版本的异文排列在一起，读一部他们编的《老子》，就等于同时阅读几十部古代人编的《老子》，现代人何乐不为呢？又如，他们编纂的《李淳风集》，即将全唐文中仅有的四千字，搜集成为百万字的巨著。又如，历代对于《水经注》一书，由于《四库全书》总编纂纪晓岚没有见过原版书，而进行了大量错误改编。经过他们从《永乐大典》中出现的原著，以电脑处理，就不单还原真实的《水经注》原版，更明示出纪晓岚的居心叵测。这些仅是已经出版的部分新型书籍形态。

又如他们游戏般短时间内编成《佛说》一书，是他们整理《全藏》的副产品。由于印度佛教传入中国千年，所积累的中文佛经多得惊人，其中许多人最崇拜的释迦牟尼又说过许多话，从来没有信徒数清楚过，常用"恒河沙数"一句话带过。他们倚靠该库的知识优势，很容易就查出共约有七万条语录，共约千万字。这对于使用者是天上掉下来的福音吧。只是此书尚在电脑中待着，没有印刷出版。其他例书就不用再说了。目前，他们最初步的目标，是可以出版已经编纂完毕的《万人集》，即出版古代一万个人的专著，一人一部。

文章写到此，已经不需要将钱先生与杨先生作一些比较。他们所要对付的都是中华文献，杨先生是在二十世纪对过去的文献与文献学集大成，而钱先生是在二十世纪对现在与将来的整理文献与文献学指示新道路。他们的工具区分点，一个是传统卡片；另一个是文献数字工程。他们的个人生活经历与学识各不相关，他们的命运则该如何评价呢？杨先生已经可以盖棺论定，海峡两岸都不会有什么争论；钱先生呢？我们民族愿意接受他的用心良苦的箴言吗？

五 小结

本文从传统文献整理的思想粗线，通过对于杨家骆先生的介绍，作一种悲剧性的结论。但是由于电脑在现代的发达，现代整理古典文献进入全新阶段，却由于"市场经济"的浅薄利用，导致三十年来中国的文献整理工程变成一个鸡肋，使用吧不放心，抛弃吧太可惜，改造吧无从下手。钱锺书先生虽然提出一系列精彩的整理古典文献工程方案，但并没有被成为主流，也没有变成商品被出卖。

不过，说来说去，终究目前的中文文献数字库质量能够被比较吗？笔者愿意借助一份比较表，将目前当红的"中国基本古籍库"与"国宝学典"库与钱先生的"中国古典数字工程"作一些性能的比较，专业者应该能够看明白其中的奥妙差异：

"中国古典数字工程"与"中国基本古籍库"与"国学宝典"之比较

序号	类别		中国古典数字工程资料库	中国基本古籍库	国学宝典
一	正简字之异		采用正体字（即所谓繁体字），对于字库未有之字，采取保留态度，为后世考证版本异同，汉字源流嬗变及时代变迁等提供多方面原始结构。	多选用近体字，有改古字。	采用简体字，将所有文字，无论异体字、古今字、假借字，通统简化。
二	建库中心		以作品为中心，作品一律回归作者。充分体现以人为本的现代人文精神和科学指导辅以时间、地点、作品库互相勾连，互为补充。形成立体结构。	仅为古籍原本之无机堆积，且多数古未加标点，不利于今人阅读与使用。	纯以作品累积，彼此间不存在有机联系。
三	中国历史人物典	人物传略	在二十四史中出现的人物均有收录。已完成四十万人的历史人物传略。比现行最大的历史人物辞典（五万人）多出五倍有余。		仅能提供小部分人物小传，大量人物在"国学人名词典"均未见。未建立匿称、别名、字号与作者本名之间的有机联系。如据"孔丘"词条就无法查到孔子传略。仅能提供小传，未曾注明朝，亦无从检索。
		人物辅名检索	有辅名十五万辅助检索。只需知道该历史人物在正史上出现的某一称谓（即其匿称或别名），都可以在《中国古典数字工程库》上找到其传略。		
		同名人物区别	可检索到同名的人物，并予以区别。如"李白"就有魏、唐、宋三个时代的不同。		

续表

序号	类别	中国古典数字工程资料库	中国基本古籍库	国学宝典
四	中国历史日历典	将中国统一历法和历朝历代的日历，与西历的对照关系重新校准。以历史日为核心，逐日编辑中国四千年历史上每位皇帝的每一天。总计五百一十八万天，其中含有每天帝号、年号、干支等十三项。		
五	中国历史及地图检索系统	包含全部二十五史中的地名资料和二十种历史地理专著资料。配以详细文字资料和定位标记，使古今地名在地图中有效链接，亦能为解决历史问题提供充分的文献依据。		
六	原文图片	可供文字检索的重要珍稀图形如故宫旧藏中国法书帖扫描精修图片等，达到十六万余幅。并在显示时可与数据文字相对应。	号称有影像一千万页，但文字与图片之间无对应勾连关系，不能根据文字检索图片版本选用欠佳，如史记无司马贞《补三皇本纪》，使后人无从考据索引。另外，二十四史中有二十部采用武英殿本，另四部采用百衲本。而据考证，原百衲本史书与中华本史书讹异之处，基本库文本多采用中华点校本，而未见任何说明。①	
七	选用版本比较	均选用优秀可靠的底本，比如二十四史采张元济《百衲本二十四史》影印本，并重新标点。同时汲取最新学术成果。如《全唐文新编》《宋诗纪事补正》永乐大典本《水经注》等。		所采用版本多为通行本，而非学界公认之最佳善本。如自称二十四史底本为"通行本"，实即中华书局点校本，标点亦与中华点校本完全相同。

---

① 田奕女史提供本表。

如果再与其他各个文献数字库比较，那也是可以的。

如果觉得这些比较还是太专业、也太模糊，笔者倒是想到一个主意，那就是按照中华传统俗语说的，是骡子是马拉出来遛遛。我们只需要将愿意自卖自夸的各个文献库主人、各个相关开发商出版商、各个学界使用者代表联络好，甚至邀请世界各地关心中文文献库的专家与商人，大家一齐来共襄盛举，举行一次竞赛。自古中国就有文坛、武坛、杏坛，我们这可以叫作"脑坛"吧，可以让这些脑人一显神通。具体方案粗略如下：

（一）理论文献数字库方案竞赛——

（二）实践文献数字库方案竞赛——

（三）实践文献数字库各参数竞赛——

1. 操作竞赛：

2. 回答题目竞赛：

3. 检索竞赛：

4. 文献利用竞赛：（各用题目考试）

（四）文献智能库的现在与将来的思考等。

当脑库竞赛召开之时，我们可以想象，杨先生、钱先生，以及过去为中国文献奋斗的前辈们，都会在上面向我们莞尔微笑。祝福中华吧。

（作者单位：北京市社会科学院）

（责任编辑：杨红玉）

刘跃进

中华文学史料学学会三十年

摘要：三十多年来的文学史料工作，其意义是多重的。一、二十世纪八十年代初，前辈学人开始倡导恢复、加强史料研究，正是在改革开放的大背景下，对此前二三十年的研究工作的反拨和纠偏。二、强有力地推动了整个文学研究的发展。正是由于有计划地、成系统地史料工作的推进，一些基础性的史料成果的出版，使得文学研究的面貌焕然一新。特别是在近现代文学研究领域，包括当代文学方面，这个意义尤为突出。三、催生了现代文学史料学的发展，也对整个文学史料学有重要的推动。四，整个大陆的文学研究水平，从改革开放初期仰视洋人（特别是日本人），到赶超洋人，三十多年来的文学史料工作在整体上，是有一大功的。

关键词：中华文学史料学学会；文学史料学；文学研究所

粉碎"四人帮"之后，整个学术界面临着百废待兴的情况。一九八二年，在桂林举行的文学研究规划会议上，代表们提出了成立中华文学史料学学会的设想。一九八五年年初，中国社会科学院文学所副所长马良春发表《关于建立中国现代文学史料学的建议》（《中国现代文学研究丛刊》第一期），并与有关同行酝酿成立一个研究文学史料的学术团体。一九八八年十月，在上海社会科学院文学研究所的支持配合下，召开了一次两岸三地的筹备会议，强调学会的宗旨是：以马列主义、毛泽东思想为指导，在遵守宪法、法律、法规和国家政策，遵守社会道德风尚的前提下，广泛联系海内外学者，弘扬中华文学史料学的优良传统，积极开展文学史料的收集、考证、整理和研究，以促进中华民族文学的繁荣与发展。

一九八九年十月，中华文学史料学学会成立，并召开第一届会员代表大会，推举马良春同志任会长。一九九〇年，由上海百家出版社出版《中华文学史料》第一辑，钱锺书先生欣然题签，留下了永久的纪念。中华文学史料学学会于一九九一年九月第一次在民政部注册登记，负责人徐迺翔。

二十世纪八十年代末九十年代初，除了成立了中华文学史料学学会外，还成立了中国鲁迅研究会、中国现代文学研究会、中国当代文学研究会、中国近代文学研究会等，这些学会都挂靠在中国社会科学院文学研究所。在文学所的主持下，早在二十世纪八十年代就曾出版过"中国现代作家作品研究资料丛书"六十余种、"中国现代文学书刊资料丛书"（如《中国现代文学期刊目录汇编》《中国现代文学总书目》《中国现代文学作者笔名录》等），还计划分现代卷、当代卷、近代卷和古代卷四个部分。

一九九一年九月，刚刚荣任文学所所长的马良春同志因病去世。这年十一月，中华文学史料学学会第二届理事会在北京召开年会，推举贾植芳教授为新一任会长，并产生了由五十二人组成的第二届理事会。一九九七年在徐州师范大学召开第三届理事会，贾植芳继续担任会长。中华文学史料学学会成立后，还在《作家报》开辟专栏，办了六十八期，在国内外引起了高度关注。

当时，学会开展工作非常艰难。首先是没有相对稳定的经费来源，经常要自筹资金。没有经费，很难组织学术活动。其次是观念问题，经过二十世纪八十年代的洗礼，思想观念日益解放，而对于史料研究的价值和意义的认识严重不足。在这样一个背景下，学会工作几乎陷于停顿。

转机在二〇〇三年，此后的第四、五两届会议逐渐归于正常。

二〇〇三年十月二十八日至十月二十九日，学会在北京邮电疗养院召开了第四届会员代表大会，修改了学会章程，推举贾植芳先生任名誉会长，包明德先生任会长，刘跃进为常务副会长、秘书长兼法人代表。其他副会长有：陈伯海、傅璇琮、陈漱渝、蒋守谦、裴效维、杨镰、牛运清、董之林、刘福春、赵存茂等，副秘书长有陈青生和薛天纬。会议还聘请了丁景唐、王景山、李福田、邱明皋、姜德明、徐迺翔等为顾问。

这一年前后，学术界发生了很大的变化，用今天的来说，就是思想淡出，学术凸显。

二〇〇三年，清华大学召开了"中国现代文学文献研究座谈会"。

二〇〇四年五月，人民文学出版社推出的金宏宇《中国现代长篇小说名著版本校评》选取了《家》《子夜》《骆驼祥子》《创业史》等八部名著，对校其不同版本，探讨版本变迁的历史原因与修改的长短，这是借鉴古典文献学的传统惯例、汲取以往现代文学文献研究成果而做的一次重要尝试。

二〇〇四年十月，河南大学、洛阳师院又联合《文学评论》编辑部召开了"史料的新发现与文学史的再审视——中国现代文学文献问题学术研讨会"，会议提出史料收集整理是研究先导的主张，呼吁通过文献的收集整理寻求研究的新突破口，带动整个学科的发展。

二〇〇五年第六期的《中国现代文学研究丛刊》发表"现代文学史料学"专号。二〇〇四年，贾植芳、陈思和主编的《中外文学关系史资料汇编》（上、下）、刘福春《新诗纪事》出版。翌年，刘福春又出版了《中国新诗书刊总目》，收录一九二〇年一月到二〇〇六年一月间出版的一万八千七百余种汉语新诗集、诗论集的目录，并附有书籍说明和著者简介，是迄今为止最全的新诗书刊目录。

二〇〇五年，新华出版社出版了由刘增人等纂著的《中国现代文学期刊史论》，集资料汇编与总体研究于一体，下编专辟"史料汇编"一项，包括期刊叙录、研究资料目录等。而这"叙录"方式，即与中国学术传统建立起紧密的联系。

早在一九七九年，文学研究所当代文学研究室联合全国三十多家单位协作编辑的《中国当代文学研究资料》，迄今已出版八十多种，总计二千多万字。当代文学已经发展了七十多年，远远超过现代文学，而史料建设似乎还跟不上日益丰富的当代文学发展实际，这个问题应当引起高度重视。

也是在二〇〇五年四月十一日至十五日中华文学史料学学会与宜宾学院联合举办"中华文学史料学国际学术研讨会"，六十余位与会学者提交了五十多篇精彩论文，会上会下的热烈讨论和深入交流，以及酝酿建设学会网站、专刊、课题等，无疑对文学史料学学科的现代化、系统化、科学化和理论化，起到重要的推动作用。这次会议的成果之一，就是在相隔十五年后又出版了《中华文学史料》第二辑。我们还曾计划出版"中华文学史料学研究丛书"，并拟定了书目。这一辑的出版也不容易，有幸得到汪致正先生、学苑出版社郭强先生和当时还在《光明日报》工作的祝晓风的鼎力支持。当时学会没有经费，又不能筹资，汪致正给学会捐款五万元。学苑出版社的郭强先生，是一位非常优秀的出版工作者，不计成本出版此书。他现在已不在人世了。祝晓风撰写《2005，见证文学研究"史料年"》，发表在《中华读书报》二〇〇五年十一月九日，用了几乎整版篇幅。

二〇一一年十月在天津召开了中华文学史料学学会换届选举筹备会议，并于十月二十七日—二十九日在西北大学召开"新世纪中华文学史料学研究的理论与实践学术研讨会暨中华文学史料学学会第五届理事会"。来自中国社会科学院、国家图书馆、北京大学、南京大学、香港岭南大学、武汉大学、四川大学等三十所研究机构和高校的八十三位与会代表，就会议主题进行了深入的探讨。大会进行了换届选举，推举刘跃进担任会长，刘福春担任常务副会长，郑杰文、关爱和、李浩、陈才智任副会长，陈才智兼任秘书长及学会法人代表。大会也选举了新一届理事会成员，共由四十人组成。会后出版了《中华文学史料》第三辑。

中华文学史料学学会第六届理事会于二〇一六年十二月三日—四日在北京社科博源宾馆召开，来自中国社会科学院文学研究所、国家图书馆、山东大学、河南大学、西北大学、东北师范大学等高校、科研出版机构的四十余名专家、学者参加会议。会议就中华文学史料的收集、整理与使用，中华文学与多民族文学史料研究的空间与前景，中华文学史料学的理论建设等问题展开讨论。二〇一七年郑州大学召开会议，并编辑《中华文学史料》第四辑。二〇一九年又编辑《中华文学史料》第五辑。

从二〇〇三年到二〇〇五年，随着经济状况的改善和学术的走向正轨，学会也逐渐地发生了一些变化。这个变化就是酝酿成立了两个研究分会。二〇〇六年分别成立了近现代文学史料学分会（登记号：3944—1，二〇〇六年九月）和古代文学史料学分会（登记号：3944—2，二〇〇六年十一月），关爱和教授和郑杰文教授分别担任会长。二〇一七年十月在西昌学院的会议上成立了民族文学史料学分会，徐希平教授担任会长。

今后，我们还计划成立海外华文文学史料学分会等。大家都知道，近一个世纪以来，特别是改革开放四十年来，很多中国人到海外留学，到海外工作，到海外定居，现在海外华文文学成为一个特别重要的文化现象，值得研究。我们还想成立一些分会，有的老师提议，还可考虑围绕着宗教文学、早期中国文明书写、早期中国文明记忆等成立相关分会。目前已成立的三个分会，在各分会会长的领导下，与高校紧密合作，工作越来越顺利，几乎每年都召开年会，影响越来越大。近现代文学史料研究分会还在学术期刊《现代中国文化与文学》第7辑（巴蜀书社二〇一〇年版）开辟《史料研究》栏目，首发"中华文学史料学学会近现代分会年会"专题论文，由胡博、段美乔撰写《主持人语》。

三十多年来的文学史料工作，其意义是多重的。择其大要，我认为主要有：一、二十世纪八十年代初，前辈学人开始倡导恢复、加强史料研究，正是在改革开放的大背景下，对此前二三十年的研究工作的反拨和纠偏。在曾经的那个历史时期，学术研究受到"极左"思想的严重干扰，假大空理论盛行，政治批判代替了学术研究，"以论带史"乃至"以论代史"流行。而史料工作本身的内容和性质，就是从材料出发，以史料说话，有一分证据说一分话。这是回归学术本身的一个重要方面，一个重要特征。这种在改变学术观念、学术研究范式以及学术风气方面的意义，是值得我们认真总结的。二、强有力地推动了整个文学研究的发展。正是由于有计划地、成系统地史料工作的推进，一些基础性的史料成果的出版，使得文学研究的面貌焕然一新。特别是在近现代文学研究领域，包括当代文学方面，这个意义尤为突出。三、催生了现代文学史料学的发展，也对整个文学史料学有重要的推动。也正是在这三十多年的学术发展中，出现了如陈子善《中国现代文学文献学十讲》（复旦大学出版社二〇二〇年版）这样具有理论高度的专门著作。四、整个大陆的文学研究水平，从改革开放初期仰视洋人（特别是日本人），到赶超洋人，三十多年来的文学史料工作在整体上，是有一大功的。

回顾中华文学史料学学会成立三十年来的工作，有几条基本经验值得总结。

第一，关于文献史料研究的价值，大家的认识逐渐趋同。20世纪八十年代各种理论思潮，你唱罢来我登场，各领风骚数十天。而今，崇拜洋人学术的时代已成过去，文化上的自信在回归。欧美汉学界业已意识到这个问题，觉得自己不再被崇拜，颇感失落，于是釜底抽薪，不断推出新理论。近年颇为盛行的所谓抄本时代的研究就很有趣。这种理论的成果就是《剑桥中国文学史》，几乎抹去所有大家小家的区别，理论依据就是抄本是靠不住的，只有看得见的版本才是真实的。这样做的目的，其实就是为自己的研究争取到更多的话语权，其结果则是消解经典。对此，我表示怀疑，但也不可否认，其中也有合理的意见。一百年前，日本学者内藤湖南提出所谓"唐宋分野"的话题，认为唐代和宋代确有不同。而今的抄本理论依然继续这个话题。这是因为，周秦汉唐文学主要是抄本时代的产物，而宋代以后，则进入刻本时代，文学观念、文学载体、文学形式、文学内容、文学成就都有不同。从这个角度看，内藤湖南、欧美汉学，都有值得关注的成分。但是，无论如何，我们应当对经典保持一份敬畏，保持一种尊敬。二〇二一年五月，我在《中国近现代稀见史料丛刊》出版座谈会上发表了一篇"史料永远不会过时"的即兴发言，特别提到了傅斯年在《历史语言研究所工作之旨趣》中说过的话。他说："近代的历史学只是史料学，利用自然科学供给我们的一切工具，整理一切可以达到的史料……"因此他说了几条标准：（一）凡能直接研究材料，便进步。凡间接地研究前人所研究或前人所创造之系统，而不繁富细密地参照所包含的事实，便退步。（二）凡一种学问能扩张它研究的材料便进步，不能的便退步。（三）凡一种学问能扩充它作研究时应用的工具的，则进步；不能的，则退步。结论是"上穷碧落下黄泉，动手动脚翻史料"①。当

---

① 傅斯年：《历史语言研究所工作之旨趣》，载《中研院历史语言研究所集刊》第1本，一九二八年。

然，史料不能解决一切问题，这里牵涉一个史料与史识的问题，胡厚宣做过恰当的比喻："史料就是建筑材料，史识就是建筑的构图，没有材料，再好的图纸也盖不好房子，但同时，没有图纸，再好的材料也不能成为房子。"① 没有史料的发现，很难有学术大踏步的前进。所以，在学术研究上强调史料的价值，永远不会过时。这篇发言经过整理发表在《光明日报》，我在会议上说过这样一句比较偏激的话："谁绕开史料，学术界将来一定会绕开他。"编者特别将此话提炼出来放在醒目位置。可能很多人会反对，但是我们从事史料研究的学者，大多还是认可的。

第二，关于文献史料研究的目的，大家的理解还有分歧。在我看来，学术研究无外乎两个目的，一是有用的知识，二是有智慧的思想。文献史料研究，主要提供有用的知识。表面看，似乎卑之无甚高论，其实这里也有高低之分。就最低要求而言，文献史料的整理，就像整理家务，干干净净，有条不紊。需要的东西，随手就可以拿到；客人来访，也会觉得赏心悦目。这样的工作，积以时日，可以做得很好。但，这不应当是学术研究的目的。张晖曾编过黄侃《量守庐学记续编》，他后记里提到很有趣的话题，即学术研究贵在发明还是贵在发现？二十世纪二十年代，王国维主张"新学问大都由于新发现"，就是发现新资料，推动学术的发展。黄侃主张学术研究贵在发明，就是对摆在桌面上，大家非常熟悉的资料，如十三经等，能否从寻常材料中发现不同寻常的问题。发明、发现，孰是孰非，今天执着去谈已没什么意义，因为学术研究的要义，贵在发现的同时，也必须贵在发明。这次会议论文集收录的文章，大都属于这类问题。尽管方法不同，但都体现一种辨伪存真的精神。当

---

① 胡厚宣：《古代研究的史料问题》，云南人民出版社二〇〇五年版，第6页。

然，学术水准的提高，还不仅仅需要积累，更需要学术的见识。朱一新《无邪堂答问》说，考证须学，议论须识，只有把两者结合起来，才能达到最佳的境地。如果只有文献史料的积累整理而无学术见识，则愈学愈愚。虽考据精博，专门名家，依然无益。这道理无人不晓，但是很难做到精致。原因在哪里？《朱子语类·读书法》认为问题的症结，就是缺乏对经典的敬畏，缺乏平心静气的心态。现在又何尝不是如此？

第三，关于文献史料研究的问题，过去，我们对史料的重视不够，留下教训。而今，又有走向另一极端的倾向，有古典文献研究工作者认为，只有文献史料才是学问，有些研究为史料而史料，为考证而考证，其实并没有多少学术意义，更没有学术史意义。这是问题之一。还有一个问题，就是从事文献史料研究的学者，多埋首故纸堆，自拉自唱，自我欣赏。我们这些从事文献史料研究的学者，是否可以考虑为社会、为大众做一点有实际意义的工作，把我们的研究与社会的需要稍有结合呢？文学研究，一定要密切关注我们身边正在发生的重大事件。

还有一个更值得注意的问题是假史料泛滥，或者仅仅依据微不足道的细节否定整体，以偏概全。这就需要我们从两个方面入手，一是学术的专精研究，二是学术的普及工作。专精研究，是我们大家共同追求的目标，而学术的普及工作则未必得到所有学者的重视。从历史上看，第一流的文献史料研究工作者，他们心中总是装着大众读者，郑玄遍注经典，清人整理文献，很多就是从普及着眼的。普及与提高是相辅相成的辩证关系。在某种意义上说，普及的难度，不亚于精深的专业研究。我倡议，文献研究工作者，还是应当做更加有用的学问，这种学问，既为学术界提供有用的文献资料，也为社会为大众提供有用的知识。而后者现在尤其需要我们共同努力。

第四，对中华文学史料的再认识。沙晼《中国文学的社会角色》说:"中国并不总是一个统一的帝国。无须追溯到上古时期,从公元三世纪初到七世纪初以及从十世纪初到十三世纪中,中国分裂为两个或多个敌对的王国。中国之所以在内战之后总能走向统一,并不是出于地理原因:北方省份和南方省份之间差异极大,而且这片广阔的土地上还有许多大河高山,它们充当了不同国家的天然界限。如果说国家最终还是统一了,这难道不应该从文化和心理亲和力方面找原因吗?其中,文学是一面镜子,同时也是一个高倍放大器。"① 从这个放大镜里,我们注意到,中华文学史料范围很宽,还有很多扩展的空间,譬如我们的多民族文学史料问题,现在已成为研究的热点。

我到新疆喀什,拜谒了立于城头的班超雕塑。那里还有一座清真寺,十二世纪在那里产生了一部著名的维吾尔族的书。我把这两个连起来得到一个感觉,汉帝国用了三十年的时间,统领西域三十六国,从汉武帝到今天一天没有放弃,一寸土地都不能丢。在广西合浦,我看到了东汉出土的文物,包括很多精致的项链和民间器物。这些东西可能是因为公元七十九年火山爆发被掩埋。广州有个南王墓,那里出土了很多汉文帝时期的精致银器和金器,这些东西是属于边疆地区,但它们在古代文学作品里面都有反映。

中华民族不论地域多么辽阔,民族多么不同,但是他有一个共同的向心力,就是文明的向心力。中华文学的表现形式多有不同,但其精神实质却是相通的。二〇二一年十一月,我在参加民族文学史料分会年会的时候,做了一个发言,强调了民族文学史料研究的五难。实际上还不仅如此,比如说各个地区的宗教观念不同,家国观念不同,最后殊途同归,汇集而成中华文学的滔滔江河。在探寻

---

① 沙畹:《中国文学的社会角色》,收在《沙畹汉学论著选译》,中华书局2014年版,第134页。

中华文学发展演变过程中，我们需要建立自己的批评标准，建立自己的科学体系。

中华文学博大精深，需要做的工作很多，这需要我们来清理挖掘。现在学科划分比较糟糕，学科划分，原本是一个进步，但是走到极致就是退步。中国传统的人才培养的优势，跟我们整个思维一样，就是强调整体性。而今，学科划分越来越细，其弊端也就越来越明显。我们要走出自己的小天地。苏东坡有一句诗，"作诗必此诗，定知非诗人"，意思是写诗太实，就不是好的诗人。好诗是易懂难解，陆游说功夫在诗外，就是这个道理。佛教徒讲看山是看山，看水是水，修道几年之后再看，感受就不一样。我主张不仅要有学科意识，更要有问题意识，碰到什么问题研究什么问题。

第五，注重文献史料研究与文学史研究的结合。学术研究的最终目的，是在文献解读的基础上，提出自己的见解，推动学科的进步。这就需要我们有整体性的思考，回到历史现场，对当时文学作宏观的考察。

经过三十多年的沉淀，中华文学史料研究取得了丰硕的成果，经得起岁月的检验，很多结论、很多材料，多少年后还时常为后来者提及。这些成就的取得，是全国学术同人齐心协力的结果，也与中华文学史料学学会的积极推动密切相关。今天，我们能有机会在一起讨论这些重要问题，真要感谢三十多年前创立中华文学史料学学会的前辈学者。他们为学会的定名极有前瞻性，不叫中国文学史料，而是中华文学史料，在今天，多么切合国家文化建设的需要。抚今追昔，我们在感动之余，更深切地感受到我们应该传承前辈精神的那份文化责任。

（作者单位：中国社会科学院文学研究所）

（责任编辑：田志光）

何云波

"不孝"论与"小数"说
——论孟子的围棋观及其后世的回应

摘要：孟子在其著作中提出了博弈"不孝"说与"小数"论。围棋"不孝"说在汉代有种种回响,但逐渐被人淡忘。围棋"小数"论却影响巨大,给了后人以无限阐释、发挥的空间。总的来说,后人在承认弈为"小数"的同时,又往往喜欢把"小数"与"大数"乃至玄妙之道联系在一起。这是围棋思想史乃至中国文化思想中一个有趣的论题。

关键词：不孝；小数；孟子；围棋

孔子曾在《论语·阳货》中提到围棋："子曰：饱食终日,无所用心,难矣哉。不有博弈者乎,为之犹贤乎已。"孔子把围棋看作为有闲阶级提供娱乐消遣的工具。与其饱食终日,不如有所用心,免得心生邪念。这种观念以后逐渐演变成以围棋为游心之"艺"。而孟子,则在其著作中提出了博弈"不孝"说与"小数"论。围棋"不孝"说在汉代有种种回响,但逐渐被人淡忘。围棋"小数"论却影响巨大,给了后人以无限阐释、发挥的空间。总的来说,后人在承认弈为"小数"的同时,又往往喜欢把"小数"与"大数"乃至玄妙之道联系在一起,为何会如此,它与中国传统思维方式有何关系,正是本文想要探讨的问题。

"不孝"论与"小数"说

一

孟子（约前372—前289），名轲，字子舆，邹（今山东邹县）人。相传师从孔子嫡孙子思（一说是受业于子思之门人），思想也与孔子一脉相承。司马迁《孟子荀卿列传》中说孟子：

> 道既通，游事齐宣王，宣王不能用。适梁，梁惠王不果所言，则见以为迂远而阔于事情。当是之时，秦用商君，富国强兵；楚魏用吴起，战胜弱敌；齐宣王、威王用孙子、田忌之徒，而诸侯东面朝齐。天下方务于合纵连横，以攻伐为贤，而孟轲乃述唐、虞、三代之德，是以所如者不合。退而与万章之徒序《诗》《书》，述仲尼之意，作《孟子》七篇。①

孟子的学说，政治上倡导"仁政"，道德上相信人之"善性"，所谓人皆有"恻隐之心""羞恶之心""辞让之心""是非之心"。当外在的王权已经分崩离析，孟子只能寄希望于人性的自觉。所谓"天下之本在国，国之本在家，家之本在身"，以仁为本，发扬善性，反身而诚，通过"尽心""知性"而"知天"。所以孟子往往将心性的修养放在外在的事功之上。而当时，诸侯争霸，孟子之"见"则难免被视为"迂远而阔于事情"了。在某种意义上，孔子、孟子其实都是道德理想主义者。

这种对仁、德的重视，也影响孔、孟对弈棋之类游戏的看法。棋以争伐为务，与兵相合，其实倒比较切合以攻伐为贤的"战国之事"。但孔子谓"君子无所争，……其争也君子"，孟子也以杀伐为不仁之事，使以杀伐为乐的游戏之事，在他们眼里，不大可能有

---

① 司马迁：《孟子荀卿列传》，见《史记》卷七十四，中华书局1959年版。

多大的意义。孟子有两次提到弈棋之事，一次是在孟子《离娄下》中，当公都子提问："匡章，通国皆称不孝焉。夫子与之游，又从而礼貌之，敢问何也？"孟子回答说：

> 世俗所谓不孝者五：惰其四肢，不顾父母之养，一不孝也。博弈好饮酒，不顾父母之养，二不孝也。好货财，私妻子，不顾父母之养，三不孝也。从耳目之欲，以为父母戮，四不孝也。好勇斗狠，以危父母，五不孝也。章子有一于是乎？①

孝道，乃儒家仁德之道中的重要方面。所谓"生，事之以礼；死，葬之以礼，祭之以礼：可谓孝矣"。② 孟子以"博弈好饮酒，不顾父母之养"为不孝之一，说明在他那个时代，博弈之风盛行，人耽于博弈，不思正业，可能已经危及社会基本的道德秩序。在这里，倒不是孟子反对博弈本身，而是强调不可以达到沉溺其中，连"父母之养"也顾不上了的程度。

孟子《孟子·告子上》还有一次提到弈：

> 今夫弈之为数，小数也。不专心致志，则不得也。弈秋，通国之善弈者也。使弈秋诲二人弈，其一人专心致志，惟弈秋之为听。一人虽听之，一心以为有鸿鹄将至，思援弓缴而射之。虽与之俱学，弗若之矣。为是其智弗若与？曰：非然也。③

---

① 《孟子·离娄下》，见陈戍国点校本《四书五经》（上），岳麓书社1991年版，第104页。
② 《孟子·滕文公上》，见陈戍国点校本《四书五经》（上），岳麓书社1991年版，第85页。
③ 《孟子·告子上》，见陈戍国点校本《四书五经》（上），岳麓书社1991年版，第118页。

这段话有几点重要的信息：其一，弈秋，作为通国之善弈者，成为有史记载的第一个棋手；其二，以二人从弈秋学弈，结果却大不一样，来说明在学习中专心致志的重要性。就棋而言，客观上说明了围棋在当时的流行程度，因为流行，有人趋之、好之，便有了围棋教育。弈秋大约也是最早的有记载的围棋老师；其三，孟子提出了他最重要的围棋观，弈之为数"小数"说。

孟子的博弈"不孝"论与"小数"说，构成了他关于"弈"的基本言说。"不孝"论在汉代有种种回响。如西汉初的贾谊（前200—前168）指斥围棋"失礼迷风"（《贾谊集·治安策》）。贾谊身为儒生，尽管汉初黄老之学盛行，有感于秦的暴政，清静无为为人们所崇尚。但贾谊孜孜以求的是恢复古制古风，针对秦朝废弃礼义，认为应该移风易俗，使天下回心向道。他向汉文帝建议制订新的典章制度，兴礼乐，改正朔，易服色。中国社会是个"尊礼"的社会，周代建立了完备的"尊礼文化"。统治者有意地"制礼作乐"，以乐配礼，有了礼的规范，政的划一，刑的强制，再配以乐的感染，便能使天下道一风同。孔子处在纷乱之世，为了拯救"礼乐崩坏"的社会，将周代的"尊礼文化"理想化，强调"不学礼，无以立"（《论语·季氏》），"克己复礼，天下归仁焉……"这构成了儒家一整套以伦理为核心的等级体系。

而下棋，讲究的是平等竞争，所谓棋上无父子。这自然与讲求尊卑等级、礼让道德的精神相悖。所以孟子把博弈与"不孝"联系在一起。汉以"孝"治天下，汉初出现的《孝经》把"孝"当作伦理之本、教化之由。所以贾谊说围棋"失礼迷风"。汉元帝时，史游在其《急就篇》中还有"棋局博弈相易轻"之说，颜师古注曰："棋局谓弹棋、围棋之局也"，"凡人相与为棋博之戏者，因有争心，则言语轻侮，失于敬礼，故曰相易轻也"。《急就篇》是一本字书，教童蒙识字的启蒙课本。也就是说，这种围棋观不仅限于士大夫，还可能成为社会的一般"知识"。但总的来说，随着围棋被社会大众认可，围棋"不孝"说也就逐渐被人淡忘。围棋"小数"说却影响巨大。

二

我们先来看看中国文化传统中的"数"。数的本意是"算"，《汉书》卷二十一《律历志》中谓："数者，一，十，百，千，万也，所以算数事物，顺性命之理也。"中国传统的"数学"，多为"算术"，作为工程与生产实践的总结，颇为发达，也出现了不少名著，如《周髀算经》《九章算术》《孙子算经》《数书九章》《算学启蒙》等。有学者总结中国传统数学的特点："以实用为目的的实用性和以算法为中心的计算性。"① 它形成了"以算法为中心，以实用为目的，以归纳为主要方法、以问题集为主要模式的独特风格和体系"。② 但中国传统的"数"，远非"算数事物"的"算"可以概括。"数"同时乃是"顺性命之理"，这就为对"数"之义理的演绎提供了一个巨大的空间，也为"数"走上形而上之维提供了一条路径。老子谓"道生一，一生二，二生三，三生万物"（《老子·四十二章》）。这里的"数"便具有了宇宙本体论的意义。

而在《易经》中，这种"数"的意义被发挥到极致。"易学"以象、数、理为核心。其中象、数是基础。《易经》作为一部卜筮之书，有卜法与筮法之分。"象"即卜法中烧灼龟甲、兽骨后出现的兆文。而"数"与筮法有关，乃指揲蓍运算的过程（动词之数）和结果（名词之数）。"易"之符号有卦象和爻数之分。卦象就是卦爻符号，由阳爻（—）与阴爻（— —）的不同组合组成六十四

---

① 代钦：《儒家思想与中国传统数学》，商务印书馆2003年版，第3页。
② 代钦：《儒家思想与中国传统数学》，商务印书馆2003年版，第6页。

卦。而经文中的"数"即爻数,由表爻性的数(九和六)和表爻位的数(初、二、三、四、五、上)两部分组成。①

关于易象与中国围棋思想的关系,我们后文再涉及。这里主要看看"数"。"易数"主要包括天、地之数、大衍之数、策数三类。《周易·系辞上》谓:

> 天一,地二。天三,地四。天五,地六。天七,地八。天九,地十。天数五,地数五,五位相得而各有合。天数二十有五,地数三十。凡天地之数五十有五,此所以成变化而行鬼神也。大衍之数五十,其用四十有九,分而为二以象两,挂一以象三,揲之以四以象四时,归奇于扐以象闰。五岁再闰,故再扐而后挂。乾之策二百一十有六。坤之策百四十有四。凡三百有六十,当期之日。二篇之策,万有一千五百二十,当万物之数也。②

"数"乃天数、地数,与天道与人事的变化相通。《易传》中谓"参伍以变,错综其数,通其变,遂成天地之文;极其数,遂定天下之象"。③《易传》对"数"的阐释,使《易经》中的数逐渐由筮法范畴具有哲学范畴,具有思想的意义。《说文解字》解释"一"到"十"十个数字:

> 一,惟始太初,道立于一,造分天地,化成万物。

---

① 参见张其成《象数易学》,中国书店 2003 年版,第 18—24 页。
② 《周易·系辞上》,见陈戌国点校本《四书五经》(上),岳麓书社 1991 年版,第 198 页。
③ 《周易·系辞上》,见陈戌国点校本《四书五经》(上),岳麓书社 1991 年版,第 199 页。

二，地之数也。

三，天、地、人之道也。

四，阴数也。象四分之形。

五，五行也。从二。阴阳在天地间交午也。

六，《易》之数，阴变于六，正于八。

七，阳之正也。从一，微阴从中衰出也。

八，别也，象分别相背之形。

九，阳之变也。象其屈曲究尽之形。

十，数之具也。一为东西，丨为南北，则中央四方备矣。

数与阴阳、五行观念联系在一起，而逐渐地具有了神秘的意义。特别是宋代的象数学派，通过象数建构了一套思想模式。邵雍谓"象也者，尽物之形也；数也者，尽物之体也"。(《皇极经世书·观物内篇上》)邵雍的后学张行成进一步发挥曰："数者，动静变化，攸阴忽阳，一奇一偶，故有数也，有数之名，则有数之实；象者，实也，气见则为象，凝则为形。"南宋蔡沈在《洪范皇极》中对"数"进一步作了新的解释：

数为礼之序。

数者，彝伦之序也。

数者，尽天下之理也。

数者，圣人所以教天下后世者也。

数不仅可尽物之体，在这里还具有了伦常教化的意义。解释学上有"过度阐发"一说，这大约可算一例吧！

"数"的功能不仅可计量，还可通神、述理。后世对易"数"的阐发，走的就是两条路子，一是将"数"的通神功能发扬光大，以"数"为工具预测吉凶,成为"术数"之学,它与巫术、兵术、权术、医术、房中术、养生术一道构成了中国的"方术"。二即为"象数"学,以象数"述理",通过对《周易》经传的解释,致力于探究宇宙万物变化之大道,数与象、理、道,便有了内在的沟通。

三

我们回过头来看孟子的弈为"小数"说。既有小数,在孟子心目中,当然应有"大数"。"大数"应是《周易》中的天数、地数、大衍之数。小数则首先应是"算数",其次即为"术数"。以"算"论,围棋其实就是关于"数"的计算、推演的一种游戏。以胜负论,最终的胜负决定于双方存活的子数和所围地的多少(所谓目数,古人称为"路")。以过程论,从起手开始,其实各种招式都是围绕"路数"的争夺,双方不断地斤斤计较,锱铢必较,为此最需要精确的计算。以思维论,每一招棋的落点,都是建立在子效的分析基础之上,围棋思维最接近数理逻辑思维,由分析、推理而归纳、综合。围棋的复杂性,就是体现在变化的无穷无尽上。棋盘的演变过程,有一个逐渐由简单到复杂的轨迹。棋盘越大,变化就越多,棋势越复杂,斗智的趣味性也更浓。关于围棋的变化,北宋著名科学家沈括《梦溪笔谈》曾作过有趣的计算:

> 小说:唐僧一行,曾算棋局都数,凡若干局尽之。予尝思之,此固易耳。但数多,非世间名数可能言之。今略举大数。凡方二路,用四子,可变八千十一局。方三路,用九子,可变一万九千六百八十三局。方四路,用十六子,可变四千三百四万六千七百二十一局。方五路,用二十五子,可变八千四百七十二亿八千八百六十万九千四百四十三局。方六路,用三十六

子，可变十五兆九十四万六千三百五十二亿八千二百三万一千九百二十六局。方七路以上，数多无名可记。尽三百六十一路，大约连书万字五十二，即是局之大数。其法初一路可变三局，自后不拘横直，但增一子，即三因之，凡三百六十一增，皆三因之，即是总局数。又法：先记循边一行为法，凡加一行，即以法累乘之，乘终十九行，亦得上数。又法：以自法相乘，下位副置之，以下乘上，又以下乘下；置为上位，又幅置之，以下乘下，又以下乘下；加一法，亦得上数。有数法可求，唯此法最径捷。千变万化，不出此数，棋之局尽矣。①

可以说，围棋的变化接近于无穷大了。唐朝冯贽在《云仙杂记》中感叹："人能尽数天星，则遍知棋势。"正因为围棋变化的复杂，"算"便成为决定胜负的一个重要因素。《棋经十三篇》在《棋局篇》之后，将《得算篇》列为第二，强调"战未合而算者胜，得算多也。算不胜者，得算少也。战已合而不知胜负者，无算也"。

在具体的行棋过程中，古代棋论在技术的层面上，多含围棋所特有的"数理"。如敦煌《碁经·势用篇》讲棋的死形与活形："直四曲四，便是活碁。花六聚五，恒为死亡。内怀花六，外煞十一行之碁。果之聚五，取七行之子。非生非死非劫持，此名两劫之碁，行不离手。角傍曲四，局竟乃亡。两幺相连，虽么不死。"《棋经十三篇·权舆篇》论棋的纲格、布置："权舆者，弈棋布置，务守纲格。先于四隅分定势子，然后拆二斜飞，下势子一等。立二可以拆三，立三可以拆四，与势子相望，可以拆五。近不必比，远不

---

① 刘善承主编：《中国围棋》，四川科学技术出版社1985年版，第333—334页。

必乖。"棋之形,都是建立在"数"的推理之上。像立二拆三,立三拆四之类,都已成了棋之格言。施定庵《凡遇要处总诀》谓:"逼孤占地,拆三利敌角犹虚;阻渡生根,托二宜其边已固";"隔二隔三,局定飞边行乃紧。拆三拆四,分势关腹补为良";"并二腹中堪拆二,双单形见定敲单";"拆三利敌虚高一,隔二攻孤慎落单"。这构成了棋论中关于"术"的话语。

但中国思想文化重"道"轻"术"的特点,决定了建立在"数"基础上的"术"的被抑制。就像宋代张耒在《明道杂志》中说沈括:

> 沈存中性好弈棋,终不能高。尝著书论棋法,谓连书万字五十二,而尽棋局之变。冉余见世之工棋者,岂尽能用算工此数。有不分菽麦,临局便用智特妙。而存中欲以算数学之,可见其迂矣。①

这段话典型地体现了对"算数"的轻视。棋局过于复杂,算固然不能穷尽其变化,但唯其如此,更需要努力通过"算"去探究其复杂性。张耒提供的却完全走的是另一条路径。"不分菽麦",也就是摒弃分析,走综合、模糊之路,"临局用智",也即随机应变,更多地依赖于感觉、直觉。由此,沈括欲依靠"算数"提高棋艺,反被视之为"迂"。这典型地体现了一种中国式的思维传统:重综合轻分析,重玄象轻数理。

由此,面对孟子的围棋"小数"说,如果顺着沈括的"算数"之路,本来可以建构一整套棋的技术理论体系的。但后人对"小

---

① 刘善承主编:《中国围棋》,四川科学技术出版社1985年版,第335—336页。

数"说的阐发,却基本上走的是另一条路径,这就是竭力将"小数"往"大数"乃至"大道"靠拢,以此来提高棋的地位。

一类是承认弈乃小数,但强调其意义不尽于此。如《万汇仙机弈谱跋》称"乃知弈之有谱,如武之有经,虽称小数,于世局非无补焉"。谱即棋谱,通过研谱以穷棋之"数"与"理",本是谱之应有之义。但作者更强调的是棋局通世局,通过研谱可有补"世局"。明冯元仲在《弈旦评》中也说:"今乎弈之为数,小数也,然非天子不刡,非天子而圣人不甚至,仙佛尚有劲敌,上帝亦取能军,弈岂戋戋者哉!"

所谓弈之为数,又不止于数。有的将作为"小数"的棋与兵家之"数"联系起来。如褚克明在《秋仙遗谱》序中谓"弈之为数,古人虽谓之小,而战守攻围之法,布置冲击之方,大率得兵家之意以为之者也"。安雅子在《适情录后跋》也称:"夫弈之为技虽云小数,而其纵横离合机变万状颇与兵法相似,故张拟著经,马融作赋,至今称为美谈。"

还有的走《周易》的象数义理之路,南朝沈约在《棋品序》中说"虽复理生于数,研求之所不能涉,义出于几,爻象未之或尽"。宋代《棋经十三篇·棋局篇第一》说得更为明确:

> 夫万物之数,从一而起。局之路,三百六十有一。一者,生数之主,据其极而运四方也。三百六十,以象周天之数。分而为四隅,以象四时。隅各九十路,以象其日。外周七十二路,以象其候。枯棋三百六十,白黑相半,以法阴阳。①

林应龙在《书适情录后》中谓:"夫弈之为数,参三统两四时

---

① 何云波:《中国历代围棋棋论选》,书海出版社2017年版,第54页。

而能弥论天地之道也,及其拟诸战斗而精义无闻焉。"《石室仙机》序称围棋"虽近戏而寓意实玄,为数则小而藏机良远"。清·瞿世寿《不古编》"序"棋"且理穷奇耦,凿混沌之机,局判阴阳,剖神灵之秘,弈之为数,实契玄微,神而明之,亦民养谷神而蠲尘虑"。清代翁嵩年在《兼山堂弈谱》序中谓:

> 弈之为言,易也,小数之乎哉。弈者变易也,自一变以至千万变,有其不变,以通于无所不变。变之尽而臻于神,神之至而成于化也。合乎周天。尽其变化,握几于先,藏神于密,非通于造化之原者未易语此也。①

清·范西屏在《桃花泉弈谱》序中也说:

> 心之为物也,日用则日精。数之为理也,愈变则愈出。以心寓数,亘古无穷也。数历四圣人,宜乎尽矣。而杨则有《太元》,焦则有《易林》,一行之《大衍》,司马之《潜虚》,易时更代,独创一奇而不相习,非前贤固好异也。盖天地人心,以息相吹,随时生长,造物与我,有不自知其然而然者矣。弈虽小数,实用心之事。②

文人士子也罢,棋手也罢,都是竭力将围棋与"大衍之数"、与天地之象联系起来,如此,棋也就不仅仅是棋了,王尚哲在《汪盐使坐隐订谱全集序》中承认围棋乃"数"与"技",又非"数""技","故精于数不拘于数,妙于技不囿于技"作为"小数""小

---

① 何云波:《中国历代围棋棋论选》,书海出版社2017年版,第243页。
② 何云波:《中国历代围棋棋论选》,书海出版社2017年版,第255页。

道"的围棋,最终也被纳入了中国传统的思想体系中,完成了其蜕变、超越之路。

代钦在《儒家思想与中国传统数学》中说道:

> 古希腊哲学的理性精神对古希腊数学产生了极大的影响,反之,古希腊数学也对古希腊以降的哲学、科学都产生过深刻影响。相比之下,中国传统数学思维虽然受到过中国传统思维的影响,但它并没有反过来对中国古代哲学产生过明显的影响,除天文历法计算以外,也没有对中国的其他科学的发展产生过大的影响。其原因是多方面的、复杂的。但有一点是肯定的,中国哲学的整体性、实用理性和经典思维制约了中国传统数学的发展。中国传统思维,一方面推动了以实用性和计算性为特征的中国传统数学的蓬勃发展;另一方面,也限制了其向演绎方向发展。在中国古代数学中偶尔出现的分析性的理性精神受到来自传统思维的冷落或排斥,根深蒂固的传统思维根本就不接受分析性理性精神。如,墨家的以逻辑方法为指导的几何学、刘徽的证明思想和批判精神没有能够成为传统,或者说没有能够打破传统。①

围棋亦然,作为"小数"的围棋,本来可以走出自己独特的一条道路的。但它深受中国传统思维的影响,最终被吸纳,且最终并未反过来对中国传统思维与思想有所影响。笔者在博士论文《围棋与中国文艺精神》中,将围棋思维归结为玄象思维与数理思维。玄象思维是与中国艺术思维共通的,而数理思维则更多地体现了棋类思维之独特性。但围棋思想史的演变结果,其共通性的一面被不断

---

① 代钦:《儒家思想与中国传统数学》,商务印书馆2003年版,第47页。

强化,"异"的一面却日益被遮蔽,就如同墨家的名理、逻辑的命运一样。它决定了一部中国围棋思想史,可以为中国传统思想提供一个新例证,但却很少能够给思想史带来"异"的冲击与新的活力。孟子将围棋当作"小数",体现的是原始儒家对围棋的态度。但后世为围棋"正名",拔高围棋,使之由"数"而成为玄妙之道,是围棋之幸还是不幸,则一言难尽了。

(作者单位:湘潭大学文学与新闻学院)

(责任编辑:陈会亮)

郑晨寅

郑成功诗文略论

摘要：郑成功诗歌主要见存于清抄本《延平二王遗集》。钱谦益与郑成功有师生之缘，钱氏对郑成功之诗评价颇高，而对其见识胆略则"心畏之"。连横称郑成功"北征之檄、报父之书"为"宇宙之文"，并对其中蕴含的《春秋》大义与忠孝两难之困境深有感触。郑成功诗文虽存世无多，却具有独特的文化意义。

关键词：郑成功；诗文；忠孝

郑成功（1624—1662）出生于日本九州平户，七岁归闽后，父亲郑芝龙（1604—1661）即为其延师授业，后入南安县学为诸生，又入南京太学深造，拜著名诗人、学者钱谦益（1582—1664）为师，表现出不俗的文学才华。但此后遭遇家国巨变，毅然焚服告庙，弃文向武，矢志抗清复明，遂不再以文学为意。因此，关于郑成功诗文的研究成果一向寥寥①。而在台湾文学史上，明遗民沈光文入台较早②，其文学成就斐然，向来被视为"海东文献初祖"；但是作为开台领袖，郑成功诗文之历史与人文价值同样值得重视。

---

① 朱双一：《闽台文学的文化亲缘》（福建人民出版社2003年版）、高致华：《文化传承中的文学贡献：谈郑成功的信仰文化及其文学价值》（《闽台文化研究》2014年第3期）等对郑成功诗文有所涉及，可参见。

② 张萍等人认为沈光文抵台时间为1659年，参见张萍、戴光中、张如安《沈光文研究》，浙江大学出版社2014年版，第24页。

在此拟略作探讨，以就教于方家。

一　郑成功存世诗文概况

郑成功之诗存世无多，"玄览堂丛书"续集之《延平二王遗集》是郑成功、郑经（1642—1681）父子诗文合集。其中收录有郑成功诗八首，分别为五古三首：《春三月至虞谒牧斋师同孙爱世兄游剑门》（以下简称《游剑门》）、《越旬日复同孙爱兄游桃源涧》（二首，以下简称《游桃源涧》），七绝五首：《复台》《出师讨满夷自瓜州至金陵》《晨起登山踏看远近形势》《陈吏部逃难南来始知今上幸缅甸不胜悲愤成功僻在一隅势不及救抱罪千古矣》（二首，以下简称《陈吏部逃难南来》)）①。观《延平二王遗集》所附抄写者（佚名）所作之后记，知其为清初抄本，抄写者约与吕留良（1629—1683，即后记中所称"东海夫子"）同一时代，据其所言，遗集中的诗抄自其表侄私藏本，谕文则抄自吕留良处，二者其后皆毁，虽其中或有隐讳难明之处，然此遗集毕竟流传至今。据刘明先生所言，《延平二王遗集》底本为江苏常熟翁之缮（翁同龢二哥翁同爵之曾孙）旧藏，被郑振铎于一九四一年购得②，底本今藏于台湾"国家图书馆"。③

---

①　郑振铎辑：《玄览堂丛书续集》第120册，台北"国立"中央图书馆1947年影印本。除郑成功八首诗外，尚有郑经诗十二首、谕五篇。谢国桢《有关郑成功史乘辑录》以此集中之诗皆为郑成功所作、谕为郑经所作［《厦门大学学报》（社会科学版）1962年第1期］；朱鸿林《郑经的诗集和诗歌》则认为"大木"（郑成功）名下八首很有可能是郑成功所作，但"元之"（郑经）名下的十二首则大部分不可能为郑经所作［《明史研究》第4辑（庆贺王毓铨先生85华诞暨从事学术研究60周年专辑），黄山书社1994年版］。

②　刘明：《郑振铎编〈玄览堂丛书〉的底本及入藏国家图书馆始末探略》，《新世纪图书馆》2014年第7期。

③　参见俞小明《劫余珍籍"玄览"情——馆藏玄览堂丛书的内容与特色》，《新世纪图书馆》2014年第12期。

除《延平二王遗集》所存诗之外，连横（1878—1936）的《台湾诗乘》卷一尚有传为郑成功所作之另外二诗，一为五律《北征师次京口登岘石山》，另一为七律"破屋荒畦趁水湾"（原题已佚）。① 何丙仲先生点校的《延平二王遗集》（外二种），除收录以上诗作外，更遴选杨英《先王实录》、郑亦邹《郑成功传》、江树生《郑成功和荷兰人在台湾的最后一战及换文约和》等有关文献中的郑成功书信、告示、谕令等收入其中，可视为一部"郑成功诗文集"。② 凡此，郑成功存世作品约有诗十首（五古三首、七绝五首、五律一首、七律一首）③、文七十余篇（按惯例，其公文或有为幕宾所代书者，此不可不辨）。

二 钱谦益等人对郑成功诗文的评价

《延平二王遗集》中之《游剑门》《游桃源涧》诗后载有"牧斋师"评语："声调清越，不染俗氛，少年得此，诚天才也！"又有"瞿给事"评语："桃源上首，曲折写来，如入画图，一结尤清绝；次首瞻瞩极高，他日必为伟器，可为吾师得人庆。"

"牧斋师"即钱谦益，号牧斋。其子名钱孙爱，即与郑成功同游虞山者。诗题云"春三月"，当为弘光元年（1645）三月，其时钱谦益为南明弘光朝礼部尚书。据方良《钱谦益年谱》，是年二月

---

① 连横：《台湾诗乘》，台湾银行经济研究室台湾文献馆1960年版。杨家骆认为二诗可能一真一伪，见杨氏《延平二王遗集系年考》，《文史荟萃》第一辑（1959年6月）。
② 郑成功、郑经、郑鸿逵著，何丙仲点校：《延平二王遗集》（外二种），上海辞书出版社2012年版。
③ 据笔者所知，《郑成功史迹调查》一书中载有七绝《晏海楼观潮》一首（厦门大学郑成功历史调查研究组：《郑成功史迹调查》，福建人民出版社1962年版，第35页），而厦门鼓浪屿皓月园内郑成功碑廊另有诗数首，皆待考。

钱谦益奏修国史、四月奉令选王妃及廷议迁都事，其时皆在南京①，不知为何郑成功三月谒其于常熟？待考。剑门在虞山中部最高处，以石景著称，故诗中有"乔木倚高峰""巘崿争突屼"诸语；而桃源涧则在虞山北麓，水石相激，风景优美，诗中有"桃源何秀突，风清庶草蕃""拭石寻旧游，隐隐古迹存"等描述。钱谦益所称"声调清越，不染俗氛"，除了指其诗音调悠扬之外，更称许其探幽访古、超凡脱俗之情怀。"瞿给事"指瞿式耜（1590—1650），号稼轩，常熟人，亦为钱谦益门人，崇祯朝曾任户科给事中，后与钱谦益同被排挤出朝廷，此时当处于罢归常熟期间。瞿式耜虽于去年（1644）十二月被弘光朝任命为都察院右佥都御史、巡抚广西，但于本年四月初一日方从常熟出发赴任广西②，故此时可得见郑成功之诗并加以点评。其所称"一结尤清绝"，当指第一首以"归来忘所历，明月上柴门"作结，颇有"得意忘言"之境界；"次首瞻瞩极高"，当指其诗中所描述登临观风、濯足清流之意境，及篇末所抒发"入洛索名姝"之抱负。瞿式耜后来拥戴南明永历帝，任兵部尚书，殉节于桂林，郑成功《陈史部逃难南来》诗之一有"哀哀二子首阳薇"之语，并有注（或为自注）："痛惜瞿、何二督师前已殉节，使有一人在，今日必不至此。"瞿、何即指瞿式耜、何腾蛟二人。

在此一并对钱谦益与郑成功的关系略作申说。钱谦益为万历三十八年（1610）探花，名隶东林党，崇祯时为争入阁遭权臣构陷，郁郁不得志；甲申之变后本鼓吹立潞王，后又附合马、阮拥立福王；顺治二年（1645）五月，清兵逼近南都，钱谦益薙发降清，其

---

① 方良：《钱谦益年谱》，中国书籍出版社 2015 年版，第 128 页。
② 瞿昌文：《粤行纪事》（《笔记小说大观》第 24 册），广陵古籍刻印社 1983 年版，第 398 页。瞿昌文为瞿式耜长孙。

人格、气节一向为人所不齿。但同时,钱谦益亦为明末文坛领袖,《清史稿》称其"为文博赡,谙悉朝典,诗尤擅其胜"①。黄宗羲《弘光实录抄》云:"(甲申)十二月乙卯,黄斌卿改驻池州,郑鸿逵驻京口。"②郑鸿逵为芝龙弟,素善成功。郑成功极有可能于此时入南京,拜钱谦益为师,黄宗羲《行朝录·赐姓始末》云:"弘光时入南京太学,闻钱谦益之名,执贽为弟子。谦益字之曰大木。"③郑成功名"森",钱字之以"大木"实有深意,《孟子·梁惠王下》曰:"为巨室,则必使工师求大木。"此当为"大木"之出处,亦可见钱谦益对郑成功寄以厚望。④陈寅恪《柳如是别传》论及钱谦益处明末激烈党争之中,"故欲联络当日领兵诸将帅为之效用,尤注意郑芝龙之实力"。⑤因之,钱氏与郑成功有师生之缘,一方面固然是郑成功倾慕钱氏之名高才博,另一方面乃钱谦益有心结纳郑芝龙之故。《台湾郑氏始末》则载:"芝龙遣兵入南京,子森入太学,说钱谦益以'知人善任,招携怀远,练武备,足粮贮,决壅蔽,扫门户',曰:'少更事,知之易,行之难。'曰:'行之在公等,度不能行,则去;能,不我用,亦去。此岂贪禄位、徒事

---

① 赵尔巽等撰:《清史稿》"列传二百七十一·文苑一·钱谦益",中华书局1977年版,第13324页。

② 黄宗羲著,吴光主编:《黄宗羲全集》第二册,浙江古籍出版社2012年版,第66页。

③ 黄宗羲著,吴光主编:《黄宗羲全集》第二册,浙江古籍出版社2012年版,第194页。

④《台湾外记》则认为郑成功由日本回老家安海之后,其父郑芝龙为其"延师肄业,取名森,字大木",参见江日昇《台湾外记》卷一,福建人民出版社1983年版,第32页。对此,陈寅恪认为:"至成功见牧斋时,年已二十一,尚未有字,殊不近情理。岂成功原有他字,而牧斋别易以'大木'之新字;或'大木'本为成功之字,传者误以为牧斋所取。"其说较圆通。见陈寅恪《柳如是别传》,上海古籍出版社1980年版,第678页。

⑤ 陈寅恪:《柳如是别传》,上海古籍出版社1980年版,第736页。

粉饰地邪？能将将，伊吕一人；能将兵，虎贲三千，足矣。不能，多益扰。衽席间皆流寇也！'谦益心畏之。"① 此处记载若属实，亦可见郑成功与钱谦益见识胆略之不同，后来郑成功在延平对隆武帝进言"据险控扼、拣将进取、航船合攻、通洋裕国"（又称"延平条陈"）②，其思想于此已可略见端倪。降清后，钱谦益备受内心煎熬，遂暗中响应郑成功，积极参与复明运动，《柳如是别传》于此发隐抉微，详加论述，可参见。

平心而论，甫过弱冠之年的郑成功这几首诗，写景、状物、抒情皆有可观，应为中上之作，钱谦益、瞿式耜所评虽有褒扬太过之嫌。然观郑成功之后的抗清、驱荷、复台诸多伟业，却不负"天才""伟器"之誉。

除钱、瞿之外，《延平二王遗集》之后记对郑成功亦颇多赞誉之辞："余十年前于友人处见延平王诗一章，红笺八行，书苍劲，句雄伟豪宕、悲慨淋漓，实肖王平生，真豪杰而忠孝圣贤也！故东海夫子称王'三代希有人物'。"值得一提的是，吕留良与钱谦益有所交往并有所期勉，据吕氏《秋崖族兄六十寿序》载："辛丑（1661）三月，予过虞山红豆山庄，蒙叟先生时八十，辰在重九之后。请以数言寿先生。……予谢曰：'诚如先生言，此非上寿时，愿先生力自爱，以副宇内望。'"③ 然则郑、钱、吕三人之关系在清抄本《延平二王遗集》中得到交集。后记中所言郑成功诗歌手迹当已不存，亦不详其内容，然所谓"雄伟豪宕、悲慨淋漓"，于《复台》《出师讨满夷自瓜州至金陵》等诗亦可当之；而"忠孝圣贤"之称，下文将有所论及。

---

① 沈云：《台湾郑氏始末》，丛书集成续编第25册，上海书店1994年版，第76页。
② 江日昇：《台湾外记》卷二，福建人民出版社1983年版，第68页。
③ 卞僧慧：《吕留良年谱长编》，中华书局2003年版，第108页。

由于清代文字狱之酷烈,《延平二王遗集》一直隐匿于民间,故连横生前未及见之。他在《台湾通史·艺文志》中称:"吾闻延平郡王入台之后,颇事吟咏,中遭兵燹,稿失不传。其传者北征之檄、报父之书,激昂悲壮,热血满腔,读之犹为起舞,此则宇宙之文也。"① 郑成功入台后既"颇事吟咏",则其诗当不只有《复台》《陈吏部逃难南来》等寥寥几首,惜已毁于兵燹;对于其文,连横给予高度评价,乃至称为"宇宙之文",以下略论之。

三 "北征之檄、报父之书"蕴含的《春秋》之义与忠孝之情

从永历十一年开始,郑成功三次北征,以最后一次的永历十三年(清顺治十六年,1659)五月之征规模最大、影响最巨,是役郑成功亲率十余万大军,与鲁王旧臣张煌言合师北征,一路攻克多处要塞,直指南京,虽功亏一篑,却也给予清廷极大的打击,声震东南。目前所见北征期间之檄文,当为存于《爝火录》卷二十九"顺治十六年秋七月庚申朔"所载张煌言至芜湖所传布之文,略引如下:

> 芜湖叛,以书降郑成功,成功谓张煌言曰:"芜湖,上游门户;倘留都不旦夕下,则江、楚之援日至。控扼要害,非公不可。"煌言至芜湖,传檄郡邑:"恢复天下兵马镇国大将军郑,为义切君亲、声援南北、计图恢复,布告同心,鼎造中兴,早膺上赏事。窃惟王者一统,治服四夷。大义严于《春秋》,首言尊攘;丰功勒于秦汉,不讳鞭驱。粤我大明三百年基业,德配唐、虞;先皇帝十七载忧勤,功侔天地。胡天不

---

① 连横:《台湾通史》卷二十四,生活·读书·新知三联书店 2011 年版,第 457 页。

吊，国步多艰。……凡我同仇，义不共戴。勿夺先声，徒成烽火之戏；矢为后劲，同坚背水之盟。且一战而敬谨授首，再战而贝勒成擒，招来万亿游魂，屈指二三余逆，于此人力，可卜天心。瞬息夕阳，争看辽东白豕；灭此朝食，痛饮塞北黄龙。功永勒于汾阳，名当垂于淝水，世受分茅，勋同开国。谨檄。"①

出于华夏中心主义的心理，处于"中国"边缘的少数民族政权，历来被目之以不知礼之"夷狄"；而在明清易代、满汉易姓这一特殊的历史情境中，以寓褒贬、明正统为主旨的《春秋》更为时人所重视。《台湾外记》载："（郑成功）性喜《春秋》，兼爱孙吴。"② 当有事实依据（详见下引《禀父书》），但亦与《春秋》在当时的特殊意义有关。黄寿祺先生认为："《春秋》一书之大要，最重攘夷狄与大一统之义。"③ 而今文经学家除"大一统"之外，更强调"大复仇"之义。其时汉人固然以《春秋》之"尊王攘夷"相激励，而满清亦以助明复仇、行《春秋》大义自诩。如福王朱由崧在南京称帝后，清摄政王多尔衮致信大学士史可法，声称："比闻道路纷纷，多谓金陵有自立者。夫君父之仇，不共戴天。《春秋》之义，有贼不讨，则故君不得书葬，新君不得书即位，所以防乱臣贼子，法至严也。……夫闯贼但为明朝崇耳，未尝得罪于我国家也。徒以薄海同仇，特申大义。"④ 而史可法的回信则称："此文为列国君薨，世子应立，有贼未讨，不忍死其君者立说耳。若夫天下

---

① 李天根撰，仓修良、魏得良校点：《爝火录》，浙江古籍出版社1986年版，第939—940页。
② 江日昇：《台湾外记》卷一，福建人民出版社1983年版，第32页。
③ 黄寿祺：《群经要略》，华东师范大学出版社2000年版，第165页。
④ 赵尔巽等撰：《清史稿》"列传五·诸王四·睿忠亲王多尔衮"，中华书局1977年版，第9026—9027页。

共主,身殉社稷,青宫皇子,惨变非常,而犹拘牵不即位之文,坐昧大一统之义,中原鼎沸,仓卒出师,将何以维系人心,号召忠义?"① 于《春秋》之大一统、大复仇之义,双方可谓各取所需;而《春秋》为时人之所重,于此二信亦可见一斑。顾诚分析当时的社会矛盾认为:"直到清兵南下,弘光朝覆亡,清廷推行一系列民族征服、民族压迫政策,民族矛盾才上升为主要矛盾。"② 郑成功《出师讨满夷自瓜州至金陵》云:"缟素临江誓灭胡,雄师十万气吞吴。试看天堑投鞭渡,不信中原不姓朱。"其尊明攘清之意即寓于慷慨激昂之声。而此檄中声称"大义严于《春秋》,首言尊攘""凡我同仇,义不共戴",正是以尊王攘夷、恢复中原、为君亲复仇为号召,从而布告天下、收拾民心。《东南纪事》卷十一载:"七月,成功进围南京,移檄远近。张煌言至芜湖,庐、凤、宁、徽、池太守、令、将、吏日纳款军门,凡得府四、州三、县二十四。"③ 由此亦可参证连横所称"北征之檄"或正指此文。而郑成功写给其父郑芝龙的三封书信,更体现郑成功对《春秋》大义之申明及其忠孝两难之困境与抉择。

郑芝龙从地方军阀与海商集团首领的利益出发,轻信清廷"三省王爵"之许诺,不顾郑成功苦劝,于顺治三年(1646)被挟持至北京,从此失去自由,成为清人劝降、要挟郑成功的筹码。顺治十年,清人发起议和,顺治帝在赐新任浙闽总督敕中云:"近日海寇郑成功等,屡次骚扰沿海君郡县,本应剪除,但朕思昔年大兵下闽,伊父郑芝龙首先归顺,其子弟何忍背弃父兄,甘蹈叛逆?

---

① 史可法此信乃顾诚据《史可法集》《清史列传·多尔衮传》《明季南略》校理而成,今从而引之,参见顾诚《南明史》,光明日报出版社2011年版,第79页。
② 顾诚:《南明史》,光明日报出版社2011年版,第64页。
③ 中国历史研究社编:《东南纪事》,上海书店1982年版(据神州国光社1951年版影印),第293页。

此必地方官不体朕意,行事乖张,郑成功等虽有心向化,无路上达。……今已令芝龙作书,宣布朕之诚意,遣人往谕成功及伊弟郑鸿逵等知悉。"① 可知清廷亦鼓吹孝悌之义,企图以此感化郑成功。而郑成功却以《春秋》大义来对抗清廷之孝义,《先王实录》"永历七年(1653)八月"条载有郑成功《禀父书》,中云:

> 违侍膝下,八年于兹矣。吾父既不以儿为子,儿亦不敢以子自居。坐是问候阔绝,即一字亦不相通,总由时势殊异,以致骨肉悬隔。盖自古大义灭亲,从治命不从乱命。儿初识字,辄佩服《春秋》之义。自丙戌冬父驾入京时,儿既筹之熟,而行之决矣。忽承严谕,欲儿移忠作孝,仍传清朝面谕,有原系侯伯,即与加衔等话,夫既失信于吾父,儿又安敢以父言为信邪?……我将士痛念国耻家亡,咸怒发指冠,是以有漳泉之师……且不特此也,异国之兵,如日本、柬埔寨等诸夷兵,旦晚毕至,亦欲行《春秋》大义。②

中华民族有源远流长的孝文化传统,《孝经·圣治章》称:"父子之道,天性也,君臣之义也。"《孝经·广扬名章》则云:"君子之事亲孝,故忠可移于君。"一般情况下,凡人皆应"移孝为忠"、忠孝合一;但在明清易代之时势下,郑成功坚持"《春秋》之义",奉明朝正朔。照他看来,父子二人所"忠"之朝既已截然不同,其"孝"就失去了维系之根基。故郑成功明言反对"移忠作孝",乃至不惜付出父子失信、"大义灭亲"之代价,可谓对传统忠孝思想

---

① 《清世祖实录》卷六九,转引自司徒琳《南明史》,上海书店出版社2007年版,第147页。
② 何丙仲点校:《延平二王遗集》,上海辞书出版社2012年版,第17—18页。

的一大冲决。

《先王实录》"永历八年九月"条所载郑成功《复父书》更云："万一吾父不幸，天也、命也，儿只能缟素复仇，以结忠孝之局耳！"① 在《与渡舍书》中则云："惟吾弟善事父母，厥尽孝道，从此之后，勿以兄为念！"② 从中可见郑成功忠孝不能两全、唯愿以忠报国的思想是十分明确的。而在《先王实录》"永历十一年正月"条之《复父书》中，郑成功责怪当初郑芝龙不听劝告、自投虎穴，"无怪乎有今日也！吾父祸福存亡，儿料之已熟。……清朝试思：今日之域中，是谁家之天下？"③ 在此，郑成功有意引用骆宾王《为徐敬业讨武曌檄》"请看今日之域中，竟是谁家之天下"之名言，正表明其乃以《春秋》之大义为基点，兴师抗清复明，名正而言顺，彻底断绝清人利用其父要挟他的念头。此信回复之后不久，郑成功即率师北征，惜乎功败垂成。

应注意的是，郑成功"报父之书"在某一方面仅可当作敌我双方皆可见之"公开信"来看待，司徒琳乃至称为"狡诈的表演"④。事实上，郑成功并非真的轻看其父之生死；遭遇父子分道扬镳、父亲性命堪忧之处境，孰能无动于衷？现存的明清史料表明，郑氏家族并不因明清双方之敌对状态而恩断义绝，如顺治十一年（1654），郑芝龙曾受其弟郑鸿逵馈赠，并私自派人投递家信⑤；而郑成功更于顺治十五年（1658）谋救郑芝龙。据李率泰揭贴载："（二月）

---

① 何丙仲点校：《延平二王遗集》，上海辞书出版社2012年版，第24页。
② 何丙仲点校：《延平二王遗集》，上海辞书出版社2012年版，第21页。
③ 何丙仲点校：《延平二王遗集》，上海辞书出版社2012年版，第34—35页。
④ 司徒琳：《南明史》，上海书店出版社2007年版，第147页。
⑤ 厦门大学台湾研究所、中国第一历史档案馆编辑部编：《郑成功档案史料选辑》"佟国器为报明缉获郑芝龙书札告示揭贴"，福建人民出版社1985年版，第171—174页。

十八日探得伪国姓密议,说伊父郑芝龙现流蒙古地方,与日本相对,所越不远,嘱伊同母弟领贼抢夺,济日赏各贼镇银五十万两。"①《台湾外记》亦言:"郑芝龙家人伊大器出首,龙与子功不时书信往来,谋为不轨。"② 直至顺治十八年(1661)十月,郑芝龙被清廷处死于北京,这场博弈才宣告结束。

由此观诸郑成功《陈吏部逃难南来》其二:"天以艰危付吾俦,一心一德赋同仇。最怜忠孝两难全,每忆庭闱涕泗流。"前两句申明《春秋》复仇之义,后两句则绝非文学之修辞,实抒悲怆之心境。其注云:"太师为满酋诱执,迫成功降,再四思量,终无两全之美,痛愤几不欲生,惟有血战,直渡黄龙痛饮,或可迎归终养耳。屈节污身,不为也!"连横于此深有感触,故于《台湾通史》引沈葆桢之语称其"丁无可如何之厄运,抱未得曾有之孤忠"③,正是对郑成功忠孝两难之处境抱有"了解之同情";连横则在辛亥革命成功之后作《告延平郡王文》,重申其《春秋》大义:"夫《春秋》之义,九世犹仇;楚国之残,三户可复。今者虏酋去位,南北共和,天命维新,发皇蹈厉,维王有灵,其左右之!"④ 于此,我们亦可对连横"北征之檄、报父之书,激昂悲壮,热血满腔"之评价有另一种"了解之同情"。

笔者一直以为,"巍巍乎其有成功也,焕乎其有文章"(《论语·泰伯》)此语似可视作为郑成功而发。其《复台》诗云:"开辟荆榛

---

① 厦门大学台湾研究所、中国第一历史档案馆编辑部编:《郑成功档案史料选辑》"李率泰为密报郑成功谋救郑芝龙事揭贴",福建人民出版社1985年版,第235页。

② 江日昇:《台湾外记》卷五,福建人民出版社1983年版,第167页。

③ 连横:《台湾通史》卷二"建国纪",生活·读书·新知三联书店2011年版,第44页。

④ 连横:《雅堂文集》,台湾银行经济研究室《台湾文献丛刊》本1964年版,第115页。

逐荷夷，十年始克复先基。田横尚有三千士，茹苦间关不忍离。"沉郁顿挫之情，溢于言表。"克先基"婉言孝于其父①；"田横"则明示忠于故国。郑成功得隆武帝赐国姓、封忠孝伯，坚持《春秋》大义，一意抗清存明，却先后经历了其师钱谦益、其父郑芝龙之降清，遭遇忠孝不能两全之苦痛、又试图超越此困境，赍志而殁，令人扼腕叹惜。其诗文虽存世无多，然深具《春秋》之义、忠孝之情，无名氏称为"忠孝圣贤"，良有以也！

（作者单位：漳州城市职业学院教授、闽南师范大学客座教授）

（责任编辑：陈会亮）

---

① 《论语·学而》曰："三年无改于父之道，可谓孝矣。"《中庸》则称："夫孝者，善继人之志，善述人之事者也。"

黄乔生

口号、嘲讽与无词的言语：
鲁迅的"怨怒"诗学

摘要：鲁迅抒发个己情愫的既有旧体诗，也有新诗和散文诗。这些诗作并无太多的口号，但内含嘲弄和讽刺，表达的是鲁迅发自肺腑的怨怒。愤怒的极致未必是呐喊，也可能是沉默和无言。

关键词：鲁迅；口号；诗歌；怨怒；

诗可以怨，本是孔子的主张，但后儒有所补充，强调"怨而不怒"。鲁迅的诗，不但怨，而且怒——"怒向刀丛"。

鲁迅以"呐喊"成名，但鲁迅也往往以静默显示力量，正如他的诗句"于无声处听惊雷"或箴言"最高的轻蔑是无言，而且连眼珠也不转过去"。鲁迅表达愤怒，并不是在诗中呼喊，他的诗，很少口号，没有喧嚣，在静静的月光下，在无意义的杂乱的音声中，爆发出巨大的力量。

鲁迅写于左联五烈士遇害两年后的纪念文章《为了忘却的记念》叙述与青年们来往的日常琐事和文学合作事宜时，语调平和，情绪低沉；其中抄录的《悼柔石》诗，写于左联烈士牺牲几日后，没有呼天抢地，没有悲痛欲绝，没有谴责咒骂，虽然其中出现了一个"怒"字，但感情总体上被包蕴和压抑。当他写下"怒向刀丛觅小诗"这句诗的时候，是在记录寻觅小诗的过程，得到的结果是

"无写处"的一首七律——过了两年才录入纪念文章发表。事发当时，鲁迅的愤怒更多表现在宣言和抗议文章中，然而，由于种种原因，那些宣言和抗议文字没能给读者留下深刻的印象，反不如这首诗影响深远。

辱骂和恐吓绝不是战斗

诗如何表达激烈情绪？愤怒出诗人，但是在愤怒的情绪平复以后的诗可能更是好诗，感情经过沉潜，变得越发醇厚。强烈的讽刺，愤怒的斥责，直白而不含蓄，在短暂的冲击力后很难有持久的感染力，而且听来也让人觉得刺耳。革命文学运动被大力提倡的时候，这类疾言厉色、词句生猛的篇什大行其道，从形式上看，似乎颇多"创造"，大约是受了苏联马雅可夫斯基那种不断换行、呈楼梯形作品的影响。

一九三二年十一月，《文学月报》第一卷第四期发表芸生的诗《汉奸的供状》，讽刺自称"自由人"的胡秋原的言论。鲁迅看到诗中使用辱骂和恐吓的词语，深感不满，便用公开信的形式向杂志的主编周扬提出批评意见，文章题目是《辱骂和恐吓决不是战斗》。鲁迅写道：

> 这诗，一目了然，是看了前一期的别德纳衣的讽刺诗而作的。然而我们来比一比罢，别德纳衣的诗虽然自认为"恶毒"，但其中最甚的也不过是笑骂。这诗怎么样？有辱骂，有恐吓，还有无聊的攻击：其实是大可以不必作的。例如罢，开首就是对于姓的开玩笑。一个作者自取的别名，自然可以窥见他的思想，譬如"铁血"，"病鹃"之类，固不妨由此开一点小玩笑。但姓氏籍贯，却不能决定本人的功罪，因为这是从上代传下来的，不能由他自主。

……

不过我并非主张要对敌人陪笑脸,三鞠躬。我只是说,战斗的作者应该注重于"论争";倘在诗人,则因为情不可遏而愤怒,而笑骂,自然也无不可。但必须止于嘲笑,止于热骂,而且要"喜笑怒骂,皆成文章",使敌人因此受伤或致死,而自己并无卑劣的行为,观者也不以为污秽,这才是战斗的作者的本领。

鲁迅信中提及的苏联诗人别德纳衣的讽刺诗,是一首讽刺托洛茨基的长诗《没工夫唾骂》,瞿秋白翻译,刊登在一九三二年十月《文学月报》第一卷第三期上。

芸生诗中对讽刺对象的姓氏开玩笑,指的是开头的"现在我来写汉奸的供状。据说他也姓胡,可不叫立夫"。胡立夫是一九三二年"一二八"日军侵占上海闸北时与敌方合作者。用这样的比附攻击胡秋原,深为鲁迅不满。虽然鲁迅对胡秋原的一些文艺观点并不赞成,但因为他与胡立夫同姓,就暗示他可能也是汉奸,就如同姓秦的人可能都是或将成为秦桧一样。"汉奸"这个吓人的帽子,鲁迅也是领教过的,所以他才如此敏感。"剖西瓜"是指芸生诗中的"当心,你的脑袋一下就要变做剖开的西瓜!"动不动就要杀头,革命,枪毙,不是辩论讲理,而总想"实际解决",是一些革命文学家内心常有的冲动,也不为鲁迅所乐闻。

鲁迅在《文艺与革命》一文中说:"革命之所以于口号,标语,布告,电报,教科书……之外,要用文艺者,就因为它是文艺。"口号、标语当然可以入诗,但不能是辱骂和恐吓,不能是空洞和虚妄的。有一时,革命文学充斥口号标语,成为一种风气,似乎不喊口号不足以宣示革命精神。为了表现革命性,这些作品大声粗气,斥责咒骂,让鲁迅十分反感。他在《"硬译"与"文学的阶级性"》中说:

诚然，前年以来，中国确曾有许多诗歌小说，填进口号和标语去，自以为就是无产文学。但那是因为内容和形式，都没有无产气，不用口号和标语，便无从表示其"新兴"的缘故，实际上也并非无产文学。

摒弃标语和口号

口号，从形态上看，有些像诗句，简短、凝练，容易记忆。中国古代有"口号"诗，表示随口吟成，也称作"口占"，是一种作诗方式，而非诗歌体裁。杜甫的《存殁口号》两首是他大历元年（766）寓居夔州期间怀念故友之作，每首写两位，一存一殁：

> 席谦不见近弹棋，
> 毕曜仍传旧小诗。
> 玉局他年无限笑，
> 白杨今日几人悲。
> 郑公粉绘随长夜，
> 曹霸丹青已白头。
> 天下何曾有山水，
> 人间不解重骅骝。

一九三一年八月，柳亚子作《存殁口号》五绝句，其中一首写鲁迅（存）和柔石（殁）：

> 垂老能游年少群，
> 一生低首拜斯人。
> 宗风阒寂文坛碎，
> 门下还教泣凤麟。

口号、嘲讽与无词的言语:鲁迅的"怨怒"诗学

现代所说的口号,翻译自外国语文如英文的"Slogan",一般是激越的言辞,其一般短促有力,音调铿锵,容易让人顷刻间提高嗓门,如"无产者联合起来!""打倒帝国主义!""人民万岁!"这种口号用在政治运动的群众集会上,有清彻、有力、朗朗上口的优势,容易被大众掌握,喊出来整齐划一,气势宏大。中国现代新诗,受了政治运动的影响,有一个时期也颇多运用口号。

诗歌有节奏,押韵,简练,至少从形体上看起来与口号相近。诗人的优秀作品,脍炙人口,久而久之,也就成为朗朗上口的"口号"。例如鲁迅的名句"横眉冷对千夫指,俯首甘为孺子牛""心事浩茫连广宇,于无声处听惊雷",现今已然具有了口号的功用。

其实,鲁迅在青年时代,也写过口号诗。他在日本留学期间,正值反清革命运动风起云涌。那时候的青年人激情澎湃,热心革命。他在《集外集》序言中回忆:"当时的风气,要激昂慷慨,顿挫抑扬,才能被称为好文章,我还记得'被发大叫,抱书独行,无泪可挥,大风灭烛'是大家传诵的警句。""我以我血荐轩辕"是鲁迅那时写下的"狠句",颇具现代意义上的"口号"的气韵,至今传诵不衰,成为中国人爱国精神的一种象征性表述。

随着年龄的增长,鲁迅诗文中的口号越来越少。他本是战斗性很强的作者,但他的文字少用激烈言辞,不是辱骂和恐吓,而常常是曲折隐晦,是欲言又止,是踌躇,是彷徨,以至于说出了这样颇有玄学意味的话:"当我沉默着的时候,我觉得充实;我将开口,同时感到空虚。"

明乎此,就不难理解鲁迅为什么不满于"辱骂""恐吓"的口号诗了。

当时,无产阶级革命文学的"口号诗",是为了方便宣传而被大力提倡的。创造社诗人王独清在这方面做了一些尝试。鲁迅在《现今的新文学的概观》一文中批评说:"至于创造社所提倡的,

更彻底的革命文学——无产阶级文学,自然更不过是一个题目。这边也禁,那边也禁的王独清的从上海租界里遥望广州暴动的诗,'Pong Pong Pong',铅字逐渐大了起来,只在说明他曾为电影的字幕和上海的酱园招牌所感动,有模仿勃洛克的《十二个》之志而无其力和才。"这是指王独清的长诗《11 Dec.》(《十二月十一日》),在一九二七年四月出版。

一九三二年,在南京监狱服刑的陈独秀与徐恩曾谈论的中国文艺界情况,有些意见与鲁迅一致。例如濮清泉在《我所知道的陈独秀》中记述,在谈及口号入诗问题时,陈独秀批评了王独清的诗作:

> 王独清写了一本诗,歌颂一九二七年"广州起义",印得很新奇,有大字、小字、正字、歪字,加上一些惊叹符号,很像炮弹打出后的破片飞散一样。王独清拿给陈独秀看,希望得到好评。陈看了哈哈大笑,连连说:我不懂诗,不敢提出评论,但是我佩服你的大胆,独出心裁,自创一格。王独清十分狼狈,讪讪而退。

陈独秀还曾对徐恩曾说过,文艺这种东西,绝不能用模型来套制,八股文为何一文不值,就是因为他是僵尸文章,臭不可闻。王独清那本诗,形式上看来颇为新颖,但他中了形式主义的毒,以为把一些口号写入诗句,这就是无产阶级革命文学了,其实是笑话。结果把诗弄成屎,自己还不知道,甚至还洋洋自得,这是很可悲的。

陈独秀认为无产阶级的政治思想是可以入诗的,但需要高明的手法,不是简单地把政治思想塞进文艺中。如果这样塞,还要文艺家干什么?有党的宣传部和新闻记者就够了。

这观点可以与鲁迅在《文艺与革命》中所表达的看法相印证:

"但我以为一切文艺固是宣传,而一切宣传却并非全是文艺,这正如一切花皆有色(我将白也算作色),而凡颜色未必都是花一样。"

关于口号和标语入诗,鲁迅还在《"硬译"与文学的阶级性》中做了更详细的申述:

> 今年,有名的"无产文学底批评家"钱杏邨先生在《拓荒者》上还在引卢那卡尔斯基的话,以为他推重大众能解的文学,足见用口号标语之未可厚非,来给那些"革命文学"辩护。但我觉得那也和梁实秋先生一样,是有意的或无意的曲解。卢那卡尔斯基所谓大众能解的东西,当是指托尔斯泰做了分给农民的小本子那样的文体,工农一看便会了然的语法,歌调,诙谐。只要看台明·培特尼(Demian Bednii)曾因诗歌得到赤旗章,而他的诗中并不用标语和口号,便可明白了。

"革命文学"让鲁迅不安乃至厌恶,不但因为这些革命文学家的态度蛮横,脾气暴躁,狂妄无知,而且也因为他们的文学创作水平低下。他们不是在认真创作,而是将文艺当作一种"武器",也就是,不重视批判的武器,而跃跃欲试要进行"武器的批判"。鲁迅在一九二八年五月三十日致章廷谦的信中说过:"革命文学家的言论行动,我近来觉得不足道了。一切伎俩,都已用出,不过是政客和商人的杂种法术,将'口号''标语'之类,贴上了杂志而已。"直到一九三五年,这意见还是没有变,而这样的革命文学尝试也还在继续。是年九月二十日,他在给蔡斐君的信中还说过:"其实,口号是口号,诗是诗,如果用进去还是好诗,用亦可,倘是坏诗,即和用不用都无关。譬如文学与宣传,原不过说:凡有文学,都是宣传,因为其中总不免传布着什么,但后来却有人解为文学必须故意做成宣传文字的样子了。诗必用口号,其误正等。"

当时，不但左翼的"无产阶级革命文学"喜欢用标语口号，官方提倡和支持的"民族主义文学"也仗势欺人、气壮山河地大喊大叫。鲁迅在《"民族主义文学"的任务和运命》中以一部诗剧作为批评对象：

> 这剧诗的事迹，是黄色人种的西征，主将是成吉思汗的孙子拔都元帅，真正的黄色种。所征的是欧洲，其实专在斡罗斯（俄罗斯）——这是作者的目标；联军的构成是汉，鞑靼，女真，契丹人——这是作者的计划；一路胜下去，可惜后来四种人不知"友谊"的要紧和"团结的力量"，自相残杀，竟为白种武士所乘了——这是作者的讽喻，也是作者的悲哀。

鲁迅不但批评了这样的铁血的诗，更批评了这种民族主义思想，假借爱国的名义，行其巴结献媚、谋取名利之实：

> 但在《前锋月刊》第五号上，却给了我们一篇明白的作品，据编辑者说，这是"参加讨伐阎冯军事的实际描写"。描写军事的小说并不足奇，奇特的是这位"青年军人"的作者所自述的在战场上的心绪，这是"民族主义文学家"的自画像，极有郑重引用的价值的——
>
> "每天晚上站在那闪烁的群星之下，手里执着马枪，耳中听着虫鸣，四周飞动着无数的蚊子，那样都使人想到法国'客军'在菲洲沙漠里与阿剌伯人争斗流血的生活。"（黄震遐：《陇海线上》）
>
> 原来中国军阀的混战，从"青年军人"，从"民族主义文学者"看来，是并非驱同国人民互相残杀，却是外国人在打别一外国人，两个国度，两个民族，在战地上一到夜里，自己就

飘飘然觉得皮色变白,鼻梁加高,成为腊丁民族的战士,站在野蛮的菲洲了。那就无怪乎看得周围的老百姓都是敌人,要一个一个的打死。法国人对于菲洲的阿剌伯人,就民族主义而论,原是不必爱惜的。仅仅这一节,大一点,则说明了中国军阀为什么做了帝国主义的爪牙,来毒害屠杀中国的人民,那是因为他们自己以为是"法国的客军"的缘故;小一点,就说明中国的"民族主义文学家"根本上只同外国主子休戚相关,为什么倒称"民族主义",来朦混读者,那是因为他们自己觉得有时好像腊丁民族,条顿民族了的缘故。

真真岂有之此理

鲁迅写过政治讽刺诗,左联成立后的一两年发表在《十字街头》杂志上。鲁迅一九三二年一月十六日给增田涉的信中说:"《十字街头》是左联的人化名办的刊物,恐怕不久就会被禁止的。评论《铁流》的作者底细不明。从他懂得俄文来推测,像是在苏联留过学的共产主义者。我的笔名是它音、阿二、佩韦、明瑟、白舌、遐观,etc."

《十字街头》是左翼作家联盟的刊物,采用对抗书刊检查的游击战打法:找个人登记一个地址,拿到许可证就能出版,出版一两期后被发现内容出格,即遭封禁取缔,多重新更换名目和创办人,又继续出版。鲁迅发表诗文的时候变换不同的笔名,而杂志本身很快成了违禁品,所以这些作品影响并不大。鲁迅编辑自己的文集,当然不能将讽刺这么明显的作品收进去,那样做,书就出不来了。因此,《好东西歌》《公民科歌》《南京民谣》《言词争执歌》等讽刺诗直到收入《集外集拾遗》公开出版,才为广大读者所知。

《好东西歌》发表于一九三一年十二月十一日《十字街头》月刊第一期,署名阿二。

> 南边整天开大会，北边忽地起烽烟，
> 北人逃难南人嚷，请愿打电闹连天。
> 还有你骂我来我骂你，说得自己蜜样甜。
> 文的笑道岳飞假，武的却云秦桧奸。
> 相骂声中失土地，相骂声中捐铜钱，
> 失了土地捐过钱，喊声骂声也寂然。
> 文的牙齿痛，武的上温泉，
> 后来知道谁也不是岳飞或秦桧，声明误解释前嫌，
> 大家都是好东西，终于聚首一堂来吸雪茄烟。

讽刺国民党当局政客军阀的丑态，形象生动，泼辣有趣。诗作形式是歌谣体，易懂、易唱，好记、好听，合乎文艺大众化的原则。

"南边整天开大会"指的是九一八事变后，国民党南京政府蒋介石派和两广反蒋派于十月在上海召开和平预备会；十一月，双方分别在南京、广州举行国民党第四次全国代表大会；十二月，在南京召开国民党四届一中全会。

"北边忽地起烽烟"则指十一月二十二日日军进攻锦州。

蒋介石和胡汉民因争夺权力闹翻，蒋把胡扣留，引发反蒋派在广州另组国民政府。一九三一年九月十八日，驻扎在中国东北的日本关东军进攻中国东北军，占据沈阳，因为很少遇到抵抗，很快占领东北各地。各地学生纷纷赴南京请愿。蒋介石在南京中央军官学校对请愿学生表示，他是愿意做岳飞的，只是后方有秦桧，影响他的部署，这是把两广派比作秦桧。南京方面由吴铁城、张继致电广州政府，要求议和，广州提出释放胡汉民为议和条件。胡获释后，双方举行上海和会，商定南京、广州同时举行国民党第四次全国代表大会，选出同数中委，作为合作基础。十二月，双方代表在南京召开四届一中全会，但会上仍争吵不断，一派骂反蒋派是秦桧，一

派笑蒋介石自比岳飞是说假话。十一月,日军进攻锦州,形势更加紧张。党国要员纷纷称病,上汤山温泉休养。后经过讨价还价,最终达成妥协,双方重新聚首,表示合作。

发表于一九三一年十二月十一日《十字街头》半月刊第一期的《公民科歌》讽刺了地方军政府推行的"奴化教育":

> 何键将军捏刀管教育,说道学校里边应该添什么。
> 首先叫作"公民科",不知这科教的是什么。
> 但愿诸公勿性急,让我来编教科书,
> 做个公民实在弗容易,大家切莫耶耶乎。
> 第一着,要能受,蛮如猪猡力如牛,
> 杀了能吃活就做,瘟死还好熬熬油。
> 第二着,先要磕头,先拜何大人,后拜孔阿丘,
> 拜得不好就砍头。
> 砍头之际莫讨命,要命便是反革命。
> 大人有刀你有头,这点天职应该尽。
> 第三着,莫讲爱。
> 自由结婚放洋屁,最好是做第十第廿姨太太。
> 如果爹娘要钱花,几百几千可以卖。
> 正了风化又赚钱,这样好事还有吗?
> 第四着,要听话,大人怎说你怎做。
> 公民义务多得很,只有大人自己心里懂,
> 但愿诸公切勿死守我的教科书,免得大人一不高兴便说阿拉是反动。

这首诗讽刺了时任湖南省政府主席何键的某些言行。九一八事变后,何键向国民党第四次全国代表大会提出了在高小和初中课程

里增设"公民科"的建议,用以抵制"唯物史观普罗文学"。公民科教材"采纳中国固有道德",进行所谓"忠孝仁爱信义和平等积极训练"。"捏刀管教育",是抨击和讽刺地方政府官员用武力来施行奴化教育。当时的中国,岂止湖南省如此,整个国家都在实行奴化教育,目的是要把人训练成为没有头脑、盲目崇拜,为当权者当牛做马的奴隶。

这首民歌体诗语句长短不齐,短的是三个字、四个字、五个字、七个字,长到九个字、十一个字、十三个字、十五个字。诗中还用了方言,有地方色彩,适合普通读者阅读。在艺术上运用讽刺手法,多用反讽,如"正了风化"反说败坏道德,"这样好事"实际上是坏事。《南京民谣》写道:

  大家去谒陵,
  强盗装正经。
  静默五分钟,
  各自想拳经。

内容与《好东西歌》相近,发表在《十字街头》一九三一年十二月二十五日第二期,但未署名,许广平认为是鲁迅作品:"《南京民谣》……等篇,谅为先生故意删掉或漏落,或年远失记,一向没有收集的。为了敬仰先生的一切,全集尽力之所能集,这里也都编入了。"①也有人认为不是鲁迅的作品。既然是民谣,就可能是从市井搜集而来。但也可能是鲁迅或左联战友所写,托"民谣"名义发表。

蒋介石为首的宁(南京)方,和以汪精卫为首的粤方,经过争吵,达成和解,分别在南京和广州召开国民党"四大代会"。接着,

---

① 许广平:《〈集外集拾遗〉编后说明》(1938年4月22日)。

一九三一年十二月十五日,蒋介石宣布下野并于二十二日离开南京。从二十二日开始,到二十九日,国民党"四届一中全会"在南京开幕。会议选举林森为"国民政府主席",孙科为"行政院长","统一"的"国民政府"宣告成立。会议期间,代表们到中山陵拜谒。蒋介石虽然下台,但仍将党、政、军大全抓在手里,其亲信也在为他的重新上台谋篇布局。暂时得势的粤派,不但和宁派矛盾重重,而且派内有派,缠斗不已。就在号称"统一"的"一中全会"上,各派也是吵得不可开交,导致会议几乎中断。大家集体到中山陵前默哀致敬时,内心里却在想着打倒对手、分配权力。这首诗把纪念活动的静默拉长为五分钟,为的是强调政客们煞有介事、装腔作势的丑态。

《好东西歌》里讲到广州和南京两方达成妥协,各自召开了国民党四全代表大会。蒋介石辞去国民政府主席及兼职,由广州方面的林森任主席,孙科任行政院长,汪精卫、蒋介石任国民党中政委常委。实际上,广州的国民政府虽然宣布取消,但成立的西南政务委员会和西南执行部,仍与南京政府处于对立地位。蒋、汪、孙各有各的打算。果然,一九三二年年初,汪推说有病到了上海,蒋回奉化,孙上台后因事事掣肘,百无一能,被迫下台。蒋、汪回京,重掌大权,孙科愤然离开,国民党内又呈蒋、汪与胡(汉民)、孙对立的局面。

发表在一九三二年一月五日《十字街头》旬刊第三期的《"言词争执"歌》更详细地描写了各派之间的斗争:

> 一中全会好忙碌,忽而讨论谁卖国,
> 粤方委员叽哩咕,要将责任归当局。
> 吴老头子老益壮,放屁放屁来相嚷。
> 说道卖的另有人,不近不远在场上。
> 有的叫道对对对,有的吹了嗤嗤嗤。
> 嗤嗤一通不打紧,对对恼了皇太子。

一声不响出"新京",会场旗色昏如死。
许多要人夹屁追,恭迎圣驾请重回。
大家快要一同"赴国难",又拆台其何苦来?
香槟走气大菜冷,莫使同志久相等。
老头自动不出席,再没狐狸来作梗。
况且名利不双全,那能推苦只尝甜?
卖就大家都卖不都不,否则一方面子太难堪。
现在我们再去痛快淋漓喝几巡,酒酣耳热都开心。
什么事情就好说,这才能慰在天灵。
理论和实际,全都括括叫。
点点小龙头,又上火车道。
只差大柱石,似乎还在想火并。
展堂同志血压高,精卫先生糖尿病。
国难一时赴不成,虽然老吴已经受告警。
这样下去怎么好,中华民国老是没头脑。
想受党治也不能,小民恐怕要苦了。
但愿治病统一都容易,只要将那"言词争执"扔在茅厕里。
放屁放屁放狗屁,真真岂有之此理。

当时国民党在南京的蒋介石和广东的胡汉民、汪精卫等集团,都因利害冲突在进行各种钩心斗角的争夺,在会场公开互相谩骂,报纸上称这种现象为"言词争执"。粤方委员指属于广东方面的胡汉民和汪精卫等派系中人;当局指南京的蒋介石。吴老头子即吴稚晖,曾留学日本,时任国民党中央监察委员、国民政府委员,是蒋派中坚。他语言诙谐滑稽,嬉笑怒骂,发言时经常说"放屁放屁,真真岂有此理"。皇太子指孙科,是孙中山的儿子,时任国民党中央常委、行政院院长,是广州方面的头目之一。老头,指一九二七年发动政变掌握了国民党实权的蒋介石,他在九一八事变后的派系斗争中失败,被迫下野。展堂是胡汉民的字,时任国民党中常委委员、立法院长。他以血压高为由拒绝去南京开会。精卫是汪兆铭的字,时任国民党中常委委员,以患糖尿病为由拒绝到南京开会。

最终,各派达成妥协,南京、广州代表会集南京,于一九三一年十二月召开一中全会。会上,蒋介石派和西南派争吵不休,广州方面说南京方面卖国,吴稚晖代表南京方面则斥责他们"放屁放屁",说"国内有卖国贼,此贼即在眼前"。粤方认为是诽谤,孙科愤然赴沪。当时宁粤双方协议由孙组建统一政府,会上即派于右任等去沪劝孙回京,又劝吴不要再发言。孙科遂同意回来。当时孙希望蒋、汪、胡入京来支持他组阁,可是蒋辞职后离京,汪、胡又以有病为借口不肯来。实际上,胡不愿汪抓权,汪暗中同蒋派的宋子文相勾结,准备与蒋联合拆孙的台。这首诗简略描述了斗争过程,对吴稚晖的讽刺比较生动,"放屁放屁""对对对""嘻嘻嘻",几个口头语和象声词将其形象勾画出来;而揭示党国要员"治病"的奥秘也很有趣:"展堂同志血压高,精卫先生糖尿病",这种政治病是争权夺利的有效手段。最后,两派推出皇太子来收拾局面,也只是暂时缓冲一下,维持不了多久。

于无声处听惊雷

鲁迅时代的舆论环境是恶劣的,与政府意见不一致的文人学士深受书报检查之苦,缺少出版自由。太过明显的刺激字面不被允许发表,偷偷印出来,刊物很快就会被禁止。

鲁迅在一九三五年一月二十九日给杨霁云信中谈到《集外集》稿件送审时被删去多篇,但对拟收录的旧体诗全部放行:

> 而古诗竟没有一首删去,却亦不可解,其实有几首是颇为

"不妥"的。至于引言被删,则易了然,盖他们不许有人为我作序或我为人作序而已。颠倒书名,则以显其权威,此亦叭儿脾气,并不足异。

同年二月四日,他又在给杨霁云的信中说:

《集外集》止抽去十篇,诚为"天恩高厚",但旧诗如此明白,却一首也不删,则终不免"呆鸟"之讥。阮大铖虽奸佞,还能作《燕子笺》之类,而今之叭儿及其主人,则连小才也没有,"一代不如一代",盖不独人类为然也。

二月七日在写给曹靖华信中说:

最奇怪的是其中几篇系十年前的通信,那时不但并无现在之"国民政府",而且文字和政治也毫不相关。但有几首颇激烈的旧诗,他们却并不删去。现在连译文也常被抽去或删削;连插画也常被抽去;连现在的希忒拉,十九世纪的西班牙政府也骂不得,否则一一删去。

政治高压下的鲁迅,仍不得不写诗,不能不作文,但也只能写得含蓄、委婉、曲折。这样做,却也让诗意更丰富复杂。从另一方面说,讽刺和抨击当局的诗句竟然通过了检察官的审查,说明儒家诗教对鲁迅还起着作用。

据鲁迅日记,一九三四年五月三十日为日本文艺批评家新居格书写自作诗:

万家墨面没蒿莱,

敢有歌吟动地哀。
心事浩茫连广宇,
于无声处听惊雷。

诗中出现了"惊雷"的字样,而且是在"无声处",让人联想起鲁迅在香港的一次演讲的题目《无声的中国》——中国仍然是这样死气沉沉的国度。诗中描写的景象给所谓的"太平盛世"添堵,读起来是反抗的"呐喊",更可以说是无声的抗议。但是,因为象征、隐喻,不直说,读者并没有得到明示,书刊审查官也就觉得无关紧要。当然,这么说也只是一种推测——鲁迅这首诗是写给日本朋友的,他在世时并未发表。

"动地哀"典出《穆天子传》:

丙辰,天子游黄台之丘,猎於苹泽。有阴雨,天子乃休。日中大寒,北风雨雪,有冻人。天子作诗三章以哀民。

我徂黄竹。□员閟寒。帝收九行。嗟我公侯。百辟冢卿。皇我万民。旦夕勿忘。

我徂黄竹。□员閟寒。帝收九行。嗟我公侯。百辟冢卿。皇我万民。旦夕勿穷。

有皎者鵅。翩翩其飞。嗟我公侯。□勿则迁。居乐甚寡。不如迁土。礼乐其民。

唐代白居易有《八骏图》诗,用哀民诗故事:

瑶池西赴王母宴,七庙经年不亲荐。
璧台南与盛姬游,明堂不复朝诸侯。
《白云》《黄竹》歌声动,一人荒乐万人愁。

李商隐的《瑶池》云："瑶池阿母绮窗开，黄竹歌声动地哀。"

一九六一年十月七日，毛泽东接见日本代表团，将此诗"书赠日本访华的朋友们"，并对代表团成员说："这诗不大好懂，不妨找郭沫若翻译一下。"郭沫若遵命将之译成日文后，又译成白话：

> 到处的田园都荒芜了，
> 普天下的人都面黄肌瘦。
> 应该呼天撞地、号啕痛哭，
> 但是，谁个敢咳一声？
> 失望的情绪到了极点，
> 怨气充满了整个宇宙。
> 谁说这真是万籁无声呢？
> 听！有雷霆的声音怒吼！

郭沫若在发表《翻译鲁迅的诗》一文的同时，步鲁迅原韵作《题赠日中友好代表团》：

> 迢迢一水望蓬莱，
> 聋者无闻剧可哀。
> 修竹满园春笋动，
> 扫除迷雾唤风雷。

按照郭沫若的理解，鲁迅这首赠送新居的诗的用意是：当时中国在内外重压下，民不聊生，盼望自由和解放，中国不是真的没有声音，而是受了压抑；而毛泽东书写此诗的用意与鲁迅的原意不同：日本人民正在举行反对"日美安全条约"的行动，虽然运动有时陷入低潮，但人民追求独立自由、和平、民主的意愿不会消退，正在酝酿着更惊人的霹雳。

鲁迅《新青年》时期的同人沈尹默,看到有关报道,在一九六一年十一月一日《人民日报》发表《也谈毛主席书赠日本朋友的鲁迅诗》,解说鲁迅的诗意道:

> 鲁迅是精熟古典文学的,他所用的"动地哀"三字,是出自李商隐《瑶池》诗"黄竹歌声动地哀",所以他这里也袭用了"歌吟"二字,是说人民的哀吟,而不是诗人的歌咏。

郭沫若看到沈尹默的文章,立即撰写了《翻译鲁迅的诗》一文,发表在一九六一年十一月十日的《人民日报》上。文章认为:"尹默的见解和我完全是一致的。如果再要加一点注释上的补充,那就是'于无声处听惊雷'句。据我看来,这一句是从庄子的'渊默而雷声'(《在宥篇》)和'听乎无声'(《天地篇》)等语蜕变出来的。诚如尹默所说'鲁迅是精熟古典文学的',而且他对于庄子很熟。但在这里却起了质的变化,即是由庄子的形而上学的观点变成了鲁迅的辩证唯物论的观点。这真可以说是化腐朽而为神奇了。"

出离愤怒的音声

人在陷入极度悲愤时,没有词句,没有诗,唯"歌乎呜呜"而已。《故事新编》中的《铸剑》是一篇奇特的小说,有唐传奇风味。其中的黑衣人是一位复仇者:

> 那是一个黑瘦的,乞丐似的男子。穿一身青衣,背着一个圆圆的青包裹;嘴里唱着胡诌的歌。人问他。他说善于玩把戏,空前绝后,举世无双,人们从来就没有看见过……

他的复仇方式是在锅中放入眉间尺的头,引诱国王去看,趁机斩了国王的头。但两头相遇,分外眼红,竟然在锅中厮打起来。黑衣人见势不妙,将自己的头颅斩掉,帮助眉间尺,围攻国王之头。眉间尺牢记杀父之仇,渴望报复,其头颅在锅中舞蹈时所唱的歌,似乎稍可理解:

> 哈哈爱兮爱乎爱乎!
> 爱兮血兮兮谁乎独无。
> 民萌冥行兮一夫壶卢。
> 彼用百头颅,千头颅兮用万头颅!
> 我用一头颅兮而无万夫。
> 爱一头颅兮血乎呜呼!
> 血乎呜呼兮呜呼阿呼,
> 阿呼呜呼兮呜呼呜呼!

而黑衣人复仇告成后所唱歌曲,却没有了愤恨,甚至也没有了讽刺和滑稽,是一些意义不明的音声:

> 阿呼呜呼兮呜呼呜呼,
> 爱乎呜呼兮呜呼阿呼!
> 血一头颅兮爱乎呜呼。
> 我用一头颅兮而无万夫!
> 彼用百头颅,千头颅……

鲁迅对《故事新编》并不满意。他一九三六年二月一日致信黎烈文,说这本小说集是"塞责"的东西,其中除《铸剑》外,其他篇什"都不免油滑"。《铸剑》虽然不油滑,但文中出现的几首似骚非骚的歌曲实在难懂。一九三六年三月二十八日，鲁迅在给增田涉的信中解释说："在《铸剑》里，我以为没有什么难懂的地方。但要注意的，是那里面的歌，意思都不明显，因为是奇怪的人和头颅唱出来的歌，我们这种普通人是难以理解的。第三首歌，确是伟丽雄壮，但'堂哉皇哉兮，嗳嗳唷'，是用在猥亵小调的声音。"这是在告诉读者，这些歌词没有什么意义，不必深究；而且声调也不大正经，不必管它。

鲁迅的文字，颇多具有无声的力量。《野草》的《复仇（其二）》写耶稣受刑过程："突然间，碎骨的大痛楚透到心髓了，他即沉酣于大欢喜和大悲悯中。他腹部波动了，悲悯和咒诅的痛楚的波。遍地都黑暗了。'以罗伊，以罗伊，拉马撒巴各大尼?!'（翻出来，就是：我的上帝，你为什么离弃我?!）"这原初的、难解的言语，比理性化的言辞力量更大。《野草》中给读者以深刻印象的无声诗，首推《颓败线的颤动》对老妇人旷野举动的描写：

> 她于是举两手尽量向天，口唇间漏出人与兽的，非人间所有，所以无词的言语。当她说出无词的言语时，她那伟大如石像，然而已经荒废的，颓败的身躯的全面都颤动了。这颤动点点如鱼鳞，每一鳞都起伏如沸水在烈火上；空中也即刻一同振颤，仿佛暴风雨中的荒海的波涛。

出离愤怒，只剩下无词的音声——诗，终于通向音乐。

（作者单位：北京鲁迅博物馆）

（责任编辑：陈会亮）

陈占彪

傅雷月旦人物评

摘要：傅雷的朋友圈有限，他的社会活动也不丰富，但是，他在私下对当时的很多文化人物有所评点。傅雷认为老舍的《四世同堂》"硬拉硬扯，啰里啰唆，装腔作势"，认为田汉的《白蛇传》的"缺点太多了"，对茅盾的个别观点也有批评。从傅雷对老舍的小说、田汉的戏剧、茅盾对莫扎特看法的评价中，可以看到傅雷本身的艺术品位、艺术标准和艺术追求。

关键词：傅雷；月旦人物；老舍；田汉；茅盾

一九四三年，傅雷说"我顶恨的就是这种评头品足的批评"。他认为评价一个作品，"斤斤于一件作品哪一点好，哪一点坏，是毫无意义的。主要的，我们须看它的基本倾向如何，基本倾向倘是走的文艺的正路，其余枝节尽可以不管，否则，饶你有更大的优点，我也要说它是件坏作品。"[1]

傅雷的"朋友圈"极为有限，他的社会活动也不丰富，但是，他在私下对当时的很多文化人物有所评点。从他对这些文化人物的个人评论中，我们可以看出他对文学艺术的一些看法。

---

[1] 傅敏主编：《傅雷著译全书》第22卷，上海远东出版社2018年版，第213—214页。

傅雷说老舍：《四世同堂》"硬拉硬扯，啰里啰唆，装腔作势"

傅雷苦于译笔呆滞，为求文字生动活泼，决定读老舍的小说，可是他觉得熟读了老舍的小说后，"还是未能解决问题"。①

"原意是想学习，结果找不到什么可学的东西"

一九五四年九月二十八日，傅雷在对儿子傅聪的家书中批评老舍的文字"毛病很多"。

> 近来又翻出老舍的《四世同堂》看看，发觉文字的毛病很多，不但修辞不好，上下文语气不接的地方也很多。还有是硬拉硬扯，啰里啰嗦，装腔作势，前几年我很佩服他的文章，现在竟发现他毛病百出。可见我不但对自己的译文不满，对别人的创作也不满了。翻老舍的小说出来，原意是想学习，结果找不到什么可学的东西。②

傅雷自己本身就是做文字工作的，对文字的要求极严。对现代作家中的作品，他似乎关注的并不多，但老舍是个例外。他读老舍的作品，是为了向老舍学习文字的表达。

比如，他认为翻译用某一地方言并不妥当，这时他提到老舍，说老舍也并不全用纯粹的北京土话。"译文纯用北方话，在生长南方的译者绝对办不到。而且以北方读者为唯一对象也失之太偏。两湖、云、贵、四川及西北所用语言，并非完全北方话，倘用太土的北京话也看不懂。即如老舍过去写作，也未用极土的辞藻。我认为

---

① 杨绛：《记傅雷》，《杨绛散文》，浙江文艺出版社1994年版，第79页。
② 傅敏主编：《傅雷著译全书》第24卷，上海远东出版社2018年版，第84—85页。

要求内容生动，非杂糅各地方言（当然不能太土）不可，问题在于如何调和，使风格不致破坏，斯为大难耳。"①

起先他对老舍非常佩服，到后来，他对老舍的作品看法起了很大的变化，他发现老舍的作品问题很多，"找不到什么可学的东西"了。

直到一九六一年五月一日，傅聪已经移居英国，为了让在英文环境中的傅聪能够不致遗忘母语，他邮去杨绛和老舍的书供傅聪时时温习。这时他又谈到了老舍的文字太雕琢。他说：

> 一月九日寄你的一包书内有老舍及钱伯母（按，指杨绛）的作品，都是你旧时读过的。不过内容及文笔，我对老舍的早年作品看法已大大不同。从前觉得了不起的那篇《微神》，如今认为太雕琢，过分刻画，变得纤巧，反而贫弱了。一切艺术品都忌做作，最美的字句都要出之自然，好像天衣无缝，才经得起时间考验而能传世久远。比如"山高月小，水落石出"不但写长江中赤壁的夜景，历历在目，而且也写尽了一切兼有幽远、崇高与寒意的夜景；同时两句话说得多么平易，真叫做"天籁"！老舍的《柳家大院》还是有血有肉，活得很——为温习文字，不妨随时看几段。没人讲中国话，只好用读书代替，免得词汇字句愈来愈遗忘。②

虽然他对老舍的文字有了新的评价，他仍然觉得老舍的《柳家大院》写得"有血有肉"，并推荐给傅聪以为温习中文用。一九六

---

① 傅敏主编：《傅雷著译全书》第26卷，上海远东出版社2018年版，第202页。

② 傅敏主编：《傅雷著译全书》第25卷，上海远东出版社2018年版，第112—113页。

五年，他在对好友成家和的信中也说，"老舍最精的作品是《骆驼祥子》《我这一辈子》。其他的短篇集子都可以看。"① 这也是他对老舍的肯定。

"旧小说不可不多读"

"过去三年我多学老舍"。傅雷阅读老舍，是为其翻译的表达服务的。对一般的翻译者来说，弄通原文最关键，弄通了原文，似乎翻译就没有问题，但对傅雷来说，翻译的难处还在于中文的表达。"领悟为一事，用中文表达，为又一事。"② 但如何用中文表达，老舍正是他学习和借鉴的一个重要的作家。

一九五一年，他在给宋奇的信中说到译文的方言问题时说，如果纯用北方话，"在生长南方的译者绝对办不到"，"而且以北方读者为惟一对象也失之太偏"时，他说，"即如老舍过去写作，也未用极土的辞藻"。③ 他不主张一种完全的、"太土的"北京话。

还有另一次，傅雷说到译文的句法时，说到老舍是唯一的"能用西洋长句而仍不失为中文"的作家。他说，"我并不说原文的句法绝对可以不管，在最大限度内我们是要保持原文句法的，但无论如何，要叫人觉得尽管句法新奇而仍不失为中文。这一点当然不是容易做得到的，而且要译者的 taste 极高，才有这种判断力。老舍在国内是唯一能用西洋长句而仍不失为中文的唯一的作家"。④ 既能用欧式长句，又要合乎中文习惯，这其实也是傅雷在翻译中所要

---

① 傅敏主编：《傅雷著译全书》第 26 卷，上海远东出版社 2018 年版，第 427 页。
② 傅敏主编：《傅雷著译全书》第 26 卷，上海远东出版社 2018 年版，第 402 页。
③ 傅敏主编：《傅雷著译全书》第 26 卷，上海远东出版社 2018 年版，第 202 页。
④ 傅敏主编：《傅雷著译全书》第 26 卷，上海远东出版社 2018 年版，第 194 页。

探索和解决的问题。

只是后来,老舍已不入其法眼,他认为从老舍那里已经没什么可以学的了,不仅没有什么可学,而且发现其问题很多。

确实,他其实也有了新的学习对象,那就是中国的旧小说。一九六三年一月六日,他在给后学罗新璋的信中说,"平日除钻研外文外,中文亦不可忽视,旧小说不可不多读,充实辞汇,熟悉吾国固有句法及行文习惯。鄙人于此,常感用力不够"①。他所说的旧小说,恐怕指的是《红楼梦》。一九五三年二月七日,他在对宋奇的信中说,"最近我改变方针,觉得为了翻译,仍需熟读旧小说,尤其是《红楼梦》。以文笔的灵活,叙事的细腻,心理的分析,镜头的变化而论,我认为在中国长篇中堪称第一。我们翻译时句法太呆,非多多学习前人不可(过去三年我多学老舍)"②。关于《红楼梦》的语言,毛泽东也曾说:"作者的语言是古典小说中最好的一部。"③

傅雷虽然是一个翻译家,但更是一个特别"讲究中文"的翻译家。二○二二年二月十九日,笔者带小孩去浦东看望傅敏先生,他对孩子这样说:"我爸爸这个人一生从事法文翻译工作,做了大量的翻译,把罗曼·罗兰、巴尔扎克等伟大的作家的作品翻译了出来,闻名于世。他之所以能翻译好书,首先是他的中文特别好,中文底子非常好。他学法文和一般人学法文不一样,他学了以后,这个法文就变成了他自己的语言了。使人感觉到他不是在做翻译,好

---

① 傅敏主编:《傅雷著译全书》第 26 卷,上海远东出版社 2018 年版,第 403 页。

② 傅敏主编:《傅雷著译全书》第 26 卷,上海远东出版社 2018 年版,第 208 页。

③ 《毛泽东思想万岁》(1961 年 1 月—1968 年 7 月),第 135 页,内部材料无出版信息。

像是用法文在写作。"正因为他的中文特别好,我们可以看到,作家吴强也请傅雷为他的小说提意见。"最近吴强写了长篇小说,要爸爸仔细看,提意见,为此花了不少时间,看了二遍,有意见的地方就摘出来,也够麻烦的。"① 足以看出时人对他的文笔的赞赏和对他的意见的重视。

越来越觉得心长力绌

其实,他不光对老舍的文字不满,而且对自己的译文,时常流露出不满、苦恼和无奈。"以前对自己的缺点不像现在这样感觉清楚。越是对原作体会深刻,越是欣赏原文的美妙,越觉得心长力绌,越觉得译文远远的传达不出原作的神韵。返工的次数愈来愈多,时间也花得愈来愈多,结果却总是不满意。时时刻刻看到自己的 limit[局限],运用脑子的 limit[局限],措辞造句的 limit[局限],先天的 limit[局限]例如句子的转弯抹角太生硬,色彩单调,说理强而描绘弱,处处都和我性格的缺陷与偏差有关。"②

虽然他翻译的作品数量很多,但其实它的译作很多都是经过反复修改,甚至是重译而成的(如罗曼·罗兰的《约翰·克里斯朵夫》)。一九六三年,在得知《高老头》被列入"文学名著丛书"时,他又将《高老头》从头至尾地进行第三次大修改。他说,"翻译工作要做得好,必须一改再改三改四改。《高老头》还是在抗战期译的,一九五二年已重译一过,这次是第三次大修改了"。③ 修改了一个多月后,他仍然不满意,感到"心有余而力不足"。"至于译文,改来改去,

---

① 傅敏主编:《傅雷著译全书》第 24 卷,上海远东出版社 2018 年版,第 308 页。

② 傅敏主编:《傅雷著译全书》第 25 卷,上海远东出版社 2018 年版,第 303 页。

③ 傅敏主编:《傅雷著译全书》第 25 卷,上海远东出版社 2018 年版,第 296 页。

总觉得能力已经到了顶，多数不满意的地方明知还可修改，却都无法胜任，受了我个人文笔的限制。这四五年来越来越清楚地感觉到自己的 limit［局限］，仿佛一道不可超越的鸿沟。"① 这时，他遇到的问题，很大程度上不再是翻译的问题，还是中文的写作和表达的问题。而这个问题，对今天的翻译者来说，似乎又不是问题。

他对他的文字极为严谨、负责。他对他翻译的书从内容校对到封面设计，从头到尾都亲力亲为，不愿他人干涉。"自胜利以后，所有书稿前后校对，均亲自负责到底。"② 至于图书的编排设计，他自称"在这方面我是国内最严格的作译者"。③ 他发表的文章，也不允许编辑轻易改动他写的一个字。一九五六年，傅聪在波兰的音乐比赛中一举成名，他应中国青年社邀请写了关于傅聪成长的文章，交稿的时候，他特意向人家声明，"文字内容倘欲更动（即使改一字），务请先行来函商榷，因近来报刊擅改作者文稿之风仍未稍戢，不得不郑重声明"。④ 他这里所说"报刊擅改作者文稿之风"恐怕指的正是此前《解放日报》擅改他的文章，这让他很不舒服。"十一月十六日附上《解放日报》上的一篇短文，给他们改了好几个地方，爸爸很不高兴。他说要是把文章改好，那倒无所谓，主要应该事先征求作者同意才好动手。有些地方根本不用改的，反而改坏了。"⑤ 从中可

---

① 傅敏主编：《傅雷著译全书》第 25 卷，上海远东出版社 2018 年版，第 299 页。

② 傅敏主编：《傅雷著译全书》第 26 卷，上海远东出版社 2018 年版，第 298 页。

③ 傅敏主编：《傅雷著译全书》第 26 卷，上海远东出版社 2018 年版，第 39 页。

④ 傅敏主编：《傅雷著译全书》第 26 卷，上海远东出版社 2018 年版，第 316 页。

⑤ 傅敏主编：《傅雷著译全书》第 24 卷，上海远东出版社 2018 年版，第 304 页。

以看出,他对文字一种近乎苛刻的讲究。

其实能遇到这么一个认真负责的作者,无论是对出版社还是报纸杂志的编辑来说,可谓"求之不得"。他把人家的编辑、校对、设计工作全包揽了,编辑何乐不为?

傅雷说田汉:《白蛇传》的"缺点太多了"

一九六二年三月八日,傅雷夫妇看了田汉改编,"青年京昆剧团赴港归来汇报演出"的《白蛇传》。这是自一九五七年五月以来,傅雷第一次看戏。(他数年不看戏,恐怕是因为他自一九五八年四月底到一九六一年九月底被戴上了"右派"的帽子,过着深居简出的生活。)

思想混乱、没有逻辑、违背情理、取舍不当

对于田汉改编的这部戏剧,他认为它的"思想、精神、结构、情节、唱词、演技","缺点太多了"。他在给傅聪的信中说:

以演技来说,青年戏曲学生有此成就也很不差了,但并不如港九报纸捧的那么了不起。可见港九群众艺术水平实在不高,平时接触的戏剧太蹩脚了。至于剧本我的意见可多啦。老本子是乾隆时代的改本,倒颇有神话气息,而且便是荒诞妖异的故事也编得入情入理,有曲折有照应,逻辑很强,主题的思想,不管正确与否,从头至尾是一贯的完整的。目前改编本仍称为"神话剧",说明中却大有翻案意味,而戏剧内容并不彰明较著表现出来,令人只感到态度不明朗,思想混乱,好像主张恋爱自由,又好像不是;说是(据说明书)金山寺高僧法海嫉妒白蛇(所谓白娘娘)与许宣(俗称许仙)的爱情,但一个和尚为什么无事端端嫉妒青年男女的恋爱呢?青年恋爱的实事多得很,为什么嫉妒这一对呢?总之是违背情理,没有 logic

［逻辑］，有些场面简单化到可笑的地步：例如许仙初遇白素贞后次日去登门拜访，老本说是二人有了情，白氏与许生订婚，并送许白金百两；今则改为拜访当场订亲成婚：岂不荒谬！古人编神怪剧仍顾到常理，二十世纪的人改编反而不顾一切，视同儿戏。改编理当去芜存菁，今则将武戏场面全部保留，满足观众看杂耍要求，未免太低级趣味。倘若节略一部分，反而精彩（就武功而论）。"断桥"一出在昆剧中最细腻，今仍用京剧演出，粗糙单调，诚不知改编的人所谓昆京合演，取舍根据什么原则。总而言之，无论思想、精神、结构、情节、唱词、演技，新编之本都缺点太多了。

在他看来，这个戏可谓思想混乱、没有逻辑、违背情理、取舍不当。可是就这么一部在他看来缺陷明显的戏剧，奇怪的是却没有人提出批评，让他费解。他说：

> 真弄不明白剧坛老前辈的艺术眼光与艺术手腕会如此不行；也不明白内部从上到下竟无人提意见：解放以来不是一切剧本都走群众路线吗？相信我以上的看法，老艺人中一定有许多是见到的，文化部领导中也有人感觉到的。结果演出的情形如此，着实费解。报上也从未见到批评，可知文艺家还是噤若寒蝉，没办法做到"百家争鸣"。①

从中也可以看出，当时文艺批评的空间的逼仄。我们且看他批评《白蛇传》的几点内容。

---

① 傅敏主编：《傅雷著译全书》第 25 卷，上海远东出版社 2018 年版，第 225—226 页。

主题其实是明确的

傅雷说这出戏"态度不明朗,思想混乱",所有表达的思想不清楚,"好像主张恋爱自由,又好像不是"。其实作者表达的就是这个意思。用周扬的话来说,就是:"她们的爱战胜了死。"① 作者曾经说他这出戏的主题非常明确,也非常简单,那就是反抗法海对许仙和白娘子的爱情的强力压迫。那就是:"法海法师,别笑吧,自然界的爱力不是金钵可以压得下来的!"② 看田汉的原作,似乎他的主题应当没有傅雷说得那么含混。

那问题就接着来了,就是傅雷所提出来的,为什么法海要"无事端端嫉妒"白娘子和许仙的爱情,而不是嫉妒其他青年的爱情?

其实这个问题在原戏第三场中,法海就有所交代。他说:"近日镇江来一白素贞,老僧查明,她乃千年蛇妖所化,与杭州许仙相恋,结为夫妇,在此开店卖药。江南佛地,岂容妖孽混迹其间!不免先度许仙,再降白氏。"③ 江南佛地,不容妖孽混迹其间,这不就是他和白娘子和许仙夫妻两人过意不去的原因吗?当然,法海和白娘子八竿子打不着,他们之间的矛盾也只能是佛和妖不能并立这个原因。当然这个对于我们来说,对田汉来说也觉得法海是有一点有"爱管闲事"。"他的忙实在是多余的,阻碍进步的。"④ 当然,法师的思想和行为,也不是我们这些凡人所能猜度的。

"天上掉下个白富美":"偶遇"和"闪婚"

傅雷觉得田汉改编的《白蛇传》中白娘子和许仙的"闪婚",不合情理。在田汉改编的《白蛇传》中,清明"小长假",白素贞和"闺密"小青,从四川峨眉山"飞"到杭州西湖旅游,不料湖

---

① 田汉:《田汉文集》10 卷,中国戏剧出版社 1983 年版,第 442 页。
② 田汉:《田汉文集》10 卷,中国戏剧出版社 1983 年版,第 439 页。
③ 田汉:《田汉文集》10 卷,中国戏剧出版社 1983 年版,第 136—137 页。
④ 田汉:《田汉文集》10 卷,中国戏剧出版社 1983 年版,第 439 页。

上遇雨，这时从灵隐扫墓归来的许仙看到两个女孩在柳下避雨，就说，小姐，打雷闪电，注意安全，"柳下焉能避得"？于是，就借伞与她们，并叫了船送他们回钱塘门外叫"红楼"的湖滨宾馆。白许两人一见钟情。

第二天，许仙到白素贞所住宾馆取伞，在得知许仙是个"单身狗"时，小青就说你没有娶，她没有嫁，我们姐儿俩也无依无靠，我家小姐"意欲跟您结为百年佳偶，您意下如何呢？"许仙自幼父母双亡，寄居他姐家，他姐家也并不富裕，他姐夫便推荐他在药店站柜台，工作一般。何况小青展望未来说，你能卖药，我家白小姐会看病，等你们结婚了之后，夫妻二人开一个私人诊所，日子滋润，前途光明。

一场大雨，"偶遇"美女，一把雨伞，好比聘礼，"天上掉下个白富美"，岂有拒绝的道理？

其实这时，和傅雷一样，许仙也觉得这幸福来的太突然了，只见过一面就要结婚，不合情理呢。于是说这婚姻大事"也当回家禀明姐姐姐丈啊"，只是小青说，"忙什么呀？结了亲，带新娘子回去见姑奶奶、姑丈，不更有意思吗？"于是白素贞和许仙就就地结婚了。"千里姻缘一线牵，伞儿低护并蒂莲；西湖今夜春如海，愿作鸳鸯不羡仙。"洞房花烛夜，"人鬼情未了"。[①]

许仙和白娘子一见钟情不稀奇，再见即婚却就离谱了。

一九五六年年底，傅雷在看了神怪剧《钟馗嫁妹》后，并为之"点赞"。他说，"神怪剧要不以刺激为目的，而创造出一个奇妙的幻想世界，叫人不恐怖惊骇而只觉得别有情趣。在非现实气氛中描写现实，入情入理的反映生活，便是求诸全世界的戏剧宝库中也不可多得"。[②]

[①] 田汉：《田汉文集》10 卷，中国戏剧出版社 1983 年版，第 126—136 页。
[②] 傅敏主编：《傅雷著译全书》第 22 卷，上海远东出版社 2018 年版，第 290 页。

显然，在他看来，后来田汉改编的《白蛇传》并没有做到"在非现实气氛中描写现实，入情入理地反映生活"。而《钟馗嫁妹》做到了这一点。

莫扎特的《魔笛》中的塔米诺与帕米娜与田汉的《白蛇传》中的许仙和白娘子有些相似，他们也是"一见钟情"，见了面就阻止不了想结婚的冲动。只是他们得经历光明神殿萨拉斯特罗所设置的种种考验后，才能追求到他们的爱情和婚姻。《魔笛》和《白蛇传》不同的是，前者考验的是"婚前"，后者考验的是"婚后"。因此，在《白蛇传》中，许仙和白娘子势必要"仓促"结婚，因为戏剧的展开在婚后，不在婚前。不能在婚前，花费过多的笔墨。

虽说许仙和白娘子的婚姻问题"宜早宜简"，但他们一见面就"闪婚"总还是让人觉得突兀而不合情理。其实，作者只要略加处理便可解决傅雷所提出的这个问题。

"满足观众看杂耍要求，未免太低级趣味"

傅雷对《白蛇传》不满的还有一点：改编者为了满足"观众看杂耍要求"，"将武戏场面全部保留"，在他看来，"倘若节略一部分，反而精彩"。

他对《白蛇传》中武戏太多的批评，似乎仍能在一九五六年他对《钟馗嫁妹》的评论中找到影子。傅雷并不主张过多的"单纯卖弄技巧"的武戏，他说到《钟馗嫁妹》中小鬼的杂技表演时说："主人要办喜事了，他们便来一套'杂技'以示庆祝。把杂技与舞蹈融合为作为剧情的一部分，原是中国戏剧的特色之一；可惜有时过于繁缛，有单纯卖弄技巧的倾向。'嫁妹'中小鬼的表现可是不多不少，恰到好处，还随时带着幽默的表情，与全剧的气氛非常调和。"[①]《钟

[①] 傅敏主编：《傅雷著译全书》第 22 卷，上海远东出版社 2018 年版，第 292 页。

馗嫁妹》这出戏中武戏不多不少,恰到好处。而在他看来,《白蛇传》中的武戏则保留过多。

其实,他的这些观点在更早的一九五四年就说过。他在给傅聪的信中说:"昨晚陪你妈妈去看了昆剧:比从前差多了。好几出戏都被'戏改会'改得俗滥,带着绍兴戏的浅薄的感伤味儿和骗人眼目的花花绿绿的行头。还有是太卖弄技巧(武生)。陈西禾也大为感慨说这个才是'纯技术观点'。其实这种古董只是音乐博物馆与戏剧博物馆里的东西,非但不能改,而且不需要改。它只能给后人作参考,本身已没有前途,改它干吗?改得好也没意思,何况是改得'点金成铁'!"① 看来他对"戏改"向来就不以为然。

他认为那种以热闹、刺激来迎合观众的做法"无异是向低级观众缴械"。他在一九四三年所写的《读剧随感》中是这样说的:

> 不说普通的观众,连一部分指导家们也大都有这样的意见,似乎不大跳大叫,白刀子进红刀子出就不成其为戏剧似的。喜剧呢,那就一律配上音乐,打一下头,鼓咚的一声;脱衣服时,钢琴键子卜龙龙龙的滑过去。兴趣都被放在这些无聊的东西上面,话剧的前途真是非常可怕的。说起来呢,指导家们会这样答复你:不这样,观众不"吃"呀!似乎观众都是天生的孱种,不配和文艺接近的。这真是对观众的侮辱,同时也是对文学机能的蔑视。我不否认有许多观众是为了看热闹来的,给他们看冷静点的戏,也许会掉头不顾而去,但这样的观众即使失去,我以为也并不值得惋惜。②

---

① 傅敏主编:《傅雷著译全书》第 24 卷,上海远东出版社 2018 年版,第 117 页。

② 傅敏主编:《傅雷著译全书》第 24 卷,上海远东出版社 2018 年版,第 211 页。

他看重的是人物的塑造是否深刻，人物的性格是否能打动观众。

虽说傅雷对田汉的这出戏评价不高，但田汉写这出戏的时候，也着实是下了一番功夫的。他最初写个这个戏的时候是在抗战后期的桂林，可谓十二三年磨一剑，而且不只是一个人在磨，"是好些人在一起一块磨呢"，也"不只是在北京在磨，各地方的同志也都在磨"。

这出戏虽说是一场"神话剧"，但即便是神话剧，作者还是有过一定的生活体验。田汉在《白蛇传》的序言中说："像第一场《游湖》时，白娘子对小青说：她们在峨眉修炼之时，'闲游冷杉径，闷对桫椤花'，这短短十个字，是我去年（按，指一九五四年）春天跟朋友们穿着草鞋，拄着藤杖，流着汗，冒着大雷雨，通过钻天坡、阎王坡、七里坡、九十九拐等无数险道爬上三千零六十公尺高的峨眉山顶后观察所得的。原来峨眉山顶上并无杂树，只有这种冷杉（山腰以下才有热杉之类）。在那高寒的峰壑间开着浅紫、深红、粉白的，跟山茶花相仿佛的美丽花朵便是峨眉有名的桫椤花，它给了长年在山顶种地的老僧和在千佛顶做气象观测工作的青年科学家们以无限的温慰。"①

从中也可以看出作者的认真态度和创作的艰难。

傅雷说茅盾：说莫扎特富有"民主精神"，"真是莫名其妙"

一九五六年三月，为响应世界和平理事会纪念世界十大文化名人的号召，中国成立了一九五六年纪念世界文化名人筹备委员会。筹备委员会主席是中国人民保卫世界和平委员会主席郭沫若，副主席是中国人民对外文化协会会长楚图南。筹备委员会决定，从五月份起，将分别举行日本画家小田等杨、美国科学家和政治家富兰克

---

① 田汉：《田汉文集》10 卷，中国戏剧出版社 1983 年版，第 440—441 页。

林、奥地利作曲家莫扎特、俄国作家陀思妥也夫斯基、德国诗人海涅、法国科学家居里夫妇、挪威剧作家易卜生、荷兰画家伦勃朗、爱尔兰作家萧伯纳和印度诗人迦梨陀娑的纪念会。①

一九五六年,也正值莫扎特二百周年诞辰纪念。中央歌舞团管弦乐队开始演奏莫扎特的作品,中国也派出代表团参加第十一届"布拉格之春"国际音乐节。纪念莫扎特最盛大的活动莫过于一九五六年七月三日晚在北京首都剧场举行的莫扎特诞生二百周年纪念会。一千四百多中外人士参加。

七月四日,《人民日报》这样报道:

> 世界和平理事会常务委员会委员茅盾致开幕词。他说,莫扎特之所以成为古典乐派不朽的大师,不仅是因为他创作了那些形式完美、明朗欢快的曲调,更重要的是因为他表达了法国大革命前夕一般人民的思想感情,并且以实际行动支持真理和正义。他不懈地进行紧张的创造性的劳动,在短促的一生中写下了六百多首作品。茅盾说,人类世界的地平线上已经出现了强大的和平曙光。为了保卫、继承和发扬莫扎特的艺术遗产,我们还要不断致力加强和扩大和平队伍,使世界各国人民能够在自由、平等的大家庭里和睦相处,使全人类都能享受世代创造的全部物质和精神财富,生活得更丰富、更有意义。②

傅雷的好朋友,中国音乐家协会副主席马思聪则介绍了莫扎特的创作生活。马思聪说,"莫扎特留下的丰富遗产是世界各国人民

---

① 新华社:《我国筹备纪念世界十大文化名人》,《人民日报》1956年3月18日第1版。

② 新华社:《北京举行莫扎特诞生二百周年纪念会》,《人民日报》1956年7月4日第1版。

共同的文化宝库里的珍品。中国人民和各国人民同样地理解、热爱和重视莫扎特的艺术遗产"。

傅雷对音乐界当然十分关注,这中间参与者很多人都是他的极好的朋友。再说,他还希望能够借纪念莫扎特的"东风",让尚在国外学习的傅聪能有机会到奥地利交流交流。"假如中央对音乐像对体育同样看重,这一回你一定能去 Salzburg [萨尔茨堡] 了。"①

他对茅盾说莫扎特"富有法国大革命以前的民主精神"感到"莫名其妙"。傅雷在给傅聪的信中说:"北京办莫扎特纪念音乐会时,茅盾当主席,说莫扎特富有法国大革命以前的民主精神,真是莫名其妙。我们专爱扣帽子,批判人要扣帽子;捧人也要戴高帽子,不管这帽子戴在对方头上合适不合适。马思聪写的文章也这么一套。我在《文艺报》文章里特意撇清这点,将来寄给你看。"②笔者查阅《茅盾全集》,发现《茅盾全集》中并没有收录这个开幕词。因此也只能从报纸上的报道了解茅盾的观点。

七月十八日,傅雷应《文艺报》之约,为纪念莫扎特诞辰二百周年,撰写了《独一无二的艺术家莫扎特》一文。在这个文章中他介绍了莫扎特坎坷的短暂的一生,以及他所取得的辉煌的艺术成就。针对茅盾和他的老朋友马思聪将莫扎特与法国大革命以前的民主精神拉扯在一起的说法,傅雷特别强调了,"根据史实","莫扎特在言行与作品中并没表现出法国大革命以前的民主精神(他的反抗萨尔茨堡大主教只能证明他艺术家的傲骨),也谈不到人类大团结的理想,像贝多芬的《合唱交响曲》所表现的那样"。多舛的命运,悲惨的生活,并没有激发莫扎特和他的作品的反抗精神,相反

---

① 傅敏主编:《傅雷著译全书》第 24 卷,上海远东出版社 2018 年版,第 289 页。

② 傅敏主编:《傅雷著译全书》第 24 卷,上海远东出版社 2018 年版,第 289 页。

他把这些苦难封存在他那柔美的音乐中。

傅雷说:

> 贫穷、疾病、妒忌、倾轧,日常生活中一切琐琐碎碎的困扰都不能使他消沉;乐天的心情一丝一毫都没受到损害。所以他的作品从来不透露他的痛苦的消息,非但没有怨怒与反抗的呼号,连挣扎的气息都找不到。后世的人单听他的音乐,万万想象不出他的遭遇而只能认识他的心灵——多么明智、多么高贵、多么纯洁的心灵!音乐史家都说莫扎特的作品所反映的不是他的生活,而是他的灵魂。是的,他从来不把艺术作为反抗的工具,作为受难的证人,而只借来表现他的忍耐与天使般的温柔。他自己得不到抚慰,却永远在抚慰别人。但最可欣幸的是他在现实生活中得不到的幸福,他能在精神上创造出来,甚至可以说他先天就获得了这幸福,所以他反复不已地传达给我们。精神的健康,理智与感情的平衡,不是幸福的先决条件吗?不是每个时代的人都渴望的吗?以不断的创造征服不断的苦难,以永远乐观的心情应付残酷的现实,不就是以光明消灭黑暗的具体实践吗?有了视患难如无物,超临于一切考验之上的积极的人生观,就有希望把艺术中美好的天地变为美好的现实。假如贝多芬给我们的是战斗的勇气,那末莫扎特给我们的是无限的信心。把他清明宁静的艺术和侘傺一世的生涯对比之下,我们更确信只有热爱生命才能克服忧患。莫扎特几次说过:"人生多美啊!"这句话就是了解他艺术的钥匙,也是他所以成为这样伟大的主要因素。①

---

① 傅敏主编:《傅雷著译全书》第 23 卷,上海远东出版社 2018 年版,第 438—439 页。

如果没有注意到他给傅聪的信中对茅盾的批评，我们读傅雷的这篇文章时，很难注意到这其中有他"特意撇清"茅盾的观点的用意。

一九三六年，他在悼念他的朋友画家张弦的时候，他就说，"在明快的章法中暗示着无涯的凄凉（人体画），像莫扎特把淡寞的哀感隐藏在畅朗的快适外形中一般"。①

一九五五年他翻译的法国卡米耶·贝莱格（Camille Bellaique）所著的《莫扎特》（*Mozart*, Librairie Renouard, 一九二七）一书中最后一部分内容中，就有莫扎特音乐与他本人生活的"脱节"的观点。"莫扎特的作品跟他的生活是相反的。他的生活只有痛苦，但他的作品差不多整个儿只叫人感到快乐。"法国卡米耶·贝莱格（Camille Bellaique）所著的《莫扎特》（*Mozart*, Librairie Renouard, 一九二七）一书笔者在图书馆就看到过，他所翻译的这部分内容有着划看过的痕迹，这本书的前面虽然没有傅雷的签名，但这本书和其他傅雷的藏书就放在一起，笔者倾向于认为卡米耶·贝莱格的《莫扎特》就是他的藏书。傅雷将他翻译的这部分内容名之为《莫扎特的作品不像他的生活，而像他的灵魂》。

而他翻译这个文章是为了傅聪上手莫扎特做准备的。译文是这样说的：

> 后代的人听到莫扎特的作品，对于他的命运可能一点消息都得不到，但能够完全认识他的内心。你看他多么沉著，多么高贵，多么隐藏！他从来没有把他的艺术来作为倾吐心腹的对象，也没有用他的艺术给我们留下一个证据，让我们知道他的

---

① 傅敏主编：《傅雷著译全书》第23卷，上海远东出版社2018年版，第272页。

苦难,他的作品只表现他长时期的耐性和天使般的温柔。他把他的艺术保持着笑容可掬和清明平静的面貌,决不让人生的考验印上个烙印,决不让眼泪把它沾湿。他从来没有把他的艺术当做愤怒的武器,来反攻上帝;他觉得从上帝那儿得来的艺术是应当用做安慰的,而不是用做报复的。一个反抗、愤怒、憎恨的天才固然值得钦佩,一个隐忍、宽恕、遗忘的天才,同样值得钦佩。遗忘?岂止是遗忘!莫扎特的灵魂仿佛根本不知道莫扎特的痛苦;他的永远纯洁、永远平静的心灵的高峰,照临在他的痛苦之个悲壮的英雄会叫道:"我觉得我的斗争多么猛烈!"莫扎特对于自己所感到的斗争,从来没有在音乐上说过是猛烈的。在莫扎特最本色的音乐中,就是说不是代表他这个或那个人物的音乐,而是纯粹代表他自己的音乐中,你找不到愤怒或反抗连一点儿口吻都听不见,连一点儿斗争的痕迹,或者只是一点儿挣扎的痕迹都找不到。①

莫扎特虽然命运坎坷,却没有写下具有反抗精神的音乐,这与我们习惯的那种哪里有压迫,哪里就有反抗的看法凿枘不合。他更多的是借助音乐来逃避、疗治和麻痹,而不是将音乐作为投枪和匕首用。

在为傅聪译完关于莫扎特的材料后,傅雷也谈道自己的感受,他说莫扎特的温柔是一种与凡人不同的、圣洁的"神明的温柔"。他说:

> 从我这次给你的译文中我特别体会到,莫扎特的那种温柔

---

① 傅敏主编:《傅雷著译全书》第 21 卷,上海远东出版社 2018 年版,第 512—513 页。

妩媚，所以与浪漫派的温柔妩媚不同，就是在于他像天使一样的纯洁，毫无世俗的感伤或是靡靡的 sweetness［甜腻］。神明的温柔，当然与凡人的不同，就是达·芬奇与拉斐尔的圣母，那种妩媚的笑容决非尘世间所有的。能够把握到什么叫做脱尽人间烟火的温馨甘美，什么叫做天真无邪的爱娇，没有一点儿拽心，没有一点儿情欲的骚乱，那么我想表达莫扎特可以"虽不中，不远矣"。①

一九六一年，傅雷和傅聪探讨演奏时如何精准把握莫扎特时说："因为莫扎特的 drama［感情气质］不是十九世纪 drama［气质］，不是英雄式的斗争、波涛汹涌的感情激动、如醉若狂的 fanaticism［狂热激情］；你身上所有的近代人的 drama［激越，激烈］气息绝对应用不到莫扎特作品中去；反之，那种十八世纪式的 flirting［风情］和诙谐、俏皮、讥讽等，你倒也很能体会，所以能把莫扎特表达得恰如其分。"② 傅雷对莫扎特的分析和体会可谓细致入微。

莫扎特诞生二百周年纪念会上，茅盾、奥地利作曲家阿尔弗列德·乌尔等人发言之后，是莫扎特纪念音乐会。傅雷的老邻居、好朋友歌唱家林俊卿等演唱了莫扎特的歌剧"魔笛""唐·璜""牧人王"中的选曲。中央乐团合唱队和管弦乐队表演了莫扎特的名作。

在上海的傅雷在广播中收听了这场音乐会。林俊卿（一九一四—二〇〇〇），著名内科大夫、男中音歌唱家、声乐研究专家、

---

① 傅敏主编：《傅雷著译全书》第 24 卷，上海远东出版社 2018 年版，第 168 页。
② 傅敏主编：《傅雷著译全书》第 25 卷，上海远东出版社 2018 年版，第 172 页。

声乐教育家,曾任原上海声乐研究所所长。演唱后,林俊卿去信傅雷,对自己的表演感到很满意。傅雷对他以罗西尼派头唱莫扎特不以为然。他说,"林伯伯唱的风格实在不行。他特地奉召而去,来信对自己表演还很满意。不懂的人好像永远不会懂,真怪!我觉得一切古典东西,特别需要有修养。你寄来的南国评论,说你的演奏得力于中国古诗古画,很有道理。拿 Rossini［罗西尼］派头唱莫扎特,哪会有一分是处?"① 而林俊卿以前就唱过罗西尼的《奥赛罗》。②

傅雷和林俊卿的观点不尽一致。比如林俊卿说,"歌唱以情绪为主,情绪常常是第一遍最好,多唱就渐趋虚伪"。傅雷则认为,"每次唱,情绪可能每次稍有出入;但大体不会相差过远。至于第一遍唱的情绪比较真实,多唱会渐渐虚伪,则还是唱的人修养不到家,浸入音乐不深,平日练习不够的缘故"。③

从他对茅盾关于莫扎特的发言的批评,应当是实事求是的,合乎情理的,也可以看出他自己对于莫扎特的音乐的理解。

从傅雷对老舍的小说、田汉的戏剧、茅盾对莫扎特看法的评价中,可以看到傅雷本身的艺术品位、艺术标准和艺术追求。

(作者单位:上海社科院文学所)

(责任编辑:田志光)

---

① 傅敏主编:《傅雷著译全书》第 24 卷,上海远东出版社 2018 年版,第 287 页。

② 1954 年 12 月 4 日,傅雷说,"今天傍晚听了北京广播,有林伯伯录音的一支 Otello［《奥赛罗》],巫漪丽伴奏"。(傅敏主编:《傅雷著译全书》第 24 卷,上海远东出版社 2018 年版,第 120 页。)

③ 傅敏主编:《傅雷著译全书》第 24 卷,上海远东出版社 2018 年版,第 119 页。

对话 张慧文 苏源熙(Haun Saussy) 著 陈 均 张慧文 译

译渡、译创与译承
——关于跨文化的一次对话

摘要：在对话中，张慧文和苏源熙讨论了翻译美学、跨文化诗学、比较视角，以及如何探出或甄别那些隐秘纤细的文学创作之源等话题。双方的对话缘起于双方同时甄别的一种困境：一方面本土视角不足以探究最富灵性的文学哲学作品；另一方面文化差异又着实存在，于是，如何通过"译创"这一新概念在不同文化和国别文学中架桥就成为紧迫的问题。

关键词：译创；智力拼图；道家哲学；陆机诗学；欧美现代派；挪威诗哲

一 引言：何为"译创"

苏源熙：看看这三个词！——译渡、译创、译承——我们一致同意将它们作为我们讨论的起点。我认为它们具有一个共同的特征，那就是它们强调某种动态和交流的互动性。在传统意义上，以及大多数实际情形下，我们倾向于认为好的翻译不增不减，原文和译文都应传达相同的信息。在面对非常简单的文本时，这一理想可以实现。但是，当面临更深的文化背景、作者风格、历史关联以及任何其他类型的复杂性介入之时，这种交流需要有一种更微妙的分析——而且可能是无限微妙的一种！如今，"译渡"（翻译）是一个我们所有读者都熟悉的概念，"译承"（收发）则可能是那些摆弄电子设备的人熟悉的概念（收发器是一种既能接收信号又能发射信号的设备，譬如电话）。但"译创"对许多人来说，无疑是新奇的。我认为，这是你在批评与理论工作中创造的一个词。你能给它做一个核心定义吗？或者，能否给我们的对话举一个你最喜爱的例子？

张慧文：谢谢你的提问！译创是我在应对跨文化对话问题时发展出来的一种方法。译创融合了四种相互关联的活动：缓读与慢读使我们更专注于语言和论证的细微差别，这些在阅读中容易被忽略；意译要求我们既要考虑文本的内容，又要考虑如何传递；文化阐释学将个人作品放置于一个全景式的背景之下；创意写作反复打磨着我们的诸多技能，并将之浓缩，为了新的听众。因此，一个译创者，将这四个角色集于一身：缓读者、意译者、文化批评家、创意作家。我最钟爱的一个例子是卡夫卡对道家思想的译创，请看下面这个并置：

并置：卡夫卡．箴言卡片109 & 老子47与48

卡夫卡．卡片109

你不必走出房子。守在你的桌边，倾听。倾听也不必，只需等待。等待也不必，完全地静笃和孤单。那世界将献身于你，彰一切所未显——她狂喜得无法自持，在你眼前，她蛇舞翩跹。

（张慧文译）

老子47

不出户知天下

不窥牖见天道

其出弥远
其知弥少
是以圣人不行而知
不见而名
不为而成

老子 48
为学日益
为道日损
损之又损
以至于无为
无为而无不为

源熙，你对这个并置怎么看？

苏源熙：对于卡夫卡，看来非"译创"不能读也。即便当他和那些他接近的文化——德国、捷克文学以及犹太民间故事的文本——互动时，他巧妙地改造了它们，使它们看起来原本是其他事物的寓言，这是他的想象力之力所致。人们把创造气氛的功劳归功于他，一种感觉和理解的框架——"卡夫卡式"——一种存在的模式，我将其定义为一种徒劳的努力带来的如梦之感。卡夫卡的人物 K 越是努力想进入城堡，就越是不可能。在《美国》里，卡尔·罗斯曼越是想遵守规则成为一个尽职的工人，他偶然认识的朋友就越是损害他。最后，他随遇而安，加入了"俄克拉荷马自然剧场"，才找到了自己的人生目标。——或者，我们只能这样猜测，因为手稿在这里中断了。当卡夫卡遇见老子时，他发现了一直在寻觅的东西，即"用"的消极性，"无为而无不为"。

张慧文：我完全赞同你对"卡夫卡式"的定义，"一种徒劳的努力带来的如梦之感!"它给了我两个联想:箴言卡片27"'阳'或'益',已然赋予我们;为'阴'或为'损',尚有待于我们"。箴言卡片90"两种可能:化约自身以至于无穷小,或本身是无穷小。前者乃实现或完满,亦即'无为';后者乃初始或开端,亦即'为'。"卡夫卡的特定顺序在布罗德编辑的德文版以及穆尔·凯泽和威尔金斯的英译本里被弄反了。这些版本颠倒了"两种可能"的顺序,使得内嵌于箴言卡片90里的悖谬几乎不可能解决,除非我们从道家的方向来接近它。除了《箴言卡片箱》,卡夫卡还将这两种潜能的并置对应到他的寓言《皇帝的谕旨》里的信使和"从帝国的阳光下逃避到最遥远距离的影子"的对比上。信使"为",因此是无穷大人群中的无穷小。影子"无为",化约自身以至于无穷小,因此轻而易举地超越了本不可超越的人群。

苏源熙:或许因为卡夫卡在写作《箴言卡片109》时对其他事件的思考(我没有查对日期,也没有把它和卡夫卡失败的感情生活相关联),他将寓言故事主人公和世界之间的关系赋予了情色:如果这个人只是坐着等待,最终世界将"献身于你,彰一切所未显"和"在你眼前,她蛇舞翩跹"。

张慧文:是的,这对我来说深具挑战性。尼采和卡夫卡在德语中都使用了阴性名词,以创造一种用其他方式无法表达的暗喻。将他们的文字游戏翻译成英语和中文,——这两种语言都是无性别的,对我这个"译创"者是个挑战;但也激活了我自己的语言创造。在尼采和卡夫卡之外,如何在有性别和无性别的语言之间遨游,这也是一个与"译创"相关的问题。抱歉打断你,请继续。

苏源熙:在我看来,这种三重递进似乎是庄子的回响,卡夫卡可能在翻译中读到过他。"守在你的桌边,倾听。倾听也不必,只需等待。等待也不必,完全地静笃和孤单。"——一种趋于零度之"为"的渐进过程——这是一种必要条件,以使世界回应其此刻一无回应的同伴。我不禁觉察到，这似乎就是发生在卡夫卡这位作家身上的遭遇。在他生前，只为一小部分朋友和读者所知，对于成功，甚至对出版都顾虑重重。现在他是被全世界数百万乃至数以亿计的读者崇敬的作家，他给读者制造了内心的"痉挛"，因而使读者产生一种特殊的满足感。——我说"特殊"，是因为对这位作家来说，你不知道这种"痉挛"是来自愉悦还是来自痛苦。有些卡夫卡的故事我已经重读了几百遍，但我仍然无法确知他在我心中挑起了怎样的"痉挛"。这种"战栗与痉挛"，就像《爱丽丝梦游仙境》里所言，将读者和作家绑入一种奇怪的交流里面——但或许这是最正常的互换，假如你用老子的眼睛来看——老子观察到"天下神器，不可为也，为者败之，执者失之……是以圣人去甚"（《道德经》第29章）。

二 "一种运动的起源"

张慧文：莫非你对卡夫卡的反应映射了庄子在卡夫卡内心挑起的双向"痉挛"？是的，卡夫卡读过卫礼贤的《庄子》译本。他同时并行的诗学实践与哲学思考令我想起卫礼贤对《庄子》的批注："他是一种运动的起源；只有那些从静态的字母中一跃而起、并在自身激发出他的文字里涌流的运动的人，才能理解他。"在此情形下，《箴言卡片57》可视作卡夫卡与庄子的对话，经由卫礼贤，但又超越了卫礼贤：

> "语言，对于所有超越感官世界的事物，都只能以暗示的方式，而永远不能以定义的方式使用——甚至连模糊的定义都不行。因为语言和感官世界共振，只表述'占有'以及占有关系。"

伟大的作家认识到，他们的母语因其现时的局限性所允许他们表达的事物与他们作为批判性与原创性的思想者所想要表达的事物之间，存在着巨大的空隙，为了弥合这一空隙，他们"活化"自己的语言，让读者"痉挛"，产生出一种特殊的满足感。

卡夫卡和老子之间的共鸣并非巧合。有两段摘录证明了卡夫卡与老子确曾相遇。首先，卡夫卡一九一七年的日记，揭示了"译创"老子的动机，即反对"为"或"过于欧化"的翻译倾向。

> 一位"为"的朋友为我们提供了一份（或许过于欧化的）译稿，它是对于几张古老的中国手稿散页的翻译。这是一个断片。找到续篇的希望为零。

其次，卡夫卡在一九二一年与亚努奇关于道家思想的对话，揭示了卡夫卡自己的"译创"方法。

> 我对道家哲学的琢磨——尽管必须局限在译文所提供的可能性之中——是深入且漫长的……老子的箴言是硬实的坚果：每一颗都让我着魔，但最中心的内核我却无法穿透。我反复阅读，就像拿着五颜六色玻璃球做游戏的小男孩，让它们从思想的一个角落滚到另一个角落，在此过程中却一无所获。事实上，透过这些箴言的彩色玻璃球，我只发现了自己的思想渠道的可怜的浅薄：它们根本无法涵养或吸纳老子的玻璃球。
>
> 真理永远是一个深渊。一个人必须像在游泳学校一样，敢于从狭窄的日常经验的颤抖的跳板上跳下，沉溺在深海里，然后笑着又挣扎着呼吸着上升到事物的表面，看到此刻那里从深海中穿出的双倍殷实的光。
>
> ——卡夫卡与亚努奇关于卫礼贤译本里的道家思想的对话

1921 年

(张慧文由德语译为英语)

源熙,你对卡夫卡这些关于道家的评语怎么看?

苏源熙:卡夫卡担心为吸引公众眼球而制造的翻译(例如,在慕尼黑艺术杂志《Die Aktion》上刊登的译文)可能会对原作造假,以迎合目标语言。我也抱怨过他们!带着些许羡慕,因为我知道,给公众提供他们之所想,是一条致富路径。不懂中文的人通过编造《老子》或《易经》的伪译,迎合对玄学、"神秘的东方""永恒的中国"诸如此类的口味,因而变得非常富有。尽管如此,卡夫卡并不认为学究性的翻译更好——那将是一个过于简化的解决方案。

我把这篇日记看成是一个卡夫卡故事的梗概,尽管它并非虚构作品。手稿散页的含义难以捉摸,因为它来自"那边",正如卡夫卡的断片《关于寓言》所言:"某种传奇性的、神秘莫测的'那边',一些我们全然未知的事物。"它来自越过"长城"(意喻上、而非物质上的墙)的那边。正如他对亚努奇所说,"最中心的内核我却无法穿透"——这就是"过于欧化"的翻译风格对读者的屏蔽。当他试图破解这些"硬实的坚果"却失败时,它们就神秘地变成了半透明的玻璃球,他尽可以把这些玻璃球从这儿滚到那儿。但是,它们教给了他什么吗?不是这些中国断片里的信息,反而是那些坚硬小球外部的负面印象,这种印象通过尝试理解之失败向他揭示"自己的思想渠道的可怜的浅薄""我的思想模子的绝望的浅薄"(如果我可以从你的译文中进行重译,以强调具体的比喻)。思想模子,或者我们使用英语习惯用法——"思想模式",通常是无意识的。模具是一个具体事物的负面形象(让我们想想制造塑料儿童玩具的金属模具),是该事物的一种确定的缺失,从中可以产生该事物的无数个副本。卡夫卡承认,他的"思想模具"不能复制老子的思想。然而，它们可以向他展示它们自己没有能力容纳这些思想，这已经是对有一天"涵养"（begrenzen）它们的可能性的一种预想。我认为这漂亮且巧妙地表达了翻译何为——为了达到这种理解，卡夫卡并不必懂中文，他只需是他自己。

张慧文：我不想过早亮牌，但你很快就能看到一个斯堪的纳维亚的文化人物和卡夫卡不谋而合。像卡夫卡一样，他融会了古老的道家思想，并通过创造性写作加以转达，而并非趋附于汉学翻译的传统。

苏源熙：关于"断片"的确定的零散状态——好吧。你期待什么呢？卡夫卡具有将他遭遇的一切转化为"卡夫卡"的天赋，——他在公园里遇到的小女孩，他在报纸上读到的一个故事，墙上的一只昆虫。但是如果说将老子转化为卡夫卡，用以制造"卡夫卡"，则是不完整和另类的。它不是我们如今所说的挪用，它是自我生成、自我引导、自我发现，但并非自私或自我中心的。它是开放的，就像一个数学公式，总是可以容纳新的整数。任何敏感于"卡夫卡式"特征的人都能认出它，或将之综合。这是这位来自布拉格的古怪犹太保险律师与世界分享的东西。我们为何不称它为"卡夫卡之道"？"道"是指一种方法，一条道路，一个向所有人开放的事物。

> 吾不知其名，字之曰道，强为之名曰大。大曰逝，逝曰远，远曰反。
>
> ——（《道德经》，第 25 章）

如果我可以冒险来引用《老子》这段话，我想这样解读：生活在一个固有而并非偶然的悖谬世界中的卡夫卡式敏感是"没有确定的名字（因为所有的名字都是隐喻和误导）的，但如果我们一定要给它一个名字,我们可以称为'包罗万象'。包罗万象,因此难以捉摸;难以捉摸,因此遥不可及;遥不可及,因此我们可以在我们身上找到它"。

张慧文:一语中的!卡夫卡的寓言《耐心的游戏》最恰切地展现了他是如何"把他遭遇的任何东西都转化为卡夫卡"。它还彰显了"生活在一个固有而并非偶然的悖谬世界中的卡夫卡式敏感"。

《耐心的游戏》1922

(张慧文由德语译为英语)

很久很久以前,有一种"耐心的游戏",这是一个廉价的简单玩具,比怀表大不了多少,没有任何出人意料的机械装置。在红褐色的木板面上,雕刻着几条蓝色的蜿蜒小径,它们都通向一个小洞。通过游戏者耐心的倾斜和摇动,蓝色玻璃球首先滚入其中一条小径,然后滚入小洞。一旦玻璃球滚入小洞,游戏就结束了;如果想重新开始,就必须把玻璃球从小洞里晃出来。这些都被一个坚固的玻璃穹顶所覆盖;游戏者可以把这个玩具揣进自己的口袋,随身携带,随时随地拿出来玩。

当这颗玻璃球被闲置时,她通常会自己出去转悠,背着手在高阶平地上游来荡去,着意避开那些深刻的小径。因为她认为在游戏时已经被这些小径折磨得够呛。所以在游戏外的时间她有权在自由的高阶平地上休息!她步履夸张、大摇大摆,声称自己绝不是为那些狭窄逼促的小径而生的。她的看法有那么点道理,因为小径确实只能很勉强地容纳她;但她的看法同时也没什么道理,因为事实上她这颗玻璃球正是依据小径的宽度度身定制的。然而小径当然不可能让她舒舒服服,因为如果舒舒服服,那还怎么能是"耐心的游戏"?

从卡夫卡对"为之译"或"过于欧化的翻译"的批评和他发明的"耐心的游戏"的对置里,我可以断言,通过译创,卡夫卡找到了"道的绵延"。我相信这与你作品中的诸多跨文化对话遥相呼应。你能分享一个例子吗?

苏源熙:如果让我选,我想应该是徐志摩翻译波德莱尔的"une étrange musique"时用了"异乐",如《翻译与死亡》一文的读者所知晓,这个词来自《庄子》。这是在两个截然不同的文本、不同的作家、不同的语言、不同的时代、不同的思想世界之间画出的一个绝妙的映射:由于存在着如此多的不同,要有非凡的勇气才能推想出一个映射,而且要有非凡的洞察力才能切到那个最合拍的映射。对于法国诗歌来说,腐烂尸体上的苍蝇是"怪异的",因为在波德莱尔之前,没有人选择过这个诗歌主题。这些恶心的昆虫正在创造一种对我们具有美感的东西——"音乐"——这一事实很奇怪,你必须是那种怪异的观察者(波德莱尔绝对是这样)才能听到它。庄子也是如此,顺应于某种音乐,这种音乐远远超出他那个时代的士人对"音乐"的美学规范。他的异乐包括号叫、叹息、嘶嘶声、风暴以及苍蝇的嗡嗡声,——因为它们正在进行令人厌恶但必要的工作。两位作家都在探索一种"丑的美学"(正如黑格尔的学生、黑格尔的最佳戏仿者卡尔·罗森克朗茨所说),这使他们对自己所处的空间和时代感到"陌生",而他们的"共同陌生性"(引用雅各布·埃德蒙关于中国和俄罗斯先锋派诗歌的佳作的标题)使他们相遇。我认为,在那篇讨论徐志摩翻译的文章中,我能够触及到一些关于所有翻译的重要问题,以及我们应该怎样评判翻译。一句话:翻译的陌生性。

三 智力拼图和交叉小径

张慧文:你关于"丑的美学"和"怪异"的评语让我想起现

代挪威哲思诗人奥拉夫·H. 豪格，以下是他关于诗歌和老子的只言片语。

年轻的抒情诗人希望诗歌能有更多的挪威感。它应该像冰凌悬挂，或像冰里的玫瑰闪烁光芒……另一些人写诗则是更寒冷的宁静——水晶、星星、石头、雪花（当雪下得很厚）。还有一些人写血与火……很少或根本没人用干草架、钉子、木屐、草炭、泥土、汗水来写诗，——总之，用随处可得的事物来写诗，如同内什"做"画（艺术作品）的方式。

——豪格，1948 年，张慧文从挪威语译为英语。

老子的著作《道德经》非常奇异。他是中国智者中的巨人。自 1900 年以来，欧洲对中国著作的阅读大大增加，东方精神世界的总体影响也许是新欧洲文学的最佳酿酶。

——豪格，1953 年 11 月 12 日，张慧文从挪威语译为英语。

的确，关于译创，我的第二力证当属奥拉夫·H. 豪格：

所有的写作都只是对以往写作的评语。看看那些教士们：他们对此心知肚明！但帕斯卡尔、尼采、爱默生和埃克伦德也都知道这一招（好吧，尼采和爱默生都是教士出身），因此他们巍然而立，稳如泰山。不要偏离"道"！老子刚巧也如是说。

这一点你曾经知晓。但是忘了。把楔子钉进树桩！打上你的标记！

你已经到了这儿！迈出下一步！但要小心！

牢记那个原点！

——豪格，1975年4月14日，张慧文从挪威语译为英语。

苏源熙：一些极具影响力的思想运动（如欧洲文艺复兴、新教改革、清代学术的考证倾向、五四运动）所造成的一个不幸后果是，我们倾向于将原文与注释分开，并认为后者意义和力量较小。正如怀特海所说，所有西方哲学都是"柏拉图的脚注"。我们都在从事批评和对批评者之批评，而这就是传统的创生方式。告诉我你读了什么文本，我就能预测你的思考可能会采取什么路径（但不是绝对的。我从我的老师哈罗德·布卢姆那里学到了寻找"clinamen"，即原子的随机偏离，以使新事物在一个非随机模型里萌生）。在我看来，豪格用他的"楔子"和"原点"准确地标记了这两个维度。

张慧文：完全同意。豪格对以往作品的创造性批评本身就是译创。他将之描画为一种源于教士又超越教士的方法。

苏源熙：是的，但假如你从事教士这一行，你必须假装在神圣的文本中找到了你可能发明的东西……但是，请继续。

张慧文：这一系列的祈使句——顺应真正的"道"，坚定而精确地打下个人标记，大胆又小心地向前迈进，不断地回向到"原点"，以之作为创造力永不枯竭的泉源——是一位现代作家取得成就的前提。这样做的好处是克服"影响的焦虑"（哈罗德·布卢姆），像永恒的山峰一样稳稳站立。此外，与以欧洲为中心的起源相反，豪格的"原点"是东方与西方两个传统的融合。纵观他的日记，他频繁引用老子，认为老子不仅是古代西方哲人如赫拉克利特的同道，也是现代西方诗哲从埃克哈特到埃克伦德和维特根斯坦的同道。一九五六年至一九五九年，豪格创作了三种我称为"智力拼图"的作品，每一幅拼图都切入了老子。

对豪格来说，"以往的作品"最迷人之处就是跨语言与跨文化的对话。因此，他对此类对话的批评即是在元语言、元文化的层面对不同文学—哲学传统的各类拼图的复杂性和统一性的双重揭示。为了说明豪格如何实践他的译创，我们不妨看看他在一九五六年二月五日做的"智力拼图"——将苏菲和老子的语录进行拼接，再加以他自己的创造性批评。

> 当心为其所失而哭泣，灵魂却为其所得而欢笑。（苏菲）
>
> 为学日益，为道日损，损之又损，以至于无为。（老子）
>
> 故常无欲，以观其妙；常有欲，以观其徼。（老子）
>
> 即使仅凭你的手迹，我也能够洞悉你的性情。放弃一些刻意的笔锋和勾勒吧；那将显示出你恢复了一点活力，感觉更自由，不再过于拘泥于范本——那"隐现"在你眼前的范本。的确，这样做你的字可能会稍稍歪斜，但也一样漂亮。

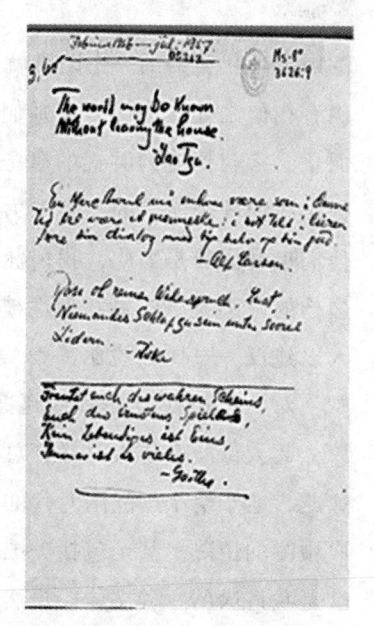

苏源熙：不知道豪格为什么会选择布拉克尼（R. B. Blakney）的《老子》译本；也许是因为这个译本每一页的页底都有批语，读者可以借此思考对文本的应用。在我看来，将古代中国的诸子百家

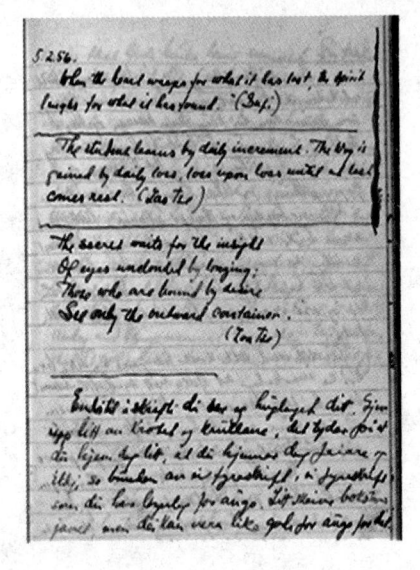

翻译成现代英语的一个陷阱就是将作品变成自助手册的倾向。两者确有相似之处：古代的大师们并不只是做纯粹的思考者或预测家，而是会参与到他们时代的事务里，经常直接被各国的统治者聘任，提供我们现今所言的"竞争力咨询"。（或者，即使他们并非如此，他们也会假装是如此，我怀疑孟子与梁惠王的对话等这些篇章都是虚构的）但是，这种相似性被巨大的差异所颠覆！老子并不关心给人以建议——比如说给一个美国中年男学者建议，此人不常去教堂，对工作和社会关系感到抑郁多虑；又或者给一个挪威诗人建议，此人像所有诗人一样，总是担心他是否还能写出下一行。尽管如此，老子给中国战国时代的人们的启示可以适用于种种巨大且难以预测的情况，甚至包括美国学者和挪威诗人的情况。自助，尽管这是我讨厌的一种文体，仍然适用于个人及其困境。

张慧文：正是如此！那些以直击当下而又贯穿永恒的方式与个人对话的作者具有超越时空的特殊力量。这就是为什么尼采的《查拉图斯特拉》吸引了现代中国哲思诗人鲁迅，而《老子》则让现代挪威哲思诗人豪格着迷。布拉克尼的《老子》译本只是豪格研究的众多译本之一，在跨语言、跨大陆和跨时代的开拓者所创造的迷宫般的交叉小径上，豪格与《老子》多次相遇。

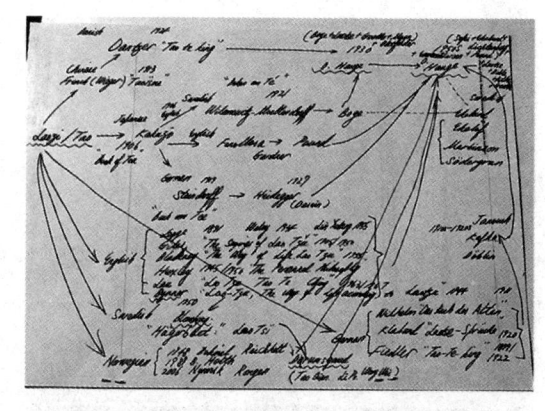

若想参透我的地图，细究所有的人名、书题、微妙的宗义以及它们之间错杂的关系，需要花上几个小时。现在我只分享两个要点：其一，老子通过几条不同的路径"找到"了豪格，这些路径打通了源于日本、法国、德国、丹麦、瑞典、挪威、英国和美国的各种对"道"的语言学、美学、哲学、宗教和历史的研究。其二，豪格对这些不同的路径都作出了一以贯之的回应。这是他探索那个"无解"的终极问题的方式，正如他引用哈拉尔德—霍夫丁的话，"如果那个终极问题不存在，生活就没有价值；如果那个终极问题可以被解答，生活同样没有价值"。

正是在这些终极问题的诱惑下，豪格从一九二〇年代开始制作"智力拼图"。在保存诗人档案的瑜尔维克豪格诗歌博物馆，我拍摄了以下证明他初期拼图实践的照片。早在一九二八年，豪格就在他的《斯宾诺莎伦理学》副本中收集了四张剪报，以呈现伊壁鸠鲁、歌德、克尔凯郭尔和乔治·艾略特提出的四个思想问题，然后收集了八个诗人哲学家的语录［阿诺德—班尼特、威廉—詹姆斯、霍夫丁（上文引用）、叔本华、欧根、罗素、柏格森和桑塔亚纳］作为对人类生活目的的跨文化勘探。

将豪格一九二八年和一九五〇年的拼图相对照，我注意到了两

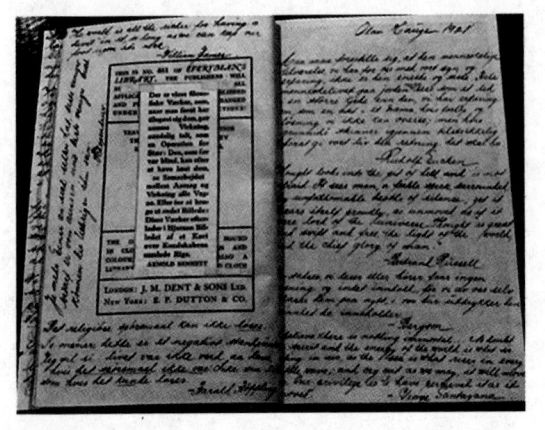

个主要区别：其一，豪格的手迹已经从一种刻意美化的、敏感纤弱的、仿照欧洲启蒙经典的风格，蜕变为一种解脱束缚后成熟自信的风格，这与他一九五〇年通过对"道"的译创从欧洲教规中解放出来的精神相吻合。其二，在豪格一九二八年的拼图中没有出现的"老子"，在一九五〇年成为一个标志性人物。我观察到一系列现代译创者的成果都对豪格的这一转变作出了贡献，包括威廉·詹姆斯的《宗教经验的多样性》（1901）、莱昂内尔·吉尔斯的《老子箴言》（1912）、克里斯蒂安·施杰德鲁普的《单数宗教与复数宗教》（1926）和奥尔德斯·赫胥黎的《永恒哲学》（1945）。一九六〇年，当豪格终于发现了将道家和《圣经》对置两端的鲁道夫·奥托的《神圣理念》（1917）时，他激动地评论道：

你缺失的碎片

你给自己制造了一个很好的人生观——或德语的"世界观"（Weltanschauung），如果你想用一个时髦的词——就像你看到孩子们把拼图的碎片拼起来，直到拼出一幅光鲜的画面。如果有一些碎片缺失，就很让人沮丧。但是，假如这些碎片也突然出现，那会多么惊喜！《神圣理念》中的鲁道夫·奥托就是这样一块重要的碎片：他表述了种种或许从未被明晰表述的思想。

——豪格，1960年3月4日，张慧文从挪威语译为英语。

四 "旅行是傻瓜的天堂"

苏源熙：在豪格的《道德经》副本的同一页上，我们看到豪格将老子与卡夫卡和爱默生整合到一起，我以为，这表明了译创的宗旨。

拉尔夫·瓦尔多·爱默生（Ralph Waldo Emerson）可能是美国"自助派"的创造者，实则是一个过渡性人物。他最早是一位一神论教会的牧师，每周就指定的经文布道，但他扩大了取材范围，纳入了孔子、奥义书，以及地质学和语言学等新科学。最终，他的文章——通常是作为对读者的讲话，但读者不是别人，就是他自己——成为一种文学，不再受讲道体裁的约束，而是畅所欲言，对如何生活给出建议。这确有必要性。当人们摆脱了专制和教会的规诫，他们开始自问，应该如何生活。爱默生满足了十九世纪美国的这种需求。他以《自立》和《经验》这样的文章开创了自助派；自助派进而又充斥了典型的美国书店，可能在很大程度上促成了人们病态的自我陶醉。

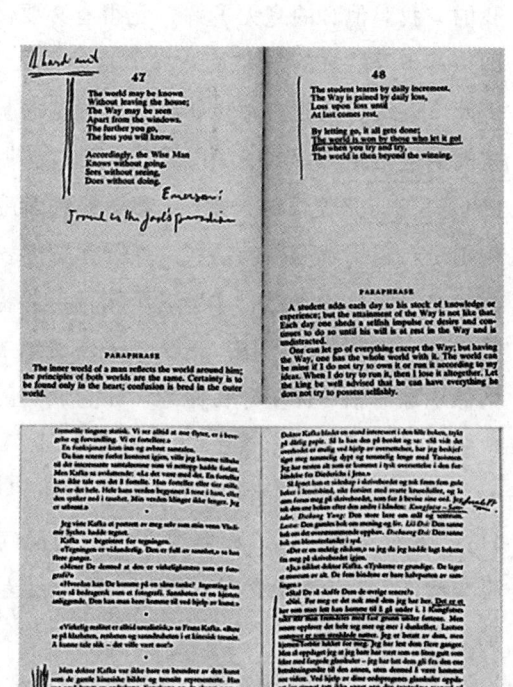

豪格用卓越的洞察力引用了卡夫卡的话——"一颗坚果"，他

回应了老子的观点:"其出弥远,其知弥少。"这个悖论并非以苏格拉底的精神提出——苏格拉底以辩证法进行推演,最终证明自己一无所知——而是以卢梭的精神提出。卢梭的观念是:对于世界的经验越多,我们内心的光越暗淡。或许作为诗人的豪格(除了你告诉我的,我对他真的毫无了解)觉得有必要保护他的灵感、他的诗意的声音不受过多的学究及外部信息的侵扰。我可以看到这种诉求。因此,诗人会呈现一种犹如硬实、顽抗的坚果一般的个性,宁愿在喧嚣的世俗世界里跳来蹦去,也不愿向其敞开心怀(被其击垮崩碎)。"旅行是傻瓜的天堂",豪格大致引用了爱默生的话。而爱默生则是在引用贺拉斯的话:"对所有受过教育的美国人而言,正是因为自身文化的匮乏,才痴迷于旅行,并将意大利、英国、埃及奉为圣地。而那些使英国、意大利或希腊在想象中变得可敬的人们,则像地球的轴一样坚守在原地。作为成熟的男子,责任就是我们的位置。灵魂不是旅行者;智者固守家园。"(《自立》)"Caelum, non animum, mutant qui trans mare current"(贺拉斯,Epistulae I. 11:"通过跨越海洋,人们改变了他们的气候,但没有改变他们的思想状态")有意无意间,爱默生转入了老子的轨道,而豪格也在那一刻跟上了他。

张慧文:你说得正是!纵观豪格日记,他捕捉到不少在他看来爱默生"转入了老子的轨道"的时刻。例如,这一处:

到此为止

在哲学方面,我只能读到"前苏格拉底"。他们没有多少知识,又非强有力的思想者;但他们几乎随时都在"观看",并作一种我以为是神秘性的思考,比如巴门尼德,又比如赫拉克利特。赫拉克利特的德译本 Büchlein 是我的教义,我对哲学的阅读到此为止。一旦我翻开苏格拉底和柏拉图,我就头昏目眩。

我喜欢爱默生，但他也和前苏格拉底哲学家一样并非强有力的思想者，他也"观看"，并且几乎全部用图像言说。

老子也是这样一个作神秘性思考的畸人。

——豪格，1968年11月6日，张慧文从挪威语译为汉语。

苏源熙："智者固守家园"，不出户，知天下。但译者是一个不得不"改变气候"的人；如果你在翻译，你就并非真的"固守家园"，即使你是阿瑟·瓦利，而且从不离开大英博物馆周边。我想，译者必须成为他者，同时还必须是他或她自己。

五 "你已老成到足以做很多恶作剧"

张慧文：阿瑟·瓦利正是豪格最欣赏的两位翻译家之一；另一位是埃兹拉·庞德。一九七八年的《BASAR：挪威文学杂志》上，在扬·埃里克·沃尔德对他的访谈里，豪格透露了他经由瓦利和庞德与中国古诗的相遇。

——你从什么时候开始阅读中国古典诗人？

——二战后。尽管我之前在杂志上读过中国诗和日本诗，但直到读了庞德，我才豁然开朗，明白了什么是中国诗。后来我又弄到了瓦利、德鲁姆斯加德和其他翻译家的诗集。如果一个人不懂中文，他当然也不会知道什么是中国诗。我们所知道的中国诗，其实是庞德创造的……庞德，如你所知，无疑是一个天才。在1915年出版的薄薄一本《神州集》中，他根据欧内斯特·费诺罗萨的笔记，将中国古诗重新创造为现代意象诗。

我感兴趣的不仅是豪格对庞德《神州集》的欣赏，还有他如何

受庞德译创李白的启发而进一步译创庞德。看看豪格的《神州集》私人副本的扉页:

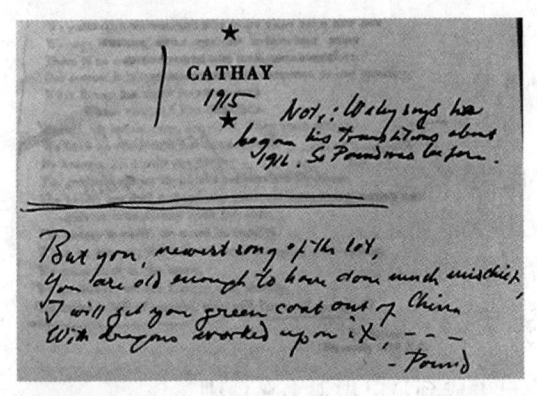

"但是你,歌群中最年轻的谣曲,/你已老成到足以做很多恶作剧,/我将从中国给你弄来一件绿袍/上面绣着龙的图案。"在细察原初语境之前,我对豪格手写的"庞德诗"如此阐释:如果有一种文学遗产,其最年轻的谣曲却能"老成到足以做很多恶作剧",那一定是中国古典诗歌。为了使这一内容找到相配的形式,(豪格译创的)庞德许诺将从中国寻回这些歌遗失的龙绣衣裳。

然而,在细察庞德的原初语境时,我却吃惊的发现:

在我看来,豪格从庞德与惠特曼的"契约"里提炼出一个断片——"我现在已老成到足以与你交友"。又从庞德的"继续教育"中提炼出另一断片——"你还没有老成到足以做很多恶作剧。我将从中国给你弄来一件绿袍。"——并将这两个断片整合为庞德《神州集》的箴言。豪格将这句箴言放在扉页使其成为本书的序言,也即他为庞德《神州集》量身定制的历史和审美批评框架。这是豪格的奇思!在乌尔维克,我还拍了以下照片:

这些照片显示了豪格对庞德《神州集》研究的深度和力度,而这种热情澎湃的深度和力度,也许只有豪格对陆机诗学的研究可相比拟。事实上，在扬·埃里克·沃尔德对他的那次访谈中，豪格特别提到了陆机。

——中国诗，至少在庞德和瓦利的翻译中出现的中国诗，是我读过的最好的诗之一。的确，我真不知道有谁比古代中国诗人更好。

——中国诗的哪些地方让你喜欢？

——这很难说。它们简洁而自然——当然，它们也可以是冗长且复杂的，但如果你阅读中国文学史，就会发现，简洁的诗才是常青的，比如王维和李白的诗……有谁比陆机更能洞察诗学的秘密？

——陆机就是你在一首关于爱德华·蒙克与橡树的诗中提及的那个人吧？

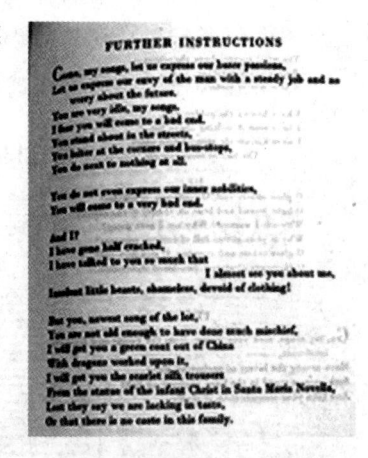

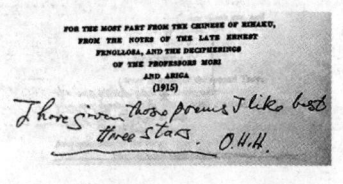

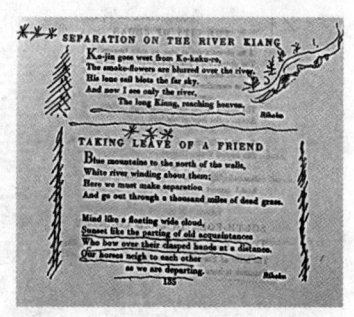

——是的，陆机是一位生活在公元300年左右的将军，他在一次战役里失败了，被判处死刑。他在牢里坐了三年，等死——在此期间，他写了他的诗学，一篇奇妙的论说。这是一首关于如何写诗的诗。他说，写诗的第一步是要想象你独自一人在宇宙中，而宇宙又是如此神秘——这样，你就为你的诗思创造出空间。你应该沉入冥想，然后提起毛笔，试着在宣纸上涂几笔——也许这几笔就会成为一首诗。但他并未说这首诗应该是什么样。此后他就被斩首了。

六 "读陆机，然后作首诗"

张慧文：当我第一次读到这篇照亮豪格一九七一年关于陆机和蒙克诗作的访谈时，豪格对陆机的理解的精确性和深度让我感到困惑。因为豪格没有透露任何参考文本，而我知道多鲁姆斯加德的挪威语《文赋》译本直到一九七八年才问世。后来我发现，豪格是通过迷宫般的交叉小径"找到"陆机的，其复杂程度不亚于他找到老子的路径。连接豪格和陆机的两座主要桥梁是丹麦汉学家埃尔西—格拉恩的《汉语散文诗》（1956）和美国诗人阿奇博尔德·麦克利什的《诗与经验》（1965）。豪格在《诗与经验》的私人副本上写满了批注。

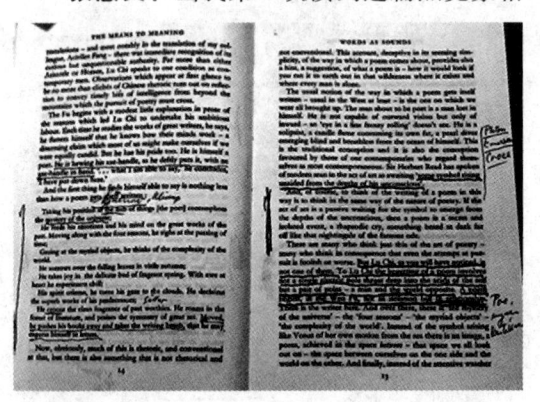

对照这些豪格批注的段落和一九七八年《BASAR》的访谈，我立即意识到麦克利什在英语中对陆机的描述如何启发了豪格在新

挪威语里对陆机的理解。源熙，我知道你最近教过陆机，并对他非常钦佩——认为他关于写作是一种"做"（MAKING），而非"模仿"或"表达"之类的言说，具有真正的智慧。你能详细说明一下吗？

苏源熙：亚里士多德、贺拉斯、朗吉努斯——他们试图说出文学作品在一般意义上是什么，对其本质作出定义，从而确定写作的规则、标准和规范必须是什么。所以他们很自然地融入学校的教学大纲。陆机致力于其他工作。他对作品的好坏肯定有自己的看法，而且并不吝于告诉我们，但他的主要兴趣是探索写作是一种什么样的经验。我认为没有人能够超越他。我很高兴看到陆机被纳入比较诗学研究，但即使比较学者具有良好意图，也有可能存在误读，这一点时有发生。例如，斯蒂芬·欧文在翻译陆机时不断提及亚里士多德，仿佛两人从事的是同一项工作。但他们不是。陆机写的其实更像是一本自传，而不是通常对诗人心理的研究。但由于中文文本很少使用代词，所以需要译者来给我们指明，《文赋》的言说对象是"我"还是"他们"（其他的诗人）。此处的比较模糊了一个重要的区别，除非你非常细心，否则很难翻译清楚。

张慧文：是的，我在比较《老子》第四十七章和它的三个译本时有同样的洞察。

> 不出戶知天下
> 不窺牖見天道
> 其出弥远
> 其知弥少

> Without leaving his door
> He knows everything under heaven.

Without looking out of his window
He knows all the ways of heaven.
For the further one travels
The less one knows.
—Tr. Waley, 1934

不用离开门
他就知道太虚下的一切。
不用看窗外
他就知道太虚的一切道路。
因为人走得越远
他知道得就越少。

——特里·瓦利译，1934 年

The world may be known
Without leaving the house;
The Way may be seen
Apart from the windows.
The further you go,
The less you will know.
—Tr. Blakney, 1955

世界可以认识
而不用走出家门；
道路可以观察
而不用朝向窗外。
你走得越远

你将知道越少。

——布拉克尼译，1955 年

Without going out of the door, you can know the world.

Without looking out of the window, you can grasp the way of heaven.

The further you go, the less you know.

—Tr. from Chinese to Nynorsk by Ole Bjørn Rongen, 2006, tr. from Nynorsk to English by Huiwen Zhang, 2021

不走出门，你就能认识世界。

不看窗外，你就能把握天道。

你走得越远，你知道得就越少。

——奥勒·比约恩·罗根从中文译为新挪威语，2006 年
张慧文从新挪威语译为英语，2021 年

张慧文：老子的文本没有代词，迫使英语和挪威语译者在"他""人""你"和被动结构之间做出选择。因此，每一种译文都带有译者个人精推细敲的不同的语气和内核。或许这就是为什么豪格对陆机的接受如此矛盾，几乎是自相矛盾。豪格在陆机身上看到了一位知己，这位知己较之亚里士多德、贺拉斯和朗吉努斯更能言豪格所欲言。因为西方学术等级制或重写羊皮书的传统暗示后来的读者（包括豪格）：你们都是次经典一等的，永远无法真正理解经典！陆机则不然：他和豪格对谈仿佛两个同代人，并观照实用的、亲历的，同时又直切当下的话题。因此，能和陆机相遇，豪格感到非常荣幸！

你喜欢一个奉承你恭维你的女孩,因为虚荣和自负在今日盛行。但这不止于女孩,对你遇到的男士亦如此。

让我自负的不是亚里士多德和贺拉斯——而是陆机!

——豪格,1970年,张慧文从新挪威语译为汉语。

另外,豪格对陆机的崇拜并不妨碍他把陆机当作他的阿斯克拉登工具箱中的"废料"来"运用",或者说,"踩着"陆机往上爬!阿斯克拉登是挪威民间传说中的理想人物,他看似愚蠢且游手好闲,却能在别人失败的地方取得成功。在豪格提到的《无人能及的公主》这则逸事里,阿斯克拉登收集了诸如一只死喜鹊、一个破罐子、两个山羊角和一个破鞋底等"废料",在适当的时候创造性地运用它们从而让"无人能及的公主"刮目相看。如此,他既赢得了公主,也获得了一半的王国。现在,请读读豪格日记中的这些引文,并谈谈你的想法。

陆机,而非亚里士多德。从陆机那里学到的东西比从亚里士多德那里学到的要多得多。我就像阿斯克拉登一样,收集一切,绕着长长的弯路。

——豪格,1967年,张慧文译。

理论。马拉美、波德莱尔——艾略特、庞德——拿来并运用他们每一个!不用管什么名人不名人,只管使用他们。像惠特曼一样言说!将岩石和山间小道踩在脚下往上爬!

——豪格,1968年,张慧文从新挪威语译为汉语

我们谈了一些关于诗学的教科书。亚里士多德、贺拉斯、朗吉努斯,自然还有陆机。我们触及到诗歌的格律,格律是一

种可以被有效应用的普遍规则。但要注意：格律并不"规则"你作为诗人的个性和突破，也即你对规则的创造性应用！

——豪格，1977年，张慧文从新挪威语译为汉语

苏源熙："你的个性和突破"——你瞧，豪格已认识到陆机谈论的是自己的个案，而非普遍标准。这并非说陆机的写作是纯粹的自我主义模式，而是陆机从自己作为一个作家的困斗出发，包括体现于《文赋》里的困斗，并暗示他的个人经验也适用于他者。总之，陆机发出了一个信号；它被一些读者捕捉到了，然后他们转发了这个信号，成为译承者。顺及，我的"语言学癖"迫使让我必须弄清楚麦克利什读过的陆机译本，也即豪格从麦克利什那里了解的陆机。这个译本的译者是方志浵，他是埃兹拉·庞德的朋友，他在哈佛大学教书，对翻译的艺术自我要求非常严苛，严苛到很少发表文章。他的译本于一九五一年发表在《哈佛亚洲学报》上。方曾与麦克利什讨论过他翻译陆机的风格，所以麦克利什对这个译本很了解。我不怎么欣赏麦克利什的诗歌（他实际上更像是一个宣传家）但他有足够的敏感来认识陆机的佳处。

张慧文：我也有这种"语言学癖"，它迫使我必须找到被豪格研习的格拉恩的丹麦语版本（1956），以及多鲁姆斯加德晚出的挪威语版本（1978）。在对二者进行比较时，我注意到了许多差异。在此仅举一个例子，"慨投篇而援笔，聊宣之乎斯文"中的"援笔"一词被格拉恩译为"一个人抓来自己的毛笔"，而被多鲁姆斯加德译为"诗人唤来自己的毛笔"。虽然"抓来"更接近原文的字面意，但"唤来"在诗人和他的写作工具之间创造了一种个人关联——一种亲密性。

现在让我们细读豪格的这首关于陆机的名作吧！

> 读陆机，然后作首诗
> 读陆机，然后作首诗。
> 他没说应该怎么做。
> 许多人从前都画了一棵橡树。
> 但橡树蒙克依然画了一棵。
>
> 奥拉夫·H. 豪格写于 1971 年
> 张慧文 2022 年从新挪威语译创为英文和中文

在译创时，我注意到豪格选择了"做"（lage）而非"写"，"怎么样"（korleis）而非"什么样"。我学到的第一个挪威语短语是 Ùlage mat，意思是烹饪一顿饭。动词"lage"有一种非常具体的感觉。

苏源熙：如同德语中的"legen"或英语中的"lay down"，也即通过把某物放到人们眼前来使其成立，这个词根让我很惊喜，因为它说得不完全是创造，而是选择和布置。仔细想想，英语中说"make"一顿饭很荒谬，因为我们其实是把食材从它们的原语境里挑出来，再以各种方式组合，然后把它们摆到食客面前。所以说"laying it down"也即放下来。同理，"Let it be laid down that"这个英文表达意指让我们先同意某种观点、理论或假设成立，然后从此继续。我猜想诗歌的衍生过程也是如此。

张慧文：这太有启发性了！由此，"读陆机，然后作首诗"也可阐释为"读陆机，然后摆出一首诗"或"读陆机，然后演出一首诗"；这三个动词间的微妙关联呼应了你对陆机诗学的观察。至于豪格选择"应该怎么样"，而非"应该什么样"，在我看来，是他在通过对陆机的译创暗示使一首诗独特而值得诗人"烹调"和读者"品味"的并不是一个闻所未闻的主题，而是诗人与一个特定主题的极具个人性的关系。如果诗人的观察来自一个特殊的视点，如果他以一种前人从未尝试的方式切近这一主题，或者如果他的表达带有无可置疑的个人标识，那么这位诗人独处一格的"怎么样"就能够使即使陈旧的主题也重新恢复活力。

我这一直觉性的观察在通过比较这首诗的 1971 年版（如上）与在豪格日记里发现的初稿时得到了强化和丰富。

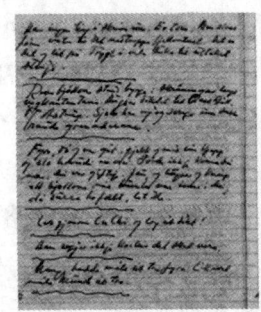

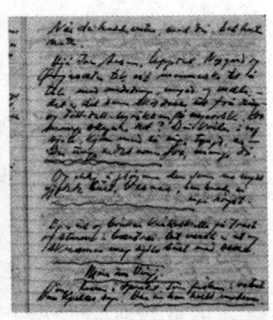

一无可写之物，我空空如也。但是我相信河流会把水重新引入干涸的小潭。知道出口闸关闭让我安心。

指顶花（又称自由钟、毛地黄）在路边的斜坡上傲然挺立。我忆起克莱斯—吉尔的诗。还有阿斯特鲁普的画。我自己也曾为这些红色的掷弹兵而歌唱。

很久以前，当我还是小男孩，我拿着一根棍子，将它们的头敲下来。我不敢靠近它们，因为它们有毒。是的，记得我追随一只熊蜂，捏紧她所在的每一朵指顶花的花钟；此刻她发出激怒的嗡鸣。

通读陆机，然后做首诗！

他没说应该怎么做。

许多人从前都画了一棵树。但树蒙克依然画了一棵。

一有水，他们就磨。守在那里彻夜工作。

——豪格，1970 年 6 月 2 日，张慧文 2022 年从新挪威语译创为英文和中文你能看到，豪格正经历着"灵感枯竭"，我们在英语中称为"写作瓶颈"。恰在此时，豪格在陆机那里找到了慰藉，通过译创陆机诗学，将"作首诗!"的祈使令与让人宽心的、开放性的"怎么做"合二为一。如果说陷入"写作瓶颈"的诗人是"干涸的小潭"，那么重新引来的水就不仅意味着一个新的"什么样"，而更具决定性地意味着一个新的"怎么样"。由此，"蒙克画了一棵树"，尽管"许多人从前都画了一棵树"，因为他的"怎么画"是独一无二的蒙克式。也由此，人类历史上所有伟大的诗人、画家和艺术家——从米开朗琪罗到庞德——只要经历过"灵感枯竭"而又超越了"灵感枯竭"，就可以被理解为豪格草稿里最后一行中的"他们"："一有水，他们就磨。"审美创造是劳动，是不间断地研磨，因此说他们"守在那里彻夜工作"。

这两段关于指顶花的文字起初看并无关联；但经过仔细研读，我发现它们在语境和互文性上相关，表现在两个方面。

其一，当豪格创作他自己关于指顶花的诗《砾石坑里的自由钟》时，他完全了解并激赏吉尔关于指顶花的诗《西部的夏天》。但是，对于同一主题，豪格和吉尔的处理方式是如此迥异，以至于两首诗如今都成为挪威现代作品经典。

其二，与蒙克同时代的挪威画家尼古拉·阿斯特鲁普也将目光投向了指顶花，并找到了他特有的"怎么画"。

这里，我们看到豪格在吉尔、他自己和阿斯特鲁普之间关于指顶花的跨媒介译创，与豪格在陆机、他自己和蒙克之间关于橡树的跨媒介译创构成对称。这一对称又在豪格一九七五年诗作《致送我巴赫和亨德尔唱片的姑娘》中在王维、他自己、巴赫和亨德尔之间关于奏鸣曲的跨媒介译创中得到了延伸。这三幅拼贴画的集合说明了不同的艺术家如何能够并且应该创造出他们各个不同的"怎么做"。

七 熊蜂、小拇指汤姆、树屋和钟锤

张慧文：再推进一步，即便是同一个艺术家，在他的一生中也可能对同一主题发展出不同的"怎么做"。看看下面这一序列豪格的关键时刻：它们展示了一个诗人写指顶花的四种不同的方法。

[从左到右]

情景1：很久以前，当我还是小男孩，我拿着一根棍子，将它们的头敲下来。我不敢靠近它们，因为它们有毒。是的，记得我追随一只熊蜂，捏紧她所在的每一朵指顶花的花钟；此刻她发出激怒的嗡鸣。

——豪格，1970年日记，张慧文译。

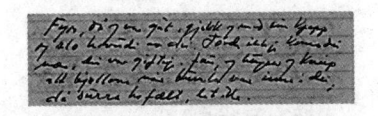

情景2：总算到了夏天。我沿着山路走下去，看着山坡上漫布的指顶花。它们站立在白桦树和覆盆子灌木丛中，仿佛绿色的长矛森林，点缀着叮当作响的红色钟铃。自由钟！你是一朵骄傲的花，而且如此漂亮。——顺便提一句，今天我看到的一朵指顶花顶着一个巨大的钟铃，对称而且光滑，圆得完美，

> LAUVHYTTOR OG SNØHUS
>
> Det er ikkje mykje med
> desse versi, berre
> nokre ord, røysa saman
> på slump.
> Eg synest
> likevel
> det er gildt
> å laga dei, då
> har eg som eit hus
> ei liti stund.
> Eg kjem i hug lauvhyttone
> me bygde
> då me var små:
> krjupa inn i dei, sitja
> og lyda etter regnet,
> vita seg einsam i villmarki,
> kjenna dropane på nasen
> og i håret –
> Eller snøhusi i joli,
> krjupa inn og
> stengja etter seg med ein sekk,
> kveikja ljos, vera der
> i kalde kveldar.

> LES LU CHI OG LAG EIT DIKT
>
> Les Lu Chi og lag eit dikt.
> Han segjer ikkje korleis det skal vera.
> Mange hadde måla ei eik fyrr.
> Likevel måla Munch ei eik.

> KOLV OG KLOKKE
>
> Eg er kolven
> i klokka,
> den tunge
> stille
> kolv.
>
> Rør meg ikkje, –
> lat ikkje
> mine veike slag
> mot malmen
> slå togni
> sund.
>
> Fyrst når klokka
> tek til å svinga,
> skal eg slå,
> svinga
> og slå
> mot den
> djupe
> malmen.

不是通常的不规则曲线。这个铃铛不像其他的铃铛那样垂下来,而是笔直地向上竖立。我一定得写一首关于指顶花的诗。但应该怎么写呢?理想情况下,诗人应该像童话中的"小拇指汤姆"那样大着胆子进入自由钟的森林冒险,然后藏身于一个钟铃,蹲在那里,随风摆他的秋千。

——豪格,1944年日记,张慧文译

情景3:
树屋和雪棚
豪格撰 张慧文译创

这些诗句没什么
了不起,不过是
几个词,随意掷到了
一起。
但我仍然
欣于做诗,
好让自己须臾间
有个小棚屋。
树屋——那些我们幼小时建造的树屋
浮现在我眼前:
爬进去,蹲下来
听雨,
笃信自己在荒野的孤独,

感受雨滴在鼻尖上、
头发里。
或是圣诞节时的雪棚,
爬进去
且用麻袋封住入口,
点燃一支蜡烛,在那里,
在寒冷的夜晚,
独处。

情景4:
钟锤和钟铃
豪格撰　张慧文译创

我是钟锤
在钟铃中,
沉重
静谧的
钟锤。

别碰我,——
别让我
对着青铜钟壁的
轻敲
将宁谧
敲成碎片。

直到钟铃

开始摇动，

我才开始轻敲，

摇动

轻敲

对着

深邃的

青铜。

在情景 1 里，自由钟的花钟不动，藏身其间的熊蜂出于激忿或恐惧而猛烈地飞动。

在情景 2 里，"小拇指汤姆"与熊蜂形成鲜明对比：他甘心情愿进入自由钟的花钟冒险，并藏身其间，在随风摇曳的花钟里摆他的秋千。

情景 3 与情景 2 相呼应，只是这一次第一人称叙述者——诗人——制作、创造了他自己的花钟，也即一个谦卑的树屋或雪棚，以便藏身其间，"笃信自己在荒野的孤独"。

情景 4 也即最后一种情景又有了新变化：诗人变身为钟锤，绝对地静止，"直到钟铃开始摇动"——他的读者开始回应他的诗——钟锤"才开始轻敲"。只有到此时，诗人和读者才组成二重奏，对着深邃的青铜，永远地"摇动、轻敲"。他们的共舞，以及这共舞的和谐就是诗。而诗人则是花钟里飞动的熊蜂和随花钟一起摇摆的小拇指汤姆的结合体。

从这个角度来看，豪格对翻译艺术的评价又展示出新的一面：

这样你就可以真正地"穿透"——因为从根本上说：翻译的艺术是近乎"爬进、钻入"原诗中，然后从内部观看。这样，所有的难题就近乎释然，近乎。

——张慧文汉译

至此，"爬进"或"钻入"一共出现了三次：如果情景2意味着诗人"钻入"一个由自然创造的主题，而情景3表明诗人"爬进"一首由自己创造的诗，那么豪格对翻译艺术的评论就意味着译创者爬进或钻入一首由他人创造的诗，以便用同样的天花妙笔在另一种语言中重新创造它！这从相反的方向与情景4唱和。

有意思的是，"爬进"或"钻入"也恰恰是《桃花源记》里的一个关键时刻。《桃花源记》是陶潜的一个乌托邦故事，而陶潜是豪格最欣赏的中国诗人之一。豪格最欣赏的另两位中国诗人，李白和王维，也都在他们的诗中不约而同地影射了这个故事。

晋太元中，武陵人捕鱼为业。缘溪行，忘路之远近。忽逢桃花林，夹岸数百步，中无杂树，芳草鲜美，落英缤纷。渔人甚异之。复前行，欲穷其林。林尽水源，便得一山，山有小口，仿佛若有光。便舍船，从口入。初极狭，才通人。复行数十步，豁然开朗。

八 结语：跳入深海、编织挂毯

苏源熙：在我看来，豪格是在为陷入翻译者困境的人寻求解决方法："本土化"还是"陌生化"？是用你自己与原作没有亲密关联的声音说话，还是用另一种本地读者无法领会的声音说话？实际上，重要的并不是这些理论上的选择，而是要"爬进"或"钻入"主题，努力从内部体验它，然后你就能与未经此种体验的人分享这种体验。

"近乎""近乎""近乎"——豪格明白他在谈论一个理想,一个可能永远不会发生却又永远被渴求的状态。"爬进"或"钻入"听起来仿佛是卡夫卡"跳入"游泳池的一个更温和的"鼹鼠版"。在这里,我想借卡夫卡的话来为我们关于翻译的讨论收尾,尽管卡夫卡并非直接讨论翻译,而是他称为"真理"的经验,而翻译只不过是这一大类经验中的一个分支。

> 真理永远是一个深渊。一个人必须像在游泳学校一样,敢于从狭窄的日常经验的颤抖的跳板上跳下,沉溺在深海里,然后笑着又挣扎着呼吸着上升到事物的表面,看到此刻那里从深海中穿出的双倍殷实的光。
>
> ——卡夫卡撰 张慧文译创

我喜欢你收攒在这里的"寓言"集:同一个"道"有不同的显影——啃不动的坚果、半透明的玻璃球、游泳池、封闭的房间、桃花源以及深渊。

并且你也提示我关注豪格思考的另一组类比,他似乎着眼于两种写作态度:一种是"现代主义",通过否弃过去来定义自身;另一种是"现代抒情诗",并非否弃过去,而是与过去游戏——拼补它,延展它,修订它——就像我最欣赏的作家一直做的那样。

> 毛病出在哪儿?
> 现代主义诗歌就像喷洒激素后的田间杂草——化工的、非自然的生长,直向死亡的生长。
>
> 许多伟大的真理被抛弃了;它们站在我们身后注目,浅笑。现在,这种命运甚至威胁到所有真理中最伟大的真理。

风、兄弟和姐妹沿着山丘玩耍——他们手拉着手跳舞,骤停,互相耳语秘密,将丝巾抛向彼此的脖颈。

现代抒情诗:一幅将所有人都吸引来的挂毯;每个人都在编织自己的方格,从细部微调概观,由此不断延展、翻新挂毯的图案。

——豪格,1959 年 11 月 17 日,张慧文译

张慧文:确是如此!你在豪格的类比中洞穿的两种态度也出现在他关于"沙文化"类型(瑜弗兰)和"远古挂毯"类型(欧亚萨特)的日记中。

瑜弗兰(沙文化类型)

瑜弗兰(Ole Peter Arnulf Øverland)的诗就像沙地培养的植物。它们被给予人工配置的营养素——磷酸盐、钾和氮——然而奇怪的是,这些诗是没有可生长性的。这就是问题所在:诗是否在人工营养素外也需要它们自然的激素和微量元素?

诗

诗可以是如此多样。有些人希望它们像藤蔓,根深扎在泥炭中,吸收养分,树干上有枝条、花蕾和叶子,最后是美丽的花朵。诗就应该这样展开,自由而有机。你可以说这是欧亚萨特(Tore Ørjasæter)的理想。他很可能是从远古民间艺术中获得这一主题。那时人们通常培植"永恒的刺桐"。也许欧亚萨特脑海中浮现的便是远古挂毯中编织的"生命之树"。

——豪格,1948,张慧文译创

这超越时空的"宇宙挂毯"不仅是豪格对现代抒情诗的理想，也是我们对译创的理想。豪格用他的一幅幅智力拼图，把他的一个个方格编织进古老的挂毯中，进而创化了它的图案。我们也编织了我们自己的方格并将继续编织下去，以唤醒老子、卡夫卡和豪格等哲思诗人来和我们对话。现在，我们要请我们的读者加入，继续这一使命！

苏源熙：我或许可以把这个比喻更推进一步：就像任何编织品或挂毯一样，艺术作品是由交叉点形成的，也就是经线与纬线的交汇点——一个稳定的、可预测的架构与一个由不可预测之物组成的混沌相结合。它们有一个正面（表）和一个反面（裡），一层由鲜明主题和意象组成的"表"，然后是另一层由灵感、游戏、俗语、双关语、潜意识联想等组成的"裡"。即使是看起来只是将不同事物对置在一起的拼贴画，如果是经过深思熟虑的，它所包含的思想意念之间也会产生经纬线。阅读，如果是真正的阅读，也会激活这许多种类的联系。而译创可以被视作更高境界的阅读：例如，一种对挪威语中所有常见的联系都保持敏感的阅读，乘以中文读者对汉语中各种联系的发现——那么一个宏大的可能性的领域就期待着我们去开掘。我以为这是诗人、译者和学者所要承担的一个卓越的使命，以共同打造一个可以包括无尽空间和时间的世界性议题。

（作者张慧文工作单位：挪威卑尔根大学中文及比较文学系；作者苏源熙工作单位：美国芝加哥大学东亚语文系；译者陈均工作单位：北京大学艺术教育系。）

（责任编辑：杨红玉）

傅光明　郝泽娇

莎士比亚早期喜闹剧
《驯悍记》的"原型故事"*

摘要：莎士比亚早期喜剧《驯悍记》与同时期剧作《驯妻记》有密切的关系，二者在情节、人物、素材来源上都有相似之处，但《驯悍记》的三个故事原型可能来自对同时期故事的嫁接，莎翁对其进行了创造性改编。

关键词：莎士比亚；喜闹剧；《驯悍记》；原型

《驯悍记》是莎士比亚早期喜剧，据信写于一五九〇年至一五九二年之间。在第一幕正剧开始前，先有两场通常称之"诱导"的"序幕戏"：喜欢搞恶作剧的贵族骗一个喝醉酒的补锅匠克里斯托弗·斯莱，让他深信自己是一位"强大的领主"。贵族分派角色，教仆人如何伺候他，命"众演员"在自家一间事先装饰好的卧室，为他上演骗人的"活报剧"。这种剧情框架在莎剧中极为罕见。

五幕正戏主要剧情描述彼特鲁乔向任性、固执的"悍妇"（未婚少女叫"野蛮女友"也许更合适）凯萨琳娜求婚。起初，凯萨

---

* 本文为国家社科基金重大项目"莎士比亚戏剧本源系统整理与传承比较研究"（19ZDA294）阶段性成果。

琳娜极不情愿。随后,彼特鲁乔通过不许吃喝睡觉等精神和身体上的折磨,对她加以"驯服"(相当于今天所说的"调教"),终使她成为一个乖顺听话的新娘。次要剧情写向凯萨琳娜妹妹比安卡求婚的三位追求者之间如何戏剧化竞争,比安卡被视为"理想"女性。这部戏是否对女性构成歧视,时至今日,早已成为一个极具争议的话题。

《驯悍记》多次被改编成舞台剧、电影、歌剧、芭蕾舞剧和音乐剧,最著名的改编或是科尔·波特的《吻我,凯特,麦克林托克!》(旧译《铁汉雌虎》),这部一九六三年摄制的美国西部喜剧电影,由约翰·韦恩和莫林·奥哈拉主演,以及一九六七年由伊丽莎白·泰勒和理查德·伯顿主演的这部戏剧电影。一九九九年的喜剧电影《我恨你的十件事》和二〇〇三年的浪漫喜剧《从夏娃手里解救我们》也大致由该剧取材。

一 剧作之诞生

由于难以确定莎士比亚这部《驯悍记》(*The Taming of the Shrew*)与伊丽莎白时代另一部名为《一段诙谐愉快的故事,名为驯悍记》(*A Pleasant Conceited Historie, called The Taming of a Shrew*)的戏之间存在何种关联,使确定该剧的创作年代变得复杂。为区分这两部极易弄混的剧,下文将前者"The Shrew"保持莎剧原名《驯悍记》,将后者"A Shrew"称为《驯妻记》。

《驯悍记》与《驯妻记》情节几乎相同,但用词有所不同,角色名字除了凯萨琳娜,皆不相同;因此,两者的确切关系实难厘清。梁实秋在其《驯悍妇·序》中指出:"这部戏很短,不到一千四百行。版本凌乱,种种迹象显示其为未经授权的出版物。这不是莎士比亚的作品,可是与莎士比亚的《驯悍记》有密切关系……究竟是莎士比亚根据 *A Shrew* 加以改编而成为《驯悍妇》呢,还是 *A*

莎士比亚早期喜闹剧《驯悍记》的"原型故事"

Shrew 根本乃是《驯悍妇》的盗印本呢?两者皆有可能。改编旧戏原是莎士比亚的惯技,同时盗印本行世也是当时常有的现象。这是一个争辩很久的问题。……假如 A Shrew 是盗印本,那么莎士比亚的《驯悍妇》便是作于一五九四年五月之前。假如莎士比亚的剧本在后,那么除了文体作风之外我们便没有任何内证或外证足以帮助我们认定其著作年代。就文体作风而论,诗句僵硬,双关语特多,均表示其为早年作品,大约与《维罗纳二绅士》或《错中错》属于同一时期之产物。《驯悍妇》全剧文笔并不匀称,有些对话非常精彩,有些又非常粗陋,因此有人疑心可能于莎士比亚之外另有作者共同写作。"①

现在一般认为,《驯妻记》可能是《驯悍记》一次演出的抄录文稿,或戏剧文本的一份早期抄录草稿,或一个改编本,但无论哪种,均由《驯悍记》派生出来。换言之,《驯妻记》是源出《驯悍记》的劣质抄本,一五九四年五月二日,这个抄本由出版印刷商彼得·肖特在"书业公会"登记入册,名为"一段称之驯悍记的诙谐愉快的故事"。此即很快出版的劣质"四开本"。然而,这表明,不管"驯妻""驯悍"两部戏有何关联,《驯悍记》一定写成于莎士比亚开始写戏的一五九〇年到一五九四年(《驯妻记》登记)之间。

另一有力证据,来自剧院经理菲利普·亨斯洛那本记录当时全伦敦剧场情形的著名日记,其中记录:一五九四年六月十一日,一部名为《驯悍记》的戏在"纽文顿靶场剧场"上演。但亨斯洛并未说这是一部"新"戏。除此之外,同年,"海军上将大臣供奉剧团"与新成立的"宫务大臣供奉剧团"联手在"纽文顿"剧场合

---

① 《驯悍记·序》,《莎士比亚全集》(第三集),梁实秋译,中国广播电视出版社 1995 年版,第 106—107 页。引文中之《错中错》,即《错误的喜剧》(*The Comedy of Errors*)。

演过这部戏。"宫务大臣剧团"正是莎士比亚一五九四年与之签约、成为其股东兼编剧的剧团。

有些作家提出,该剧写作时间可进一步前移。理由是,《驯妻记》的完稿日期可能在一五九二年八月,剧中有一条涉及"西蒙"的舞台提示,这个"西蒙"可能是一五九二年八月二十一日下葬的演员西蒙·朱厄尔。

此外,《驯悍记》的写作时间似乎早于一五九三年的又一证据是,诗人兼小册子作者安东尼·邱特在其于一五九三年六月出版的《蒙羞之美,以肖尔之妻名义所写》书中,有这样一句话:"他叫了凯特,她非来吻他不可。"因《驯妻记》里没有相应的"吻戏"场景,这指的肯定是《驯悍记》。而且,《驯悍记》与一五九二年六月十日在"玫瑰剧场"首演的匿名剧《认识无赖的一个窍门》,两者在语言上有相似处。《窍门》剧中有几段台词为《驯悍记》和《驯妻记》共有,却也单从《驯悍记》借用了几段。这表明,《驯悍记》上演时间早于一五九二年六月。

一九八二年,"牛津版"《莎士比亚全集·驯悍记》编者H.J.奥利弗,以《驯妻记》标题页为依据指出,《驯悍记》的写作时间不迟于一五九二年。标题页提到,这部剧曾由"彭布罗克仆人剧团""多次"演出。一五九二年六月二十三日,伦敦的剧院因瘟疫暴发关闭,"彭布罗克剧团"在巴斯和勒德洛两地区巡演。这次旅行商演以失败告终,剧团九月二十八日回到伦敦时,经济上已不堪重负。在接下来的三年里,四部在标题页上印有剧名的戏出版:克里斯托弗·马洛的《爱德华二世》(一五九三年七月出版,四开本)、莎士比亚的《泰特斯·安德洛尼克斯》(一五九四年出版,四开本)、《约克公爵理查的真实悲剧》(一五九五年出版,八开本)和《驯悍记》(一五九四年五月出版,四开本)。奥利弗说,人们"自然推想",这些出版物均由巡演失败导致破产的"彭布罗克剧团"出售。他认为《驯妻记》是《驯悍记》的一个抄录本,这意味着剧团在六月开始巡演时,《驯悍记》在剧目中,等剧团九月回到伦敦便没再上演,也未获取任何当时的新素材。

安·汤普森在其所编一九八四年、二〇〇三年"新剑桥版"《莎士比亚全集·驯悍记》导论中认为,《驯妻记》是个抄录本。她关注到一五九二年六月二十三日伦敦的剧院关闭,认为《驯悍记》一定写于一五九二年六月之前,而后才有《驯妻记》。她为这一观点引出三条证据:一是《驯妻记》中提到"西蒙";二是安东尼·邱特的《蒙羞之美》暗指《驯悍记》;三是《驯悍记》与《认识无赖的一个窍门》两者语言上有相似性。斯蒂芬·米勒在其为一九九八年"新剑桥"《莎士比亚全集》编《驯妻记》的导论中,认同《驯悍记》的写作时间为一五九一年年末到一五九二年年初,因为他深信《驯悍记》早于《驯妻记》(尽管在他眼里,后者不是"抄录本",而是改编本)。加里·泰勒在《威廉·莎士比亚:文本指南》中认为,该剧写作时间大约在一五九〇至一五九一年,他提到有许多学者引述相同的证据,但同时承认,准确的写作时间很难确定。

然而,也有莎评家把《驯悍记》的写作起始时间设定在一五九一年,这一说法基于莎士比亚可能使用过那年出版的两个素材来源:(比利时)巴拉班特制图师、地理学家亚伯拉罕·奥特利乌斯(一五二七至一五九八)在第四版《世界剧场》中的意大利地图;诗人、作家、翻译家约翰·弗洛里奥(一五五二至一六二五)介绍意大利语言、文化的《第二果实》书中的戏剧对白。首先,莎士比亚误把帕多瓦放在伦巴第地区而非威尼托地区,可能因其使用了奥特利乌斯的意大利地图作为素材来源,奥特利乌斯将整个意大利北部称为"伦巴第"。其次,莎士比亚的一些意大利习语和戏剧对白源自弗洛里奥的《第二果实》,例如,剧中人路森修第一幕第一场的开场白"特拉尼奥,我早有宏愿,/要看美丽的帕多瓦,艺术的苗圃①，／如今我来到丰饶的伦巴第②，／伟大的意大利快乐的花园（The pleasant garden of great Italy）"。是莎士比亚借用弗洛里奥的一个例证，在书中，刚刚抵达意大利北部的彼得和斯蒂芬对话：彼得说"我打算待上一阵子，观看伦巴第美丽的城市"。斯蒂芬回应"伦巴第是世界的花园（Lombardy is the garden of the world）"。照这一观点，《驯悍记》完稿时间一定不早于一五九一年，应在一五九一年至一五九二年之间。

从版本来说，并不复杂，一句话，收入一六二三年"第一对开本"《莎士比亚喜剧、历史剧及戏剧集》中的《驯悍记》，是唯一权威性初版本。

二　原型故事

在剧情上，《驯悍记》由三个故事构成：第一个故事是序幕两场"诱导"戏；第二个故事即剧情主线，彼特鲁乔如何把"悍妇"凯萨琳娜驯服成一个乖老婆；第三个故事，是机智的仆人特拉尼奥帮主人路森修与比安卡终成眷属。

这三个故事是从莎士比亚大脑里原创的吗？当然不是！都是他从别处嫁接来的。

先看第一个故事。

尽管"诱导"两场戏并没有直接素材来源，但醉酒后的平民补锅匠克里斯托弗·斯莱被人抬进贵族卧房，待他一觉醒来，见有几名仆人精心侍候，便脑子发晕，认不清这是在戏弄他，竟认为自己真是"强大的领主"。这类故事在许多文学传统中不难找见，比如

---

① 艺术的苗圃（nursery of arts）：建于1222年的帕多瓦大学，是莎士比亚时代最著名的大学之一，也是世界最古老的中世纪大学之一。

② 伦巴第（Lombardy）：帕多瓦不在伦巴第，此处泛指意大利北部伦巴第地区。

《天方夜谭》里写有"睡者醒来"的故事：哈伦·拉希德出外打猎，见酒馆前睡着一酩酊醉酒的乡人，命人把他抬到一绅士家中，换上漂亮衣服。等他醒来，看到眼前一切，乡人真以为自己是个绅士。

或许，这种"诱导"戏无须借助任何"原型"，因为，沃里克郡的乡村氛围，狩猎的贵族，喝醉酒的补锅匠和麦芽啤酒店的胖老板娘，都源于莎士比亚年轻时的亲身经历。

耐人寻味的是，《驯悍记》里的这个斯莱在序幕戏结束之后，只在第一幕第一场最后说了两句串场词，便没再上场；而在《驯妻记》里，斯莱从头至尾贯穿五幕正戏、并不时在其他角色表演时插科打诨，最典型莫过于在剧终结尾处，舞台提示为"二人抬斯莱穿原来的衣服上，放在发现他的地方，然后退去。（麦芽啤酒店）伙计上"。以下为二人对白：

  伙计 眼下黑夜过去，天空展现清朗的黎明，我要赶快出去。稍等，这是谁？啊，斯莱！奇怪，他在这儿躺了一夜？——叫醒他，我想，他肚子里若没填满酒，一定饿得要命。——喂，斯莱，快醒醒。

  斯莱 再给我点儿酒。演员们去哪儿了？我不是一个贵族吗？

  伙计 什么贵族！起来，酒还醉呢？

  斯莱 你是谁？伙计，啊，天呐，我昨夜做了场你从没听说过的最美的梦。

  伙计 是吗？但要是不回家，你老婆非骂你在这儿做梦不可。

  斯莱 会吗？我现在学会了怎么驯悍妇。我整宿梦见这件事，你却把我从向来没做过的美梦里弄醒，好在，如果现在回到家？，老婆要是激怒我，我要驯服她。

  伙计 慢点儿，斯莱，我陪你回家，我要听你多讲昨夜的梦。(同下。)①

由此,自然可做出解释:《驯妻记》文本在先,《驯悍记》修改在后,修改时将一些诸如以上这类对白删除。但从结构来看,两场序幕戏和五幕正戏之衔接,显然《驯妻记》更合理,因为五幕正戏恰是贵族请来的戏班子演给斯莱看的"故事",序幕戏第二场结尾处,为一信差上场:

> 信差　您的演员们,听说你康复,来给您演一出欢乐喜剧。医生们说这很适宜,因为太多悲伤使您血液凝固,忧郁是狂乱的奶妈。因此,他们认为听戏对您有好处,能让您开心快乐,能阻止千次伤害,延长寿命。②
> 斯莱　以圣母玛利亚起誓,我要看。让他们演吧。"喜跳"③是不是一种圣诞节蹦呀跳呀、或翻跟头的把戏?
> 侍童　不,我高贵的主人,比那玩意儿更开心。
> 斯莱　怎么,演家里的零碎事儿?
> 侍童　演个故事。
> 斯莱　好,咱们看戏。——来,老婆夫人,挨着我坐,(各自坐下。)让世界悄然流逝,我们不再年轻。(喇叭奏花腔。)④

---

① 此为傅光明新译,傅译《驯悍记》将由天津人民出版社出版。
② 参见《旧约·箴言》(15:13):"喜乐之人,面带笑容;/悲愁之人,神情颓丧。"(17:22):"喜乐如良药使人健康;/忧愁如恶疾致人死亡。"
③ "喜跳"(comonty):斯莱发音时,把"喜剧"(comedy)和"蹦蹦跳跳"(gambold)混在一起。
④ 此为傅光明新译,傅译《驯悍记》将由天津人民出版社出版。

不难判定，尽管这五幕是演给斯莱看的好戏，在表演过程中斯莱偶有插话，但将斯莱与伙计终场前这段对白剔除，对结构的完整性多少会有影响。

另一则故事，见于荷兰历史学家彭托斯·德·亨特一五八四年出版的《勃艮第人德·雷布斯》，描写勃艮第公爵菲利普在葡萄牙参加完妹妹的婚礼，发现一个醉酒"工匠"，随即用一场"愉快的喜剧"款待了他。由此，不妨做出两个合理推测：第一，《天方夜谭》十八世纪才译成英文，但善于随手从别处借故事为己用的莎士比亚，很可能早已从人们口耳相传中得知；第二，荷兰文的《德·雷布斯》一六〇〇年译成法文，并直到一六〇七年才有英译本，但有证据表明，这个故事在诗人、剧作家理查德·爱德华兹（一五二五至一五六六）死后四年出版的一本后来失传的《笑话集》（jest book）中，有英文本。莎士比亚应该不会放过。

再看第二个故事——"彼特鲁乔与凯萨琳娜的故事"。

这个故事并无一个特定来源，或有多种可能性。这类叙事的基本元素出现在西班牙中世纪作家唐·胡安·曼努埃尔写于一三三〇年一至一三三五年的《卢卡诺尔伯爵和帕特罗尼奥的寓言故事集》（后通译为《卢卡诺尔伯爵》）中，书里第四十四个故事讲述一年轻男子娶了个"身强力壮、脾气暴躁的女人"。到十六世纪，这篇故事已有英文本，但没有证据显示它引起过莎士比亚注意。诚然，一个男人驯服一个固执任性的女人，这种故事广为人知，在许多传统中都有发现。例如，在诗人乔叟著名的《坎特伯雷故事集》"磨坊主的故事"中，木匠诺亚的妻子正是这种女人（"你还没听说"，尼古拉斯问，"诺亚和他的朋友们为把她弄上船所经受的痛苦？"以这种方式描绘她，在中世纪"神秘剧"里也很常见）。

在历史上，相传古希腊哲学家苏格拉底之妻赞西佩（旧译冉提庇）是最广为人知的这种性情的女人，固执任性，凶悍无比。剧中

第一幕第二场,彼特鲁乔特意向霍坦西奥提及这位知名的远古悍妇:"霍坦西奥先生,你我之间的交情,几句话足矣。因此,如果你认识哪个有钱女子,钱多得能做我老婆,——因为财富是我求婚舞的副歌①——哪怕她像弗洛伦提乌斯②所爱之人一样丑,像西比尔③一样老,像苏格拉底的赞西佩④一样凶悍、爱吵架,甚至更凶,也无法影响我,至少,消不掉我体内情感的锋芒⑤,哪怕她粗暴得像汹涌的亚得里亚海。"事实上,无论在莎士比亚之前,抑或其当时代的通俗闹剧及民间传说中,这类角色贯穿整个中世纪文学。

一八九〇年,阿尔弗雷德·托尔曼推测,剧中第五幕第二场彼特鲁乔在婚宴后与几位伙伴"打赌",看谁的妻子最听话那场戏,其素材来源可能出自英国商人、外交官作家威廉·卡克斯顿(一四二二—一四九一)一四八四年翻译的安茹公国贵族杰弗里四世德·拉·图尔·兰德里(一三三〇—一四〇二)一三七二年所著《兰德里高塔骑士著:给女儿们的教学书》的英译本《高塔骑士之

---

① 原文为"As wealth is burden of my wooing dance"。意即对我来说,求婚舞是主歌,发财是副歌,我要借求婚发笔财。朱生豪译为"我的目的本来是要娶一位有钱的妻子"。梁实秋译为"那么我求婚本来就为的是图财。"

② 弗洛伦提乌斯(Florentius):诗人约翰·高尔(John Gower, 1330—1408)长诗《一个情人的忏悔》(*Confessio Amantis*)中的骑士,答应一位丑妖婆,只要她能解开让他命悬一线的谜语,便娶她为妻。

③ 西比尔(Sibyl):古希腊神话中的女先知,相传太阳神阿波罗爱上库迈的西比尔(Sibyl of Cumae),赐予她预言的能力,而且,只要手里尘土尚存,便能活命。但西比尔忘了向阿波罗索要永恒的青春,最后日渐憔悴,终成一具空壳。

④ 苏格拉底的赞西佩(Socrates' Xanthippe):赞西佩(Xantihppe),旧译冉提庇,公元前五世纪,古希腊哲学家苏格拉底之妻。相传赞西佩以悍妇形象著称于世,凶悍无比。

⑤ 原文为"not remove, at least, /Affection's edge in me"。朱生豪译为"也不会影响我对她的欲念。"梁实秋译为"至少不能消除我心里的情感。"

书》。该书是写给女儿们的,意在教她们行为上如何得体,其中包括一篇"女性家庭教育论",里面记载这样一件轶事:三个商人打赌,要以此见证,看谁的妻子在被要求跳进一盆水里时最顺从。在这段插曲中,头两位商人的妻子,拒绝服从(与剧中情形类同),最后以一场婚宴结束(与剧中情形一样),一段丈夫管教妻子"正确"方法的演讲堪称其特色。一九五九年,有莎评家推测,德·拉·图尔·兰德里所写波斯瓦实提王后的故事,可能对莎士比亚也有影响。其实,比起兰德里笔下波斯王后的故事,莎士比亚对《旧约·以斯帖记》第一、二章里"瓦实提王后被废"的故事应该更为熟悉。

一九六四年,又有莎学家提出,一首当时流行的"快乐笑话,一个凶悍、坏脾气的妻子,因其好品行,裹在莫雷尔的皮里"的民谣,或是该剧主要来源之一。这首"快乐笑话"讲述一段丈夫必须驯服任性妻子的婚姻故事。故事与《驯悍记》剧情一样:一户人家有姐妹俩,温柔的小女儿人见人爱。不过,姐姐的固执并非出于天性,而因她由凶悍的母亲养大,寻求操控男人。最后,这对夫妻回到家里,已被丈夫驯服的姐姐,教导妹妹做顺从妻子的好处。然而,这首民谣比莎剧更注重身体驯服,在民谣中,泼妇被桦树棍打得浑身流血,随后被裹在由一匹名为莫雷尔的耕马腌制的咸肉里。

一九六六年,美国民俗学家哈罗德·布朗凡德认为,该剧的主要素材并非源自文学,而源自口述民间故事,"彼特鲁乔与凯萨琳娜的故事"堪称"阿尔奈—汤普森分类系统"中"901型",即"悍妇驯服情结"的范例。学术上对"901型"的界定是,该型是一种独立存在的传统故事,可作为一个完整叙事来讲述,其意义不依凭其他任何故事。它可能刚巧与另一个故事一起讲述,但它可以单独讲述,这一事实印证了它的独立性。它可能只包含一个或多个母题。通过研究,布朗凡德发现有三百八十三个"901型"口述例证，分布在三十多个欧洲国家，但文学例证，他只找到三十五个，这使他得出结论："莎剧中的驯服剧情，一直不能完整地成功追溯到任何已知的印行文本，最终必定来自口述传统。"①

一八九〇年，阿尔弗雷德·托尔曼首次确认该剧次要情节源自意大利诗人卢多维科·阿里奥斯托（一四七四——一五三三）于一五五一年出版的诗剧《我的假设》。这部戏一五〇九年在费拉拉首演，十年后在梵蒂冈演出；一五二四年在罗马出版散文体剧作；一五五一年在威尼斯出版诗剧文本。英国诗人乔治·加斯科（一五三五——一五七七）的散文体英译《假设》一五六六年完稿，一五七三年印行。在《我的假设》剧中，埃洛斯特拉托（对应剧中路森修）爱上达蒙（巴普蒂斯塔）之女波莉妮西塔（对应比安卡）。埃洛斯特拉托乔装成仆人杜利波（对应特拉尼奥），杜利波本人则假扮成埃洛斯特拉托。做完这些，埃罗斯特拉托受雇成为波莉妮西塔波的家庭教师。与此同时，杜利波假装正式向波莉妮西塔求爱，以挫败年老的克林德（对应格雷米奥）向波莉妮西塔求爱。杜利波出价高于克林德，但其承诺远超能力所及，于是，他和埃洛斯特拉托欺骗了一个从锡耶纳来当地旅行的绅士，假扮埃洛斯特拉托的父亲菲洛加诺（对应文森修）。然而，当波莉妮西塔被发现怀孕后，达蒙将杜利波囚禁起来，而埃罗斯特拉托才是腹中胎儿真正父亲。此后不久，真正的菲洛加诺来了，一切到了紧要关头。埃洛斯特拉托显露真身，乞求宽恕杜利波。达蒙意识到波莉妮西塔与埃洛斯特拉托真心相爱，因而原谅了他搞的花招。出狱后，杜利波发现自己是克林德的儿子。

剧情另一次要情节，源于古罗马戏剧家普劳图斯（前254—前184）的喜剧《莫斯塔利亚》，剧名从拉丁语翻译过来，为"鬼屋"

---

① https://www.theatregold.com/content/the-taming-of-the-shrew/#:~:text.

之意。故事发生在雅典城内西奥普罗普提斯和西摩家门前一条街道上。《驯悍记》中"特拉尼奥"和"格鲁米奥"这两个仆人的名字,可能由莎士比亚取自《莫斯塔利亚》。

(作者单位:首都师范大学外国语学院)

(责任编辑:陈会亮)

章 文

翻译史书写及翻译的基本问题[*]
——再论《异域的考验:德国浪漫主义时期的文化与翻译》

摘要:《异域的考验:德国浪漫主义时期的文化与翻译》是法国翻译学奠基人之一安托瓦纳·贝尔曼最重要的著作,也是其翻译史书写的唯一范本。本文从"泛化的翻译观""文字翻译的正当性"和"翻译的应得地位"三角度入手,解读贝氏翻译史的理论视野,展现其如何借助德国古典—浪漫主义时期的译事、译论史回答翻译理论中的若干基本问题,捍卫"文字翻译"的正当性,并还译介这一"次等文本活动"以应得地位。

关键词:安托瓦纳·贝尔曼;《异域的考验》;德国浪漫派;翻译观;文字翻译

安托瓦纳·贝尔曼(Antoine Berman,1949—1991)是法国当代著名翻译学家、翻译家与哲学家,《异域的考验:德国浪漫主义时期的文化与翻译》(以下简称《异域的考验》)是他最重要的著

---

[*] 致谢:本文得到北京大学外国语学院孙凯副教授的悉心指导,在此谨表谢忱。

作。自一九八四年面世以来，国内外学界均盛赞该书的导向意义，尤其是在前序《翻译宣言》中，作者明确了"翻译史""翻译伦理学""翻译分析学"的内涵，确立了"以翻译及译者为研究对象的现代翻译思考的轴线"（贝尔曼，2021：14），展现了"翻译学研究疆域的广阔及丰饶"（Simon，2001：20）。

一九九八年，许钧教授主编的《当代法国翻译理论》一书首次在中文语境中对《异域的考验》进行系统评介，立时引发热议。贝尔曼被公认为翻译学伦理转向的肇始者（Godard，2001；刘云虹，2013），其首创的"尊重他异性"的译介伦理促进了对"归化翻译"的广泛反思；他在另一本著作《翻译与文字，或远方的客栈》（*La traduction et la lettre ou L'auberge du lointain*，1999）中阐发的"消极的翻译分析学"也屡被提及，十二种"变形倾向"成为分析带有种族中心主义倾向的"坏翻译"的重要指征（姜丽娟，2010）。然而，除去其伦理蕴含及批评、分析的方法论外，贝氏思想中的历史维度同样值得注意。《异域的考验》首先是一部十八世纪末至十九世纪初德国古典—浪漫主义时期的翻译史，理论灵感来自贝尔曼本人"与德国浪漫主义间长期的熟稔甚至是共生"（贝尔曼，2021：32）[①]。作者对该时期德国文坛的两大流派，即以歌德、赫尔德、威廉·冯·洪堡为代表的古典主义者和包括施莱格尔兄弟、诺瓦利斯、施莱尔马赫在内的浪漫派诸子的译事、译介进行了福柯式的"知识考古学"梳理，兼顾构成他们译介观上游及下游的路德与荷尔德林，无不推崇地将该时期的翻译思想视为"西方现代所有翻译流派的发源地"。而恰又因贝尔曼英年早逝，他

[①] 严格意义上说，《异域的考验》是贝尔曼发表的第一篇关于翻译的文字。但他自青年时代就一直关注德国浪漫派的创作及主张，梦想着写一部"关于浪漫派的浪漫著作"。参见 *Lettres à Fouard El-Etr sur le Romantisme allemand*，Paris：La Délirante，p. 9.

以雅克·阿米欧（Jacques Amyot）为代表透视法国文艺复兴时期翻译史的著作终未付梓①，《异域的考验》就成了贝氏史学书写的唯一范本。

值得注意的是，历史研究在贝尔曼理论体系中占据中心地位。于他而言，爬梳翻译史是"翻译学的主要任务"之一，旨在揭示"翻译行为的时间性和历史性"（Berman，1989：677），呈现"特定的历史情境下，翻译实践是如何同文学、语言及各种跨文化跨语言交际活动绊结的"（贝尔曼，2021：2—3）。《异域的考验》完成了这一任务，佐证了"异域"可以借助译介对"自我"的语言、文化进行考验与重塑。但翻译史的深层目的并不限于"对过去的回望，而是要进行一场对自我的把控的反思活动"，并将"历史知识变为开放式的现在"，以此来展望翻译及翻译学的未来（同上：2，4）。换言之，翻译史还肩负另外两重使命：一是反思翻译本身，解答翻译理论的三大基本问题即"什么是翻译""翻译什么"和"如何翻译"，而"这三个问题同样也是所有的翻译历史学研究的中心议题"。（同上：37）二是以史观今，用过往经验指导当下理论及实践，为后者指出一个本雅明所展望的"弥赛亚的终点"②。（Benjamin，2000：251）可见，贝尔曼翻译史书写的动机在于"以译史启译论"。本文试从"泛化的翻译观""文字翻译的正当性"和"翻译的应得地位"三个角度解读《异域的考验》，

---

① 贝尔曼身后留有若干有关雅克·阿米欧及文艺复兴时期法国译论、译事史的残稿，由其遗孀整理后于2012年出版。参见 Antoine Berman, *Jacques Amyot, traducteur français：Essais sur les origines de la traduction en France*, Paris：Belin, 2012.

② 本文引用的《译者的任务》中译文均出自孙凯译本。参见沃尔特·本雅明《译者的任务》，孙凯译，收录于保罗·利科《保罗·利科论翻译》（后附《译者的任务》），章文、孙凯译，生活·读书·新知三联书店即出。

从中还原作者对上述问题的解答及其对作为语言、文化行为的翻译的终极期待。

一 "翻译一切的愿望":翻译的普遍性

海德格尔将翻译定格为"异域的考验"与"自我的学习"的双重进程,而"我"/"自我"/"民族"与"异"/"他者"/"异域"两组词亦是该书论述的支点:任何"自我"都有内生的封闭性框架,倾向于让自身保持为"纯净且未受侵染的个体"(参见本书二、十章对赫尔德、洪堡的评述)(贝尔曼,2021:6),但德意志语言及文化的历史和当下有力地证实了:"自我"的形成与发展能够并且应当借助于与"他者"的自发的、密集的关系的力量(参见一、四、九章对路德、歌德、奥·威·施莱格尔的评述)。而翻译的意义,就是成为"深入的平等主义"(参见十一章对荷尔德林的评述)(同上:300),确保"自我"与"他者"间的尊重与平衡。以上对翻译跨文化维度的精妙概括让狭义的语际翻译成为贝尔曼译论的重要标签,利科也据此声称,与乔治·斯坦纳不同,贝尔曼的研究路径是"从狭义上理解'翻译'一词",将之"当成字面信息从一种语言到另一语言的传递"。(Ricœur,2016:13)①

利科所言未能完整复现贝尔曼的翻译观,因后者并不拒斥广义上的翻译理论。贝尔曼有言:"不存在唯一的翻译(正如翻译理论所假设的那样),而是繁复丰饶的、令人无措的多样化的翻译,[……]翻译的空间覆盖了待译性的全部空间,无处不有,无所不

---

① 本文引用的《论翻译》中译文均出自章文译本。参见保罗·利科《保罗·利科论翻译》(后附《译者的任务》),章文、孙凯译,生活·读书·新知三联书店即出。

在。"（Berman, 1999: 22）《异域的考验》中数次引入雅各布森"语符翻译""语内翻译""语际翻译"三分法，在肯定语际翻译理论更有独特价值的同时，言明理想的做法是像德国浪漫派那样，"同时建立广义和狭义的翻译理论"。（贝尔曼，2021: 318）事实上，弗·施莱格尔、诺瓦利斯等浪漫主义者作为本书译论史的评议重点，仅就翻译发表过零散的只言片语，但贝尔曼仍坚称他们提出的"百科全书"（Encyclopédie）及"渐进的总汇诗"（Poésie universelle progressive）恰是"语符翻译"及"语内翻译"的代表，证明了"翻译在浪漫主义思想中占有的重要的结构性地位"（同上: 124）。如是论断的基础在于浪漫派独特的转化观，即经验世界中的一切矛盾均为表象，对立的两面亦可互相转化，即从某种意义来说，事物间是"可译"的。"浪漫化"本身就是转化的过程："当我给卑贱物一种崇高的意义，给寻常物一副神秘的模样，给已知物以未知物的庄重，给有限物一种无限的表象，我就将它们浪漫化了。"（诺瓦利斯语，引自陈恕林，2016: 扉页）

就其哲学源流来看，深受康德、费希特、谢林等唯心主义哲学影响的德国浪漫派背离了偏重经验世界的亚里士多德学派，却与向往超验世界中的完美"理念"（idée）的柏拉图产生了紧密联系。按照柏拉图"洞穴之喻"，洞穴象征着经验世界，人类身为绑缚其中的囚徒，与洞外永恒的完美世界彻底隔绝，眼见的万象均是真善美的永恒世界借洞口的火光投射在岩壁上的影子，所能做的只是借着残缺的幻影追求另一个世界中的完美原型，即"理念"。浪漫派将"洞穴之喻"演变成一个更具宗教神秘主义色彩的版本，将"历史"理解成"和谐的起源——人为的分裂与衰落——神主导下的完美新生"的三段论（同上: 297）。在他们眼中，人类历史陷入了普遍分裂的困境，主体与客体、自然与精神、经验与超验之间的对立都导致了心灵的匮乏与不和谐（李永平，1999: 116）。为了能重返神主导下的和谐新生,他们期盼推翻一切矛盾律,拨开经验世界中纷繁复杂而又互相对立的假象,抽离出绝对的、统一的本质,以便得窥超验世界中的完美"理念",从整体上把握世界全貌。"百科全书"与"渐进的总汇诗"都是他们整体性理解世界的手段,又被贝尔曼阐发为翻译的特定形态。

"百科全书"是早期浪漫主义者论著中的高频词,利科也曾将之视为浪漫派对翻译的最高理想,即"树立放之宇宙而皆准的目标,梦想着建造一座图书总馆,借着积累把总馆化成大写的唯一的'书'"。(Ricœur,2016:9)这部书就是"百科全书"。与狄德罗、达朗贝尔等法国百科全书派的经验论基调不同,德国浪漫派并不是要用一套百科全书来囊括所有现实,而是要找出唯一的一部"书"或一门学科来总体概括世界的本质,以便"在此百科全书中,差别最大的学科之间的经验和思想都能互相解释,互相支撑和互相巩固"。(贝勒尔,2017:260)贝尔曼重点评述了诺瓦利斯的"百科全书"观。诺氏认为一切学科、门类之间均可相互转化,贝尔曼则于其中辨别出一种不同符号系统间的泛化的"可译性"。诺瓦利斯眼中最有潜力成为"百科全书"的学科包括数学,因为数学中的数字、逻辑和运算都是对事物间的关系的设想和重现,且数学符号又是抽象的,同超验世界间存在高度的相似性。(贝尔曼,2021:143)在这个意义上,作为"百科全书"的数学就是对世界的整体性翻译,用其独有的符号体系指代其他的符号系统,帮助人类用统一的媒介理解世界,是"语符翻译"的最好例证。

然而,在拥有赫尔德、弗·施莱格尔和施莱尔马赫等语言学者的古典—浪漫主义时期,德国必然不会选择非语言的符号系统作为折射世界真相的媒介。古典—浪漫主义视域下的语言几乎等同于人的本质,赫尔德称为"人类力量的整体配置"。(贝勒尔,2017:

242）弗·施莱格尔也认为语言是最具普遍性的媒介，是人的精神表达，所以较之数学等根植于其他符号系统的学科，文学或诗歌（poesie）[①] 作为语言活动，可以更完善地传递世界的超验本质，即更好的"译文"。（贝尔曼，2021：97）而翻译同样广泛存在于语言空间内部。主体间的交流和阐释令"语内翻译"成为常态，斯坦纳所言"理解，就是翻译"、保罗·瓦雷里之"任何形式的写作……都是一场翻译工作"（同上：320）就是例证。但除去对语言的理解与再表达，追求超验真理的浪漫派还有将文学作品抬升至"神秘状态"，令其接近柏拉图所说的完美世界中的作品的"理念"的诉求，并据此提出"渐进的总汇诗"的文学纲领。"总汇诗"并不是一个体裁概念，戏剧、小说等创作也可以称为"诗"，因是否使用"艺术语言"（langage d'art）写成才是判断文本是否是"诗"的唯一标准。"艺术语言"与"自然语言"（langage de nature）相对立：如果说后者是模仿自然、复刻现实世界的语言，与经验的现实距离较近且在我们日常的话语中大量存在，那前者就是对后者的提纯，是专属于摆脱经验现实的文学作品的语言，拥有福柯所说的"不及物"性，从而摆脱了"内容的暴政和摹仿的桎梏"。（同上：130）"渐进的总汇诗"由此变成一个向上"提升到神秘状态"的语内翻译过程（同上：151），是从"自然语言"到"艺术语言"的转化。随着诗化过程的逐步推进，人类可以逐步摆脱自然语言因反射经验现实而导致的种种矛盾，消弭不同文学门类间的矛盾与界限，渐进地靠近世界、语言和作品的理念与真相。贝尔曼断言："所有的诗歌都是翻译"，因为语言的诗化也是它的

[①] "Poesie"在德文中虽多指诗歌，但也泛指作为语言艺术的文学作品，包括诗歌、戏剧和叙事文学。"渐进的总汇诗"并不单指诗歌而泛指一切远离经验现实的文学作品。

纯粹化。在这场诗化的"译介"活动中,"译者'杀死'自然语言,让作品飞升为恒星般永恒的语言,也就是纯粹的绝对语言"。(同上:155)

诚然,虽则"语符翻译"和"语内翻译"构成了《异域的考验》的重要理论视野,但也不应忽略"语际翻译"在贝尔曼译论中的核心地位。"对翻译概念的过度扩大只会让后者失去它所有的独创性,所以反而是狭义的翻译理论可能会更有价值。"(同上:318)古典—浪漫主义时期,德意志"自我"的成长呼唤"异域"的参与和介入,掀起了大规模的翻译活动。奥·威·施莱格尔与蒂克合作翻译了莎士比亚剧作全集,蒂克译介了《堂吉诃德》,施莱尔马赫将柏拉图作品引入德文,以上事实都为贝尔曼的狭义翻译理论涂抹上了历史底色。翻译从此被"当作德意志性(Deutschheit)形成中的奠基性时刻"(同上:17),其作为"异域的考验"的跨文化意义展露无遗。但即便是在通行意义上的"语际翻译"中,贝尔曼还是从该时期有关翻译的评述中读出了一种向往:古典派和浪漫派均渴望借翻译令人类社会复归和谐,贴近超验世界的本质并捕捉其中的完美"理念"。古典主义阵营内,提倡"世界文学"的歌德将翻译作为构建世界性的工具:借着翻译,"陌生与熟悉、已知与未知的圆环终于合拢了"(同上:71),人类自无尽的分裂复归至世界性的文学统一体。至于浪漫派,他们更是希望仰赖翻译收集语言、作品的碎片,回到完美的"源语言"和柏拉图所说的"理念式"作品(Œuvre)里。这种对翻译的超验式期待深刻影响了德国文化界对译介对象的选择,也决定了他们必然在翻译的两条路径中选择"把读者移动到作者的所在"。

二 "文字翻译"与"未来的作品"

古典—浪漫主义时期德国的翻译史书写帮助贝尔曼回答的第

二个问题则是"翻译什么"。表面看来,歌德为首的古典主义者与早期浪漫派给出的答案大相径庭。歌德崇尚古希腊式的和谐及"自我""他者"交会后的统一感,选择译介对象时注重"历史性"与"共时性",将古希腊文学和同时代其他民族的创作视为首选目标。他并不乐于见到浪漫主义者带来的翻译浪潮,因为他们避开了上述两类文本,却对体裁模糊不清但更有利于打破文学样式壁垒的中世纪文学感兴趣(同上:79—80)。然而,正如古典派与浪漫派有着难于割舍的血缘关系,双方对于待译文本的择选也体现出鲜明的共性,即所译的必须是"伟大的""真正的"哲学或文学作品(Œuvre)。只有"作品"才值得被"翻译"(traduire),"作品"也是贝尔曼翻译学的唯一思辨对象,他于《异域的考验》之后提出的翻译伦理、翻译批评、翻译分析的前提都在于"翻译是对作品的翻译"。至于非作品的文本,如施莱尔马赫所言,它们所经历的语际传递至多算作"传译"(interpréter),而"传译"的目的只是一次承载内容无关紧要的"交流"(communication)(同上:243)。

根据以上对贝氏翻译观的梳理可以看到,无论是语符翻译,还是语内或语际翻译,翻译都不是一次简单的横向交流,而是一场纵向靠近超验真理的过程。经验世界中的作品虽不完美,同柏拉图式的作品的"理念"(或者说是超验的、大写的、唯一的作品即(Euvre)间还隔着天堑,但借助对前者的翻译和积累,可以"促进世界性的精神交流"并"让个别作品的有限性在方法论上接近艺术的无限性"(同上:66,201)。这一逻辑指引着歌德呼吁翻译那些"最伟大的著作",浪漫主义者更是认为只有翻译"作品"才能为"未来的文学"的到来提供可能。贝尔曼借用康德术语,将现世的作品视为作品"理念"的"可感模式"(schème sensible)或影像,虽然完美作品的真谛或"绝对影像"仅存在于超验世界中,但透过

"可感模式"仍可试图捕捉。《翻译的思辨论》一章中,作者插入了诺瓦利斯对圣母像与圣母间关系的评述,阐明了翻译"作品"对实现翻译的形而上目标的意义:博物馆中、教堂里的圣母肖像都无法画出圣母真正的模样,但这些图像本身仍是呈现圣母的不同方式,只有透过图像本身,才能窥见图像所代表的"原初的、永恒的且必要的理想"(同上:181)。

那么,为了促进未来的、理想的文学或作品的到来,要如何翻译呢?面对施莱尔马赫"把读者移动到作者的所在"与"让作者移动到他的面前"这一著名困境(同上:246),浪漫派本能地选择了前者。首要原因自然是与当时在欧陆文化中占据主流地位的法兰西相比,德意志的"自我"相对空虚,需要借助忠于原文形式的翻译来丰富文学样式、扩展语言空间,故而刻意与法式"不忠的美人"的翻译传统背道而驰。对"忠实"的要求在赫尔德笔下化作自卑同自豪的交织:"在任何情况下,都不要美化原文。法国人就是太过自豪于自己的民族品位,[……]然而,对于我们这些可怜的德国人来说,我们还没有真正的受众和国家,但我们同样也无须承受民族品味暴虐的统治。"(同上:34,35)

不美化原文,就代表着如实保留原文"文字"(la lettre),不以"交流"或便利读者为借口而舍"文字"就"意义"。反之,破坏文字,就意味着让原作毁容,背叛了原文本中的"他者",剥夺了读者接受"异域的教育"的机会(Berman,1999:73)。此一"文字"崇拜部分源自浪漫派的宗教神秘主义倾向。巴别塔倒掉之后,神之语言已然灭失,留存于世的只有多种多样的人类语言,诸语之间虽有混乱,却是"被给予的、绝对的存在"(贝尔曼,2021:135),是语言的原型或理念的残片和唯一证据。荷尔德林将对文字的忠实等同于对神明意志的尊重:"世界之主,/慈爱一切的父亲,统领万物/他精心照料文字,保护它坚实的质地。"(同上:283)

以浪漫派理论为译者视野的本雅明①也继承了这一观点：贝尔曼点评《译者的任务》时，特意指明"语言不是沟通工具，它是真理的居所"。（Berman，2008：23）

忠实于文字，同样是因为"文字"与"意义"不可分。顺着对德式直译法的肯定，贝尔曼反思了自古罗马鼎盛时期延续至法国古典主义时代的"意义翻译"，尤其是圣哲罗姆所做的翻译就是"行使征服者的权利，把那些已经被俘虏的原作中的含义移交到自己的语言中去"（贝尔曼，2021：45）。按照浪漫派的语言观，不存在独立于文字的意义。本雅明关于"零钱袋"的比喻正论证了意义与语言的不可分割："内衬完全被展开了，从零钱袋里跑了出来，但零钱袋也消失了！［……］我因此获得了这个谜一般的真理的相关经验：形式与内容，包裹物和被包裹物，'内衬'同零钱袋是一个独一且相同的事物。"（Berman，2008：27）退一步讲，即便存在独立于文字的、可嫁接入译入语的意义，"意义翻译"也有悖于忠实原则，因原作和译文在文字面貌上并不相像。施莱尔马赫也对"忠于意义"的翻译幻梦进行了辛辣讽刺。"译者对读者说，我把这本书带给你了，翻译很成功，好像原作者就是在用德语写作一样。那么读者就会回答：那就是说，你给了我一幅肖像画，同真人并不像，其中的人其实是他的母亲和别的男人所能生出来的样子？"（贝尔曼，2021：248）贝尔曼就此从伦理角度质疑了文本与意义的二分法。既然翻译因着其忠实与精准的目标，天然带有伦理性，那与原文并不相像的"意译"出的文本，便不能视为翻译。

---

① 本雅明长期浸淫于浪漫派文艺理论，其博士论文即以《德国浪漫派的艺术批评概念》为题，《译者的任务》中也不乏对浪漫主义者译事的影射。贝尔曼在《翻译的时代》中特意强调："荷尔德林和格奥尔格的翻译构成了他［本雅明］的全部译著及译论的视野。"从某种意义上讲，德国浪漫派—本雅明—贝尔曼构成了西方翻译学史上传承有序的一线。参见 Berman，2008：31。

而在跨文化维度上,"文字翻译"更有着维护文化平等的使命。作为德国浪漫派反面的圣哲罗姆和法国古典主义者践行的实为文化沙文主义,秉持着高高在上的征服者的心态,在对域外文本进行肆无忌惮地改写时,也隐含着"自我"对"他者"无顾忌的吞噬与掩盖。荷尔德林以他的译作向我们证实,创造性的、良性的文化关系可以是对话、杂交、对抗,但同时一定是双向的平等主义。"翻译的本质［……］是对中心的偏移。它是联结,否则就什么都不是。"(同上:7)这是贝尔曼的结论,同样也启迪了韦努蒂、斯皮瓦克(Spivak)等人的后殖民主义翻译伦理。

三 余论:翻译的地位应超越原作?

翻译史书写的落点,则在于反观现在。古典—浪漫主义时期的德国是贝尔曼眼中的"神话",比任何时代都更能激发对于翻译历史性、文化性和语言性的思考。更重要的是,对忠实的选择让这一时期的翻译成为"有自我意识的创造性的离心运动",展现出对"自我"独特的滋养作用,从而摆脱了惯常的卑下地位(同上:33,35)。但在法国等翻译并未对"自我"起到决定性构建作用的文化语境中,翻译仍处于"被掩盖、被驱逐、被谴责甚至被女仆化的境地"(同上:4—5)。为翻译正名,帮助译介超越狭隘的工具论,是《异域的考验》史学书写的点睛之笔。

除去帮助德国文学"兼并了一座巨大的形式宝藏"(同上:21)这一毋庸置疑的历史作用外,德国古典派及浪漫派还给予了翻译不低于原作的地位,这一点在世界翻译史上都是罕见的。但个中原因并非仅是对翻译构建"自我"的感激,而是切实相信译作在文学性和超验性的双重层面上胜过原著。歌德用"反射"(Spiegelung)和"翻新"(Auffrischung)两个充满本雅明色彩的词汇来描述翻译的作用。在他看来,原作呼唤翻译,因为它可以在"他者"

那里以更年轻的面貌出现,犹如经历一次"转生",即《译者的任务》中所说的"来世"(überleben)①。"任何文学终归都会自我厌倦,没有他者的介入,它无法得到翻新。试问有哪一位智者,会不为反射和思索带来的奇迹而感到欣喜?"(同上:82—83)翻译因此实现了对原作的反哺,并在文学性上超越原文。

浪漫派对经验世界的厌恶和对超验性的向往更让他们认为翻译是"原作的原作",是比原作更靠近作品的"理念"的作品。若说原作仍被罗织于源语的经验现实中,翻译至少比它更远离了现实的羁绊,离真正的作品的超验本质又更近了一步,同时也离巴别塔前的"纯语言"又靠近了一步。(同上:168—169)因其重要人物的宗教神秘主义倾向②,浪漫派一直试图在残缺纷繁的世间诸语中寻找神之语言的影子,弗·施莱格尔对梵文这一"原型语言"的热情就是佐证。关于这一点,《译者的任务》中给出了终极表达,说明了超越原著的忠实翻译会渐渐逼近语言的本质:"真正的翻译是透明的,它不掩盖原文,不遮挡原文的光芒,却使宛如被翻译自身的通灵之气所加强的纯语言充分地降临于原文之上。"(Benjamin,2000:257)

而"超越历史的偶然性,定义翻译的纯粹目标"(Berman,1992:69),以此解答翻译的基本问题,提升现实中的翻译地位,便是贝尔曼通过《异域的考验》赋予翻译史研究的超验性及经验性任务。该书问世之后,赞誉背后也不免质疑,如皮姆(Pym)就曾批评贝尔曼的理论"过于抽象"和"历史化"(Pym,1997:13),勒代雷(Lederer)则认为"文字翻译"会让译文无法卒读(Leder-

---

① 对应法文为 survie,参见 Benjamin,2000:246。
② 浪漫派的很多重要人物都是虔诚的天主教徒,如诺瓦利斯自小深受"虔敬派"影响,而弗·施莱格尔同样是重度的宗教神秘主义者,晚年时还长期与一位女性友人在通信中讨论"传心术"。参见陈恕林,2016:61—65。

er，2006：12），而德国浪漫派的哲学倾向又让他的理论底色添上一抹宗教神秘主义色彩。但《异域的考验》的厚度恰在于它用学者的天真视角向翻译的交流性和工具论发起挑战，用哲学家的抽象玄谈揭示了翻译与语言、文学发展间的关系，更用历史学者的互动观强调了在文化多元时代"自我"与"他者"互相尊重的重要性。故此，这是一本值得一读再读的著作。

【参考文献】

恩斯特·贝勒尔：《德国浪漫主义文学理论》，李棠家、穆雷译，南京大学出版社 2017 年版。

安托瓦纳·贝尔曼：《异域的考验：德国浪漫主义时期的文化与翻译》，章文译，生活·读书·新知三联书店 2021 年版。

陈恕林：《论德国浪漫派》，上海社会科学院出版社 2016 年版。

姜丽娟：《翻译对异的考验——论贝尔曼提出的十二种变形倾向》，《安徽文学》2012 年第 1 期。

李永平：《通向永恒之路——试论德国早期浪漫主义的精神特征》，《外国文学评论》1999 年第 1 期。

刘云虹：《翻译价值观与翻译批评伦理路径的建构》，《中国外语》2013 年第 5 期。

Benjamin, Walter, La tache du traducteur, In Walter Benjamin, *Oeuvres*, tome I, traduit par Maurice Gandillac, Rainer Rochlitz et Pierre Rusch, Paris：Gallimard, 2000：244 - 262.

Berman, Antoine, La traduction et ses discours, *Meta*：*Journal des traducteurs*, 1989（4）：672 - 679.

Berman, Antoine, *La traduction et la lettre ou L'auberge du lointain*, Paris：Seuil, 1999.

Berman, Antoine, *L'Ŭge de la traduction*：《 la tache du traducteur》 de Walter Benjamin un commentaire*, Saint-Denis：Presses universitaires de Vincennes, 2008.

Godard, Barbara, Antoine Berman ou L'absolu critique, *TTR*：*Traduction, terminologie, rédaction*, 2001（2）：49 - 82.

Lederer, Marianne, La transmission du culturel- problèmes pratiques du traducteur, problèmes théoriques de la traduction, In Ivana Эeňková（dir.）, *Dialogue des cultures*：*interprétation, traduction*, Prague：Presses de L'Université Charles, 2006：7 - 24.

Pym, Anthony, *Pour une éthique du traducteur*, Arras: Artois Presses Université, 1997.

Simon, Sherry, Antoine Berman ou L'absolu critique, *TTR: Traduction, terminologie, rédaction*, 2001 (2): 19-29.

（作者单位：北京大学外国语学院）

（责任编辑：陈会亮）

伍倩

出走与回归
——由《小王子》看伦理困境中道德准则的博弈

摘要：本文通过对小说中"玫瑰""狐狸""蛇""绵羊"等经典意象的重新解读,探讨小王子的出走与回归,证明《小王子》的叙事性质是伦理的,其主体叙事结构存在着一条伦理线,即一位青少年在寻求父亲法则的英雄之旅当中,其自我本真性与他对母亲所担负的情感责任之间的不断冲突。《小王子》超越了单纯向度的道德教诲,而在潜文本展开了对伦理选择中核心道德依据的深刻反思。

关键词：《小王子》；圣埃克絮佩里；伦理困境；伦理反思

二十世纪以降,宗教淡化、战争热化的时代背景下,欧陆文化以上帝为支柱的信仰体系逐渐崩塌,作家们纷纷在精神焦虑中寻找出路。法国作家圣埃克絮佩里(Saint-Exupéry, 1900—1944)创作于一九四二年的《小王子》(*Le Petit Prince*)自问世以来,历经了历史主义、结构主义、心理分析、原型批评等众多视角的审视,作品始终被视为对人类生存境遇的童话隐喻,或在荒诞现实中对美德的呼唤和倡导。许钧教授曾针对《小王子》在中国的阐释和接受情况发表过论文,认为主要存在以下几类解读：政治性解读、主题性解读、寓言性解读、神话叙述模式解读,以及感悟式解读[①]。然而

---

① 许均：《圣埃克絮佩里的双重形象与在中国的解读》,《当代外国文学》2008年第2期。

近年来，越来越多的欧美学者倾向于以精神分析方法来重新发掘《小王子》的潜文本，他们认为，《小王子》中的重大命题并不是爱情和友谊，而是典型的母婴关系问题的文本外化。不过，尽管这些研究或多或少触及了小说中存在的丰富伦理现象，但并未进一步深入小王子的语境以观照其伦理困境，及其最终伦理选择的深层原因。借鉴精神分析法，从伦理学角度重新考察《小王子》中的伦理现象，将有助于我们发现作品的真正价值所在，并为《小王子》这部经典作品的解读提供全新维度。

一 驱动出走的伦理诉求

长久以来，人们之所以将小王子与玫瑰花之间的关系理解为"爱情"，是因为玫瑰花通常被视作"爱情"的象征。然而，《小王子》的作者圣埃克絮佩里出生在一个传统的天主教家庭，在天主教的文化隐喻谱系当中，玫瑰这一符号代表的是圣母玛利亚。宗教画中就常以玫瑰来衬托圣母的出现，《圣母祷文》（Sancti Rosarii Recitatio）中更是有"至圣玫瑰之后，为我等祈"（Regina Sanctissimi Rosarii, ora pro nobis）[①] 的颂句，而用以礼敬圣母玛利亚的祷文《圣母圣咏》的本名就叫作《玫瑰经》（Rosarium）。"玫瑰……几乎在所有的神秘传统中，它都作为新鲜、年轻、女性温柔以及一般意义上的美的符号、隐喻、象征而出现。"[②] 玫瑰这一意象起初代表着圣母玛利亚，随后被推而广之到高贵纯洁的女性之美，最终才被引申为"男女之爱"。

以精神分析社会学家弗洛姆（Erich Fromm），以及玛丽-路易

[①] John Paul II, *Rosarium Virgins Mariae* (Charleston: Create Space Independent, 2017), p. 5.

[②] Umberto Eco, *The Name of the Roses* (New York: Warner Books, 1984), p. 3.

斯·冯·法兰兹（Marie-Louise Von Franz，荣格的弟子）为代表的学者们[1]已明确提出，《小王子》里的玫瑰花所象征的不仅是女性，而且是女性的源头——母亲。"我又知道了一件特别重要的事儿：他所来自的那颗星球和一栋房子差不多大！"[2] "从前有位小王子，他住在一颗小行星上，这颗小行星比他自己也大不了多少……"这一颗小行星所象征的正是母亲的子宫、童年的小家，而小王子与玫瑰之间的互动则是典型的母婴共生关系。传统精神分析的关注重点是俄狄浦斯阶段，但法国女性主义精神分析学家茱莉亚·克里斯托娃（Julia Kristeva）则将母婴关系作为前俄狄浦斯阶段的符号态，并从这里追溯人性的形成。在此阶段形成的"爱"指的是意义的生成性，爱产生出与对象命题相关的意识，以及表达主体、语言、符号象征意义的体系。[3] 同样，从伦理学的角度来看，人从成为人的那一刻起，就不再是一种自由的个体存在，而是一种伦理的存在，即是说，人从一开始就处于人和人的关系之中，需要遵循伦理秩序，而人与母亲的关系就是最原初的伦理形式。

---

[1] 参阅 Marie-Louise Von Franz, *The Problem of the Puer Aeternus* (London: Spring-Sage Publications, 1970), Drewermann Eugen, *L'Essentiel est Invisible: Une Lecture Psychanalytique du Petit Prince* (Paris: éditions du Cerf, 1992). Ambert Nelly, "Le Langage, L'Ecriture et L'Action dans Citadelle, ou L'Art Poétique de Saint-Exupéry", *études Littéraire* (2, 2001), pp. 3 – 24. Jacques-Antoine Malarewicz, *Le Complexe du Petit Prince* (Paris: Robert Laffont, 2003). Alain Cadix, *Saint-Exupéry, Le Sens d'Une Vie* (Paris: Le Cherche-Midi, 2004).
Mahnaz Rézaï, *L'Etude du Champ Critique de L'Œuvre de Saint-Exupéry*, Thèse de doctorat (Tabriz: Université de Tabriz, 2014).

[2] Antoine de Saint-Exupéry, *Le Petit Princev* (Paris: Gallimard, 2017), p. 21. 论文凡涉《小王子》的引文均出自该版本，后文页码随文标注，中文为笔者自译。

[3] Julia Kristeva, *Powers of Horror —An Essay on Abjection* (New York: Columbia UP, 1982), pp. 23, 28.

在婴幼儿的世界里，母亲是神性与母性的合一。"（母亲）一开始满足了我们所有自我保存的需要和感官需求，给了我们安全感。她在我们的心灵中所起的作用是持久的。"① 然而在某一些失衡的关系中，由于母亲的缺失或脆弱，她无力，抑或是缺乏意愿成为孩子的情感容器，能够稳定地包容孩子，却反过来向孩子勒索情绪承托，强制孩子处处配合她自己的感受。而在母子的结合共生中，孩子始终处于伦理关系的下位，对下位的人来说，"对方就是他的生命，不论对方是人是神，对他来说都是绝对权威的"。② 因此，只要母亲利用权威把自身的感受置于孩子的感受之上，那么孩子的人格发展、自我意志就必将受到严重的压制，由于精力被过多消耗在反向照顾上，孩子将很难在自我中发生相应的客体分裂，从而发展出真实的自我，而只能产生一个围绕着母亲的感受运转的"自我"，一个空虚的、忧郁的假自我——这正是小王子所面临的状况。小王子在面对其"玫瑰母亲"时，完全沦为伦理上的客体，而玫瑰占据权威高位，不断对下位者进行心理操控。"她说大话的意图被看穿了，自己觉得丢脸，便咳嗽了两三声，想把过错推到小王子身上去。""她又故意咳嗽，存心让他内疚"，"她为了让他无论如何也要感到后悔……"（41—42）

曾有学者通过精神分析中的词语凝缩现象把小说里的"猴面包树"一词拆解为"蟒蛇怀了孩子"（Baobab = Boa a BB）③，即开篇

---

① Melanie Klein, John Rivière, *Love, Guilt and Reparation* (New York: Free Press, 2002), p. 53.

② Erich Fromm, *The Art of Loving* (New York: Happer Collins, 2007), p. 28.

③ 法语的蟒蛇一词为"Boa"，猴面包树（Baobab）一词则可拆解为"Boa a BB"，即"蟒蛇怀有孩子"之意。参阅 Alieh Sabbaghian, etc., "Pour Une Approche Freudo-Lacanienne du" *Petit Prince*, *Revue des études de la Langue Française* (1, 2017), pp. 45–67.

处蟒蛇吞吃大象这一意象的变体，它们同样代表着遭遇吞没性创伤、被母亲严密控制而失去了自我边界的孩子。事实上，猴面包树与火山也可以被理解为母亲的分身。由于儿童的思维还无法解释一个妈妈有时好、有时坏的这种流动性现象，他们只能把温柔体贴的妈妈看作好妈妈，冷漠或发怒的妈妈看作坏妈妈，因此童话里的母亲形象往往被割裂为善良的教母与邪恶的继母。这种"好妈妈/坏妈妈"的情结也在《小王子》中得到呈现："猴面包树的苗儿和玫瑰花的苗儿极其相像，而一旦分清良莠之后，就必得时时督促自己把猴面包树的苗儿拔去。"（28）猴面包树的苗儿之所以与玫瑰花的苗儿相像，因为它木就是玫瑰的另一面，玫瑰是好妈妈，猴面包树则是坏妈妈，或者说是妈妈的坏情绪。小王子每日拔除猴面包树苗儿、疏通火山，就是一个孩子在为了疏通母亲的坏情绪和怒火而不停地做出努力。

精神分析把文学家最深层的创作动机归结于他们的童年创伤，作为生命形式，小王子就是作者的自我投射。圣埃克絮佩里是家中长子，父亲早逝后，他就成为母亲的感情寄托。整整一生，作为出色的飞行员、战士、外交家、发明家与记者……直到最后他驾驶飞机失事前，圣埃克絮佩里在忙碌的工作和生活中始终与母亲保持着极其密切的通信。在书信集《给妈妈的信》（*Lettres à sa mère*）中，可以轻易看出他乐意迁就、照顾母亲情绪的秉性，"特别想让您开心地笑一笑，不过，最近一连几天我都没有发现有趣的事儿"。[①]"您怪我不给您写信，还说您感到很疲劳，可是我确实给您写过信啊，真令我伤心。"[②] 无论作者的飞行生涯将他带到哪里，他对母

[①] Antoine de Saint-Exupéry, *Lettres à sa mère*（Paris: Gallimard, 2013），p. 72.

[②] Antoine de Saint-Exupéry, *Lettres à sa mère*（Paris: Gallimard, 2013），p. 90.

亲的牵挂都始终如一。

尽管与母亲亲密无间，但作者一直感到孤独、忧郁，总是希望回到童年的时光①。在幼年需要母亲的理解和接纳时，他却不得不压抑自我，以发育出一个以母亲的感受为中心来运转的"假自我"，其必然会感到一种从未被真正看见、被真正理解的孤独。缺失的童年又会造成强制性迷恋和补偿，使人产生回归母亲子宫、寻求健康再生的欲望，退化为婴儿主体（the infantile subject）。然而荣格提出，现实中的婴儿一旦成长为男孩，开始以"性欲望的主要客体"来审视母亲时，母亲也将激起恨和报复。克里斯托娃更为尖锐地指出，个体和文化正是通过对于母亲的厌弃才得以发展和存在。"'我'成为我之前，就有了分离、拒绝和抗拒……厌弃（母亲）是自恋的前提条件。"②

在法国文学经典《玫瑰传奇》（*Le Roman de la Rose*）中，有一段广为流传的话："生活之所以充满了痛苦、争吵和冲突是因为愚蠢的女人的骄傲，那些她们言行上的危险和责备，以及她们很多时候提出的要求和抱怨。"③ 骄傲、责备、要求、抱怨……无一不是小王子在提及他的玫瑰花时所采用的措辞，在对母亲的爱恋之下，小王子的潜意识里同样充斥着对女性的厌恶。圣埃克絮佩里的妻子龚苏萝（Consuelo de Saint-Exupéry）曾将夫妻间的生活整理出版，书名叫作《玫瑰的回忆》（*The tale of the Rose*）。据她描述，圣埃克絮佩里本人出轨成性，"有过很多个温柔的港湾"。"就是苦役犯受

---

① Geneviève le Hir, *Saint-Exupéry ou la Force des Images* (Paris: Imago, 2013), p. 45.

② Julia Kristeva, *Powers of Horror —An Essay on Abjection* (New York: Columbia UP, 1982), pp. 12 – 13.

③ Edward Bloch, *Medieval Misogyny and the Invention of Western Romantic Love* (Chicago: University of Chicago, 1991), p. 21.

的处罚也比您的妻子承受得要轻。"① 然而他们的婚姻也有另一面，当龚苏萝染上了可怕的麻风病时，圣埃克絮佩里表示他愿意陪妻子去住满麻风病人的岛上生活。这种爱恨纠缠的夫妻关系同样源于圣埃克絮佩里隐秘的厌女情结，一个习惯对母亲的情绪"负责"的男人，既离不开他熟悉的女性世界，又厌恶被女性操控而失去自我的感觉。他没办法切断对情感的需求，又拒绝建立十足稳定的依恋。内心矛盾外化的结果就是必须拥有许多女人，且不需要对某个人百分百负责。龚苏萝对此评价道："我爱上了一个害怕结婚的大男孩……"② 圣埃克絮佩里在亲密关系中寻找的，其实是一个可以满足他全能需求的"小妈妈"。

"婴儿在完成自然选择后是在伦理选择的过程中逐渐成熟而成为一个人的。所以，人只有在伦理选择的过程中，才能逐渐消除动物性即兽性而获得人性。"③ 在小说开篇，小王子要求飞行员为他画一只绵羊，同时又将绵羊关入笼中，以防绵羊吃掉玫瑰花。这一图景表现的正是孩子对母亲的爱恨交织，也是人性因子对兽性因子的抑制。象征兽性因子的绵羊希望"吃掉玫瑰花"，摧毁母亲以摆脱其束缚和控制，自由自在地生活，而人性因子则会把一切触犯伦理禁忌的欲望关进笼子。由此，小说展开了最重要的一个伦理情节：小王子处于恋母与厌女的双相情结撕扯之中，而为了解决这一伦理矛盾，从精神分析学的角度来说，必须引入"父亲法则"的伦理诉求。小王子深怀忧郁观看日落的场景，正是圣埃克絮佩里本人悼念父亲的心理具象化，太阳下山代表着阳性力量的坠落；圣埃克

---

① Consuelo de Saint-Exupéry, *The tale of the Rose* (New York: Random House US, 2003), p. 7.

② Consuelo de Saint-Exupéry, *The tale of the Rose*, p. 136.

③ 聂珍钊、黄开红：《文学伦理学批评与游戏理论关系问题初探——聂珍钊教授访谈录》，《江西师范大学学报》（哲学社会科学版）2015 年第 3 期。

絮佩里的父亲在四十一岁离世，作者当时只有三岁，直至三年后，他才有能力理解父亲的死亡究竟意味着什么，假如父亲还活着，正是四十四岁，"四十四次日落"便由此而来。① 小王子离开小行星，突破母体环境，踏上试炼的成长之路，也正是为了寻找父性认同。

二 推动回归的道德焦虑

小王子在星球之旅的过程中先后遇见了国王、爱慕虚荣之人、酒鬼、商人、点灯人，以及地理学家等人；而鲜有学者注意到，这些"大人"无一例外都是"男人"。当圣埃克絮佩里一再强调大人和小孩的区别时，他真正强调的是男性与女性，是理性逻辑与感性逻辑的分野。在作者的另一部作品《夜航》（*Vol de nuit*）中，主人公里维埃（Rivière）虽然是正面人物，但却极其严酷，他毫无怜悯地解雇了一位忠心耿耿的老职员，只因为一个根本无法避免的错误，当他看到一位监察员与其下属交往频繁时，他强迫前者处罚后者，唯一的理由是："您是长官，您的软弱真可笑。"② 在圣埃克絮佩里的文本世界中，男性世界就意味着绝对的严苛与教条，与女性世界不可调和。同样，小王子也无力对阳性力量中的冷酷、断离，与阴性力量中的温柔、共生进行整合。然而，任何一个男孩在成长为男人的过程中，必须要从对母亲的依恋转向对父亲的认同，可小王子却对雄性世界的运行规则大失所望，他非但没有能够找到理想中的父亲形象，反而看遍了男性的负面力量：虚伪自大，只承认知识性的、常识性的世界，却对小王子熟悉的感情世界一无所知，且抱以鄙夷的态度。

---

① Alieh Sabbaghian, etc., "Pour Une Approche Freudo-Lacanienne du *Petit Prince*", *Revue des études de la Langue Française* (1, 2017), p. 75.

② Antoine de Saint-Exupéry, *Vol de nuit* (London: Grant & Cutler, 1990), p. 76.

而这时,小王子遇到了狐狸。小王子的核心故事完全符合"英雄之旅"①的原型,严格遵循着"分离—传授奥秘—归来"的步骤。而在英雄之旅的原型故事中,最重要的角色就是"导师",他和英雄的关系可以是父子、师生、医患……几乎所有的故事都会在某个时刻需要这一原型的能量。②《小王子》中的导师一角由狐狸来担任。一直以来,狐狸都被视为一种集合了双性特征的动物形象。弗雷泽(James G Frazer)就曾在《金枝》(*The Golden Bough*)中指出,狐狸既是谷物精灵狄奥尼索斯的象征,也是原始人的生殖之神。③ 而在英国小说家劳伦斯(David H Lawrence)以《狐》(*The Fox*)命名的著名中篇小说中,狐狸这一动物正用于呼应女主人公内心中雌雄同体的特征。布雷菲尔德(Peg Brayfield)在对《狐》的研究中也提出,狐狸是两种既相反又互补的特征的综合体:它机警、狡黠、大胆放肆、自由独立,这属于男性因素的范畴,同时,狐狸也十分漂亮、神秘、具有超强的直观感觉,属于女性因素的范畴。④

《小王子》中狐狸的性别特征也非常模糊,法语的狐狸是阳性名词,因此文中的狐狸通篇以男性的"他"(il)来指代。在遇上小王子之前,狐狸的生活就是"我逮鸡,人逮我"(87),这种敌我分明、不停战斗的状态显然是男性世界的生存写照。可当狐狸要求小王子"驯养"它时,口吻却为之一变:"(你)需要非常的耐

---

① Christopher Vogler, *The Writer's Journey: Mythic Structure for writers* (Los Angeles: Michael Wiese Productions, 2007), p. 4.

② Joseph Campbell, *The Hero with a Thousand Faces* (New Jersey: Princeton UP, 1972), pp. 20, 44.

③ 转引自张文奕《论费勒斯中心主义在〈狐〉中的投影》,《外国文学研究》2001年第2期。

④ Peg Brayfield, "Lawrence's Male and Female Principles and the Symbolism of The Fox", *Mosaic* (4, 1972), pp. 34 – 51.

心。""我斜瞟着你,你什么也别对我说。""如果你是下午四点钟来的,从三点开始,我就开始感觉到幸福的滋味了。""到了四点钟,我就心神恍惚,坐立不安了。"(88—90)要求对方"耐心",用眼神"斜瞟",幸福得飘飘然,又焦躁得"坐立不安",这并不是男性之间建立友谊的方式,而是陷入爱情的女性才会具有的特征;因此,将小王子与狐狸之间的关系定性为"友谊"恐不准确。

小王子第一次碰见狐狸,狐狸说起自己"在苹果树下"(84)。在《圣经》叙事中,亚当和夏娃通过吃掉智慧果做出伦理选择,才从生物学意义上的人变成有伦理意识的人。同样,狐狸也是在充满象征意味的苹果树下完成了自身的伦理选择,从一个在斗争关系中自得其乐的强悍个体,自愿变成把自身的喜怒哀乐全部寄托于他人的弱者,以至于到了丧失自我的地步,"你应该永远对你驯养的对象负责"(92)。亲密关系使女性在伦理选择里退缩,它压制她身上"il"的男性特征,而加强了她依赖、软弱、第二性的女性特质。"女人不是天生的,而是后天形成的。决定这种介于男性与阉人之间的所谓具有女性气质的人的,是整个文明。"[1] 然而,男权社会既鼓励女性在伦理中退居下位、全身心依赖男性,男人们却又受不了终身被女性的情感所捆绑、为她们的一喜一愁负起全责。

小王子逃离小行星的初衷也是逃离女性的情感吞噬和道德绑架,他追寻父性法则,以达到精神的成长和独立。然而男性世界的规则令他无比失望,继而作为"导师"的狐狸又为他揭示了这样一条真理:"你要对你的玫瑰负责。"——试图脱离母亲、反抗母亲控制的男孩发现,其他女性也拥有着与母亲如出一辙的情感逻辑,即你必须且永远为另一个人的情绪担负全责。这既是恐怖的道德绑架,但同样也是令小王子感到亲切的原初关系模式。可以说,尽管

---

[1] Simone de Beauvoir, *Le Deuxième Sexe* (Paris: Gallimard, 1984), p. 56.

小王子寻求独立的伦理诉求完全落空，但这也在某种程度上缓解了他的道德焦虑，因为习惯了和母亲共生的孩子会将自我的精神独立视为对母亲的冒犯、背叛，甚至是抛弃。弗洛伊德在对道德焦虑的分析中指出，当本我的欲望因超我的审查而无法得到满足，自我便会产生焦虑感，其明显的表现就是"对于同一人有两种相反的情感，即爱与恨"。①

小王子对玫瑰母亲的负面感情一度占据上风，憎恨推动他与玫瑰决裂、脱离母体，但在对男性法则失望后，尤其在与狐狸相遇后，罪感伦理又一次把他拉回到对一元共生关系的深度认同当中。虽然摆脱母亲的情感操控，和为母亲的情感负责是一组逻辑上的悖论，但这一悖论完全可以通过伦理选择得到解决。在小王子所处的伦理困境中，一方面，兽性因子驱使他在精神上"吃掉玫瑰花"，摆脱母亲操控以获得人格独立与意志自由，另一方面，人性因子却又使他从弗洛伊德所说的偏执分裂位置回归到抑郁位置，在这个位置上，孩子们明白伤害母亲就等于伤害自己所爱的客体，从而产生罪感。因此，小王子最终选择放弃父亲法则，而回归到母性/女性法则。然而不管文本将这一过程粉饰得如何温柔，都无法改变其本质——自杀。

小王子决定重回小行星，然而"路太远，我没法带着这副身躯，它太重了"。（111）所以他只有通过死亡来完成精神上的回归。小王子请求毒蛇咬死自己，在那之前，他特地叮嘱飞行员："你应该实践你的诺言……给我的绵羊一个嘴套子……我要对我的花负责的呀！"（102）而在临死前，小王子则再度进行自我宽慰："我有你画的羊，羊的箱子和羊的嘴套子……"（107）当斯芬克斯

---

① ［奥］弗洛伊德：《精神分析引论》，高觉敷译，商务印书馆 1984 年版，第 344 页。

意识到"人"的定义,意识到人和兽的区别时,他选择了自杀。同样,小王子也不愿成为兽,不愿放任绵羊吃掉玫瑰花,因此也只有选择自杀。不过小王子的"自杀"并非真正的死亡:"我的样子将会像是死去似的,然而这并不是真的……"(111)事实上,这更像一种精神的自我灭绝。当永远对母亲忠诚和忠于自我之间存在着无法克服的矛盾时,孩子只有选择消灭自我意志而向母亲归顺。

在小王子回归这一部分里,最关键的意象是"蛇"。与弑父的俄狄浦斯情结相对的,其姊妹概念俄瑞斯忒斯情结(Orestes Complex)代表着孩子在精神上弑母的内在要求,梅兰妮·克莱茵(Melanie Klein)是第一个在真正意义上研究"俄瑞斯忒斯情结"的人。她分析道,当在父权制度之下母亲的声音被淹没之时,弑父娶母的俄狄浦斯情结应运而生;而当父亲缺失之时,由于母亲的"原初客体"地位,对母亲的恨更容易被激发出来。① 在埃斯库罗斯的悲剧中,当俄瑞斯忒斯得知母亲梦见蛇吮吸其乳汁并反被其咬时,他与这条蛇产生了深深的认同:"既然那蛇与我有共同的出生,又被装进与我同一个襁褓里,吮吸我当年曾经吮吸过的乳头……我将杀死她……"② 同样,埃及艳后克里奥帕特拉自杀时,也是使毒蛇咬噬自己的乳房。从精神分析的视角来看,蛇在某种程度上与乳房、死亡联系在一起,是弑母的象征。然而在希腊神话和传说中,蛇也常常是守卫宝库的神兽。在《圣经》里,蛇既是诱人作恶的魔鬼,也是耶和华惩治恶人和训诫民众的工具。小王子请毒蛇咬死自己这一举动,由于蛇所具有的复杂含义而充满了内在矛盾,"你的毒液管用吗?你保证不会使我长时间的痛苦吗?"(106)蛇既向小王子的

---

① Fred Alford, "Melanie Klein and the Oresteia Complex: Love, Hate, and the Tragic World View", *Cultural Critique* (15, 1990), pp. 167 – 189.

② Aeschylus, *The Oresteian Trilogy* (New York: Penguin Books, 1965), 4: 543.

身体里注射使他遭受痛苦和死亡的毒液,同样也会帮助小王子回归到其玫瑰母亲的身边。由弑母的图腾来完成对母亲的回归,这是深陷伦理困境中的孩子对自我的摧毁,也是对自我的救赎。

三 由两种道德准则博弈带来的伦理反思

《小王子》诞生于"二战"时期,资本主义商品拜物教的不断膨胀与地区冲突的日益激化,已逐渐瓦解了上帝在人们心目中的权威形象,兰波(Arthur Rimbaud)、阿波利奈尔(Guillaume Apollinaire)、克洛岱尔(Paul Claudel)、安德烈·布勒东(André Breton)……均已对全知全善全能的人格神发出了强烈的质疑声。圣埃克絮佩里无疑也受到了集体惶惑浪潮的影响,在一封写给友人的信中,他坦然承认了自身的宗教危机:"很奇怪我已无法保有信仰。人们无望地爱着上帝,这就是我的情形。[①]"随着上帝缺席而导致的心灵焦虑,精神分析和存在主义思潮同时在欧洲大陆兴起,它们同样致力于使人重新认识人自身,并建立新的道德体系。

近代以来,西方的正统道德哲学以康德为代表,康德认为人类道德实践的基础是纯粹理性。然而弗洛伊德通过"快乐原则"提出,至善是被禁止的欲望客体(母亲);萨特则提出,人在选择前的伦理考量不过是逃避自由的自欺。在当时的伦理环境中,自我选择的道德依据已不再是康德式的道德律令、伦理责任,而是自我的本真性,是由自己完全担负起自我存在的"自由"。"自由"有"免遭强迫"之意,即是说,绝对价值的存在已被彻底否定,而一旦没有高于人自身的绝对价值作依据,一切的道德系统都不复存在,一个没有实在内核的伦理体系拒绝为行动提供任何基于预设规

[①] Antoine de Saint-Exupéry, *Ecrits de Guerre*, *Œuvres complètes* (Paris: Gallimard, 1999), p.328.

则或既定规范之上的伦理制度。"随着上帝的消失，一切能在理性的天堂内找到价值的可能性都消失了……因为他不论在自己的内心里或者自身以外，都找不到可以依赖的东西。他会随时发现他是找不到借口的。"① 当上帝已不复存在，那么"为善"的理由何在？谁才拥有最后的话语权，是自我还是他者？假如在某种伦理困境中，担负起自我存在的责任，就势必要放弃担负对他人的责任，那么选择为他人的"善"而牺牲，是否就意味着对自我作恶？是否选择了"至善"，就等同于选择了萨特所说的"自欺"？从存在主义的角度来看，伦理选择已不再有对错之别，而只存在自由选择，以及被强迫的"自欺"。

小王子遭到了与他者共生的情感模式的挟持，被迫放弃自身的主体性而进行病态抉择，他面临的伦理困境，实际上正是传统的绝对道德与当时历史环境中新道德的博弈，其核心在于：伦理判断的依据究竟是负载中心价值的道德之善，还是实践个人自由的欲望之美？正如拉康所言："唯一令人有罪的恰恰是向自身欲望的让步"，"为欲望牺牲的善——要求一种为善失去的欲望——而这一磅肉显然是要讨回的"②。被驱逐的自我、被压抑的欲望永不会消失，而只会不断地要求清偿。追求传统的至善已经无法消除道德上的罪恶感，只不过把犯罪的对象变成了自身而已。任何与自由、欲望价值相抵牾的伦理选择都会导致非本真的存在，小王子最后的精神自杀在传统伦理和新兴的现代伦理之间扯开了缝隙，令人们看到伦理在两种道德依据博弈之下的顾此失彼。

---

① Jean Paul Sartre, L'Existentialisme est Un Humanisme (Paris: Gallimard, 1996), p. 12.

② Jacques Lacan, *The Seminar of Jacques Lacan*, Book Ⅶ: *The Ethics of Psychoanalysis*, Trans. Dennis Porter (New York and London: Norton, 1997), pp. 319, 322.

小王子死后，飞行员依旧在结尾追问："绵羊有没有吃掉花？"（113）特别需要注意的是，小王子一开始就拒绝了飞行员画出的"山羊"，而索要一只"绵羊"。《圣经》中有许多关于羊的比喻，比如在《新约》中，羔羊（lamb）是耶稣的象征，山羊（goat）是献给上帝的祭品，而绵羊（sheep）则代表信徒。例如："我们是他的民，也是他草场的羊。"（《诗篇》95：7）"我们都如羊迷走，各人偏行己路。"（《以赛亚书》53：6）。《约翰福音》中，耶稣复活后三次问彼得："你爱我吗？"彼得肯定了他对耶稣的爱，耶稣便提出要求说："喂养我的小羊""牧我的羊""喂养我的羊"（21：15—17）。三问三答表明耶稣承认了彼得代替自己担负牧首的责任。绵羊的隐喻串连起基督救恩史，而"无望地爱着上帝"的圣埃克絮佩里早年曾接受过严格的天主教教育，显然已将绵羊这一意象所蕴含的救赎、指引、立约意味充分内化。因此，小王子所要求的"绵羊"注定无法吃掉玫瑰花，而只能在忏悔中走向赦罪与救赎。这一选择无疑表现出圣埃克絮佩里自身的伦理取向，即对天性的抑制，和对人性的追求，这是在上帝死去后，对绝对善恶价值建构中对人性至善的再一次肯定。

然而不可忽视的是，小王子选择用"自杀"这一终极形式来结束两难的伦理选择，也同样是一种含蓄的抗议，是在对传统的伦理秩序展开反思。人和人之间总是以驯养与被驯养的方式来产生关系，以便建立权力结构、伦理责任，这一制度性痼疾是否已经严重到了需要我们必须做出某种校正，甚至抗争？否则，在亲子关系中，父母处于伦理上位的道德价值将不断以绞杀子女的自由意志为代价；在两性关系中，只要男性威权仍旧倾向于把女性驯化为丧失自我意识的附属物，导致女性只希望被人驯养、有所依赖，从而无法意识到可以凭借自身之力为个己担负起人格责任时，她们一定会通过母亲与妻子的伦理身份反过来以罪感挟持男性、剥夺男性的自由。一个人的伦理身份常常与强制性约束捆绑在一起，那么，是否有可能在伦理身份的禁锢，与完全排除了伦理考量的自由之间，在传统的至善，与存在主义和精神分析伦理所提倡的本真之间，找到一种更为平等和谐，既符合天性，又顺应人性的新伦理呢？

  从伦理学视角对小王子的伦理困境进行全新的阐释，是在伦理层次上反思这部作品，其目的不在于维护已成形的观点，而在于获取新理解和新启示。《小王子》不仅发挥了文学教诲的功能，要求我们尊重爱与责任之间的重大关联，同时也借由其潜文本中隐性的伦理线揭露了生活的真相，对伦理价值中不合理的部分进行了追问和反思，启迪人们深入思考，推动伦理观念的更新。恰如狐狸所说："用心去看才能看清楚，用眼睛是看不见本质的东西的。"(92)

（作者单位：中国人民大学外国语学院法语系）

（责任编辑：陈会亮）

[英] F. 拉姆齐　著　刘新文　译

普遍对象和"分析方法"*

译者按：一九二五年，拉姆齐在《心灵》上发表论文《普遍对象》，认为没有理由将对象基本划分为特殊对象和普遍对象两类，

---

* 作者简介：弗兰克·普伦普顿·拉姆齐（F. P. Ramsey，1903—1930），英国哲学家、逻辑学家、数学家和经济学家。本文译自约瑟夫（H. W. B. Joseph）、拉姆齐和布雷斯韦特（R. B. Braithwaite）参与"专题讨论会：普遍对象和'分析方法'"（Symposium：Universals and the "Method of Analysis"）后发表在《亚里士多德学会会志》增刊上（*Proceedings of the Aristotelian Society*, Supplementary Volumes Vol. 6 "Methods of Analysis", 1926, pp. 1 - 38) 的三篇论文中的第二篇、即拉姆齐撰写的部分。1930 年 1 月，拉姆齐去世。1931 年，拉姆齐这篇论文的部分内容（倒数第五、四、三、一段）被布雷斯韦特以《前一篇论文的注释（1926 年）》为题置于论文《普遍对象》（Universals）之后，编入拉姆齐文集《数学基础和其他逻辑论文》（F. P. Ramsey：*Foundations of Mathematics and other Logical Essays*, edited by R. B. Braithwaite, with a preface by G. E. Moore, London：Kegan Paul, 1931）；1990 年出版的拉姆齐文集《哲学论文》（F. P. Ramsey：*Philosophical Papers*, edited by D. H. Mellor, Cambridge：Cambridge University Press, 1990）沿袭了这一方式。国内学界对"universal（s）"的译法有"共相"（金岳霖）、"普遍，共相"（吴寿彭）、"普遍的东西"（王路）等等，相应地，对"paticular（s）"的译法也有"殊相"（金岳霖）、"特殊的东西"（王路）等等。这里把"a universal"、"universal"和"universals"都译为"普遍对象"，而"a particular"、"particular"和"particulars"都译为"特殊对象"，是和马明辉教授的讨论结果。"subject"和"predicate"在语言学和逻辑学中都分别统一译成了"主词"和"谓词"。译文《普遍对象》已经发表在 2021 年第 6 期《世界哲学》。在翻译时，译者参考了前述文集和以　（转下页）

这种划分通常只有唯名论者才会否认,而且他们只是通过否认存在任何普遍对象来达到这一点。拉姆齐的观点更为深刻,他论证说,在原子命题←a 中,a 的不完整性和←的不完整性之间没有本质上的区别。拉姆齐的解释回答了一些基本问题,例如,为什么我们首先对特殊对象进行量化(拉姆齐:因为正是这一点使得它们成为特殊对象)?特殊对象和普遍对象如何结合起来以形成原子事实而不至于发生恶性的无穷倒退?在考虑了支持基本划分的各种不同论证之后,他得出了一个怀疑的结论,即没有理由假定在特殊对象和普遍对象之间已经有了这样的划分。他认为,除了知道"普遍对象理论一片混乱"之外,"我们一无所知"。一九二六年,心灵学会和亚里士多德学会的联合会议组织了一个以论文《普遍对象》为基础的"专题讨论会:普遍对象和'分析方法'",约瑟夫、拉姆齐和布雷斯韦特加入了这个专题会,他们的三篇会议论文以专题形式一起发表在《亚里士多德学会会志》增刊。拉姆齐提出的论点没有《普遍对象》中的论点那么激烈,他说,关于原子命题,我们根本无法发现任何东西,他现在怀疑自己当时的这个论断。这个讨论在剑桥的学者中引起了相当大的关注。当摩尔邀请约瑟夫参加时,约瑟夫起初表示反对,说他无法理解拉姆齐论文的语言,并在当天一

(接上页)下文献:(1)N.-E. Sahlin:*The Philosophy of F. P. Ramsey*,Cambridge:Cambridge University Press,1990;(2)H. Lillehammer and D. H. Mellor, eds.:*Ramsey's Legacy*,Oxford:Clarendon Press,2005;(3)C. Misak:*Frank Ramsey:A Sheer Excess of Powers*,Oxford:Oxford University Press,2020。作者的译名在中文文献中有各种译法(例如,金岳霖在《论道》和《逻辑》中译为"袁梦西"、王路在译文《真之实质》中译为"拉姆塞",等等),这里译为"拉姆齐",是取自胡作玄和邓明立的译法,他们发表于《自然辩证法通讯》(2000年第3期)的论文"名冠数学理论的哲人——弗兰克·拉姆齐"中,第75页对译名有简略的说明:"拉姆齐这个姓就是来自苏格兰和爱尔兰的家族,由于拼写方法的演变,到18世纪分成拉姆塞(Ramsay)和拉姆齐(Ramsey),其实,他们的发音完全一样,我们为了方便才在译名上加以区别。"在这些文献的基础上,译者添加了译者按和关键词。一并致谢!——中译者

开始就表示，他不确定拉姆齐的论点到底是什么；在回应中，拉姆齐同意约瑟夫没有理解他。拉姆齐最终与他在《普遍对象》中所建立的逻辑原子论立场保持距离。一九二五年写那篇论文的时候，他还在试图以一种与维特根斯坦的计划一致而非对立的方式来研究《逻辑哲学论》的藏蕴。但是，他从未放弃对先验形而上学的否定，因为先验形而上学对《普遍对象》至关重要；他总是对发现世界上实际存在的东西比猜测世界上必然存在的东西更感兴趣。

关键词：原子命题；普遍对象；数理逻辑；先验

虽然约瑟夫先生没有完全理解我在《心灵》（*Mind*）中那篇文章的论证，认为它缺乏说服力，但我认为，即使他真的理解了，他也不会觉得它更有说服力，因为我对这个问题的讨论假设了太多他不同意的东西，所以我不指望他会觉得这有什么用。所以，在我看来，最好从他文章的结尾开始，挑出第八页之后所阐述的、我认为是其中最重要的学说来讨论（略去了分析过于模糊笼统而无法讨论的部分）；也就是说，在特殊对象（particulars）和普遍对象（universals）之间存在着一个有效的区分，这种区分既不是实体（substance）和属性（attribute）的区别，也不是主词（subject）和谓词（predicate）的区别，而是"从来没有普遍对象被谓述（predicated）为特殊对象"（而我更愿意说是个体，individual）。

如果我的理解正确，这个观点的意思是说，两个事物不可能具有相同的颜色或相同的形状；它们只能具有相同的实例（instances）。但我不知道这是否适用于所有的特征，还是仅适用于某些特征，如颜色、形状和大小。在我看来，唯一能使它可信的方法，就是对所有的特征都断言了它，但这样做会立刻导致一种恶性的无穷倒退。因为，如果两个事物永远不能具有共同特征，它们二者就不可能具有这样一个共同特征，这个特征具有相同颜色的实例；

它们只能具有这个特征的实例。因此,它们甚至不能具有相同颜色的实例,而只能具有相同颜色的实例,如此等等以至无穷。简言之,如果像约瑟夫对大小所说的那样,"相同"(the same)只能指"相同的实例"(instances of the same),"相同的实例"只能指"相同的实例的实例"(instances of instances of the same)。

我的结论是,只有在某些特征而不是所有特征那里,才可能保持约瑟夫先生的立场。如果这一点被承认的话,我就会认为,关于事物的哪些特征可以共同拥有,哪些特征不能共同拥有,这个问题就成为一个经验问题了;虽然我知道这两种情况在形式上并不是平行的,但在我看来,先验地(a priori)说两个事物的颜色永远不会相同,就像是说两幢房子的主人永远不会相同或者两个人的父亲永远不会相同,一样是荒谬的。

除此之外,除非我误解了,否则约瑟夫先生的观点还面临着一个完全不同但更严重的反对意见。他说,没有任何普遍对象是对个体的谓述,但是,我认为,对个体的谓述是普遍对象的一个实例。因此,在"这个窗帘是红的"这个命题中,谓词不是作为普遍对象的红,而是它附着在这个窗帘上的特殊的实例。我认为,如果考虑这个命题为假的情况,这种观点是完全可以反驳的。因为这样一来,就不存在红的实例附着在这个窗帘上,因此这也就不能成为这个命题的谓词。这个命题的谓词是什么,并不能取决于这个命题的真假,因为除非谓词是确定的,否则就没有东西是真的还是假的。因此,"这个窗帘是红的"的谓词,即使这个命题为真,也不能是红色附着在这个窗帘上的实例。

因此,在我看来,约瑟夫先生的观点是可以明确反对的,而我又看不出对它有什么值得推荐的东西,所以我想,之所以他这样认为,一定可以在某些简单的混淆中找到原因;其中最重要的是混淆了一个事物的特征与该事物具有此特征这个事实、混淆了在两个事物之间成立的关系与它在它们之间成立的这个事实。事实就是任何如此的东西；所以，我是用墨水写的，而这就是事实。我们可以说"我用墨水写字是事实"，并谈论我用墨水写字这个事实。另外，我、写字和墨水在这个意义上不是事实（至少表面上不是）。我们不能谈论"我这个事实"，不能谈论写作这个事实，也不能谈论墨水这个事实。对于任何一个命题，如果这个命题为真，那么它断言一个存在着的或任何如此的事实，如果这个命题为假，那么它就不做此断言。另外，命题的主词和谓词都必须存在，它才算是命题，无论它是真的还是假的，但是，如果它是假的，那么它的主词和谓词就不在一个事实中联合起来。在命题"这是蓝色的"中，主词（显然①）是这，谓词是蓝色的，而整个命题断言这是蓝色的这样一个事实。

在我看来，当约瑟夫先生谈到质和关系的实例时，他指的应该就是事物具有这样的质、事物处于这样的关系之中等这些事实。因此，他所说的墙的颜色，就是指这堵墙具有那种颜色这一事实，而且这就是日常生活中这个短语通常（尽管并不总是）所表达的意思。因为如果"这堵墙的颜色是令人惊讶的"，那么，令人惊讶的可能并不是这种颜色本身（淡紫色、品红或其他可能的颜色），而是此墙有此色这个事实。如果"中锋的病是灾难性的"，那么，灾难不是由流感构成的，而是由中锋患流感这一事实构成的。

再者，很明显的是，哲学家谈论关系，例如，在讨论关系的认识时，他们真正指的是关系事实；如果一个人注意到两个事物的相似之处，那么他真正注意到的，是它们相似这样一个事实。

那么，我希望大家都同意，约瑟夫先生所说的一种质的一个实例，通常是指一个事实，即某事物具有这种质。如果"实例"一词

---

① 我说显然是因为我认为进一步的分析是可能的。

的使用没有因为它经常用作另外一种非常不同的意义而引起误导性的联想,我们也没有任何理由不把这称为这种质的一个实例;我想,约瑟夫先生在使用这个词的时候也没有意识到两种非常不同的意义所带来的这种含混。因为他说的好像牛都是牛性(cowhood)的实例(第11页),而这里所说的实例具有完全不同的意义。因为,如果说牛都是牛性的实例,那就是说,一种特征(牛性)的实例就是具有这种特征的事物(牛);在实例的这个意义上,红色的实例将是红色的东西,例如,红色的窗帘,红色的绑带,等等。很明显,实例的这种用法不同于另一种用法,在那种用法中,实例指的都是事实,即事物是红色的。这种差别之所以没有被发现,乃是因为,红窗帘与红的关系正如牛与牛性的关系,这个事实却被我们说这头牛是一头牛(the cow is a cow)但这个窗帘是红的(而不是一个红的,a red)所掩盖。但是,即使我们完全放弃第二种、对我来说更熟悉的实例用法,即牛性的实例就是牛,约瑟夫先生的第一种实例用法也导致了对命题及其词项的基本错误看法。对于他所说的红色的一个实例,这是红色的这个事实是整个命题所断言的,而不是它的谓词所表示的。谓词并非这个是红色的这个事实,而只是红色的,并且在"这是红色的"和"那是红色的"中都是一样的,当然,这是红色的这个事实和那是红色的这个事实是不同的。

虽然我认为对它们的讨论将不会对普遍对象这个问题有多大的启发,但我不能对约瑟夫先生关于基数的评论不予评论。他从循环性角度攻击了把一个数定义一个由类组成的类,但我一直无法确切地发现循环性是在哪个阶段形成的。让我们一步一步来理解这个定义。我们首先定义类的相似性。当两个类之间存在一个一一关系,其定义域是一个类、反域是另外一个类的时候,我们就称这两个类是相似的。定义的这一部分是康托尔的工作,无穷集的整个理论都是以它为基础的;它不是用数来定义相似性,而是用一一关系这个

普遍对象和"分析方法"

概念来定义,从《数学原理》中可以看出,它们的定义域和反域都没有涉及数这个概念。接下来,我们将一个类的数定义为在刚刚定义的相似性意义上与它相似的类所组成的类。这里面没有循环的东西。最后,我们称一个数为一个类的数;因此,数是一个相对的词语,正如像父亲这个词一样;一个父亲总是一个孩子的父亲。就我所理解的约瑟夫先生的论证而言,到目前为止,他对这些定义并无异议。他似乎允许与一个给定的类相似的所有类所组成的类是一个有效的概念,但他问,是什么把十二个类的类和三个类的类区分开来,它们都是由类似于一个给定的类的所有类所组成的。当然,这个问题的答案不在数的定义中,而在 3 和 12 这些特殊的数的定义中。它们可以用 1 和 + 3 定义为 $1+1+1$,12 也做类似处理;1 是存在的类的一个类 A,使得如果 x 和 y 是 A 的任何元素那么 x 等同于 y。$m+n$ 是一个类的数,这个类由没有共同元素的 m 中的一个元素和 n 中的一个元素组成。

对于这些定义,不可能有任何合理的例外,而约瑟夫之所以反对这一理论,乃是因为他没有充分遵循这一理论。就它是循环的而言,他的反对停留至此。他似乎还表示反对,认为它是荒谬的。"就像一个基数是所有与一个给定的类相似的类所组成的类那样,我们也可以说一头牛是所有与一个给定的动物相似的动物所组成的类。"但这两种说法并不是平行的。至于平行的东西,首先来看合理的两个,"牛的类是所有与一个给定动物相似的动物所组成的类","3 这个数是所有与一个给定的类相似的类所组成的类";其次来看荒谬的两个,"一头牛是所有与一个给定的动物相似的动物所组成的类","一个三元组是所有与一个给定的类相似的类所组成的类"。约瑟夫先生可能还会说,这个定义可以更完善,我们可以把 2 定义为二元类共有的数字特征;例如,作为具有不相同元素 x、y 的类的特征,使得任何元素 w 都等同于 x 或等同于 y。这是一个二元类而非任何其他类的特征，我们可以对任何其他有穷数都构造类似的定义。但是我们不能在沿着这些思路给数下一个一般的定义，对于无穷数，除非我们用相似性方法来定义它们，否则我们是绝对无能为力的。至于约瑟夫先生所质疑的这些定义的效用性，无理数理论，虽然被他归为同一个范畴，是最近大量工作的基础，并且如前面所提到的，无穷集合的理论完全建立在相似性的定义之上。

在他论文的其余部分，约瑟夫先生指出了逻辑原子论哲学中的各种困难，如果他能更好地理解它，这些困难就会消失。例如，对罗素先生来说，没有必要认为所有的分类都是通过传递对称关系来进行；事物也可以因为具有（字面上相同的）质而成为一个种类。同样，相似性并不是一种关系的名称，而是许多传递且对称的关系的统称。如果关系是传递的、禁对称的和连接的，那么它们就会产生序列；如果约瑟夫先生查一下这些名词的定义，他就会发现它们本身并不是对关系的形容词，而是对这种关系所结合的名词对的表述。至于为什么"左边的一个"不能产生一个明确的序列，这主要是因为它根本不是一个二元关系，除非是一个参照位置已经确定。"a 是 b 左边的一个"本身没有任何意义，就像"a 很遥远"那样。正如我们需要知道 a 距离什么东西是遥远的，我们也需要知道根据什么样的视角认为 a 在 b 的左边。约瑟夫先生的问题就像这样一个问题，为什么镜子中的左右是颠倒的，而上下则不是？

最后，他提出了变元这个基本问题。我不能为《数学原理》中关于变元的所有观点辩护，但我相信关于变元的真相很简单，与约瑟夫先生的观点直接相反。所有的变元都是表面变元（apparent variables）[①]；因此，我们不必解释变元本身的含义，而只需解释变

[①] "表面变元"就是我们现在所说的"约束变元"（bounded variables）。——中译者

元与前缀联系在一起时的意思；我们把 $(x)\phi x$ 解释为是对所有形如 ϕx 的命题的简洁断言。因此，x 是一个符号，像"琼斯"一样，它不是在不同的场合意味着许多不同的东西，而是同时意味着许多不同的东西；也就是说，所有那些名称可以有意义地填作 ϕ 的主目的东西。对于 x 是一个可变东西的名称这种说法，我只能认为是无稽之谈。

最后，我想谈谈我自己的立场。在我写那篇文章的时候，我确信，通过实际的分析是不可能发现原子命题的。对于这一点，我现在非常怀疑，所以，我不能确定，它们是否不可以被发现是 $R_1(x)$、$R_2(x,y)$、$R_3(x,y,z)$ 等表示的一系列形式中的一种或另一种，在这种情况下，正如罗素先生所建议的，我们可以将个体定义为可以在任何这些形式的命题中出现的词项，将普遍对象定义为只能在一种形式中出现的词项。我承认，这是可以被发现的，但是，由于还没有人能确定存在什么样的原子命题，所以，它不能被肯定地断言，也缺乏对它有利的强大假设，因为我认为，我论文中的论证所确立的，是这类命题不能被先验地认识。

这是一个相当重要的问题，因为像罗素这样的哲学家们都认为，虽然他们不知道命题可以被分析成什么终极词项，但这些词项必须被划分为普遍对象和特殊对象，也就是哲学研究中所使用的范畴，仿佛它们的适用性是先验地确实如此。这种确实性似乎主要来自于这样一种假设，即终极对象之间必然有区别，类似于人们所感到的存在于苏格拉底与聪明的这些词项之间的区别；要弄清这一点是否合理，类似于罗素先生的体系中对特殊对象和普遍对象所做的区分，我们必须弄清苏格拉底和聪明的之间的区别。

如果我们考虑罗素先生在《数学原理》第二版导言中所阐述的逻辑体系的发展，我们就可以看出他对特殊对象和普遍对象的处理有何不同。我们发现，普遍对象总是作为命题函项出现，用来确定命题的范围，特别是函项 ϕx 的范围，以及函项的函项 $f(\phi\ell)$（其中 f 为变元）的范围。个体也用于确定命题的范围，但在这种情形中只有一个主范围，即个体 ϕa（ϕ 为变元）的函项的范围。正如罗素先生所指出的，我们可以通过使用可变的质来缩小范围，但我们没有必要这样做。现在，个体与普遍对象在他的体系中起作用方式的唯一区别就在于此，由于我们发现在苏格拉底与聪明的之间也有一种完全相似的区别，我们很可能在这里就找到了问题的本质。聪明的就像罗素先生体系中的 ϕx 一样，决定了较窄的命题范围 "x 是聪明的" 和较宽的命题范围 "f' 聪明的"，其中最后一个范围包括聪明的出现于其中的所有命题。另一方面，苏格拉底只被用来确定它以任何方式出现于其中的较宽的命题范围；我们没有精确的方法来找出任何较窄的范围。我们不能使之局限在苏格拉底作为主词出现于其中的那些命题来找出这个较窄范围，因为在苏格拉底出现于其中的任何命题中，他都可以被视为主词，而我们总是可以把这个命题看作"对苏格拉来说是真的，……"（It is true of Socrates that…）关键是，对于苏格拉底，缺失的是较窄范围，而不是像约瑟夫先生让我说的，是较宽范围。

我选为例子的命题似乎在我不太理解的方式上误导了约瑟夫先生。我举了一个命题的例子，在这个命题中，聪明的不是作为谓词而是以其他方式出现的。"苏格拉底和柏拉图都不是聪明的。"我之所以选择这个例子，是因为它说明了一个观点，但由于与之密切相关的棘手争议，我没有明确提到这个观点；换句话说，聪明的不作为谓词出现于其中的一个命题，如果并非总是、无论如何它也通常是一个以聪明的作为谓词出现于其中的命题（也许其他的聪明的根本不作为谓词出现于其中的命题）的真值函项。因此，"苏格拉底和柏拉图都不是聪明的" 是 "苏格拉底是聪明的" 和 "柏拉图是聪明的" 的真值函项，约瑟夫先生的例子也是如此。"没有人记得那个可怜的聪明人"是"他(这个人)是聪明的"和其他不包含聪明的即"他是可怜的""他是一个人""没有人记得他"等命题的真值函项。"聪明是稀缺的"意思是说,"使得 x 是聪明的成立的那些 x 的数量很少",因此是"x 是聪明的"的值的真值函项,尽管要证明这一点会花费太长时间。罗素先生会说,"聪明的"出现于其中的任何命题都是如此,我倾向于同意他的观点。但是这个问题很难,我现在不想讨论它,所以我只说通常情况是这样。通常情况下,如果聪明的出现在一个命题中,那么它是"x 是聪明的"的一部分,后者又是该命题的一部分。因此,聪明的显得是不完整的、非实质的,本质上是另一事物的谓词。

然而,苏格拉底和聪明的之间的这种差别是虚幻的,因为可以证明,在理论上可以对苏格拉底做出类似的较窄范围,尽管我们从来没有必要去观察这一点。然而,一旦观察到这一事实,苏格拉底和聪明的之间的区别就消失了,我们开始像怀特海博士一样把苏格拉底称为一个形容词。如果你认为,所有或几乎所有关于实质对象(material objects)的命题都是关于它们在事件中的位置的命题的真值函项,那么,在我看来,你就会把实质对象视为事件的形容词。因为这就是形容词和实质词之间区别的真正意义。我并不是说,这种区别是由于对命题范围的差别的明确反映而产生的,而是说,这种模模糊糊地感觉到的差别才是这种区别的来源。我的观点在怀特海博士的情形中得到了显著的证实,他把实质对象以上述方式比作聪明的,然后宣称它们是形容词。

(译者单位:中国社会科学院哲学研究所)

(责任编辑:杨红玉)

郑建成

沈有鼎《逻辑的本质》及其意义*

摘要：著名逻辑学家、哲学家沈有鼎先生（1908—1989）不仅是中国现代逻辑学的重要开拓者、先行者，还向来被认为是"中国哲学界极有趣的一个人物"。新发现的沈先生的《逻辑的本质（论文提要）》，就是一篇关于"纯逻辑"的全面且深入的专题研究，它很可能就是沈先生曾公开预告准备详细讨论"纯逻辑"问题之"专篇"的雏形。

关键词：沈有鼎；《逻辑的本质》；"纯逻辑"

二〇二三年是我国著名逻辑学家、哲学家沈有鼎先生（1908—1989）一百一十五周年诞辰。沈先生字公武，生于上海，一九二九年毕业于清华大学哲学系，是该系第一届本科毕业生，也是金岳霖先生的得意弟子之一。"忘年忘义，振于无竟"，这是毕业纪念册沈先生那页中的留言，出自《庄子·齐物论》，可以看作其一生的精神追求与境界。① 同年，沈先生考取公费留学美国哈佛大学，一九

---

* 本文为华侨大学华侨华人与区域国别研究院2022年度一般项目"留美政治学家金岳霖及其美国政治研究"的阶段性成果。

① 《清华大学第一级毕业纪念册》，1929年版，无页码。

三一年获得硕士学位后赴德国海德堡大学和弗莱堡大学继续研究;①一九三四年回国后历任清华大学、西南联合大学、北京大学教授,一九五五年调任中国科学院哲学研究所(现为中国社会科学院哲学研究所)研究员。

　　沈先生不仅是中国现代逻辑学的重要开拓者、先行者,还向来被认为是"中国哲学界极有趣的一个人物","高谈哲学,忘怀一切"。②日前,笔者在搜集金岳霖先生佚文和档案资料过程中,意外看到沈先生一篇重要文章——《逻辑的本质(论文提要)》(以下简称《逻辑的本质》),一九四〇年十二月十六日发表在《时事新报》(重庆)的副刊《学灯》第一百一十一期上。笔者认真查阅《沈有鼎文集》、《摹物求比:沈有鼎及其治学之路》和《沈有鼎集》等公开出版的沈先生著作目录,结果发现均未收录该文,因此可以认为这是一篇沈先生的集外文。③当然,沈先生这篇文章的重要意义不止于此。

一

　　一九四〇年,沈先生曾在《哲学评论》第七卷第四期发表的《真理底分野》一文中公开预告,准备以后"另作一专篇"来详细讨论"纯逻辑"问题:"关于纯逻辑,在本文内因为篇幅底限制并

---

　　① 关于沈有鼎留德研究期间与胡塞尔、海德格尔等人的交往,及其与胡塞尔现象学关系问题,参见靳希平《沈有鼎与胡塞尔的现象学》,《云南大学学报》(社会科学版) 2004 年第 5 期;倪梁康《沈有鼎与胡塞尔在直观问题上的思想因缘》,《江苏社会科学》2010 年第 6 期。

　　② 贺麟:《五十年来的中国哲学》,上海人民出版社 2012 年版,第 52 页。

　　③ 沈有鼎:《沈有鼎文集》,人民出版社 1992 年版;中国社会科学院哲学研究所逻辑室编:《摹物求比:沈有鼎及其治学之路》,社会科学文献出版社 2000 年版;沈有鼎:《沈有鼎集》,中国社会科学出版社 2006 年版。

不能畅所欲言，预备以后另作一专篇，来详细讨论。"① 以往中国逻辑学界因为没有看到沈先生写出这样一"专篇"来，所以一直觉得是个遗憾。② 笔者认为，《逻辑的本质》一文的发现，不仅可以弥补这一遗憾，而且从其主要内容和背景来看，它可能就是沈先生所预告之"专篇"的雏形。

虽然《逻辑的本质》在形式上并不是一篇完整的学术论文，正如其标题后所注明的这仅是一篇"论文提要"，但它的主要结构、思路和观点都很清楚，也很全面。它一共包括八个部分内容，分别为："题目的解释""有些东西与逻辑常相混""逻辑是什么——消极的观察""逻辑是什么——积极的观察""逻辑与数学""逻辑在什么意义内可以称为规范科学""逻辑需要知识论——形式的存在论——与辩证法为他的更深的基础"和"逻辑是假智的工具"。

其中，"逻辑是什么——消极的观察"和"逻辑是什么——积极的观察"这两部分内容，就是《真理底分野》一文中关于"纯逻辑的概念与命题"的主要思想："纯逻辑的概念与纯逻辑的命题，在内容上，对于实在，没有任何积极性的肯定，也没有任何积极性的假定……但是我们若是追究它底根柢，就可以发现所有的纯逻辑的概念与命题，都是思力底别异作用底内在法则底反映。所以逻辑底本源也是有积极性的，逻辑也不妨认为就是研究这些内在法则的学问。"③

不过，《逻辑的本质》中"逻辑是什么"这两部分内容，还涉及学术界关于这个问题的其他不同学术观点的介绍和比较，因此内

---

① 沈有鼎：《真理底分野》，《哲学评论》1940年第7卷第4期。
② 李小五：《沈有鼎论纯逻辑》，载中国社会科学院哲学研究所逻辑室编《摹物求比：沈有鼎及其治学之路》，社会科学文献出版社2000年版，第287页。
③ 沈有鼎：《真理底分野》，《哲学评论》1940年第7卷第4期。

容也更为丰富。沈先生指出,从"消极的观察"来看,关于"逻辑是什么"学术界有三种不同观点:第一种认为,"逻辑的对象是思维的法则";第二种认为,"逻辑的对象不是思维而是一切事物最普遍的法则","这些法则有特殊的必然性且形成宇宙的最基本的结构";第三种则认为,"逻辑的概念与命题对于实在没有丝毫积极性的肯定或假定","所以逻辑有普遍的必然的效力"。显然,沈先生自己思想归于这里的第三种观点。

若进一步从"积极的观察"来看,那关于"逻辑是什么"学术界也有两种不同观点:第一种认为,"思维中的别异作用不见得在一切能思维者都一样,所以逻辑没有固定的结构";第二种则认为,"别异作用的内在法则是根源于思维的本质的,所以逻辑不但在客观方面有普遍的必然的效力,就在主观方面也有固定的结构","这结构是内在的"。对此,沈先生坚持"逻辑的真正的对象",是"思维中别异作用的内在法则"。

除此之外,《逻辑的本质》其他部分内容也包含丰富且重要的逻辑思想或观点,笔者在这里就不一一详细展开介绍。总之,从主要内容来看,沈先生的《逻辑的本质》就是一篇关于"纯逻辑"的全面且深入的专题研究。

二

若从《逻辑的本质》一文发表与写作的具体背景来看,那它与沈先生公开预告准备作"专篇"讨论"纯逻辑"问题的时机也比较契合。事实上,一九四〇年十二月十六日的《时事新报》(重庆)副刊《学灯》第一百一十一期是"中国哲学会年会论文辑"。"论文辑"除了沈先生的《逻辑的本质》,还收录了冯友兰的《人生中底境界》、徐炳昶的《世界文化新估价》、吴康的《自我之解释(论文提要)》和石峻的《玄奘思想的检讨》等四位先生的论文。

该期"编辑后语"解释说:"今年中国哲学会年会中提出论文甚多,兹借《学灯》发表一部分。"这里说的"今年中国哲学会年会",指的是一九四〇年八月二十九日至三十一日中国哲学会在昆明举行的第四届年会。① 中国哲学会前三届年会分别于一九三五年、一九三六年在北平和一九三七年在南京召开,第四届年会原定一九三八年在广州举行,后因抗日战争全面爆发未能如期召开。② 沈先生参加了前三届年会,并都提交了参会论文,第一届年会是《周易卦序分析》,第二届年会是《论自然数》,第三届年会则是《中国哲学今后的开展》。③

一九四〇年八月二十六日,《云南日报》报道说,中国哲学会第四届年会定于二十九日上午九时在云南大学会泽院第一教室开会,会期共三日,"凡对于哲学有兴趣人士,均可出席旁听"。④ 二十八日,《云南日报》提前一天公布了本届年会各日宣读论文题目等具体信息,沈先生被安排在二十九日下午,宣读的论文题目就是《逻辑的本质》。⑤ 这也更加确证了,《逻辑的本质》一文实际上是沈先生提交给中国哲学会第四届年会的参会论文。

另外根据出版信息,《哲学评论》第七卷第四期是一九四〇年十一月正式出版,但按照《中国哲学会第四届年会纪事》一文中的说明,该期《哲学评论》在中国哲学会第四届年会举行时,就

---

① 1940年6月21日,延安新哲学会举行的是第一届年会,会议具体情况参见《延安新哲学会举行第一届年会》,《新华日报》1940年8月1日第2版。
② 《中国哲学会年会闭幕》,《大公报》(天津)1937年1月28日第4版。
③ 沈有鼎:《周易卦序分析》,《哲学评论》1936年第7卷第1期;沈有鼎:《论自然数》,《哲学评论》1936年第7卷第2期;沈有鼎:《中国哲学今后的开展》,《哲学评论》1937年第7卷第3期。
④ 《中国哲学会举行第四届年会》,《云南日报》1940年8月26日第4版。
⑤ 《中国哲学会四届年会明日开幕》,《云南日报》1940年8月28日第4版。

"已在上海排印"了。① 换言之,《真理底分野》不仅在正式发表时间上先于《逻辑的本质》,而且它们在写作时机上也比较契合:沈先生可能是在完成《真理底分野》后,借参加中国哲学会第四届年会的机会,开始着手自己所预告的关于"纯逻辑"问题的"专篇"写作,《逻辑的本质》即是其雏形。

三

因此,《逻辑的本质》一文的发现,其意义不仅仅是为沈先生著作目录增加了一篇集外文,更重要的是为我们进一步研究沈先生逻辑思想提供了一份珍贵文献依据,而它很可能就是沈先生曾公开预告准备详细讨论"纯逻辑"问题之"专篇"的雏形。同时,《逻辑的本质》一文的发现,还为我们深入理解沈先生晚年关于"纯逻辑""纯逻辑和数学之间的分界线""逻辑规律的客观基础"等一般性问题的讨论,提供了重要早期思想参照。②

当然,关于《逻辑的本质》一文中的具体论述,及其对于中国现代逻辑思想史和哲学史的可能意义,还需要学术界进行更加深入、全面的研究与阐释,尤其他"论文提要"的性质、"篇幅太短"的特点,使得这一工作将更具挑战性。《逻辑的本质》一文的发现,不仅是我们对沈先生一百一十五周年诞辰的一种特殊纪念,或许也是我们重新走近和认识沈先生的一次特殊机缘。

(作者单位:华侨大学华侨华人与区域国别研究院)

(责任编辑:杨红玉)

---

① 《中国哲学会第四届年会纪事》,《时事新报》(重庆)1940年10月7日第4版。
② 参见沈有鼎《沈有鼎文集》,人民出版社1992年版,第510—586页。

附录

《逻辑的本质》（论文提要）*

沈有鼎

一　题目的解释

"本质"两字的歧义

"逻辑"一名词的双重意义

二　有些东西与逻辑常相混

方法论不是逻辑

辩证法不是逻辑——称辩证法为逻辑是借喻的用字法

旧的形式逻辑里面也还夹着文法学的——知识论的——与形式存在论的成分

三　逻辑是什么——消极的观察

第一说——逻辑的对象是思维的法则

第二说——逻辑的对象不是思维而是一切事物最普遍的法则——这些法则有特殊的必然性且形成宇宙的最基本的结构

第三说——逻辑的概念与命题对于实在没有丝毫积极性的肯定或假定——正因为这个所以逻辑有普遍的必然的效力

实证的积极性——超越的积极性——综合的积极性——非综合的积极性

---

* 笔者整理《逻辑的本质》一文，主要遵循以下几个原则：一是原文为竖排、繁体字，改为横排、简体字；二是原文属于明显排印错误的字，直接在文中改正，并在相应脚注中说明，其他皆不作改动；三是原文属于"论文提要"性质，标点符号使用比较简单和特殊，一律保持原貌；四是原文分为八个部分，但未使用序号标注，整理时按先后顺序在每个部分的标题前添加了从"一"到"八"的序号——郑建成。

四　逻辑是什么——积极的观察

就内容说完全没有积极性的逻辑，从知识方面说是有积极性的，因为有他的结构——逻辑的法则是思维中别异作用的内在法则的反映

第一说——思维中的别异作用不见得在一切能思维者都一样，所以逻辑没有固定的结构

第二说——别异作用的内在法则是根源于思维的本质的，所以逻辑不但在客观方面有普遍的必然的效力，就在主观方面也有固定的结构——这结构是内在的

究极说来思维中别异作用的内在法则是逻辑的真正的对象

逻辑的性质的三方面——"免除矛盾"是逻辑给真理的消极的绝对标准——"为已成立的真理所蕴涵"是逻辑给真理的积极的相对标准——逻辑所能给的既积极又绝对的真理标准是"为一切所蕴涵"或"反面有矛盾"但合乎这标准的东西是没有积极性的内容的（逻辑真理的自身正是这样）而仅仅展示着思维的法则

五　逻辑与数学

以空间为对象的几何[①]学并不是纯数学

纯数学是与逻辑分不开的——二者形成一整个的系统——里面较基本的部分名为逻辑——其余演出的部分都名为数学

从知识方面看逻辑与数学似乎又可以分开——逻辑所展示的法则是直接根源于思维的本质的——数学所展示的法则是根源于条理的本质的——不是这类那类事物的条理乃是仅仅就条理之所以为条理而推演出一切可能的条理形式——这一切可能的条理形式也可以表现于思维所以逻辑有把数学吞在肚子里的情形——思维，在本质上又有他的基本条理——单单逻辑是关于这些基本条理的

[①]　原文为"何几"。

从知识方面看，数学的范围要比逻辑广，而同时数学比逻辑更可以说是有积极性的

究极说来条理也离不开思维，所以二者究竟是同一的

研究逻辑与研究数学在方法上的根本差异——返烛与展演

六　逻辑在什么意义内可以称为规范科学

思维的过失在"不思"所以这规范不是人为的

数学不是规范科学

七　逻辑需要知识论——形式的存在论——与辩证法为他的更深的基础

八　逻辑是假智的工具

逻辑与人生的关系有三方面

第一——逻辑与其他科学一样是知识——为知识而求知识为逻辑而研究逻辑

第二——逻辑因为是最纯粹最抽象而超越的东西所以暗示着形上学的智慧与伦理

第三——逻辑在本质上是思考的工具——思考从逻辑得到深细的培养

思考是"名言"的假智——逻辑是假智的工具

[原载《时事新报（重庆）》1940年12月16日第5版，《学灯》第111期。]

郑建成整理

刘军政

"古雅"之源及其审美内涵的宽与变*

摘要：文章经过对"古"和"雅"的探源溯流，从儒、道两家思想中发现了尚古、崇雅的观念。儒家推崇古雅，目的在于借助宗法制度，强化社会伦理体系，维系社会的安定；道家推崇古雅，体现了在哲学上对世界本源的追寻，进而肯定天然美的至高层次，追求精神的超越。

关键词：古雅；审美；天然美；精神

古雅作为一种审美观念，深刻影响着中国古代的文学创作和批评。不同时期的不同文学流派，尽管在创作实践和理论倾向中各具特色，但在审美表现中却或隐或显，或多或少地反映出崇尚古雅的思想。古雅观念逐渐凝聚成一种具有民族特征的审美意识，深度融合在中华民族的传统文化之中，广泛地影响着文学、绘画、书法、音乐、雕塑等各个艺术领域。

古雅在文学研究中，一般作为审美范畴使用，为了准确使用这一范畴，自王国维以来，对它的讨论持续不断。王国维在其《古雅之在美学上之位置》一文中，提出了"古雅说"，他定义"古雅"为"形式之美之形式之美"。但有学者指出，这种看法并非从审美

---

* 本文为国家社科基金一般项目《清代婉约词批评的焦点及其衍变研究》（18BZW102）阶段性成果。

角度，而是从艺术创造角度立论①，因此王国维的观点虽然影响较大，但对于"古雅"的理解，还需从审美视角做出更深入的探究。陈梦熊的《"古雅"论》一文，整合了王昌龄、沈义父、张炎、谢榛、王国维等人关于古雅的认识。在分析了他们在文学批评中对"古雅"的使用后得出结论，认为古雅并非一个稳定的概念。② 闫峰的《古雅在中国美学上的位置》一文，认为"古雅"一词在我国传统的诗学、书学、词学、画学等文艺领域有着广泛应用，他对中国传统文艺美学领域中"古雅"的范畴进行了梳理与分析后，指出"古雅"具有超越性、人文性和气韵深远等核心内涵。③

以上观点代表了目前学术界对于"古雅"的基本认识，虽然不乏真知灼见，但仍然缺乏对"古雅"根源的全面认识，对于"古雅"的内涵是否稳定，是否会因时代改变，以及如何认识"古雅"的审美实质等问题，仍然存在探讨的空间。因此，研究古雅观念形成的原因，揭示古雅观念的审美内涵及其变迁，对于更准确地在文学批评中作出审美判断具有重要的学术意义。

一 中国传统文化中"尚古"观念的表现

尚古是中国文学乃至中国文化所具有的一个显著特征。对古代的推崇，表现虽然多样，程度却有不同，具体以"奉古""崇古""复古""拟古"等方式呈现，"尚古"可以视作贯穿中国古代文艺思想发展的一条主线。

---

① 孔令伟、吕澎：《中国现当代美术史文献》，中国青年出版社2013年版，第8页。
② 陈梦熊：《"古雅"论》，《武汉理工大学学报》（社会科学版）2019第2期。
③ 闫峰：《古雅在中国美学上的位置》，硕士学位论文，暨南大学，2012年。

"古雅"之源及其审美内涵的宽与变

孔子称自己"述而不作,信而好古"[①]。荀子以"生今之世,志古之道"[②]引以为豪。汉代崇古之风炽烈,王充对此表达了自己的不满,"夫俗好珍古不贵今,谓今之文不如古书"。[③]魏晋时期,"尚古"之风为之一变,以复古的面貌,出现了大量四言诗,在诗歌题材和主旨上以模拟《诗经》为主,创造出拟经诗、补亡诗、拟《诗》诗等三种类型的作品,魏晋诗坛在艺术上对如何继承《诗经》的风雅传统进行了集大成式的探索,在中国文学史上起到了承上启下的作用。[④]唐代陈子昂开始的复归风雅,在创作上转向复兴儒家古道,"思古人,常恐逶迤颓靡,风雅不作"。[⑤]

唐代以后的尚古风气在承袭中面貌不一。宋代的文学复古和儒学复兴统一在一起,以恢复和绍述儒家文化思想为明确主题,因而形成了"评文必古""今不胜昔"的观念,朱熹在这方面堪称代表,他曾讨论过诗歌的演变:

> 亦尝间考诗之原委,因知古今之诗,凡有三变。盖自书传所记,虞夏以来,下及魏晋,自为一等。自晋宋间颜、谢以后,下及唐初,自为一等。自沈、宋以后,定着律诗,下及今日,又为一等。然自唐初以前,其为诗者固有高下,而法犹未变。至律诗出,而后诗之与法,始皆大变,以至今日,益巧益密,而无复古人之风矣。故尝妄欲抄取经史诸书所载韵语,下

[①] 《论语·述而》,杨伯峻:《论语译注》,中华书局1980年版,第70页。
[②] 《荀子·哀公》,《荀子新注》,中华书局1979年版,第496页。
[③] 《论衡·案书篇》,(东汉)王充:《论衡》,上海人民出版社1974年版,第440页。
[④] 刘运好等:《论魏晋经学与文学复古之风》,《南京师大学报》2013年第5期。
[⑤] (唐)陈子昂:《修竹篇·并序》,《陈子昂集》,上海古籍出版社2013年版,第16页。

及《文选》汉魏古词,以尽乎郭景纯、陶渊明之所作,自为一编,而附于三百篇、《楚辞》之后,以为诗之根本准则。又于其下二等之中,择其近于古者,各为一编,以为之羽翼舆卫,其不合者,则悉去之,不使其接于吾之耳目,而入于吾之胸次。要使方寸之中,无一字世俗言语意思,则其为诗,不期于高远而自高远矣。①

朱熹认为诗歌在魏晋以前传承有序,保持着传统,此后在不断变化中,创作每况愈下,到宋诗已经"无复古人之风"。在他看来,提振诗歌创作的办法只有复古一条路可以走,必须完全摒弃当代语言入诗,"要使方寸之中无一字世俗言语意思"。由此可知,宋代诗坛的理论和创作尽管取得了很高成就,但从复古方式上看,仍然坚持对传统的继承,主要体现在三个方面:一是内容上强调儒家道统的弘扬;二是语言上崇尚平淡质朴;三是体裁上重视古体诗。

金元之际,北方诗坛在元好问的开端下,同样崇尚复古之风,基本主张表现为强调儒家"文道合一"的诗歌传统,代表人物许衡、姚遂、郝经等,都有这方面的创作实践。到了元末,以杨维桢为首,主张"力复唐音",走向"宗唐复古"的道路,古体乐府诗的创作一时成为风气。

明代中叶,前后七子"文必秦汉,诗必盛唐",从复古走向拟古,对明代文学产生了深刻影响。同时,明代词坛推崇以《花间集》和《草堂诗余》为代表的唐五代、北宋词,本质上也是复古,由于取径狭窄,造成词坛弊端丛生。

清代初期,复古成为一个具有争议的话题。由明入清的一代文

---

① (宋)朱熹:《答巩仲至》,《朱子全书》第23册,上海古籍出版社、安徽教育出版社2010年版,第3095页。

人把明代文坛的复古风气带入清代,如云间派宗尚前后七子的复古思想,诗歌创作追步盛唐,认为宋诗衰敝,不值得学习,从而成为清代诗坛唐宋诗之争的开端。诗歌之外,清代词学及其他文学和艺术领域都存在复古思想,如词坛对唐宋词"本色"的关注和持续探讨,吸引了王士禛、吴绮、陈维崧、纳兰性德、曹贞吉、田同之、杜文澜、王鹏运、况周颐等著名词学家参与其中,这一问题的争论,本质上是讨论清词的复古与创新。清代复古思想反映的是中国传统儒家文化以古为尚的历史观,复古只是一种外在的表现形式。清人的复古,真实目的是追求文艺的"新变",希望借助复古,寻求在文学和文化上,推动符合时代需求的变革。

纵观历代复古思潮,虽然主张各异,但大都以崇古、复古、拟古为荣,具有相同或相似的尚古本质。尚古,以古为美,遂逐渐强化为中国传统美学的一个基本观念,而这一观念的产生、发展与完善,由中国古代特有的文化基础、历史背景和社会现实所决定。

中国文化的基础一般都会追溯到先秦,对后世影响巨大的儒、道两家均产生在这个时代。汉代学者,大力弘扬和发展了儒、道两个学派的理论,使之从诸子百家的学说中脱颖而出,此后中国的思想、学术和文化都深受影响。汉初官方思想中的黄老之术就源自道家,对汉代"休养生息"政策的制定产生了影响。到汉武帝时代,董仲舒提出"罢黜百家,独尊儒术"的主张,得到官方支持,从而奠定了儒学在中国两千年的统治地位。然而道家学说的影响力依然不容忽视,在与儒家学派的长期对立中,相互依存、借鉴和融合。

儒家的文化传统是尚古的。孔子十分向往古代的政治制度,对弟子影响极大,有子曾阐发孔子的思想:"礼之用,和为贵。先王之道,斯为美。"① 崇扬"先王之道",是儒家尚古的传统。不仅如

---

① 《论语·学而》,杨伯峻:《论语译注》,中华书局1980年版,第8页。

此，孔子对古代的器物、乐舞都十分推崇。《论语》中有一段记载："颜渊问为邦。子曰：'行夏之时，乘殷之辂，服周之冕，乐则《韶》《舞》。'"① 孔子解答弟子如何治理国家的疑问，竟然只是说要使用夏朝的历法，坐着商朝的车子，戴着周朝的帽子，至于音乐要用舜的《韶》乐和周武王的《武》（《舞》）乐。孔子表面上是谈日常生活，但我们却可以看到孔子对古代礼乐制度的崇敬。

孔子之后，孟子、荀子继承了儒家传统。孟子在阐述自己的政治主张时往往搬出古人，如："古之人与民偕乐，故能乐也。"② 而荀子则更是以复古而著称，《荀子》一书的基本倾向就是今不如古、古比今好。他曾说："故齐之技击不可以遇魏氏之武卒，魏氏之武卒不可以遇秦之锐士，秦之锐士不可以当桓、文之节制，桓、文之节制不可以敌汤、武之仁义。"③《荀子》中此类表述比比皆是，清楚地反映出荀子崇古的思想。

汉代以后，儒家思想的统治地位得到确立，于是尚古观念逐渐渗透和融入中华文化的各个方面，文学中的体现尤为深刻。从荀子开始的"原道""征圣""宗经"思想，被一代代后世文人所标榜、继承、阐发、传衍。

除了文化和历史因素外，社会现实对文学中尚古观念的强化也不容忽视。分析每个时代的复古思潮，发现其存在共同特点，或者是社会风气尚新、尚俗，或社会出现危机。于是知识阶层希望通过复古，以"文统"的回归复兴儒家"道统"，如中唐以韩愈、柳宗元为首的古文运动，北宋诗文革新，南宋"复雅"运动，明代前、

---

① 《论语·卫灵公》，杨伯峻：《论语译注》，中华书局1980年版，第173页。
② 《孟子·梁惠王上》，杨伯峻：《孟子译注》，中华书局2008年版，第3页。
③ 《荀子·议兵》，《荀子新注》，中华书局1979年版，第234页。

后七子的复古浪潮,清代词坛的"尊体"等。这些复古思潮以复兴古代文统为手段,以达成实现儒家理想政治主张为目的,具有明显的功利性。然而值得注意的是,在复兴古代文统的过程中,往往蕴含着对古典审美理想的追求。

儒家尚古传统及儒家在政治上的正统地位,对历代知识分子形成尚古的心理定式起到了决定性的作用。然而道家作为中国传统思想的另一重要源头,影响从未失去,道家强调天然美的思想在魏晋以后,受到知识分子的普遍青睐,尚古观念的内涵也有了极大扩展。

道家同样好古,但和儒家的旨趣不同。儒家所好是对传统的保留和继承,是对理想化的古圣先王之道的追慕。而道家对"古"有着独特的理解,道家的尚古,是在追求原始自然之美和探寻宇宙本体中体现出来的。《老子》八十章:"小国寡民。……使民复结绳而用之。甘其食,美其服,安其君,乐其俗。邻国相望,鸡犬之声相闻,民至老死,不相往来。"[①] 对这段话有诸多理解,但在根本上反映了老子追求原始自然社会状态的复古倾向。老子对古的认识还体现于他对"道"的阐释:"道可道,非常道;名可名,非常名。无,名天地之始;有,名万物之母。"[②] 他用"道"来揭示一切的本源,用"无"名天地的本始,用"有"名万物的根源,可见,他的理论根基是建立在亘古的万物之初的。

道家另一位重要人物庄子赞同老子的尚古倾向,《庄子》中记载了孔子和老子的一段对话,"老聃曰:'吾游心于物之初'"。[③] 对

[①] 《老子》八十章,陈鼓应:《老子今注今译》,商务印书馆2003年版,第345页。

[②] 《老子》第一章,陈鼓应:《老子今注今译》,商务印书馆2003年版,第73页。

[③] 《庄子·田子方》,陈鼓应:《庄子今注今译》,商务印书馆1983年版,第539页。

于老子的"初心"思想,庄子是认可的,表明他同样赞同尚古精神。

儒家的尚古,反映的是一种世俗的伦理观念,有助于建立古今传承、长幼有序的社会秩序。道家的尚古,体现了对"道"的本源追寻,是崇尚自然的审美追求,对于拓展传统文化中的思维深度和美学精神意义不凡。儒、道两家的学说和观念存在差异,但在尚古这一点上却殊途同归,因此,儒、道两家在中国文化传统的形成中共存互补,使尚古精神逐渐沉淀为中国文化精神的重要构成部分。

二 中国美学思想中的"雅"及其观念化

在中国传统文化观念中,尚雅与尚古同样重要。虽然无法确定"雅"在何时出现,但《周礼·春官宗伯下》已经明确了大师传授《诗经》的"六诗":"教六诗,曰风、曰赋、曰比、曰兴、曰雅、曰颂。"[①] 诗作为西周贵族接受系统教育的内容之一,明确出现了"雅"诗。可见"雅"在当时应该由来已久,春秋时孔子修订《诗经》,保留了诗的传统分类,也表明了"雅"在当时已经深入人心。那么西周时"雅"的内涵是什么,有必要首先弄清楚。

《说文解字》对"雅"如此解释:"楚乌也,一名鸒,一名卑居,秦谓之雅,从隹,牙声。"[②] 原来"雅"本是一种楚地的鸟,在秦地被称为"雅"。近人章炳麟进一步解释说:"雅"即"鸦",古代同声,发"乌"音,此为秦地特殊的声音。由于秦地是周朝王畿之地,"雅"声即成为王畿之声,王畿为国家的中心,有正统之

---

① (汉)郑玄注,(唐)贾公彦疏:《周礼注疏》卷26,上海古籍出版社2010年版,第880页。

② (汉)许慎:《说文解字》,天津古籍出版社1991年版,第76页。

义。"雅"声也就被赋予了"正"声的含义,类似于如今的普通话标准发音。亦有学者训"正"为"疋"。①《说文解字》如此解释"疋":"古文以为诗大疋字,亦以为足字,或曰胥字,一曰疋,记也。"这里的"诗大疋"即"诗大雅"。实际上,"雅"在后来确实专指"乐"之"正"者。《毛诗序》云:"雅者,正也,言王政之所由兴废也。"朱熹亦云:"雅者,正也,正乐之歌也。"②所谓"正乐之歌",就是《诗经》大、小雅。

由音韵上追溯,"雅"则与"夏"相通。梁启超在《释"四诗"名义》中对此有独到见解:

"雅"与"夏"古字相通,《荀子·荣辱》篇:"越人安越,楚人安楚,君子安雅。"《儒效》篇则云:"居楚而楚,居越而越,居夏而夏。"可见"安雅"之雅即"夏"字。荀氏《申鉴》、左氏《三都赋》皆云:"音有楚夏",说的是音有楚音、夏音之别。然则风雅之"雅",其本字当作"夏"无疑。《说文》:"夏,中国之人也",雅音即夏音,犹言中原正声云耳。③

梁启超的分析至少使我们明确了两点:第一,雅即夏,指中原之地,为王畿所在;第二,雅音即夏音,为王畿之音。正是因为"雅"所具有的"王畿"属性,才使得一切与雅相连的艺术形式都具有了正统与高贵的品性,成为艺术创造者追求的典范。

---

① 陈鸿祥:《论王国维的"古雅说"》,《上海师范大学学报》1983年第3期。
② 《诗集传·小雅注》,(宋)朱熹集注,赵长征点校:《诗集传》,中华书局2011年版,第129页。
③ 梁启超:《释"四诗"名义》,《梁启超全集》第17册,中国人民大学出版社2018年版,第402页。

春秋时期,"礼崩乐坏",孔子一方面广收门徒,另一方面整理古代典籍,经过一生努力,夏、商、周三代以来的文化传统得以复兴。对此,《论语·子罕》有记载:"子曰:'吾自卫反鲁,然后乐正,《雅》《颂》各得其所。'"[①] 孔子的思想与学说遂成为儒家正统的根源,而雅正也成为儒家所倡导的美学标准。

随着时代的变化,"雅"的观念不断发展,人们对"雅"的认识也更为全面,首先表现出来的就是"正雅"和"变雅"的区分。在汉代出现的《诗大序》中,《诗经》中的许多作品被贯以"变风""变雅"之名。变风、变雅,指王道之衰的作品,与之相对的正风、正雅,指王道之兴的作品。

《诗经》中的作品出现时,并没有正、变观念,雅相对于风就是正的,当后人推崇《诗经》为经典,雅、风都成了"雅"的作品后,为了区分作品的差异,才有了变风、变雅之说。正、变的观念产生以后,也发展成为文学批评的一个标准。

所谓"正",一般是指符合儒家道德规范的作品;所谓"变",则是那些对儒家道德规范有所突破,或融入了别家思想的作品。变,有变而不失其正者,亦有变而失其正者。变而不失其正,意味着对于儒家传统,在继承的基础上结合时代特点进行了发展,历代持复古之论者大多可归于此类。变而失其正,则意味着对儒家传统的背离,甚至走向了儒家的反面。

"雅"的观念是不断发展和深化的,在正与变的交锋中不断得到强化。中国历代知识分子,无论其思想倾向如何,都有对雅的追求,避俗求雅的观念根植于历代文人的思想深处,为人温文尔雅,诗文醇正典雅,是知识阶层自觉的修养和创作标准。

文学作品的"雅"有不同表现,然而在创作中使用典故,则是

---

① 杨伯峻:《论语译注》,中华书局1980年版,第97页。

文人求雅的基本手段，于是任何文体在文人手中走向成熟时，都开始大量使用典故。赋、骈文、诗、词、曲、散文等文体都存在这种现象，用典也成为提升作品"典雅"品格的惯常做法。刘勰曾以"据事以类义，援古以证今"① 谈论对用典的看法。典故大都来自古代的经典作品，用典可以增强语言的表达力，启发读者的联想，更重要的是使作品产生含蓄蕴藉之美，这自然而然地成为诗文求雅的重要方法。

用典的风尚可上溯至《诗经》《楚辞》，如"先民有言，询于刍荛"②"接舆髡首兮，桑扈臝行"③ 二句皆有用典。到了汉代，用典之风大盛，辞赋家们多以征引典故为乐事。魏晋南北朝，用典之风愈炽，极大影响了后世诗文。唐人喜用典者甚多，著名者如韩愈、李贺、李商隐等。至宋代，经苏轼"以才学为诗"的倡导，到黄庭坚把用典又向前发展了一大步，他曾说："自作语最难。老杜作诗，退之作文，无一字无来处，盖后人读书少，故谓韩、杜自作此语耳。古之能为文章者，真能陶冶万物，虽取古人之陈言入于翰墨，如灵丹一粒，点铁成金也。"④ 此后，从南宋"江湖派"诗人到明代前后七子以至于清代古文、诗词，均以用典为作文、写诗、填词的不二法门。

"雅"在历史的审美积淀下逐渐成为人们的一种追求，即使是一些擅长通俗创作的文人，也会在不经意间流露出"雅"的修养，

---

① （梁）刘勰著，黄叔琳等注：《增订文心雕龙校注》，中华书局2000年版，第472页。

② 《诗经·大雅·板》，程俊英：《诗经注析》，中华书局1991年版，第843页。

③ 《楚辞·九章·涉江》，聂石樵注：《楚辞新注》，商务印书馆2004年版，第94页。

④ 《答洪驹父书（二则）》，蒋方：《黄庭坚集》，凤凰出版社2014年版，第293页。

写出"雅"的作品。比如柳永,以俗词著称于世,但也不乏雅作。① 赵令畤的《侯鲭录》卷七有如下记载:

> 东坡云:"世言柳耆卿曲俗,非也。如《八声甘州》云:'霜风凄紧,关河冷落,残照当楼。'此语于诗句,不减唐人高处。"②

由于儒家文化的长期影响,儒家对雅的认识,逐渐内化为中国古代文人的一种价值追求。

中国古代的知识阶层,无论对待政权还是文化思想,历来以维护正统为己任。"雅"本身具有"正"的内涵,因此"雅"在中国传统美学中,逐渐成为一种最为重要的审美观念,求雅成为文艺创作的主要审美方向。

三 宗法社会背景下的"古雅"与"古俗"

尚古与求雅是中国传统文化中两种联系紧密的思想观念。随着文化的传承与发展,古和雅逐渐融为一体。钟嵘在《诗品》中称赞应璩:"善为古语,指事殷勤,雅意深笃,得诗人激刺之旨。"③ 又指出颜延之虽有不足,但优点依然突出:"又喜用古事,弥见拘束,虽乖秀逸,是经纶文雅才。"④ 这些评语传递出的信息非常值得注

---

① 孙克强:《"柳俗"新论》,《河南大学学报》(社会科学版)2000年第6期。
② (宋)赵令畤:《侯鲭录》,中华书局2002年版,第183页。
③ (梁)钟嵘著,陈延杰注:《诗品注》,人民文学出版社1961年版,第35页。
④ (梁)钟嵘著,陈延杰注:《诗品注》,人民文学出版社1961年版,第43页。

意,钟嵘在肯定应璩和颜延之时,古与雅并举,二者的关联十分明确。以古为雅,雅以古显,古雅开始结合,古雅作为一种融合的观念已经初步萌芽。

古雅观念的产生并不是"尚古"思想和"求雅"偏好的偶然结合,它有着深刻的社会根源。中国古代农耕文明的文化重视宗族有序传承,这种社会伦理造就了重视文化继承的民族心理,从而形成了对先祖的崇敬,对正统的维护,对古代文化的崇尚。古雅观念的形成是中华民族文明自然发展的产物。

中国传统农业社会的特点要求农民固守在土地上,只有这样才能保证社会安定和经济发展,于是适应这一社会特点的宗法制度逐渐形成。早在夏、商时代,宗法制度就开始萌芽和发展,到西周已经趋于成熟和完备。宗法制度以血缘关系为基础,是治理和稳定农业社会的有效手段,中华文明因此打上了宗法社会的深刻烙印。

宗法制度是一种以嫡长子继承制为核心的宗族制度,《礼记·大传》有这样一段记载:

> 自仁率亲,等而上之至于祖。自义率祖,顺而下之至于祢。是故人道亲亲也。亲亲故尊祖,尊祖故敬宗,敬宗故收族,收族故宗庙严,宗庙严故重社稷,重社稷故爱百姓,爱百姓故刑罚中,刑罚中故庶民安,庶民安故财用足,财用足故百志成,百志成故礼俗刑,礼俗刑然后乐。[①]

宗法制度的基本精神是确立嫡庶亲疏的"亲亲"关系,它把天子、诸侯、士大夫之间的上下关系,由权力的控制转变为血缘的联结,这样就使政治关系和血缘关系相互叠加,政治上的"忠"和亲

[①] 王文锦:《礼记译解》,中华书局 2016 年版,第 436 页。

情上的"孝"也就不可分离。历代统治者提倡孝道,以孝治天下,根本用意就在于凭借对宗族家长权威的尊重,强化君权的至高无上。

严密的宗法社会体系,以孝立身治国的社会准则,必然产生尊敬祖宗的伦理观念,而尊敬祖宗的观念推衍到政治上就体现为先王崇拜。这种观念在商、周已十分流行,从《诗经》雅、颂中的许多篇章,就能够看出对祖先的崇拜。"天命玄鸟,降而生商"① "文王在上,於昭于天"② 等就代表了这种观念。宗法制度的发展促使社会心理逐渐指向对先祖和正统的认同,导致人们在观念上形成了古就是美的自然反应,这是"古"具有审美意义的根源,也是"古""雅"相结合,形成"古雅"观念的重要原因。

古雅观念的形成还与中国独特的文化背景密不可分。如前所述,孔子开创的儒家学说,后来成为中国两千多年封建统治的正统思想,其在政治、伦理、道德、文化上完整的尚古、尚雅观念,极大影响了中华民族心理特征的形成。在覆盖整个社会的儒家思想长期影响下,中国古代知识阶层自然而然地形成了一种追寻古人、推崇古代作品的风尚。根植于内心深处的宗法观念,使他们在尊敬现世师长之外,还非常注重文化传承的溯古寻源。在思想学术上要延续"道统";在文学创作上要追寻"文统";在艺术流派上要继承"家法"和"师传",这一切的表现则必然具体化到对古代学术和作品的向往和推重。

文学批评也有这样的倾向,历代文论家在比较古今创作时,经常以古雅作为标准衡量作品的优劣。不同时代的作者,创作使用的

---

① 《诗经·商颂·玄鸟》,程俊英:《诗经注析》,中华书局1991年版,第1030页。

② 《诗经·大雅·文王》,程俊英:《诗经注析》,中华书局1991年版,第746页。

文体和文风都会因人而异，但是文体与时代风气的结合，也会表现出独特的时代风貌，如《诗经》之质朴、楚辞之瑰奇、汉魏之高古、六朝之秾丽、盛唐之雄浑等，均是如此。这些不同时代独具特色的创作倾向，可能都是文论家品评作品的依据，但文论思想中崇尚古雅的精神内核很少发生改变。

　　古雅的追求还与古代作品数量的有限性与不可复制性有关。在古代，由于文献制作、保存和传播手段的限制，能够妥善保留下来流传后世的作品不断减少，造成古代作品逐渐稀少。由于稀缺，尽管一些古代的作品在当时可能并不出色，但是能够流传到后世，就会显得弥足珍贵。这种作品本身已不再是一个纯粹的作品，它已经成为时代文化的代表和象征，体现了文明的凝聚，在文化传承上具有极高的价值，尤其在一个重视传统的民族心目中，其地位无可替代。再者，从古代流传下来的作品，可能是特定的实物，如古字画、古书籍，本身就具有珍贵的文物价值。

　　传统观念中有一种视古为雅、以古为雅的倾向。虽然这种倾向在特定的历史阶段会被否定和打破，比如明代后期泰州学派影响下的"心学"左派对复古之风的反拨，"五四"时期对旧文学的批判，但是从整个文化史和文学史的发展来看，崇古、尚雅的观念很难动摇。

　　然而古者是否一定皆雅，是否存在古而俗的作品，同样值得注意。古而俗的作品当然存在，只是论者较少，主要原因在于古俗的作品流传下来的相对较少，很少被人重视。古俗之作，大多是文艺作品中不登大雅之堂的作品。许多过于俚俗粗鄙的作品，即使流传至今，也难以改变社会对其本质的认识。

　　"俗"，《释名》解释为："俗，欲也，俗人之所欲也。"《说文解字》解释为："俗，习也。"俗的内涵大致包括三个方面：其一，它是人的本能欲望及爱好的体现；其二，由于人的本能具有普遍性，所以俗又体现为一种群体性的欲望与爱好；其三，由于俗的群体性及普遍性，导致了其定型化，进而使其具有传承性和衍续性。①

俗的作品，一般来说，体现为对受众需要的迎合，其形式通俗，内容直白，缺乏阐释的空间。这一类作品常被文人雅士排斥，因此创作数量虽远远胜出高雅作品，流传也广，但不受重视，湮灭也快，能够保留下来的作品，也往往成为后人批评的对象，在批评声中代代流传。北宋柳永的俗词堪称历代俗作典范，宋人指责他的就很多，后代也并不因为时过境迁而视之为雅，清人陈锐曾说："屯田词在小说中如《金瓶梅》。"② 清楚地表明俗作并不一定因时代久远而变成雅作。与柳永形成鲜明对比的则是苏轼，北宋时对苏词的诟病曾声势汹涌，陈师道说："退之以文为诗，子瞻以诗为词，如教坊雷大使之舞，虽极天下之工，要非本色。"③ 然而后世之人则多肯定苏词的高雅，这是因为苏轼的词风突破了当时人们对词的认识，题材文字并不低俗。可见，古代的作品经过历史的筛选后，雅者自雅，俗者自俗。

四 "古雅"审美内涵的宽意性与变意性

古雅观念形成后，即成为一个审美范畴，用来对作品进行审美衡量。中国古代评价绘画、书法、文学作品，普遍以古雅作为高下判定的标准。司空图《二十四诗品》中有《高古》《典雅》，袁枚的《续诗品》中有《安雅》，杨夔生《续词品》中有《闲雅》，黄

---

① 参见孙克强《雅俗之辨》，华文出版社1997年版，第9—10页。
② 陈锐：《袌碧斋词话》，见唐圭璋：《词话丛编》，中华书局1986年版，第4198页。
③ 陈师道：《后山诗话》，（清）何文焕：《历代诗话》，中华书局1981年版，第309页。

钺的《二十四画品》中亦有《高古》，杨景曾的《二十四书品》中已明确出现了《古雅》。

古雅之所以受到历代文艺批评的重视，被普遍用于衡量文艺作品的艺术表现，不仅在于"古风""古韵"给人带来了独特的审美享受，更为重要的是，"古雅"本身已经成为一种审美意识。这种审美意识在中国的文化环境中，内涵得到不断丰富，最终成为一种具有宽意性和变意性特征的审美认同。

古雅的审美内涵，首先具有宽意性，这是因为古雅不仅具有人工美的特性，也具有天然美的特性。古雅蕴含的人工美，来自儒家传统的温柔敦厚、中和之美。《论语》云："《关雎》，乐而不淫，哀而不伤。"①"尔舜！天之历数在尔躬，允执其中。"②"礼之用，和为贵。"③ 这些观点中蕴含的思想，都是儒家对中和之美的大力提倡。

中和之美既具有人工的修饰，又蕴含着自然本质，其极致是作为人工美最高境界的"巧夺天工"。"巧"是人工的高超技艺，"天工"则是自然造化的神奇。对中和之美的追求，体现了一种积极进取、孜孜以求的精神，既符合儒家政治上入世的主张，也符合儒家以教化为手段，塑造士人优良品性的精神。儒家的教化十分重视审美教育，诗和乐是儒家弟子必须学习的内容，《论语》中记载了孔子的谆谆教诲："小子何莫学夫诗？诗，可以兴，可以观，可以群，可以怨。"④"女为《周南》《召南》矣乎？人而不为《周南》《召南》，其犹正墙面而立也与！"⑤"子路问成人。子曰：

---

① 《论语·八佾》，杨伯峻：《论语译注》，中华书局1980年版，第31页。
② 《论语·尧曰》，杨伯峻：《论语译注》，中华书局1980年版，第220页。
③ 《论语·学而》，杨伯峻：《论语译注》，中华书局1980年版，第8页。
④ 《论语·阳货》，杨伯峻：《论语译注》，中华书局1980年版，第196页。
⑤ 《论语·阳货》，杨伯峻：《论语译注》，中华书局1980年版，第197页。

'……文之以礼乐，亦可以为成人矣。'"① "子曰：'兴于诗，立于礼，成于乐。'"② 儒家兢兢业业的教化，使受教者脱去俗野，成为彬彬有礼的文雅君子。

天然美则是淳朴自然之美，此种美不经人工，不加雕饰，自然纯净，表现为拙、质、朴、真。天然美的源头来自道家，老子云："信言不美，美言不信。"③ 又云："大方无隅；大器晚成；大音希声；大象无形。"④ 庄子则认为最高最美的艺术是完全不依赖于人力的天然，他说：

> 擢乱六律，铄绝竽瑟，塞师旷之耳，而天下始人含其聪矣；灭文章，散五采，胶离朱之目，而天下始人含其明矣；毁绝钩绳而弃规矩，攦工倕之指，而天下始人含其巧矣。⑤

庄子主张只有毁掉一切人为艺术，真正的美，即天然的、至高无上的美，才能够被发现。庄子在《齐物论》中把声音分为人籁、地籁、天籁三类，实际上是三个不同层次的音乐美境界，区分的标准在于人为和外力影响的多少。他认为天籁是自然之美，是声音最美的境界：

---

① 《论语·宪问》，杨伯峻：《论语译注》，中华书局1980年版，第157页。
② 《论语·泰伯》，杨伯峻：《论语译注》，中华书局1980年版，第86页。
③ 《老子》八十一章，陈鼓应：《老子今注今译》，商务印书馆2003年版，第349页。
④ 《老子》四十一章，陈鼓应：《老子今注今译》，商务印书馆2003年版，第229页。
⑤ 《庄子·胠箧》，陈鼓应：《庄子今注今译》，中华书局1983年版，第259页。

子游曰:"地籁则众窍是已,人籁则比竹是已,敢问天籁。"子綦曰:"夫天籁者,吹万不同,为而使其自己也,咸其自取,怒者其谁邪!"①

人籁是人们借助丝竹管弦这些乐器吹奏出来的声音,即使再好,也是人为造作,属于最低层次;地籁是自然界的各种孔窍,由于受风的吹动而发出的声音,它们要靠风力的大小来形成不同的声音之美,虽无人为,但依然要靠外力,还不是最好;天籁则是众窍自鸣之美,借助各自天生之形,承受自然飘来之风,发出自然之声,这是最高层次的音乐美。

由此可见,道家对美的追求完全不同于儒家,在老子和庄子的观念中,理想的美超凡脱俗,只能来自天然,根本不可能通过自身修养达到。由于至高境界的天然美亘古存在,人类只能发现和体验,却不能改变,因此天然美也是古雅的另一种体现。

古雅审美内涵中的人工美与天然美,无论是儒家还是道家看来都不是对立的,而是始终在寻求统一与融合。孟子说:"尽其心者,知其性也。知其性,则知天矣。"②《中庸》云:"能尽人之性,则能尽物之性;能尽物之性,则可以赞天地之化育;可以赞天地之化育,则可以与天地参矣。"③

儒家要求人工合于天然(自然),但它注重的是"人",要通过"人工"的努力实现"知天","与天地参矣",这可称为"人和"。道家则主张超世脱俗,返璞归真。庄子说:"天地与我并生,

---

① 《庄子·齐物论》,陈鼓应:《庄子今注今译》,中华书局1983年版,第33—34页。

② 《孟子·尽心上》,杨伯峻:《孟子译注》,中华书局2008年版,第233页。

③ (宋)朱熹:《四书集注》,凤凰出版社2008年版,第31页。

而万物与我为一。"① 道家反对"人工",却主张"天人合一",因为"人工"在世俗社会中根本无法摆脱,同时,没有"人工","自然"也就失去了意义。

道家的人工与天然之和可称为"天和"。李泽厚在《华夏美学》中说:"儒家美学强调'和',主要在人和,与天地的同构也基本落实为人际的谐和。庄子美学也强调'和',但这是'天和'。"② 古雅审美的宽意性,能够容纳儒家的"人和"与道家的"天和"共存,现实中人们却常常强调儒、道两家的差异与冲突,低估了二者在对立中的互补与融合。因此,深入认识古雅审美观念,有助于联结起儒、道美学精神的交融。

古雅作为审美范畴,在具有宽意性的同时,还具有变意性。所谓变意性,是指古雅的内涵虽然具有相对稳定的审美指向,但是各个时代仍然有不同的理解与发展,从而赋予它个性化的时代特征,形成了各个时代古雅观念的独特性。

古雅观念的形成和不断发展,主要从各个时代个体与群体古雅观念的形成上表现出来。无论个体或群体,古雅观念的形成都离不开民族文化的历史积淀,无法摆脱具体的时代现实,不能超越特有的道德传统。

中国传统民族文化具有儒、道互补的特点,各个时代的文化政策也不相同,或严酷或宽松,直接影响文人心态的不同。然而中国的道德传统以宗法制度为约束,尊君奉祖、尊师重教,在这样的文化背景与现实条件面前,任何接受教育的个体,都不可避免地承受主流文化的洗礼。一个时代,由于个体古雅观念的形

---

① 《庄子·齐物论》,陈鼓应:《庄子今注今译》,中华书局1983年版,第71页。

② 李泽厚:《美学三书》,安徽文艺出版社1999年版,第298页。

成,汇聚成了具有时代特点的群体古雅观念。群体的古雅观念同样在不断地内化和外化中得到完善,最终沉淀为中华民族美学精神的组成部分。

(作者单位:河南大学文学院)

(责任编辑:陈会亮)

[荷兰] 沃登贝赫(René van Woudenberg) 著　韩辰锴 译

人文学科的性质*

摘要：本文将论述人文学科的性质，并将它与自然科学作一番对比。和自然科学相比，人文学科有其自身的研究对象、目标和方法，人文学科能够提供某些认知产品，人文科学的研究对象拥有意义。

关键词：人文学科；危机；价值；意义；方法

1. 引言

近来，"人文学科的危机"的说法不绝于耳[1]。人文学科的学生数量减少，人文学科的教授数量也减少，人文学科院系的规模相应地萎缩了。据说，人文学科的学生数量之所以减少是因为在人文学科（某一）领域取得博士学位的学生的就业前景很糟糕。还有一种说法，学生数量的减少不但缘于人文学科被"置于教育市场"的某种方式，还源于人文学科院系里流行的某种"后结构的"和"后现代的"意识形态。这种说法里明显有某种政治因素，因为把钱花在有"实用"目标的教工和机构（如医学院、法学院、经济

---

* 文原始出处：van Woudenberg, René, The Nature of the Humanities, *Philosophy*, 2018, 93 (1): 109–140.

[1] 例如，可参见 Martha Nussbaum, *Not for Profit*, *Why Democracy Needs the Humanities* (Princeton: Princeton University Press, 2010), 第1章.（原文脚注通篇连续编号，译文中改为每页重新编号。脚注中出现的文献信息一律不译，以方便读者检索。原文中的斜体部分在译文中没有特别标识。——译注）

和商学院等）上往往比花在"不实用"的人文学科上更容易得到辩护。此外，人文学科被认为能使独立和批判性思考精神永葆活力，而这并不为掌权者所青睐。①

我就人文学科所要说的东西几乎完全回避了这些主题，虽然它与这些主题也相关。关于"危机"的陈述都预设了某些人文学科是什么的观点，但这些观点往往隐而弗彰。本文旨在弥补这一缺漏，通过对比人文学科与自然科学②，解释并陈述人文学科的性质。这样一个陈述与关于人文学科的价值、实践相关性和"危机"的诸多讨论是相关的，因为，当这些讨论不为关于人文学科的性质的误解所困扰时，它们能变得更完备、更具相关性。

以这种方式陈述本文的目标可能让人讶异。有些人会对人文学科拥有一个性质这种说法表示怀疑，把这个问题视为本质主义的一种毫无指望的、过时的形式的表述——本质主义的意思是：某物 X 的本质 E 是 X 的一种属性，若无 E，则 X 不能存在③。有些人怀疑的正是人文学科有一种本质。在本文中我将论证，人文学科的确有一种本质：某

---

① 在 Steven Conn, "How the Crisis of the Humanities is Like the Greek Economy", in *The Chronicle of Higher Education* (2015) 中，这些论点都得到了论述。

② 我预先说明这样一个事实，即我不会对比人文学科与社会科学，因为那将要求我处理很多额外的复杂问题。但是我坚信，不能把人文学科归入社会科学之中。当然，这样说并不意味着否定对两者进行富有成效的合作的可能性，举三个例子吧，在社会—经济史、语言学和接受美学中就有那种富有成效的合作。

③ 本质主义已经失宠颇久。然而，它在哲学家当中找到了富有才智的辩护者，早期的一个代表是 Alvin Plantinga, *The Nature of Necessity* (Oxford: Clarendon, 1974), 第 5 章。Plantinga 区分了事物的"本质"和事物的"本质属性"，并且从可能世界的角度出发表述这两个概念。如果在每一个 X 存在于其中的世界里，X 都拥有 E 的话，则 E 是 X 的本质属性。如果 E 是 X 的本质属性并且只有 X 拥有 E，则 E 是 X 的本质。与 Plantinga 不同的是，我使用的"本质"等同于他使用的"本质属性"。我没有兴趣为如下观点辩护：人文学科的本质由一组属性构成，以至于非人文学科的研究领域不会拥有那组属性中的哪怕一个。

些属性是所有人文学科都拥有的,并且若无这些属性,人文学科将不能存在。我将为人文学科的三种本质属性辩护:指向某类独特的研究对象;具有某类独特的研究目标;采用某些独特的研究方法——与自然科学的研究对象、目标和方法相比较而言的研究对象、目标和方法。

  在进入正题之前,我将处理一些预备性的问题。虽然本文旨在处理"人文学科"的内涵(一个术语 T 的内涵是一组属性,欲使 T 适用于某物,则某物必须拥有这一组属性),但是,对"人文学科"的外延作一个哪怕是初步的说明却是恰当的(一个术语 T 的外延就是 T 事实上适用于其上的那些事物的集合)。我认为,下述学识领域或研究领域都落入人文学科的外延之中:历史,包括考古学的某些部分;文学研究,即对戏剧、诗歌、小说和其他种类的文学文本的研究;语言学,起码是其中的绝大部分,比如语义学、语法、语用学和语音学;逻辑学;艺术史;音乐学;哲学,起码是其中的绝大部分,比如认识论、形而上学、语言哲学、科学哲学、心灵哲学;神学,起码是其中的绝大部分,比如教会史、圣经诠释学和系统神学。我还认为,伦理学,至少其基础部分(对比于"应用伦理")也是人文学科的一部分,因为伦理学无疑既非一门自然科学亦非一门社会科学;伦理学的基础部分处理正当与善的问题[①]。

---

  ① 参见 Russ Shafer Landau, *The Fundamentals of Ethics*, 2nd ed. (Oxford: Oxford University, 2012),此书把伦理学理解为一种规范性学科。Bod 的让人印象深刻的人文学科史并未讨论伦理学、哲学和神学,因为他只想处理"经验的""基于观察的"人文学科[参见 Rens Bod, *A New History of the Humanities: The Search for Principles and Patterns from Antiquity to Present* (Oxford: Oxford University Press, 2013), 2]。鉴于这种动机,Bod 广泛地讨论了逻辑学,这一点可能令人诧异。但是,人们不应该感到诧异。John Stuart Mill, *A System of Logic*, 8th ed. (London: Longman, 1970 [1843]),第 6—7 页写道:"逻辑学……是关于知性(understanding)活动的科学,这些活动服从于对证据的权衡:既包括从已知真理推导出未知知识的过程,也包括其他一切辅助于这一过程的活动。""知性活动的科学"往往建立在关于人们实际上如何推理和权衡证据的观察的基础上。

如前文所提示的,我将通过对比人文学科和自然科学来讨论人文学科的性质。下述领域都落入"自然科学"的外延之中:物理学、化学、生物学、地质学、天体物理学、脑科学、生物心理学的一部分。

人文学科具有重大的、独特的价值,它们(能)给予我们一些东西,这些东西是自然科学不能给予我们的,这是本文的总体看法。不过,我要马上补充一句,这绝不意味着对以"人文学科"之名进行的所有学术研究活动的空白背书(blank endorsement)。虽然人文学科具有重大价值,但这并不意味每一种人文研究(humanistic study)① 都具有重大价值。这一点同样适用于自然科学:自然科学具有重大价值,但并非每一项科学研究或每一个科学研究论文都具有重大价值。

2. 人文学科的研究对象

大致说来,相比于自然科学的研究对象,人文学科的研究对象是"具有意义"的物件(objects)。这一论断需要加以解释。

人文学科的研究对象中有一大类是文本,文本由句子构成,句子由词语构成,词语由字母构成。词语、句子和整个文本都有意义。它们是人文学科的研究对象,不是自然科学的研究对象。人文学科的研究对象中的另一大类是实物制品(material artefacts),如绘画、雕像、音乐作品(包括乐谱和表演)。下文我将阐述"意义"的多重含义,实物制品拥有其中一种意义。此外,另一大类研究对象是发生于时空中的事件序列,如战争、选举和民族国家的创

---

① 我把"humanistic"用作形容词,源于名词"humanities",就像形容词"scientific"源于名词"science"一样。我对"humanistic"的用法并没有指向作为世界观的"(世俗)人道主义"的意思;我的用法与14—16世纪的学术运动有关系,伊拉斯谟是这场学术运动的最杰出的代表之一。

建。当然了，并不是任何事件序列都是人文学科的研究对象，只有那些据称有意义的事件序列才是其研究对象——依然是下文即将阐明的"意义"的多重含义中的一种。概言之，我们可以说人文学科的研究对象是那些拥有、承载或具体体现了意义的物件。因此，大体上我要说的是，人文学科研究的意义。意义是人文学科的对象，这一点与科学形成了鲜明的对比。

这只是一个粗略的论断。非人文学科（如物理学、生物学和医学科学）的许多研究对象也可以被认为"拥有意义"——不过，我要断言，这种意义与人文学科的研究对象所拥有的意义不同。让我来解释一下。马蹄印意味着，比方说，最近有马路过；蹄印意味着某些东西。温度计里水银柱的上升意味着天气更暖和了；因而水银柱的上升就成了一个有意义的事件。人们皮肤上某些种类的色斑意味着得了麻疹——因而色斑就有了意义。从这些例子中我们是否必须得出如下结论：导向有意义的对象并未在人文学科和科学之间形成一种对比。不，因为我们不应该含糊其词。当我们说前述事物（蹄印、水银柱、色斑）"有意义"时，我们要说的是，对我们而言它们是其他事物的预兆或指示信号。但是，当我们说"拖延"意味着"推迟某事"时（这是语言学家可以说的），我们的意思并非"拖延"是"推迟某事"的预兆或指示信号。同样，当我们说虚空画（*vanitas* paintings）意在传递很多世俗追求都是徒劳无益的这样一种观念时，我们并不是说那些画是"徒劳无益"的预兆。一般而言，人文学科研究的"有意义的对象"并不是这种意义上的预兆，它们不像水银柱的上升（表明天气变暖），也不像皮肤上的色斑（表明患了麻疹）。但是，如果不想含糊其词的话，我们到底将如何作出这个区分呢？

我提议如下：人文学科的研究对象拥有的意义是源自人的约定、人的意图和/或人的有目标之行为的那种（或一种）意义。这个界定（phrase）足够明晰，可以排除蹄印的意义、水银柱的高度的意义和皮肤上的色斑的意义，因为这些意义没有一个源自约定或人的意图；这三种东西都没有意图，它们的意义也不是源自人的有目标之行为。同时，这个界定也足够宽泛，可以涵盖多种能够被称为"意义"的东西，这些意义是人文学科的研究对象。为了把这个观点说清楚，我将首先处理"意图"和"有目标的行为"这两个概念，然后处理上述多样性。

我刚断言，人文学科的研究对象拥有一种意义，它们源自人的约定、意图和/或有目标的行为。人有意图，他们有意图地行动。有意图和有意图地行动是有联系的，尽管如此，它们还是有所不同的。① 人有意图，例如成为更好的钢琴演奏家的意图，或者参加某一特别会议的意图。但是，有意图和有意图地行动并不是一回事儿。当人们买一架钢琴或参加那个特别会议时，他们在有意图地行动。在如下意义上这些是有意图的行动：做这些事情的人不是出于无意、意外或错误而做它们的。在这个词的一个意义上，它们是"有意义的"的行动。人们的意图及其实施的有意图的行动属于人文学科的典型的研究对象。因为人们普遍意识到，了解人们拥有什么意图以及他们的哪些行动是有意图的往往是非常重要和有价值的事情。（并不是说从事人文研究是了解人们的意图的唯一途径或了解人们的哪些行动是有意图的唯一途径。在许多普通的事例和司空见惯的情境中，根本不需要任何可称为"人文研究"的东西以实现前述目的。不过，有时候需要它。）这里的要点是自然科学并未使我们理解意图，也没有使我们理解有意图的行动：它们不能帮助我

---

① 两者间的复杂关系是 Elizabeth Anscombe, *Intention* (Oxford: Basil Blackwell, 1957) 和 J. L. Austin, "Three Ways of Spilling Ink", *Philosophical Papers* [(Oxford: Clarendon, 1970), 272 – 87] 中的一个主要话题。

们查明人们拥有的意图，也不能帮助我们查明他们的行动是否是有意图的。

正如奥斯汀（J. L. Austin）所论辩的，有意图地行动不同于有目标地行动（acting on purpose）。有意图地做的事情无须"有目标地"被做，也就是说，不是为了某个目标而被做，而是没有目标。他举的例子之一是揪掉苍蝇翅膀的儿童。

这些行动没有什么目标，然而它们是儿童有意图地做出来的。它们是恣意妄为的（wanton）行动。奥斯汀指出，有目标地被做的事情往往是有意图地被做的。为了某个目标而被做的行动的例子：为了取出某卷书而站起来走到书架前；向你的邻居挥手致意；为了结婚在非常特殊的场合说"我愿意"。为了某个目标而被做的行动是人文研究的对象，而非科学研究的对象。自然科学无视有目标的行动——它们没有哪怕能清晰表述有目标的行动的范畴。

为了某个目标而被做的行动能够带来某些物件、事态或事件，即使它们所由出的行动已然完成，它们还能持续存在很长时间。有目标的行动本身就是有意义的事项（items）。但是，有目标的行动的后果也有意义，例如被说出来的句子、书籍、雕像、绘画、建筑、法律规则、战争以及许多其他事情。作为人文研究之对象的意义源自人的意图和人的有目标的行动。

必须避免一个可能的误解。我一直在讨论"人文学科的对象"和"科学的对象"，并且我断言，这些对象是不同的。这一断言可能误导人，因为同一个东西 X 既能被科学地研究也能被人文地研究。例如，绘画和雕像可以被科学地研究：研究在制作它们时使用了什么颜料或材料、其化学和物理属性是什么、这些材料对光有多敏感等。同时，绘画和雕像也可以被人文地研究：研究它们的意义、其创作者创造它们时有何意图、它们有什么文化相关性等。在这种事例中，人文学科和科学研究了"同一个东西"，即 X。不过，这并没有削弱我的一般性断言（114），即人文学科和科学研究不同的对象，因为它们研究事物的不同的属性。

正如我早些时候说过的，这个界定——源自人的约定、人的意图和/或人的有目标之行为的意义——足够宽泛，可以涵盖多种能够被称为"意义"的东西。现在我来处理这个概念的多重含义。我将列出七种不同的"意义"概念，每一种都指称一种属性，正是因为这种属性，其承载者才成为人文研究的实际的或可能的研究对象。

[a] 句子的意义。句子有意义①。英语句子"The earth revolves around its axis"意味着某些东西，其意义和荷兰语句子"De aarde draait om haar as"相同。有时候很难说明某个句子的意思是什么，例如这个句子涉及某个你不熟悉的话题，或者你不知道其中使用的技术性术语。如果想理解这样的句子，我们就得找出一个表达了同样意思的句子，但是，对我们来说，这个句子要更清晰。

句子的意义属于"源自人的约定、人的意图和/或人的有目标之行为的意义"的一种，因为一个句子的意义源自人们关于词语意义、语法和语用学的约定。

并非每一个拥有句子意义的东西都是人文研究的对象，这一点自不待言。许多说出来和写下来的句子从来不会成为任何配得上"人文研究"这一描述的东西的对象。不过，句子在这些对象之列。有时候它们是这样的研究对象，因为它们看起来很重要，与此同时却又令人费解，因而需要澄清。这种研究聚焦于句子的意义，因而是训诂式的研究。有时候人文研究的对象不是一个句子的意义，而是句子的结构，这是语法研究。

---

① 说句子有意义是一回事儿，对句子的意义作一番说明是另一回事儿，即解释当一个句子有意义时，句子到底有了什么。William P. Alston, *Illocutionary Acts and Sentence Meaning* (Ithaca: Cornell University Press, 2000) 第二部分中有一个让人印象深刻的说明，但该说明尚未得到广泛讨论。

自然科学不研究也不能研究这些对象,因为它们无视句子的意义。当我们想理解一个句子的意义时,没有哪门自然科学是我们能指望得上的(115)。

[b] 词语的意义。词语有意①。例如,"拖延"的意思是"推迟某事"。当我们不知道一个词语的意义时,我们就查词典,找出多多少少有用的同义词。

词语的意义同样属于"源自人的约定、人的意图和/或人的有目标之行为的意义"的一种,因为一个词语的意义源自人的约定。

并非每一个拥有词语意义的东西都是人文研究的对象,这一点自不待言。一般情况下,我们通常知道词语的意义。不过,词语属于人文学科的研究对象。词语的意义由词汇学家加以研究。然而,不仅词语的意义是人文研究的对象,词形也是,形态学家和历史语法学家就研究词形。

自然科学同样不处理词语的意义和词形问题,因而对这种研究没什么帮助。

[c] 言说者的意义。必须把词语的意义和句子的意义与格赖斯(Paul Grice)所谓的言说者的意义②区分开来。句子的意义和言说者的意义的区别就是言说者说的东西(在他所说的词语的意义上)与他意指(暗示)的东西之间的区别。考虑下"It is cold in here"这个句子。这个句子有意义,每一个读这些词语的人都能理解这种意义。然而,当约翰说出那句话的时候,他可能暗示应该把窗户关上。知道一个句子的意思是一回事儿,知道那句话的言说者意指的

---

① 奥斯汀以其独特的方式指出,有重重困难缠绕着"词语的意义"这一概念。参见 J. L. Austin, "The Meaning of a Word", *Philosophical Papers* (Oxford: Clarendon, 1970), pp. 55 – 75.

② Paul Grice, *Studies in the Way of Words* (Cambridge Mass.: Harvard University Press, 1989), pp. 117 – 137.

东西（即他说那句话时暗示的东西）是另一回事儿。

言说者的意义——在我将要使用的意义上——比格赖斯的"对话意蕴"包含更多的东西。它还包含以言行事行动（illocutionary act）意图和以言成事行动（perlocutionary act）意图。这里我将利用言语行为理论，其原初形态是由奥斯汀提出的。[①] 举例说明，总理（116）说"杰克不会被释放"，让我们假设，她那样说是为了安抚反对派。她有意让她的话产生那种安抚效果。她这句话的预期效果就是她的"以言成事意图"。了解这种意图往往与理解某人说了什么紧密相关。言说者也有"以言行事意图"。假如阿格尼丝（Agnes）说"老年痴呆症是下一个医学海啸"，那么必须怎样理解她的话？她在引用某人的话，还是作了一个宣告，抑或作了一个预言？她可能拥有其中任何一种意图。不过，对她的听众而言，知道她实际上拥有这些"以言行事意图"中的哪一个是极其重要的。了解言说者的以言行事意图对理解他说了什么而言往往是极其重要的。

言说者的意义可以附属于句子，也可以附属于更大的语言整体，如演讲、文章和书籍。

在许多语境和例子中，为了理解言说者的意义，我们无须专业的知识。但是有时候我们的确需要专业知识。言说者的意义是人文学科的潜在研究对象。

言说者的意义也属于"源自人的约定、人的意图和/或人的有目标之行为的意义"的一种，因为言说者的意义就是言说者说出一句话时所拥有的意图。

言说者的意义不是自然科学的研究对象。自然科学不能处理关

---

① J. L. Austin, *How to Do Things with Words*, 2nd ed. (Oxford: Oxford University Press, 1975). William P. Alston, *Illocutionary Acts and Sentence Meaning* 第一部分对言语行为理论作了全面的阐述。

于对话意蕴、以言成事意图和以言行事意图的问题。

[d] 创作者的意义。虽然语言物件（linguistic objects）构成了人文学科的一批重要的、广泛的研究对象，它们绝对没有穷尽这一领域。人类不仅说话，还创作绘画、素描、雕像、建筑、电影、音乐，他们还跳舞。这些实例有类似于言说者的意义的东西，它们拥有我称为创作者的意义的东西。这些东西的创作者在创作它们的时候是有意图的，在创作过程中创作者的意图得以实现。绘画和素描的创作意图有很多种：作出关于战争的一个声明；提醒他人注意那些重要的东西；对所描述的事件提供新的理解；此外还有很多其他意图。创作雕像的意图是为了纪念重要的政治家，或者永远记住那些献身于自由事业的人。拍摄电影的理由也是极其多样的：控诉、给予希望、纪念、教化、警告、娱乐……加以适当修改后，这些理由也适用于音乐、舞蹈和戏剧表演：它们的创作者有某些意图（类似于以言行事意图和以言成事意图）(117)，这些意图要通过其作品来实现。这些意图就是创作者的意义。

言说者的意义是创作者的意义的一种，后者属于"源自人的约定、人的意图和/或人的有目标之行为的意义"的一种。因为创作者的意义是创作者意欲通过创作该作品而实现的意图；艺术作品和一般而言的人工制品（artefacts）是有目标的人类行动的产物。

很多创作者的意义永远不会成为任何算得上"人文研究"的东西的对象。不过，如果一个东西拥有创作者的意义，它就是这种研究的潜在对象。

[e] 功能性意义。人们制作陶器、餐具、烤箱、桌子、床、衣服以及许多其他种类的人工制品，比如法律和规章，组织和社会结构等。制作这些东西是有目标的，是为了某个目标。制作陶器是为了储存、烹调食物；制作餐具是为了文明进食；制定法律和规章是为了对社会进行系统的安排。这些人工制品是有意义的——其意义

就是它们被期望发挥的功能。我称之人工制品的功能性意义。

人工制品的功能性意义属于"源自人的约定、人的意图和/或人的有目标之行为的意义"的一种。这种意义源自人的意图和人的有目标的行为；没有这些意图和目标，这些东西甚至不会存在。

同样，许多有功能性意义的东西从未、将来也不会成为人文研究的对象。然而，这种意义是此类研究的可能对象。对陶器碎片的考古学研究就是此类研究之一例——至少在其研究目标是搞清楚这些碎片的功能性意义的时候。

[f] 表达的/暗示的意义。有时候有意图的人类行为或者由这些行为造成的事态表达、暗示或揭示了某些东西，而实施该行为的人没有或不曾察觉到这些东西。一个可能的例子是弗洛伊德所谓的"失误行为"（Fehlleistungen），其著作的英文译者把该词翻译为"parapraxes"，意思是泄露了被讨论之人的深层态度的失误，如听错某人说的话、看错某些东西、口误和遗忘等。关于遗忘，弗洛伊德举了一个例子：一个年轻人弄丢了从父亲那里得到的昂贵的自来水笔。依弗洛伊德之见，丢失行为暗示了这个年轻人和他父亲的关系很糟糕。① 如果弗洛伊德的理论是正确的，失误行为就属于"源自人的约定、人的意图和/或人的有目标之行为的意义"的一种。虽然人们没有察觉到其失误行为所表达或暗示的意思，但这些失误行为的意义的确源自其（下意识的）意图和（下意识的）目标。

"表达的/暗示的意义"这个条目应该被理解为包含了下述非常难以描述的现象：文本可能表达了一些思想和观点，它们超出了作者想明确表达的东西。在这种情形中，传递那些特定的思想和观点的东西不是作者的明确的以言行事意图。作者甚至没有察觉到那些

---

① Sigmund Freud, *Introductory Lectures on Psychoanalysis*, 1. (Harmondsworth: Penguin, 1915 [1973]), pp. 50 – 110.

思想和观点——这并非缘于作者的某些错误意识。这就把我想到的这类例子与前一段提及的弗洛伊德式的例子区分开来了,因为在他那些例子中有某种错误意识。为了坐实我的意见,即存在我所说的那种表达的/暗示的意义,可以考虑下(比如)《李尔王》。那个剧本的某些思想和观点可能只有在其被演出、被思考和被批评的过程中才能显豁起来。这些思想和观点可能隐藏于莎士比亚的文本中,从未被他本人明确深思过。不过,这个剧本或据此进行的表演可以被认为"表达"了那些思想和观点。文学学者吉拉尔(René Girard)非常热衷于这种表达的/暗示的意义。他认为,一些小说家在欲望(desires and desiring)问题上表达了重要的思想和观点,而他们极有可能从未明确深思之。① 他认为,这些小说家的作品表达的思想是欲望有一个模仿的结构,这个论断的意思是,当某人 X 欲求某物 Z 时,X 并非因为 Z 自身的属性而欲求 Z,而是因为另一个人 Y 欲求 Z,并且 X 在不知不觉中模仿了 Y。吉拉尔的见解是否正确,值得探讨。不过,他研究小说的进路契合如下一般模式:文本可能表达一些其作者不曾察觉的思想和观点(并且这不是因为作者的错误意识)。

这里我们探讨下狄尔泰(Wilhelm Dilthey)阐明人文学科之对象的方法。② 他说,人类体验事情。此外,人们还在诗歌、书籍、姿势和艺术作品中表达其体验。这些表达都是私人体验的"对象化"(objectifications),它们在文化世界里呈现为客观的存在,因而原则上可以为他人所理解。人文学科的对象是私人体验之对象化了

---

① 吉拉尔讨论了普鲁斯特、司汤达、福楼拜、塞万提斯和陀思妥耶夫斯基的作品。参见 René Girard, *Deceit, Desire, and the Novel* (Baltimore: Johns Hopkins Press, 1965).

② Wilhelm Dilthey, *Einleitung in die Geisteswissenschaften* (Leipzing: Duncker & Humbolt, 1833), pp. 79 – 88.

的表达。科学的对象没有这种特征。水银柱的上升和某人皮肤上的色斑都不表达人的体验。

人的体验的对象化也有表达的/暗示的意义——它们是对体验的暗示和表达。这些意义也属于"源自人的约定、人的意图和/或人的有目标之行为的意义"的一种，因为这种对象化是人的意图和人的有目标之行为的产物。

当然，为了捕获其意义，并非所有对象化都需要人文学术的处理。并非所有对象化都有这种意义。不过，存在拥有这种意义的物件，它们是人文研究的潜在对象。

因此，表达的/暗示的意义既涵盖了下意识的（弗洛伊德式的例子）也涵盖了有意识的（狄尔泰式的例子）表达和暗示。

[g] 价值意义。许多事物都具有价值属性。对我们而言事物意味着某些东西，因为它们具有价值属性。某些诗歌对我们意义重大，因为它们是美的；它们具有审美属性。某些行动对我们意义重大，因为它们是友善的行动，还有一些是勇敢的行动。此外，有些行动是道德上允许的，有些行动是道德上要求的，还有一些是道德上禁止的。所以，行动及其后果具有价值属性，即道德属性。

审美和道德属性，连带其他价值属性同样属于"源自人的约定、人的意图和/或人的有目标之行为的意义"的一种。之所以如此，首先是因为有价值的东西（比如美丽的艺术品）因人的意图和人的有目标之行为才具有那种价值；其次，行动之所以具有价值属性是因为人的意图和有目标之行为几乎总是由价值驱动的或者是由对这些价值的认同驱动的。（120）通过创作艺术品或其他人工制品，或者通过以特定的方式行动，人们旨在实现某些价值。

许多有价值意义的东西永远也不会成为人文研究的对象。很多时候事物的价值意义对我们来说是显而易见的。但并非所有的价值意义都如此，甚至也不是许多。在这种情形下，它们就可能成为人文研究的对象。价值、事物和行动的价值属性属于人文学科的研究对象。

科学不研究,甚至也不能研究事物的价值属性。① 然而,在技术科学中人们研究材料的物理属性以确定能否用它们制造防火门或者透气防水的大衣。因为防火性能和透气防水性能包含了服务于人类的某些价值,人们可能认为价值研究并非人文学科的特权。不过,这些技术学科中的科学部分并不了解这样一个事实,即防火性能和透气防水性能包含了服务于人类的某些价值,具体说就是安全和舒适的价值。研究这些课题的人为了理解这些价值,必须回到科学之外的其他某些东西,因为价值属于科学所不能了解的对象之列。价值属于人文学科的研究对象。类似的说法也适用于药学研究。

因此,我一直阐发的观点就是,人文学科的研究对象是那些具有某类特殊意义的东西,即"源自人的约定、人的意图和/或人的有目标之行为的意义"。对此作出如下补充并非毫不重要:我绝没有暗示我们对意图、有目标之行为或价值的性质的理解是清晰透彻、毫无争议的。意图、目标和价值能否还原为其他东西,它们是否具有独立的本体论地位,它们是否契合于科学的世界观?关于这些问题人们已讨论甚多。② 这里我不打算讨论这些非常大且复杂的问题。我在前文所说的东西必须被这样理解:人文学科的研究对象是具有某种意义的东西(121),这种意义"源自人的约定、人的意图和/或人的有目标之行为,无论我们如何在哲学上思考意图、

---

① 我预设价值属性是非自然的属性,Terence Cuneo 和 Russ Shafer-Landau 对这一论题作了强有力的论证。参见"The Moral Fixed Points: New Directions for Moral Nonnaturalism", *Philosophical Studies*, 171 (2014), pp. 399 – 443.

② 参见 Elizabeth Anscombe, *Intention*, 1957; Scott Sehon, *Teleological Realism: Mind, Agency, and Explanation* (Cambridge MA: MIT Press, 2005).

人的有目标之行为和价值的形而上学的性质"。为了进行人文研究,关于意图、目标和意义人们无须拥有成熟的(worked-out)哲学说明!恰如一个医学研究者可以专业、有效地开展关于病人的研究,即使关于何谓人(persons)的问题他并没有成熟的形而上学观点。

3. 人文学科的目标

到目前为止,我比较笼统地说明了人文学科的研究对象是什么,并且表明,自然科学不能研究它们。基本观点是:人文研究的对象的特点是它们具有意义和意图交织在一起、体现出价值。现在我想向前推进,讨论人文学科的目标是什么,即它们努力实现的东西,并再次与自然科学的目标作一番对比。当然了,严格来说,人文学科和科学都不是那种可以拥有目标的东西。只有人类才拥有目标。不过,在不严格的意义上,我们可以说人文学科和科学的确拥有目标。当我们把从事科学和人文学科研究理解为一种社会实践时,我们就可以说它们拥有目标,遵循麦金太尔(Alasdair MacIntyre)的观点,这种社会实践可以被理解为由社会确立的人类活动的一种融贯、复杂的形式,经由这些人类活动,在努力达到卓越标准的过程中,内在于那种形式的活动的善得以实现,而这些卓越标准适合于并且部分界定了那种形式的活动。[①] 内在于某种实践的善就是该实践的"目标"。正如我将在本节论辩的,内在于人文学科的善和内在于科学的善是不同的。

不过,在此之前,我要特别指出,必须首先区别内在于实践的目标和激发人们从事该实践的东西,不管这种东西是什么。很多东西可以激发人们投身于人文学科和科学研究,如知识上的好奇心、

[①] Alasdair MacIntyre, *After Virtue*, 2nd ed. (Notre Dame: University of Notre Dame Press, 1985), p. 187.

期望向他人证明他们能够接受知识上的挑战、期望做出值得尊敬的事情、期望提升自我、期望成为某个社会群体的一分子、期望赚钱等。这些或其他动机中没有一个与（122）内在于人文学科或科学实践的目标有（或许我应该说，应该有）关系。

那么，内在于人文学科的目标是什么呢？一系列真正令人困惑的目标可以彼此区分开来，这一点很快就会一目了然。有时候那些目标可以在学术语境内实现，有时候则在学术语境外实现，这一点同样会很清楚。在某些情形下，这些目标可以毫不意外地实现，而在其他一些情形下，目标的实现则需要长期的学术努力。通常，仅当目标在学术语境内实现的时候，我们才论及人文学科。类似的说法也适用于科学的目标：有时候这些目标可以在学术和实验语境外实现，有时候则不能。在某些情形下，自然科学的目标可以毫不意外地实现，而在其他一些情形下，目标的实现则需要大量的研究和高新技术实验室。通常，仅当目标在学术情境内实现的时候，我们才论及科学。哈克（Susan Haack）曾说过，科学是"常识的长臂"[1]；我要说，人文学科是常识的另一个长臂。我们所拥有的许多寻常的目标以及发现事物的许多方法，在人文学科和科学领域都得到了延续和强化。

在前一节我详细说明了不同种类的研究对象，现在我将罗列人文学科的一些目标，即人文学科内在的善。由于人文学科是非常庞大而有生命的东西，处于持续的发展中，所以，这个目标清单不可能囊括无遗。

就 [a] 句子的意义而言，目标包括：(i) 理解某种语言中的句子的意义，特别是那些让我们觉得困惑甚至晦涩的句子；(ii)

---

[1] Susan Haack, *Defending Science Within Reason: Between Scientism and Cynicism* (Amherst: Prometheus, 2007), pp. 93 – 122.

阐明某种语言中那些结构明晰、有意义的句子背后的句法规则；(iii) 追踪句法的历时性变化和发展；(iv) 解释儿童和第二语言使用者是如何学习句法的。

关于 [b] 词语的意义，目标包括：(i) 阐明某种语言中词语的意义；(ii) 追踪某种语言中词语意义的历时性变化；(iii) 解释为什么某些词语很流行，而其他的则逐渐不为人所知。

关于 [c] 言说者的意义，若干目标是 (i) 理解或重构言说者或作者通过其言语想传达的东西（理解言说者或作者的以言行事意图）；(ii) 阐明言说者或 (123) 作者想通过其言语带来的东西、想通过其言语达到什么效果（阐明言说者或作者的以言成事意图）；(iii) 理解何种因素激发言说者或作者说其想说的东西。

关于 [d] 创作者的意义，其目标与关于 [c] 言说者的意义的目标类似，包括 (i) 理解或重构某一非语言人工制品的创作者意欲通过其作品（如绘画、雕像、音乐作品等）传达的东西（如果有的话）；(ii) 阐明非语言制品的创作者意欲通过其作品带来的东西（如果有的话）、意欲通过其作品达到的效果；(iii) 理解何种因素激发创作者创作其作品；(iv) 解释观众为什么以其所使用的方式回应创作者的作品。

关于 [e] 功能性意义，目标包括：(i) 理解某一物体或人为设计的制度的实际或预期 (intended) 功能；(ii) 解释某一物体或制度的哪些属性使其能够发挥其实际和/或预期功能；(iii) 获取关于某些事物和制度、规则和法律如何产生的历史性洞见；(iv) 某些事物和事态是有意图行动的预期外的副作用，理解它们是如何出现的。

关于 [f] 表达的/暗示的意义，若干目标是：(i) 参照某一理论，如马克思主义、精神分析论、模仿论等，阐明言说者的演讲或创作者的作品所表达的东西（也许是无意的）；(ii) 阐明从哪些方面可以说言说者或创作者是由其时代所造就的；(iii) 走进那些以某种方式进行表达的人的心灵：尝试看到他人看到的东西，感受他人感受的东西等，换言之，感受下获得一种自己从未有过的体验是什么感觉。

最后，关于［g］价值意义，我们可以说人文学科的目标之一是评价（value）事物（即评估［evaluate］事物）——更确切地说，恰当地评价事物。某物有价值时就肯定其价值，某物没价值时就否定其价值，这就做到了恰当地评价事物。诗歌和小说可以被评价——人文学科致力于恰当地评价它们，即当它们有（比如说）审美和艺术价值时就肯定这种价值，当它们没有价值时就否定之。诸如扇某人的脸、帮助有需要的祖母、堕胎这样的行动是有道德属性的。当这些行动是道德上要求的或允许的，就视其为道德上要求的或允许的；（124）当这些行动是道德上错误的，就视其为道德上错误的，这样就恰当地评价了这些行动。类似的说法也适用于其他价值。在某种需要限定的意义上，可以说，自然科学的目标不是估量事物可能具有的价值。自然科学不评价诗歌的审美属性或者某一行动是否是道德上允许的。因而人文学科的目标包括：（i）估量演讲、诗歌、小说和其他著作、艺术品所具有的文学、审美、道德价值和其他价值；（ii）理解某些事物或事态为何是好的或坏的；（iii）弄清楚我们应该做什么，不应该做什么；还包括（iv）把关于什么是有价值的、光荣的洞见传递给新生代。

我认为，我们能够看得出来，研究物理学、化学、生物学、天体物理学或脑科学不能实现这些目标。为什么呢？答案与内在于科学实践的目标相关。科学的目标是多种多样的（但是或许又不像人文学科的目标那么多种多样）：（i）发现自然界中的规律性和相互关系；（ii）解释现象，搞清楚其自然原因（维吉尔的格言"菲利克斯，他能知道事情的原因"一直在历史中回荡）；（iii）预测未来的事件；（iv）提供可能满足技术和实践利益的知识，使人们能够制造他们认为有用的人工制品。

人文学科与科学在目标上的差异显而易见。自然科学不告诉我们关于意义、意图或价值的东西,也不研究它们。当然,自然科学家必然有关于什么是有意义的思考(如关于研究什么才有意义的思考,关于某些实验的意义的思考,此外,无疑也有关于词语和句子的意义的思考),他们肯定有意图(如在超导问题上做严格实验的意图),无疑也有关于价值的思考(即便仅仅是所谓的"理论价值":当研究要带来有效的结果时需要留意的那些价值)。但是,意义、意图和价值不在他们要研究的对象之列。

即使科学和人文科学有时候致力于"解释"事物,目标差异也是显而易见的。然而,"解释"是一个含混不清的词,我们不能假设在人文学科的语境和自然科学的语境中该词指称的东西是相同的。根据一个重要的科学解释理论——亨普尔和奥本海默关于演绎—律则(Deductive-Nomological)解释的说明,如果能从自然规律和局部初始条件中推导出现象 X,那么 X 就得到了解释。[①] (125) 虽然该理论有其自身的问题[②],但学界普遍认为,科学中一类广泛且重要的解释的确从根上指称了物理规律,即描述了具有律则必然性(nomic necessitation)的关系的规律[③]。然而,人文学科中的解释不

[①] 关于演绎—律则模型的经典阐述,参见 Carl G. Hempel, *Philosophy of the Natural Sciences* (Englewood-Cliffs: Prentice Hall. Hempel, 1966), 第 5 章.

[②] 有人认为,亨普尔和奥本海默提及的条件并不充分,因为他们的说明面临一些反例,这些反例包含了不相关的因素、对称性和预测。参见 James Ladyman, *Understanding Philosophy of Science* (London/New York: Routledge, 2002), pp. 202 – 206.

[③] 这里我的观点与 Swinburne 的观点保持一致,他认为,鉴于在前一个脚注里提及的部分问题,亨普尔关于解释的说明必须被修订,从而吸纳一种"自然规律"观,其要义是,某类事件在物理上使另一类事件成为必然(或使之可能)。根据 Swinburne 的修订版的亨普尔式的说明,解释保留了因果关系的概念,这种说明不会用截然不同的术语替换这个概念。参见 Richard Swinburne, *The Existence of God* 2nd ed. (Oxford: Clarendon, 1991), pp. 29 – 31.

指称具有必然性的规律。正如博德（Rens Bod）有力地论证的那样，人文学科的确体现出对原则和模式的探寻，比如语法模式、语音原则等①。但是这些原则和模式不是具有必然性的物理规律。此外，这些原则和模式通常不是呈现为解释，而是呈现为如其不然就显得杂乱无章的事实的组织者。这些原则和模式使事实变得可以理解。这并非否认人文学科会提供解释。不过，这种解释并不指称具有必然性的规律。与此相反，这种解释指称行动者的意图，指称他们之所以如此这般行动的理由，举例来说，解释丘吉尔为何于一九四〇年轰炸法国的部分舰队（史称 Mers-el-Kebir 海战），或解释海因里希四世（1056—1106）为何去了卡诺莎，或解释我的邻居为何出售其房屋。因此，我的观点是，即使科学和人文学科的目标都是"解释"事物，但它们提供的解释的性质迥然不同。

因此，人文学科的目标关乎理解与解释意义、意图和价值，而科学的目标则与此无关。这可能引出一个问题，即两者的目标上是否有一个根本的差异构成了目标上所有其他差异的基础？（126）卡尔·奥托·阿佩尔的有趣提议是，人文学科和科学体现出不同的"认知兴趣"②。自然科学的目标孕育于对自然现象做出解释的兴趣，对比之下，人文学科的目标孕育于实现交往性理解的兴趣③。这个提议在某种程度上与我在本节一直辩护的观点相一致。不过，它并未明显论及人文学科的以价值为导向的目标，也并未论及人文学科对意图、有意图的行动及其产物的特别关注。鉴于此，我不但偏爱我自己的关于人文学科的具体目标的提议，而且偏爱我自己的关于人文学科的特殊研究对象的提议，因为它们对于目标和对象的

---

① Bod, *A New History of the Humanities* (2013).
② 参见 Karl-Otto Apel, *Understanding and Explanation* (Cambridge MA: MIT Press, 1984), pp. 19, 32, 182, 184.
③ 此外，阿佩尔还说，技术性科学体现出进行操控性互动的兴趣。

论述是明确的,因而提供了一个更丰富的图景。

到目前为止,我强调了差别。然而,科学和人文学科的目标也有一个共同之处,具有令人难以置信的重要性。它们都服务于两个主要的认识目标,对此威廉·詹姆斯陈述如下:"我们必须认识真理;我们必须避免错误,这是我们作为未来认知者之首要的和重大的戒律;但它们并不是陈述同一个戒律的两种方式,而是两个可以分开的法则。"① 追求真理和避免错误是人文学科和科学的两大指导原则②。两者都追求知识,旨在削弱那些仅仅是假定的知识。正如我努力表明的那样,它们追求关于不同对象的知识,虽然如此,毕竟都是知识。求知就是追求真理、避免错误。因为知识蕴含真理,错误的知识是不可能的。(127)我要说的是,科学和人文学科都把认识目标——即追求真理和避免错误——作为其内在于实践的(部分)目标。这意味着两者都以命题性知识为目标。

人文学科以命题性真理为目标③,这是一个正当其时的断言,

---

① William James, "The Will to Believe", in *The Will to Believe and other Essays in Popular Philosophy* (New York: Dover, 1897 [1956]), p. 17.

② 科学旨在寻求真理,这一说法绝不是毫无争议的。在 *The Scientific Image* (Oxford: Clarendon, 1980) 一书中, Bas C. van Fraassen 提出一个著名的观点:科学的目标是经验的完备性 (empirical adequacy)。必须指出的是, Van Fraassen 否定如下观点:当我们论及不可观察的事物时,科学的目标是真理。而当论及可观察的事物时,他似乎的确把真理视为科学的目标。为"真理是科学的目标"这一观点的辩护,参见 René van Woudenberg, "Truths that Science Cannot Touch", *Philosophia Reformata*, 76 (2011), pp. 169 – 186. 对"真理不是科学的目标"这一观点的清醒批评,参见 Alvin Goldman, *Knowledge in a Social World* (Oxford: Clarendon, 1999), 第八章.

③ 说人文学科以命题性真理为目标并不意味着命题性真理是其唯一的目标。人文学科可以拥有并且的确拥有的目标还包括:发展某些鉴赏能力、滋养智力、学习应对某些种类的复杂性。参见 Robert Audi, "The Place of the Humanities in Public Education", *The Nebraska Humanist*, 5 (1982), pp. 37 – 43.

因为许多人文学科领域的学者回避讨论真理并且特别强调"主观性""情境性"和"相对性"①。然而,在实际的实践中,与真理相关的考虑的确在人文学科中发挥着重要作用。理应如此。因为人文学科必须是求真的,如果它们想要存在的话。

4. 人文学科的方法

人文学科打算以什么样的方式实现其目标?为了实现那些目标人文学者会做什么?他们的方法是什么?他们到底有方法没有?且慢,方法是什么?在回答这些问题之前,我引用一段密尔(John Stuart Mill)就方法和关于方法的理论所作的合理的评论:

> 关于证据的原则和关于方法的理论并不是先验地被建构出来的。关于我们的理性官能的规律和关于所有其他自然能动性(agency)的规律一样,只能通过观察工作中的行动者(agent)才能了解。(128)早期的科学成就并非有意识地遵守任何科学方法的结果。如果我们以前没有弄清过很多真理,我们也绝不可能知道真理是在什么过程中被搞清楚的。②

---

① 在阐释文学和艺术作品时,这一点尤其明显,有人断言,寻求一个作品的正确含义或对其作"正确阐释"是错误的、徒劳的、考虑不当的。对这种断言的一个比较早但依然很好的批评性讨论,参见 Eli D. Hirsch, *Validity in Interpretation* (New Haven: Yale University Press, 1967). 这些断言的支持者往往混淆了"一个陈述的真"与"我们可能拥有的认为该陈述为真的理由"。关于为什么这是一种混淆的讨论,参见 René Van Woudenberg, "True Qualifiers for Qualified Truths", *The Review of Metaphysics*, 68 (2014), pp. 3–36. 许多这类断言的出现可直接归因于人文学科中后现代真理观的无所不在的影响。Alvin Goldman 在 *Knowledge in a Social World* (Oxford: Clarendon, 1999) 第一章中对这些观念作了尖锐但公平的批判。

② Mill, *A System of Logic*, 545.

最后一句需要重述：如果我们没有在不依赖任何清晰表述出来的科学（或者，我补充一下，人文）方法的情况下弄清过很多真理，我们也绝不可能知道真理是靠什么方法被搞清楚的。

一般来说，方法是一组规则，为了得到某一特定的结果，必须系统地应用这些规则。意欲实现的结果可以是实用性的：人们可以应用一套规则去盖房子，应用另外一套规则与讨厌的病菌作斗争，还可以应用其他规则选出最好的候选人。意欲实现的结果也可以是理论性的：人们可以应用一套规则去弄清楚山的高度，应用另外一套规则确定某一事件发生的概率，还可以应用其他规则搞清楚一位作者想通过其文本表达什么意思，当然还可以应用其他规则查明某物的价值，不一而足。

科学哲学教科书通常把演绎论、归纳论和证伪主义作为科学方法加以讨论。[1] 演绎方法包含这样一些规则："表述某一研究领域中的公理或第一原则，确保这些公理是显而易见的（如果稍加注意就能意识到一个命题是真的，那么该命题就是显而易见的）；接下来，从公理和已然被证明的命题中推论出哪怕稍显晦涩的命题，从而证明之；最后，尽可能按其自然次序处理事物，从最简单、最一般的事物开始，解释每一个拥有该属的性质的事物，然后再讨论特定的种。"[2] 演绎论对数学很有效，但是，作为经验研究的一个方法，它有严重的缺陷。相比之下，归纳论者的方法并不包括与陈述公理或第一原则有关的规则。相反，它们包含这样一些规则："首先，毫无偏见地收集数据；其次，清晰地整理数据，不带预设和限

---

[1] 例如，John Losee, *A Historical Introduction to the Philosophy of Science*, 4th ed. (Oxford: Oxford University Press, 2001), 第十章.

[2] Willem R. de Jong & Arianna Betti, "The Classical Model of Science: A Millennia-old Model of Scientific Rationality", *Synthese*, 174 (2010), pp. 185 - 203. 这篇论文中有关于这个模型的更详细的阐述。

制;最后,从整理好的数据中引申出正确的概括和解释性原则。"①(129) 归纳论对经验科学不是很有效:为了发现数据我们需要筛选原则(因为并非所有数据都与眼前的目标相关);此外,我们需要某些原则以整理数据(数据不会自行整理);最重要的是,从整理好的数据中做出概括和解释性原则并没有逻辑程序可依——我们需要想象,因为理论是由数据非充分决定的。证伪主义者的方法包含这样一些规则:"首先,搞清楚你考虑的那个理论的经验性后果;如果你不能从中推出经验性预见,那就重述该理论,从而使你能够从中推出一些预见;如果你不能重述该理论,那就抛弃它;其次,检验那些被预见的后果,看看它们能否成立,如果不成立,那就拒斥或修正该理论,如果它们能成立,那就保留该理论,寻求进一步的证伪。"证伪主义在某些方面很有效,在其他一些方面就不行。证伪主义要求科学家阐述的理论能够在原则上被反例或反证所拒斥,在这个意义上,它是有效的。但是,它并未提出什么规则以确证一个理论,在这个意义上,它发挥不了作用。

虽然关于这些方法的讨论本身就很有意思,但是它们也很抽象,在相当程度上脱离了实际的科学研究和人文研究实践。为了更紧密地结合实际的研究实践来讨论方法问题,我们需要作出进一步的区分。第一,正如前面暗示过的,方法是为了特定的目标而准备的。使用温度计的方法是为了测量温度,而非测量速度。使用青霉素的方法是为了消除细菌感染,而非治疗精神抑郁。第二,为了实现目的,方法要明确规定一些必须得到应用的规则。使用温度计的方法明确规定了要如何使用温度计。例如,如果是测量室外温度的温度计,那么温度计就应该与室外空气接触;但是,如果是测量人

---

① 这是对 Losee, *A Historical Introduction to the Philosophy of Science* 中第 54—63 页内容非常粗略的概括。

体体温的温度计,那么温度计就应该与身体的某些部位接触,而非其他一些部位。使用青霉素的方法明确规定了如何、何时、何地使用该药。第三,在实现其目标时方法可以取得不同程度的成功——如果有两个方法是为了同一个目标而准备,其中一个可能比另一个更可靠。某种温度计可能比另一种更可靠;某种青霉素可能比另一种更有效。(130)

需要指出的是,一个方法可能但不必由很多规则构成,可能但不必包含很难使用的规则,可能但不必包含必须经过某些训练才能掌握的规则。测量光速的方法由许多规则构成,其中很多规则很难操作,其中很多规则必须经过某些训练才能掌握。相比之下,搞清楚一个石头是否比另一个石头更大的方法可能只包含了一个简单的规则:看一看。这条规则不难操作,也不需要专门的训练。当然了,如果两块石头形状不同、大小近似,那么用这个方法无法得出比较结果。在那种情况下,应该使用另一种方法,例如,把石头分别浸入装有固定体积的水的容器中;提升水位高的那个石头就是两块石头中较大的一个。(有人可能认为看一看并不是一个"方法"。不过,根据我的定义,它是一个方法。因为它是为一个目标而准备的,即搞清楚中等大小的事物的形状、颜色和位置。它是由规则构成的,比如:睁开自己的眼睛、朝一个或多个物体的方向看。)

人文学科的方法是什么呢?鉴于前一节提及的目标的多样性,我们也必须期望方法的多样性。我们所发现的也正是这个结果。不可能描述与人文学科的研究对象相关的每一个目标所使用的方法。因此,对于每一个研究对象,我将限于讨论为一两个目标而准备的一两个方法。在此之前,我需要处理一个普遍的问题,对人文学科使用的所有方法而言,这个问题极其重要。科学让人如此放心的原因是其方法可以在不同时间、不同地点被不同的人反复使用。由于这个特征,使用一种方法的结果超越了个人的预言(divination)或主观情感,因为结果可以被其他使用同一方法的人检验、证实或确证。人文学科使用的方法拥有这种令人放心的特征吗?这是个很大的问题,我不太可能在这里加以处理。我能说且我认为必须说的东西是,人文学科使用规则,而规则的性质就是它们可以被(不同的人在不同的时间在相同的和其他的材料上)重复使用,在这个意义上,它使我们作出一个有利于人文学科中的方法的假设。这些方法是否同样可靠,这些方法是否像自然科学方法那样可靠,我不会讨论这个特别大的问题。我当前的观点仅仅是,(131)人文学科的方法一开始必须被假设为可靠的——那些声称其方法不可靠的人担负举证责任。

现在我开始论述一些方法,对此我只能给出最基本的说明。

[a] 句子的意义。假如我们遇到一个句子,无法理解其意义。为了发现其意义,我们能做些什么?是否有一个方法、一组规则能够为我们所用从而实现这一目标?有很多规则能够为我们所用,我们也的确使用了它们,即使它们从未在(虚构的)《发现句子的意义手册》中得到明确的表述。例如:问一问说话者;如果找不到说话者,就问问其他一些你认为可以熟练使用该语言的人是如何理解这句话的;倘若你不能或不愿那样做,并且由于一个生词你才不能理解句子的意义,那就去查查词典;如果你并非由于生词才不能理解句子的意义,那就去查一下有关该语言的语法书;如果在语法书中不能发现该句子的结构,那就搞清楚其结构是否模仿了其他语言中的句子结构;如果其结构的确模仿了其他语言中的句子结构,那你就可能获得了一点线索,如果没有,你可能暂时得到这样一个结论,即说话者造了一个病句,说话者犯了错误,因而该句子是没有意义的(一个句子可能没有意义,即使其中的每一个词都有意义,如"Apples great as blue can hope umbrageous")。当然了,这些规则要求我们手头有一些并非微不足道的资源:词典和语法书。这些资

源本身就是研究的产物——是通过运用某些方法得到的产物。发现和描述某种语言的语法的方法随着时间的推移而不断发展和完善①,专业的语言学家对其进行了详细的描述②。包括:搞清楚某种语言的最小意义单位——对此有方法可循,即所谓的"分离法"。此外,搞清楚某种语言中词的语法角色:哪些词能充当主语,哪些不能;哪些词能充当谓语,哪些不能;哪些是实词、哪些是形容词、哪些是副词、(132)哪些是数词等。如果一个人想搞清楚某种语言的语法,有大量的规则可循。

在搞清楚句子意义的日常方法和专业语言学家的复杂工作流程之间似乎没有一目了然的分界线。语言学家运用常识程序搞清楚句子的意义,他们根据手头的语言材料和追求的目标,以极大的技巧和敏感性优化了这种程序。这些方法与科学中使用的方法——如估算物体年龄的 C—14 方法和 DNA 测序方法——迥然不同,这一点应该是很明显的。

[b] 词语的意义。假如我们碰到一个不认识的词——即使我们熟悉该词(据我们推断)所隶属的那种语言。我们可以应用某种我们能够应用的方法、规则来搞清楚该词的含义吗?当然可以。我们可以问其他人,我们可以查词典。如果这样做无济于事,我们可以搜集使用同一个词的不同句子,从而了解使用该词的语境(如造船、计算机编程、抽象形而上学或板球等不同的语境)。当词汇学家为某种陌生的、迄今尚未被描述的语言编写词典时,他们做的就是这类事情。在没有词典的情况下,为了搞清楚一个未知词语的含义,搞清楚言说者利用那种语言在不同的句子里使用该

---

① 参见 Bod, *A New History of the Humanities* (2013).
② 有关该问题的最新著作是 Thomas Payne, *Describing Morphosyntax. A Guide for Field Linguists* (Cambridge: Cambridge University Press, 1997).

词时所承诺的东西也不无裨益。这些方法同样迥异于自然科学中使用的方法。

[c] 言说者的意义。寻找那些能让我们搞清楚言说者的意义的方法，会让我们远离那些能让普通的语言使用者、语法学家、词汇学家以及其他语言学家搞清楚句子和词语意义的方法。大多数情况下，知道一个句子的意义是知道言说者的意义的必要但不充分的条件。所以，如果人们想知道一位言说者的意义，要做的第一件事就是理解他说出的句子的意义。格赖斯为言说者的意义这个话题贡献了那么多才智，据说他从未暗示如何从第一步进行下去——他从未具体说明那样做的方法。他预设我们或多或少都知道如何去做，即使我们不能阐明要遵循的规则。但是，跟之前的情形一样，在大多数日常生活语境中，我们的确知道言说者的意义，也就是说，我们知道他的言外之意（what he implicated），我们领会了他的以言行事的意图，并且往往也对其以言成事的意图有相当的了解。(133)

我们往往对这些事情很有把握，因为我们了解言说者或作者，了解他措辞的方式（他是开门见山的人吗？他倾向于提出含蓄的建议吗？等等）；或许我们对他关于事物的一般看法有所了解，因此在了解其意图方面有一定的把握；或者因为我们聆听了整个演讲、读了全书，甚或知道得更多；或者因为我们了解具体的语境线索（我们知道谁是听众、发表演讲的场合、写作文本的情形，等等）；此外我们还了解因文化而异的表达方式。

如果没有把握，我们可以问言说者或作者有什么言外之意，其意图是什么。如果无法做到这一点，我们就必须根据上一段提及的那些线索或者很多其他线索来作出判断了。在这些线索中有一个是高度相关的，即那些句子所由出的文本所属的体裁或该文本被推定所属的体裁：它是一个历史报告、文学论文、小说、诗歌、宣传文件、还是其他什么东西？每一种体裁都有其独特的阐释方式和规则。诠释学的传统任务就是阐明那些规则①。作者的自我档案（ego-document）往往也能提供一些线索。所以，如果人们想理解言说者的意义，需要处理很多事情。从事这些活动的方法同样迥异于从事科学研究的方法。

我们不应该有这样一种假定，即如果在学术上持续关注上述线索及业已提出的诠释规则，那么我们就能充分把握言说者的意义。关于言说者意图的声明是会出错的。这跟自然科学中的情形相似，我们通常不得不满足于或然性——这种或然性通常不能给出精确的数值。没有十足把握的主要理由有两个：（a）曾经存在的线索可能不复存在；（b）言说者或作者本身可能并没有很清晰的言说者的意义，他们的言说者的意义甚至可能是相互冲突的。

[d] 创作者的意义。搞清楚人工制品（如绘画、法律或实用工具）的创作者的意义在很多方面（134）类似于搞清楚言说者的意义。回想一下，创作者的意义就是创作者通过其作品意欲实现的目标，希望达到的效果。

与此相关的因素有：关于创作者的知识，如她处在人生的什么阶段、她的人生观等；她创作的其他作品；关于她创作的东西她说过或写过什么；在同一领域工作的同时代的人创作过哪类作品；她身处的社会和文化环境；发挥作用的习俗等。所有这些因素及很多其他因素都可能是或包含了关于创作者的意义的线索。关于创作者的意义的陈述示例："她希望这项法律能改善与俄罗斯人的企业合作"；"她希望表明后拉斐尔时代的绘画已经死了"；"她意欲鼓动

---

① 参见 Anthony C. Thisselton, *Hermeneutics: An Introduction* (Grand Rapids: Eerdmans, 2009); Stanley E. Porter & Jason C. Robinson, *Hermeneutics. An Introduction to Interpretative Theory* (Grand Rapids: Eerdmans, 2011); Jens Zimmerman, *Hermeneutics: A Very Short Introduction* (Oxford: Oxford University Press, 2015); 这些书涵盖了文学研究、圣经诠释和法律领域的解释方法。

公众反对政府的殖民政治"。

搞清楚创作者的意义通常可能并不需要大费周章。在很多日常情形中，我们几乎未加反思就能较好地理解创作者的意义。然而，并非所有情形都是日常的，很多时候我们对创作者的意义一无所知。在这种情形中，我们可能自觉地明确关注前面提及的线索，并深入研究那些线索，即从事人文学术研究。

我们同样不应该有这样一种假定，即我们往往可以获得关于创作者的意义的清晰理解。关键的线索可能丢失了。创作者的意义可能不是一个，而是多个，并且这些意义可能彼此冲突。此外，他们可能明确指出，其作品"不表达任何意义"。不过，作为一个规则，我们可以假定创作者的意义是存在的；没有先验的理由认为事情不是这个样子的。此外，我们必须认为我们能捕获到创作者的意义；同样没有先验的理由认为我们从不能捕获到创作者的意义。

事实上，我们有充足的理由认为创作者的意义是存在的，并且我们往往能捕捉到它。例如，基于自身的经验，我们知道当我们创作一些东西（如电子邮件、购物清单、哲学论文、诗歌、歌曲、绘画、法律等）时，我们往往有明确的意图（我们肯定或否定某些东西；我们控诉或宽恕某些东西；我们证明或质疑某些东西，等等），并且我们旨在达到某些效果（我们希望某些事情得到关注；某些事情得到改变；播下某些种子，等等）。此外，我们往往知道其他创作者的意义〔我们认为我们知道伦勃朗想通过《夜巡》来表达什么；我们知道里特维德（Rietveld）制作那些有名的椅子时的意图〕。

这样说来，有很多线索可以帮助我们搞清楚创作者的意义，有很多方法（也即规则）可以应用。艺术史家、（135）文化科学家、历史学家可能不像语言学家那样清晰地阐述其方法。不过他们的确有其方法——事实上关于这些方法有很多激烈的讨论①。这里的要点是,搞清楚创作者的意义的方法迥异于自然科学中使用的方法。鉴于目标的多样性,这再自然不过了。

关于 [e] 功能性意义,我们应该指出,正如海德格尔恰当评论的那样,在日常情境中,许多物体的功能性意义是我们不加反思就可以理解的:我们知道杯子和餐具、书籍和报纸、汽车和自行车、鞋和衣服、斧子和耙子的功能。我们知道它们的用途。但是,往往有一些物件的功能性意义是我们一时无法理解的,在这种情况下,我们就需要做一些研究——人文研究。许多事态(如国与国之间的边界状态)和条例(如欧盟采购条例)的功能性意义往往是不那么清晰的。在这种情况下,我们就需要做很多深入研究,往往是一种历史研究。因为,对晦暗难解的状态和看似奇怪的条例之初始阶段的描述有可能使它们变得易于理解。历史研究可以揭示导致那些事态和条例出现的关键角色的因素和动机。历史学家有很多方法去做这些事情。

关于功能性意义的历史说明有时候可能有这样一种效果,即既

---

① 在艺术史和艺术理论领域,参见 Anne D'Alleva, *Methods and Theories of Art History* (London: Laurence King Publishing, 2003); Michael Hatt & Charlotte Klonk, *Art History: A Critical Introduction to Its Methods* (Manchester: Manchester University Press, 2006); Margaret Iversen & Stephen W. Melville, *Writing Art History. Disciplinary Departures* (Chicago: University of Chicago Press, 2010). 关于文化—人文研究,参见 Doris Bachmann-Medick, *Cultural Turns: Neuorientierungen in der Kulturwissenschaften* (Berlin: De Gruyter: Bachmann-Medick, 2011); and Mieke Bal, *Traveling Concepts in the Humanities* (Toronto: University of Toronto Press., 2002). 关于历史,参见 W. B. Gallie, *Philosophy & the Historical Understanding*, Second Edition (New York: Schocken. Gallie, 1968); and Chris Lorenz, *Constructing the Past* (Princeton: Princeton University Press, 2008). Gallie 的核心主张是大部分历史理解必须采取叙事的形式,即故事的形式——他做了大量工作以阐明何谓历史故事。

然我们明白了这些物件、事态和条例背后的历史，我们就确信它们是过时的、错误的或不公正的。在这个节骨眼上，人文学科可能进一步从事被称为"意识形态批判"的研究，（136）即对已然发生的事情作出批判的、规范性判断。不过，基于对物件、事态和条例的功能性意义的历史性说明，我们同样可以确信它们仍然很重要、有价值，甚至需要进一步的发展。这些也是人文学科的重要任务，在下文讨论价值意义的时候，我将回到这一话题。

当然了，这引出的一个很明显的结论就是，这些方法迥异于自然科学的方法，谈到理解人工制品的功能性意义时，自然科学的方法是无能为力的。

现在让我们讨论 [f] 表达的/暗示的意义。人们做的事情和制造的东西往往是对某种东西的表达——而他们可能未意识到这一点。起码这是马克思、弗洛伊德和整个基督教传统一直坚持的观点。马克思声称，某些事态——如土地所有权，是对资本主义的表达。弗洛伊德声称，某些遗忘的情形是对某些下意识态度的表达。基督教指出，某些态度——如骄傲和贪婪，是对未能恰当理解上帝的表达。这些声称的真假取决于马克思的资本主义理论、弗洛伊德的心理分析理论和基督教关于罪的观点的真假。

有不同的方法对这些声称作出批判性的检验，这些方法不是自然科学研究的方法。

最后，我们讨论 [e] 价值意义。我们必须认可，仅当一个事物事实上拥有价值的时候，它才有价值；我们必须否认，仅当一个事物缺乏价值的时候，它才拥有价值。当没有价值的东西得到高度评价，而极有价值的东西却被宣布没有价值的时候，这是一种不受欢迎的、不公正的、有害的事态。评价是我们几乎一直在做的事情，在几乎所有情境当中，并且往往是含蓄地作评价。我们评价事物的味道；评价衣服穿上身的样子、贵贱以及衣服上是否有奴隶制的印记；我们评价演讲的效果、演讲稿的好坏以及演讲的真诚性；我们评价历史人物的行动：目标的合理性、行动中展示出来的道德品质、行动带来的好后果或坏后果。

评价无处不在，并且通常是完全自发的。然而，有时候我们困惑不已，不知道如何评价某些行为、某些物件、某些事态。在这种情况下，我们必须明确地进行反思，需要某种形式的研究、调查或学术。在某些这类情况中，人文学科需要完成一项任务（137）。因为正如我在前一节所说的，人文学科的任务之一是评价事物。应该明确的一点是，很多事物并非人文评价的对象。例如，你今天的饭菜做得很好，这是一个评价，但不是人文评价；老板的告别演说有点夸张，这是一个评价，但不是人文评价。然而，某些评价可以成为人文学科的任务。这里我将提及四种评价：逻辑评价、哲学评价、审美评价和道德评价。

我们会从合理性、有效性等方面评价演绎和归纳论证。说一个归纳论证是错误的，就是对其作了一个逻辑上的评价性裁断。抛开其他的东西不说，我们从美的方面评价艺术作品，从而对其作出审美性裁断。我们从德性、正当性和公正性方面评价人、行动、行动的后果，从而对其作出道德裁断。

当人文学科作出这些评价性裁断时，有某种方法被应用吗？它们当然不是随机的裁断，随机的裁断的内容即使完全不同也无妨。裁断过程中是有方法的。首先，必须搞清楚所有相关的非道德事实，如绘画或雕塑的物理品质和属性、音乐的创作属性、行动所处的情境等。有时候为了把事情彻底搞清楚，必须利用非人文学科的学识。其次，应用相关的规范性标准。我们如何知道这些标准的？为了获取这些标准，有没有进一步的方法可供我们使用？许多哲学家认为，存在一些"第一原则"，受过良好教育、知识渊博、不受偏见影响的人能够直觉地认识这些原则。美学、逻辑学和伦理学一直被认为各有其第一原则,据说这些原则都可以被直接认识,即无须论证或推理就可被认识①。需要的可能是反思,不过,反思不是论证②。其他人则提议,从单一的原则中论辩式地推导出道德真理——亨利·西季威克在其卷帙浩繁的《伦理学方法》中就是这么做的。③(138)

没有足够的篇幅去深入讨论这个问题。幸运的是,也没有这个必要,因为,再一次地,这里的要点是,对审美问题、逻辑问题和道德问题的评价性裁断不可能是自然科学的工作。如果这些裁断需要学术上的研究,那么人文学科就要担起这个责任。

关于方法,我所说的一切仍然是高度抽象和概括性的,即使它比演绎论和归纳论的陈述稍微详细了一些。但是,我确信,或者说我希望,这种抽象和概括程度是恰当的,起码使如下论点显得有道理:人文学科的方法迥异于自然科学的方法。

5. 结论

因此,我为之辩护的观点是:人文学科的研究对象、目标和方法不同于自然科学的研究对象、目标和方法;人文学科能够提供某些认知产品(deliver cognitive goods),而这些产品是自然科学所不能提供的。④ 这

---

① 例如,参见 Thomas Reid, *Essays on the Intellectual Power*, Ed. Derek Brookes (Edinburgh: Edinburgh University Press, 2002 [1785]), essays VI, VII, and VIII.

② Robert Audi, "Ethical Reflectionism", *The Monist*, 76 (1993), 295-315.

③ Henry Sidgwick, *The Methods of Ethics*, 7th ed. (Indianapolis: Hackett, 1981 [1907]).

④ 因此,本文是反对科学主义(唯有自然科学才能给我们提供知识)的长篇大论,某种形式的科学主义的支持者包括逻辑实证主义者,Alex Rosenberg, Daniel Dennett, Richard Dawkins, and Maarten Boudry。对科学主义的批判性评价,参见 René Van Woudenberg, "An Epistemological Critique of Scientism", in Jeroen de Ridder, Rik Peels & René van Woudenberg (eds), *Scientism: Prospects and Perils* (Oxford: Oxford University Press, 2018).

个论证的要点是：相比于自然科学的研究对象，人文科学的研究对象拥有意义——较之于皮肤上的某些色斑所具有的意义，这是一种特殊类型的意义，即"源自人的约定、人的意图和/或人的有目标之行为的那种意义"。这个总括性的概念涵盖了几种更具体的意义概念，例如［a］句子的意义、［b］词语的意义、［c］言说者的意义、［d］创作者的意义、［e］功能性意义、［f］表达的/暗示的意义以及［g］价值意义。我并未声称这个清单是完整的，我也没有排除这样一种可能性，即其中一些概念可以被进一步分析。但是，我断言，论及这些意义时，自然科学使我们两手空空如也。

关于这类特殊的意义，我进一步表明，我们有很多不同的认知目标——有很多事情，我们想一探究竟。（139）我们往往不需要人文学术研究就可以实现这些目标，但是，有时候还是需要学术研究。

当我们需要学术研究时，人文领域的工作者会使用多种多样的方法，其中某些方法比另一些方法得到了更严谨的表述。尽管科学和人文学科都服务于如下认识目标，即发现真理和避免错误，但是人文学科的方法异于自然科学的方法。方法的运用使人文研究的结果具有可检验性，并且使这些结果面临两类批评：或者方法未得到恰当的运用，或者方法本身是不恰当的。就这个形式问题而言，人文学科和科学是相似的。

人文学科是否有不同于社会科学的研究对象、目标和方法，这个问题我并未讨论。（我将另觅时机讨论它，如果不是留给他人讨论的话。）[①]（140）

[①] 感谢 Arjen van Amerongen, Valentin Arts, Lieke Asma, Robert Audi, Wout Bisschop, Karel Davids, Marcus Duewell, Hans van Eyghen, Stephen （转下页）

［René van Woudenberg 工作单位：阿姆斯特丹自由大学（Vrije Universiteit）哲学系。译者工作单位：河南大学哲学与公共管理学院。］

（责任编辑：陈会亮）

（接上页）Grimm, Naomi Kloosterboer, Kees van der Kooi, Katja Kwastek, Michael Lynch, Rutger van Oeveren, Rik Peels, Jeroen de Ridder, Emanuel Rutten, Lourens de Vries, Lies Wesseling, and Nicholas Wolterstorff，他们评论了本文较早的一个版本，还和我作了讨论并提出了建议。Templeton World Charity Foundation 的一项资助使该研究成为可能（资助的课题是"The Epistemic Responsibilities of the University"）。文中表达的观点属于作者，未必与基金会的观点相一致。

李春阳

从中西差异看中国画写生的特殊性

内容提要：中国画写生与西画写生存在差别。二十世纪中国画教学曾入误区，以西画方法理念改良中国画，以素描基础取代书法功力，以西方写生训练代替临摹古迹，造成了观察方式、思维方式和语言系统与古典传统绘画迥异的教与学的状态。"搜尽奇峰打草稿"是中国式写生，须先有笔墨，再去写生。用笔的力度、厚重、古拙、枯涩、劲健诸般感受，墨象的浓淡互渗、泼破积宿，在墨、水、纸、笔交互感应中，形成万化千变的墨韵，以及造型因素中的简繁、抽象及章法结构的起承转合、虚实穿插、龙脉运行、呼应揖让等，这是中国画写生的特殊性。

关键词：中国画写生特殊性；中国画教学误区；"搜尽奇峰打草稿"；笔墨思维

中国画写生的特殊性

中国画写生与西画写生有什么差别？这个问题的提出，画画的人心中大抵都有自己深刻的体会，非常有意思也特别有意义，但是，我们不一定要将两者对立起来，许多国画家的西画修养很好，不少油画家的家里挂着传统的宋画。一个熟悉的例子是李可染先生，既得益于其笔墨能力，又得益于其西画修养。绘画上的汇通中西，已经成为越来越多绘画者的共识。本文的前提是不将中西的问题对立起来，在这个背景之下，尝试从中西方写生的差异，来观察中国画写生的特殊性。

　　汉字由部首笔划组合而成，练字之先，一笔一画是必要的开始。横平竖直，蚕头雁尾，永字八法，既是技术也是艺术的起始之点。这种零部件的组合式思维方式，在秦始皇兵马俑的大规模制作中发挥了功效，德国汉学家雷德侯推测，工业流水线的生产模式，其远古即来源于此。清代李渔的《芥子园画传》，将传统绘画拆解为山石、树木、花卉、人物、虫鱼等类别，犹如习字之先练笔画，熟练以后加以组合调配，成为学画的工具与起始。有了这个起点以后，构图布局，疏密安排，平衡呼应，个人风格以及风格的化变，这些又从哪里学习呢？如书法之临碑临帖，不仅临其形还要摹其神，从形似到神似的过程，由手与眼的训练达成，习字训练的是手，但眼光的培养造就与手中功夫的长进须齐头并进，知与行在这一活动中密不可分，得之于心，应之于手，意味着实实在在的技艺，这就对画家的眼手心之关系提出了极高的要求。

　　《芥子园画传序》云："人画之妙，从外入，自画之妙，由心出，其所契于山水之浅深，必有间矣。"① 胸中丘壑，要化作纸上烟云，有迹可循，有路可通，那就是临摹古往今来的经典之作和在自然中的写生训练，这两者密不可分。

　　二十世纪中国画的教学曾走入误区，以素描基础取代书法功力，以西方写生训练代替临摹古迹。美术院校国画专业几乎无须证明的公理是，直接面对具体对象，用自己的眼睛去看，而非通过临摹前人养成观察事物的文化的目光，这样就造成了观察方式、思维方式和语言系统与古典传统绘画迥异的教与学的状态。许多从事中国画的创作者，缺乏从习字中获得的基本功，无法深

---

① （清）王概等编，巢勋临摹《芥子园画传》全书，李渔山水序，浙江古籍出版社1998年版，第3页。

入笔墨。

冈布里奇在《艺术与幻觉》中说,"没有什么艺术传统比古代中国的艺术更主张对自发性的需要,但正是在那里,我们发现了对习惯语汇表的完全依赖",其"习惯语汇表"指的是《芥子园画传》。① 依照这位艺术史家看来,艺术的历史就是一代又一代的美术家,学习既有的预成图式,在此基础上再改变和发展使之形成新的图式。虽然一部美术史,无论中外,都是对预存图式的继承、修正、补充和增添,使之形成新的图式,没有继承就不会有历史本身,但是这并不等于说可以无视中西文化在根本问题上的重大差别——西方风景画的写实性与中国山水的写意性,是一种明显的差异,思维方式上的不同难于观察和论述,比如范例和因果性是西方思维的核心范畴,它非常重视逻辑,而中国思维是围绕着关联性和互相感应建立起来的,国人深谙太极之道。

董其昌认为"画家初以古人为师,后以造物为师","画家以古人为师,已自上乘,进此当以天地为师"。② 以古人为师与以天地为师,这是说临摹与写生同样的重要。

贬抑传统的风气,是十九世纪以来西学东渐的产物,所谓"美术革命",西洋素描、油画之引进,写生画模特之运用固然有其传统,但与中国画之用毛笔在宣纸上的造型写意,从材料到工具到表现方法差异很大,粗率地以西画的方法、理念去改良中国画,五四一代知识人激进的美术教学思想至今仍有影响。将素描写生直接引入国画创作或者直接用毛笔画素描,我们在名目繁多的国画展览中,已经体会到其福祸相倚的结果了。我们看古人的画,比例关系

---

① 冈布里奇:《艺术与幻觉绘画再现的心理研究》,湖南人民出版社1987年版,第143页。

② 李来源、林木编:《中国古代画论发展史实》,上海人民美术出版社1997年版,第217页。

似乎"错"了，但是画对了，因为好看、耐看。今天用写生用素描用照片，用观念用知识甚至靠评论都画"对"了，为什么不太好看，特别是不耐看了，为什么有那么多雷同呢？

"笔墨当随时代"，石涛能够说得起这个话，因为他学习王蒙等人的绘画经典，领会其图式笔法、线条品质和内在精神。"搜尽奇峰打草稿"是中国式写生，是面对物象提炼的过程，须先有笔墨，再去写生。对自然的观察，须以中国绘画的语言表达出来，它是内部的转换化变，物象的重新组合，外事造化必中得心源。以笔墨技法和笔墨意识对自然物象进行提炼和转化，此之谓"笔墨思维"，以此思维，可以对自然山石花草作皴法、水法、树法等程式性提炼与传达，对自然形态结构做章法上的虚实辩证处理和安排。沈括反对肉眼"看"到的"仰画飞檐"，以为是"不知以大观小之法，其间折高折远，自有妙理，岂在掀屋角也"。① 这种"以大观小"之"妙理"，也就是中国人独特的观察自然的主观意象之法，亦即笔墨意趣的来源，用笔的力度、厚重、古拙、枯涩、劲健诸般感受，墨象的浓淡互渗、泼破积宿，在墨、水、纸、笔交互感应中，形成万化千变的墨韵，以及造型因素中的简繁、抽象及章法结构的起承转合、虚实穿插、龙脉运行、呼应揖让，等等。笔墨与笔性，须与经典画迹与山川之理建立联系才能达成，这是"与古人血战"的内因——这是中国画写生的特殊性。

一画落纸，众画随之，用笔之当与不当，败与不败，是在笔与笔的关系之中。一画落纸，看似落败，再补一笔两笔形成新的关系，败笔亦可转为正笔。毛笔的高格在于自然，作画讲天机流露，自然就好，尤其在生宣使用之后，行笔落墨，改无可改，但即使有

---

① 李来源、林木编：《中国古代画论发展史实》，上海人民美术出版社1997年版，第90页。

误笔误墨亦无关紧要。石涛题画说："昔人作画善用误墨,误者无心,所谓天然也。生烟喵叶,似菊非菊,以为误,不可;以为不误又不可。"① 而毛笔的弹性,用笔的方法、速度与方向,中锋、正锋、侧锋、偏锋的交错,渴笔与湿笔的呼应,在吸水性不同的纸与绢上流露个性,当然还有墨汁的成分等,复杂的物性,交织统一于笔墨的语法中。我们知道,笔墨乃中国画审美的灵魂。材料的物性与笔墨的抽象性之间的关系,是中国画画家面对的最大问题。画者的笔性很大程度上是在体验材料,毛笔宣纸与炭笔水彩纸在造型上的差异是材料带来的,所以问材料要东西,是以笔墨思考问题的出发点,这也是笔墨写生与素描写生的最大差异!

艺术是终生的自修

中国画的笔墨与意境都衰落了,中国画技法有很强的精神性,是技也是道。我们许多山水画家不要说存其神韵,基本的一棵树、一块石头都还没有画好,即便倚靠准确的素描,也还没有画对。笔墨是中国哲学中特殊神妙的概念,书法的支撑才能使其成立、使其有路径。要建立笔墨的主体性认知,艺术是终生的自修,师古人之心,得造化之法,从中国画自身的脉络寻求出路。

中国文化的一些核心观念,包括笔墨的观念,它是中国文化远古就认可的价值观,也是支撑着绘画历史沧海桑田延续至今的内因。古人云气韵生动,这个气,不能是匠人气、烟火气、江湖气与脂粉气。艺术既体味分寸也需要辨析清浊,苏轼之于陶潜,同声相应,同气相求,表面看传承的是趣味,然而艺术背后的认同与追求,更为紧要。艺术的这个传统,要求对传统的艺术抱持最恰当的

---

① 黄宾虹、邓实编:《美术丛书》第二册,江苏古籍出版社 1986 年版,第 1904 页。

那个态度，一代又一代的创新，积累了传统，无论哪个传统都一样，我们向传统学习什么？学习其创新！

学科的分类正在被打破，无论是国画还是西画，同样都可以从两个传统中汲取自己需要的东西。笔墨思维与素描思维是有差异的，但笔墨写生与素描写生更有其交叉和交叠的部分，两者不是完全对立的，好的画家，晓得如何在手中将不同的材料和画法，特别是不同的透视关系，分清主次，暗自调和与转化。但是对于中国画画家来说，要先有笔墨再去写生，这个顺序非常紧要，这个顺序不能倒置！真正的传统，包含了所有的现代性因素。好画的因素有许多，事情不能简化概念化，中国文化是简化不了的。西化并非必然，化西才是目的，化西的前提，是要有足够的定力和胸怀。吸收西方的某些长处，是在形成稳固民族特征以后以此为据的主动选择，主体性的建立，要从文化的源头中寻到创造性，将传统变为活的流水从而达到画法上的不分中西，不能让中西这个旧问题又成为新的拦路虎。

汉字的笔画具有某种空间结构，对于视觉而言有何意义？什么是以大观小、小中见大？为何中国画采用流动的视点，写生的时候可以不受固定立脚点带来的视野上的局限？对处于一定时空中的物象，为何中国画不着眼于特定光源引起的明暗色彩变化，也不巨细无遗地认知物象的外表特征，遗貌取神这一说法指的是什么？什么是审美习惯上的缘物寄情？感情的投射和主观的灌注为何重要？"意在笔先"是与某种观察方法相应的表现方法吗？以及气韵、神韵的总体要求，"本于立意""妙在似与不似之间""千载寂寥，披图可鉴"的内涵等——当我们带着这些问题去写生，或许才有获得深入文化内部的可能。画画需要品味，这些问题是人类共同的东西，已经超越了中西绘画的界限了。

最后我想谈谈艺术的界限或者说观念。经过杜尚等人的拓展之后，还有什么不能进入艺术的范畴？艺术向一切材料、所有手段和对象物彻底地敞开了大门，艺术的先锋派自己拆掉了这个大门，成为最开放的领域。在艺术观念的拓展上，前人把能走的路都走尽了，没有给留下多少余地。架上绘画的题材，也用尽了。过去艺术创作的主体，是少数经过专业训练的人才能从事。现代艺术不把它作为唯一的前提，对艺术的热爱是人类普遍的天性，艺术从职业艺术家的艺术，变成了人类的艺术，这是艺术的进步，也是创造力生生不息的源头。我们可以从更多的角度，探讨不同画布不同颜料写生的可能。

古人的"胸中丘壑"是比喻，真正的含义是中国人于人生和世界某种饱尝忧患之后的体悟，是文学的视觉化，是抽象的意念，是具象的笔触，更是自由的高度，颇具苍茫兴废之感。当代艺术教育的普及，大众审美趣味的引导和造就，对于民族文化的复兴很重要，除了汉语文字涵养之外，重要者就是审美眼光了。无论是中西传统作品，都可以培育眼光、塑造思想，因为它技法全品位高，以这样的视野观照历史与现实，既能知道过去的好，也能通晓我们该往哪个方向去！

（作者单位：中国艺术研究院美术研究所）

（责任编辑：杨红玉）

张 娟

从鲁迅与丰子恺的交往看鲁迅的美术思想

摘要：鲁迅最初的美术思想应该形成于一九〇二年至一九〇九年他去日本求学时期。在此之前鲁迅接触的都是中国传统美术，最多是古代版画的范畴，到了日本留学之后，随着对世界美术的观察和接触，开阔了视野和眼界，接触到了西方各种流派的艺术，一九〇八年六月，鲁迅在日本《河南》月刊第五号发表《科学史教篇》。文中论述了科学与美术、艺术的关系，以及杰出的思想家、科学家、文学家、画家、音乐家对人类文明的重要作用。这篇文章在强调科学的重要性的同时，将美术对人类文明发展和进步作用，也有着不可或缺的作用。

鲁迅与丰子恺的交往始于一九二七年。丰子恺在日本期间主要受到竹久梦二和蕗谷虹儿的画风影响，鲁迅在日本期间主要关注的是蕗谷虹儿的作品，回国后还编辑了《蕗谷虹儿画选》，竹久梦二是和蕗谷虹儿齐名的画家，可见二者对外国美术的接受吸收是有共同的来源。

关键词：美术思想；鲁迅；丰子恺

在鲁迅的藏书中，有一册漫画家、散文家丰子恺先生编辑的《西洋美术史》，这本书见证了鲁迅与丰子恺的友好交往。

从鲁迅与丰子恺的交往看鲁迅的美术思想

丰子恺(一八九八——一九七五),原名润,又名仁、号子恺,笔名TK,浙江桐乡人。漫画家、散文家、美术与音乐教育家。一九一四年从李叔同学习音乐和绘画,一九一八年李叔同出家为僧,丰子恺深受影响。一九一九年组织发起"中华美育会",创办《美育杂志》,创办上海专科师范学校。一九二四年,在杂志《我们的七月》首次发表了他的画作《人散后,一钩新月天如水》。一九二五年与匡互生、朱光潜创办上海立达学园,并成立立达学会,参加者有茅盾、陈望道、叶圣陶、胡愈之等人。一九二七年从弘一法师李叔同皈依佛门,法名婴行。他在一九二九年被开明书店聘为编辑。新中国成立后曾任中国美术家协会理事、上海中国画院院长、上海对外文化协会副会长等职。他的主要作品有《缘缘堂随笔》《子恺漫画》《护生画集》等。丰子恺当是中国漫画史上最优秀的画家之一。丰子恺的漫画艺术熔铸东西画法,其画法可以叫作"写"画,线条粗细不一,但准确传神,有中国古代山水画、木版画写意手法的影子。画中的人物可以没有眼、鼻、口、耳,线条高度的精练、简约,而山水风景画中的构图与层次感,显然又是受西洋画风的影响。丰子恺的毛笔漫画是汲取了中西画法的风格,引申发展而形成一种极具幽默与浪漫情调的"子恺漫画"风格,具有非常强的表现力。

鲁迅最初的美术思想应该形成于一九〇二年至一九〇九年他去日本求学时期。在此之前鲁迅接触的都是中国传统美术,最多是古代版画的范畴,到了日本留学之后,随着对世界美术的观察和接触,开阔了视野和眼界,接触到了西方各种流派的艺术,比如立方派、印象派等,同时还见识到了外国的不同艺术种类,比如说西方油画、版画、雕塑以及日本浮世绘等。一九〇八年六月,鲁迅在日本《河南》月刊第五号发表《科学史教篇》。

这是我国最早论述西方自然科学发展史的论文。文中介绍了欧洲科学发展史，并以欧洲中世纪科学与美艺的关系为例，论述了科学与美术、艺术的关系，以及杰出的思想家、科学家、文学家、画家、音乐家对人类文明的重要作用。鲁迅在文章中写道"盖无间教宗学术美艺文章，均人间曼衍之要旨，定其孰要，今兹未能"。"故科学者，神圣之光，照世界者也，可以遏末流而生感动。"而"人群所当希冀要求者"，还要有文学、美术、音乐等方面的发展。"凡此者，皆所以致人性于全，不使之偏倚，因以见今日之文明者也。"这篇文章在强调科学的重要性的同时，将美术对人类文明发展和进步作用，也加以论述，强调美术对推动社会进步，也有着不可或缺的作用。这篇对中国各个领域有着里程碑意义的文章后被收入鲁迅重要的杂文集《坟》。

丰子恺于一九二一年东渡日本学习绘画、音乐和外语，一九二二年回国到浙江上虞春辉中学教授图画和音乐。在日本将近一年的时间里，丰子恺在绘画方面有了很大的进步，增长了很多的见识，窥见了西洋美术的面影，看到了日本当时美术界的状况。他在绘画上主要受到蕗谷虹儿和竹久梦二的影响，特别是竹久梦二，对于后来丰子恺的漫画创作产生了很大的影响，也使得丰子恺成为中国美术史上第一位用毛笔做漫画的画家，可以说他是一位里程碑式的人物。一九三三年，丰子恺在《绘画与文学》这篇文章中回忆当年在日本期间逛旧书摊发现竹久梦二画集时的心情："我当时便在旧书摊上出神。……我不再翻看别的画，就出数角钱买了这本旧书，带回寓所仔细阅读。""寥寥数笔的一幅小画，不仅以造型美感动我的眼，又以诗的意味感动我的心。"[①]鲁迅在日本期间主要关注的是蕗谷虹儿的作品，回国后还编辑了《蕗谷虹儿画选》，竹久梦二是和蕗谷虹儿齐名的画家，鲁迅在日本留学期间当时还没有接触到竹

[①] 丰一吟等：《丰子恺传》，浙江人民出版社1983年版，第68页。

从鲁迅与丰子恺的交往看鲁迅的美术思想

久梦二,因为人的精力是有限的,虽然在鲁迅的文字中并没有提到竹久梦二,但是据丰子恺的女儿丰一吟的一次谈话中说到,鲁迅曾经谈到过竹久梦二,而且周作人也曾多次提到竹久梦二,可见竹久梦二是进入周氏兄弟视野的,周氏兄弟对竹久梦二的画风也是高度赞扬和推崇的,对外国美术的接受吸收是有共同的来源。

丰子恺回国后,与鲁迅有了很多的交集,他们在美术的接受和推广有很多一致的点。二者同在一个美术朋友圈里,有很多的共通之处,比如说,著名的书画家陶元庆,既是鲁迅特别喜爱的学生,也是丰子恺的挚友;丰子恺的恩师弘一法师,鲁迅对他也是敬重有加,鲁迅日记记载,一九三一年三月一日,"从内山君乞得弘一上人书一纸"。日记中的内山君即鲁迅在上海定居时的日本好友内山完造,弘一上人即弘一法师。乞得的这张书法是"戒定慧"三个字,鲁迅见到"戒定慧"这三个字后评价道:"朴拙圆满,浑若天成。得李师手书,幸甚。"鲁迅主动索求墨宝,且称"李师",除表明鲁迅对弘一书法艺术的推崇和赞赏,同时也表明鲁迅对弘一法师人品的褒扬和肯定。而这样举动,在鲁迅一生中,可谓极其难得。这也是鲁迅日记中唯一用到"乞得"二字的地方,可见弘一上人在鲁迅心目中的地位。其次,像夏丏尊,钱君匋等文化界的很多名人,都是二者共同的朋友,并且交往频繁。

鲁迅与丰子恺的交往始于一九二七年。鲁迅日记记载:一九二七年十一月二十七日,"上午得立峨信,十九日发。黄涵秋、丰子恺、陶璇卿来。午后托璇卿寄易寅村信。"之前,一九二五年,鲁迅曾翻译日本学者厨川白村的《苦闷的象征》,鲁迅翻译时得知丰子恺也正在翻译此书,鲁迅译著于一九二五年三月由北新书局作为"未名丛书"出版,丰子恺译著于一九二五年三月由商务印书馆作为"文学研究会丛书"出版。因为出版同名译著撞车,鲁迅嘱北新书局将他的译本推迟一段时间上市。鲁迅比丰子恺大十七岁,当时已是成名作家，如此关照令丰子恺十分感动。他在拜见鲁迅时带有歉意地说："早知道你在译，我就不会译了。"鲁迅却说："哪里，早知道你在译，我也不会译了。其实这没什么关系的，在日本，一册书有五六种译本也不算多呢。"丰子恺对鲁迅的著作一直崇拜有加。在丰子恺的全部漫画、插图、小说、诗歌、文学作品中，小说插图是比较少的，而鲁迅小说的插图占丰子恺小说插图的绝大部分。丰子恺创作《漫画阿Q正传》几经周折。一九三七年春，正值抗战前数月，丰子恺在杭州创作了漫画《阿Q正传》，尚未印刷即毁于战火。一九三八年应钱君匋之约为《文丛》重作此稿，可惜只刊登两幅，又被炮火所毁。一九三九年丰子恺又重新作漫画《阿Q正传》，终由开明出版社出版。"可见炮火只能毁吾之稿，不能夺吾之志。只要有志，失者必可复得，亡者必可复兴。此事虽小，可以喻大。"①《漫画阿Q正传》共五十四图，画家希望："将来的中国，当不复有阿Q及产生阿Q的环境。"一九五〇年四月，《绘画鲁迅小说》由上海万叶书店出版，其中包括《祝福》《孔乙己》《故乡》《明天》《药》《风波》《社戏》《白光》《阿Q正传》九篇，共一百四十幅插图。丰子恺的诞生地在浙江桐乡县石门湾，距鲁迅的家乡绍兴仅一二百公里，他的漫画所表现的清末社会的状况、乡俗、地域风情以及人物的服饰都是他亲眼见过的。所以，丰子恺笔下的鲁迅小说插图更能准确生动地描述鲁迅小说中的情景，更能帮助读者对鲁迅小说的理解与把握，以他独特的艺术表现手法，以一种"静"的图画语言表达鲁迅小说"力"的深刻与美，丰子恺笔下的阿Q形象，至今仍是经典。

鲁迅所藏《西洋美术史》，是由丰子恺编辑的，一九二八年上

---

① 萧振鸣编：《丰子恺漫画鲁迅小说集》，福建教育出版社2005年版，第4页。

海开明书店初版，书面副页有钢笔题字"鲁迅先生惠存锡琛敬赠"。锡琛即章锡琛，浙江绍兴人，鲁迅的老乡，是上海开明书店的创办人，章锡琛先后编辑并主持出版过鲁迅、郭沫若、茅盾、巴金、叶圣陶、夏丏尊等一大批现代文学巨匠的著作及翻译作品。一九五三年后，开明书店与青年出版社合并成为今天的中国青年出版社。鲁迅与章锡琛交往十多年，堪称好友，鲁迅定居上海后，他们来往非常密切，并常常互赠书籍。一九三三至一九三五年间，因开明书店支付未名社归还鲁迅欠款事，章锡琛多次与鲁迅通信，并于三六年曾协助鲁迅出版瞿秋白的译文集《海上述林》。

鲁迅日记中，没有关于收到此赠书的记载。也许是漏记，但应该是在刚出版后不久章锡琛赠与鲁迅的，此书现藏北京鲁迅博物馆，品相很好。

《西洋美术史》封面由钱君匋设计的，精装，红色底色，文字烫金，豪华大气，封面上方黑色西亚风格的人物形象更是给此书增添了几分神秘和异域情调，而且黑色图案和红色底色结合得相得益彰。版权页注明"一九二八年四月初版发行，著者：丰子恺，发行者：开明书店"。发行所是"上海望平街中一百六十五号开明书店"。此书有两种版本，"精装实价大洋二圆，平装实价大洋一圆五角"。

钱君匋（一九〇六——一九九八），篆刻家、书画家。书籍装帧设计家。陶元庆同学。浙江海宁人。他也是通过章锡琛认识鲁迅的，钱君匋当年是上海开明书店的一位设计师，有一次鲁迅去书店与章锡琛见面沟通出版的事情，无意间看到了钱君匋设计的书籍封面，很是赞赏，认为设计得很有特色，在传承不少名家的基础上，很有自己的设计风格，后来又同鲁迅的学生陶元庆亲自到鲁迅家做客，这样一来二往便熟稔了起来，并且鲁迅是个很看重人才的人，还将自己收藏的汉画像拓片贡献给钱君匋，供他设计封面用，这些古代的汉画像石拓片对钱君匋的影响相当的大,所以钱君匋的封面设计呈现出来的民族化风格,可以说是鲁迅先生给的建议并熏陶他这么进行的,鲁迅在为成长中的青年美术家提过很多中肯的建议并且提供过很多可以借鉴的材料。他认为,要使我国的美术有所进步,有所革新,可以从两条路来努力:"采用别国的良规加以发挥,使我们的作品更加丰满,是一条路";"择取中国的遗产,融合新机,使将来的作品别开生面也是一条路";①钱君匋可以说是照着鲁迅先生指的这条路走下来的,所以,钱君匋也可算是鲁迅先生培养的第一代青年封面设计家的代表人物之一。后来,鲁迅先生翻译的艺术理论著作《艺术论》,俄国小说《十月》和《死魂灵》等都交给钱君匋设计封面,可见鲁迅对钱君匋设计理念和风格的赞赏和推崇,而且,钱君匋还是丰子恺的学生,丰子恺与这位学生来往密切,相处融洽,师生情谊深厚,鲁迅与丰子恺又有很多的渊源。

《西洋美术史》这本书是据日本艺术评论家一氏义良的《西洋美术的知识》编选而成的讲义。丰子恺在序言中说:"立达学园西洋画科三年级只有六人,抄写油印讲义,既不合算,又不能插图产。蒙开明书店允为络续排印,并制图版一百余幅,于讲义完了后合订一本书,不但我十分感谢,学生与学园亦大得利便。""一氏义良氏在其要《西洋美术的知识》的序言中说'这不是美术的历史,这是我们文明人所最切要的美术 ABC。'我并不照译,只节录其重要部分,(略加增补),而用作美术史讲义,又直名之为'西洋美术史',或将见笑于识者。然而大中国现在买不到较新的这种书,只得暂以代用。"②

当年丰子恺编辑此书是为了给上海立达学园西洋画科的课程当

---

① 鲁迅:《木刻纪程小引》,人民文学出版社1998年版,第48页。
② 丰子恺编述:《西洋美术史》,开明书店出版社1928年版,第1页。

讲义，立达学园创建于一九二五年，是丰子恺与匡互生在上海创办的。学校开课后的第一次讲座就邀请了鲁迅先生做客，可见鲁迅在那个时代绝对是一位标志性的大人物，不仅在文学方面称得上是大文豪，在艺术界也是颇有建树。一邀即到的态度，不仅是鲁迅本人的低调和善，更体现了他对立达学园的重视。当年为筹集学校经费，丰子恺卖掉了浙江上虞的私人住宅"小杨柳屋"，当时卖了将近七百多元钱，① 经过多方奔走，在宋庆龄、吴稚晖、教育总长兼故宫博物院院长易培基等人的支持和捐助下，学校终于建成开课，此时"开班经费不过捐款百余元，借款五百元"②。这本丰子恺编辑的《西洋美术史》可以说是一本艺术类通史，按照时间顺序从古代一直到现代，图文并茂，材料翔实，开头部分是"原始时代"的艺术史，结尾部分是"新兴美术"。最后一个章节"新兴美术"这部分是最值得一提的，丰子恺特意保留了日文原著中的关于立体派与未来派等现代艺术思潮的介绍。这一点与鲁迅对立体派、未来派等表现主义的观点是一致的，鲁迅在自己的文章中多次提到表现主义画派，不仅如此，鲁迅作品中的荒原落寞的形象，铁血战士的形象，其实就是典型的表现主义黑白明显对比下的力量之美，还有比喻和象征的写作手法，充满了表现主义漫画的质感。就像他在《野草题辞》中写的那样，"当我沉默着的时候，我觉得充实，我将开口，同时感到空虚"；"但我坦然，欣然。我将大笑，我将歌唱。"所以在看待表现主义的态度上，鲁迅和丰子恺的态度是一致的。虽然，未来派在二十世纪二十年代已经处于颓废期，但是对于中国的美术界来说却是一个新的知识。所以，丰子恺还是把这部分内容选

---

① 丰一吟：《潇洒风神：我的父亲丰子恺》，团结出版社 2007 年版，第 127 页。

② 匡互生、仲九：《立达—立大学会—立达季刊—立达中学—立达学园》，载《立达》1925 年季刊第一期。

入了书中,他认为,最新的艺术发展趋势是学生们首先应该了解的。"立体派是空间方面的解决,未来派是时间方面的解决。这两派,于现今的青年人的美术的表现上有很大的影响。"由此可见当时美术史教学资料非常缺乏,这本书成为中国早期较为系统的西洋美术教育著作,由此体现了作为美术教育家的丰子恺对中国早期美术事业所做出的贡献。

(作者单位:北京鲁迅博物馆)

(责任编辑:启发)

石兴泽

《庆祝蔡元培先生六十五岁论文集》编纂钩沉

摘要：《庆祝蔡元培六十五岁论文集》是史语所编辑出版的祝寿献礼工程，汇集了当时历史语言研究方面的重要成果，展示了当时中国历史、语言、考古等方面的学术实力，是中国现代学术史和编辑出版史上值得关注的事件。因国势严峻，编辑出版延搁，生日"献半礼"，祝寿者诚挚如初。祝寿文章多数是拓荒性研究，有些是冷门绝学，编辑出版过程中出现许多关于批评和情谊、襟怀和雅量的佳话，表现出编撰者勤奋共勉、砥砺前行的学术操守，值得后世回望。

关键词：《庆祝蔡元培六十五岁论文集》；编辑出版；"献半礼"；学者品行

《庆祝蔡元培先生六十五岁论文集》是中央研究院历史语言研究所为庆祝蔡元培六十五岁生日编撰的一部长达上千页的大书。撰文人上至中央研究院研究员、国内外通讯研究员、特邀研究员，下至助理研究员、编辑、图书员，均奉献出自己近期最重要的学术成果。他们"供其诚挚于世人"，"冀赞明德于微末"，[①] 展示了当时

[①] 傅斯年：《本书撰文人共上蔡元培先生书》，《庆祝蔡元培先生六十五岁论文集》（上册），第1页；此《论文集》为国立中央研究院《历史语言研究所集刊》外编第一种，一九三三年一月出版，商务印书馆经理发售；本文所引相关材料均出自此。

历史、语言、考古等领域强大的研究实力和重要的学术成就，显示出"东方学正统"在中国蓬勃发展的势头，体现了在国势严峻、民族危机的背景下撰文人勤学共勉、砥砺前行的学术精神。《论文集》的编辑出版堪称中国现代学术发展史上值得关注的事件，此就编辑出版过程中的若干琐碎略作钩沉，以涵养现代学人耳目。

一 生日"献半礼"事出多因，"诚挚""明德"全面彰显

一九三〇年十二月六日中央研究院历史语言研究所召开所务会议，傅斯年和刘复提议：为感谢蔡元培先生对史语所的关怀支持，表达同人对"蔡先生人格学业上之崇敬"，昭彰其人格精神和学术贡献，史语所宜编辑出版庆祝蔡元培六十五岁论文集。这种"以自己之力纪人之绩"的祝寿方式体现了学人诚挚纯正的精神品格，在中国具有开风气之先的意义。提议赢得参会人员的赞同，随即成立了由傅斯年、陈寅恪、赵元任、李济等组成的编辑委员会，负责组稿和编辑事宜。会议决定，"凡本所研究员编辑员、外国通讯员，均每人贡献其近中最重要科学论文一篇，凡本所内其他人员之同类文稿亦一律欢迎"①。《论文集》荟集了当时史语所最重要的学术成就，是献给蔡元培先生六十五岁生日的特殊寿礼。对此，蔡元培非常高兴，专门致函"谦致谢意"②。

祝寿《论文集》内收录胡适、陈寅恪、陈垣、赵元任、朱希祖、马衡、沈兼士、傅斯年、顾颉刚、李济、李方桂以及高本汉、

---

① 《历史语言研究所十九年度上届第一次所务会议》，载《国立中央研究院院务月报》一九三〇年十一月第二卷第五期；引自《傅斯年全集》第六卷，湖南人民出版社 2003 年版，第 277 页，本文所引相关材料均出自此。

② 《历史语言研究所十九年度下届第一次所务会议》，载《国立中央研究院院务月报》一九三一年一月第二卷第七期；引自《傅斯年全集》第六卷，第 279 页。

伯希和、钢和泰等国内外汉学界名流和新锐的论文三十五篇，内容涉及历史、语言、考古等学术领域。撰文人诚挚于学术研究，八仙过海，各显神通，在整理原始材料、运用直接材料、侧重田野调查等方面充分体现了史语所的治学理念。虽然也有在"故纸堆"里发现新问题、用新理念整理旧材料的文章，如陈寅恪的《支愍度学说考》、陈垣的《元典章校补释例》、胡适的《陶弘景的真诰考》等，但大体而言，无论"考"还是"释"，"解"还是"说"，也无论基于原创性史料的整理阐释，还是对于典章古籍的爬梳考据，大都弥漫着在学术荒原上开拓"耕新"的气息。有些文章如李济的《殷墟铜器五种及其相关之问题》、刘复的《十二等律的发明者朱载堉》、董作宾的《甲骨文断代研究》、郭宝钧的《古器释名》等则带有开辟洪荒、奠定研究根基的意义。他们将拓荒性研究成果贡献给蔡元培六十五岁生日，以表达诚挚的敬仰之情。

史语所如此隆重地推出这部大书，除"以自己之力纪人之绩"之外，还暗含着向蔡元培汇报史语所成立以来的工作，展示历史语言研究的成就和实力，砥砺中国学人士气，为实现"东方学正统"在中国的学术抱负而黾勉奋进的意思。正如《本书撰文人共上蔡元培先生书》所说，虽然"遭逢至重之国难"，但史语所同人"奋起治学"，[①] 撰文人"皆站在各自研究领域的最前之线上"，拿出近期"所事最胜之问题"，汇集起来，"固已可以表示其不居人后之志愿与力量"。[②]"不居人后"有两层意思：一是"不居"国外汉学界之后，展现"东方学正统"在中国的蓬勃气势；二是"不居"中央

[①]《庆祝蔡元培先生六十五岁论文集·本书撰文人共上蔡元培先生书》，第1页。
[②]《历史语言研究所编纂蔡孑民先生六十五岁纪念论文集通告》，原载《国立中央研究院院务月报》第二卷第四期；引自《傅斯年全集》第六卷，第171页。

研究院其他研究所之后——中央研究院最初建制只是关乎国计民生的研究,没有历史语言研究所,是傅斯年积极活动说通蔡元培成立的。为显示史语所的学术力量,撰文人除上述著名学者外,助理员、编辑员丁声树、于道泉、李家瑞、王静如、吴金鼎等都提交了史料翔实的高质量论文,就连图书员赵邦彦也贡献了《汉书所见游戏考》;而外国通讯员如法国的高本汉、俄国的钢和泰和英国的伯希和这些世界顶级汉学家的加盟,既有助于"冀赞先生之明德",也显示出中国学人的世界眼光和博大胸怀。

所务会议原定一九三二年五月以前"齐集"稿件,一九三三年一月蔡元培六十五岁生日时出版,作为"寿礼"献给蔡元培先生,"以纪其高年之令节"①。但未能按时出全,上册于一九三三年一月适时出版,下册迟至一九三四年十一月才编辑完毕,次年一月出版。《论文集》冠名"庆祝……六十五岁",出版即为贺寿,而寿礼"献半",既有违编纂初衷,也是对寿星的"不恭"。陈寅恪陈垣傅斯年等熟稔并且看重贺寿礼节,下册没有如期出版,实在是事出有因。好歹,"庆祝生日"只是编纂《论文集》的"三层意义"之一,主旨是展现史语所的工作成绩和学术实力。故大部分撰文人没有祝寿献礼的言辞,在他们心目中,把最好的成果呈现出来,让蔡元培先生为自己的进步和收获高兴,本身就是最诚挚的生日祝福;抑或说《论文集》编辑出版本身就是隆重的庆祝活动,因为只有给蔡元培庆祝生日才能聚集这么强大的学术阵容和这么多高质量的学术成果!

但既然缘起于庆祝生日,总会有人说祝寿的话。如刘复说,撰

---

① 《历史语言研究所编纂蔡孑民先生六十五岁纪念论文集通告》,原载《国立中央研究院院务月报》第二卷第四期;引自《傅斯年全集》第六卷,第172页。

写《十二等律的发明者朱载堉》这篇文章,"用以纪念导引我们研究学问的蔡孑民先生的六十五岁寿辰";① 顾颉刚的《两汉州制考》"附识"中也有"敬持此为孑民先生寿"的话。② 胡适似乎更看重,文章开篇就说:"这是我整理道藏的第一次尝试,敬献给蔡孑民先生六十五岁生日纪念论文集"③ ——这话是一九三三年四月十日说的,蔡元培六十五岁生日已经过去数月,而"献给……纪念论文集"倒也符合实际。郭宝钧则在《古器释名》结尾写道,"文成,适值蔡孑民先生五旬晋五诞辰,同人醼文奉觞,谨以此为蔡先生寿"。④《论文集》共收论文三十五篇,说祝寿话的也就这些。概因祝贺生日的话,主编傅斯年代说了。《本书撰文人共上蔡元培先生书》昭彰蔡元培的人格精神和东西学问,表达感恩戴德的真挚情感,算得上古今祝寿词中情真意切、辞采飞扬、境界宏阔、恢宏大气者:

> 同人等幸逢此际会,得于先生表率之下,奋起治学;温故以求纂顾黄之旧统,知新以求树文史之新宗,或习业于所中,或谘备于他地,无长无少,皆从先生以黾勉。研究所始创之时,正值开代之际,盖以为十年之内,必成一风气,以昭世人;而五载之间,备经灾难,大东不守,国事凌迟,抚今思昔,能无惘然!然而同人等终不敢废其初志,且发愿此后益自策励者,皆被先生人格之化,仰钻高明,精爽有寄。向者先生勉同人

---

① 刘复:《十二等律的发明者朱载堉》,《庆祝蔡元培先生六十五岁论文集》,第 280 页。

② 顾颉刚:《两汉州制考》,见《庆祝蔡元培先生六十五岁论文集》,第 902 页。

③ 胡适:《陶景弘的真诰考》,见《庆祝蔡元培先生六十五岁论文集》,第 539 页。

④ 郭宝钧:《古器释名》,见《庆祝蔡元培先生六十五岁论文集》,第 706 页。

以"风雨如晦,鸡鸣不已",而同人之报国者正以此也。①

即使蔡元培这样境界高远、地位尊崇的哲思贤达,读后也备感受用甚至动容。

那么,祝寿《论文集》下册为何延迟出版呢?

经费紧张是重要原因,也是主编傅斯年说在明处的话。傅斯年雄心勃勃,要与国外汉学家争夺东方学的正统地位,史语所上下发愤图强,考古发掘、方言调查、搜集歌谣、购置器物等项事业开展得轰轰烈烈:历史组购置包括徽章在内的各类见证历史演变的器物、古籍和珍贵文献,考古组的田野考古在河南山东两省的十几个地方同时展开,语言组分赴河北、山西、陕西、河南、江西、云南、广东、浙江、福建、江苏各地,进行方言调查和民间歌谣搜集,史语所除创办《历史语言研究所周刊》外,还出版了专刊、单刊、丛书,资助学术著作出版⋯⋯这些工作的每一项都需要资金支持,而研究院划拨资金十分有限,史语所的经费常常严重超支。因经费紧张,连人员聘用都要再三掂量。一九三一年初陈寅恪提出改聘近代史知识"极其丰长"的朱希祖为专任研究员;朱是傅斯年的老师,他知道朱的价值和这个提议的分量,但因经费紧张也斟酌再三,最后以少买图书、停止专刊和丛刊为代价采纳了陈寅恪的建议。《论文集》下册则赖中华教育文化基金董事会资助得以出版,资金筹措和到位时间都不是傅斯年和史语所能够左右的。

经费之外,最重要的就是"九一八"事件发生后,国势严峻,华北日趋危机,严重影响了史语所的正常工作。"筹议"祝寿《论文集》不久,便"遭逢至重之国难"。因"外祸日迫,平津危殆",

---

① 傅斯年:《本书撰文人共上蔡元培先生书》,《庆祝蔡元培先生六十五岁论文集》,第1页。

《庆祝蔡元培先生六十五岁论文集》编纂钩沉

中央研究院下令史语所迁移到安全地带,将书籍档案和众多文物运到上海,语言组和考古组迁往南京——此即所谓"古物南迁"事件。但"南迁"之后,却因空气潮湿再度"北归"。"古物南迁"打乱了工作秩序,也影响了研究人员的生活情绪。虽然他们牢记蔡元培的教诲,"风雨如晦,鸡鸣不已",不曾中断研究,但给资料查阅、器物整理、论文撰写、编辑校对都带来严重影响。概因史语所重视直接材料,而直接材料却处于装箱打包状态,处于迁徙过程中,无法整理和查阅。《历史语言研究所二十二年度工作报告》中说,"本年度所有档案因往返迁徙之故,整理工作,遂全部停顿"。① 撰文人无法如期交稿,致使下册延迟一年多时间。

傅斯年作为祝寿《论文集》的发起人和主编,更是忙得焦头烂额。九一八事变发生后,他满怀激愤地提出"书生报国"的主张。所谓"书生报国",就是以书生特有的方式报效国家,就是写文章、发表言论。当时日本学者大肆散布"满蒙历史上非中国领土"的谬论,为日本入侵东三省提供依据,妄图使其侵占罪行合法化;而"国联"应国民党政府要求,成立了以英国李顿爵士为首,美、法、意、德等国组成的"李顿国联调查团",对日本入侵东北事件进行调查。傅斯年联合徐中舒、方壮猷、萧一山、蒋廷黻等撰写《东北史纲》,借助历史资料说明东北自古以来就是中国的领土,以回击日本学者的谬论,为"国联"调查团提供历史证据,为救国救民贡献知识和力量。史语所的繁忙事务和"书生报国"的责任影响了生活和研究,他无法静下心来写作编辑,只好将编辑工作托付给罗常培及青年编辑。下册出版时,他从旧书稿中抽出部分编缀成文,取名《夷夏东西说》,"敬为蔡孑民师寿"。因时间仓促,连图也没来

---

① 《历史语言研究所二十二年度总结报告》,见《傅斯年全集》第六卷,第 426 页。

431

得及附上。傅斯年无奈地说,"因时局的影响,研究所迁徙两次,我的工作全不能照预定呈规"。① 话是一九三四年十月说的,已是祝寿《论文集》下册编辑即将完成的时间了。

国势危机,《论文集》下册延误,精心打造的寿礼只拿出一半,固然遗憾,但无论是寿星蔡元培,还是诚挚的祝寿者,都没当回事。这是那代知识分子的爱国情怀,也是他们的人格境界。

二 撰文人勤学共勉,《论文集》编纂凸显真挚情谊

《庆祝蔡元培先生六十五岁论文集》的编纂出版,表现了史语所上下勤学奋进的精神风貌,也显示出学者之间真挚的情谊和高尚的情怀。

撰文人大都走在某个学术领域的高端或前沿。胡适、陈寅恪、陈垣、傅斯年、李济、赵元任、李方桂、朱希祖、马衡、沈兼士、刘半农、罗常培、丁山、董作宾、容庚等多是学贯中西、闻名遐迩的学者,带有"客串"色彩的丁文江、翁文灏、李四光是盛名远播的科学界名流,高本汉、钢和泰、伯希和更是世所公认的国际汉学界的祭酒者和执牛耳的人物,他们提供的皆是与历史、语言、考古研究相关的具有探索性、前沿性的成果;即便是梁思永、吴定良、丁道全、丁声树、李家瑞、赵帮彦、郭宝钧、王静如、赵万里、容肇祖等也是学术潜力沉雄、知识积淀丰厚的青年才俊,他们的文章显示出扎实的功底和非同寻常的造诣——史语所助理研究员陈槃是傅斯年在中山大学教书时的得意门生,致力于"春秋三传"研究多年,参考各种文献五百余种,作《春秋辨例》等重要文章,却没有入选祝寿《论文集》;与他同等资质的上述"助研"得此殊荣者,

---

① 刘梦溪主编:《中国现代学术经典·傅斯年卷》,河北教育出版社1996年版,第187页。

皆因他们在新史料发现、新方法运用以及知识积淀、研究功底等方面确实非同寻常。王静如致力于西夏研究，编辑出版《西夏研究》四辑，发表了研究西夏地理、历史和语言的文章多篇，其"业绩"多次写进中央研究院历史语言研究所的月份和年度报告；他参照多种古文字完成了《佛母大孔雀明王经龙王大仙众生主名号夏梵藏汉合璧校释》，单是语言文字就显示出非同寻常的学术造诣。这些"术业有专攻"的名流新锐拿出最重要的研究成果，在显示出献礼之情诚挚、寿礼厚重金贵和史语所非凡实力的同时，也为编辑、校对、印刷出版带来知识和技术难度，甚至是对编者知识和编辑精神的挑战。

因文章多带有垦荒性，编辑校对既需要专门学问，也需要广博知识，还需要严谨的编辑态度和高度负责的精神。像陈寅恪、朱希祖那样的考证文章，胡适、陈垣那种"校勘"文章，大都根据多种典籍和语言进行比照，涉及材料和考证内容在当时和现在看来都属于"冷门绝学"。如陈寅恪的《支愍度说考》对佛教史上的"支愍度典故"进行考证，涉及众多佛经古籍和藏文梵文记载，有些材料是从沉埋久远的故纸堆里打捞出的"新材料"；朱希祖的《后金国汗姓氏考》实际是爱新觉罗姓氏家族演变的历史，作者在多种文字和海量材料中艰辛爬梳，费力甚勤；刘复的《十二等律的发明者朱载堉》涉及古今中外音乐学、语言学、历史学、数理学知识，他掘开历史材料的厚土层，在中西对比中进行考索，材料"历久弥新"，结论震惊海内外；丁文江的《指数与测量精确之关系》（英文）用考古材料分析中国人的体质与非中国人的体质的显著区别，在材料运用解读、方法观念新颖和结论卓异奇崛等方面均具有拓荒性和颠覆性意义。如此皇皇枯涩的长文，如此细密繁复的考据，如此冷僻孤寡的材料，对编者学术知识和编校精神均是严峻考验。

比较而言，李济的《殷墟铜器五种及其相关之问题》、马衡的《从实验上窥见汉石经之一般》、徐中舒的《古代狩猎图像考》、梁思永的《小屯龙山与仰韶》、董作宾的《甲骨文断代研究》、郭宝钧的《古器释名》、赵元任的《英语语调（附美国变体）和汉语语调初探》（英文）、罗常培的《切韵闭口九韵之古读及演变》、白涤洲的《关中入声之变化》、容肇祖的《敦煌本韩朋赋考》等文章建立在考古发掘和田野调查取得的包括甲骨残片、古代器物、汉代石刻、荒原图画、古老字符、民间歌谣、方言土语在内的大量的原始材料基础上，更能体现史语所运用新材料和直接材料说话的治学主张，对编辑校对也更具有挑战性。无论远古时代器物的考证释名还是基于失传文字记载的钩沉解读，多穿插了图片、表格、画图、符号，有的文章满是作者自画的图符和自制的表格，有的文章涉及古汉字、甲骨文字、西夏文字、梵文、藏文、满文等多种符码。这些稀有文字和自制的符号，专业性很强，且极不规则。没有专业知识无法辨别也无法编辑校对，即使有相应的专业知识而没有足够精细的眼光和高度负责的精神，也很容易出现误读错判。事实上，没有哪个编辑有与之相匹配的历史和语言学知识；主编傅斯年和编辑罗常培算得上知识广博的学者，面对那些特别专门的学问，也缺少审读判断的自信。

但他们高度负责。傅斯年虽然不能，也无暇像当年编辑《新潮》那样捉刀代笔、大刀阔斧地删改，但也并非"原文照登"，那不是他的性格和作风。他们细心审读，严格把关，甚至挑剔，一旦发现问题，或者交由作者修改，或者动笔删改，遇到问题比较明显而又不便修改者，则采取加注的方式提出看法。如容肇祖作《敦煌本韩朋赋考》是一篇"小题大做"的考证文章，思维缜密，资料翔实，考据繁复，显示出扎实的学术功底；第九段参照《唐韵》《广韵》归纳《韩朋赋》的用韵特点，依据"从古韵"推测该赋为"晋至萧梁间的作品"。[①] 对

---

① 容肇祖：《敦煌本韩朋赋考》，《庆祝蔡元培先生六十五岁论文集》，第647页。

此，编辑者（就文笔而言出自傅斯年手）提出异议，认为"实际用韵与官订韵书本是两事"，实际创作与官方所定"功令"不相符合者众多，"以用韵考证作品之时代，谨可备一种参考"，"此文考证之点另有其佐据正不以用韵一点为断。编辑者谨仍原文之旧，而贡其商榷如此"。①

这种注释类似"编者按语"，既尊重作者意见，又指出可供商榷之处，既对作者负责，也对《论文集》的质量负责。他们力求向蔡元培奉献高质量的"寿礼"。无论撰文人还是编辑，都希望奉献自己精美的礼物，表示诚挚的感恩；《论文集》表现了编纂者高度负责的精神。现在翻阅，面对那些花样繁多的文字符号，还能体会到并惊异于编辑校对的艰辛和细心。

为减少错误、确保论文质量暨"寿礼"成色，编辑者对某些把握不准、专业性特别强的稿件送给专业知识相同和相近者审查校对——用现在的话说就是请"外审"专家。负责"外审"的，有史语所的编辑和研究人员，也有作者自己推荐的所外人员；所推荐者，有学术造诣甚深的专家名流，也有助理研究员抑或自己的学生。"外审"这种办法是否从此开始固难坐实，但在现代编辑史上应该是开风气之先的。由此我们在这部大书背后看到了现代学人胸怀和友谊的佳话。

文人自古相轻，但《论文集》编纂过程中却表现出旷达的襟怀和厚重的情谊。固不能说编写者个个虚怀若谷，但为保证"祝寿礼"的质量大都从善如流。丁声树的《释否定词"弗""不"》是篇长文，他遍览古籍兼顾时文，广泛搜集语料，细心辨别考释，显示出青年语言学者功底，但涉及方言读音却见其短；李方桂帮他释

---

① 容肇祖：《敦煌本韩鹏赋考》，《庆祝蔡元培先生六十五岁论文集》，第 646 页。

疑解惑,他"坎识""敬谢先生教益"。① 白涤洲在写作过程中得到赵元任、罗常培、魏建功等学者帮助,他们校阅原稿,提出疑问,反复讨论,指示了很多意见。② 对此,白涤洲深表感谢;"谢语"虽简,却感受到"前辈"学者诲人不倦的风范和青年学人谦逊好学的品性以及史语所融洽和谐的学术气氛。

如果说这两则事例表现的是"师生"情谊,理所当然、无足挂齿的话,那么著名学者的表现则是值得播布的佳话趣谈。胡适用《陶弘景的真诰考》"祝寿",其中说,陶景弘为把佛经要义"改成道教高真的训诫",竟一口气偷了《四十二章经》的二十段;但因"博学高名""校订严谨","居然经过了一千四百年没有被人侦查出来!"他细致地爬梳考证这桩剽窃案,拆穿这个历史骗局,"要人看看当年'脱朝服挂神虎门','辞世绝俗'的第一流博学高士的行径"。③ 胡适为自己的发见而得意,可傅斯年告诉他,陈寅恪说《朱子语录》也曾指出"真诰有抄袭《四十二章经》之处"。陈是"百科全书"式的学者,且博闻强记,胡适十分重视。他赶紧查阅《朱子语录》,发现确有"窃《四十二章经》之意为之"的话,始知自己的同乡先哲早在"七百多年前已侦探出这一件窃案了"。拆穿骗局的"首功"化为泡影,费尽心血考证的结论打了折扣,他没有沮丧,反为获得宝贵提示、补苴知识空缺而高兴,遂写"后记"记载此事,"很感谢陈寅恪先生的指示"。其后,他又检索《四库提要》,发现朱子之前,黄伯思也有"真诰'众灵教戒'条

---

① 丁声树:《释否定词"弗""不"》,《庆祝蔡元培先生六十五岁论文集》,第 996 页。
② 白涤洲:《关中入声之变化》,《庆祝蔡元培先生六十五岁论文集》,第 1021 页。
③ 胡适:《陶景弘的真诰考》,《庆祝蔡元培先生六十五岁论文集》,第 551 页。

后方圆逐条,皆与佛《四十二章经》同"的话,再写"后记"记述考订。① 如此反复多次,结论不断修订,事实越发真切,胡适的磊落品格和治学精神就此得到生动体现。

胡适接受大学者陈寅恪的提示改变了结论,心悦诚服自然可以理解,其他学者开怀纳谏或直言批评,则是足可流布的旷达情怀。沈兼士是著名语言文字学家,北京大学教授,曾主持北京大学国学门研究所,是傅斯年、罗常培的师辈学者。他的《右文说在训诂学之沿革及其推阐》突破了《说文解字》的局限,自创新说,被视为"对古代语言上的一大供献"②,"此文将启后人研究汉语语根之源而为语源学打定一基础规模"③。文章写成后誊抄数分,分送给吴检斋、李方桂、林语堂等语言文字学专家征询意见。吴检斋是清朝"朝元",古文字学家,担任北京师范大学、北京大学等多所大学的教授,以"笃守古文家法""笃信太炎学说"著称。沈兼士在日本留学时也曾拜在章太炎门下,但这篇文章既颠覆了"古文家法",也与太炎学说相左,林语堂甚至说是对章太炎《文始》的批评,帮他吐了郁结在胸中很久的闷气!沈兼士将文章送给"笃信太炎学说"的"吴学究""籀读",足见其勇气和胸怀。李方桂和林语堂均有宽厚的西方语言学背景,他们肯定了沈文汇集材料的丰富和论证阐释的精密,以及对于古代语言学研究的拓新性贡献,同时也提出诸多异议。林语堂认为"所谓语根系构定"是不确知的——似乎带有动摇沈兼士推阐依据的意思,在他看来,"语音应以语言

---

① 胡适:《陶景弘的真诰考》,《庆祝蔡元培先生六十五岁论文集》,第553页。

② 李方桂:《右文说在训诂学之沿革及其推阐·李方桂先生来书》,见《庆祝蔡元培先生六十五岁论文集》,第847页。

③ 林语堂:《右文说在训诂学之沿革及其推阐·林语堂先生来书》,见《庆祝蔡元培先生六十五岁论文集》,第851页。

为主，非与文字（字形）切开不可"①；李方桂说"中国语言要比文字古远得多"，要研究中国古代语言文字的转变以及"语根"等问题，就要借重周秦音系，而现在我们对周秦音系知道得太少，也暗含着动摇沈文推阐依据的意思。② 他们还对沈文的举例阐释提出诸多不同看法，或者商榷存疑，或者指出不足，有的着眼于具体，有的涉及全局，有的尖锐透着客气，有的委婉但意思鲜明，均显示出探求学问、推进研究发展的热忱。

值得称道的是，沈兼士还将文稿送给魏建功阅读。魏建功小沈兼士十多岁，一九二一年进北京大学研究所国学门，师从沈兼士致力于音韵训诂研究；当时虽开始崭露头角，但终究是学生。沈兼士如此"下问"，可见其学术品性。魏建功虽是学生，但爱吾师更爱真理，坦诚地写信陈述意见。他说，古文字自钟鼎甲骨推出后，"右文"之说"更见狭隘"，沈文所依据的典章也已"失去探索语根之凭据"的意义，并具体指出沈文所举的某些字例和阐述无法"经纬形音"的理由，还提出"取广韵声纽韵部为标准兼记等第"的建议。书信末尾虽有自己的知识"皆先生夙所启发""如何以定期源流孳乳，则尤待先生进而诲之"的话，③ 但质疑沈文的核心概念、指出论据和阐释存在问题的意思却表达得十分清楚。如此"酷评"有碍师尊"颜面"，却将真挚的师生情谊和探求学问的品格操行昭之天下。

沈兼士将魏建功、李方桂、林语堂、吴检斋的信函附于文后，

---

① 林语堂：《右文说在训诂学之沿革及其推阐·林语堂先生来书》，见《庆祝蔡元培先生六十五岁论文集》，第851页。
② 李方桂：《右文说在训诂学之沿革及其推阐·李方桂先生来书》，见《庆祝蔡元培先生六十五岁论文集》，第850页。
③ 魏建功：《右文说在训诂学之沿革及其推阐·魏建功先生来书》，见《庆祝蔡元培先生六十五岁论文集》，第848、849页。

在表达谢意的同时,"附识"说明,自己所从事的是"训诂研究",非"言语研究",并就二者的区别做了简要说明。沈兼士一篇文章附了四封书信函,将他们的批评意见公告天下,可见其雅量和胸怀。

这雅量和胸怀也表现在傅斯年和顾颉刚身上。他们本是同学好友,却在筹建史语所期间闹翻,二人的个性都很强,吵架动怒,粗语相向,矛盾尖锐到冰火不容、多年不相往来的程度。到征集祝寿文稿时,还都余恨未消,情同水火,并且祝寿活动之后仍疏于来往。顾颉刚虽是史语所的筹建者和特邀研究员,但因傅斯年主持所务,长期不参加活动;傅斯年写史语所工作报告也从不提他,似乎史语所没这个人。但他们终非度量狭窄之人,在编纂《论文集》问题上都表现出为尊者摒弃前嫌、"握手言欢"的姿态。傅斯年不仅接受了顾颉刚的《两汉州制考》,而且和劳干热心地贡献材料,提出修改意见,帮他充实和完善。两汉州制是很复杂的问题,顾颉刚参考各种文献,爬梳考证十分用心,与谭其骧、牟传楷等反复商榷,事实都无法清晰。傅斯年及劳干提供的材料和意见对他帮助很大,他据此完成了这篇祝寿文章,还改写了其他两篇相关论文。为此,顾颉刚特地"附识"说,"本文作成后,承傅斯年先生及劳干先生指正数点,并给予许多材料",特向他们表示"极度的感谢"。回顾这段时间的研究工作,他深有感触地说,"任何研究工作,都不是某一个人所能完全担负的"[①]。

顾颉刚的感触发自内心,且具有普遍意义。祝寿《论文集》中的许多文章汇集了多人的知识、智慧和血汗,也见证了史语所同人相助相重的真挚友谊。这是史语所工作充满朝气、现代历史语言研

---

① 顾颉刚:《两汉州制考·附识》,《庆祝蔡元培先生六十五岁论文集》,第 902 页。

究事业迅速推进、东方学正统在中国快速确立的基础和动力。

三　结语

　　《论文集》编辑出版已近百年,当年撰文人开垦的学术荒地已成沃土。后代学者沿着他们的道路奋力前行,有些学术领域挂满硕果,有些地段绿树成荫,当然也有冷门绝学过于高深至今无人问津。当年的垦荒者已经去世很多年,许多光辉的名字镌刻在历史语言研究乃至中国现代学术文化建设的丰碑上。那个令人尊重景仰的寿星作为一种文化符号矗立在中国思想文化教育的高端,其伟大人格和精神资源激励着一代代治学者,而祝寿者中的很多人也彪炳史册,成为今之学人研究、学习甚至景仰的楷模。但那次祝寿活动所表现的治学态度、批评精神和良好风范却很少有人提及。事实上,无论在编辑出版史、学术发展史还是思想文化史上,《庆祝蔡元培先生六十五岁论文集》都是值得铭记的。

（作者单位：聊城大学）

（责任编辑：杨红玉）

> 史料

介志尹 整理

周作人致胡适书简汇编

引言：作为在现代、当代有着重要影响的周作人和胡适的通信，有着非比寻常的研究价值。胡适致周作人的信件，已有整理、出版。本文对周作人致胡适的信件做了完整呈现，并作了较为深入的考证和分析。

整理说明

周作人（1885—1976）书信迄今没有"全集"。周自编的《周作人书信》是其生前遴选出版的书信选集；身后如黄开发编《知堂书信》，陈子善、张铁荣编《周作人集外文》，以及钟叔河编《周作人散文全集》等，对周作人信札都有所收集。[1] 陆续发行的，还有数种与个别友人的来往书信集，如曹聚仁、江绍原、俞平伯、鲍耀明、松枝茂夫，等等。此外，数量不少的来往书信也曾以单篇文章的形式发布于期刊。尽管如此，上述已刊书信全部加在一起，也远远抵不上知堂老人一生写过的书信总额。

---

[1] 《周作人书信》，青光书局1933年版；黄开发编：《知堂书信》，华夏出版社1994年版；陈子善、张铁荣编：《周作人集外文》，海南国际新闻出版中心1995年版；钟叔河编：《周作人散文全集》，广西师范大学出版社2009年版；陈子善、赵国忠编：《周作人集外文》，上海人民出版社2020年版。

中国历史研究院"胡适档案"藏有周作人致胡适信共五十封，通信时间为一九一八年至一九三九年，可补上述诸集之缺。除一通残信外，均已影印于《胡适遗稿及秘藏书信》第二十九册。以二人的历史地位，其价值不言可知，然而迄今未得到系统的整理。① 在此之外的周作人致胡适函尚有：一九三〇年的《独立评论》周刊曾发表三通，《胡适的日记（手稿本）》存录七通（与《独立评论》重复一通）、北京大学图书馆藏一通（已刊布）。

本编重新校录、编次了所有这些已刊、未刊之周作人致胡适书简凡六十通（附相关函件三通），以省读者翻检之劳。需要说明的是，文末所附李振邦致胡适函一通，时在周作人出狱后的一九四八年六月，或为周、胡二人最后的往来记录。

至于目前所见的胡适致周作人书简，则已全部收入《胡适中文书信集》。② 本编仅将明确对应的回信，标注于各通之后，其余请读者自行检阅该书。

整理过程中，受到默雨、艾瑞克、蜜橘、刘成等友人的帮助，特别是夏寅，谨致由衷的谢意。

凡　例

一　录文尽量以原信影印件为依据；无从寻觅的，据排印件录出。"胡适档案"中的五十通，除据影印件录出外，还对照过中央研究院近代史研究所胡适纪念馆（以下简称胡适纪念馆）的数位影

---

① 耿云志主编：《胡适遗稿及秘藏书信》，黄山书社1994年版，第29册，第542—623页。原书计四十八通，本文将周作人一九三九年一月的诗札，依《胡适中文书信集》例，另计为一通（《胡适日记》附录的周作人诗札同此）。这四十九通中，学界已识读刊布过十六通。

② 潘光哲主编：《胡适中文书信集》，中研院近史所2018年版。以下引及本书仅注明日期。

像档。

二　信件依写作时间先后排序，对于书信的来源出处、物质载体、系年考证等信息，均以按语说明。

三　格式方面，抬头等特殊行款予以保留；直行改横行；段前空两格；小字夹注改为正常字号，以（）标示；页边注以【】标示，据文意插入正文；取消作者自称（如"弟"等）的侧行书写；署名和日期一律提行。

四　字体、标点均改为通行样式，个别异体字酌情保留。原信如无标点，由整理者酌加；录自排印本的，标点予以微调。

五　错讹之处，用［］标示订正后的文字。

六　本编频繁引用胡适、周作人两人日记，① 以下仅写明日期，不另出注。

一

适之兄：

十二日惠函已收到。翻译别人著作，总有"嚼饭"之嫌；文言尤甚：《域（原信为"或"）外小说集》系"复古时代"所作，故今日视之，甚不惬意；唯原作颇有佳者，如以白话写之，当有可观。来函所云《扬珂》等，弟亦曾有改译之意，但终未果行。有同人所作《酋长》，亦曾用文言译出，未有发表机会；今夏在家闲住，因用白话改写，草稿已具。下月来京，当送上，请编入《新青年》五卷之四也。（五卷之三，已译有短篇二种。）《安乐王子》如以白话译之，自更佳妙；不知何时可成，甚望早日为之。表现思想，自

---

① 曹伯言整理：《胡适日记全集》，联经出版2004年版；《胡适的日记（手稿本）》，远流出版1989年版；《（影印本）周作人日记》，大象出版社1996年版。

以白话为"正宗"！有时觉得古文别有佳处，然此恐系习惯之故。吾辈所懂，只有俗语；如见文言，必先将原文一一改译俗语，方才了解。（正同看别国语一样；至习惯时，也一样的一见可解了。）俗语与文言的短长，就在直接与间接这一件事。文有"不宜说理"的时候，至于俗语，当然没这样事：也绝不至"宣告大失败"。但有一种哲学思想的诗，中国语似做不好（？）耳。《易卜生主义》读过，实近来少见之大文字。五卷中兄有何著作发表，极欲知之。尊寓地址已记不清楚，此函由校转递。弟于六月底回家，大约九月初可以来京。

八月十八日
周作人

按：载《胡适遗稿及秘藏书信》第29册，第542—545页。信笺天头印有"国立北京大学"篆字。《新青年》第五卷出版时间为一九一八年，本信即该年作。

二

适之兄：

那一天快谈，又承送我《水浒》，① 不胜感谢。《支那学》上说《唯是》是武内寄给青木的，② 可知青木也是一个教员（同志社大学？），不是学生了。武内义雄是京都大学出身的文学士，在北京留学，我曾看见他过一回，现在往河南一面旅行去了，等他回京时一问，可以知道情形。《支那学》第二期已到否？看过后，请也借给

---

① 此指"1920年8月上海亚东图书馆出版新式标点《水浒传》，此书有胡适所作的《水浒传考证》"。见徐雁平《近代中日学术交流考论——以胡适与青木正儿为中心》，《汉学研究》2001年第20卷第2期。

② 《支那学》第一卷第一号第79—80页，介绍黄建中、郑奠、朱毅等人在该年5月5日创刊的《唯是》杂志，提及刊物由武内谊卿（义雄）寄赠。

我一看。

你的身体想已好起来了。我很希望你快全好了，多作诗和文章；现在《新青年》实在冷落极了。

十月十五日，
弟作人。

按：载《胡适遗稿及秘藏书信》第29册，第546页。月刊《支那学》，第一卷第一号于一九二〇年九月出刊。《周作人日记》同年十月九日载："又往钟鼓寺访适之，承赠《水浒》一部。"本信即该年作。

三

你的病想已就愈？我时常想去访你谈天，恐或于你身体不大好，所以终于不果。《支那学》上的那篇批评，豫才想将他译出来；不过此刻还未确定，且看他第三期及以后说的如何再说。不知你以为有译出的价值否？

一一、一二，
作人。

按：载《胡适遗稿及秘藏书信》第29册，第547页。信中"那篇批评"即青木正儿《胡適を中心に渦いてゐる文学革命》，陆续于《支那学》一九二〇年九至十一月第一卷第一至三号刊出，本信即该年作。

四

适之兄：

今日收到来信，并《品梅记》一册。这书里的内容，也大略看了一看。其中除藤井以外，大抵都很恭维梅兰芳，——藤井也称赞他相貌好，——我觉得有点过度；但我于旧剧是完全的门外汉，这是凭了个人的成见而说的,更不能算公平的批评了。我看其中滨田一文似乎最好,他是讲考古学的,所以能够不同"支那文学……教授"什么老人等的偏执。他所说,中国剧宜于野外露天,音乐也不十分刺耳,因为他原是没有剧场时的产物;如今将他关在新式剧场里,自然觉得听了不舒服了。又说,外国的人因好奇的心,或是当作历史上的标本,看中国剧,想保存他,这是别一件事;中国人的不满足于他,想依了新潮流而改造他,在中国也是当然的事。譬如西洋人看了日本古画有趣,多不赞成日本画的西洋化;但在日本画家却也不能因此而不求改变。这些话似乎都说得颇平允。青木还有一本《金冬心之艺术》,不知道已经寄到否?你看过后,可否也借我一看?我本借〔想〕去买,不过现在还不能实行。《品梅记》并青木原函奉还(当于明日由校转送);信中虽然还有几个日本式的汉语,但能够写得如此,也大不容易了。半农的信,已由玄同交与尹默了。

弟作人
十一,十四。

按:载《胡适遗稿及秘藏书信》第 29 册,第 548—549 页。信笺系横式,而周作人竖写,天头印有"国立北京大学"篆字。胡适一九二〇年十一月十八日致青木正儿信云:"周作人先生读《品梅记》,最赞成滨田先生的一篇的议论。我以为周先生的见解很不错。"① 可知本信即该年作。

五

适之兄:

你的信和诗稿都已收到了;但因生病,不能细看,所以也无甚

---

① 潘光哲主编:《胡适中文书信集》,第 1 册,第 423 页。

意见可说。我当初以为这册诗集既纯是白话诗,《去国集》似可不必附在一起;然而豫才的意思,则以为《去国集》也很可留存,可不必删去。

集中《鸽子》与《蔚蓝的天上》等叙景的各篇,我以为都可留存;只有说理,似乎与诗不大相宜,所以如《我的儿子》等删去了也好。

关于形式上,我也有一点意见,我想这回印起来可以考究一点,本文可以用五号字排;又书页可以用统的,不必一页隔为上下两半。书形也不必定用长方形,即方的或横方的也都无不可。

你近作的诗很好,我最喜欢最近所作的两首。

一月十八日　周作人

按:载北京大学图书馆编《北京大学图书馆藏胡适未刊书信日记》,清华大学出版社2002年版,第177页。据字迹,当系鲁迅所写。陈平原以本信考证《尝试集》删定原委,定为一九二一年作,[①] 是。

六

适之兄:

来信敬悉。燕大事甚感盛意。我也颇有试去一看之意,但我知道才力很不够。一因没有办事的力,缺少决断;二因我的英文只有读书力,不够谈话。又现在病还未愈,大约尚费时日;大学方面也有牵连。所以有两件事要请你一问:

一　办事情形及办事时间如何?

[①] 陈平原:《经典是怎样形成的——周氏兄弟等为胡适删诗考(一)》,《鲁迅研究月刊》2001年第4期;又:《经典是怎样形成的——周氏兄弟等为胡适删诗考(二)》,《鲁迅研究月刊》2001年第5期。

二　今年从第几学期起？

三　须兼何种教课否？

要费你与朱先生的心，不胜感谢。

周作人　二月十五日

按：载《胡适遗稿及秘藏书信》第 29 册，第 553—554 页。原信无标点。字迹非周作人典型书体，疑系鲁迅所写。本函回复胡适一九二一年二月十四日来信，即该年所作。①

七

适之兄：

来函敬悉。你发起《读书杂志》，我极赞成，极愿能够有所帮助。不过恐怕我的力量不大够，因为这杂志注重研究，不好用普通的议论或翻译去塞责，而实在的研究功夫，我老实说，现在还很欠缺，《大学月刊》上不曾投稿便为这个缘故；但我总想努力，或者关于日本的东西，可以做一点。

我现在病虽已愈，但因肋膜间积水很久，肺受了迫压，未能复原，所以还在警戒中，不能出外，每日仍是半起半卧，本月内大约不能到校了。病中想了几个题目，想做文章，但是长久不能执笔，恐等到病好可以做事的时候，兴致又早已过去，做不出什么了。

你近来有新诗么？《尝试集》想已编好了。

三月五日
周作人

按：载《胡适遗稿及秘藏书信》第 29 册，第 550—551 页。本

---

① 参见朱正《胡适和鲁迅、周作人兄弟的交往（上）》，《新文学史料》2013 年第 3 期。

函回复胡适一九二一年三月二日来信,即该年所作。①

八

适之兄:

  日前承你到病院里来看我,很是感谢。现在我已经退院,住在香山碧云寺内般若堂西厢,只是连日阴雨,颇气闷耳。此刻也还不能出去,只好在院子中坐,今天日出,或者不至再下雨了。

  你拟何时往上海去?你到上海后,我还有事情要托你呢!

  草草不多写,后日再谈。

弟周作人

  按:载《胡适遗稿及秘藏书信》第29册,第552页。系明信片,正面天头印有"中华民国邮政明信片"字样,署名"六月八日/香山周寄",并有"十年六月八日"邮戳。② 据《周作人日记》,周氏一九二一年六月二日出院,移住香山碧云寺,同月八日"寄适之片";且据所载,自二日至八日确如信中所说"连日阴雨";八日虽有雨,但上午为晴天,亦符合信中说"今天日出,或者不至再下雨了"。因定为一九二一年六月八日作。

九

适之兄:

  现在又有一件事奉烦:现在因经济甚窘,想请设法由世界丛书社借一笔款(二百五十,最好能有三百),我预备编一部《日本文

---

  ① 《胡适来往书信选》编注:"这封信是胡适写在《发起〈读书杂志〉的缘起》上的。"中国社会科学院近代史研究所中华民国史研究室编:《胡适来往书信选》,社会科学文献出版社2013年版,第94页。

  ② 正面未影印,据胡适纪念馆数位影像(档号:HS-JDSHSC-1461-007)。

学史》，或《小说译丛》之二，大约十万字，期于暑假中［中缺］①能为一帮忙否？如可，还望能早点弄到。［下缺］

  按：中国社科院近代史所藏（档号：HS-JDSHSC-2019-006）。残信，存一张。信笺左下栏外印有"唐人写经格"字样。信中"《小说译丛》"指一九二二年六月出版的《现代小说译丛（第一集）》，这时拟编第二集。第一集序言写成于一九二一年十二月廿二日，同月十二日《周作人日记》载"收世界丛书社来洋四百元"，廿三日"以小说集稿交适之"，皆是此书。又一九二二年四月三十日日记："着手编理《日本小说集》"，同年八月十六日"收世界丛书社洋二百廿五元，外扣还适之二百元"，则是《现代日本小说集》事。本函尚不确定编著之书，应作于"着手编理《日本小说集》"之前。自一九二一年十二月廿三日第一集交稿后，至编理《日本小说集》间，《周作人日记》仅一九二二年四月廿八日有寄适之函的记录，因定为此日作。

十

适之兄：

  现在有一件事奉烦：同乡老朋友张梓生君在商务办事，觉得"食少事烦"，想换一较好的职务，闻馆中需用一人专管《努力》的校对等事，不知目下已否定妥，可否请一为推荐，张君甚沉静精细，当可胜任，于他自己也可较适。如何请费心酌办。

十二月十九日，
作人。

  按：载《胡适遗稿及秘藏书信》第29册，第555页。信笺亦系"唐人写经格"笺。王梓生（1892—1967）于一九二二年入

---

① 此处原件残损，有六七字空间。

职商务印书馆,任《东方杂志》编辑。① 《努力周报》为胡适等人在京自办,一九二三年停刊。后筹办《努力月刊》,该年十二月为此与商务印书馆签约,筹办数月,终于未能出版。② 本信所谓《努力》当指后者。据《周作人日记》,一九二二至二四年的十二月十九日,仅一九二三年有寄"适之"函的纪录,因定为一九二三年作。

一一

适之兄:

上礼拜见报载已由大连返京,往访一次,始知系误传。今有请者,潘君渊前有 Virgil 译稿一件由我代送上,想请收在丛书内,后因内容太少,拟补译《希腊牧歌》一部分,合成一书,唯因事尚未成功。现在潘君想应留欧考试,拟呈请免去全部或一部分试验,就把那译稿当作成绩之一种,可否请费心为一检出,交我转还为荷。本想往访闲谈,顺便说及,唯日来天气不好,少可以出门之机会,特先为函托。

八月十九日,作人。

按:载《胡适遗稿及秘藏书信》第 29 册,第 556—557 页。信笺亦系"唐人写经格"笺。《胡适日记全集》中《一九二四年的年谱》载,"七月底到大连讲演四次",整个八月在丁文江北戴河的家。《周作人日记》同年八月十二日载,"下午企莘(潘渊字)来",隔日"往访适之,不值",又十八、十九两日皆雨。皆与本函相合,因定为一九二四年作。

---

① 王春森、许兰芳编著:《鲁迅新闻观及其报界缘》,江苏大学出版社 2012 年版,第 248 页;转引自孙兴武《张梓生与〈申报年鉴〉》,硕士学位论文,扬州大学社会发展学院,2019 年,第 118 页。

② 耿云志:《胡适年谱》,福建教育出版社 2012 年版,第 126—136 页。

一二

适之兄：

在报上见你致王正廷君信的断片，知道你很反对这回政府对于清室的处置。我没有见到全信，不能知道你的意见的全部，但是我怕你不免有点为外国人的谬论所惑。在中国的外国人大抵多是谬人，① 不大能了解中国（当然是新的中国），至于报馆中人尤甚：例如《顺天时报》曾说优待条件系由朱尔典居中斡旋而议定的，这回政变，恐列国不能赞同云云，好像言之成理，其实乃是无理取闹的话。倘若那条件真是由朱尔典与列国担保，那么复辟的时候他们为什么不出来说话，难道条件中有许可复辟的明文吗？那时说这是中国内政，不能干涉，现在怎么可以来说废话？总之这些帝国主义（这里要模仿一句时髦的口吻）的外国人都不是民国之友，是复辟的赞成人，中国人若听了他们的话，便上了他们的老当。清室既然复过了辟，已经不能再讲什么优待，只因当局的妇人之仁，当时不即断行，这真是民国的最可惜的愚事之一。在清室方面倘若有明白的人，或是真心同情于溥仪君的外宾，早就应该设法自己移让，不必等暴力的来到。在民国放着一个复过辟而保存着皇帝尊号的人，在中国的外国报纸又时常明说暗说的鼓吹复辟，这是怎么危险的事。这时候遇见暴力，那是谁的责任？不是当初姑息的当局（段芝泉君），不知自重的清室，以及复辟派的外国人，还有谁呢？这次的事从我们的秀才似的迂阔的头脑去判断，或者可以说是不甚合于"仁义"，不是绅士的行为，但以经过二十年拖辫子的痛苦的生活，② 受过革命及复辟的恐怖的经验的个人的眼光来看，我觉得这

---

① "多"原作"都"，后修改。
② 此句"经"原作"度"，"生活"原作"经验"，后修改。

乃是极自然极正当的事,虽然说不上是历史上的荣誉,但也绝不是污点(在段芝泉君也应感谢,因为这也算是替他补过),在这一点上我觉得不能和你同意。我不是反帝国主义同盟员,却也不是讲仁义的理想家,我想孔老先生所说的以直报怨最为不错,所以对于清室问题是这样的看法。我与清室及国民军均无关系,不想为那一方面辩解,只是直抒所感,写给你一看罢了。

作人 九日①

按:载《胡适遗稿及秘藏书信》第29册,第558—560页。胡适致王正廷函作于一九二四年十一月五日,同月十日、十二日胡适两次回复周作人本函。故定为一九二四年十一月九日作。

一三

适之兄:

惠函敬悉。我那封信本想写了发表,借以骂《顺天时报》,后来不用这个形式,只寄给你看,所以不大像一封信,而且里边大约不少"感情分子",因为我最怕复辟,别的政变都没有什么,故对于复辟派的外国人(《顺天时报》时说民主不适于中国,最近【间接看见】《京津泰晤士》说中国应回复民国以前状况)以及罗振玉等遗老很有反感,虽然对于满人(觉得有些地方似比汉人更有大陆国民气概)特别溥仪君是很有同情的。

山中来信念及我们的《骆驼》,甚感。徐君在南方生病,张君也进了医院,印刷更不能进行,恐怕这要比八大处旅馆的那一只更瘦了。但我们另外弄了一个发言的机关,即可出版,就是我那一天对你说过的小周刊。"慨自"《新青年》《每周评论》不出以后,攻

---

① 文末画掉一行字:"再此信抄给晨报社,或者发表一部分也未可知,并及。"本函大意又见周作人《清朝的玉玺》,初刊《语丝》1924年第一期。

势的刊物渐渐不见,殊有"法统"中断之叹,这回又想出来骂旧道德旧思想(即使王永江为内务部尚书也不管他),且来做一做民六议员,想你也赞成的吧。

十一月十三日,作人。

按:载《胡适遗稿及秘藏书信》第 29 册,第 561—562 页。本信与前信相续,孙玉蓉定为一九二四年作,①是。

一四

适之兄:

常想一走访,因事总未如愿。顷得汪静之君来信,要《李白与其诗》的稿子,请便中检出交我(或留在一院国文教授会),以便转寄,为荷。

五月二日,作人。

按:载《胡适遗稿及秘藏书信》第 29 册,第 563 页。信笺绘有花朵两枝,左下印有"大阪 柳亭笺"字样。一九二五年五月一日汪静之致周作人函:"我在杭州寄你的几首诗和《李白与其诗》,现在急待要用,望速为寄下,至盼!至盼!"②可知本信即该年作。

一五

适之兄:

绍原近状似颇窘,唯我们亦殊苦无"救济"之方。他的《礼部文件》我觉得颇有价值,现绍原虽有编集之意,但亦未能弄得到钱,不知兄能为向亚东一问乎?如能卖一笔款,或不无小补,此外

---

① 孙玉蓉:《谈骆驼社〈骆驼〉和〈骆驼草〉——考证〈周作人致胡适〉信的写作年代》,《新文学史料》2000 年第 3 期。
② 北京鲁迅博物馆鲁迅研究室编:《鲁迅研究资料》第八辑,天津人民出版社 1981 年版,第 51 页。

我实在想不出别的方法了。

廿九日
弟作

按：载《胡适遗稿及秘藏书信》第 29 册，第 600 页。信笺系影摹《梅花喜神谱》卷上《兔唇》书版。一九二六年七月五日江绍原致周作人函："日前在考古学会成立会会场，遇见适之先生，据说先生有信给他，讲礼部文件出版事。"① 所谓"考古学会"，是指同年六月三十日中日共同成立的"东方考古学协会"，② 江绍原应即在此会上遇见胡适，可知本信为一九二六年六月二十九日作。

一六

适之兄：

久不通信，并非事忙，实在只是懒而已。去冬兄来北平，我们有些人都劝兄回来，我亦是始终这样想，所以写这一封信，开宗明义是希望兄回北平来，回大学仍做一个教授，当系主任，教书做书。昨天报载沪党部有什么决议，对于这件事如乐观说不会有什么，自然也可以，又如愤慨说，应该抵抗，自然也应当，不过我想，"这个年头儿"还是小心点好，Rabelais 说得对，"我自己已经够热了，不想再被烤"。我想劝兄以后别说闲话，而且离开上海。最好的办法是到北平来。说闲话不但是有危险，并且妨碍你的工作，这与"在上海"一样地有妨碍于你的工作，——请恕我老实地说。我总觉得兄的工作在于教书做书（也即是对于国家，对于后世的义务），——完成那《中国哲学史》《文学史》，以及别的考据工

---

① 张挺、江小蕙笺注：《周作人早年佚简笺注》，四川文艺出版社 1992 年版，第 324 页。

② 《顾颉刚日记》，第一卷，联经出版 2007 年版，第 762 页。

作(《水浒传考》那一类)(关于这一点我与陈通伯先生同一意见)。而做这个工作是非回北平来不可,如在上海(即使不再说闲话惹祸祟),是未必能成功的。我常背地批评你,说适之不及任公,因为任公能尽其性而适之则否。任公我承认也是很有天才的人,但外国文与(新?)思想总稍差,他的成绩的最大限度恐怕不过如现在那样,即使他不做财政司法总长及种种政治活动。适之的才力只施展了一点儿,有许多事应得做,而且非他不可,然而他却耗费于别的不相干的事情上面。这些不敬的话对玄同就说过好几次,现在直接奉告,请你不要见怪(还有别的,例如说我如做了卫戍司令,想派一连宪兵把适之优待在秘魔崖等谬论)。总之,我想奉劝你回北平来教书,这是我几年来的意思,一直不敢说,现在因为听见报上所记消息的机会胡乱写这一封信。我自己觉得有点踌躇,这未免有交浅言深之嫌吧?我仿佛觉得"有",又觉得没有。假如所说的话有些过分的地方,请你原谅。万一不无可取,希望兄能够毅然决然抛开了上海的便利与繁华,回到萧条的北平来,——在冷静寂寞中产生出丰富的工作。我自己觉得近来更老朽了,喜欢叫人刻点图章,看了好玩,下面且印一两个呈览。小儿丰一今夏在孔德中学部毕业,日前往东京留学去了,——我觉得自己之渐益老朽更是当然了。匆匆不尽,诸祈珍重。

十八年八月三十日,作人。

按:载《胡适遗稿及秘藏书信》第29册,第571—575页。署名下钤"山上水手""凤凰专斋"二朱文方印。"十八年",即一九二九年。九月四日胡适回信见《胡适中文书信集》。八月三十一日,周作人致江绍原信亦述及劝胡适返北平教书之意,该信载《胡适遗稿及秘藏书信》第29册,第621—623页,当亦由江绍原转给胡适。此信未见刊布,兹一并识读如下。

绍原兄:

廿四日来信已收到。《粤歌一斑》既承编者雅意叫我做序,我当然愿意写，不过怕一时写不出，要耽搁些日子耳。陶元庆君去世，亦已闻之，此君的画不知究竟如何，我觉得自己系完全外行，一毫不懂，故历来未曾请其画一封面，而世上哗然赞美之，其实那提唱赞美的人（,）其不懂艺术盖亦不下于不佞也。浙江停办医专，闻系因该校学生反对过蒋部长之故，现今要停而改大，大部之盛意可感哉！中国事离奇不可思议，如读《三国演义》及《聊斋》。近日买到一本 Thompson 的《魔鬼史》，空论多而切实的论断少，殊不满足，唯此公佩服 Miss Murray 从人类学见地研究之《西欧的魔术》（此书前亦已买来），对于 Summers 教士之《魔术史》颇加挖苦，此则稍可取耳。又买一本 Frazer 博士的《人、神及不死》，系从所著各书中摘录的文章，可以见他对于许多研究的结论，殊可喜。前见张孟闻君有一册，系美国版（价美金三元），因托书店往英国去买，买到后一看，纸张印刷果然好了不少，但价亦大贵，乃须十五先令，连邮费及贴水总须洋九元之谱，然而书的样子到底好看多了。北大前途尚茫然，其实如十月开学亦复大佳，大家可以多休息几天。北平天气大凉，今晨非穿厚夹袄不可，已完全是秋天了。小儿丰一在孔德中学部毕业，日前同了两三个同学往日本留学去，——想到子女渐渐长成，不但益感到为父母之责任，且亦更明白地意识到自己之老朽亦甚矣。匆匆。

八月三十一日，作人。

【昨写一封信给适之，劝他回北平来"教书做书"，勿管别事，此信久想写，而觉得交浅言深，久不果写，近见沪党部对他有所表示，故借此机会劝他归山，但不知能有若干效力否耳。又及。】

一七

适之兄：

数月来不通讯，忽然过年了，想必起居佳胜为慰。看现在情形,今年有可回北平来之形势否?晴天香炉雨天酱缸,迄无改变,但我想亦无害于我辈之读书谈天,故颇望兄能惠然肯来,——如要等北平的物质文明改善,则与河清难俟同也。有友人拟从英文翻译《天方夜谈》,分册出书,但苦无处出版,不知兄能为费心一问商务印书馆要人,能任此出版工作否?如或可以,当再令商议条件办法。此书有奚若译本,虽尚佳,终嫌系用古文,与原书不称,且又太简略(似系根据 Lane 译本之节本),今如能有较多之译本出世,亦一佳事。近一年来在北京毫无善状可以奉告,文章简直不曾做,不过偷闲读一点杂书,稍广见闻而已。去冬十一月次女若子病故,心情恶劣,至今未能安心读书,自思对于死生别无甚迷执,唯亲子之情未能恝然,内人尤不能忘情,亦属无如何也。闻今年将大开言路,而我现在觉得并无话欲说,可谓辜负好时光矣。匆匆不尽,顺颂 近安。

一月五日,作人。

按:载《胡适遗稿及秘藏书信》第 29 册,第 576—578 页。周若子病故于一九二九年十一月,① 信封背面有周作人发信章"中华民国十九年正月五日",② 因定本信于一九三〇年作。

一八

适之兄:

承示尊论,甚快慰。近六七年在北京,觉得世故渐深,将成"明哲",一九二九几乎全不把笔,即以前所作亦多暮气,偶尔重阅,不禁怃然,却亦觉得仍有道理,——另封附呈《永日集》一

---

① 周作人:《若子的死》,钟叔河校订:《周作人散文全集》,广西师范大学出版社 2009 年版,第 5 卷,第 582 页。
② 信封未影印,据胡适纪念馆数位影像(档号:HS-JDSHSC-1460-003)。

册,其中《闭户读书论》请读之以供一笑。日前在道傍摊上蒐得民国"符牌"若干,颇有珍品,上面拓呈一枚,盖系贿选时物,大有宝存价值,其他亦有佳者,但恨多系珐琅,不能椎拓耳。北平渐有春意,何时再来此地,共喝酒谈天乎?匆匆,不尽。

二月一日,作人。

按:载《胡适遗稿及秘藏书信》第29册,第579—580页。信笺系荣宝斋所制,二张分别为齐白石所画菜根笺、石榴笺,即《北平笺谱》第五册第一、第五种。署名下钤"江南水师出身"白文方印。上款下方所拓朱文"符牌",外圈为"中华民国十二年十月纪念",内为直行"总统选举会"。《周作人日记》一九三〇年二月一日载:"寄适之《永日集》一册",①且发信栏有"适之",本信即该日作。

一九

适之兄:

明日(十二日)下午六时在苦雨斋招几个熟人吃便饭,祈赐光临,如能早来闲话更佳,匆匆。

六月十一日,作人。

按:载《胡适遗稿及秘藏书信》第29册,第565页。信笺系荣宝斋所制,绘有花卉,框内左下印有"猿臂"字样。《周作人日记》一九三〇年六月十一日载:"函约适之、玄同、幼渔、隅卿、耀辰、平伯、绍原明日晚食(又半农共八人)。"因定为一九三〇年作。

---

① 该书现藏北京大学图书馆。北京大学图书馆、台湾"中央研究院"近代史研究所胡适纪念馆编纂:《胡适藏书目录》,广西师范大学出版社2013年版,第469页。

二〇

适之兄:

前次来北平,知兄甚忙,又系寄寓,未曾奉访,拟俟定居后再去谈天。昨听玄同说,知已由上海回来,特先此奉候,再过几时当走访也。匆匆。

十二月三日,弟作人启。

按:载《胡适遗稿及秘藏书信》第 29 册,第 581 页。信笺右上栏外印有"仿苍颉篇六十字为一章",左下栏外印有"曲园制"字样。《胡适日记》一九三〇年十一月廿八日:"在上海住了三年半,今始北行",同月三十日抵达北平。《周作人日记》同年十二月三日发信栏有"适之",因定为一九三〇年作。

二一

适之兄:

手书读悉,承代写介绍信,至感。坪内之译本我没有,只在初出 Hamlet 时曾一看,但已在二十年前了。日本无押韵之诗,只是限字数,有 rhythm,即是诗了,所以坪内之译并不是诗(中国所谓诗必叶韵耳)或"韵"文,形式仍是散文,但用近古时代"音曲"中用语,与现代白话文稍不同。中国译是否可用韵文尚未考察,但"直觉"地感到恐欠自然亦未可料。新制落伍的信笺,请览。

二月六日,作人。

【南齐刻石世不多见,此铭出在吾乡,故据手拓本钩勒刻木,但此刻兼有地方观念,并不单是普通落伍而已。】

按:载《胡适遗稿及秘藏书信》第 29 册,第 582 页。信笺中部印《吴郡造维卫尊佛背题字》双钩字三行云:"齐永明六年太岁/戊辰于吴郡敬造/维卫尊佛",左下印"中华民国二十年/一月煅药庐制笺"字样,即周作人自制的所谓"永明笺"。署名下钤"煅药庐"朱文长方印。信笺既系"新制",故定为一九三一年作。

二二

适之兄:

　　手书敬悉。因程君住所门牌两个码子记不清楚,未能寄去,昨晨始亲往面交,日内程君当去奉访,祈"进而教之"。程君于了理原文原义甚可胜任,唯对于译事(白话译书)恐无经验,尚需请兄从各方面各问题加以指导。校读一事,因系哲学书,弟不能胜任愉快,鄙意似不如由贵会仍用英译对校一下(兄如能自任最佳),或有一二疑问处再请原译者(或弟亦可帮忙)查勘,似较方便也。未知尊意如何?考卷阅了后拟去谈。匆匆。

　　　　　　　　　　　　　　　　　　　　作人
　　　　　　　　　　　　　　　　　　　六月廿三日

　　按:载《胡适遗稿及秘藏书信》第29册,第586—587页。信笺亦系"永明笺",则此函当作于一九三一年及其后。信中"程君"当为程鹫,一九三四年十二月刊行《中华教育文化基金董事会第九次报告》记:"前请程鹫先生从希腊文翻译亚里士多德(Aristotle)之著作,已成《精神论》(*De Anima*)一种。去年程君赴日本养病,同时搜集希腊文书籍,并与日本学者商酌翻译古书事业。现程君决定先译柏拉图之作品,已译成者有梭格拉底对话(*Socratic Dialogues*),现由周作人先生校正。"① 《精神论》之译成,载《第

---

① 《中华教育文化基金董事会第九次报告》(1934年12月),第18b页。中基会报告仍存古籍一页二面的样式,此以a、b表示一页之上、下面。

七次报告》,即一九三一年七月至一九三二年六月间,① 该书亦曾送周作人校阅。② 本信说程君"对于译事(白话译书)恐无经验",则此时应在译《精神论》。《周作人日记》一九三一年未影印,一九三二至一九三四年的六月廿三日,均无致信胡适的记录,故本信当作于一九三一年。

二三

适之兄:

　　内忧外患中无事可做,符、咒、仪式、祷告都不喜参加,又不能真真荷戈出塞,结果只得且没落,看看书而已。一看看到《王右丞集》(《四部丛刊》单行本),见第三卷有《与胡居士皆病寄此诗兼示学人》二首,下注"梵志体",这岂不是那个王梵志吗?便以寄给胡居士,顺颂

　　近安

作人启。九月二十五日

　　按:载《胡适遗稿及秘藏书信》第29册,第602页。信笺系影摹宋版《鬳斋考工记解》卷上,第33a页。上款下钤"哑人作通事"白文长方印。胡适于一九三一年九月二十六日回信,因定为一九三一年作。

---

　　① 《中华教育文化基金董事会第七次报告》(1932年12月),第33a页。中基会每年度报告记录前一年七月至当年六月的成果,下辖编译会亦仅报告该年度成果。

　　② 程衡一九三一年二月六日致胡适函:"亚里士多德《精神论》原稿已完,谨遵前嘱于昨日先送呈启明先生校阅"(中国社科院近代史所藏,档号:HS-JDSHSC-1852-008)。

二四

适之兄：

　　近作一小文，因读《四十自述》而引起的，故其中词连老兄，特附呈一纸，请于闲中一阅。或者此时兄尚未回平，姑先呈座右以备高览。匆匆不悉。

十月十五日，作人。

　　按：载《胡适遗稿及秘藏书信》第29册，第593页。信笺绘有蜻蜓岩石。朱正以为信中提到的"小文"是一九三五年五月刊于《独立评论》一五一号的《关于孟母》，故定为一九三五年，① 但时间与内容均明显不合。今按当为一九三一年十月十一日所作《案山子》，此文以《四十自述》开篇，文末又云："今天写完此文，适之想正在玩西湖罢，等他回北平来时再送给他看看去"，② 均与本信相符。因定为一九三一年作。

二五

适之兄：

　　《新月》叫我做纪念志摩的文章，我不敢不勉，只是心思散乱，还没有写出，大约十五总可以送过去罢。昨日想写一答给《新月》，而该送至羊市大街的却写了马市，恐怕要寄不到，所以告知老兄一声，希便中转达为荷。匆匆。

十二月十三日，作人

　　按：载《胡适遗稿及秘藏书信》第29册，第589页。信笺上

---

① 朱正：《胡适和鲁迅、周作人兄弟的交往（下）》，《新文学史料》2013年第4期。

② 周作人：《案山子》，《周作人散文全集》第5卷，第775—780页。

部印"龟鹤齐寿"字样圆形古币拓片，右下侧印"起明所拓"印记，下部印"民国二十年五月苦雨斋制"字样。署名下钤"案山"白文方印。徐志摩于一九三一年十一月十九日遇难，周作人《志摩纪念》写于次月十三日，① 因定为一九三一年作。十二月十五日胡适回信，载《胡适中文书信集》。

二六

适之兄：

手书诵悉。志摩纪念小文已于十四日送交新月书店，想已由谢先生为转寄去了。此文写得不好，大体只是"套"兄在追悼会所说的话，而又说得朴素，不过因为志摩喜说老实话之故，觉得这样也还切题耳。再谈。

十九日，作人。

按：载《胡适遗稿及秘藏书信》第 29 册，第 588 页。信笺亦系"永明笺"。承上通，同作于一九三一年十二月。

二七

适之兄：

久想奉访，因有俗事相商，恐有座客不便说，故迟迟至今。附呈稿一本，此即俗事是也。书名拟为《希腊拟曲》，内计 Herodas 七篇全，Theocritus 五篇（二人均系中国周赧王时人，而有此作品，亦可异也），共十二篇，均根据原文，参照二三英译本，译成散文，至昨始将本文抄毕。全部连序文在内大约四万字，实只区区一小册子，唯自审在所有译著中此书最为有价值有意义，费时费力亦最多，惜不投时好，如交书店出版必不能多销，故遵照兄前此所说，

---

① 周作人：《志摩纪念》，《周作人散文全集》第 5 卷，第 813—816 页。

拟送给尊处,请一赐阅。但此稿初抄成,尚未校过,且注中因等参考书(Hans Licht 的大著,唯英译价须四十二先令,数日内须从邮局去取来),亦有未完处,序及例言亦未下笔,拟于月内成之,故原稿阅后仍望掷下,以便补入。拟曲第六中有不雅驯处,因兄前言直译不妨,如命办理,不知何如?阅后请赐批评,洗耳以竢。关于此俗事之具体办法,或示知或日内见时面说,均无不可,祈酌量。今晨到北大监考,或恐无暇晤谈,写此代面。匆匆,顺颂起居佳胜。

六月十五日,作人启。

按:载《胡适遗稿及秘藏书信》第 29 册,第 566—569 页。信笺亦系"六十字"笺。首张左侧栏外钤"煅药炉"白文方印。《周作人日记》一九三二年六月十五日载:"上午往北大考试,以《拟曲》交适之去看。"本信即当日所作。

二八

适之兄:

"俗事"承费心。款已照收到。久想奉访闲谈,至今未果。下礼拜内,如开会事了,兄稍有闲,拟去谈天,日后当再由电话奉询。秋心(梁遇春君)忽作古人,甚可叹惜,废名和他交甚深,故益颓丧。匆匆。

七月一日,作人启。

按:载《胡适遗稿及秘藏书信》第 29 册,第 607 页。信纸右上印"会稽周氏摹熹平元年砖文",中间摹印砖文"汝南髡钳"空心大字,即所谓"髡钳笺",为周作人一九三二年二月底所制。①《周作人日记》一九三二年六月廿六日载:"梁遇春君于昨日死

---

① 王风、夏寅整理:《刘半农书简汇编》,《中国现代文学研究丛刊》2021 年第 8 期。

亡",同年七月一日发信栏有"适之",又信中"俗事"即前通信函《希腊拟曲》事,因定为一九三二年作。

二九

适之兄:

久不见,常想奉访谈天,亦终不果,近日因有小小公事须一面谈,亦未得便,故先写此信,但日内总须见面一说才能清楚也。

一 守常长女李星华(现在孔德学院肄业)来说,守常遗书出卖,此事曾与兄及孟邻校长说过,唯近来寄存书籍的亲戚家就要搬走,而李家家况亦甚窘苦,想早日卖掉。① 孟邻曾提议由大家集款卖[买]下,寄赠于图书馆(?)以作纪念,或比较由学校收买更易办亦未可知,希望兄为帮忙,为向孟邻一说,早点想一办法以了此事。(闻书目已由守常内侄杨君抄交孟邻矣。)

二 本年一月底由弟代交涂序暄君译稿一份(系 Lady Gregory 剧本),其时系在基金会,其后因兄即南下,故未取回,可否请为检出交下,或由北大收发课直接送还涂君(住禄米仓廿七号)亦可。

暑假中常生小病(Nasal Catarrh),什么工都不做,《新月》的文章早答应了叶先生,至今未动笔,《独立》投稿亦还是"知易行难"也。春间在辅仁讲演,学生录稿付刊,不久可成,当呈请教正,题系《中国新文学的源流》,大旨是表彰公安竟陵派,"但恨多谬误",尚望叱正者也。匆匆。

八月廿六日,作人。

按:载《胡适遗稿及秘藏书信》第29册,第590—592页。信笺亦系"髦钳笺"。信封背面有寄信日期章:"中华民国廿一年八

---

① "卖掉"原作"了结",后修改。

月廿六日",① 即一九三二年作。

三〇

适之兄：

讲演录刊成呈政，"愿安承教"。其中意见本已谬误百出，校对不佳又加多十出了，抄稿曾一"校"阅，印刷则未看也。关于桐城派的知识太少，颇想用一番功，惜一时无此闲暇耳。草草顺颂　公安

　　　　　　　　　　　　　　　　　　　　作人　九月十三日

　　按：载《胡适遗稿及秘藏书信》第29册，第608页。信笺亦系"髡钳笺"。此信承前函语意，"讲演录"即《中国新文学的源流》，于一九三二年九月十日出版。因定为一九三二年作。

三一

适之兄：

（1）程衡君薪水事前已找过蒋王二公，据云由哲学系张主任通知注册部送至八月止［兄前说可送三个月，至十（？）月止］，中间一部分又须换发欠薪凭单，只馀百六十馀元可得，此次应领八十元云。当时弟即退出，可否请兄再同张先生一说（即三个月份事），并代恳蒋王二公特别通融多发，至感至感。（本学年程君在外国语文学系亦有功课，虽因病或未上课，如能为计算在内，则更佳，虽似稍属例外，可否乞酌之。）

（2）留法萧君（石君）译《耶稣传》稿已从徐耀辰君处取来，兹附上，并非全份，只数章耳。

（3）贵邻居杨慧修君（晦）拟译书嘱代问，兹拟请其"直接交涉"，祈赐引见为荷。（杨君住米粮库十八号。）

---

① 信封未影印，据胡适纪念馆数位影像（HS-JDSHSC-1460-004）。

(4)前奉恳于阴历年底预支之二百元,希望能于本星期内付下是感。

以上几件公私夹杂的事,不及商谈,专此奉陈,顺颂近安

作人启
一月十七日

按:载《胡适遗稿及秘藏书信》第29册,第604—605页。信笺亦系"髧钳笺",则本信当是一九三三年及其后所作。《周作人日记》一九三三年一月十七日发信栏有"适之",且前一日"下午慧修来谈",同月十九日"下午得文化基金编译会送来预支二百元"。皆与本信符合。又一九三四年十二月刊行《中华教育文化基金董事会第九次报告》云:"去年程君赴日本养病",① 亦合。因定为一九三三年作。

三二

适之兄:

今有事奉烦,拟至库面谈,因躄脚未堪多走路,故以信代之,请鉴原。

一 有友人李君(燕大出身,曾办未名社,刊行二三译著)来信嘱介绍,虽已以听说未必收新添之稿覆之,但不得不为一转达,兹将原信附呈,乞察阅见覆以便告知李君为幸。

二 《希腊神话》前曾预支四百元,到近来始着手译述,统计全文约八万字,大约中秋前后可以完毕。在阴历四月底当先交去一万五或二万字,希望能于端午以前再支一百至二百元,乞费心,因有多少书籍等款须付,而学校的钱恐尚领不到也。匆匆不尽。

五月九日,作人启

---

① 《中华教育文化基金董事会第九次报告》,第18b页。

按：载《胡适遗稿及秘藏书信》第 29 册，第 583—584 页。信笺系"永明笺"，信中"李君"即李霁野。李霁野致周作人信，载《胡适遗稿及秘藏书信》第 29 册，第 585 页，併录于下。李霁野信笺印有徐石雪画竹。刘明辉据《周作人日记》定周、李二函为一九三三年作，① 是。

启明先生：

前些时将以前一部译稿续译完了，竟有四十万字之多，使我对于找书店老板的事，觉得很是为难。听说胡适之先生主持的文化基金会，是可以收买大部稿子的，但和他一点也不相识，不便寄去。译文幼稚生硬，自己是知道的，但想寄给他看一看，不知先生可以向胡先生绍介一下，问问他愿看看这译稿否？原书是：Charlotte Brontë 的"Jane Eyre"。敬祝

近好

霁野上

五月三日

三三

适之兄：

两次手书均诵悉。程衡君事多承照拂，至感。程君译文或不无生硬处，当请其多加注意，润文一事弟亦欲效力，不过才力薄弱，又易迁延，不知能有若何效果耳。《病榻梦痕录》如标点重印，弟愿写一小文，大约只二三千字而已，此书出版想尚早，这篇文债不妨且认下也。匆匆容再谈，顺颂　近安

作人启。

---

① 刘明辉：《新发现的李霁野致茅盾信及茅盾〈简·爱〉未刊译稿》，《鲁迅研究月刊》2018 年第 12 期。

十二月廿九日

按：载《胡适遗稿及秘藏书信》第29册，第611页。信笺印有齐白石画蟹。胡适一九三三年十二月廿八日致周作人信云："前日在北大讲演传记文学，说二千多年的传记，可读者只有两部：一为汪龙庄的《病榻梦痕录》，一为王白田的《朱子年谱》，吾兄以为然否？此二书拟属亚东标点翻印。龙庄为绍兴先正，吾兄能作一序否？"①《周作人日记》同月廿九日记录复胡适信，均与本信相合。又《胡适日记》同月廿三日载："与程衡先生一书，论翻译。我说，古人说翻译如嚼饭哺人，嫌其失原味；但婴孩与病人不能下咽，咀嚼而哺之，虽失原味，还有救饿之功德。今不加咀嚼，而以硬锅巴哺人，岂不更失翻译原意了。"盖即周作人信中所谓"照拂"程衡。因定为一九三三年作。

三四

二十三年一月十三日偶作（仿牛山体）

前世出家（家中传说吾系老僧转生）今在家，不将袍子换袈裟。街头终日听谈鬼，窗下通年学画蛇。老去无端玩骨董，闲来随分种胡麻。旁人若问其中意，且到寒斋吃苦茶。

尹默戏和（十五日）

两重袍子当袈裟，五十平头等出家。无意降龙和伏虎，关心春蚓到秋蛇。先生随处看桃李，博士平生喜苴蓏（案半农有桐花芝豆馆打油诗）。这种闲言且休说，特来上寿一杯茶。

案打油诗的远祖恐不得不推梵志寒山，但多系五言，若七言诗似只得以《牛山四十屁》之志明和尚为师矣，最近乃有曲斋（半农）焉。以上诸人均不敢仰攀，不得已其维牛山乎，此公门墙不

---

① 按此信仅见耿云志：《胡适年谱》，第179页。

峻,尚可容人窥探,然而敝斋缺少桐子花生等油材,终于不大打得成,录呈一笑。作。

按:载《胡适的日记(手稿本)》一九三四年一月十七日。信笺亦系齐白石画蟹。署名下钤"苦茶庵"朱文方印。原诗无标点。《周作人日记》同月十六日发信栏有"适之",因定为此日作。胡适十七、十八两日各和一首七言、五言八韵打油诗,亦见十七日胡适日记。

三五

双圈大眼镜,高轩破汽车。从头说人话(刘大白说),煞手揍王巴(谬种与妖孽)。文丐连天叫,诗翁满地爬。至今新八股,不敢过胡家。

天风先生自嘲诗只四韵,勉为续貂,庶合成五言八韵云尔。

廿三年一月十九日,苦茶。

按:载《胡适的日记(手稿本)》一九三四年一月二十日。信笺亦系"六十字"笺。原信无标点。承上通,亦系一九三四年作。据《胡适日记》,周作人此诗是续胡适十八日《再和苦茶先生的打油诗》:"老夫不出家,也不着袈裟。人间专打鬼,臂上爱蟠蛇。不敢充油默,都缘怕肉麻。能干大碗酒,不品小钟茶。"

三六

适之兄:

大驾北返后拟奉访亦终未果,甚怅怅。拙译《希腊拟曲》日前承编译会送来五册,知已印出,甚喜,唯本子太大,字太小太密,与内容不甚适宜,其实此种小玩意宜于小册疏行也。弟译此文已是失败,犹如在古希腊像上着上一件蓝布大衫,而今又加上玄色布马褂,则岂不十足成为乡下老头子拜岁图也,想同一笑。报载兄拥护

废历新年之意见,甚为赞同,惜未能写一小文论之。匆匆不多书,
　　　顺颂
　　近安

二月廿六日,作人启。

　　按:载《胡适遗稿及秘藏书信》第29册,第613—614页。信笺印有齐白石画虾。朱正定为一九三五年作,误。① 《周作人日记》一九三四年二月廿一日:"得文化基金会函,送印成《希腊拟曲》五部来",同月廿六日发信栏有"适之",均与本信符合,因定为一九三四年作。

三七

适之兄:

　　日前又作打油诗一首,别纸抄呈。中有重复字及未妥处,故真是未定草也,咬大蒜乃是黎公劭西典故,低头亦是成语,遂至与光头相碰,不及另改。匆匆。

三月五日,作人。

　　半是儒家半释家,光头更不着袈裟。中年意趣窗前草,外道生涯洞里蛇。徒羡低头咬大蒜,未妨拍桌拾芝麻。谈狐说鬼寻常事,只欠功夫吃讲茶。

　　廿三年三月一日叠前韵录呈

　　天风堂主人,以发一笑。

苦茶庵未定草

　　按:载《胡适的日记(手稿本)》一九三四年三月五日。信笺

---

　　① 朱正:《胡适和鲁迅、周作人兄弟的交往(上)》,《新文学史料》2013年第3期。

系王振声（1842—1923）所制，右上印有"何时一樽酒　重与细论文"字样，中间印绘酒壶及书册，见《北平笺谱》第三册。原诗无标点。①"廿三年"，即一九三四年。

三八

曲庵自题画像

名师执笔美人参（画者王悦之连画三日，金耐先女士均来参观，并指改数笔），画出冬烘两鬓斑。眼角注成劳苦命（眼角下垂，相者言应劳碌一世），头颅未许窦窌钻（方头，故不宜钻狗洞）。诗文讽世终何补，磊块横胸且自宽。蓝布大衫偏窃喜，笑看猴子沐而冠。

知堂奉和原韵

宝相庄严许拜参，面皮光滑鬓毛斑。眼斜好显娥眉细，头大难将狗洞钻。脚下鱼鳞方步稳（公曾着鱼皮鞋子），壶中芝豆老怀宽（公著有《桐花芝豆馆诗》若干卷行于世）。布衫恰是新章服，抵得前朝一品冠。

补注："脚下鱼鳞"句下应云："公少时曾着鱼皮鞋子，鞋仍系绸制，色微红，上有纹似鱼鳞，故名。时盖在民国七、八年顷云。疑古颇知其详。"○"眼斜"二句，一本作"眼垂岂必垂眉坐，头大何妨大洞钻。"疑系后人所妄改，今不从。

打油诗一首录呈
郢政

知堂未是草

按：载《胡适的日记（手稿本）》一九三四年三月二十七日。

---

① 周作人一九三四年所作的这几首诗引发了一场风波，参见林分份《周作人"五十自寿诗"事件重探》，《鲁迅研究月刊》2010 年第 11 期。

"补注"以下原系双行小字。原信无标点。《周作人日记》同月二十五日发信栏有"适之",因定为一九三四年三月二十五日作。据《胡适日记》,三月二十七日凌晨胡适作《和曲庵自题画像》诗,诗载《胡适中文书信集》第二册,第369页。按《书信集》原繋在七月,今予以订正。

三九

适之兄:

寄到《人间世》第二期,得见尊文,甚喜。叶天寥所崇信的泐公盖即钱牧斋所记的天台泐法师,附金圣叹而降坛于戴氏书馆者也,其妖妄盖亦不足怪矣。匆匆顺问

近安

四月三十日,作人启

按:载《胡适遗稿及秘藏书信》第29册,第601页。信笺左下栏外印有"苦雨斋"字样。信中"尊文"是指胡适《叶天寥年谱》,该文底稿写在一九三四年元旦的日记中,前一天日记载,"昨天周启明说叶天寥(绍袁)的《年谱》要算是一部好的自传"。可见胡适读《叶天寥年谱》并作此文,正是受周作人的建议,而周作人又是在响应胡适一九三三年十二月二十八日谈论传记文学的信件。此文后刊一九三四年四月二十日《人间世》第二期,因定为一九三四年作。在胡适手稿本日记中,"泐公"原注"待考",经周作人指明后,胡适随即补注:"是金圣叹家降乩的'女鬼',钱牧斋曾作详记。"

四〇

适之兄:

顷写一小文,明日当送呈,以奉贺《独立评论》之一百期或百

一期，只是秀才人情纸一张，而且文章既坏，题材又大不佳，兄如收到必当哑然失笑也。匆匆。

五月十三日，作人。

　　按：载《胡适遗稿及秘藏书信》第29册，第596页。信笺系清秘阁制十竹斋本"蠡湖"花笺。胡适一九三四年五月十四日回复本函，因定为一九三四年作。

四一

适之兄：

　　读论"信心与反省"诸文，再三感叹。青年们高唱发扬中国固有文化，原即是老新党说过的"中学为体"，子固先生又质问欧洲可有过一个文化系统过去没有类似小脚太监等的东西，则岂不又是"西洋也有臭虫"的老调么。自有见闻以来三十余年，中国思想展转不能跳出此两圈子，此殆"固有文化"之一欤，若"忠孝仁爱"云云则须待"恢复"，可知其久已沦没矣。子固先生又推举朱元璋为圣贤天才之一，闻之骇然，岂以其能逐胡元耶，其实此人乃中国古今大奸恶之一（其子朱棣亦不亚于彼，此外明朝皇帝十九凶恶[①]），几不可以人论，而青年如此崇拜之，真奇事也。近日卧病，今始得起坐，草草书此不尽意，顺颂　近安

作人　六月廿日

　　按：载《胡适的日记（手稿本）》一九三四年六月二十一日。本信后刊《独立评论》一九三四年七月一日第一〇七号，题为《"西洋也有臭虫"（通信）》。可知为该年所作。

[①]　下原有"甚于元明"四字，后圈去。

四二

适之兄：

匆匆出发，未及走别为怅。十一日由塘沽开船，十五晚即到东京，现住本乡，此系旧日寄寓之区，大地震时又未毁坏，犹存昔时影子，乡下人上城居此稍便，大约在一个月中暂不迁移。近一星期来东京多雨，天气大凉，虽曰不顺，却觉得总比热为佳耳。昨有人从南方来，云在《申报》见北平电，半农病故，闻之骇然，此事想非谣传，不知其何时由绥远回北平，系患何病。半农在友人中少年英发，吾辈老朽常加以嘲弄，① 但半农实有他的好处，② 及今思之，此人亦不易再得。感怆之怀，无由言说，唯有默尔而息。匆匆顺颂

　　起居佳胜

七月廿二日，作人白。

按：载《胡适遗稿及秘藏书信》第29册，第597页。刘半农一九三四年七月十四日卒于北平，因定为一九三四年作。

四三

适之兄：

十四日半农追悼会，循例非有所表示不可，想了这样一副挽联，当请疑古大笔一挥。其句曰：十七年尔汝旧交，追忆还从卯字号；廿馀日驰驱大漠，归来竟作丁令威。录呈　晒政。

十月三日夜，作人。

按：载《胡适遗稿及秘藏书信》第29册，第598页。信笺亦系一九三一年一月所制"永明笺"。附言下拓"绩溪胡甘伯会稽/

---

① "嘲"原作"狎"，后修改。
② "实有"前原有"亦"字，后圈去。

赵㧑叔校经之墨",故有"甘伯当是贵华宗?"之问。据《周作人日记》,刘半农追悼会于一九三四年十月十四日举行,同月四日发信栏有"适之",因定为一九三四年作。

四四

适之兄:

  有一件事奉恳,在一月底(阴历年末)可否乞由贵会再支给弍百五十元,因闻兄将南行,故先此奉托,乞赐示及为幸。顺颂

  近安

廿二日,作人启。

  按:载《胡适遗稿及秘藏书信》第29册,第594页。信笺系荣宝斋所制,绘果物一碟。朱正定为一九三四年十二月作,① 是。

四五

适之兄:

  前在休息室说起的一篇小文今日草草写了,送呈一览。因好几点不妥当地方恐未必适用,请赐鉴定,如不合用则请于星期一下午在北大开会时带去掷还为荷。匆匆顺颂

  近安

廿三日早,作人白。

  按:载《胡适遗稿及秘藏书信》第29册,第610页。《周作人日记》一九三四年十二月廿二日:"写小文了,拟给《独立评论》",上栏写明是《弃文就武》,该文后刊《独立评论》一九三五年一月六日第一三四号。隔天(廿三日)日记发信栏有"适之",当天为

---

① 朱正:《胡适和鲁迅、周作人兄弟的交往(上)》,《新文学史料》2013年第3期。

星期日,星期一(廿四日)日记载"四时,往北大一院开会。"皆与本信符合,因定为一九三四年十二月二十三日作。

四六

适之兄:

前允支给之款已于月初由编译会送来,唯前与兄说系贰百五十之数,今送来百五十元,未知在此旧历年内可否再付百元,至感。匆匆不多及,顺颂

近安

一月三十日,作人启。

按:载《胡适遗稿及秘藏书信》第29册,第595页。信笺亦系"凭钳笺"。本函承续周作人致胡适函(四十四)语意。朱正定为一九三五年作,① 是。

四七

适之兄:

报载隅卿的后任已聘"孙某",唯昨日在庙遇见卢君,云未有所闻,弟私人意见以为尚不如西谛,未知老兄尊意何如耳。至于关于"孙某"的事,如拟聘用,最好先一问建功,他知道的甚清楚也。匆匆不及细谈,阅后并乞"付丙"。

知名

廿二日

按:载《胡适遗稿及秘藏书信》第29册,第599页。信笺绘大蒜一枚,左下印"蔬"字章。马廉(1893—1935),字隅卿,研

---

① 朱正:《胡适和鲁迅、周作人兄弟的交往(上)》,《新文学史料》2013年第3期。

究小说、戏曲，讲授小说史多年，一九三五年二月十九日卒于北大讲台。"孙某"应指孙楷第（一八九八——一九八六），后接任马廉在北平师范大学的小说史课程。① 同年三月六日天津《益世报》载，北京大学中文系马廉原授"小说史"课程，由胡适接任。本信应作于马廉"后任"未定的一九三五年二月二十二日。

四八

适之兄：

　　闻北大哲学系答应收买程衡遗书，如有机会乞予以援助，俾得成功，不胜感激，程君遗族闻现甚窘苦，此事如能成当可稍好也。专此顺颂

　　近安

三月十八日，作人启

按：载《胡适遗稿及秘藏书信》第 29 册，第 606 页。信笺绘辣椒二枚，右下印"蔬"字章。程衡生卒年不详。已出版的《周作人日记》止于一九三四年，此年十月二十五日尚有收到程衡"寄译稿一卷"的记载，则本信当系一九三五年或其后作。

四九

适之兄：

　　前奉恳事承厚意许可，甚感。此款希望在兄南行之前能赐下最好，乞再费神转知为荷。专此奉托，顺颂

　　近安

四月二日，作人启

---

① 潘建国：《稀见小说研究史料研究四种》，《古代小说文献丛考》，中华书局 2006 年版，第 367—369 页。

按：载《胡适遗稿及秘藏书信》第29册，第603页。信笺系清秘阁制，右上绘有蛛网，左下绘小蜘蛛。周作人自述跟胡适有过三次卖稿的交涉：头两回是一九二一至二二年的《现代小说译丛》、《日本现代小说集》，第三次是中华教育文化基金会编译会时期，始于一九三二年六月十五日，至一九三八年结束，期间售出《希腊拟曲》《希腊神话》译稿。① 查《周作人日记》一九二一至二三年的四月二日，均无寄胡适信的记录，则本信应是一九三三年以后作。《周作人日记》一九三三至三四年的四月二日并无相关记录，又一九三八年四月胡适身在美国，② 皆可排除。一九三五至三七年，这三年的四月中下旬，胡适都会到上海参与中基会的董事年会，③ 应即信中所谓"南行"，因此本函当作于这三年间。

五〇

适之兄：

承转示罗先生批评，甚为欣幸，今奉还，乞察收。《农夫》一篇系旧译，多欠妥处，罗先生为订正甚感，有几处曾在小文（如《羊脚骨》）中说过，当找一册寄呈罗先生也。匆匆。

四月三十日，作人。

按：载《胡适遗稿及秘藏书信》第29册，第564页。信笺中央圆圈内印古衣冠男子侧身作揖像，旁有"敬问起居/曲园通候笺"字样。"罗先生批评"指罗念生《〈希腊拟曲〉书评》，刊《独立评

---

① 周作人：《知堂回想录》，香港牛津大学出版社2019年版，第466—468、532—534页。

② 胡颂平编著：《胡适之先生年谱长编初稿》，联经出版1990年校订版，第1617页。

③ 胡颂平编著：《胡适之先生年谱长编初稿》，联经出版1990年校订版，第1363、1502、1579页。

论》一九三五年七月十四日第一五九号；当期《编辑后记》表示"我们曾寄与周作人先生看过"，并录周之回复，即本信。① 因定为一九三五年四月三十日作。

五一

尚有年堪贺，如何不贺年。关门存汉腊，隔县戴尧天。世味如荼苦，人情幸瓦全。剧怜小儿女，结队舞僊僊。
民廿五贺年诗呈
适之兄一笑

知堂

按：载《胡适的日记（手稿本）》一九三五年十二月二十五日。信笺亦系"曲园通候笺"。原信无标点。《胡适日记》同日云："周岂明昨送贺年诗来"，并和一首，则本诗札或作于一九三五年十二月二十四日。

五二

适之兄：

昨阅报知丁在君先生去世，怅惘久之。今日拟作一挽联云：治学足千秋，遗恨未成任父传；赞闲供一笑，同调空存罗素书。平素与在君先生甚疏阔，唯文章常读，又新年《宇宙风》中在君先生所举爱读书中有罗素 In Praise of Idleness，与鄙意相同，故写此一联，但甚欠工稳，未必能用也，姑录呈一览。

因了在君先生的去世，以及报上所载北大学生情形，不禁又想对兄一进言。鄙意对于国事、社会、学生诸方面我们现在可以不谈

---

① 编者：《编辑后记》，《独立评论》第159号，第20页。

或少管,此即弟两三年前劝兄勿办《独立评论》的意思,现在却又提起来了而已,朋旧凋丧,青年无理解,尽足为"汔可小休"的理由,还不如专门讲学论学。你见冯班的《家戒》(在《钝吟杂录》中)中有云:

"家有四子,每思以所知示之。少年性快,老年谆谆之言非所乐闻,不至头触屏风而睡,亦已足矣。无如之何,笔之于书,或冀有时一读,未必无益也。"此语觉得甚有趣,鄙意大抵亦是如此。我们平常以为青年是在我们这一边,这与青年学生以为农工商是在他们那一边(所以学生游行到天桥去集会呀),实在一样错误。本想面谈,恐言不能尽,写来却亦同样地不能尽,唯祈谅察。匆匆顺问　近安。

七日灯下,作人白。

按:载《胡适的日记(手稿本)》一九三六年一月八日。信笺版心下方印有"淳菁阁"篆字。丁文江(一八八七—一九三六),字在君,卒于一九三六年一月五日,又有胡适一月九日回信,因定为一九三六年一月七日作。

五三

适之兄:

前日长谈,甚快。唯有一点匆匆未及说明,今特补说,即关于国语与汉字的问题是也。用罗马字拼口语写出大众可懂的文章来,这不失为一个好理想,犹如人应长生,活到一百岁以上的提议,没有反对的道理,但是在正患肺病的时候,晒晒太阳,吃点鱼肝油,增加体内的抵抗力,实在也是必要,我说现在要利用国语与汉字,就是这个意思。

用时髦的一句话说,现在有强化中国民族意识之必要,如简单地说,也就只是希望中国民族在思想感情上保持一种联络。我不说汉民族，因为包括用中国言语的回满蒙人在内，不说中国人，因为包括东四省台湾香港澳门的人在内。虽然有些在血统上并不是一族，有些在政治上已不是一国，但都受过中国文化的陶冶，在这点上有一种重要的联结，我就总合起来纳在中国民族这名称里面。

我们再举东四省的例来说，现在他与本国分离了，但大家知道这并非出于人民的自决，完全系敌人的武力所造成，与台湾等的失去并无什么不同。由武力失去的，亦唯由武力可以得回，故收复失地非难事，只要有武力，但也无别法。这是一件事。在政治上分离的，文化以至思想感情上却未必分离，除非用人工去分离他。这又是一件事。头一件事我们等着看，第二件事我们不必等了，大家就都可以来尽点力。我们避免太时髦的非常时啰、国防啰的字样，总之这在现时是值得考虑的事，我们拿笔管的人也不必费什么大气力，也无须一定转变何种宗旨，只要各自尽心，把诚实的自己的意思写成普通的中国文，让他可以流传自西南至东北，自西北至东南，使得中国语系统的人民可以阅读，使得中国民族的思想感情可以联络一点，未始不是好事。单有这种联络或统一，未必能替代武力而奏收复失地之功，但是这总有点好处吧，我自己不大相信文字的力量，不过大家近来都大提倡其宣传，可见必有好处无疑，故姑且引用其说耳。要这样做第一须得"卑之，无甚高论"，利用现成的工具，这即是我所要说的问题，写了许多费话，到这里才"匕首现"。我的意见是，语言用非方言的一种较普通的白话，文字用虽似稍难而习惯的汉字，文章则是用汉字写白话的白话文：总括一句，即是国语，汉字，国语文这三样东西。用方言，用拼音字，均不能通行，注音符号可以加在汉字旁边，或注中记音，很有用处，却亦不宜单用。我所说的实是老生常谈，也近于旧近于没落，但是我相信自己的意见是对的，因为我写文章的野心是想给中国民族看，并不单为自己的党派或地方的人而写的。我相信上边的意见在中国近五十年以至百年中都可通用,虽然我也不敢保证,因为假如在这期间内中国鱼烂以亡,那么像法国的安南一样,拉丁化的中国方言也就可以出现了。

本来只想写一封简单的信,不知不觉说了许多费话,拉得很长,而且还是不得要领,要请原谅。尊见如能示知一二,尤感。匆匆顺颂

近安。

六月二十日,作人白。

按:载《独立评论》一九三六年六月二十八日第二〇七号,与胡适一九三六年六月二十一日复信同刊,总题《国语与汉字(讨论)》。因定为一九三六年作。

五四

适之兄:

早想奉访,因年底患病未恢复,不敢出门,今始往校,将《梦痕录》两部送呈。又李圭《思痛记》一册,希一阅,弟读此书所受影响实深于《扬州十日记》也。尊藏无年月之《梦痕录》或系原刻亦未可知,只需一查乾隆四年项下"济宁"字样如未避讳,即可知其必为嘉庆年刊矣。兄如标点重刊,甚佳,道光六年本未细看,不知有无可取处,唯小像则比各本更好,但未审尊藏本如何。匆匆容后再谈。

十一日早,作人白

按:载《胡适遗稿及秘藏书信》第29册,第612页。信笺系清秘阁制,绘有菊花,左侧印"黄素金行正 芳甘药品奇 元遗山句/烂柯山樵画山木居士题"字。本信是回复胡适一九三七年一月五日来信,胡适又于同月十二日、十三日两次回复本信,因定为一九三七年一月十一日作。

五五

适之兄：

　　偶然得见一张冀东报，此本不足奇，奇在他们也玩"万愚节"，而其资料则是老兄，特送请一阅，想当有名重鸡林之感也。匆匆顺颂

　　近安

四月三日，作人白

　　按：载《胡适遗稿及秘藏书信》第29册，第609页。信笺绘远山城郭，上方印"江亭图"字样并"懿文"阳文章。"万愚节"即今所谓愚人节。天津《北洋画刊》第七六一期报道"今年（一九三二年）北平之万愚节"，其中《世界日报》误信读者提供的消息，称胡适四月一日将在民大讲演，导致许多人碰壁。① 又《新闻杂志》第二卷第二期报道，天津《东亚晚报》一九三七年四月一日载北大校长胡适之在沪逝世，迹近诅咒，引起不满。《新闻杂志》评论："该报在津某租界，平日颠倒黑白，于国事大局，尚敢信口雌黄，无如之何，盖尽人知其有国际背景"。② 《东亚晚报》发行于天津日本租界，由日本"冀东防共自治委员会"每月补助千元。③ 信中"名重鸡林"典出白居易诗声名远播至鸡林国（今南韩庆州），周作人或指胡适在他国也享有大名，乃为《东亚晚报》所戏弄。考虑典故及与"冀东"的关系，后者较合，因暂定为一九三七年四月三日作。

――――――――

　　① 《今年北平之万愚节》，《北洋画刊》1932年第761期。

　　② 《天津东亚晚报恃"万愚节"恶作剧：胡适门前"吊者大悦"·梅兰芳昔亦受窘》，《新闻杂志》1937年第2卷第2期，杭州正中书局版。

　　③ 许金生：《近代日本对华宣传战研究（1868—1937）》，复旦大学出版社2021年版，第194页。

五六

适之先生：

　　看到《独立评论》二三八期上《看不懂的新文艺》一篇通信，稍有感想，写出来请教。我想这问题有两方面，应该分开来说，不可混合在一起，即一是文艺的，二是教育的。从文艺方面来说，所谓看不懂的东西可以有两种原因，甲种由于思想的晦涩，乙种由于文章的晦涩。有些诗文读下去时字都认得，文法也都对，意思大抵讲得通，然而还可以一点不懂，有如禅宗的语录，西洋形而上学派或玄学的诗。这的确如世俗所云的隔教，恐怕没有法子相通。有些诗文其内容不怎么艰深，就只是写得不好懂，这有一部分如先生所说是表现能力太差，却也有的是作风如此，他们也能写很通达的文章，但是创作时觉得非如此不能充分表出他们的意思和情调。十年前所译蔼理斯《随感录》中有一篇论晦涩与明白的问题，其第一节我觉得很有意思：

　　"我听一个学者微笑着说，希腊人的直截简单的文章与我们喜欢晦涩的现代趣味有点不大相合。然而晦涩之中也有种种不同。便是，有一种晦涩是深奥之偶然的结果，有一种晦涩是混乱之自然的结果。有一回斯温朋曾将却普曼的晦涩与勃朗宁的相比较。他说这二者的区别，却普曼的晦涩是烟似的，勃朗宁的是电光似的。我们可以确实的加说一句，烟常比电光为美，电光在我们看去未必比烟更为明了。倘若我们敢轻易的概括一句，那么可以说却普曼与勃朗宁的晦涩之不同在于一个时常多是美的，一个时常多是丑的。如再仔细地看，似乎却普曼的丰富的感情容易过度的急速的燃烧起来，所以他的烟未尽化为火焰，勃朗宁则极端整饬而常例的思想上面压着感情的重载，想借了先天的吃语表现出来，于是得到深奥的形似。但是本质上二人的晦涩都似乎无可佩服。他们都太多衒学，太少雅致。这是天才之职去表现那未表现过的,以至表现那些人所不能表现的。若从天才之职来说,那么表现失败的人便一无足取。因为我们都能这样做,无论我们私自发表,或写在公刊的千万叶上,都不必问。"这样对于晦涩作家的体谅与责备我都赞同,觉得说的还公平。不过清算这笔账乃是批评家与作家间的事,像我平凡的读者实在只能凭了主观的标准来找点东西看,不能下客观的判决,假如看不懂或觉得不好,便干脆放下不看而已。

再从教育方面来说,特别是在中学范围内,这问题似乎没有什么麻烦。中学国文功课的目的在于使学生能够阅读汉文所写的普通书籍并能够简单地发表自己的思想,并不希望他就成为一种作家,所以新文艺虽然在当阅读之列,却可不必一定要做,有才能与兴趣者自然做亦不妨,凡事原都有例外,唯就一般说则中学国文不只是以练习做新文艺为目的,总是可以说得过去的吧。假如有学生模仿新文艺至于写得使教员看不懂,那么我想教员即可简直告诫他,叫他先把文章写得明白通达了再说,那些看不懂的文艺有无价值都没有关系,即使是全国批评家异口同声的说好,学生模仿了做,教员也可以凭了他的教育的权威加以告诫,因为模仿与看不懂于中学国文都是不宜的。所以我以为中学教员只要对于教育与国文有主见与自信,便可自在应付,不必向社会呼吁,徒表白其无气力,盖纠正学生的看不懂的文章教员自有权衡,不必顾虑文艺与批评界的是非,看不懂的新文艺即使公认为杰作亦非中学生所当仿作,翻过来说,中学生虽不合写看不懂的文章而批评家亦未能即据此以定那种新文艺之无价值也。我想最好的是教育家与文艺家各自诚意的走自己的路,不要互相顾虑,以至互相拉扯。我所最怕的还是中学教国文的人自己醉心文艺,无论是写看不懂的诗文或是口号标语的正宗文章,无形有形的都给学生以不健全的影响。不过这些也都是没有办法的事,唯一的希望是教员自己的觉悟,这其实也只差无希望一等罢了。我对于教育与文艺都是门外汉,却来说这好些废话,未免好笑,但正因为这个缘故,有外行的浅,却无专家的偏,未知先生肯赏识我这个优点否?抛了半块破瓦,希望能得到一方汉白玉,可谓奢望矣。

六月十八日,作人白。

  按:载《独立评论》一九三七年七月四日第二四一号。原题《关于看不懂(一)(通信)》,署名"知堂"。因定为一九三七年作。

五七

适之兄:

  一月不相见,事情变化至此,殊出意料之外。学校恐不能开门,弟家累甚重,回南留北均甚困难,未知兄可否于编译会设法每月付给若干,俾暂得维持生活,过几个月再看,如能离开此地当再计划也。此外无可设法,望兄能赐援手,至感至感。此信如收到,乞赐覆言为要。专此顺颂

  近安

八月七日,作人启。

  按:载《胡适遗稿及秘藏书信》第29册,第615页。信笺右下栏外印有"苦茶庵"字样。"事情变化至此""回南留北"云云,当指卢沟桥事变后局势。① 本信大意又见于一九三七年八月六日周作人致陶亢德函,② 因定于一九三七年作。

五八

廿七年九月廿三日,北平。

---

  ① 朱正:《胡适和鲁迅、周作人兄弟的交往(下)》,《新文学史料》2013年第4期。
  ② 亢德:《知堂在北平》,《宇宙风》1937年第50期。

臧晖兄：

　　二十日得前月四日惠寄新诗，忻感无似。即写一首奉答，别纸写上，乞赐览。近日公超暑假北来，述孟真意与兄相同，但弟处系累多，不能离平，此情形孟邻知之较详。弟夫妇只二人，小儿去年北大亦已毕业，本来行止不成问题，唯小女因婿往陕携其二儿寄居此间，又舍弟之妻儿四人亦向来同住，在上海人学时氅，对其家属已有两年不寄一字来，因此敝庵中人口不少，弟如离开则两处需用，更不能支矣。募化米面，尊处译事本是其一份，而近来打六折，又迁香港，恐将停顿，《神话之本文及研究》、《神话论》已成三十万言，注释繁重只成一章已有二万字，大约注释全部亦当有十馀万言，夏中因病中止，希望本年内成之，了却一桩多年心愿。九月起往司徒氏义塾担任两课国文，每星期去一天计四小时，但不能抵译会米面之半，亦慰情胜无耳。前四十年有人为算命当中举人，计当教员多年正是学老师之地位，若祭酒司业那有此福分承受，况弟已过知命之年，此当已知之矣。匆匆顺颂　近安

　　　　　　　　　　　　　　　　　　　　　知堂和南

　　苦住庵吟，奉答臧晖居士。

　　老僧假装好吃苦茶，
　　实在的情形还是苦雨，
　　近来屋漏地上又浸水，
　　结果只好改号苦住。
　　夜间拼起蒲团想睡觉，
　　忽然接到一封远方的信，
　　海天万里八行诗，
　　多谢臧晖居士的问讯。
　　我谢谢你很厚的情意，

只可惜我行脚不能做到，
并不是出了家特地忙，
因为庵里住的好些老小。
我还只能关门敲木鱼念经，
出门托钵募化些米面，——
老僧始终是个老僧，
希望将来见得居士的面。

廿七年九月廿一日北平，知堂。

按：载《胡适遗稿及秘藏书信》第29册，第616—619页。信笺右下栏外印有"清祕阁造笺"字样。署名"知堂和南"下钤"冷暖自知"朱文方印，"知堂"下钤"知惭愧"朱文长方印。"廿七年"，即一九三八年。胡适八月四日来信载《胡适中文书信集》。

五九

橙皮权当屠苏酒，赢得衰颜一霎红。我醉欲眠眠未得，儿啼妇语闹烘烘。

但思忍过事堪喜，回首冤亲一惘然。饱吃苦茶辨余味，代言找得杜樊川。

廿八年一月感事诗二首　知堂录呈
藏晖兄一笑

按：载《胡适遗稿及秘藏书信》第29册，第620页。信笺右下栏外印有"知堂自用"字样。信末钤"知惭愧"朱文长方印。据《周作人年谱》，二诗分别作于一九三九年一月八日及十四日，在元旦遇刺后。①《周作人日记》一九三九年一月二十八日载："以

---

① 张菊香、张铁荣编著：《周作人年谱》，天津人民出版社2000年版，第567—568页。

照片及诗寄给适之。"①《胡适日记》一九三九年十二月十三日云："周知堂去年九月寄一诗一信,又今年一月被刺后寄二诗和照片两纸",并和诗一首,故知本诗札系一九三九年一月二十八日作。

六〇

适之兄:

　　收到这样的一封信,看了一遍,不很明白他的意思,今送上,请一阅。此信将来寄还给我亦可,不还亦可,因为我想不出答复他的方法,只想便中对他声明一声"止水"并不是我而已。

七月七日,作人

　　或者这篇"序"还是寄还给我好,恐怕要来信讨还,就可以还他。又及。

　　按:载《胡适遗稿及秘藏书信》第29册,第570页。信笺系影摹唐寅旧藏金刻本《新雕注疏珞琭子三命消息赋》,目录第1a页,左下栏外印有"涵芬楼藏宋刻本"字样。本信时间不详。②

　　胡适与周作人最后的往来纪录,或载于一九四八年六月十四日李振邦致胡适函中(中国历史研究院藏,档号:HS-JDSHSC-2002-008),③ 因附于全文之末。

适之师:

　　在南京时　您嘱抄知堂老人的《儿童杂事诗》,生即以此意告

---

①《1939年周作人日记》,《中国现代文学研究丛刊》2016年第11期。

② "止水"未详。《晨报》主笔蒲伯英笔名也叫"止水",但周作人既未提及"止水"文章的内容,故不知其详。

③ 李振邦为保释周作人出狱出钱出力,参龙顺宜《知堂老人在南京》,初刊香港《明报月刊》1983年第207期,后收入陈子善编《闲话周作人》,浙江文艺出版社1996年版,第318页。周作人《儿童杂事诗》成于一九四八年三月二十日,王古鲁的《稗海一勺录》也发表于同年六七月间。又胡适一九四九年四月已去往美国,故知本函写作时间。

老人，他很高兴地说："我写一册送胡先生好了。"现已写好，生特装订成册奉上，如您有信致　老人可交生转。老人朋友王古鲁先生送您一册《稗海一勺录》一并寄上，王先生现任金大教授，又在中央党部充专门委员（正在力辞），他夫妇在京也常照顾老人，因此相识了。

您在北平也如在南京一样的深夜就寝吗？生时时惦念您的辛劳，务请多多保重。匆匆，即请

安好，并叩

师母安

生振邦谨上。
六、十四

（整理者介志尹工作单位：台湾大学中国文学系）
（责任编辑：陈会亮）

书评　　　　　　　　　　　　　　　　　　　　　　　　李林荣

在"连续性"纠结中掘进的传记写作
——评解玺璋《张恨水传》

一

解玺璋老师这部著作在二〇一八年六月刚出版的时候,我就认真拜读了。因为解老师是熟人,早些年他写的《梁启超传》我读后就很受教益。自那以后,我一直特别期待解老师在不少场合屡次提到的《张恨水传》。这几年他一边写,一边在跟我们见面的时候会谈到很多张恨水的材料。对张恨水,我原本也有些因为知之不多所以更想一探究竟的好奇和兴趣。我在高校教了整整二十年的现代文学史和当代文学史,总是教不到张恨水。

一方面,限于课时,就是列了小节的作家,在大学的课堂上,老师们一般也没时间细讲。讲课不可能一字不落复述教材,必须要按照课程的大纲和教材的详略比重,做适应于一定课时量的安排。另一方面,尽管几种最新版的中国现代文学史教材,里面大多已经列了包括张恨水的小节,但同样也没法在课堂上多讲。解老师这本书对张恨水这样的作家,远不仅仅是做了翻牌和放大的处理,更重要是从文学史的教学、文学史的主流传述当中,把他彻底复活、彻底召唤回来了。

最初读这本书时,我有一点小小的意见。因为看见出版社推介这书以及一些新闻报道宣传它,都说这是第一部《张恨水传》。实际上,从解老师使用的材料里面,能很明显看到:之前已经出版过其他作者写的三本张恨水传记,其中有大陆作者写的但是在台湾地区出版的。这三本早出的张恨水传记,都被解老师纳入了他的参考和商榷的范围。

我特别关注解老师对这三本早出的、不过实际上存在很多史料细节的偏差的张恨水传记,是怎么进行考辨的。解老师这书大概前三分之一的章节,也就是写张恨水成名之前的成长道路这部分,做的考订相当于是严格意义上历史学家的考订,是把张恨水作为历史人物,进行生平史实的细致辨析。这些辨析我们虽然没有亲自看原始材料,只是看解老师查到的很多交互印证的材料,但在解老师的解读分析下,这些材料的内在脉络和细节出入都一五一十地被揭示清楚而且归置得到了。读过以后,可以感觉到,解老师在传记文学写作当中施展了近乎于朴学的一种方法,对材料的辨正考订非常扎实、非常细致。是对是错,读者可以进一步研究,材料都明明白白摆到这里,平行存在的各方材料都一一罗列齐备。如果将来把张恨水作为一个民国人物样本,或者作为中国现代文化史上重要的历史人物,不只是作为文学人物或报人,更作为一个史学研究对象,进行人物个案的研究,解老师这部著作关于材料的考订和辨析,应该是经得起史学界严格意义上的人物研究的规范性衡量的。

二

传记这个名目在写作领域或者在学术领域里面,同一个名称指涉了两类不同的写作形态。一类属于史学界,在历史学研究领域;另一类属于文学界,在文学领域,传记也被当作文学创作中的一大类。尤其近些年,非虚构、纪实、叙述历史,成为文学创作领域虽然处在纯文学边缘,但是非常醒目的一个热点,出书和卖书都非常火,并且多年来高热不下。现在市面上流行的很多传记文学或者关于历史人物的叙述性的文本,都是文学性的传记。

但就像在市面上不流行,但在学术界很多人都认同的一个观点所指:传记文学是不可靠的,传记文学对于认识历史人物和评价历史人物,是属于最不可靠的材料之一。因为好像经过传记文学作者一手过滤,所有的素材都叙述得走形变样了。甚至传记文学被放在比日记、书信的可信度和可靠性都更低一档的地位。实际上,日记和书信只要是公开发表的,也都经过了有意识有目的的加工处理,除非是作为作者的遗物被整理出来,不过这样的整理也常免不了有所删改。所以,即使是书信和日记,也都会有一定的矫饰成分,这是人之常情,也是文学史、文化史、社会史上长久存在的普遍现象。

传记文学实际上地位很低,虽然现在读书界和出版界非常热,但是在采信它的时候,无论是作为想引以为对自己负责、对人物负责、对对象负责的一份可靠认识依据的一般读者,还是作为文史领域从事专门研究的学者,传记文学地位都很低。但是我想,传记文学之所以被看轻看低,主要还是应该归咎于长期以来在文学写作领域,传记文学通行成习的写法造成的干扰,这干扰到最后变成了一个结果,就是让传记文学戴上了恶名,好看,但是不中用也不可信。与此同时,在史学界,传记却一直处在比较高的地位,而且这地位比较稳定。在历史研究领域,像综合大学的历史系里面,把一个历史人物的人生经历写成评传或者通传这项工作,向来被看得非常难也非常重要。当然史学性质的传记不好看,因为有材料的地方就有,没有材料的地方就付诸阙如,像胡适说的那样,有几分材料说几分话,哪怕露出了一些空档留白,也不随便填补敷衍。

解著《张恨水传》,在跟已经存在的这三本张恨水传交互参证的情况下,实际上提供了一个从材料和方法上都特别可靠地关于张恨水中年以前经历的清晰图景。张恨水前半生这段经历，以往是不曾广为人知，同时还存在很多异说。解老师对此进行了详尽细致的考订。就此可以引申出一个问题：今天文学性的传记写作，如何向史学界作为历史研究的文类而存在的传记写作，多汲取一些经验或营养？解老师所做的努力，证明这两方面是完全可以沟通，而且很有必要沟通的。

传记文学是现代以来中国文学体裁格局中一个日益活跃的品种。解著《张恨水传》问世的二〇一八年，是以《狂人日记》的发表为标志的中国新文学发端一百周年。文学革命的首倡者胡适，从他发表《文学改良刍议》暴得大名开始，毕其一生，在写作方面一直呼吁同时也身体力行进行尝试的主要写作体裁，就是传记文学。我觉得这里包含着历史意味和文化寄托都很深远的思考。文学也好，史学也好，到最后都变成社会的记忆和民族的记忆，而民族的记忆和历史的记忆要稳定成形并且能够流传久远，首先要靠一系列的文本提供一种范式、奠定一层基础。

所以我觉得传记文学从民族文化性格或者国民精神的铸造和革新来讲，是一种足以触及社会心理的底层架构和基本图式的写作方式，绝不单是为了让我们了解一个历史人物。这一点是我读解老师这本《张恨水传》，从第一章一直看到第十章，特别是辨析张恨水和鸳鸯蝴蝶派的关系、全面澄清与此有关的一些以讹传讹和刻意污名化的说法这些内容，感触殊深之处。

光看前半本书，也就是第十章以前的部分，会觉得解老师这本书如果放在北京出版集团旗下的北京出版社作为史志类图书出版，可能更合适，因为前十章史学研究的风格很突出。但是往后读下去，又觉得这本书还是应该在十月文艺出版社出版，因为后面渐渐升腾了起来，尤其是展开了针对张恨水很多小说的一种既有鉴赏也有研究和评价，同时还有文学史意义上重新衡量和重估价值的描述与探讨。整本书也因此而显得十分厚重起来，涉及张恨水作品的这部分内容，还有值得去深入扩展的余地。对于推进有关张恨水的小说和其他文类创作的研究，解老师这本书都有切实的参考价值和启示意义。

张恨水的单本著作已经被评论和改编得非常多，但对于张恨水写作生涯的系统性的认识，比如他不同阶段的小说创作在选材取向、叙事风格及具体细节构思上的变化和这些变化的前后关联，却一向少有切中肯綮的梳理和发掘。解老师这本书虽然名为人物传记，但是对传主的创作脉络也进行了非常深入的分析，精彩见地迭出，充分展现了身为文学评论高手的解老师在文学评论方面长期以来一贯坚持的既敏锐犀利又宽厚平和的思想方法和文风做派。

三

我还特别想说的一点，是关于这本书后面这部分，也就是写到张恨水成为名人之后的内容。三十年代，尤其是抗战以后，张恨水在乱世当中成为名人，这也是大家最熟悉的张恨水。实际上他人生经历的各个不同方面，社会、政治还有他自己小小的报人生涯几方面，一直在撕扯，一直在纠结。因为他成名的时候是风云突起的大时代，张恨水的追求已经成为大时代当中极其个体化、私人化的追求，很容易被大时代掩蔽。

作者突出了张恨水在内心深处一直只想非常低调地过日子，一直只求凭自己本事换饭吃这一点。尽管他已经很有名，但是当时文坛的名分好几层，张恨水这点名气在当时文化层面上是最低端的。新文坛已经崛起，旧文坛上把门当家的鸳鸯蝴蝶派跟他又不是一回事。雅文学没有他的分，俗文学还另有一个群体，并且势力很大，在一般读者感觉当中和他又非常相似，但他实际上是被挤在新旧两边都靠不上的边缘夹缝。在这样的处境中，张恨水只能一直低调。

但是到了全面抗战爆发、凡常笔墨之事也开始关联民族大义的时候,他明知道自己即便随着大溜登高一呼,也未见得能激起多大动静,可他还是积极地写社论、写热血文字。看到解老师书中对此记述甚细,我很受感动。一般的传记作者,可能习惯从时代大背景着眼,从张恨水当时这些社论、这些热血文章在当时产生的实际影响来剪裁和取舍,那就很容易把这部分内容忽略,不写或少写。但是对于张恨水个人来说,这些其实非常特别也非常重要,是见气节、见性情、见人格的关键时刻的不寻常之举。

读到这部分内容,我感觉也就是解老师这样既是文人,同时又是深具侠肝义胆气质的作者,能够特别关注到张恨水性格上的多个侧面,尤其是透过文字、文本层面迸发出来的那种素常隐藏在人格深处的风骨神气底色。那时候所有的文人,只要不愿意当汉奸的都有这样的表现,但是从张恨水的层面,他从投身报界,就本来一向是自甘做小人物,大事都不写,大餐也不做,只是关心老百姓日常的面包屑、馒头渣,写那些细碎的东西。但紧要关头到了,他还是毅然担起了大义。我觉得这样的细节很重要,对张恨水本人,这属于人生历程中的关键时刻;对我们来说,这是面对一个历史人物观人于微、见微知著,感受和衡量他的道义大节和人格本色的基本视点。

年过半百,张恨水终于有机会主掌《新民报》,在事业上独当一面一展宏图了,却遭遇到国共两支特别强劲的政治力量和政治大格局的摆布。对此,书中虽然越写越略,但其中的话题和况味却越来越沉重。张恨水最后悄然迎来了落寞的结局:才五十多岁,要放到今天绝对是盛年岁月,而且在他当时的感觉当中,也是正可以甩开膀子大干的时候,谁知道很小的变故,《新民报》有点像公私合营一样,上级派来一个干部,顿时他这一生的生涯全部化为泡影,后半生的抱负也烟消云散。之后,他健康状况越来越差,作品很难出版，社会身份变得非常暧昧模糊，整个人的状态也就陷入衰靡委顿。纵览之下，解老师这本书前面显得非常实，中间显得非常饱满，后面切合传主的遭遇，把一个大时代里面也不算太小的一个人物很悲催，也很发人深省的生命归宿，以及走向这一归宿之前的一连串跌宕、反转，极其戏剧化，也极富历史感的种种曲折，都尽力写出来了。

四

从解老师这本书还可以引申出哪些话题？照以上所述，这本书好像变成了三本书的组合，这对张恨水来说是不是公平？他一生好像有三个层面，好像成了三个不同的层次，有三个不同的段落。我左思右想这本书最值得重视的价值，就是我们过去的很多传记文学和历史题材的小说或散文创作，以至文学史方面的教材、论著，实际上都在下意识地追求一种连贯叙事。似乎一部述史纪传的著作，如果能展示越发充分越发鲜明的连续性和严整性，那它的水平就越高、价值就越大，无论是从学术意义还是从史学或者传记的意义上。

解老师这部著作也是在追求连续性，但是它追求的连续性不是整体的连续性，而是拓展多个层面、多个维度的连续性。恐怕所有的传记文学的创作和我们文学史整体的叙述，都在不可避免地构造或者依从一种连续性，但如果对连续性本身可能具有的片面性和简单性缺乏足够的省思和必要的克服意识，那么最后得到的结果，也就很可疑。

传记性写作或者历史性写作，在处理原材料和设定叙述逻辑时，必须去面对也必须去处理多个层面上多重连续性的纠结或者斗争，时代、社会层面的大的历史观、大的叙事的连续性非常强大。一般的作者写传记文学或者进行这种史料性研究的时候很难抗拒来自社会和时代的大的宏观叙事。比如说张恨水生活的这个时代,清末是什么时代?像张恨水那样家道中落的、非高门大户的、比较普通的读书人家,还带点行伍出身和官僚背景但又是官僚、士绅群体中位阶很低的这种人家,在有关近代到现代的历史转折时期中国社会状况的宏大叙事里,这种人家的性质和这种人家的地位几乎已经铁板钉钉地被定性了。

就像鲁迅、沈从文这样家道中落或逐渐流落到圈外的官宦人家子弟,他们的人生遭际和历史命运好像都被定论了,成了一种具有整体特征的社会阶层。类似这样的一种定论,在处理张恨水早年经历的时候必须去面对,必须和它去抗争。你如果不抗争的话,写来写去就是张恨水早年的成长经历印证了我们关于近代以来这种落魄人家必须如此而不能有其他的可能,必须如此也只能如此的那样一个强大的历史认识和社会认识的逻辑教条。

再往后,抗战时候张恨水这样一种无党、无派或者说不党不群的文人应该属于什么状态,会有什么样的表现?张恨水所有的表现都会印证抗日时期这种无党无派不站在政治前沿,不肯把自己文学直接挂靠在某一架战车上的作者,他只能是这样,不可能是别样。所以写来写去,很可能也写得特别饱满、特别丰富的一部传记,或者写得特别长的史传,最后却只不过是印证了特别干枯、特别简化的大的时代和大的社会的历史定论。个体生命层面和个人履历、个人思想层面自有的、有机的连续性,彻底被消解掉,尽管很多材料也都被堆积了上去。

解老师这部著作保留了来自个体层面,来自个人层面,特别是个人思想和个人生涯层面的偶然性,没有直接的因果关联的很多事件、很多选择当中的另外一个层面的连续性,其实那也是一种连续性,唯因其个体非常微弱,无党无派,他没有依靠,所以他也没有特别强的必须依傍谁的必然性,因此他的每个选择实际上是在另外一个层面建立自己前后的连贯性。对这一意义上的连贯性，解老师这部著作当中，在每一处都精心地保留了下来，这才是真正有生命力、有活力的传记文学作品。

前两年上海学者曾开会纪念陈子善先生荣休，毛尖有一篇文章说只要陈子善还在，鲁迅和张爱玲就可以相聚一堂，两个人可以在一个人的话语当中见面。我觉得在解老师这儿，同样也存在这样的事实，从二〇一四年的《梁启超传》到二〇一八年的《张恨水传》，解老师各有创意的这两部传记文学的创作，也终于让一个极其精英的、极其高大上的梁启超和极其平民化、极其个体化的张恨水汇聚一堂，在一个序列当中形成一种可以相互映照的关系。《梁启超传》和《张恨水传》的共同特点，是它们都打破了宏大历史观、宏大人物观的所谓定论层面上的连续性，还人物本身的思想发展和生涯变迁的更加生动、更加个体化的另外一个层面的连续性。

在现实生活中也是一样，时代的变化给我们每个人带来机会，往往也不是贯穿在一个大的、特别固化的因果链上，而是在多种偶然因素不断出现的情况中需要做出不止一次的抉择，最后形成看起来比较复杂，也可以被大的逻辑简化的人生图景。最后简化出来这样的形式，和具体的、丰富的人生经历当中很多饱满的叙事之间，总是有错位的。唯有《张恨水传》和《梁启超传》这样的著作，既是有心人的著作，也是特别有追求的著作，才能把传主个体生命层面真正宝贵的信息，进行有价值的重现和有深度的复原。

（作者单位：北京第二外国语大学）

（责任编辑：闵祥鹏）

编后记

——文章长短与文章好坏,是什么关系?

第九卷编就,凡二十六篇。涵盖古今中西,照顾人文社科。突出人文性,关注文化论题,兼顾理论与史料。本期除了新推出人文语义学专栏,值得关注之外,其他重点和亮点还有,继续思想史专栏;史学理论与史料学;翻译学研究和跨文化对话。很有几篇文章,有理论创新。本期有五位青年学者的文章,也是一件让人高兴的事。

语义学是与整个人文学研究相贯通的研究领域。"人文语义学"专栏两篇文章。褚金勇运用概念史研究方法,对比胡适与梁启超、国粹派、学衡派对 Renaissance 不同的理解与阐释,追索 Renaissance 概念的译介、演变历程,以考察二十世纪以来中西文化互相比较、检讨、融合的历史(《"复兴"抑或"再生":五四语义场中"Renaissance"译名选择的观念博弈》)。陈寅恪曾说,"解释一字,便是做一部文化史",褚文即如此。冯天瑜先生"历史文化语义学"开学界研究之先河,将语义学、历史学、社会学、文化学等融合无间,彰显"有容乃大"的大师风范。冯天瑜先生因感染新冠于二〇二三年一月十二日逝世,作者生前最后一次参加学术会议,即二〇二二年十一月河南大学人文语义学交叉学科学术会议,此篇《语义学:

历史与文化的投影》即会议论文，因此尤为珍贵。

思想史专栏两篇，一古一"近"（近代）。思想史研究离不开对历史人物的研究。汉初贾谊，像彗星一样在思想史的天空滑过，给后人留下了无限的评论空间。两千年来，对贾谊的评价有褒有贬，但都惋惜他的人生悲剧，不同的是对其人生悲剧根源的解读。李振宏认为，其实根本的问题在于贾谊的思想家禀赋与政治家身份的内在冲突，这样的身份错位而造成了人生悲剧（《身份错位：贾谊人生悲剧的内在冲突》）。在近代思想史上，严复无疑是最重要的人物之一，《人文》第八卷有马勇先生"严复思想发微"一文。在严复的心路历程中，他还有一个入仕为政的强烈愿望，产生了入仕救世与启蒙救世的两难困惑和苦恼。本期王中江《何以救世：严复的苦恼》揭示出严复思想中的两个互相矛盾又朴素纠缠的方面，颇给人启发。

中国文学有深厚的传统，最能体现中华文化的连续性。读古诗，就要深入理解地理解诗中包含的文化意蕴。叶嘉莹先生今年已百岁高龄，她一字一句细细解读《妇病行》，把诗中的微妙与丰富娓娓道来，读来真是享受（《从〈妇病行〉看古诗的传统文化内涵》）。

接下来一组是关于史学理论与中国传统文化的文章。习近平总书记曾在多次讲话中强调，"要坚定文化自信，推动中华优秀传统文化创造性转化、创新性发展"。如何发掘传统文化中所蕴含的现代元素，重估其现代价值，显然是一项意义重大的时代课题。传统史学中孕育的现代元素，被史学家重新发现和发扬，成为吸收外来进步文化的内在基础。陈其泰、刘永祥两位作者通过考察公羊历史哲学、民本思想、考信传统等，有力地证明，所谓中国史学失去自我、新旧史学之间毫无关联等"断层论"、"移植论"，既不符合历史事实，也违背史学发展的基本规律（《史学视角下传统文化的现代元素》）。王立新是研究韦政通的专家，他通过研究韦政通上世纪五六十年代发表的两篇文章,指出韦文表面批判林语堂与章太炎,实际是在一定程度上为新儒家鸣锣开道,主张"圣人传心"的新儒学,表明当时新儒家的学者们和他们的学生们的愿望,那就是想找到中国文化的命脉深根,以便使各自的生命在现实中得以安顿,从而强化自己生存的意义和价值(《韦政通年轻时的价值趣向和文化心态——两篇宗教伦理之辨和考据义理之争文章的背后》)。

史料学与中国古典文献学,关系中华文脉。锺少华此文针对中华文献的数字工程而发,通过评介二十世纪中华文献整理的代表人物杨家骆先生,总结传统文献整理的优势与缺陷。文中还评述钱锺书先生关于电脑整理文献的数字工程思想,介绍钱先生超前又扎实的具体方案,有较高的学术史价值,对当下已成显学的数字人文,也有较高参考价值(《中华文献<=>数字工程——敬献给钱锺书先生、杨家骆先生》)。刘跃进以中华文学史料学学会会长身份,概述近三十年中华文学史料学的发展以及学会建设,指出,三十多年来的文学史料工作,其意义除了对此前二三十年的文学研究反拨、纠偏之外,还强有力地推动了整个文学研究的发展。正是由于有计划、成系统的史料工作的推进,一些基础性的史料成果的出版,使得文学研究的面貌焕然一新。整个大陆的文学研究水平,从改革开放初期仰视洋人,到赶超洋人,三十多年来的文学史料工作在整体上是有一大功的(《近三十年中华文学史料学述略》)。

如果说,中国文化中,哪一样东西最古老又最具现代精神,围棋无疑是首选。但学界中人从思想史角度研究围棋的,实在鲜见。何云波长年研究围棋文化,多年前以围棋为博士论文,是有史以来第一人。何文探讨孟子思想中的博弈"不孝"说与"小数"论,发现了围棋思想史乃至中国文化思想中一个有趣的论题。可以说别开生面,论题新颖,给人启发(《"不孝"论与"小数"说:论孟子的围棋观及其后世的回应》)。郑晨寅《郑成功诗文略论》对郑成功诗文做了一个宏观述评。郑氏诗文主要见存于清抄本《延平二王遗集》。钱谦益与郑成功有师生之缘,对郑成功之诗评价颇高。郑成功诗文虽存世无多,却具有独特的文化意义。

两篇关于现代文学的文章。黄乔生的文章,提出鲁迅诗中一个有意思的论题:"怨怒"诗学。口号、嘲讽与无词的言语,都是这种"诗学"的表现。(《口号、嘲讽与无词的言语:鲁迅的"怨怒"诗学》)鲁迅抒发个己情愫的既有旧体诗,也有新诗和散文诗。这些诗作并无太多的口号,但内含嘲弄和讽刺,表达的是鲁迅发自肺腑的怨怒。愤怒的极致未必是呐喊,也可能是沉默和无言。陈占彪《傅雷月旦人物评》也是一篇比较有意思的文章,作者从傅雷有限的朋友圈着眼,研究傅雷私下对当时的很多文化人物的评点。傅雷认为老舍的《四世同堂》"硬拉硬扯,啰里啰嗦,装腔作势",认为田汉的《白蛇传》的"缺点太多了",对茅盾的个别观点也有批评。从傅雷这些看法中,可以看到傅雷本身的艺术品位、艺术标准和艺术追求。

本期对话,关于跨文化与翻译。两位对话者张慧文和苏源熙,一中一外,但都是身居海外的学者。(《译渡、译创、译承——关于跨文化的一次对话》)在对话中,张慧文和苏源熙讨论了翻译美学、跨文化诗学、比较视角,以及如何探出或甄别那些隐秘纤细的文学创作之源等话题。双方的对话缘起于双方同时甄别的一种困境:一方面本土视角不足以探究最富灵性的文学哲学作品;另一方面文化差异又着实存在,于是,如何通过"译创"这一新概念在不同文化和国别文学中架桥就成为紧迫的问题。译渡、译创、译承,这三个词,精确地概括了他们的看法。文章虽长,但值得研讨。顺着对话提起的话题,接下来一组文章,继续讨论,涉及比较文学与翻译问题。傅光明、郝泽娇《莎士比亚早期喜闹剧〈驯悍记〉的"原型故事"》属主题学研究和原型批评,章文《翻译史书写及翻译的基本问题——再论〈异域的考验：德国浪漫主义时期的文化与翻译〉》是翻译理论兼翻译史，伍倩《出走与回归——由〈小王子〉看伦理困境中道德准则的博弈》借鉴精神分析法，从伦理学角度重新考察《小王子》中的伦理现象，发掘出作品更深的意义。

两篇哲学史文献。弗兰克·普伦普顿·拉姆齐（F. P. Ramsey，1903—1930）是英国哲学家、逻辑学家、数学家和经济学家。《普遍对象和"分析方法"》译自约瑟夫、拉姆齐和布雷斯韦特参与"专题讨论会：普遍对象和'分析方法'"后发表在《亚里士多德学会会志》增刊上（1926）的三篇论文中的第二篇。金岳霖、王路都曾翻译过拉姆齐的著作。此文是哲学史的重要文献，首次汉译。中国著名逻辑学家、哲学家沈有鼎先生（1908—1989）不仅是中国现代逻辑学的重要开拓者、先行者，还向来被认为是"中国哲学界极有趣的一个人物"。新发现的沈先生的《逻辑的本质（论文提要）》，就是一篇关于"纯逻辑"的全面且深入的专题研究，它很可能就是沈先生曾公开预告准备详细讨论"纯逻辑"问题之"专篇"的雏形。郑建成发现并整理沈有鼎此文，并对沈文的内容和意义做了阐述（《沈有鼎的〈逻辑的本质〉及其意义》）。

这一组文章是关于古典学和人文学科的理论探讨。刘军政经过对"古"和"雅"的探源溯流，从儒、道两家思想中发现了尚古、崇雅的观念。他认为，儒家推崇古雅，目的在于借助宗法制度，强化社会伦理体系，维系社会的安定；道家推崇古雅，体现了在哲学上对世界本源的追寻，进而肯定天然美的至高层次，追求精神的超越（《"古雅"之源及其审美内涵的宽与变》）。人文学科有什么用？一直是一个灵魂之问。沃登贝赫认为，人文学科能够提供某些认知产品，而这些产品是自然科学所不能提供的。相比于自然科学的研究对象，人文科学的研究对象拥有意义，这是一种特殊类型的意义，即"源自人的约定、人的意图和/或人的有目标之行为的那种

意义"。(《人文学科的性质》)

艺术在人文学科占有重要地位。李春阳《从中西写生的差异看中国画写生的特殊性》偏艺术理论。她对比中西写生,指出"搜尽奇峰打草稿"是中国式写生,须先有笔墨,再去写生。中国画写生与西画写生存在差别。而二十世纪中国画教学曾入误区,以西画方法理念改良中国画,以素描基础取代书法功力,以西方写生训练代替临摹古迹,造成了观察方式、思维方式和语言系统与古典传统绘画迥异的教与学的状态。文章颇有创见,是关于中国画研究中不多见的文章。张娟《从鲁迅与丰子恺的交往看鲁迅的美术思想》偏艺术史,也略有新意。

《庆祝蔡元培六十五岁论文集》是史语所编辑出版的祝寿献礼工程,荟集了当时历史语言研究方面的重要成果,展示了当时中国历史、语言、考古等方面的学术实力,是中国现代学术史和编辑出版史上值得关注的事件。石兴泽、石小寒此文抉微勾沉,发掘出文集编纂的内核,是学术史微观研究的一个范例(《〈庆祝蔡元培先生六十五岁论文集〉编纂钩沉》)。介志尹整理《周作人致胡适书简汇编》,对周作人致胡适的书信,做了系统校勘、整理,下了功夫,相信对现代文学研究、现代学术史研究都有较大参考价值。解玺璋《张恨水传》是近年出版的比较重要的作家传记,对重新认识张恨水有重要意义,是现代文学研究的一项重要成果,值得一评。李林荣的评论比较中肯,结合传记文学的特性,对解书的史料贡献、考证功夫做了细致评介,不是泛泛之评(《在"连续性"纠结中掘进的传记写作》)。学术需要认真地、严肃地对话与批评。李文可为一例。

原想第八卷有近五百页,已经是最厚的一期了,不想第九卷居然有五百多页,超过第八卷。这当然是因为本期有好几篇长文的缘故。于是,一个常想的问题又冒出来,什么是好文章?文章的长短与文章的好坏,是什么关系?这也是近来朋友经常和我讨论的一个问题,看似简单,其实不好回答。就本刊而言,我们希望发表的是这样的文章:论题切中要害,是"第一等"问题,既是历史积累下来的问题,也是现实面对的问题,问题意识突出;作者对所论对象有长期的研究,非常了解论题的历史与论者各家的短长,在长期研究的基础上,有自己独特的看法;掌握材料充分,特别是掌握关键的一手材料,但在运用材料时,却是以论题的需要出发,并不必把自己占有的材料尽数罗列,避免冗赘;最后,从论述的角度讲,主要是两条:清晰,有力。而且,最好在严谨、冷峻的论述中,让人能感觉到作者的人文关怀,感受到作者的同情与无奈。——有的朋友会说,你这样说来,还是有点儿抽象,仍然没有直接回答刚才那个问题:文章长短与文章好坏,到底是什么关系?那好,我试着再说得简单一点儿:一,好文章不在长短;二,好文章可以长;三,同样好的文章,短的似乎应该更好一些。如果从读者的阅读感受来说,好文章应该是这样的:你读一篇三万字、五万字的长文,不会感觉冗长费力,一句一句一段一段,不知不觉就读完了——因为它没有废话,不故作高深;你读一篇千字文,也不会觉得它短,因为它说出了新意,能给你切实的启发和丰富的联想,有内蕴、有余味。

祝晓风

癸卯夏,于免斋

《人文》学术集刊约稿启事

《人文》学术集刊由河南大学人文社科高等研究院主办,《人文》编辑部编辑,中国社会科学出版社出版。《人文》坚持正确舆论导向和办刊宗旨,坚持社会效益第一,注重内容建设和办刊品质。《人文》以人文关怀为中心,突出学术原创性与新知传播,注重实证研究,鼓励综合创新,力图融通各学科,探讨各种学术思想和历史文化问题,推介不同知识领域的深度思考,展示中国思想学术界新成果。《人文》学刊力争为学术界提供一个优质学术成果发表平台,与学界朋友共同为新时代中国学术的发展尽力。

人文关怀,学术品质;突出新见,文思兼美。这是我们的追求。一本严肃的、高品位的学术文化辑刊,是我们的目标。

我们希望您的文章,具有鲜明的问题意识,重大的理论意义,能体现该学科学术水平,反映该学科研究前沿和研究热点;希望您的文章材料结实,论述饱满,阐释明晰,证成新见,发人之所未发。

在主体文章之外,《人文》另设"对话""学林""札记""书札""史料""书评"等栏目,以求多形式、多层面地反映学者们的研究成果。《人文》文章以学术文章(论文)为主,也欢迎思想学术随笔及其他形式的学术文章。内容凡涉人文、思想、学术、文化等,有新意,文笔晓畅清新,写作认真的文章,编辑部都将认真阅读,及时反馈,择优刊用,优稿优酬。

请阁下不要一稿多投。大作自发至本邮箱 50 天后,未接到编辑部通知的，作者可自行处理。

接稿邮箱：renwenxuekan@163.com

稿件体例规范及审稿说明

1. 来稿请作者文责自负，来稿应为尚未正式出版的文本（包括未在重要网络公开发表）。

2. 凡被本学刊选用的文章，《人文》有权用于与《人文》其他相关学术传播，包括网络传播，即包括中国知网在内的机构以数字化方式复制、汇编、发行、传播本刊文章。本刊所付稿酬已包含著作权使用费。所有署名作者向本刊提交文章发表之行为，即视为同意上述声明，凡有不同意者请特别声明；如不注明，将视为同意。若因违反知网与本刊的版权协议而导致法律纠纷，其法律责任由个人自行承担。

3. 不以任何名义向作者收取费用，凡要求作者缴纳诸如审稿费、版面费的，均系假冒我刊的诈骗行为。

4. 来稿请用电子版。稿件文件名，请用"作者名+文章标题+日期"组合，如"文开喜：钱钟书的语言艺术，20190308"。

5. 本编辑部有权对稿件修改和删改。如不同意请明示。

6. 来稿请以中文写作。来稿中外国人名、地名，请一律以中文译名形式出现。因本学刊将与国际相关学术期刊互登目录，来稿请给出中英文标题、中英文摘要、中英文关键词。获得国家社科基金等资助的文章，可依次注明基金项目来源、名称、项目编号等基本要素。

7. 文章字数：一般文章以 5000 字至 12000 字为宜；短栏目（"札记""书札""书评"等）最短不限。

8. 正文中年代、数字请用汉字，如"一九一九年"，"三十本书"等。

9. 注释为页下脚注，注解数码为①②格式。短栏目文章为文中注。征引他人著作，请注明出处，包括：作者/编者/译者、出版年份、书名/论文题目、出版地、出版者，如是对原文直接引用则应注明页码。

10. 来稿应遵循学术规范，引文注释应清楚准确。专业术语及特殊术语应给出明确界定，或注明出处，如属翻译术语请用圆括号附原文。

11. 各类表、图等，请分别均用阿拉伯数字连续编号，后加冒号并注明图、表名称；图编号及名称置于图下端，表编号及名称置于表上端。图片需注明出处，如"数据来源：2003年统计年鉴、2008年统计年报"。使用他人图片需提供授权。

12. 《人文》按学界惯例，会将阁下文章提交相关专业专家，匿名外审。

13. 请附作者简介及相关信息。作者简介包括：姓名、单位、职务职称、电子邮箱地址、手机。作者信息包括：身份证号、银行户名、银行卡号、开户行（具体到支行）；通信地址、邮编。我们会及时给阁下奉寄稿费与样书。

赐稿《人文》的文章，即视为阁下同意上述约定。

感谢您的垂注与赐稿！

《人文》编辑部

《人文》编辑部
总编辑：张宝明
主　编：祝晓风
副主编：闵祥鹏
编　辑：田志光　杨红玉　陈会亮
行政总监：陈世强